仅将此书献给当年在上海、在淮海地区抗日的将士们、烈士们，以及他们的子孙们

刘立中文集之三

江南江北之

满江红

刘立中　著

写在前面的话

　　这本小说在"七一"前面市，我心潮澎湃。历时三年终于把这本书写就，那些生活中的原型人物，在抗日战争中的将士们、烈士们的面影仍在我眼前晃动，他们的火热激情仍在我心中流淌，他们的铿锵誓言仍在我耳边迴响。为了对应现在社会关注的问题，我不仅写了他们与敌人拼杀不怕牺牲的精神，也写了他们当时对恋爱婚姻的态度，对白领爱情的探讨，对"娜拉"出走后的关注，对"草根"情爱的思考。这些也是当前的人们特别是青年们所关心的问题。在抗日战争的峰火年代，那时人们对人生的价值追求，那种敢于直面人生的精神，直到今天也是值得我们学习的。

　　在此，我感谢李仲之先生，涟水县志办戴从柏先生。我要特别感谢南京企业家张健康董事长，张健康先生不仅在经济上支持这本书的出版,还准备成立"满江红——健康文化奖励基金",用以奖励纯文学原创的优秀作品,以及以纯文学优秀作品改编的影视剧本,话剧,戏曲,连环画。张健康先生的这一善举,无疑是对从事纯文学创作的作家们的一种鼓舞。

与此书同时出版的还有两本散文集《江淮息壤》、《上海浮云》,细心的读者可以看出这本小说与两本散文在风土人情、历史人物方面的诸多联系。但是,小说里的人物、故事是虚构的,绝非是写真人真事。只有这样,才能把历史的真实变成艺术的真实,才能表达作者的理想,小说也才能有看头。对于阅读《江南江北之满江红》小说的读者,我深表感谢。

目　录

平原，河湾，龙兴寺。

小草屋里书声朗朗。私塾先生宋铭儒背着手在课桌间走动，他说道："李侠兵，背岳鹏举的词《满江红》。"

李侠兵是六岁男孩，留马桶盖头，穿长衫布鞋，立即站起背道："怒发冲冠，凭栏处，潇潇雨歇。抬望眼，仰天长啸，壮怀激烈。三十功名尘与土，八千里路云和月。莫等闲，白了少年头，空悲切。靖康耻，犹未雪；臣子恨，何时灭！驾长车、踏破贺兰山缺。壮志饥餐胡虏肉、笑谈渴饮匈奴血。待从头、收拾旧山河，朝天阙。"

宋先生来到一个少年前，说道："王培鲁，背岳鹏举的《满江红》。"王培鲁是个健壮的少年，长脸，大嘴吧，站起道："先生，我背不上。"宋先生令他跪在孔夫子像前，捧书而读。然后，宋先生转身又说道："大家一起背《满江红》。"

于是，满屋的孩子们背诵起《满江红》。稚嫩的童声响彻运盐河湾，越过龙兴寺，在平原上愈传愈远，愈传愈远……

淮海地区的教育十分传统，有许多人的爱国情怀都是从熟读《满江红》开始的；淮海地区的民情有燕赵之风，以仗义行侠、忠心报国为荣；淮海平原地处中国南北过渡地带，南北文化交融，生活在这里的人们，既有北方人的敦厚，朴实，豪爽，又有南方人的浪漫，柔情，细致。历朝历代，从这里走出一个个豪杰，一个个英雄，我们要讲述的李侠兵就是他们中间的一个，他和他的战友们可歌可泣的事迹，他领导的抗日义勇队的战斗故事，早已成为民间传说，渔樵闲话。

但是，我们的故事，却是从李侠兵在上海搞抗日活动开始。

第 一 部

1

十五年后，李侠兵在上海读大学。

他长成一个身材高挑的青年，长脸黝黑，眼睛细长，目光尖利，嘴巴大而下弯，紧闭成弧形，鼻子高挺垂直，给人一种执拗、坚毅而沉稳的感觉。四月的一个早晨，李侠兵和方霞客从闸北出来，赶往南京路去，组织飞行集会。他俩腰间塞满标语传单，李侠兵的学生装下显得鼓鼓囊囊的，走起路来有点不自在；方霞客穿着西装，腰里传单塞得也不少，从苏州河边吹来的风掀起他红色的领带，显得十分帅气。这两人走在一起，让人一看便知一个是从乡下出来的，一个是在城里长大的。方霞客虽比李侠兵矮点，但肩削臂长，面白而略显青色，眉眼俊朗，嘴唇薄而上翘，属于冲动型人物。事实也是如此，他是青年诗人，在朋友圈里以冲动浪漫出名。

近年来，日本人频频在中国发动事变。1931 年日军在沈阳发动 9·18 事变，侵略东北。在他们策划下，溥仪于 1932 年 3 月 1 日宣布成立伪满国。在上海日本人也是不断制造事端，1932 年日军发动 1·28 事变，企图占领上海。近年来，日本商人在其国家武力的支持下，强买和侵占黄浦江码头，遭到码头工人和市民的抵制，于是，上海市民常常遭到日本人枪杀。共产党中央密切注意这一事态的发展，号召党员反对日本对中国的侵略。江苏省党委指示上海各交通站、各支部发动民众，游行集会，进行反日宣传，揭露日本人侵略的狼子野心。同时，这次游行集会也是纪念共产党人被屠杀的 4·12 反革命事变的五周年。李侠兵和方霞客各自受上级党组织的指示组织这次活动。这两个好朋友在党内虽不属一个交通系统,但同住在方老师家里,因此好多活动他们总是同进同出,今天他们去南京路参加飞行集会,李侠兵是闸北、沪西领导人,方霞客是沪南、沪东领导人。

街上柳绿花红,春风拂荡。他们经过的街坊,不时有姑娘朝方霞客投来欣赏的目光,李侠兵感觉到了,笑道:"霞客兄,我跟你在一起,你显得洋气多了,多少姑娘向你行注目礼啊。"

方霞客俊朗的眼睛一瞟,说:"是吗?你要是回到乡下,人家也说你洋气了,那行注目的姑娘就更多了。"

他俩都笑了。过了苏州河桥,李侠兵说:"我总觉得,巡捕房有准备,我们今天要完成三处飞行集会,要考虑得仔细一点。"

"那是。"方霞客皱了皱眉头:"这几年,每逢 4·12 到来,巡捕们就如临大敌,暗探密布,不过,今天已是五月初了,他们大概松懈了。怎么,你害怕了?"

李侠兵拍拍腰间的传单,压低了嗓门:"怕死不革命,革命不怕死。自入党那一天起,我就把生死置之度外了!"

方霞客跟他握了握手,笑道:"我跟你不在一个支部,怎会知道你是不是党员呢?"李侠兵想他说得对,党组织是秘密的,各人使用的也是假名,他叫张裕民,方霞客叫袁鸣玉,张胜男叫戴安娜。只有好友之间才知道对方的真名,但在公众的场合都叫假名,以防敌特跟踪。大家虽是好友也不知对方的政治身份,像方霞客的上级好像是张胜男,但他也不能肯定,张胜男跟方兄的往来又像是情人。他感慨地说:"是啊,我们牺牲了,恐怕连亲友也不知我们是共产党人呢!"

方霞客听后也激动起来:"好,我们就需要你这样的同志。敌人搞了 4·12 大屠杀,以为共产党不存在了,我们就是要显示党的存在,党的力量。"

李侠兵:"今天集会是为了声援码头工人,反对日本人侵占江边码头。来的人恐怕不会是我们这几个人吧?"

方霞客:"听张胜男说,今天上海飞行集会至少有十八处。"

"张胜男是总指挥?"

"不知道,省委对党内领导人都是保密的。不过,我觉得张胜男是个狂热分子,大家都说我狂放,她比我狂放多了!"

李侠兵瞅着他,笑道:"你俩在小阁楼上,叫我撞到过多少回,哎嚸喂,乖乖!真够狂放的……"

方霞客白净的脸颊上泛红,薄唇一翻赶紧把话题扯开:"啊,张胜男不知到了没有?"

他俩加快了步伐,脚下生风,立马到了先施公司门前。南京路由于高楼林立,马路显得窄了许多,街面遮在阴影里。街上人多,熙熙攘攘,有轨电车"叮叮当当",黄包车川流不息。行人中有穿对襟衫戴瓜皮帽的,有穿西装戴礼帽的,年轻的女子多数穿着旗袍,涂脂抹粉,手戴银镯。从衣着上看,南京路一片杂色,日本花布和英国西装常常显亮,东洋雪花膏和法国巴黎香水的气味混合在空气中,散发着一股奇怪的香味。这里就是中国最繁荣的一条街,在亚洲也十分著名。但是,在革命者看来,上海滩的繁荣是畸形的,这里衣着的杂色、混合的香水怪味就是殖民地的表征。中国在1911年推翻满清皇帝以后,又经过孙中山领导的北伐战争,就面临何处去的问题。中国共产党反对半封建的半殖民地的可悲现状,明确提出反帝反封建的任务,经过武装革命,建立一个自由、民主、独立的新中国,也就是社会主义的中国。这是各级党组织对党员的基本教育,李侠兵曾听过多次,他也对新入党的同志讲解过多次,现在,当他走在这杂色晃动和充溢怪味香气的南京路上时,觉得党的教育对极了,十分现实,即使是对未来的理想也非陶渊明"桃花源"式的乌托邦主义。是的,不反对帝国主义的侵略中国就不能独立,不反对封建主义中国就不能前进,想到这里,他加快了脚步。

方霞客和李侠兵在过街楼下寻找张胜男,他们前后望了望,忽见先施公司后门有个头戴红色法兰西帽子的姑娘提着箱子,矫健的身子一闪就不见了,玛莉在下面站着。李侠兵说:"那好像是张胜男,她可能上楼了。"

两人迅速进入店堂,上了楼梯,张胜男在拐角上向他们招手。李侠兵问:"密斯张,你的搭档呢?"

"他们抱着传单上三楼了。"她从藤箱里往外掏传单。

方霞客望着街上的几个警察,担心张胜男的安全,他带有命令的口气说道:"这里由我和李兄负责,胜男,你要听我的! 你们必须五分钟撒完传单,两分钟跑出先施公司,能做到吗?"

张胜男笑了,指着窗外道:"你看见没有,有铁扶梯,迅速撤离不成问题,让警察在后面吹哨子追吧!"接着,她又补充说:"我就要引起警察注意,让警察来追我,我们的同志好乘机逃逸。"

李侠兵和方霞客下了楼,来到先施公司的大门前,便见到红红绿绿传单从空中飘落下来,路上的行人开始哄抢。一辆有轨电车开来,众多的人从车窗伸出手来接飘落的传单。见此情形,他俩一在路东,一在路西也迅疾地抛撒传单,并且高呼口号,布置在人群里的人员也领着行人呼口号。

"打倒日本帝国主义!"

"反对日本侵略我国!"

"打倒新军阀反动派!"

"苏维埃中央政府万岁!"

一个警察拔出警棍奔过来,可是,他处处受阻,有个拉黄包车的青年干脆把他撞倒,那警察爬起来吹哨子。

警察愈来愈多,李侠兵和方霞客已跑到弄堂内,两人叫了两辆黄包车,迅速离去。

当他们来到八仙桥,张胜男与玛莉几个人已在那里撒传单,呼口号。他俩撒了传单,呼了口号,然后询问张胜男一些集会情况,张胜男说南市城隍庙那里需要支援,她便带几个人风风火火地走了。他俩望着张胜男头顶上红色法兰西帽子在街口消失了,才往北火车站去。

他俩走过苏州河的时候,被两个戴墨镜的家伙盯上了。

李侠兵说:"这两个戴黑眼镜的家伙是包打听,我们分开走,到北火车站南大门会合。"

方霞客:"好,你先走!"

李侠兵向左边的巷子走去,那两个戴墨镜的家伙跟了过来。方霞客立即往电车站跑去,上了电车;李侠兵又踅回十字路口,见远去的电车上的方霞客在向他挥手,便放下心来。他进入一条小街,想抄近路去北火车站。

这时,那两个戴墨镜的家伙在街口张望,接着,在他们后面又出现两个扛着扁担绳子的挑夫,一个是中年人,一个是青年。那两个戴墨镜的家伙见挑夫慢慢靠过来,便摸着腰间的盒子枪喝道:"你们想干什么?"

挑夫道:"我们早就跟着他,你们想抢食吃是不是? 滚!"

戴墨镜的大个子诉道:"我们在干好事,你个臭挑夫,侬想干啥?"

就在戴墨镜的小个子拔枪之际,中年人举起扁担把他的盒子枪扫落在花圃里。大个子一个马步便与挑夫打斗起来,双方都有点功夫,拳来脚去,不分胜负。这时,李侠兵凑个机会,抓起花草间的盒子枪,对准两个戴墨镜的家伙喝令道:"不准动,再动就开枪了!"

两个戴墨镜的家伙被禁住了,举着手贴着墙站着,挑夫中的青年缴了那人腰间的手枪。他们迅速把那两个人捆了,嘴里塞上芭蕉叶,然后将枪扔在他们脚边。李侠兵见了,也将手中的枪扔进了花圃。

这里要交待一下,这两个戴墨镜的家伙是特务队暗杀绑架组成员,其中一个黄瓜脸矮登登的家伙叫周黑子,嘴角上有颗痣,痣上生着一撮毛,他是共产党的叛徒,受南京中统局的指派,带领一个小组专门来沪抓捕共产党人的,后来,他又参加日特组织,是个双料特务,他在以后多种场合还会常常出现。刚才,他认为李侠兵是个学生,长相又土头土脑,本想敲他竹杠,又遭人搅局也就算了,如果他认为李侠兵是共产党那他非开枪不可,因为他晓得共产党处决叛徒是绝不会手软的,所以,他杀共产党人也是绝不会手软的。

这时,中年人对李侠兵说:"走吧!"

李侠兵望望倒在花圃里的那两个人,客气地说:"谢谢二位相救,日后必当报答。"

青年人笑了:"先生,你到哪去?对不住,跟我们走一趟!"

李侠兵惊愕了,问道:"怎么,跟你们到哪去?"

"你去就知道了!"

李侠兵后悔刚才把枪扔了,否则,就好办了。他没办法,只得跟他们走,到了闸北,进了一座大宅院。他们把他带进一间客厅,中年人问一个丫头:"五爷呢?"丫头说五爷不在,青年又问:"三少爷在吗?"丫头说三少爷在书房里下棋。青年叫丫头去请三少爷出来,有事要报告。丫头见门外站着一个生人,她心里有数便去书房了。

一会,三少爷手里捏着一枚围棋子出来,问那青年:"小赤佬,什么事?"

"三少爷,五爷呢?"

"父亲大概去杜公馆了吧。"

青年附在他耳边嘀咕一阵子,说:"可能是共产党,捞一笔……"

这时,李侠兵高声喊:"你们这里是什么地方,目无王法,敢在光天化日之下抓大学生。"

三少爷迎上来："请进请进,听口音你是苏北人。"

李侠兵："怎么,是苏北人又怎样?"

三少爷："家父有句名言:'只要是老乡来求我帮助,脱裤子当了也干。'请进。"

李侠兵一听就明白,放下心:"啊,这里是顾公馆,顾五爷的府上。你是……"

三少爷:"我是顾家老三,叫顾水明。"他又对那两人斥道:"小赤佬,你们还不快滚!"

李侠兵见顾水明是个年不过二十的青年,四方脸,宽肩背,皮肤白里透红,有着一双大而明亮的凤眼,显出一副精干的模样。李侠兵心中踌躇,如何跟这位顾三少爷打交通。顾水明见李侠兵年龄比他大不了多少,脸色黝黑,目光尖利,一看就知道是经过风霜有历练的角色,便热情地把他邀进书房。李侠兵环顾四周,梨木书桌上放着一叠线装书,湖笔,端砚;窗外的垂丝海棠正开着花,飘来一阵阵花香,墙上的"荒城临古渡,落日满秋山"一副对联,为这精致的书房增加了几许优雅之气。

丫头端来香茗,李侠兵呢了一口茶说:"顾兄,上海是荒城吗?"见顾水明笑而不答,他又补充说:"看来顾兄爱自然景色,荒城,古渡,秋山。"

顾五爷对顾水明的家教是广交朋友,交朋友不问出身,就是交棵"巴根草"也能巴滑。顾水明笃信他爸这句至理名言,他是爱交朋友的人,他一见李侠兵便觉得是个可交之人,于是直话直说道:"不瞒李兄说,家父在苏北里下河新开的大生轮船公司要我去管,我为了能看到荒城落日,还真想去呢。"

李侠兵跟顾水明谈了上海十里洋场的种种乱象,又谈了一会诗文,见说话投机,便把话题转入人生目标上,顾水明说如今主义多问题也多,弄得他很茫然。接着,他问李侠兵:"李兄,你看我追求什么比较合适呢?"

李侠兵想顾五爷是上海大亨,是苏北青帮的帮主,跟他的儿子深交应向组织上汇报,因此,他很谨慎,只是说水明兄应多关心时事,可以多看些报纸杂志,譬如《新青年》可以读一读。正在他们谈话进入深层时,丫头来说:"三少爷,老爷回来了,他叫你带李先生过去呢。"

顾水明立即请李侠兵同去大客厅。到了客厅里面并未见到顾五爷,李侠兵感到蹊跷。他迅速地把大厅扫视了一下,见正中那张太师椅上铺着一张虎皮,墙上那副长联在西窗玻璃反照下显得很清晰:"持三字帖,见一品官,儒生妄敢称兄弟;行千里路,读万卷书,布衣亦可傲王侯。"他在心里笑了,这顾五是拉黄包车出身,并不识几个大字,也没出任过什么地方官,只是青帮一个派系的老头子,收了徒弟不少,听说有万余人,在闸北一带颇有势力。但是,他毕竟属于底层黑社会的帮派势力,竟敢贴出"一品官"的楹堂联,可见他的底气有多足了。

李侠兵想顾五在乡下可能连大名也没有,来上海后发迹了,便起了个顾松亭颇雅的大名。在4·12事变中,他是与虞洽卿、杜月笙一起站在国民党右派一边的,他再怎么讲乡谊我也得当心。正在他想方策时,突然出现八条大汉,背枪的,持刀的都有,立即八字排开。接着,鲁管家喊道:"五爷到!"

整个大客厅里人员肃立,连顾水明也站了起来。李侠兵望去,从右侧嵌玉石的红木屏风后面,摇摇摆摆走出一个肥头大耳的胖子来,这人就是顾五爷。顾松亭四十多岁,白白胖胖,天庭饱满,地角方圆,浓眉凤眼,生得一副福相。顾水明四方脸、凤眼的长相是他的遗传。顾五爷由于肥胖走路膀子有点炸,腿肚子有点拐,像是箩圈腿,其实,是他早年拉黄包车时崴了脚,踝骨受过伤。顾五往太师椅上一坐,打开纸扇摇了摇,问:"李先生,你是我的小老乡,家住哪里?"

李侠兵答道："我是东安人,在上海读书。"

顾五爷："你在上海读书,很好,不过,你上街撒传单,你是共产党?"

李侠兵晓得他在 4·12 事件中曾是敌人的帮凶,便立即答道:"不是。"

顾五爷皱眉头了:"这我就不明白了,那你为啥上街撒传单啊?"

"我见外国佬、特别是日本东洋鬼子欺侮中国老百姓,心中不平,才这样做的。"

"你坐,你坐。"顾五爷对佣人一挥手:"上茶。"接着,他说:"家乡来的人不少,可都是讨钱要饭的货,像你这样的大学生还是第一个。我刚才去会虞洽卿先生,他真够朋友,又卖一条小火轮给我,我想扩大里下河的大生航运公司,李先生如有意,可来大生公司,帮水明一道打理大生公司的业务。李先生,你意下如何?"

这是李侠兵没有想到的,顾五会提出这么个提议,他低头不语。顾水明听他爸爸如此说,十分高兴,连忙碰碰李侠兵的肘部说:"你来你来,我们在一起一定很开心。"

李侠兵想了想,想到一个托词,低声说:"我要辍学,需要父母同意才行。"

顾水明一听是这么个理,对他父亲大声说:"爸,李兄说这事得与他父母商量后才能定夺。"

这时,有人带个医生来,鲁管家对顾五说:"老爷,广慈医院的周医生请来了。"

"鲁管家,带周医生后院去看大小姐的病。"

鲁管家又在他耳边低语:"这李先生恐怕是共产党,不可……"

顾五大声斥道:"鲁管家,你怎管起我的事? 只要是老乡,我不管他是什么党,懂吗!"

鲁管家讨个没趣,带着周医生去了。顾五说:"水明,你带李先

11

生去后花园玩。李先生,在这里吃中饭?"

李侠兵心里惦记着方霞客和张胜男,说:"谢谢顾老板,我走了。"

顾五对三儿子:"你替我送送李先生。"

走到大门口,李侠兵握着顾水明的手说:"我们俩投缘,可以成朋友的,后会有期。"

"好的,我们交上朋友了,后会有期。"

李侠兵从顾家出来,直奔北火车站,到那里一看,空无一人。他赶紧往方老师家去。他过了两条街到了一条穷巷里,与匆匆出门的方老师撞个满怀。方老师瘦小,身子又弱,被他一撞跌倒在地,眼镜也落了,他在地摸到眼镜戴在鼻梁上,说:"不好了,方霞客和戴安娜叫巡捕房逮去了!"

李侠兵吃惊:"组织上知道吗?"

方老师:"我是听邻居说的,说是有几个警察抓走了他两个。"

可是,他俩正着急想去弄个究竟时,却在弄堂口碰到了方霞客。方霞客额上流血,西装污秽脏兮兮的,李侠兵问道:"老兄,听说你被红头阿三抓了?"

方霞客笑嘻嘻地说:"他们能抓住我? 拳脚工夫,百米赛跑,我在学校里曾是第一名。"

"戴安娜呢?"

"可能被巡捕房抓去了,我已叫人在找她了。"

方老师非常喜欢这个老家来的侄子,见他平安归来也喜笑颜开,揩了揩他脸上的血斑,又问伤得不要紧吧? 见他不在乎的样子,便就叫他与李侠兵上阁楼上休息。

2

方老师递给李侠兵一封家信。

李侠兵上了小阁楼,匆匆看了家信,心中闷闷不乐,歪在床上望着天花板发呆。方霞客在院子里洗了脸,擦干脸上血迹,用红药水涂了伤口。然后,他走上阁楼,见李侠兵愁苦的样子,问:"侠兵兄,你怎么了?"

"家母重病。"

"伯母身体平时如何啊?"

"平时挺强健的。"

方霞客笑道:"会不会伯母想你,故意说病了,诓你回去。"他点上烟,把没有熄灭的火柴扔在地上,说:"我的母亲大前年就弄过这一招,骗我回去成婚。现在,我已把那人休了!"

"啊!"

李侠兵感到惊异,久久地望着他,他做事常常让他吃惊。方霞客这个年轻诗人,他爱新诗,特别崇拜俄国诗人普希金,英国诗人拜伦,对于中国古诗他只背得上《诗经》。方霞客平时穿戴时尚,生活浪漫,他曾鼓动李侠兵早结婚早生子,理由是"我们干革命是把脑袋别在裤腰带上的",必须留下革命继承人。他结婚,休妻,又结婚,又休妻,可是,到现在也没有孩子,他是小布尔乔亚,有点"杯水主义"的味道。现在,他瞧着烟雾里方霞客发青的长脸,觉得对这个好友有许多的不了解。六年前,他俩是在火车上认识的,那天,李侠兵从镇江上火车,见一个英俊的青年在车厢里朗诵拜伦的诗,听众中有个姑娘就是张胜男。那时,方霞客穿着时髦,西装革履,又是朗诵西方新诗,吸引了整车厢的人。后来,他们成为朋友了,李侠兵才知道方霞客家是工商地主,可是,在政治上没有势力,受尽地方官僚和青帮势力的欺压敲诈,所以,他到上海来是学法政的,但很快加入了共产党。他有几个住处,自称是"狡兔三窟",常来他叔家与他同住,也常常突然"失踪",后来他会告诉他是到江西苏区去了,他是信使是地下交通员。方兄又浪漫又神秘,对革命怀着满腔热情,是个极具吸引力的人。

李侠兵想了一想,问道:"这回休妻是怎么回事啊?"

方霞客喷出烟雾，又"咯咯"地笑了两声，说道："这些年，我终于悟出来了，像我这种需要更多自由空间的人，是不宜将自己拴在婚姻车轮上的。"

　　"还有别的理由吗？"

　　"有啊，"方霞客想了想说："妻子光会生孩子也是不行啊！"

　　李侠兵想，难怪他至今没有孩子，他是个内心充满矛盾的家伙。李侠兵与方霞客在党内不属一个支部，平时活动各人独自进行，所以，在政治层面上他们互相知道的不多。方霞客是镇江丹徒人，他俩在火车上认识以后，常在飞行集会上相聚，渐渐地便成了朋友。方霞客在做交通，经常将暴露的地下党员护送到江西瑞金去；他对革命投入极大的热情，随时做出献身的准备，这使李侠兵十分敬佩。不过，他的浪漫情怀，他跟张胜男的友情也时有所闻，现在的休妻恐怕与这有关。

　　方霞客敢于休妻，这给李侠兵很大的启发，他也早就想休妻。他认为他跟宣氏结婚是幼稚的，既缺乏感情基础，交流也很困难，这使他痛苦了好几年。对，长痛不如短痛，既给自己创造自由空间，同时也不要让妻子在乡下苦守，休妻是个理性的选择，方兄做得对，我也应拿出勇气来。于是，当天晚上他便写了休妻书。

　　灯光下，方霞客在读拜伦的诗《我看过你哭》，问："喂，你在写什么，写信？不回去了？"

　　"不，我在写休书。"李侠兵边写边答道："你是对的。"

　　方霞客想坏了，他的话影响了李侠兵。在他看来，李兄为人耿直、忠信、沉稳，在淮北那穷乡僻壤之地容易养成这样的性格。这就很容易受他的影响，他是说话没遮拦的人，在婚姻方面他是有追求的，但也观念不清，所以，在乡下听媒妁之言，与文盲女子结婚，同时，在上海也爱慕知识女性，特别是走出家庭樊笼的"娜拉"，张胜男就是他爱慕的对象。想到这里，他点燃一支烟塞到李侠兵的嘴上，说："你这家伙，这是可效仿的事吗？"李侠兵不再回答，沙沙

14

沙地写。方霞客也给自己点一支烟,仍然将火柴扔在地板上,然后说:"你这家伙脾性耿得很,我说你也没用。"

李侠兵心里很矛盾,他晓得休妻牵连到方方面面,所以,休妻书写了又撕,撕了又写。在这过程里,他想起父母为他操办这桩婚事花了大钱,母亲倾其所有为他办婚事,甚至把家里积攒买地的钱都拿出来了,把堂屋翻新,到苏州买了红木雕花床,梨花木八仙桌,配了插花大瓷瓶。宣家是大地主,那陪嫁的嫁妆几十件,光箱子就有十八只,抬嫁妆的队伍有一里多路长。老母评价说这些嫁妆够买十亩地的。两家对他们的婚事是十分重视的,老母有讨好宣家的意思,而宣家也不给他家难看。宣氏虽是文盲,但很懂礼数,来到李家之后,很快就退了陪嫁丫头,亲自下厨,第二年就为他生了女儿,接着又生了儿子。不过,他结婚时很懵懂,一方面是为了满足老母养孙子的愿望,一方面也是受方霞客的鼓动,那时,方霞客常说"我们是把脑袋别在裤腰带上的人",要快结婚早生子,为革命留下种。现在,他再一次受到方霞客的影响,革命者要么无牵无挂,要么在身边找一个能够共奋斗同生死的新女性。李侠兵是一个有主张的人,但在婚姻问题上很易受方霞客言行的影响,他也搞不清是怎么回事。在一般人看来他休妻是毫无道理的,李侠兵则想你们哪知革命者的使命和心思啊!

方霞客开了老虎窗,让小阁楼透透气。他说:"李兄,你是想喝你家乡的豆沫粥了吧?"说完,他先自笑了。他曾听李侠兵说东安豆沫粥是如何的好,如何的香,比陆游"神仙粥"诗里写的还精采,他便把女人比豆沫粥来调笑李侠兵,这一语双关他觉得有趣。李侠兵听后放下笔,见方霞客得意的样子,想到他常说丹徒老家的米糕是怎么怎么的好吃,又想到方霞客休妻后他妻子仍住在他家不走,粘粘糊糊的,弄得他也很烦恼,便笑道:"是呀,不想吃条头糕,可是甩起难呀!"这话本是含有回敬的意思,但在方霞客听来没有恶意,他想他与李侠兵是好友,按理是应劝他不要休妻,可是,自己

15

是休妻的先行者,没有说话的资格了。

他俩互相打趣了一会儿,接着,讨论起社会上热门话题"娜拉出走后怎么办",两人愈说愈来劲,大批封建包办婚姻,对争取婚姻自由的"娜拉"们十分同情,要在报上发出呼吁,援助生活困难的"娜拉"们。方霞客说,在报上发出十次呼吁还不如一次行动,革命者要带头践行,休掉封建包办的糟糠之妻,为青年一代做出榜样,榜样的力量是现实的,他的休妻不能不说与这种想法有关。说到这里,方霞客戛然停止,他意识到他又在鼓动李侠兵休妻了,他拍脑袋,笑话自己实在没有隐藏真实观念的本领,他是嘴上挂铜铃,想哪说哪,不像李兄嘴上有个站岗的,什么都能深藏不露。他俩说着,又猛抽起烟来,那白烟从老虎窗里流出去,天空的远处是乌云滚滚。

李侠兵连夜写成休妻书,第三天到了淮阴丢到邮筒里,这事后来如石沉大海,是宣氏没有收到那封休书,还是她收到了休书不愿让人知道,别人就不得而知了。不过,从那以后,宣氏再也没有到龙兴寺李家来过。当然,这些都是后话。

3

李嬷妈生得富态,脸色红憨憨的,像抹上一层酱油,脑后的髻上插着银针,别着银钏子。她已年近五十,身子仍那么强壮,丰乳肥臀,走起路来一阵风,登得地上咚咚响。她是个手脚不停的人,一年到头总在家里家外干活,忙着。

李嬷妈脑后髻上那银钏子宽大厚实,两头刻着云水纹,中间刻着"福"字。这根值钱的银钏子和她陪嫁来的三只包铜大木箱,显现出她娘家的财力。李嬷妈娘家原本是贫农,经过三代人苦干,买了些田地达到中农水平,有衣穿有饭吃,但不富足,遇到荒年要借高利债。她在这样靠勤劳致富、一心向上的家庭氛围熏染下,从小就懂得死苦干活可以发财致富,攒了钱买地可以成为地主。同时,她长期在与天斗与地斗的艰难中,养成不信邪不怕恶势力的性格,这在村里是很有名的。在她的带领下,李家在村里如今已是富户,但还够不上地主的份儿,所以,李嬷妈不放松,带着短工早出晚归仍在苦干。今天,她上午在田里锄草,下午在油坊榨油,现在太阳快要落山了,她提着一桶猪食喂了老母猪,又到槽头给牛添了几把草,终于想歇口气,便解下腰间的粗布围裙,解了扎裤脚的绿色丝带,坐在酱台边开始抽烟。她抽烟用的是老头子李守田的白铜水烟袋,那白铜水烟袋平时就搁在青石酱台上。李嬷妈抽着水烟,"呼噜呼噜"地响,一窝烟抽完将烟灰吹到一丈开外的麦秸花丛下面,又捻上一窝烟。她望着三合院房子,想着儿子,皱起眉头,红憨憨的脸上显得很不满足。她不满足什么呢?就是嫌房子不够大,田地不够广,孙子不够多,这三样是李嬷妈几年来的一块心病。

其实,李家在龙兴寺算得上是富户,高大的三合院坐落在村中,独门独户。过道的西头是油坊,又粗又长的榨木横在房子中间,墙角上有口大炒锅。去年在院子南侧又建了豆腐坊。豆腐坊、油坊全由李嬷妈操持,她有用不完的力气和精力,不仅肯干能干,也会精打细算,经过二十年的奋斗,她使李家土地翻了翻,从五十亩到如今一百二十多亩,房子也从三间盖到九间。但是她非常不满意,尤其是孙子只有一个……

李守田身材高大,但不强壮,才五十出头背就有点驼了。他茅草胡子蟹壳黄脸,细长的眼睛总含着笑意,爱骑大叫驴去五港镇、县城听书看戏,平时,他也做生活,在大田里做些轻生活,锄草整垅什么的,在家主管槽头,喂马喂牛,那头大叫驴是他的坐骑,受到他特别的照管,夏天吃嫩草,冬天喝温水。搓绳是他拿手绝活,就是一把枯草在他手里也能搓成绳子来,所以,他的手掌特粗糙,像贴上砂纸,抓他孙子小二子的手,小二子直喊疼。他喜欢悠闲地过日脚,跟李嬷妈死苦巴家形成对比。因此,他有点怕李嬷妈,在老太婆面前服软,说话也常想讨好老太婆。今天,他在五港镇上听书回来,搓了一下午草绳,现在,见老太婆抽完烟站在院子里发呆,笑问道:"发什么呆啊,是不是怕儿子不回来?"

李嬷妈:"是啊,不知吴道人在信里写的什么,不会没说我生病吧?"

"我看过,吴道人说你得了重病。"

李嬷妈有些迷茫了:"那儿子怎的不回来,侠兵不会变得不孝顺了?"

"不会,这你放心。"李守田安慰他:"自己的儿子自己还不知道啊。"

李嬷妈担心说:"叫儿子回来娶二房,也不晓得他愿不愿意呢?"

李守田不停手里搓绳的活:"儿子犟得很,你也不是不晓得。"他瞅了老婆子一眼,笑道:"你那点心思别人不晓得,我还不晓得吗?你看中你家侄女身强力壮,娶过来既能为你生孙子,又是个能苦的壮劳力。"

李嬷妈见老头子说出她的心思,只是笑。她盘算儿子回来的话,眼下也该到家了,她到门口张望一会,便去草棚看缸里浸的黄豆。她捞出一把黄豆捏了捏,软了,可以上磨拐豆浆了。她一手抓豆,一手握着磨架把手磨起豆浆来。

傍晚时分,李侠兵回来了。他听说母亲重病,十分着急,乘船、骑马,一路风尘赶到了家。他走进家门见他妈在磨豆浆,老爸在搓草绳,儿子小二子在大桌旁握着毛笔描红,便放下心来。小二子最先发现李侠兵进门,喊道:"爸回来了!"他丢了笔,奔了过来。大黄狗也奔过来,摇着尾巴。小二子拍着它的头叫道:"奶奶,大黄还认得爸呢!"他接过他爸手中的藤箱子,拖着拽着将藤箱子放到桌子上。

李守田拍拍衣襟上的草灰,站起来说:"回来啦。"

李嬷妈笑得合不拢嘴,连忙去灶间倒一碗开水来,直愣愣看着儿子。李侠兵也直愣愣打量母亲一会儿,说:"妈,哪里不对劲?好像蛮好的嘛。"

老头子呼了两口旱烟,笑眯眯地说:"你妈想你,叫我写信说她病了,我不写,她请吴道人写了。"

"可也不能写得了重病,这不急死我吗!"

老太太觉得儿子还是孝顺的,笑道:"不那样写,你会回来吗?"

"妈,我读书,还有社会工作,忙着呢。"李侠兵一口气把碗里的水喝了下去。"你没事,我明天回上海了。"

李嬷妈把髻上福字银钗别别好,又用银针搔搔头皮,然后脸冷了下来:"那不行,叫你回来总有事。"说着,她想准备做晚饭,说道:"急什么,事情明天说。"

"什么事?我明天走了。"他对寄给宣氏的休书闭口不提,他想那是以后要办的事,现在说出来是要惹大麻烦的。

"那不行!"

李嬷妈见儿子又黑又瘦,便想做豆沫粥给他补补。运盐河畔的农家世代吃豆沫粥,把豆沫粥当成营养品。李嬷妈将浸泡在木桶里的棒头和黄豆拎到磨房,又叫来隔壁学勇的女儿小妹来帮忙,让老头子与儿子到花坛边去抽烟,啦呱。

做豆沫粥拐磨十分关键,往磨眼里添加棒头有讲究,要连水带棒头一起往磨眼里添,添多添少要根据磨出来的棒絮的状况决定。为了磨去皮,又不能使棒头絮磨得太碎小或太大,要有掌勺的工夫。开始,李嬷妈觉得十岁的小妹拐磨费劲,叫她掌勺,后来觉得棒絮磨得不够匀称,便自己掌勺。这样,从磨扇里流出的浆水如乳,棒絮如霰。磨好棒头磨黄豆,然后,用密箩将棒头皮漂滤出去,剩下的全是白白的浆水和细细的絮子了。李嬷妈晓得儿子喜欢在豆沫粥里放点花生,她在烧粥的时候往锅里放了一把花生米,于是,一会儿从厨房里溢出三香味来:棒头香,豆沫香,花生香。

这三香被李家父子闻到了,便上桌喝粥,李侠兵连喝了三碗豆沫粥,热得满头大汗。这时,李嬷妈端上馒头和刚炒出来的韭菜炒鸡蛋。李嬷妈见儿子吃得这么香,笑逐颜开,红憨憨的脸上漾起一道道皱纹。她拿起酱台上老头子的白铜水烟袋，开始抽水烟，瞅瞅老头子和儿子，心里在盘算，老头子是慢性子，儿子是急性子，而且耿得很，直得很，对他说话不能像对老头子那样简单，要打点弯子。这次叫他回来是叫他相亲，相上了给他带二房，但是，这事看来不能直说，不如先叫他到宣集把宣氏带回来，让宣氏来劝他娶小，然后我们老公俩再出面表态支持，这样能成功。李嬷妈想好了主意，她说："儿子，你明天去宣集把你媳妇带回来。"

李侠兵不响，只是大口吃饭，并不断给小二子挟菜，他想，妈妈叫他回来无非想叫他与宣氏同房，多给她养孙子，所以，他妈的话他只当耳边风，他现在想的是明天怎么回上海，五港镇上汪家有船常去上海，他曾坐过汪家船，他想跟汪家船走。李嬷妈见儿子不吱声，又追问了一声："你听见没有噢？"

李侠兵转过头来，他想不回答不行了。正在这时，龙兴寺的住持吴道人来了。他道骨仙风，头顶挽着髻，插着黄杨木钏子，穿着大襟灰色道袍，他一进门就喊道："侠兵，你回来了。"

李侠兵请他坐，递烟，笑道："干爹，我被你吓死了。"

吴道人："你看出那封信是我写的？"

"你写'天'字上面一横长下面一横短，我一看就晓得信是你写的。"李侠兵说道："干爹，你们道家是不是觉得'天'最大啊？"

吴道人看着李守田夫妇，赞道："不愧是大学生，多聪明，老李家这个儿子算是养着了！"

李守田笑了："那不是你叫我们去岱山烧香的吗。"

原来，李守田夫妇年过三十无子嗣，心中着急。那年，吴道人听人说北边岱山娘娘庙新请来东海送子观音，十分灵验，便劝他们去烧香许愿求子，李守田夫妇听了他的话就去岱山，说来也巧当年回来就生了侠兵。为了儿子保命成长，他们根据民俗把侠兵过继给庙里，认吴道人为义父，当地叫"干爹"。这是多少年前的事了。

吴道人吸了口烟，嗨嗨地笑了笑："你妈叫我写信骗你回来相亲。"

"相亲?"李侠兵惊愕了,简直不敢相信自己的耳朵,转脸望他妈:"什么,相什么亲?"

"哎呀,你妈还没来得及说啊,你们家里慢慢说吧,我庙里有事,我走了。"吴道人感到他把话说漏嘴了,李家的家事不便插入,便告辞说:"侠兵,明天来我庙里喝酒。"吴道人走了。

李嬷妈的心事叫吴道人点破,她想就坡下驴叫老头子先说话,可是,无论她怎么拿眼睛瞪着李守田,老头子坑着头不言语。李嬷妈磕磕烟灰,笑道:"南面钱家是大地主,人家闺女可是大家闺秀……"

李侠兵瞪眼,一脸的不高兴:"妈,你甭说了,我不会去相亲的!你叫我娶二房?不要,不要!"他想,共产党员是不能娶小老婆的。

李嬷妈立刻生气了,红憨憨的脸颊发黄了,斜眼看李守田:"老头子,你看看,你看看,你的儿子不听话了!"

李守田知道老太婆令他表态,他不表态是不行了,说:"你妈的意思给你娶二房,家里多个帮手。"他平时怕老婆,这回帮她说了话算是完成了任务,便端着白铜烟袋呼呼地抽烟了。

李嬷妈生气了:"儿呀,你不肯娶二房?好,你去宣家把你媳妇带回来,我跟她商量这事!"

"妈,她妈生病需要她照顾,这你不是不晓得。"

李嬷妈流泪了:"家里又是油坊又是豆腐坊,哪个帮我做啊?"她走过来,把气出在老头子身上,伸手拔掉李守田嘴里的白铜烟袋,往桌子上一扔说:"你,你只晓得死抽烟!"

老头子抹抹茅草胡子,蟹壳黄的脸色更黄了,眨着白眼结结巴巴说:"你这是做什么?儿子不会不去的,就是应付人家媒人也得去啊,这媒人可不是一般人,在县里做督学呢。"

李侠兵问:"哪个啊?"

老妈一听有门道,说:"芦火墩陈先生,你朋友陈冠昌的叔叔。"

李侠兵说："管他哪个做媒,这事不成……"他还要说下去,这时,陈冠昌推门进来,李侠兵立即兴奋起来:"哎呀!说曹操曹操到,你怎知道我回来了?"

陈冠昌是李侠兵中学里的同学,芦火墩小学校长,人很精干。他身材不高,面目清瘦,鼻梁上戴着金边眼镜,一付书生相。他笑道:"我有千里耳,你到淮阴就有人向我报告了。"接着,他说:"我找你有急事……"

李嬷妈倒杯水递给陈冠昌,说:"大侄子,侠兵明天要去相亲,你有空陪他去吧?"

陈冠昌笑了,大声道:"李兄,恭喜恭喜。你原来是为相亲回来的,你要娶二房?我陪你去。"他又转脸对老太说:"伯母,不过,明天不行,明天我们有事,过两天我一准陪李兄去把亲事定下来,好不好?"

老太太喜笑颜开:"好,好,好,你来就有好事。"

李侠兵拉陈冠昌来到堂屋,他说:"冠昌,什么娶二房,我没答应你倒答应了?"

"我不过是打马虎眼。"

"真的有急事?"

陈冠昌向外望了望,有些神秘地低声说:"我要到海州师范走一趟,你回来正好,我们一道去。"

"好,什么事啊?"

"现在不能说,明天路上说。"

李侠兵笑骂他:"你这个家伙,看上去文质彬彬,实际上花样不少呢!"

陈冠昌:"现在不说这个,你在上海知道时事多,谈谈目前形势?"

李侠兵从大的形势说到以井冈山为中心的苏维埃政权不断巩固壮大,反围剿一次又一次取得的胜利。但是,自从蒋介石发动四·一二政变以来,共产党处于地下秘密活动状态,不过,党的活动还是很活跃。他说:"回来之前,我参加街上飞行集会,喊口号,撒传单……"

陈冠昌听了很激动,清瘦的脸颊上泛红,羡慕地说:"那很痛快吧? 你们不怕警察镇压,一定很豪迈!"

"是啊,是啊。"李侠兵也很感慨,这时他问:"你有急事,什么事,真的不能说?"

陈冠昌抿嘴一笑,好像在吊他的胃口:"把这事办成了,你一定会感到比在上海参加飞行集会还有意思。我受姨夫之托去看望表妹汪金凤。"

李侠兵拍了他一巴掌:"是吗,你在诓我吧?"

第二天,李侠兵与陈冠昌去海州后,李嬷妈一直在李守田耳边嘀咕,要他想办法叫儿子同意娶二房。说实在的,李守田觉得老婆子这个主意不错,可是,儿子不同意也没办法。李嬷妈是个不服输的人,她又去请吴道人出马,吴道人说干儿子的婚姻大事他不便干预,况且,侠兵如今是大学生,我们乡下佬的话他会听吗?

李嬷妈觉得他俩没用,还是她自己来想办法,一定要儿子娶了二房媳妇才放他回上海。

4

初夏时节,江淮平原一片碧绿。运盐河在这块碧绿的平原上流淌着,波光粼粼,蜿蜒灵动,像一条美丽的银龙。

李侠兵骑着大白马,陈冠昌骑着枣红马,两个人在河堤上勒紧缰绳纵马奔跑了一会,到了一处河堤高坂头,李侠兵立马远眺说:"陈兄,我们在此观赏运盐河两岸景色,休息一会,怎么样?"

他俩望着清亮的河水,两岸延绵的柳林,散落在绿野里的村庄,以及高耸在树圩里的财主家的炮楼。李侠兵不禁诗兴大发,他朗诵道:"洛阳访才子,江岭作流人。闻说梅花早,何如此地春。"

陈冠昌说："李兄所咏孟浩然的《访袁拾遗不遇》，你是担心我要找的人不在海州师范，是不是？"他见李侠兵点头，便也朗诵一首古诗："映门淮水绿，留骑主人心。明月随良缘，春潮夜夜深。"

李侠兵明白陈冠昌的意思，他是用王昌龄的诗来表达他此刻的心情。去年，他从上海大学回家过暑假，陈冠昌约他到海州师范学校去玩，发展了惠英俊等人入党，这次去海州师范说是受托看望表妹汪金凤，实际上恐怕又与发展地下党组织有关。他问道："陈兄，去年我们发展的惠英俊几个师范生入党，现在，他们怎么样了？"

"听说惠英俊干得不错，现在已是北面这一片的地下党组织的领导。"陈冠昌笑了："李兄，你那时还不是党员吧？"

"对，我那时是共青团员，你把我当成党员，小弟也就愧领了。"

两个好友开怀大笑，他们边谈边行。李侠兵问："陈兄，这回你去海州师范学校是否又是发展党员？"

陈冠昌："是的。李兄，这回我倒要问问清楚，你现在是不是党员？"

"你要我告诉你实话？"

"当然。"

李侠兵说："我已由 CY 转成 CP 了。"

陈冠昌听了十分高兴，在马屁股上猛抽一鞭，跃马向前。

他两人有许多共同之处。在背诵唐诗宋词的工夫方面他俩是半斤八两，对老庄、孔孟著作的熟悉程度，恐怕也难分仲伯。淮海地区重视传统文化教育，孩童五岁开蒙读书识字，七、八岁就会摇头晃脑念"子曰子曰"了。不过他俩到了十岁后都在一个中学读洋学堂，接受了不少新思想，后来，又受党的教育，开始学习马克思主义。李侠兵家境比陈冠昌略好点，不过，家里也供不起他读高中，他到扬州去上高中是李氏家族在祠堂里开了会，凑了钱他才读到高中毕业。陈冠昌家境困窘，初中没毕业便改学师范，他在师范里参加学潮，宣传抵制日货，被学校开除，从此，他就参加共产党地下活动,后来被党组织安排在芦火墩小学工作。他个子比李侠兵矮半个头,身子看似不强壮,又有点拎肩,但他眼神凌厉,总是一腔怒火的样子,他心中充满反抗的精神,要把旧世界烧毁,砸烂!他这种气概让人觉得他形象高大。陈冠昌除了教学外,几乎把所有的精力和时间都用在发展党员上,他可以说是淮海地区革命思想的播种者,周围几个县党支部的创建可以说都有他的参与。陈冠昌认为,在淮海地区现在是革命准备阶段,只要有了党组织,拥有广大党员力量,将来像井冈山那样揭竿而起时,必一呼百应,取得成功。陈冠昌是我党优秀的传道者和卓越的组织者,但他觉得自己不具领导天赋,他认为李侠兵在上海见过大世面,虽然有点"洋气",但为人豪爽,刚直,稳健,将来必成大气候,所以,他以李侠兵为友。而李侠兵觉得陈冠昌虽然是个乡村教师,朴实无华,为人也还通达,温文,灵活,他与方霞客时髦、张扬的个性不同,不怕坐牢杀头的危险,像头老黄牛在淮海平原上默默耕耘,传播共产主义思想,十分了不起。因此,李侠兵很赞赏这位貌不惊人的老同学,与他友善。

李侠兵看着陈冠昌略为前倾的脊背,他想起陈冠昌曾经搜集了不少县志、几个大家族的谱牒,他当时问他研究这些故纸旧书干什么?他说,为了使党在淮海地区扎根壮大,必须迅速发展党员。而在发展党员时对其人的家族背景略知一二也很要紧,当然,对其家族的了解也为交谈时准备好话题,这使李侠兵很感动。李侠兵觉得现在有这么好的老师在身边,应该向他请教点地方人文历史。这时,他忽见运盐河左侧河滩上沙丘成群,大的如小沙山一般,很明显是河水冲积而成的。他约陈冠昌下马,来到沙丘前,说是请教地方史从此开始。他问沙丘是怎么形成的?陈冠昌抓一把黄沙撒了出去,说:"李兄,你学问大,你倒来问我,我要向你请教:我们家乡这片土地是怎么形成的?我学校里有个讲地理的先生说是大禹的父亲鲧从玉皇大帝那里偷来的神土,撒在大海里长出来的。他是在说笑话吧?"

李侠兵想,我想请教他地方史,他倒倒打一耙,好,这是一好题目。他也从沙丘上抓一把黄沙撒向河面上,笑道:"鲧撒神土那是《山海经》上的神话,很美的。这类神话传说在这里留下不少,硕湖、落马湖、百草湖说是大禹治淮泗留下的,还有众多的小湖泊说是大禹当年踩下的脚印,这些传说都很美丽。但是,科学地说,淮海平原、江淮平原乃至更大范围的地面,都是由江河千万年来冲积而成,这里的泥土有黄河从西北高原带来的,有长江从西南带来的,当然,淮泗河系携带来的泥沙黄土最多……"

陈冠昌不等他说完,又问道:"怪不得我们这里语言杂,南腔北调,人性杂,脾气多样呢。你说,这些也是长江黄河带过来的?"

李侠兵鼓嘴一笑,心想这下可入正题了,请他讲讲这里的人,讲讲这里地方史:"仁兄对地方史研究了多年,这方面比我知道的多多了,你把肚里的好货倒点出来。"

陈冠昌没有立即回答,他在望着柳林后面飞翔的一群小白鹭,想起对一些老人的访问和史料的搜集。他从县志和一些族谱中得知,淮海人有一部分是五代时从山西上党来的移民,五代诗人鲍照祖上就是上党人。明代从大槐树也移来一些移民,以"洪武赶散"从苏州阊门来的移民最多。不过,他们的吴语比较难懂,在星转斗移中迷失了,现在所剩不多了,但这里语言里有入声,就是吴语的特点。在东安他们陈氏有两支,一支是山东移民,一支是安徽移民,前者的先人是位抗倭寇的将军,后者的先祖是徽州茶商的后裔,他家是山东抗倭将军的后代,他为此而自豪,其实这是他们家族轻商观念的反映。他们这一族住在硕湖边的湿地里陈家沟,是个贫穷的村子,而陈姓的另一族住城里,商沽富人众多,他从小就常听到村人对那些人的嫉恨之词。他对李氏家族了解不多,李氏族谱记载的鼻祖是陇西人,因镇守两淮有功,后来留下一支在运盐河畔,曾在清代乾隆年间李、陈两姓联合抗倭,后来又在蔡工河湾与捻军打过一仗,这在县志上都有记载,陈家沟族人以此为荣,在陈氏谱牒里有详细的记载。所以,他在学校读书时曾对李侠兵说,他俩能成为好友是老祖宗早为他们打下了基础。陈冠昌在对地方历史文化研究中发现,淮海、江淮地处南北过渡带,文化底蕴深厚丰富。生活在这块黄土上的人性格多样,也很有意思。他仔细分析,淮海人性格有北方人的敦厚,朴实,豪爽,又有南方人的浪漫,柔情,细致。这里的人聪敏而疏于精明,豪朗而鄙于阴晦,大气而不善算计。这里的人基色是厚朴,仗义,直爽;本色是诚实,热情,勇敢;靓色是耿直,义气,智慧。一言以蔽之,在这丰厚广袤的淮海平原上,人们有着"风萧萧兮易水寒,壮士一去兮不复还"的豪侠之气,怀着"拯物救世,不计事功"的精神,敢于"纵横捭阖,剑挑乾坤。"于是,他把想到的这些说了说,接着又问道:"李兄,你说你的脾气是什么?"

李侠兵见他对淮海人有如此精到的分析,反问道:"陈兄,你对我们这里人作了归类分析,你说我归哪一类?"他见陈冠昌在犹豫,又补充一句:"旁观者清嘛。"

陈冠昌想了想,笑笑说:"我说得不一定准啊,我觉得仁兄身上有淮海人的靓色:耿直,义气,智慧,有着拯物救世的情怀。"

李侠兵哈哈大笑,说道:"老同学,你是在哄我高兴是不是,我哪有你聪明啊!"

陈冠昌没有笑,认真地问:"对了,你说旁观者清,我要听听你对我脾气的分析? 你说!"

李侠兵也认真起来,想了一会说:"首先申明说得不一定对,仁兄身上有三实之优点:朴实,诚实,实干,是一个真心实意的共产党人传道者。"

陈冠昌推一推圆眼镜,清瘦的黄脸露出笑容,他认为李侠兵对他不是性格的分析,而是为人方面的评价。他很满意,在乡下很少有人对他有这样的了解,他与李侠兵握了握手,然后一起往河堤上走。过了一会,他忽生感慨,说:"李兄,淮河流域虽然贫穷,但有着悠久的文化传统,因此,出过多少文化人,出过多少将军啊,《七发》的作者枚乘,《西游记》的作者吴承恩,教育家思想家就更多了,孔子,孟子,庄子,他们像天上闪亮的星星数不胜数……"

李侠兵过去常常听到陈冠昌谈到对家乡的热爱,对于家乡历史人物的高度评价和赞赏。他俩在谈到这样的话题时就分外投机,十分愉快,在上海与方霞客交谈是没有这样感觉的。他感到陈冠昌愈来愈成熟,愈来愈有内涵了,在这块土地上磨练,陈兄思想显露出光环来了。想到这里,他想跟陈冠昌谈哲学,在人生上刨根究底,他说道:"陈兄,你说我们这里有着悠久的文化传统,出了不少历史人物,这话一点不假。不过,我觉得很奇怪,我从小就过继给龙兴寺,认吴道人做干爹,按理说我对老庄哲学应学到一点,但是,我对老庄却一窍不通。而你老兄对老庄研读很深,是不是啊?"

陈冠昌觉得他对老庄虽然熟读,但领会不深,老庄的著作看似浅显,其实太深奥了。他说:"不是那么回事。老庄的东西博大精深,难以深入堂奥,说实在的,我学得太肤浅了,这不是谦虚。不过,不少人认为老庄的哲学是养生之道,小弟不敢苟同。其实,老庄也提出一些治国思想嘛,不过,在如今乱世对青年来说以'清静无为'来修身是要不得的,'小国寡民'的政治理念也是不现实的。"

陈冠昌对老庄思想的剖析鞭辟入里,尤其是对道家"清静无为"、"小国寡民"理想的批评十分确当。这使李侠兵眯着细长的眼睛看了他好一会,他黄瘦的脸皱纹已现,藏在圆眼镜片后有点害羞的眼神,感到他确确实实是个谦谦君子。李侠兵大声赞道:"陈兄不必过谦了,你对老庄思想有着深刻的理解嘛。"

陈冠昌眨了一会眼睛,他想他中学没毕业,李侠兵是大学生,他怎敢在李侠兵面前班门弄斧呢。李兄这么说不过是在鼓励他。在对待古人思想,尤其是评价老庄、孔孟他们庞大的思想体系方面,他实在没有把握。他说道:"李兄,过奖了。李兄,你古文底子好,你跟儒学名儒宋先生学过几年,你承不承认你是孔子之徒?"

李侠兵笑了笑,心想在现如今"5.4"新文化运动之后,谁还敢称自己是孔子之徒啊!自从提出"打倒孔家店"以来,孔子似乎不吃香了。但是,孔子的思想也不能说全是过时的糟粕吧,经典还是很多的么。他说:"孔子提倡的'修身、齐家、治国、平天下'的爱国思想,在日本人时时窥视和侵犯我国的今天,还是值得继承发扬的吧。"

陈冠昌在学校是提倡新文化,反对旧文化的。而且,他是采取"矫枉必须过正"的态度,对古人思想难以辨其精华与糟粕时,他是采取简单否定的办法,现在,听李侠兵这么一点,他觉得点到了要害。

经过这一次广泛的交谈,两人都觉得相互沟通了许多,心灵上也靠近了许多。他俩对视了一下,都感到收获不小,心情愉快,于是上了马,挥鞭前行。

到了海州师范学校已是下午了。海州师范学校是江苏省的名校,坐落在山麓之南,校门并不高大,校舍一律平房,掩映在绿柳荫里。他俩把马拴在柳树下,便去学生宿舍。

李侠兵和陈冠昌刚绕过一座月季花盛开的花圃,迎面来了个女生。她穿一身蓝竹布的女学生装,面如满月,双眼如星,剪着短发,端庄大方,捧着一本书,款款而来。

陈冠昌停步拦路,说道:"柳寄明同学,你好! 你认识我吗?"

柳寄明用手理一理额前的留海,闪动着杏眼,打量他一会说:"啊,你是汪金凤的表哥陈先生。"

"是啊是啊。"陈冠昌给她介绍道:"这位是我的朋友李侠兵,他现在上海读大学。我的表妹在宿舍里吗?"

柳寄明向李侠兵颔首,然后又抹抹额上的留海,有一绺额发似乎不听话,老是往眼角上挂。她说:"她在教室里。你们到宿舍里等着,我去叫她。"说着,她转过花圃。

他二人到了宿舍,李侠兵见木架上放着的皮箱是进口货,几双皮鞋也是高级而时尚,与上海姑娘穿的皮鞋一样,晾衣绳上晾着的衣衫多为杭绸,而桌子上的书籍古今都有,还有两份报纸。李侠兵看了看上海《申报》,又翻翻学校的学生刊物。刊物上正在讨论女生如何解放思想,做个新女性。这时,柳寄明与汪金凤回来了。

"表哥,你怎来了?"汪金凤见陈冠昌来,明显很兴奋。她穿着学生服,短发上别着玉蝴蝶发卡,腕上戴着一副银镯,捏着白绢手帕,不时地擦着脸颊上的汗水。她比柳寄明瘦点儿,瓜子脸儿,颧骨略高,一双金鱼眼睛大而明亮,但眼里时不时地似乎飘着一层雾,那雾后面藏着一种神秘。

李侠兵觉得汪金凤和柳寄明都很优秀,柳寄明端庄朴实,汪金凤华丽张扬,从衣饰看,她是爱花钱的富家女孩。

在他们寒暄的当儿,柳寄明端来两杯水。陈冠昌接过水杯,对双方作了介绍,然后对柳寄明说:"请你陪李兄坐一会儿,我跟表妹到外面说一会家常话。"

他俩走后,李侠兵问道:"汪金凤家里是个大地主吧?"

柳寄明与不相识的男性相处,并不胆怯害羞,大大方方地回答道:"她家土地并不多,听说她家在县城开了洋货店,在上海开布庄,在螃蟹港开饭店,她的父亲好像是五港镇的商会会长。"

"这么说,你家是大地主了,从穿着、用品来看你也不是穷学生啊。"李侠兵说这话是怕两人相对无言,没话找话说。

柳寄明那长长的眼睫毛下罩上一道阴影,立即将穿着带扣皮鞋的脚向后缩了缩,杏眼闪了闪,含笑说:"我家还可以,有多少土地我不清楚,倒是有两座炮楼呢。"

李侠兵晓得,有炮楼的人家一般地说是个大地主。他问道:"令尊一定是位思想进步的绅士,把你送来师范读书就是个证明嘛。"

柳寄明十分尊敬她的父亲,对父亲送她进师范深造她很感激。

她微微笑着说:"是啊,家严与其他乡绅比起来,思想先进些。但是,我家乡的环境与师范学校比较起来,那差距就太大了。"她随手递过一本国文课本:"你翻翻课文就可证明我刚才说的话。"

在李侠兵翻书的时候,柳寄明取来热水瓶为他续上水,并偷偷端详他一会。由于她感到李侠兵浓眉大眼,身材修长,穿着一身时尚的对襟学生装,戴着风帽,有一股英姿豪爽之气,心底不禁颤动了一下。而李侠兵并没有注意到柳寄明在偷看他,他在全心翻着国文课本。课本里选取的课文确实不错,有讲波兰亡国的,有讲女性自立的,有一篇课文甚至专讲赈济捐赠的,他翻了一会说:"你们的国文教育不比上海差。海州师范很重视思想教育,与时同步。"接着,他问道:"请原谅我冒昧,柳小姐毕业后,是准备去就业教书还是继续上大学读书呢?"

柳寄明低头想了想,说:"李先生,让我选择的话当然是继续读书,最好能到上海、南京那样的地方去读书。不过,家里好像有他们的想法……"

李侠兵晓得她羞于开口,唐突地问道:"家里恐怕要你回去结婚,夫婿选定了没有?"

柳寄明没有直接回答,她嫣然一笑,转换了话题:"李先生,你说陈先生是怎么回事啊,他每次来找汪小姐,都是把汪小姐叫到外面去秘谈,你说这多有趣啊!"

"你是想说他们俩在谈情说爱吧?"李侠兵觉得柳寄明很敏感,很智慧,她对自己的婚姻避而不谈,却把话题转移到别人身上。李侠兵庄重地说:"不会的,陈兄已经结婚,而且是有了两个孩子的人了。"

柳寄明皱着眉头,认真地想了想:"那他们有什么秘密呢?总不会在搞啥活动吧?"

这回又轮到李侠兵敏感起来。他晓得,对陈冠昌搞地下党的活动是绝对不能说的,说道:"陈冠昌说他姨父托他来说一些家事,大概不宜外传,他们才这样做的吧。"

柳寄明认为李侠兵故意把话说岔,有点不高兴:"李先生,像你这样聪明的人,不会不明白我说的意思吧!"

李侠兵觉得柳寄明思想缜密,也很会说话。但他仍然装憨,笑道:"那他们会有啥秘密呢?"

这时候,陈冠昌与汪金凤回来了。

柳寄明故意大声地问:"金凤,我跟你亲如姐妹,你家里什么事不可在这里说欧?陈先生,你说呢?"

李侠兵与陈冠昌四眼一对,发出微笑,他俩都没想到这么娴淑的姑娘会将他们的军。这时,李侠兵来帮陈冠昌解围,说道:"你们一定谈的是婚姻大事,是吧?"

汪金凤摇摇头,笑道:"看你李先生说的,不是的。我的婚姻我作主,哪个敢来多嘴啊?"

"好,有性格。"李侠兵赞了一句,又笑问她:"那你们说啥?"

汪金凤抹抹额上的留海,闪着金鱼眼说:"家严要我到上海读书,请表哥来当说客呢。"

柳寄明知道这件事,前几天汪家派管家来接汪金凤回去,汪金凤拿不定主意,跟她商量过。汪金凤说,她去年在上海读大学,因听不懂上海话而回来,现在父亲仍然要她去上海读书,为了日后到外国去留学。她觉得在上海那个大学读中文,其教学质量并不比这里海州师范好多少,而且,这里生活、饮食也习惯。柳寄明劝她说,要读书深造与见世面还是到上海、南京好。她家也打算送她到南京或者上海去上学呢,到考试之后,我们一起走。

"那你现在的态度呢,去还是不去上海?"

"考试后再说。"汪金凤说,"这两天把心思全放在复习功课上,备考。"

他俩辞别的时候,二位女生一直把他们送到校外。李侠兵客气地说,你们如果到上海读书,我会带你们去玩。他注意到汪金凤在与他握别的时候，非常有力，显露出一种殷情。她手指间有她衣袖上的檀香味。而柳寄明没有与他握手，只是礼节性地微笑着，她似乎比汪金凤成熟许多。

当他俩骑马来到运盐河堤上，陈冠昌告诉李侠兵，他刚才通过汪金凤了解到海州师范学校几个男生的情况，他们的家庭政治背景。听了汪金凤的介绍，他觉得可以发展李大明入党。

李侠兵觉得陈冠昌办事诡秘，问道："汪金凤是党员吗？"

"不是。"

"柳寄明呢，她是不是党员？"

"不知道。"陈冠昌说："其实这两位姑娘都挺单纯可靠，可以发展她们入党。"他又补充说："当然，她们家庭都是地主。汪家复杂些，我姨父是个三通人物，通国民政府里官僚，通土匪青皮，通各路英雄，他还是清安帮在五港镇的老头子。不然，他也当不上城镇的商会会长。如果发展汪金凤入党，恐怕要请示上级党组织。比较来说，柳家倒相对简单些，柳寄明的父亲是前清的禀生，是个开明绅士，热衷教育，遇到荒年就减租，当地村民对他的口碑不错。"

李侠兵觉得陈冠昌确实厉害，对海州师范生了解这么透彻。到了路口，李侠兵问："那么，我们现在往哪走？"

陈冠昌拿出汪金凤给他的纸条，上面画着去李大明家的地图，说："到新安镇去，李大明在家里呢。"

他俩骑上马，直奔新安镇李大明家去。他们在李大明家呆了好些天，秘密地发展了两个预备党员，然后才回龙兴寺。

李侠兵想回到家便立即回上海，省得老母亲再叫他相亲娶二房。说实在的，他在上海写了休妻书之后他也想过再娶。他想找个什么样的女性呢？志同道合的革命的知识女性。他在建筑学院里的同学，一个女生也没有，上海那些从家里出走的"娜拉"们，虽有知识，但真正不怕牺牲的革命者也很少，张胜男是她们中的姣姣者，不过，在出走的"娜拉"里能有几个张胜男呢？在乡下，可以说很难遇到像张胜男那样的革命知识女性。现在,他在海州师范突然遇到柳寄明、汪金凤两位淑女,当时心有所动,但那心仪之情一瞬间就熄灭了,因为那两位女生很难是革命者。他想,他要找的对象应该在上海,在他创办的"青年诗歌研究会"里,说不定能觅到知音。

其实,他的想法错了,这两个女生中的一个就是共产党员,而且,她入党时间比他还早一年呢。后来,当他知情后,他紧追不舍,两人开始了漫长的恋爱的马拉松,演绎出一个可圈可点的爱情经典来。当然,这是后话了。

5

李守田老夫妻俩在李侠兵走后,遇到一件麻烦事,他们盼望儿子回来帮忙解决。他们盼星星盼月亮,等了半个月终于把儿子等回来了。李侠兵听他们所说之事感到实是意外,是件多出来的麻烦事,但他也不能不管。

事情是这样的。在李侠兵和陈冠昌去海州第五天,宋铭儒女儿宋英英因与夏羡贤私通被夫家捉住,朱家圩朱氏族长朱崇山把他俩送上双人漂,抛到运盐河里漂流。他们的竹筏在漂浮到蔡工渡口时,痞子刘太瘦把宋英英救起,逼迫她嫁给他,宋英英宁死不从。后来,李嬷妈帮宋英英逃匿,先是藏在家里夹墙里,后来送进五港尼姑庵里。现在,刘太瘦仍不死心,纠集他的小兄弟常来李家要人,听说还要叫上王培鲁一伙来要人。李嬷妈把这件事前因后果跟儿子说了一遍,要他对刘太瘦想想办法,出出胸中的闷气。李侠兵听了后,笑笑说不碍事,你们放心好了。接着,他安慰了二老一番,又问了一些朱家圩的情况,并答应给朱崇山的儿子朱虎首和朱虎尾写一封信,请他管束他们的家丁,不可胡作非为,搞什么"双人漂",欺侮他们的启蒙老师宋铭儒先生。

李嬷妈听儿子这么一说,心中宽慰多了,问道:"儿呀,朱家虎首、虎尾是你的同学？"

李侠兵答道："妈，你把我在外边认识的人都看成是同学，不是这样的。我跟朱家老大虎首只有来往，但不是同学，我跟朱家老五虎尾是在县城里一次会考上认识的，他与陈冠昌家是姨表亲，叙起来朱家圩的朱家与李大庄的李家是老上亲，不过，已有两代人不来往了。"

李守田在打草鞋，这时插话说："好像有这么回事，你西界三大爷能记得。"

李侠兵继续说道："我跟朱家老大朱虎首、陈冠昌几个人一起喝过酒，后来，朱虎尾到日本去留学，我们就断了来往。"

"那你的信还管用吗？"李嬷妈对刘太瘦恨得牙痒痒的，把对刘太瘦的打击寄望在儿子身上。

李守田瞪她一眼："看你这老婆子说的，朱虎尾能不买侠兵的面子！侠兵可不是平民百姓，是在上海读书的大学生。"儿子是李守田的骄傲，容不得别人对他儿子一丝一毫的怀疑。李侠兵是神童就是他透露出去的，那是一次在县城里戏院看戏，那时侠兵才六岁，台上的演员朗诵岳飞的爱国诗词《满江红》，他说儿子听了一遍就立即能背诵出来，其实儿子在私塾里早背熟了。这事引起村里好事者的好奇，便逗小侠兵背诵《满江红》，小侠兵果然把《满江红》词呱呱地背得一字不漏，众人拍手，说小侠兵将来必成大器。尤其是龙兴寺的吴道人，更是欣喜异常，把这事到处宣传，弄得河东的五港镇上的人也都知道。

果然，朱虎尾很快就回了信，说了许多客套话，让李侠兵感到他虚伪。他说，他作为到日本留过学的青年，不会赞成朱氏家族在祠堂的议决把宋、夏两人送上双人漂的，但家规难违呀！诸如此类说了一通，李侠兵看后把信扔了。

李侠兵回来后就想立即去上海，上海党组织的秘密活动瞬息万变，他十分挂心。青年诗歌研究会一般两个月开一次会，再过十天就该开会了。特别让他挂心的是张胜男被捕，现在保出来没有？有关张胜男的事方霞客一定会全力去营救，不过，他也想去帮他。诗歌研究会的白超、赵苏江、钱越等人在上海都是有门路的，他们也会利用社会关系帮助方霞客的。李侠兵人在乡下，心早就飞向上海了。可是，李嬷妈那知道儿子的心思，她以刘太瘦、王培鲁一伙人会来报复为由，想留住儿子，让他去把儿媳妇宣氏带回来，然后，再去相亲。为了留住儿子，她又加重语气告诉李侠兵，你爹干儿子余大杰为了李家的安全，他请他在龙兴寺打工的一帮兄弟跟刘太瘦那一帮人打过一架，这两天不太平，你千万不能走！

李侠兵没法，只有在家里再呆几天，去拜访有势力的亲戚，请他们照顾家里，又到龙兴寺里找到余大杰，跟他喝了一顿酒，吃了两碗狗肉。余大杰生得一双爆花眼，络腮虬须，虎背熊腰，外号结巴。他常年在运盐河边打工，流落在龙兴寺，去年老父亲病殁，他无钱葬父，是李守田买了棺材把他父亲葬了，大杰感激不尽，认李守田为义父，但他不敢与李侠兵以兄弟相称，总是叫李侠兵为李先生。这回李侠兵说，既然你认我爸做义父，我们就兄弟相称，我不在家，家里事请你多费心照顾。余大杰当然高兴，抹着虬须满口应承说，你放二十四个宽心，干爹家的事我不管还是人吗。李侠兵晓得余大杰为人义气，又有一帮打工的穷兄弟，他也就放心了。

过了两天，他打理箱子，把家里古书装进去，又跟小二子谈了一次话，叫他好好读书，描红要认真，不要鬼抄皮。做了这一切之后，他便想回上海，省得老妈总催他去相亲。中饭后，他正想出去访友，这时吴道人气喘吁吁地跑来说，不好了，余大杰带一帮兄弟在村口跟王培鲁、刘太瘦、韩八一帮人要打起来了。李守田一听十分紧张，鼻尖上冒汗，直叫唤"这怎办，这怎办？"李嬷妈却是镇静，瞪他一眼，说道："兵来将挡，水来土掩，你怕什么？"她拿眼看儿子，等儿子说话。李侠兵问吴道人王培鲁来要干什么？吴道人说，他说宋英英是刘太瘦从双人漂筏子上捞上岸的，按规矩她就是刘太瘦的女人,现在,宋英英被李家藏起来了,他是帮他把兄弟刘太瘦来讨个说法,要李家交出人来。李侠兵听后,觉得此事到龙兴寺去解决较好,那里不仅有余大杰的一帮小兄弟,还有二十多个年轻道士,打起来的话吴道人也可叫年轻道士们帮忙。于是,他叫家里人把大门关上,拉吴道人到龙兴寺去。

在路上,他想起小时候和王培鲁同过学,跟宋先生读了三年私塾。后来,在集市上偶尔与王培鲁碰过几次面,现在也有好些年没见面了,王培鲁小时候生得粗壮,后来也长得五大三粗,浓眉大眼,像模像样,只是常把眼睛瞪得比鸡蛋大,下巴颏上的肌肉会爆立起来,显出一付蛮横相。听说他为人阴险,好使心眼,是个令人生畏的人物。李侠兵心想如何对付这种人,也只有见面再说了。

众人见吴道人带李侠兵来,纷纷让开路。王培鲁见到李侠兵先是一惊,然后,趋步向前迎上来热情地说:"哎呀,这不老同学吗,何时来家的?"其实,他听刘太瘦说李侠兵从上海回来了,不过,这几天不在家,他才放心地前来,想不到这时撞上了。来时他答应刘太瘦是来抢人的,遇到抵抗就动武,想不到李侠兵回来了,王培鲁当然感到意外,就是刘太瘦一帮人也感到吃惊,一个个像木桩立在路边,不知如何是好,把准备打架的架势放下了。

李侠兵扫了众人一眼,向王培鲁扬扬手,笑道:"嗬,好些年不见了,长成这么个大个子,在街上遇见恐怕不认得了。"

王培鲁有些尴尬:"是啊,是啊。"他想介绍刘太瘦、韩八一干人等,李侠兵不让他有说话的机会,说道:"这里不方便,到寺里坐。"他们来到龙兴寺里,在进方丈小院时,吴道人叫道士们把王培鲁身边的人拦在外面,请他们到隔壁他侄儿吴飞祥家去喝茶,只放刘太瘦、韩八、王小狗几个人进来。在落坐时李侠兵注意观察刘太瘦,他在蔡工渡口曾见过这个人,蟹壳脸,蛤蟆眼,一嘴金光灿灿的金牙,瘦不拉叽的三号个子豆腐架似的,听说他是山东讨乞来的外来户,因拜在清安帮主乔小楼的门下,便成运盐河边的一个痞子。这时，王培鲁开始介绍来人，他说，他与刘太瘦、韩八都拜清安帮主乔小楼为老头子，所以，这几个人都是同门兄弟。现在，韩八在上海打工，他替几家财主做包方，包方就是武装防匪，保一方平安。王培鲁想，李侠兵在上海读大学，是个有学问的人物，他说话要客气要漂亮。他摸摸光亮的大背头，笑笑说："老同学，今天，我想办的事想必老同学已晓得了，就不多说了。你我同学之间的事好办，你说怎办就怎办，全凭你一句话。"

李侠兵想，你这人阴阳两面，嘴里说得这么好听恐怕不是心里想的，便想忆忆旧缓和一下气氛，笑道："老同学，你在宋铭儒先生那里读书虽然时间不长，但你毕竟是宋先生开蒙的，宋先生确实是位好好先生，你还记得吗？"

王培鲁没想到李侠兵会跟他小学文化的人叙旧，大背头一点一点地说道："是啊是啊，记得记得。"

李侠兵："你还记得他叫我们背岳鹏举的《满江红》吗？"

"怎不记得？就是为背岳飞的那首短命的诗词，我不止一次埃打罚跪，可是，至今我也背不上来啊！"

众人笑了，王培鲁也笑起来。李侠兵乘势说："我们都是宋先生的学生，想想宋先生的恩德，对他的女儿宋英英能帮就帮一把，不要找她麻烦了，行不行呢？"

王培鲁想今天要打起来的话，恐怕不是余大杰一帮人的对手，光棍不吃眼前亏。而且，他觉得李侠兵这么大的一个人物，比他不知要高多少层次，但是，人家也没居高临下以势压人，而是挺温和的，说话完全是商量的口气，真是给足了面子。他仰起脸，冷冷地对刘太瘦说道："兄弟，听到没有？我老同学既然这样说了，就此话此了！"

刘太瘦立刻瞪起蛤蟆眼，呲牙裂嘴，他哪里肯答应，拉王培鲁到外面吵闹起来。说他来时答应是来抢人的，现在说变卦就变卦，你这大哥怎么当的！这么好的一个女人，就这么不明不白地丢了？

吴道人听他俩在门外争吵，脑子反应快，他迅速开了箱子拿出一摞银圆塞给韩八，说："你爸跟我是道友，你在上海见过大世面，你帮帮忙。兄弟们辛苦，小意思。"

韩八拿了银圆到外边把钱交给王培鲁，然后，他三人咕噜一会，王培鲁笑嘻嘻回到屋里，说："嗨，让吴住持花费了，这事算是摆平了，他俩找兄弟们去了。"接着，王培鲁说些客气话，如果李侠兵有空去潜上玩，他作东找些老同学聚聚。说着就告辞，吴道人非常客气硬拉不放，留他吃饭，王培鲁晓得这不过是面子仗，说是家里有事耽误不得。他一走，吴道人就骂道："王八蛋，迟早遭到报应！"

刘太瘦拿了银子这事叫余大杰晓得了，他怎肯让这些王八蛋离开龙兴寺，便追赶到老堆头截住，喝令刘太瘦留下银子，否则叫他们爬着回去。刘太瘦情愿跟他拼命也不会吐出银子的，双方剑拔弩张，人愈聚愈多，就在动手之际，李侠兵闻讯赶到，喝住了余大杰，挥手叫刘太瘦一帮人离开，王培鲁拱拱手立即带刘太瘦韩八一伙人走了。余大杰气得爆花眼圆睁，虬须直翘，闷声闷气问："李哥，我想不通，他们来欺人，还给他银子？"

李侠兵拍他的肩膀，笑道："兄弟，就当是请人从河里捞人给的佣金，也是应该的，算了算了。"

众人一听，是这个理。吴道人竖起大拇指，他觉得李侠兵就是有胸怀有智慧，做事与小肚鸡肠的乡下佬不同。他给钱想了事根本没想啥理由，叫侠兵这么一说，这笔钱作"佣金"倒也是给得冠冕堂皇。

众人散了，李侠兵回到家里。

李守田在牛棚前打草鞋，李嬷妈在拐豆浆，老两口做着家务在等儿子回来。李侠兵回到家，立即把宋英英的事处理结果给二老说了说，二老听后觉得儿子本事大，有面子，这下宋英英藏在五港尼姑庵里也就放心了。李嬷妈见他们父子啦呱家常，便到厨下做一碗水浮蛋，加了一调匙红砂糖，端了过来给儿子。侠兵见碗里漂着两个水浮蛋，便到厨下拿个碗来，拈一个蛋给爸爸吃。老头子直摇手不要，不停地在打草鞋。李嬷妈想谅你也不敢要，那鸡蛋是你吃的吗？确实，平时家里人是一个鸡蛋也舍不得吃的，那是拿去卖钱的。李嬷妈把家里一切财源包括卖鸡蛋的小钱，都集攒起来用来购买土地。她对土地十分执爱，有一种亲切和依赖感，土地对她来说是生命中不可或缺的一部分。而李守田对土地的感情就没有她那么深厚，有一次，他赌钱输了大钱，便提出把河滩上的三亩碴碛地卖了，李嬷妈拿着菜刀要跟他拼命。这两天，她在谈到又想买地的事，儿子反对。李嬷妈听了心中很是不快。

李侠兵吃完水浮蛋，怕老娘又要叫他去相亲，便采取主动，问道："那个宋英英在五港的尼姑庵里粮食够吃的吗？"

李嬷妈："我答应送粮过去。"

"这不是长久之计，我看不如把我家东边那三亩地捐给庵上，这事我去年暑假提过。一来做好事，二来那老尼姑也是我们的亲戚嘛。"

李嬷妈瞪眼，拉下脸来："庵上有困难，我给钱给粮就是了，为啥要给地呢？再说，今天是你老姑奶奶在那庵上当尼姑，明天，庵上尼姑换人，那块地不是白送了？我不送！"

李守田笑了，笑得茅草胡子直抖："以后千万别提捐地，土地是你妈的命。"他怕他们母子俩争起来，便转换话题说道："老婆子，你以后不要没事找事，儿子在上海读书好好的，你请吴道人写信称病骗儿子回来。春天，正是读书的好时候，你懂吗？"老头子平常不敢对李嬷妈说三道四，今天，仗着儿子在旁他胆壮起来。

但是李嬷妈照样不给他面子，大声道："你胡说什么呀？我前几天不是头痛心慌吗，才请吴道人写信的。老头子你不要拾到一根筷子就想爬上天！我叫儿子回来，叫他娶二房是为了李家嘛，侠兵，到钱家相亲去不去啊？"

李侠兵提出给庵上捐地就是想将他妈军，想不到她妈还是提出相亲的事。他冷下脸来说:"妈,你瞎搞什么?"

李嬷妈立刻感到委屈,"哗"地流下泪来:"我倒是瞎折腾,还不是为了李家多子多孙!为了面子你也该娶二房呀,村里地主哪个不是三房四妾的?"

李侠兵想,要想叫老娘打消这个念头还是提出捐地,加大捐地砝码,对她是一帖药。他笑道:"妈,你叫我娶二房不难,你得答应我一个条件?"

李嬷妈一听有门,问道:"是甚条件,你说?"

"将河滩三亩砂碛地捐给五港尼姑庵,再把圩西八亩地捐给龙兴寺。"李侠兵说道:"你这样做了,我就去钱家相亲,也去宣家庄把宣氏带回家。"

这对老娘确实是一帖药,李嬷妈想钱家侄女再能苦也苦不来十一亩地啊。她立即瞪眼道:"你不去相亲就算了,还提出捐地,哼!"她说头痛,到猪棚喂猪去了。

李守田摇摇头,说:"这下太平了。"他转脸问儿子:"你明天跟汪家船回上海,听说陈冠昌来送你,是吗?"

李侠兵说:"是呀,他说到南边金家寨、螃蟹港等处办事,顺路送我一程。"他知道陈冠昌到金湖中学去发展地下党员。不过,这样的事就是天王老子也不能说。

第二天,李侠兵跟妈妈告别,李嬷妈一直送他到村口。李侠兵骑着大白马在前,老头子骑着大叫驴跟在后面,李嬷妈望着儿子骑着大白马渐行渐远,想到叫儿子回来的事没办成,连宣家庄也没去,心里难受,卟啦卟啦流泪。她想世上好强的母亲大概都像她这样,再强也强不过儿子。

李守田骑着大叫驴跟在儿子后边,心中高兴。他这人很有意思,把《道德经》背得滚瓜溜熟,略懂黄老之学,可称是道家之徒,但他也会念《金刚经》,对送子观音顶礼膜拜,对佛家之说也坚信不疑。乡人对这类人一律称为"道人",姓王叫"王道人",姓李叫"李道人"。不过,李守田与村里其他道人不同,他喜欢骑着大叫驴在村里转悠,咿咿呀呀背诵《道德经》,有时唱两句二黄,但他脸色黄瘦,茅草胡子稀稀拉拉,让村人觉得好笑。

李道人在生意上与汪述先有来往,他买汪家店里的洋布,洋火,洋钉,汪家收购他家油坊里榨出的豆油、花生油、菜籽油。今天,李嬷妈想李家父子出行穿着不能不讲究。她令李道人穿一身洋布褂裤,戴着礼帽,儿子西装革履,打着红色领带,她要让汪述先与路人看看李家的气派。

路上,李道人从人们的目光和打招呼里,充分感受到老太婆做得对。

"李道人,这是你在上海读大学的儿子?"

"是呀,是呀。"

"李道人,你家侠兵可真是英俊啊,天庭饱满,地角方圆,一脸豪气!"

"嘻嘻,嘻嘻。"

李道人一路走来,听到村人许多赞颂之声,心里舒坦极了。

6

汪家在五港镇是首富。

广场前有个专用码头,小河里停着十几条货船。汪家院子是三进两式,八字门外有一片树林,树下竖着十余个青石拴马桩。那青石桩穿绳洞被缰绳磨出深深的印痕,据传这拴马桩是汪金凤的高祖父置下的,他是清代的榜眼,到了汪金凤父亲这一代才走下坡路,没人做官。汪金凤父亲汪述先排行老大,在五港镇开洋布行,老二汪述圣在上海开布庄,老三在螃蟹港做南北货买卖,开饭店。兄弟三人生意都做得不小,尤其是汪述先的生意做得大,他拥有船队。汪述先是东安县商会会长,他喜欢广交朋友。他的口头禅是:"身怀一技以糊口,拥有朋友方得富。"他是位路路通的人物,帮会,土匪,军警,方方面面都能说上话。

好交朋友的汪述先听说李侠兵来搭乘他家的船回沪,十分高兴。他觉得一个青年在上海闯天下,将来的前程不可限量,值得结交。他令丫头泡上龙井茶以候,听到小厮报告李侠兵到了大门外,便趋步迎出了二门。他刚出二门,弹眼见李家父子已来到面前,连连打拱:"失迎,失迎,里面请。"然后对李道人说:"李老兄,这是你家大公子?"

汪会长亲自出门迎接,李守田十分感激,这是多大的面子啊!李道人客气地答道:"是呀,这是犬子侠兵,跟你家船去上海,给汪会长添麻烦了。"

"那里,那里,小女路上正缺少人伴呢。"汪述先向厢房里喊道:"客人到了,你们怎还不出来啊? 真不懂礼数!"

陈冠昌、汪金凤与柳寄明在丫头小姐们簇拥下,从屏风后面转了出来。

陈冠昌说:"姨夫,我们都是熟人,客气什么。"

汪述先:"什么,你们在哪认识的?"

陈冠昌解释道:"我跟侠兵兄是好友,前几天在海州师范玩,大家就认识了。"

汪述先笑道:"这就好,在上海多个老乡照顾。"他举一举茶杯:"大家请用茶。侠兵,你在上海学什么的?"

李侠兵:"我在大学里是学建筑的。"

"学建筑是干什么的? 老朽不懂了。"

汪金凤解释道:"就是造房子建桥梁,也筑铁路,像詹天佑一样。"

汪述先对这一行太陌生,他自嘲道:"老朽落伍了,现在,建筑已是一门学问了。"他转过脸问女儿:"金凤,你到同文学院选择学科,可请侠兵参谋参谋啊?"

汪金凤点点头。她是有主张的女孩,心里早有了目标,她想学社会学,将来当县长,她希望把自己打造成领袖人物。她穿一身宽袖大裤脚的杭绸裙裤,鼻头尖尖,闪着金鱼眼睛,紧闭的嘴唇边显出一条阴线,显出果断,智谋,有风范。

汪述先因为没有儿子,把这个女儿当儿子来培养,宠着她。这时,他说:"我家世代为官,只是到了我这一代从商,没出息了。要是金凤是男孩,我希望她去学法政,将来捞个一官半职。"

陈冠昌:"姨夫,政府如此腐败,当官也是个贪官。"

管家汪七爷来请示,货已装上船,何时起锚。汪述先说即可起锚。他又关照汪七爷要派几个家丁跟船,路上当心土匪,尤其是百草湖里湖匪多,要注意防范。

到了船上,汪金凤、柳寄明被安排在楼船的后舱里,李侠兵、陈冠昌被安排在前舱,汪述先说让他们住在一条船上可以互相照顾。这对青年们来说,当然是求之不得的,他们可以讨论学问,也可以切磋棋艺。刚才陈冠昌在厢房里介绍李侠兵的时候,说到李侠兵围棋下得好,汪金凤就拍手说,她正愁路上无聊呢,这下好了,可以向李先生请教棋艺了。其实,刚才她在楼阁上望见李侠兵骑马而来的时候,胸中忽然涌起一股热流,呆了好一阵子。

柳寄明当时注意到汪金凤面部表情的变化,问她怎么了?她掩饰说是心不在焉。

上了船,汪金凤把绣花宽袖、左衣襟的乡居衣裤换了,穿上短袖褂,戴上法兰西的罗宋帽,叫丫环菱花把皮箱里的勃郎宁手枪取出来,挂在舱楼的窗边,又把羊毛绒毯子铺好,这才出舱与父亲告别。

三声汽笛鸣响,汪家船队离开码头。

汪金凤令丫头菱花在舱楼里的舱板上摆上条桌,放好棋盘和茶具,放上一盘茶干,一盘豆沙糕,一盘瓜子,一盘花生米,然后去请李侠兵与陈冠昌。

陈冠昌说:"表妹,我们还要请吗?你只要煮好茶,摆好棋,我和李兄会不请自到的。"

汪金凤望着李侠兵仰起了笑脸，一脸灿烂。柳寄明帮着菱花倒茶水，大家围在条桌边坐定。李侠兵想互相间应作更多的了解，便说："我们先聊天再下棋，如何？"

陈冠昌说："李兄，聊什么你出题？"

李侠兵朝二位小姐笑笑："西方凡事女性优先，请你们出题？"

二位小姐互相推诿。柳寄明去上海是党内调动，派她到沪东船厂、纱厂教夜校，开展女工工运运动，至于到上海以后以何种身份掩护自己，现在还未定。她想，如果组织有困难，她就住在汪金凤那里。这种地下党的活动极其秘密，当然不能对外人说，虽然她猜想李侠兵、陈冠昌可能是自己的同志，但也不能讲，这是组织上铁的纪律。汪金凤以为她客气，便说："既然大家这么客气，那就请李、陈二位先手谈，让我和寄明姐观摩观摩，如何？"

李侠兵说："要下棋也要请汪小姐先上场。哪有我先与陈兄开战的道理。"他话锋一转："请问汪小姐，你到上海学什么专业？"

汪金凤："没确定。李先生，你看我学什么专业好呢？"

李侠兵："令尊不是要你学法政吗？确实中国太需要法律了，中国要走向法制国家，这就需要法学家啊。"

汪金凤转脸问陈冠昌："大表哥，你看我学什么专业好呢？"

陈冠昌晓得她是有主张的人，便扯淡道："我会相命，我看你的面相将来适合当将军。当个女将军指挥千军万马，那多神气啊，哈哈哈……"

汪金凤装着生气说："大表哥，人家诚心征求意见，你尽胡说，该打！"她指使丫头过来打陈冠昌，丫头们笑而不动，她笑道："我连丫头们也指挥不动，还想指挥千军万马吗！"她又对李侠兵说："李先生，你给评评这个理？"

李侠兵晓得她需要人捧，便顺口捧她一句："我虽不像陈兄会算命，但也看你汪小姐将来必然大富大贵，必有一番作为。"

汪金凤听了心里美滋滋的。她想转移目标，说道："你们俩合伙来嘲讽我,我倒要看看你们对柳小姐是何态度?"

陈冠昌掐指闭眼,嘴里念念有辞,弄神弄鬼一阵子,然后说道:"据我算来,柳小姐将来必是贤妻良母。李兄,你说呢?"

李侠兵觉得柳寄明与汪金凤有许多共同点,两人都是大家闺秀,都是师范生,大方、聪明、宽容。她们是人见人爱的单纯女孩。但就做人来说,汪金凤似乎喜欢出人头地,柳寄明则是趋向做平平常常的人。他说:"柳小姐与汪小姐都很优秀,让人钦佩。但是,柳小姐与汪小姐一样,让人摸不透她的心思。"

柳寄明脸上掠过一片阴云,心里不高兴。一会,她却温和地笑着:"原来,你李侠兵与陈先生不急于下棋,是在揣摸我和汪金凤的心思呀!好啊,你俩真坏!"

她出语尖利,四座皆惊。

陈冠昌觉得两个姑娘都很厉害,便转舵说:"我们玩 1 只螃蟹 4 条腿好吧?谁说错数字谁喝酒。"他带头唱起来:"1 只螃蟹 4 条腿呀,"李侠兵接上:"2 只螃蟹 8 条腿呀,"柳寄明接上:"3 只螃蟹 12 条腿啊,"菱花接上:"4 只螃蟹 16 条腿呀,"轮到汪金凤,她说:"谁跟你玩这酒鬼的绕口令欧!况且,这桌上有茶无酒。我们刚才斗嘴,还没斗完呢,寄明揭穿你们揣摸我们女孩心思的把戏,大表哥,你说李先生为啥要这么做啊?"

"这你要问侠兵兄,我也不是他肚里的蛔虫,哪能知道呢。"

李侠兵说:"说实话,我想为你们做点什么,有什么可以出力的地方。因此,我想了解你们到上海想做什么,想学什么,我没有其他不切实际的想法。"

汪金凤金鱼眼一眨,长脸巴上露出两个酒窝,嫣然一笑道:"这还差不多,本小姐也放心了。"她打开棋盒说:"斗嘴就此结束,我们斗棋吧。大表哥与寄明先战?"

陈冠昌希望李侠兵与汪金凤更接近一些,以便她到上海后得到李侠兵的照顾与帮助。他说:"你与李侠兵先战,让我瞧瞧你的棋艺有没有长进？"

"你对我的棋艺不了解？"汪金凤嗔怪道。

"我知道在五港镇，你是打遍全镇无敌手的。"陈冠昌知道表妹要他捧她，他眯着眼又一语双关："可是侠兵兄在上海见过大世面，你要小心，不要当俘虏欧！"

聪明的金凤感到大表哥话里有话，让她与李先生手谈似有深意。她把棋盒推给李侠兵："请。"于是，他们长时间的心理对弈就此开始，他们以后的长久交往以及汪金凤对李侠兵的相恋也从此开始。虽然汪金凤的感情后来又转移恋上方霞客，但是，她是长时间的暗恋着李侠兵的。

他们对弈，汪金凤叫菱花唱曲，陈冠昌便自告奋勇敲茶碗。陈冠昌望着亭亭玉立的菱花，他感觉这个十五岁的女孩长高了，前年汪家要找个丫头，他便将在五港京剧社学艺的菱花要了过来，这孩子嗓子清亮，唱得不错，很招汪金凤喜欢。菱花唱道："孤林落日残霞，轻烟老树寒鸦，一点飞鸿影下。青山绿水，白草红叶黄花。"

歌声悠悠，茶碗清脆。船在河中行，平原沃野，一望无际。

汪管家站在船头望着，老爷关照庵里有人跟船去螃蟹港。五港尼姑庵在槐树林后面，露出金色的屋顶。两行槐林正开着花，在白色清香的花丛照映下，尼姑庵砖包门两边的一副对联耀人眼目："湖气疑云，云气结成丘尼泪；月光映水，水光反照菩萨心。"汪管家望见槐树林里的尼姑庵，叫船老大放慢船速，准备好舢舨。

今天，老尼姑洞明送宋英英跟汪家船去龟山，早上，她烙了一摞饼，打了个小包袱，塞进五块光洋。英英接过包袱，给师傅磕了头，二人免不了哭了一场。

她们站在庵前河沿上，等待汪家船队。当望见汪家浩浩荡荡的船队开过来时，洞明大声喊叫，汪家大船上放下一只舢舨过来渡英英上船。洞明赶紧把一封信函交给英英，关照道："到了龟山，你把我的信函给师妹洞仙看，她不会不收你的。"

船队由二十来条船组成,互相之间用链索接连拴着。船上全部盖着芦席,舱里装的是盐是粮是油不得而知。汪家是三通人家,因此,人家不敢贩运的禁运物资,他家都敢贩运。船上的粮、油、盐好像都有,不过,上面盖的是黄沙。船队中间的楼船,船体高大、漆得黄亮。那船上的家丁也与众不同,个个是彪形大汉,站在船头船尾像铁塔一般。楼舱很是气派,木壁上多有雕饰,花鸟,石榴,万年青,随处可见。接英英的小舢舨划过货船边来到楼船舷下,家丁们立即把英英拉了上来。

　　英英上了楼船,一怔,世上还有如此豪华的大船,她正在张望,这时,从楼舱里传来一位姑娘悦耳的声音:"管家,叫她过来吧!"

　　那上前请示的家丁立即躬身退出,说道:"英英小姐,请!"

　　英英下了楼舱,见汪小姐在与一位先生奕围棋,旁边有几个人观看。汪小姐与当地大户人家的小姐装束不同,她穿一身城里学生的服装,戴着法兰西的罗宋帽,短发从帽沿下露出来一绺,米色的衣襟上挂着一条闪亮的金表链,带绊的皮鞋黑得发亮。她跟洋片上的美人画儿一样。在她身后的舱上窗口边挂着一支勃郎宁手枪,这是洋片上的美人画儿所没有的。对这样一位时髦人物英英一见,肃然起敬。

　　"你是宋英英?"汪小姐放下手指捏的棋子,微微笑着,叫老妈子取下她的包袱,让她坐在她身边,又令丫头菱花送上香茶。汪小姐自我介绍:"我叫汪金凤,汪就是汪精卫的汪,很不幸与他同姓,金就是金子的金,凤凰的凤。"她叹口气:"听说你很不幸,受了不少罪,现在去投奔龟山的洞仙住持。你对洞仙了解吗?"英英没想过要了解师傅的师妹,被她问得无言以对。汪小姐见她受窘,朗朗一笑:"这种世道可不能乱投门庭啊。我一见你就喜欢你,你身上有许多故事,我很想听。我看你不必去龟山,跟我到上海算了。"接着,她又给她介绍了柳小姐,李、陈二位先生。

　　英英立刻紧张起来,她在庵里认洞明为师傅,已出家为尼了。

她说:"不不,师傅的话我不能违背。"

汪小姐说:"听说龟山的名声不太好,那里有种种规矩,许多事怪怪的……她们还抢劫商船,绑架人质。"

英英想这事肯定是编出来的,洞仙哪有那么大的本事去打家劫舍呢?她不信。

李侠兵虽跟宋先生读过书,但从未见过宋英英。他与陈冠昌交换一下眼色,觉得宋英英是位小家碧玉,生得俊秀,但命运多舛,这才去投奔龟山的。他说:"宋姑娘,汪小姐愿意带你去上海,这多好啊!"

陈冠昌见她低头不吱声,说道:"问你,你去上海吧?"

柳寄明也很同情她,说:"你去上海的话,我们可以介绍你到纱厂去做工。"

宋英英觉得还是要按洞明说的去龟山,说道:"感谢先生、小姐的美意。不过,师傅关照我投奔她师妹,我得对师傅有个交待。"

大家感叹了一番,一时无话可说。

经过三天的航行,船队到了百草湖口的螃蟹港。汪金凤告诉宋英英船队在这里转向东南,而龟山在西面,因此,她可以在这里下船,大家就此分手。汪小姐给她一叠纸币,然后叫人划舢舨把她送上岸。

宋英英觉得先生小姐们都不错,与他们依依惜别。她上了岸,岸边大堤上蹲着一排铁牛,英英在一只铁牛背上坐下来,望着汪家船队远去。在刚才分别的时候,她一再感谢汪小姐,她对汪小姐的印象好极了。

汪金凤对她的印象也很好,两人恋恋不舍。"你到龟山不满意的话,到上海来找我。"汪金凤在英英上岸的时候热情而诚挚地喊道。她对这个受尽折磨与苦难的年轻妇女充满同情。英英走时,她提出派小船送她到龟山,但遭到管家汪七爷的反对,现在,她望着孤零零的英英,担心起她在这土匪出没的湖畔是否能安全地到达龟山？

百草湖地区常见的芦苇荡、荷花塘、草沟之类的水泊在这里一个没有，湖区在这里展开一个宏大的水域，波浪壮阔，在午后的阳光照耀下闪闪灼灼，碎银一样。在湖水的西面有几座小山，绿林透迤，远处云边，有座大山伟岸高耸。大山上空笼罩着一堆乌云，凝滞不动，给大山增添了几许神秘。

英英举目望了好一会，她想那山大概就是龟山，师傅说过，龟山在众山之上，上有金龟作峰，是百草湖中最高峻的山峦。

一群白翅的水鸟飞过。英英转头回望，汪家船队已经远去。她觉得没去上海是对的，与汪小姐合得来，对汪小姐的印象也很好，但她与汪小姐是两个世界的人，汪小姐是天上飞的天鹅，她是地上跑的野兔。

她背上小包袱，拿着哨棒上路。她孤身只影去投奔龟山，洞仙会收留她吗？

7

傍晚，螃蟹镇港湾里一片朦胧，夕阳照在龙王庙的琉璃瓦上，金光灿烂。汪家船队停在龙王庙后的柳荫下，汪金凤催着大伙下船，她说，在船上都快憋疯了。她三叔在这镇上开布庄开饭店，晚上就在三叔的饭店里就餐。

陈冠昌说："我送你们到此为止，明天回芦火墩。"

汪金凤笑了："你明明来办事倒说是送我们，给大伙来个顺水人情呢，表哥真会说话。"

柳寄明经过一路上的观察，她揣摸陈冠昌是地下党工作者，但她不能说出来，李侠兵可能是陈冠昌的搭档，不过，她没有把握，只是在一旁微笑。她不愿多说话来显露自己，尽量不引人注意。李侠兵也以为柳寄明跟汪金凤一样，是个单纯的不谙世事的女生。他想，陈冠昌是为建立地下党交通站而来的，此事极为机密，不要引起她们注意才好。因此,他赶紧把话扯开,说:"汪小姐,你三叔家的饭店有什么招牌菜啊?"

汪金凤立即眉飞色舞说:"三叔家饭店远近闻名,招牌菜有几样,我最喜藕片夹蛤肉,清炒水蒲根。"

"吃水蒲根那可是梁红玉在抗金时留下的名菜啊。"柳寄明说:"我哥在这里湖边办农场,他带我来螃蟹镇吃过饭,有一家蟹黄小笼汤包确实不错。"

汪金凤说:"那肯定是我三叔开的燕云楼饭店。"

来到十字街口时,柳寄明问:"你们到哪去? 我去湖边柳林村看望我哥去。"

汪金凤说:"李侠兵,你去陪柳小姐,我和大表哥到燕云楼饭店叫我三叔备菜,准备晚饭。"

他们分手后,李侠兵和柳寄明迎着夕阳向镇外走去,不足一里路他们就到了柳林村。湖汊水泊,柳树遍布,荒草萋萋,白鸥归林。这里美丽,荒凉,偏僻,人烟稀少。

他俩转过水汊,忽见一高坂上有座学校,李侠兵问:"这里怎么有学校?"

"我爸在这里买下几百亩荒地,建了一所学校供渔民的孩子上学,他说等我毕业后到这里来教书。"

"那你哥在这里干什么?"

"我哥喜欢办农场,搞农业试验,引进外国树种呀,桃树、苹果嫁接呀,他是农校毕业的。现在,他在湖边栽了不少德国刺槐,养了几十箱蜜蜂呢。"

说话间,他俩来到小学校操场上的篮球架下,在厨房里烧火的校工老孙头闻声出来,见是柳寄明,说:"小姐来了。"

柳寄明问:"柳校长呢?"

"柳校长到鳖山去玩了。小姐,你在这里吃饭?"

柳寄明摆摆手,说:"请你告诉我哥,我去上海读书,路过这里。

这封信请你交给我哥。"

他俩别了老孙头,便回螃蟹镇。夕阳已坠落湖水里,柳林后面一片金黄,有鱼从水里跃起。路上却暗了,小草径上,螃蟹横行。李侠兵说:"柳林村是个避风港,这里是个遁世养生的好地方。"

柳寄明摇摇头:"这里土匪也不少,百草湖也不太平,听说离此不远的鱼村就是湖匪窝。"在走到燕云楼饭店外面时,他们听到陈冠昌说话的声音,柳寄明低声问道:"李先生,你说陈冠昌是不是共产党啊?"

李侠兵如闻惊雷,吃了一惊,怔怔地看着她。他本以为柳寄明是个十分单纯的师范生,未曾想她会怀疑陈冠昌是共产党,这女孩不简单。他说:"不是。你看他哪一点像共产党?他要像共产党的话我也像共产党了?"

柳寄明抬起头来,眼睛在那绺不听话的头发里闪闪发亮,盯着他说:"对了,你也像。"

李侠兵感到她懂得政治,便来了兴趣,问道:"柳小姐,你怎么看出我和老陈像共产党人?"

柳寄明抿嘴一笑:"这,我可不能告诉你。"

李侠兵盯视她好一会,觉得这个笑起来有酒窝,闪亮着大眼睛的师范生,外表纯朴,内心相当复杂。看来她不像汪金凤浅露,她是个会藏住秘密的不简单的姑娘。他想追问她怎么会怀疑陈兄是共产党的,这时,汪金凤从窗口望见他们,喊道:"你们快进来,小笼汤包端上来哉!"

他们进了燕云楼,见汪金凤和陈冠昌嘴里含着鹅毛管在吸小笼包子里的汤汁,陈冠昌一边吸一边咂嘴:"好吃,鲜!"见他俩进屋他说:"快来吃,当心不要把舌头也吃进肚子里。"

汪金凤对众人说:"三叔到上海贩货去了。你们快来吃,蟹黄汤包,虾肉汤包,鳜鱼汤包,你爱吃哪种?"

陈冠昌笑道:"哎呀,我哪笼都爱吃。"

汪金凤叫道:"小二,多拿几笼来!"

小二捧上几笼来,响快地喊道:"来了!"

这时,李侠兵瞧见一伙人簇拥着顾水明走进店。他立即上前喊道:"顾老弟,怎么是你?"

顾水明一见是李侠兵,异常兴奋,握手道:"啊,李兄,你怎么在这里?"

李侠兵说:"我搭汪家船回上海。来,我给你介绍介绍。这是我的好友顾水明先生,是大名鼎鼎的顾五爷的三公子。"接着,他指着一个个朋友介绍:"这位是汪金凤小姐,又称汪三小姐,这位是柳寄明小姐,这位是芦火墩小学陈冠昌校长。"

顾水明环顾众人,抱拳打拱:"幸会幸会,请问二位小姐到上海有何贵干啊?"

汪金凤:"我和柳姐去上海同文学院求学。"

顾水明睁大眼睛:"哎呀,我是同文毕业的。"

柳寄明见顾水明生得清秀,穿一身杭绸夏装,头戴金边短沿礼帽,手握一把苏州檀香木扇子,一副大家子弟模样,便客气地说:"顾公子,请多关照。"

汪金凤:"顾公子,你就坐下吧,燕云楼小笼包子很有名,来,来一道吃。"

顾水明刚坐下,汪七爷带着鲁爷来。顾水明问道:"鲁管家,有事吗?"

鲁爷:"三少爷,汪家船想跟我们船队走,这样过长江、走苏州河时税务团和关卡就不敢找他们麻烦了……"

汪七爷为人精明,这时抢话说:"三少爷,我们船是汪三小姐家的,据说汪家与顾家有老上亲,我也曾给顾五爷送过帖子。顾五爷在上海滩是大亨,与虞洽卿、杜月笙是把兄弟,你家的船谁敢查啊……"

"那倒也不是。"顾水明白净的脸上掠过笑意,心想这真是有钱人家千里外有远亲,他将手中的檀香扇一拢,老到地问道:"你的船上有违禁品没有?"

汪七爷点头哈腰:"没有,没有。"

"是汪小姐家的船,这面子我总得给。"顾水明对汪金凤点头,一笑道:"那就跟在我家船后面吧。"

汪七爷作揖:"谢三少爷。"他对鲁爷说:"我们到外间喝酒,我请客。"

汪金凤推一笼过来,笑道:"顾先生给我面子,我就用小笼包子招待。来,趁热吃。"

顾水明见众人用鹅毛管吸汤包里的汤汁,他也吸了两口,赞道:"这里的汤包果然不同凡响,在上海没有如此吃法。"

李侠兵递一笼蟹黄汤包过来,说:"好吃就多吃点。顾兄,你回老家来看看?"

"是啊,家父叫我回乡看看,带几个亲戚回上海做帮手。"

"回来看到了什么,有什么感慨吗?"

顾水明明亮的眸子暗下来:"兵荒马乱,民不聊生啊!所以,我带了一船乡亲回上海。"

李侠兵:"上海也不安宁吧?"

"是啊。不过,好在家父在闸北有点势力,不怕坏人来欺侮。"

李侠兵想到组织上要求他在闸北发展地下党,便说:"我到上海落脚后一定去拜访你,有些事请多帮忙。"

顾水明一口答应:"好说,没问题。"

李侠兵见顾水明如此豪爽,与他握了握手,说:"你不是那种我不大喜欢的上海小开,我们可以成为真正的朋友了。"

陈冠昌也与他握手:"还有我呢。"

柳寄明微笑着,观察着。这时,汪金凤爽快地说道:"到了上海,欢迎你们到我家来玩。"她倒上高沟大曲,望着一桌菜说:"来,大家举杯,为我们有缘相会干一杯!"

众人兴致勃勃,举杯相碰。

8

汪家船队到了上海,停靠在曹家渡码头。

船还未停稳,李侠兵就急匆匆地向汪金凤、柳寄明告别,赶往闸北的方老师家。他想与方霞客碰面,询问在他离开的这些天来上海飞行集会情况,张胜男等人救出来没有? 他到了闸北方家,方老师告诉他在他走后没几天,张胜男就被组织上营救出来了,同时从看守所出来的还有白超、钱越。钱越家有钱,听说他家花了不少钱。在他们三人出来后,方霞客没有回来过,是被巡捕房逮去了还是到别处去了? 不清楚。方老师说话时皱着鼻子,不时推着眼镜,瘦长脸上难掩内心的痛苦。李侠兵很担心他的好友方霞客,这个有着浪漫诗人情怀的方霞客,平时行动不大谨慎。有一次,方霞客在英租界散发传单,警察吹着哨子围捕他,他竟然跳上有轨电车把一捆传单扔向警察,并喊道:"来呀来呀,到法租界来抓我吧!"他很聪明,善于化妆术,帽子、眼镜、假发总是随身带,转脸就会变了面貌,弄得追捕他的警察也真假难辨。去年的一天夜晚,警察在包打听的带领下来抓他,他上了房顶,挟起预先放在阳台上的木板,搭上对面人家的阳台便蹿了过去,然后抄起木板搭在另一家阳台上再蹿过去,如此这般,连过五家阳台,逃出了警察的包围。然而,他并不走开,朗诵起王维的《终南山》来:"欲投人处宿,隔水问樵夫。"他接着喊道:"喂,要捉人? 过来呀,隔了一条街你干瞪眼去吧!"

方霞客这类新闻在青年学生中广为流传,李侠兵劝他要注意安全,他也没当一回事。

也许方霞客出事了,李侠兵找不到他便去找柳寄明。他们到了上海后,汪、柳二人到同文学院注了册,汪金凤学法律,柳寄明学教育。李侠兵很少到建筑大学去听课,整天忙于地下党的发展工作。柳寄明的情况跟李侠兵差不多,她受党的指派经常到工厂里去活动,给工人夜校授课是她活动的主要方式。她在到浦东船厂工人夜校授课时路上有不安全感,便请李侠兵相陪,这样,一去二来,他们就接近了。李侠兵对柳寄明产生心仪之情,他大胆地问了柳寄明婚配情况,柳寄明也很大方,明明白白告诉他,她的父母已为她与张家订了"摇篮亲"。张家比较穷困,但为了与我相配,据说全力供张某人读书,那人现在南京呢。李侠兵听了心中凉了半截,立即抹下脸,浑身的热情消散了。柳寄明感觉到了,问他怎么了,你不是有家眷,有儿女吗?李侠兵不想把休妻的事告诉她,如果告诉她那不等于说他在追求她吗?他只有低头不语,抽起烟来,柳寄明也没再问。

李侠兵常常与柳寄明在一家纱厂前见面。今天,他在汪金凤处没找到柳寄明,便约她晚上在纱厂门前见面。

月上柳梢头,他们见面了。柳寄明说:"我已在工厂发展几个了。但是,联系人说要加紧发展,最近要派用场。"

李侠兵想柳寄明说她家已为她订婚,可能是挡箭牌。他想她的这个"摇篮"是竹篾编的,怎能挡得住他心中的丘比特之箭,只要他心是金子做的,那丘比特之箭就是金子的,绝不是铅的。现在,他想弄清柳寄明的身份,如果她是共产党员,他是要追求她的。他问道:"发展什么人?你是共产党?"

柳寄明之所以敢这样暴露自己,就是通过这些天的观察认准李侠兵是自己人,但她不能承认她的身份,否认道:"不是。"

"那你发展什么人,总不会是搞宗教活动吧?"

柳寄明想,李侠兵是可靠的,她想要跟他接近,透明不好,不透明也不好,还是半透明的好。她含笑说:"李大哥,你说我是共产党我说你是共产党,其实,我们两个都不是共产党是不是啊?"

李侠兵与她对上一眼,心知肚明,笑了起来:"是啊是啊。"

柳寄明:"我的上级送我到上海读书,我本想好好读书。可是,联系人先是要我在学生中发展人员,现在又要我在工厂发展人员,不知何意?"

李侠兵告诉她道:"我发展过一些人,后来一个个好像都不知哪去了,原来,他们被交通站送到江西去了。"

柳寄明看他一眼,心里彻底明白了,他是共产党,"交通站"是共产党地下组织,"到江西去"就是参加井冈山红军。她想,她最近碰到一个人说是从百草湖来,要在上海买枪,难道我们党要在那里起事吗。若是那样的话,她到她哥螃蟹港的农场,在那里参加起事条件比任何人都好。他俩分手后,不久又见面了,柳寄明告诉李侠兵,她要回家,可能到百草湖她哥的农场住一阵子,办了事就回来,并关照李侠兵此事不要让汪金凤知道。

李侠兵眯细眼看她,感到她干练,成熟,是跟汪小姐不同类型的女性,他在海师的那瞬间心动,这时又再次出现,他想他要追求她,但要克制住,跟这样的女性不能急,得慢慢来,到一定的时候必须把休妻之事告诉她。李侠兵在确定"大政方针"后,他轻柔地问道:"你为啥去螃蟹港,能透露点吗?"

她扑闪着大眼睛,并不看他,满月脸笑出两个酒靥:"没有啥事,一家商会让我带一群鱼贩子去。"

"一群鱼贩子,有多少人啊?"

"据说有几十人,现在正在雇船呢。"

李侠兵心里有数,柳寄明去螃蟹港所带的那些人绝不是鱼贩子。那么,那几十个人是什么人呢?他想,难道去江西苏区的人会绕道百草湖?应该不会吧。

他与柳、方二人不属一个支部,互相行动不能通报,柳寄明走了,方霞客又找不着,他便去江苏省几个城市去巡视,上级任命他为江苏省共青团巡视员,并要他立即出发。

李侠兵、方霞客、柳寄明三人突然失踪,使汪金凤感到惊慌失措,她在寻找他们。这三个朋友好比是水,她好比是鱼,他仨不在身边她好像鱼儿搁在岸上,蹦不了,笑不了,生活一点乐趣也没有了。后来,她听人说,他们三人可能去外地做生意了,她才放下心来。再后来,她听菱儿说,上海巡捕、警察常常秘密逮捕进步青年,有的被投入黑牢,有的被杀害。她为他们担心,产生一种无名的恐惧。

"怎么办,怎么办?"她常常自问。

9

汪金凤来上海后,她见李、柳二人渐行渐近,便把对李侠兵的羡慕之情压在心底。在一次诗歌朗诵会上,李侠兵把方霞客介绍给她,方霞客的才华,风流倜傥的作风,对新生活追求的热情,很快就吸引了她,她对他产生了恋情。这样,他俩便有频频飞鸿来住,她给方霞客的情书都是由柳寄明、李侠兵转交的,现在,他俩突然消失,她的信没了传递人,心中发慌。她问菱儿:"怎么去找他们呢?"

菱儿说:"找到方老师就能晓得他们去哪了。"

"方老师住哪儿?"

菱儿也没去过方家,她说:"听说他住在闸北,离火车站不远的地方。要么,我去找找看?"

汪金凤拧紧眉毛:"这到哪找,也没具体的地址。"

菱儿:"我有个表姐住闸北,我去打听打听?"

汪金凤给她钞票:"乘车,快去快回。"

菱儿九点钟从南市出发,中午就回来了,汪金凤问:"找到方老师没有?"

菱儿说:"找到了。正巧我表姐夫是拉黄包车的,认得方老师,他带我在巷子里七拐八拐找到了方家。"

汪金凤急急问:"他怎么说,方霞客到哪去了?"

"方老师说,方霞客、李侠兵他们的行踪谁也捉摸不定。他常听他们说在做生意,当掮客。其实不知道他们在干啥。上回去百草湖说是去贩鱼,回来时一条鱼也没见着,衣服上倒是添了几个洞孔呢。他们到哪干啥从来不说,别人也猜不透。"

汪金凤听后望着窗口呆了好一会,她想他们说不定是共产党,柳寄明可能也是他们一伙的。方霞客曾炫耀过搞街头飞行集会,动员她去参加。柳寄明曾说到工厂去教夜校,在工人大众中感到走出象牙塔,来到严酷的现实生活里。柳寄明自从三个月前离开学校就很少再能见到她,现在,她也突然失踪了。

现在,她感到十分无奈,孤独,她的一腔热情,心中的情愫向谁倾吐。她给方霞客的情书也无法传递出去了,怎么办? 她望着窗外的绿草,低飞的燕子。花园小楼外池塘上空乌云密布,一场暴风雨要来临了吗? 她展开信纸,提笔疾书:"柳寄明、方霞客、李侠兵,你们在哪啊?"

汪金凤昏昏沉沉,进帐子里睡去。

菱儿替她脱去鞋袜,盖上被单。她见信纸飘落在地,便拾了起来。原来,这是写给方霞客的情书。菱儿快速浏览起来,信上开头引了一首古诗毛熙宸《后庭花》:"越罗小袖新香倩,薄笼金钏。倚栏无语摇金扇,半遮匀面。春残日暖莺娇懒,满庭花片。争不教人长相见,画堂深院。"菱儿听过汪小姐给她讲过《毛秘书词》,这首《后庭花》是记述闺怨的,词中的女孩向往着与心中爱慕的人"长相见",那么,汪小姐把这首词录在信的开头,是否是表达她想与方霞客相见的心情呢? 菱儿接着看下去,果然不错,小姐在回顾她与方先生在豫园游玩、浦江畔闲步、杏花楼欢聚这些往事后,问方先生为何不来找她? 几个月来,昔日的玩伴一个个不见了,你们这些人好像突然消失了,这是怎么回事? 是不是我没有参加你们的飞行集会,你们生气了,不理我了? 说实在的,我那时正在准备德语考试,我对弗洛伊德心理学、精神分裂学入迷,督促自己尽快通过德语考试到奥国去留学,因此,那时委实不能分心。现在想来,我很后悔,对去异国他乡求学现在又动摇起来了,想找你们谈谈,可你们一个也找不着,你们总不会躲着我吧?……汪小姐在信的结尾处引了秦观的《踏莎行》:"雾失楼台,月迷津渡。桃源望断无寻处。可堪孤馆闭春寒,杜鹃声里斜阳暮。驿寄梅花,鱼传尺素,砌成此恨无重数。郴江幸自绕郴山,为谁流下萧湘去?"菱儿觉得小姐因见不到方霞客他们,心中愁苦,十分哀怨。

菱儿望了望侧身睡在帐子里的汪小姐,她同情起小姐来。菱儿觉得,像汪小姐这么高贵的人世间难找,汪小姐教她识字,待她如姐妹。汪小姐叔叔家的这幢南市别墅,全由她管理,她雇用老妈子扫院、烧饭。小姐喝茶特别讲究,春天喜欢碧螺春,夏天喜欢武夷山的乌龙茶,到了秋冬小姐就不大喝茶,大多饮咖啡了。小姐的生活习惯也只有她最清楚,小姐爱红妆也爱男装,爱中装也爱西装,小姐的打扮令人捉摸不透。在别人看来小姐似乎有点神经兮兮的,其实,汪小姐是个很随意的人,率性而作,罗曼蒂克。

但是,汪小姐确实有诸多方面让人捉摸不透,尤其是她宣布终身不嫁,要闯出点事业来。她在不断给方霞客写情书,给李侠兵写暧昧的信件,这就更让人奇怪了。不结婚谈恋爱干什么?

菱儿哪里知道,汪金凤在攻读心理学、精神分裂病理学,她自己受到了影响。汪金凤在心理上产生了障碍,追求起精神恋爱来。对于汪小姐的这种异常行为,不用说是丫头菱儿,就是一些青年学生也弄不明白。

汪金凤由于有了这种追求,她精神上郁闷,便经常在夕阳西下时,独自一人依着栏杆,吟唱《秋水伊人》古歌,往往到日落月出,菱儿也劝不走她。

有时,她唱着唱着坐在廊檐下睡着了。

春风拂面,日落浦江。今天,汪金凤如前些天一样,情绪低落,倚在楼上栏栅旁,对着夕阳余辉吟唱:"蒹葭苍苍,白露为霜。所谓伊人,在水一方……"她低吟着,声音凄怨,泪水从她眼角溢了出来。就在她哽咽吟唱不下去的时候,一个青年骑着白马从浦江湾苇地里走来。他吟唱道:"蒹葭凄凄,白露未晞。所谓伊人,在水之湄……"

她举目望去,江上金光灿烂,波光闪闪,鸥鸟飞翔。她感到目眩,以为是幻觉,来人正是她日思夜想的白马王子方霞客。方霞客穿一身白色的西装,戴着金丝草帽,胸前玫瑰红的领带在晚风里飘荡。他提着司荻克,飘然而来,风流倜傥。

汪金凤怀疑自己看错了,眼前的青年是方霞客吗?当她擦干泪水,跑下楼细看时,确实是充满朝气的方霞客站在她面前。

"你到哪去了,这从哪冒出来的?"她握住他的手,使劲地摇着。

方霞客看着她,悠然地说:"你刚才在干什么,是在吟唱《秦风蒹葭》吧?"

"你怎么知道的?"

"我在江边就听到了,我与你有心灵感应呢。"

汪金凤兴奋不已:"什么叫心有灵犀一点通啊?这就是啊!"

"是啊,是啊。"

汪金凤:"今晚就住在我这里?楼下有客房。"

"好啊,好啊。"

她很高兴,想喊菱儿喊不出,这时她醒了,发现自己躺在廊檐下的藤椅上,原来是在做白日梦。江风吹拂着芦苇,芦丛后面的夕阳如一个红色的火球,在那红色的火球下面耸立着龙华宝塔。

汪金凤常做这样的白日梦,她醒来就生气。她想离开这里到龟山去玩玩。汪七爷曾说,他有办法把信送给龟山的宋英英。她便写信给宋英英,问那里情况怎么样,是否可以去玩?宋英英很快回了信,说龟山正如你听说的那样,处处"怪怪"的。在洞仙和老医生掌控之下,龟山是漂女的天下,但是,这里乌烟瘴气,是个土匪窝,打着"替天行道"的幌子抢劫商船,做大烟土的黑市生意。我和孙三娘等人看不下去,撮土为香,结为干姐妹,孙三娘出身猎户,是个百发百中的神枪手,在龟山很有号召力。我们漂女准备接管龟山，如果你能来，我们请你当"漂女司令"，进行造反。

汪金凤把宋英英的回信反反复复看了好几遍，十分高兴，觉得到龟山当个"漂女司令"也不错。不过，她后来又一想，这样的大事得等柳寄明回来，听听柳姐的意见。她觉得柳姐为人稳重，内涵深，比她成熟得多，是个有主见的人。

汪金凤正处在青春期，幻想多多，常常陷入七想八想之中。对她这种状态李侠兵和方霞客诸人作过探讨，分析过不止一次。那时方霞客接到汪金凤的情书，本不当回事，后来，他接到汪金凤的来信多了，并且情意切切，他有点不知如何处理。那时，他正在与张胜男热恋，张胜男性子火一般烈，他怕这会让张胜男恼怒。他便找柳寄明商量，柳寄明说这种事说不清楚，汪金凤也给李侠兵写过类似的信件，也许是她写着玩的。柳寄明说话时总是微微笑着，显出她不愿参与的神情，最后，她终于说要么你找李兄出出主意。于是，他把汪金凤的闺阁秘笈几封信给李侠兵看，两人讨论起来。李侠兵认为汪金凤正处青春期，她在学习法医学时遇到一位德国老师和一位传教士，他们给她上弗洛伊德的精神病学课，从此，汪金凤对这门新学科产生了兴趣，渐渐地陷了进去，自己竟然实验起来，她给好几个熟悉的男性都写过信，给他也写过信，或不予理睬或只当是玩笑处理也是可以的。

方霞客担心地问："弗洛伊德学说听说过，好像是研究精神分裂症的。汪小姐她不会有事吧？"

李侠兵说，他认为汪金凤是不会有事的。年轻人对新鲜科学是会着迷的，他在刚进入大学学习建筑学时曾也着迷过。他曾常常走街串巷，去观察古建筑，西式洋房，他还到五百里外的山里去寻找民居，拱桥，并一一拍照。当他发现石拱桥力学的妙处，道家阴阳学说在民居方面的应用，欣喜若狂；苏州园林中的楼台亭榭，矮墙轩窗，池塘假山，美不胜收；狮子林假山的明暗设计，仓浪亭对兼葭野水的借景，这种美学的追求都令他流连忘返。为了探求建筑学的堂奥,他把吃饭钱省下来买了照相机与胶片,那是在大学一二年级,为了拍照搜集建筑素材,他常常一天只吃一顿饭,跑近百里路,这在别人看来简直是疯了,连他自己也觉得精神有点不对头了……汪金凤现在对弗洛伊德心理学的着迷程度,恐怕跟他那时对建筑学的着迷程度差不多,我们要理解。不过,她比我们性格开朗得多,她的金鱼眼睛闪忽闪忽,成天笑声不断,一会古诗吟吟,一会勃郎宁手枪玩玩,幻想多多,是个富家不成熟的女孩,如果我们革命者给她引路,也许她将来能走上革命的道路。他把这个想法告诉方霞客,方霞客觉得李侠兵思想比他深刻,对新科学追求的乐趣他是体会不到的,这是他作为诗人的缺憾。他说,他十分赞成李兄对汪金凤异常举动的分析,答应好好待她,慢慢开导这个好幻想的姑娘。

这样,汪金凤在南市浦江边的别墅就成了朋友们聚会的地方。李侠兵组织的党外的青年团体诗歌研究会,也常到汪金凤的别墅去召开,汪金凤不仅是主人,也是诗歌研究会的重要成员。由于李侠兵常在会上朗诵岳飞的《满江红》词,汪金凤常吟诵秦风《蒹葭》诗,方霞客常诵读拜伦的诗《普罗米修斯》,互相攻击嘲讽开玩笑,提议诗歌会可叫"满江红"学会,也可叫"蒹葭"古诗会,更可叫"普罗"歌会。

后来,诗歌会定名为"青年诗歌研究会",并准备在其成员中发展 CY,成为党的外围组织,这样,他们开会就不在南市别墅了,而是另找秘密的场所。不过,汪金凤对方霞客的追求,对李侠兵表现出的恋情如旧,大家也就习以为常,顺其自然了。

10

到了夏末,方霞客和李侠兵分别从江西、苏皖边界回来了。两人在方老师家里碰面,说说近况。接着,他们各自接到新任务,方霞客负责"交通站"工作,李侠兵任沪中 CY 区委书记,他们都注意自身的安全,在多处搞"狡兔三窟"。李侠兵在沪南有个落脚处,在霞飞路红房子后面大里坊也有窝。大里坊四通八达,房子有后门,便于避开敌人的视线。他俩碰面也不断更换地方,也不再固定在闸北方家了。

中秋夜里,方霞客来到大里坊,带来他老母从丹徒寄来的月饼。方霞客说:"张胜男来信说,最近,她要调到上海来。"

"好呀,她要来上海?"

"是啊,我接到上级指示,现在我们的任务不仅是发展 CP、CY,而且,要宣传民众、组织民众抗日,抵制日货。就是说,要在抗日活动中发现进步青年,发展党员、团员。"

李侠兵说:"我的上级也向我传达了这样的要求。强调抗日与发展党组织相结合,这完全符合上海的实际。啊,调张胜男来,可能就是加强这方面的领导力量?"

"是呀,她是群众领袖式的人物,天不怕地不怕,在组织大众上街游行集会方面非常有魄力!"方霞客在称赞他女友之后,白净的脸上又现出诗人的忧伤:"她性烈如火,工作起来又不顾危险,南京环境险恶,特务多,她能安全地回来已经不错了。不过,现在的上海环境也愈来愈坏了,不仅有国民党的特工,还有日本的暗探、浪人。"

上回张胜男调南京去方霞客就为她担心,现在,张胜男回上海他又如此关切,李侠兵觉得他与张胜男的关系不一般。他笑道:"现在,你们俩不是一般同志的关系了吧?"

方霞客笑笑:"当然。不过,现在是如此,以后就难说了。"

李侠兵闹不清他俩的关系,张胜男像一团火方霞客也像一团火,两团火在一起恐怕会烧起来。方霞客因生得漂亮,又有才华,有些女性喜欢他,这不奇怪,问题是他的道德底线,李侠兵认为在这方面方兄是没有问题的。因此,他对他同时与几位女性交往持宽容的态度。这时,他从抽斗里摸出一封信扔给方霞客,说:"她是一朵花,看你如何处理!罗曼蒂克,小布尔乔亚!"

方霞客见是汪金凤的笔迹,连忙拆信。他边拆信边说:"密斯脱汪的信总叫你转,你李兄快成我的通讯员了。"

"信的路线图是密斯脱汪——密斯脱柳——最后是我。我再把信交给你。"

方霞客看了信道:"这个汪小姐,真是个精神恋爱者,她在信中缠缠锦绵写了这么多,只有最后一句是实在的。"

"你看。"方霞客把信纸递过来。

李侠兵摇手:"我才不看呢,你说你说!"

"她邀请我参加她们的英文莎剧朗诵会,我才不去呢。"

李侠兵想了想说:"我倒是想去,可惜她从没邀请过我。我想在同文学院富家子弟里发展CY,可上级批评说我太重视小布尔乔亚了,应该去工厂,在工人中发现进步青年,因此,我就跟柳寄明去南市纱厂、浦东船厂办夜校。"

方霞客对李侠兵黝黑的长脸和细长的眼眼注视了一会,笑道:"李兄,你现在成了小柳的保镖,是不是乘机在追求密斯脱柳?"

李侠兵一听,皱起了眉头。他这人在男女交往方面一向注意分寸,防止传出绯闻。最近,他跟柳寄明去浦东船厂虽然有借此接近的意图,但很谨慎,出行都选在晚上,没有几个人知道。为了防止传出绯闻,他与小柳在夜行江边月下之时,都保持一定距离。柳寄明也说:"你身上有一股烟味,离我远点。"这说明她对他没有感觉,他便愈发严肃起来。但是,在他内心深处,柳寄明是革命同志,值得信赖的同乡,是值得追求的女性。只是由于革命工作很忙,又时时处在危险之中,时机也不够成熟,便没有想急于表达。现在,经方霞客一语点破,他吃了一惊,问:"你听到了什么?"

"没有? 你紧张什么,捏住你一根筋了吧!"方霞客说了这话,忍住笑,盯着他说,"你真的没有追求小柳啊?"

"没有。"

"那快点追。"

李侠兵舒展开眉头，心想这还要你说，但嘴里却说道："让我想想。"见方霞客被他蒙了不再追问，他非常开心。

晚上，柳寄明来电话问他浦东船厂去不去？他立刻答应去，一个小时后在十六铺见面。

华灯初上时，他俩在十六铺码头见面。柳寄明说，他们三人突然"失踪"，弄得汪金凤惊慌失措，失魂落魄。方霞客最近是去江西了，你去哪了？他告诉她，他到洪泽湖边的洋河镇，与苏区派来的人搞了一次武装起义。失败了，我就回来了。柳寄明对这很感兴趣，要他讲详细一些。他说，苏区派来的张同志任师长，当地小刀会会长任付师长，他任政委兼政治部主任，把起义指挥部设在会长家的庄稼地里。那里有一个看西瓜的草棚，他们在那草棚里聚集了五十多人，攻打洋河镇公所，一举拿下。可是，接着进攻县城时遭到了失败。他说："看来，上级也没想我们那几个人攻县城能获得成功，目的是造成震动和影响，在4·12反革命事件后显示我党的力量。"

柳寄明看到他衣袖上的洞孔，说："这是在攻县城时留下的纪念？"见他点头，她继续说："那些天，我在螃蟹港。我从上海运去一些武器，也在搞攻打县城的武装起义。"

李侠兵见已走到小东门，说："不谈这些，你回来后在干什么？"

柳寄明说："我回来就被汪金凤抓住，在她那里住了两天。她把宋英英的来信给我看，问我的主意，我不赞成她去龟山当什么司令。"

"为什么？她可真敢想！"李侠兵觉得，汪金凤是有点闯劲的。

"汪小姐还不成熟……"柳寄明见已到了十六铺，说："啊，码头到了！"

他们上了渡船。浦江的夜晚很美，江水里灯光一片，月光一片。街上，人声嘈杂，有叫卖"桂花酒酿"的，有叫卖"大肠线粉汤"

的，还有"笃笃"的敲梆子声。过了江，一片黑暗，浦东除了几家工厂没有像样的街市，江畔大多是农田，玉米已经收去，水稻一片又一片。船厂里的水塘，蛙声此起彼落。

他们走进船厂，黑暗的船坞里，静静地躺着一艘巨大的锈迹斑斑的铁壳船。他俩经过那里时，一群野猫惊逃了。

李侠兵问柳寄明："小柳，你怕不怕？"

他们从铁壳船的阴影里走到月亮地里，柳寄明说："说不怕是假话，不过，现在有你李大哥陪着，不怕了。"

李侠兵觉得没有白来，心中有一股暖意。他告诉她，他的联系人盛海光向他传达江苏省委组织部的指示，要抓紧在工人中发展CY、CP，输送更多的人到苏区去。最近，经钱越介绍他认识了翻砂工工会的付主席白超，这家伙很活跃，有时还来参加诗歌会。柳寄明说她认得白超，他不像工人倒像小白脸，他追求张胜男，张胜男不理他，他恨得牙痒痒，她对他印象不佳。

夜校设在船厂俱乐部，柳寄明到夜校讲课时，李侠兵便到门房间去与守门人聊天，大约在撒去半包香烟的时候，他取得守门人的信任。守门人告诉他，厂里规矩很严，老板不准生人到船厂活动，你要交朋友只有到工人家里去。这里的工人大多住在周家渡，你到那里可以交上许多朋友。后来，李侠兵在周家渡建立一个秘密联络点，发展一批党员、团员，当然这是后话。

大约九点钟时，柳寄明下课来到门房间，说："我们赶快走，过了十点钟过江的渡船就少了。"

木船后梢上挂着风雨灯，橹声"咿埃咿埃"，从浦东往浦西跟来时的感受完全不同，江西岸灯光一片，车水马龙，人影、车影、灯影映在江里，变幻奇异，令入陶醉。

柳寄明看着灯影，便依偎在李侠兵身边，李侠兵闻到一股异性的体味。他低声说道："我陪你，有人怀疑这是我在追求你呢。"

"谁？"柳寄明把头从他肩膀边移开，警觉地问。

李侠兵见她眸子明亮,熠熠生辉,柔声笑道:"人就不必说了,人家也不是不怀好意吧。"

"你是这样看待这个问题的吗?"

"我认为这是朋友的一种提醒。"

柳寄明眼睛益发生辉,但脸巴上的酒窝没现出来,然后抹下眼镜说:"现在闹革命,那有工夫谈儿女情长啊。况且,我的摇篮亲未退,你也有你的情况嘛。"

李侠兵觉得她说得有道理,两人现在是不宜深谈这个问题,便点头道:"是啊,是啊。"

两人心心相印,柳寄明又把头靠在李侠兵的肩上。月照浦江,小船"咿唉咿唉"摇向西岸。

这些天,他们一方面发展新党员,通过"交通站"把他们新发展的同志护送到苏区去;另一方面开展纪念"1·28"活动,反对日寇侵略,抵制日货。李侠兵、方霞客、柳寄明组织市民群众、工厂工人、学校学生,到街上游行,飞行集会。从南京回来的张胜男她实际上是总指挥的角色,上街时她总是手执旗帜,走在队伍前头,英姿飒爽,高呼口号,俨然像群众的领袖。

"赶走倭寇!"

"抵制日货!"

"坚决反对日本侵略我国!"

张胜男不听大家的劝阻,她坚决地冲在前头,领着队伍高呼口号。她说:"我们不带头谁来反日抗日? 谁来反对南京反动政府? 谁来唤醒民众?"李侠兵要方霞客照顾她,让她注意安全。在游行时,张胜男又是举旗走在最前面,大家晓得张胜男和方霞客都是狂热分子,劝是劝不住的,说也是白说。第一天、第二天游行集会取得了成功,在柳寄明动员下,汪金凤带头将她和菱儿穿的东洋布做的衣服打成三大包,运到八仙桥集会上烧了,影响强烈。第三天,张胜男组织了更大规模的集会,她领着众人唱歌,唱完歌她就发表

"抵制日货"的演说。这时,几十个日本黑龙会的浪人,举刀舞棒冲进会场,一阵棒打刀砍,会场顿时混乱。张胜男指挥众人抵抗,但由于他们是赤手空拳,被日本浪人砍倒了好几个,张胜男也倒在血泊之中,不幸牺牲了。

市民目睹惨案,义愤填膺,暴发了大规模的抗日、抵制日货的群众运动。在张胜男牺牲的地方,一连数日都有人送玫瑰,点白烛,祭奠这位勇敢的女性。

张胜男的牺牲使同志们十分悲痛。到了头七,大家在汪金凤的南市别墅进行悼念活动。会场是柳寄明布置的,客厅正面墙上挂着张胜男的画像,点着三根白烛。方霞客声泪俱下,朗读了他写的悼念张胜男的长诗,他感情真挚,发自肺腑,令人感动。他也说了一些自责检讨的话,他说,他没有照顾好张胜男,他跟她恋爱一场也没能帮助她多少,十分愧疚。

众人听了,都很动容。在那次悼念会后,大家都作了自省,思考:青春如何度过? 人生怎样才有意义? 我们如何爱国,怎样去抗日? 明天,我们的民族又会怎样? 李侠兵在思考中,感到过去说"干革命把脑袋别在裤腰带上",不是一句空话,要像张胜男一样时刻作好牺牲的准备。他从朋友们身上看到,通过这个事件大家确实成熟了许多,特别是汪金凤不再给他写暧昧的信了,并常常与他有严肃的谈话,像是一下子长大了。他也听到柳寄明感叹地说,青年在血与泪的苦难中践行,比起在课堂上成长要快得多。他也有同感:我们的青春与时代同步,不在时代大潮里闪光,就在时代大潮下毁灭。

张胜男的牺牲,激起李侠兵、柳寄明、方霞客他们更大的抗日决心,他们要用行动为她报仇。他们积极开展活动,动员更广泛的大众参加到"反对日寇侵略"、"抵制日货"中来。同时,他们对南京政府的软弱行为也作了必要的揭露。这引起了淞沪警备司令部特务们的注意,加紧了对他们的监视。

江苏省委发现了这种情况,南京政府派来几股特务,加强对共产党人的活动进行监视,秘密的逮捕。日本特务机构"梅机关"在上海以商业公司作掩护,利用日本浪人组织"黑龙会"在暗杀抗日分子,同时,开设以"阿菊"命名的妓女院,搜集情报,发展日特,他们对共产党对国民党都是最大的威胁。有些共产党员莫名其妙地被杀被捕,大多是这两股特务所为。张胜男的牺牲就是与"阿菊"日特有关联,但一时查不出党内的叛变者。江苏省党委明确指示,我们队伍里可能混进日本特务,要各级党团负责人提高警惕。

李侠兵想,他把党内的活动尽量减少,只保留单线联系,出了问题便于查清。但是,党的外围组织活动还是可以开展的。他直接联系领导的党外的群众组织有两个,一个是"建筑桥梁摄影爱好者"沙龙,一个是"青年诗歌研究会"。这两个群众组织还是常常开会。

今天,诗歌研究会的一些成员到钱家花园洋房聚会。傍晚,钱家花园后门梧桐树下的暗处,白超站在那里在听敲门的暗号声,暗号对了他就开门。进来的是一个个青年,大多数人的装束像个学生。白超生得俊模俊样,他像往常一样,穿着白洋布对襟衫,套着羊毛背心,脚登一双黑皮鞋。他大概由于紧张,白脸发青,脊背微微冒着冷汗,眼睛在阴暗角落里闪光,心似乎在激跳。他在计算着人头,想着谁还没来。

青年们进了门,互相问候,然后上了楼上客厅。这幢小洋房是钱越家的一座闲房,平时没人居住,今天大家到此聚会,钱越早就来了。他小分头梳理得光滑,穿着条子西装,十分时尚,见戴着深度眼镜的赵苏江进门,问道:"赵会长,我们诗歌研究会有多少会员?"

赵苏江说:"那你得问张玉民会长,他可能知道。"

诗歌研究会是松散的组织,成员之间并不熟悉。而且,不少人用的是化名,也就是假名,譬如白易构化名白超,李侠兵化名张玉民。

客厅里,李侠兵在点着人数说:"也就这么几个,基本到齐了。"他对众人说:"我先朗诵一首词,然后提出一个问题供大家讨论,好不好?"

赵苏江建议说:"上回讨论拜伦的新诗,今天最好讨论中国古典诗。"

李侠兵笑道:"好啊,那我朗诵岳鹏举的《满江红》。"他有腔有调地朗诵完《满江红》之后,又笑道:"今天,月亮明朗,我们又身在吴地,我再朗诵李太白的《子夜吴歌》:长安一片月,万户捣衣声。秋风吹不尽,总是玉关情。何日平胡虏,良人罢远征。"

赵苏江赞道:"张兄朗诵很有激情,把岳飞和李白二人平虏之愿景抒发出来了。听说张兄从小就能背诵岳飞的《满江红》,可见他的爱国情怀,今天,他朗诵李白的《子夜吴歌》也很有味道嘛!"

钱越理一理红色领带,说:"昨日之胡虏就是今日之东洋鬼子,东洋鬼子占我东北山河,又欲割据山东……"

李侠兵笑道:"钱越兄,你把古诗里的内涵与当下中国国情联系起来了,所评极当。不过,你不光要评述,也要朗诵呀!"

钱越:"我喜欢新诗,朗诵古典诗请赵兄来。"

赵苏江说:"既然张玉民会长朗诵了李白的诗,我提出个问题请教诸位仁兄:李白诗歌中的浪漫主义表现在哪些方面,它与今天的浪漫主义有哪些不同,尤其是与今天的西方新诗中的浪漫主义有哪些不同?"

李侠兵觉得赵苏江提的这个问题有深度,他说:"赵兄毕竟是比较文学专家,提出的问题又新颖又有深度,哪位发表看法?"

有几位举手:"我说,我说,我先说。"

正在大家热烈讨论,争相发言的时候,几个警察冲进来,喝道:"不准动,你们被逮捕了!"

众人先是一惊,接着一片抗议声。

李侠兵严厉地责问:"警察先生,我们在研究诗歌,你们为什么来捣乱?我抗议!"

探长:"我奉上司的命令逮捕共产党成员,有话到警察局说,走!"

众人:"我们不是共产党,你们搞错了!"

探长阴险一笑:"错不错,到局里跟督察先生去说,走吧!"

警察推着他们,把他们铐上手铐押上警车。在经过门道时,李侠兵瞥了白超一眼,白超不肯上警车,在大叫大嚷:"我抗议,警察先生乱抓人,我不是共产党,我抗议!"探长说:"甭抗议了,上车吧!"说着,在他屁股上捣了一枪壳子。

李侠兵想,今晚不对头,警察特务好像是有备而来,我们内部是不是出了叛徒。那么,是哪个出卖了我们呢?钱越,赵苏江,他一个个数过来,他们都不可能,他们都是单纯的学生和教员,家庭又都富有,他们不会干出卖朋友的勾当。那么,这个叛徒会是谁呢?是小白脸,他经历比较复杂,在街头擦过皮鞋,在百乐门当过差役,后来又到生铁厂当翻砂工,凭着一股机灵劲儿又当上翻砂工会副主席,出卖者能会是他?他不能肯定。……他想,诗歌研究会里没有党员,白超平时是跟张胜男单线联系进行活动的,如果他是党员他也不能确认我是CP。诗歌研究会里有几个CY,如果这个叛徒是CY,跟我没联系,也不知我的党员身份。想到这里,他放心多了。

李侠兵坐在警车里,在想如何对付这突发事件。诗歌研究会的成员人人睁大眼睛,一脸愤怒。钱越爱激动,为人豪爽,性格与方霞客接近,他不断发出怒吼:"他们说继承孙总理的三民主义,完全是拉着大旗作虎皮。我们研究诗歌犯什么法?他们还要不要民主？新军阀的政治真黑暗，岂有此理！"

赵苏江说："钱兄，省点力气，这些话到法庭上说，跟警察无理、无主义可讲。"

白超眨白眼，额上暴筋，吼着："是这个理，我们怕他什么，不怕他们不放人！"

李侠兵想，赵苏江这个小学教员，平时是个孩子王，看上去稚嫩，这种时候能冷静实属不易，而白超这么激动，竟说出"不怕不放人"的话，让人摸不着头脑，他怎晓得警察局会放人？

有几个人抽起烟来，车厢里烟火一闪一闪。

警车呼啸着，到了枫林桥棚户区后车开得更快了。这时，西南方向忽然传来钟声，大家知道龙华快到了。李侠兵从车窗里望去，月光下的龙华宝塔一闪而过。

钱越笑道："刚才我没来得及朗诵诗就被带上车，现在，我听到龙华寺的钟声，就朗诵晚唐诗人皮日休的《龙华夜泊》吧：今市犹存古刹名，草桥霜滑有人行；尚嫌残月清光少，不见波心塔影横。"

赵苏江说："钱兄坐警车当坐宝马香车去郊游，兴致不错吗？"

钱越抖抖红色领带，高声道："诸位，我们爱好诗词，何罪之有？"

"是啊，我们抗议当局如此无理！"白超又一次表现出慷慨激昂。

众人的心情沉重起来，他们知道驻龙华的淞沪警备司令部是个迫害进步人士和杀害共产党人的魔窟。著名共产党人赵世炎、罗亦农、彭湃都牺牲在这里。进了龙华监狱，必须血拼，必须以坚定的信念和意志与敌人相抗衡。

李侠兵瞥了一眼同伴，他知道除白超身份他不清楚外，其他人都不是共产党员，他们的家庭都不错，或有财富或有势力，像钱越家里在苏州河边有面粉厂、纺织厂，赵苏江家在徐家汇一带颇有势力，他有个兄长是警官，父亲是青帮帮主。他想，他们大多数人很快会获释,只有自己没有他法可想,只有等组织来营救一条路。

想到这里,他挺起胸,昂起头。

12

淞沪警备司令部位于龙华镇上,高墙深院,铁丝网围绕,气氛森严。在大门两侧,书写着孙中山的遗言:革命尚未成功,同志仍须努力。大门对面的照壁上涂着蓝色,用白漆写上三民主义歌词;在大门不远处建有两座木牌楼,上书"世界大同,天下为公"。大门之上有瞭望塔,终日有士兵把守。淞沪警备司令部的设计在大门上做足了文章,营造威严沉重的肃杀氛围。

警车进了淞沪警备司令部,直接把他们送进审讯室。

李侠兵被带进第一审讯室,警官是个留着胡髭的中年人,自称姓冯。他很客气,招呼李侠兵坐下,似乎很随意地问:"你叫什么名字?"

李侠兵说出他平时用的化名:"张玉明。"

"籍贯?"

"江苏洪泽县洪泽乡。"

"洪泽乡?"

"是呀,就是经常被洪水淹没的那个乡。"李侠兵想,你去洪泽乡调查,那里肯定被洪水淹没了,想到那里,他嘴角现出一丝苦笑。

冯警官自诩有明察秋毫的功夫,见李侠兵微微一笑,问道:"你笑什么? 张先生,你的回答都记录在案。因此,你必须诚实回答我的审问,不得隐瞒!"接着,他又把国民应按孙总理遗训要求,将革命进行到底的话重复一遍,并说苏俄布尔什维克的革命不适合中国,中国青年应该为三民主义而奋斗,不要受共产党的宣传蛊惑,误入歧途。

李侠兵感到冯警官说这些"大道理"的时候,声调高昂,好像不仅是说给他的,也是说给那年轻的书记官听的。因此,那书记官一边听着他滔滔不绝的论说，一边望着李侠兵眨眼睛。

冯警官问："张玉民先生，你们诗歌研究会是什么组织，你在这个组织里发展多少CP、CY，哪些人是CP、CY？你交待清楚了，你就没事了，可以回家了。"

李侠兵想你在哄孩子呢，他心里好笑，说道："我是一个诗歌爱好者，诗歌研究会是一群诗歌爱好者的群众组织。我们在一起探讨诗歌，难道有什么不妥吗？你说我在发展CP、CY，这很可笑，我只是普通青年，不是CP、CY，怎么去发展别人！至于你说，诗歌研究会里哪些人是CP、CY，我怎么知道？谁知道你去问谁。"

冯警官对书记员说："卫书记员，你把CP、CY，也就是共产党员、共青团员登记表发一张给张先生，请他填表。"他又对李侠兵说："张先生，如果你能诚实登记你的政治身份，你便可获释，我希望你诚实填表登记。"

李侠兵不接受卫书记员递来的表格，说："你们在迫害青年，你们在扼杀言论自由，你们是违背孙总理的三民主义，我抗议！"

冯警官愤而起身，卫书记员收拾记录本，脸上掠过一丝激动，向李侠兵眨眨眼，挟起皮包跟着冯警官走了。李侠兵把登记表撕了扔在地上，喊道："我们反对日本侵略我国，抵制日货，有什么错！我们反对政府软弱的行为，我们是爱国青年！"

他激愤的呼喊声在审讯堂里回荡，站在门口的警察进来把他带走，关进牢房。

从此，连着数月，每隔十天半月，冯警官都来提审李侠兵，而书记员也总是卫警官。由于李侠兵拒不改口，也不登记，态度强硬，经常提抗议，冯警官想，他本人不承认是CP、CY，又无人证物证，那么，就该放人。他让卫警官写了一份报告申请将张玉明等诗歌研究会的十二人释放。但是，经过半年的折腾，保出五人，像钱越家出了大价钱走门子才把他保出去。有趣的是赵苏江十分讲义气，他家通过青帮香堂的帮助，在狱警里通了路子，看守所主任同意放人,但是,他坚决不出去,要求当局把张玉民放了,把所有诗歌研究会的人放了,他才出去。否则,他要陪着朋友们把龙华监狱的牢底坐穿。

现在,李侠兵和赵苏江、钱越、白超等人住一室。窄小的房间放三张双人床,上床头有个窄小的小窗,可透气,在有月亮的夜晚可以看到一会儿的月亮。李侠兵把上铺让赵苏江睡,让他能看到月亮,呼吸新鲜一点的空气,自己睡在下铺,离尿桶远不盈尺,空气污浊,臊气熏人。同室的人把被审讯的情况进行交流,研究对策。在遇到困难的时候大家都来找李侠兵商量,这时候李侠兵就拉着白超参加,让他出主意。经过一段时间相处,李侠兵觉得白超是个不简单的角色,有时他感到白超在打听什么,有两回他与钱越、赵苏江密谈时,白超佯装睡着其实在偷听。有一次审问时卫书记员插话,问他是否与钱越商讨过对抗审讯,这使他吃了一惊,他明白了白超在打小报告,把他们监室里的情况报告给敌人。

后来,他们觉得白超这人不可靠,便研究了对策。他们几个人专找白超吵架打架,使他无法呆下去,警方没法只得把他调到另外监室去了。其实,白超是叛徒,但党组织尚未发现,他是在百乐门被日特阿菊拉下水的,阿菊那里有吃有喝有嫖,还有钱花,他经不住阿菊的诱惑,很快就成为日特,是阿菊豢养的一条狗,让他在黑龙会里活动,黑龙会里的浪人叫他"白面狼"。张胜男等人倒在血泊中就是他给日本浪人提供的情报,这次诗歌研究会全体被捕也是他的出卖。他出狱那天,在与李侠兵、钱越,赵苏江等人告别时,他说是他叔保他出去的。然后,他故作姿态,高呼口号,誓与国民党右派斗争到底。其实,他进狱出狱都是一出戏,日特与南京特务为了掩人耳目把他与其他人一道抓进来,现在,又以一家商会名义把他保出去。日本"梅机关"是幕后操纵者。白超一出狱就被安排在妓院里,阿菊受命在组建一支暗杀队,她任命白超为特别行动组组长。当然,这一切我们党组织一无所知,李侠兵他们更是无从知晓了。

赵苏江对李侠兵让他睡在上床很感激,他常常透过面盆大的小窗望月亮,看星星,使心情在夜里得到一丝舒展。每天晚上,他上床后取下眼镜,就重复一句话,说这句话好像在坚定自己的决心:"张兄,你这样照顾我,小弟陪你把牢坐下去。"

李侠兵觉得他单纯,讲义气,比较可靠,便说:"我希望你能健康地出去,与家人团聚。"

赵苏江说:"张兄,我不想回家,家父是青帮的引见师,这些年他开香堂收徒,整天跟三教九流混,我不愿参与其中。我是诗歌研究会的会长,现在警察把我们抓得来,我岂能放下你们自己走出去?"

由于赵苏江的父亲在狱警中通了路子,所以,狱警对他看守不紧,有时叫他帮助送饭,打扫厕所。因此,狱中的地下党对他抱怀疑态度,要李侠兵对他进行考查。李侠兵也吃不准他到底是什么人?说他是特务那绝对不是,但他的举动让人不解,就凭这一点,李侠兵才劝他回家。

在狱中,人与人之间的信任是很难的,李侠兵对好些人一时难分敌友。但是,他想不能裹足不前,还是要谨慎地活动,团结狱友,开展斗争。监狱里经常出现一些活动,一时以争取"改善伙食"为口号,一时以要求"每人加一条被子"为口号,这些有组织的活动,李侠兵敏感地感到狱中有党组织,他设法联系并很快取得信任,成为狱中党组的一个领导成员,不过,由于一切活动都是秘密地进行,究竟哪个是自己的同志难以确认。有一次,冯警官在审讯李侠兵的时候,出去解手,卫书记员迅速递一张纸条给他。他展开一看是"3号要跟你联系",然后将纸条吞入肚里,他朝卫书记员笑笑。这时,冯警官进来,抹抹小胡髭要提问,李侠兵抢着说:"警官先生,能否给我喝口水,我嗓子眼干得说不出话来了!"。

冯警官朝卫书记员挥挥手,卫书记员倒了一杯开水给他,眨着眼睛等他喝完,又眨着眼睛把杯子拿走。李侠兵想,卫警官是什么人呢?如果是自己人,待"3号"来联系就清楚了。狱中地下党以纸条来联系,这还是第一次。

这天的审讯还是老生常谈,李侠兵很耐心地应付过去了。但是,冯警官发出对他用刑的威胁。狱中用刑是常有的事,刑具古今齐全,极其残酷。李侠兵进来后也见到过一些难友好好地去应审,遍体鳞伤地回来。狱中也常为此举行绝食抗议,有些抗议声势之大,行动之坚决,在他看来这里的地下党是有力量的。

从审讯室里回到牢房,李侠兵躺在铁床上仍然在想卫书记员是什么人,纸条上说的"3号"何时来联系?在狱中,对一个人的信任需要时间考验。他想着想着,由于太疲倦就睡着了。待他一觉醒来,发现身上有一张指头宽的小纸条,打开一看,上面潦草地写着:"3号望你明天参加绝食,抗议牢狱克扣粮食,食不果腹,残害志士。"看完,他把纸条吞了。他转目四望,室内无人,再看上床,也是无人,便知在他睡着的时候,人们放风去了。

李侠兵来到室外,走出一条小巷,便是平时放风的场地,有篮球场那么大,四周高墙上架着铁丝网,岗楼上站着背枪的哨兵。场地上有几十个人在散步,晒太阳。他找到赵苏江,说:"我遇到奇怪的事,你能猜到是什么事吗?"

赵苏江扶一扶眼镜,用他深度的近视眼扫一扫活动的人群说:"钱越不见了,你是不是问这个?"

"是吗?"

"钱越家出了大钱,据说走门子走到司令杨虎的秘书那里,终于用钱使鬼推磨,同意释放钱越。"

李侠兵急问:"办什么手续没有?"

"不知道。"赵苏江说:"听说他要出国留学,在出国之前会来看我们。"

"如果你说的是真的?赵兄,你是怎么知道的?"

赵苏江笑了："我爹派管家来探监,他听他娘说的。"接着,他又用近视眼扫一扫周围,放低声音说:"你床上的那张纸条哪来的?"

李侠兵严肃地问:"怎么,你看了哪张纸条?"

"是啊,好事吗,我也参加绝食抗议。"

李侠兵放松下来:"我也不知那张纸条是哪来的,我正想问你呢。"

赵苏江的眼睛在厚厚的镜片后面闪了一闪,说:"我们不谈这些,跑步吧!"

李侠兵从赵苏江闪烁的眼睛里产生一种感觉,那张纸条大概就是他传递的。青年诗歌研究会原是方霞客搞的群众组织,后来,由于方霞客到江西去就交给他来办。他对会员们的身份不太了解,方霞客也没有说过在 CY 里有赵苏江。可是,第二天下午一时,他的猜想被证实了。在他躺在床上打盹之际,突然从上床的缝隙里飘下一张小纸条,他拾起一看,上面写着:"绝食开始,3 号。"他明白了赵苏江是自己人。那么,他是传递信息人,还就是"3 号"本人,这又是问号。

李侠兵执行号令,开始绝食,并动员别人绝食。绝食斗争在狱中很快得到大多数人的响应,伙食太差了,"五籽饭"令人难以下咽,稗子,沙子,石子,把许多人胃都吃坏了,顿顿一碗菜汤或是几片萝卜,缺油少盐,不是人吃的伙食。绝食到了第三天,他们取得了胜利。监狱里伙食有了改善,早餐增加了一个面饼,粥也不再是霉烂的谷子,而是糙米。放风不仅每天一次,每周还让他们去监狱西墙外的桃园松土、除草、修枝等劳动,这比在牢里成天挨训示或背诵那些训令好多了。在狱中一年多来,他们第一次看到了桃花。

李侠兵在桃树下挖土培根,他说:"去年被捕时,钱越先朗诵皮日休的龙华桃花诗,现在桃花又开了,不知他是否出国了?"

赵苏江说:"听家里人说他准备来狱中探监呢。"

果然,第二天上午钱越来探监,还是那样西装毕挺,红色领带,小分头梳得溜光。他带来两大包点心，指名探看张玉明。在探监室里，李侠兵问："钱兄，听说你要出国留学，怎么还没走啊?"

钱越说："一言难尽。总的说是牵挂着你们诗歌研究会的朋友。同时，我想完成一本诗作，揭露龙华监狱的黑暗，待书出版了，我再出国。"

李侠兵听了很高兴，说道："仁兄在外面奔走呼喊，为解救我们而尽心尽力，我和狱友都很感激。不过，我还劝仁兄早点离开黑暗的中国，赴欧洲留学。"

钱越见他如此黑瘦，体质极差，背都驼了，眼睛眯成一条缝，心里难过。他把带来的点心递给他，关照分与大家吃，然后，他打开笔记本，说："你的好意小弟领了。我现在朗诵两句新作：'啊，龙华塔威严耸立，像一位老者在观看桃花展艳飘香。一年又一年，桃花开了又落，落了又开。近年来在龙华桃园里，一批又一批青年倒在血泊里成了英烈。英烈们啊，你们甘洒热血写春秋，你们用千顷血涛把世界的肮脏洗涤！英烈们啊，你们用青春生命著汗青，你们用万丈的怒火把人类的黑暗照亮！'……"

李侠兵听了很激动，说："仁兄，快把这样的诗拿《申报》上去发表，如有困难，可找冯雪峰和鲁迅先生。"

钱越情绪一下低落了，长长叹口气："你不知道，我这诗是有感而发，淞沪警备司令部把龙华监狱里的青年作家柔石、胡也频等杀害了，他们血洒龙华桃园啊！"

李侠兵这才感到事情的严重性，怪不得组织上几次营救都失败，没有能把他们保出去，有人说，进了龙华这个魔窟你甭想活着出去，看来自己要作长期坐牢和牺牲的思想准备。

在探监时间到时，钱越问他："仁兄，有什么事要我办吗?"

李侠兵想让他到同文学院去找汪金凤，让汪金凤去活动，甚至可以去找顾水明，说不定顾五爷伸出援手能于事有补。后来，他一想如果他被捕之事让汪小姐、顾水明他们知道了，他们会去告知他在乡下的父母。这样不好，还是不让父母知道他被捕的事为好，他们岁数大了，经不起这样的打击。于是，他笑笑说："没什么事相托，希望你的诗集早日出版。"然后又关照他不要与白超来往，钱越说他与白超打过架，他是不会再理白超的。李侠兵这放了心，说："好，再见。"

后来，钱越后来出了诗集，也没有出国，住到香港去了。

13

朋友们的不知去向，使汪金凤愈来愈焦虑不安。

这天，方霞客的突然出现使她欣喜不已。她叫菱儿接过方霞客手里的藤箱，问："你突然不见了，柳姐与李侠兵也突然失踪了，弄得我多苦啊！我整天神魂颠倒，做白日梦，你们到哪去了？"

方霞客的脸上掠过阴影，没有直接回答："我渴了，你给我喝点什么？"

"当然是咖啡。"

"好，我们到客厅去。"

当他俩喝着咖啡，各自谈着近况时，汪金凤时而郁闷感伤，时而奋激昂扬，方霞客感到她的情绪很不稳定，建议她找个中医看看。汪金凤说，不会有什么病，只是感到一腔热情没处发泄，因而情绪波动很大。近来，又因朋友们突然失踪，家中要她出国留学，她决断不下，心中苦闷，诱发诸多失常情状。请方兄不要介意，只管将实话实说，把真实情况告诉她。

方霞客想，汪金凤是个精神恋爱者，这对别人无害，可对她自己来说，却是既痛苦又愉快的事。她把他当作恋爱对象，从柳寄明、李侠兵转递给他的信件来看，她对他的恋情是认真的，但是，他认为这种旨在不结婚，近于游戏式的恋爱，没有什么实际意义。他不打算明确拒绝她，他怕一旦明确拒绝会给汪金凤造成伤害，甚至出现意外。因此，他逢场作戏，含含糊糊地应付着，希望用时间让她有朝一日醒悟，或者她将目标转移，把他抛下。在张胜男牺牲前，他曾明确告诉汪金凤他正在与张胜男恋爱，他与她只能是朋友。现在，张胜男牺牲了，他也不想与汪金凤发展成恋爱的关系。那么，怎么办呢？方霞客想，李侠兵曾用含糊不清"拖"的方法，巧妙地把汪金凤的恋情移开了，他也要如此。

汪金凤对方霞客的这种态度也是有所觉察的，不过，她也无所谓。她问道："方兄，李侠兵和柳姐哪去了？"见方霞客不肯回答，她有点急了，在给方霞客添咖啡时，便直接地问道："方兄，柳、李是不是出事了？快告诉我！"

方霞客想，不将实情告诉她是不行的，组织上让他返沪营救诗歌研究会的人，需要方方面面的人士出手相助，汪小姐在上海是有些社会关系的，也许能提供帮助。他说："我告诉你，你别太难过。他们，柳寄明，李侠兵，还有一些进步青年，被淞沪警备司令部逮捕了。"

汪金凤闻之如晴天霹雳，脸色煞白，紧张地问："为什么要逮捕他们？现在，他们被关在何处？"

方霞客想，他们关在何处暂时不能告诉她。她知道了会去探监，会节外生枝，甚至把消息传到乡下，让李侠兵父母担心死了。李家现在啥也不知道，李嬷妈还整天喜洋洋地跟邻居说儿子在上海读大学呢。想到这里，他避开汪金凤急切的目光，搅着咖啡说："柳寄明因为在工厂搞工人运动，发展地下党员被捕，李侠兵在参加诗歌研究会时，有人告密说诗歌研究会是共产党的 CY 组织，因此，他也被捕了。至于他们被关在哪里我也不太清楚。组织上要我们设法营救他们，你能帮忙吗？"

汪金凤眨着金鱼眼睛，很丧气："我能帮上什么忙啊？"

方霞客说："你认得什么有势力的人吗？比方说，与警察局、警备司令部有关系的人。"

汪金凤想了想说："没有，我家做生意，与官场往来不多。"

这时,菱儿插嘴说:"小姐,上回在船上认识的顾家人算不算有势力?听说顾五爷是青帮大亨呢。"

汪金凤没好气地说:"你说的闸北那个顾五爷,确实是江北大亨。可是,听说他曾参与4·12政变,这种屠杀过共产党的人谁敢找他帮忙啊!"

方霞客:"你认识顾五爷?"

"我认识他的三儿子,并不认识顾松亭。"

方霞客脑子转得很快,说道:"顾松亭的三儿子叫什么?我想不妨结识结识。"

第二天,汪金凤叫菱儿带方霞客去见顾水明,菱儿很开心。一来她想接触顾三少爷,二来她也想接近方霞客,她曾听柳寄明说过共产党是为穷人的党,她猜得出方霞客是共产党人。因此,菱儿打扮了一番,把大辫子上紮上红头绳,脸巴上擦了胭脂,穿着兰花布褂子,跟在方霞客身后。方霞客头戴金丝礼帽,手握司狄克,西装笔挺,皮鞋锃亮,一付青年商业经理模样。

菱儿带着方霞客高高兴兴从南市江边出来,到了八仙桥又雇了黄包车拉到闸北顾家。到了顾家门口,方霞客举目察看,顾家这里地处陌巷,不过,这里比起他叔方老师家的陌巷要强一些。顾家墙院宏大,门前有照壁,院里有花坛。到处戳立着保镖,个个五大三粗,有挎枪的,有拿刀的,气氛森然,让人感到这里不是一般人家。

进了大门遇上管家鲁爷,听说他是李侠兵的朋友,十分客气。带着他俩往里走。这是二进廊房建筑,过了中门,穿过曲径通往小花园,来到一间雕花格窗的书房,鲁爷说道:"三少爷,菱儿来看你了。"

方霞客想,幸亏菱儿来,否则,恐怕连大门也进不来。这时,顾水明从书房出来,说:"菱儿,你怎么有空来玩,这是哪个?"他指着方霞客。

菱儿说:"这是方霞客先生,是我家小姐的同学,朋友,也是李侠兵、柳小姐的朋友。"

"啊,请屋里坐。"顾水明把他俩让进屋里,打量着方霞客。他觉得这位方先生西装革履,分头溜光,十分时尚。他问道:"方先生在哪里发财啊?"

方霞客笑道:"做点药材生意。"

顾水明感到方霞客来访,肯定有事,便对丫头说:"你带菱儿去后院玩一会。"她俩走后,他说:"方先生,你有事吗?请说。"

方霞客斟酌,他好像听人说过,顾五爷与杜月笙是一伙的,在4·12反革命事变时曾是南京政府的帮凶,搜捕过工人起义武装人员。现在,顾五爷对共产党的态度是否有变?不怎么清楚。他打量着顾水明,四方脸如银盘一般,大眼灵动,一付聪明相。他想,对于这样人家的青年,应该尽力争取过来做朋友。想到这里,他苦涩地笑道:"水明老弟,你是李侠兵的朋友,他的事不瞒你,何况还要请你伸出援手呢。"

顾水明给他杯里添水,问道:"方先生,李侠兵出什么事了?"

"他被淞沪警备司令部的警察逮捕了,现在关在龙华看守所里。"

顾水明有点吃惊:"他是学生啊,为啥要逮捕他?"

"他们诗歌爱好者组织一个研究会,他是副会长。他们正在朗诵诗歌,一群警察冲进去把他们带走了。据我所知,李侠兵绝对不是共产党,说实在的,他被捕的原因至今稀里糊涂。"在李侠兵被捕的原因上,他不想说。

顾水明问:"警备司令部认为他是共产党?"

方霞客喝了一口茶,叹口气说:"是呀,他们把逮捕的青年都安上这个罪名。"

"其实,在西方政党是自由的,作为在野党何罪之有哪?"

方霞客见顾水明愤然,英俊的脸上出现怒色。他说:"水明老弟,鄙人今朝冒昧来访,就是请你帮忙,活动警备司令部人员把李侠兵、柳寄明等人释放出来。至于活动费用嘛由我来付……"

顾水明："活动费是小事,怎么,柳寄明也被捕了?"

"是呀。"柳寄明因党员身分暴露被捕,方霞客不想说,他担心顾水明知道太多在其父亲面前不好开口。

顾水明说:"家父乡情重,凡家乡人的事他都会帮忙的。我跟他说说,想想办法,对淞沪警备司令部上下家父都认得人的,警备区里不少人是家父的徒弟。"

方霞客高兴起来:"哎呀,我算找对人了,务请水明老弟帮忙。"

顾水明答应帮忙,方霞客告辞出来。在花园门口碰到菱儿,菱儿问他顾水明的态度如何?他如实告诉她。菱儿说:"方先生,你先回吧,我找顾三少爷还有点事。"

方霞客出了顾家,直接找他的上级汇报,上级一听他有这个门路,便又派他到苏北联系当地党委派人到顾家"走亲戚",请顾五爷去淞沪警备司令部活动。这个"只要苏北老乡请帮忙,脱裤子当了也干"的顾松亭,带了重礼去龙华高层活动。可是他处处碰壁,人家不是回避不见就是推托,弄得他也直挠头,一时拿不出办法来。

后来,他才明白凡共产党的案子,是南京政府说了算,这就不好弄了。连帮会的路子也走不通,青年诗歌研究会的人一时也救不出来了,大家也想不出办法来。当然,江苏省委仍然在设法营救他们,同时也给他们送衣送药来。

14

近来,李侠兵歪在床上迷糊的时候,常常收到纸条。

由于他拒不吐实,狱警常对他用刑,拷打,坐老虎凳,关木笼都用过了。同时,由于狱中伙食太差,营养不良,他身体愈来愈弱,眼睛视力模糊,因此,一有机会他就歪在床上闭目休息,收到纸条也大多在这个时候。今天,他从桃园施肥回来在床上迷糊的时候,感到又有人在他手指缝里塞上纸条。咦,这张纸条是哪来的?门是开着的，上床上的赵苏江不在。

他展开纸条看，上面写着"新军阀愈来愈残忍，要把拒不吐实者拉去陪铳，3 号。"李侠兵想，监狱把将要处决的人常拉去陪铳，以这种违反人道的恐吓手段企图榨出情报，这在监狱里几乎人所周知。现在，敌人要把他们认为拒不吐实者拉去陪铳，"3 号"通知我要作好思想准备，这"3 号"是谁啊？他至今也弄不清。房间里灯光昏暗，李侠兵仔细辨认纸条上的字，他想，这"3 号"知道如此之多，好像不是被关押的人员，难道他会是书记员卫警官？卫警官像个书生，跟赵苏江一样显得嫩气，身上一点老江湖的习气也没有，传纸条的会是他吗，他是我们的同志？

这时，赵苏江回来了，问道："张兄，你在吃什么呢？"

李侠兵见门口一黑便吐出纸条，反问道："赵老弟，有什么新闻？"

赵苏江在他床沿坐下说："传说要枪决柳寄明几个人。柳寄明被捕三个月来，这是第二次传言要枪决她，这也证明她是决不向敌人投降的巾帼豪杰。"

李侠兵一惊。他想起他与柳寄明在一次放风时，隔着铁丝网无法说话，只能以手势打了招呼。接着，他接到柳寄明传递来的纸条，说她在敌人拷问下承认有个男友叫张玉民，不过，他在南京失踪。现在，你跟他同名这太巧了。不过，天下同名同姓的人很多，如果敌人问起你与我的关系，你可以否认。李侠兵想，你心里有我，我不会否认。同时，对付敌人，把事情搞得乱成一团麻岂不更好？让他们把我作为南京的那个张玉民吧。于是，他通过"3 号"传递纸条，与柳寄明秘密联系，两人都感到随时都有牺牲的可能，就是为对方而死，也要爱一次。这样，两人纸条短讯频繁，在放风时隔着两道铁丝网做手势，互相支持，互相鼓励，用眼神表示真挚的爱："为了爱，我可以为你而死。"他俩在黄浦江边月下没有建立恋爱关系，却在狱中迅速建立起来了。不过，让人有一种悲壮感，一种凄美感。但是,现在敌人就要枪决柳寄明,怎么营救她?他想,要从敌人的枪口下救人,一般要有上层关系,否则不好办。他问赵苏江:"你听没听人说,有什么办法营救柳寄明?"

"有人说,已经有人在传播柳寄明怀孕了,他们希望把这消息迅速传播,一直传到监狱长那里去。"

李侠兵想这不是好办法,他说:"国际上是有这么一说,不准处决孕妇。不过,那是西方资本主义国家,在中国行吗?"接着,他又说:"现在,我们也没有别的办法,只有发动难友,反对杀害孕妇。我们要人道,我们要人权!这就是口号。"

赵苏江说:"好办法,发动难友,进行抗议。不过,这会暴露我们,怎么办?"

李侠兵一脸坚毅:"到时我顶罪!"他想为爱她而死,决不是一句空话。他很快给柳寄明传去营救她的消息,同时,把他"为爱她而死"的决心也表白出来。柳寄明见了,感动得大哭了一场。

很快,地下组织中的骨干收到"3号"指示:抗议杀害孕妇,我们要人权。

但是,新军阀似乎并没有停止迫害活动,就在他们进行抗议的第三天,狱警把李侠兵、柳寄明、赵苏江等人押到龙华桃园北侧的刑场。刑场墙头高耸,门前有重兵把守,狼狗巡逻,环境阴森。高墙下站着一排共产党员、革命志士。李侠兵站边头,他在想今天是来陪铳还是被处决?忽然,他感到有人碰他一下,原来是柳寄明被押来了,她向他苦笑。

他问:"你不是怀孕了吗,怎么也来了?"

柳寄明又一次苦笑:"留给我们的时间不多了,你说你爱不爱我?"

李侠兵没想到柳寄明会问他这样的问题,呆呆地望着她。她衣着整洁,洗过脸,梳了头,眼睛里充满了悲伤,看来是做了牺牲准备的。他心里一阵疼痛。是的,他热爱着柳寄明,她是同志,是战友,更是他的恋人。这些在他的纸条短讯里都表白了,只是当面求爱他想留给将来出狱之后。现在,没有时间可等了,他们的人生已到了最后的时刻,他激动地说:"寄明,如果不死,我必娶你;如果被害,你我同穴,如何?"

"好,好,好!"

柳寄明连说三个"好"字,眼里的悲伤消除了,脸色灿烂起来,她昂起头,直视着前方。一绺不屈的留海垂在眼前,她双手被铐,无法将它拨开去,于是,她把头昂得更高。

这时,执行官走过来一个个面对面的问,他声调冰冷,问得机械:"你最后还有什么要坦白交代的?坦白交待了,可以免死!"

共产党员们喊"共产党万岁"的口号,革命志士骂"新军阀叛变革命"。

在监刑官问到柳寄明时,她说:"我死后,请与张玉民同葬一穴。"

监刑官问李侠兵:"你同意吗,你们是什么关系?"

李侠兵:"我们是恋爱关系,我愿意与柳寄明同穴而眠。"

然后,他俩共喊:"共产党万岁!苏维埃共和国万岁!"

监刑官一声令下,枪声骤起,共产党员、革命志士一个个倒在血泊里。桃园里,桃花纷落;苍天上,乌云密聚,一片黑暗。

李侠兵只觉得眼前一黑,身体向后一仰,靠在墙上,他正在往下倒时,被柳寄明挡住了。他俩成人字形靠在墙上。

这时,监刑官打开簿子宣读道:"张玉民、赵苏江、刘建业等三人为陪铳者,柳寄明因可能怀孕,待医生检查后再行处置。现在,将他们几个陪铳者押回监狱!"

回到牢房,赵苏江倒在床上嚎啕大哭,李侠兵瞪着眼睛也不劝他,让他哭个够。

李侠兵对于赴死是有精神准备的,他没有哭。今天,让他意想不到的是柳寄明的爱情表白,这是生死之盟,刻骨铭心。过去两人接触过程中,他也曾隐隐有过感觉,特别在黄浦江边月下的时候,柳寄明常常软软地靠在他身上,让他激动得透不过气来。他们两人的相爱,只是不久前在传递纸条时才得以直白。但是,那种直白夹在许多密码之中,那些密码是地下工作者必须掌握的,巧合的是他俩掌握同一种密码,他们曾在通信中用过。今天,刑场上他俩发出"死要同穴"的誓言,这又令他激动不已,令他感到沉重。

赵苏江终于止住了哭,他擦干眼泪,坐到床边说:"张兄,我这么嚎哭你不会认为我懦弱,怕死吧?"

李侠兵拍拍他的背:"兄弟,哭与怕死联系不起来。"

赵苏江:"张兄,你说得不错,我就想大哭一场,也不知为什么。你现在怎么样?好像比我平静多了。"

李侠兵握住他的手:"兄弟,我的胸膛刮起一阵阵风暴呢。"接着他问:"在刑场上,柳寄明说的话你听到没有?"

赵苏江想了好一会,说:"我想不起来了,那时只想死……啊,她好像喊了口号。"

李侠兵想他没听到也就算了,沉默起来。

赵苏江说:"陪铳的人,迟早要被处决。柳寄明怀孕了,我们应设法救她。"

他的话使李侠兵很感动,这个时候他还能关心别人,赵兄并不像他外表那么柔弱,他是条有义气的汉子。李侠兵想,对,赵兄说得对,要通知"3号",把柳寄明的情况传到狱外的党组织那里去,监狱内外同时展开营救行动。他说:"对,我们赶快将牢里的情况传出去,让外面的朋友们设法营救。"

狱中秘密党组织立即行动起来,与狱外党的联系人联系,积极开展营救柳寄明活动。

15

这一消息很快就传到方霞客处。上级告诉他,淞沪警备司令部近来对革命者进行疯狂的血腥镇压,龙华三天两日在秘密处决共产党人、进步青年。他们杀害孕妇引起国际上的抗议,西方人道主义组织已到上海考察,所以,这几天龙华看守所要把柳寄明等一批女青年送到广慈医院妇科体检,希望他寻找广慈妇科医生的关系,营救柳寄明等人。

方霞客找了几处关系,都没有办法。后来,他叔方老师说他有个同学是医生,住在浦东周家渡,你不妨去找找看。于是,他拿了方老师的纸条来到黄浦江边,在江南制造局所铺设的水泥码头上了船,这里的渡船也不再是摇橹的小舟,而是烧木炭的拖轮,这跟他去年见到的渡口发生了重大的变化。

上海最令人奇怪的就是浦东与浦西的落差,浦西是现代的畸形的繁华,浦东是原生态的落后乡村。到了浦东这种感觉立即呈现在眼前,方霞客跳下渡轮便听到浓重的土语乡音,看到的是低矮的破街坊,长长的高低不平的石板路,一条叫白莲泾的小河从麦田间流入黄浦江。但是,当他来到周家渡街头,见到小火车站上人来人往,一群搬运工在往轮船上背大米袋的时候,这才感到这里是一个集镇。当小火车卸了大米开走的当儿,方霞客想起前年春天来这里的情形。那天,汪金凤家船队运盐到上海,一边在卸盐一边在装大米,汪金凤邀他与李侠兵来玩,她在小火车上包了一个车厢,在小火车开动的时候,她说:"现在,正是郊区最美的时候,小河青青,桃花灿烂,大田里油菜花、紫云英紫一块,黄一块的,你们看!"

大家顺着她手指望去,江南各色田园闪闪后退,春光美景令人目不暇接。

李侠兵那时正在搞"狡兔三窟"的防范措施,他想也可在浦东安个藏身之处,便问道:"这小火车通到哪去啊?"

汪金凤:"当地人称这车叫'铁轮汽车',它通到川沙、南汇的粮仓周浦镇。"

方霞客说道:"如果我是地下工作者,在这铁路边找个藏身之地倒不错,李兄,你说呢?"

李侠兵知道他们一直对汪金凤隐瞒着真实的身份,便说道:"古人云:'大隐隐于市,中隐隐于郊,小隐隐于野。'如果让我选择隐居地,我选周家渡。"

方霞客问:"为什么?"

李侠兵说:"周家渡总体来说比较偏僻,你晓得白莲泾名字的来历吗?据说当年密社组织白莲教见此处偏僻,在这里设了香坛,因此而得名。据我看,隐居周家渡,右可过江入市,左可乘车入村,是个不错的选择。"

汪金凤招呼他俩,指着车窗外面:"你们书生也不是白莲教,总喜空论。你们看,那河塘边,妇女在染花布哩。"

那次郊游产生两个结果,李侠兵在周家渡找了个"窝"。汪金凤恋上了方霞客,他俩的恋情从这里开始的,缠缠绵绵到如今,汪金凤是精神恋者,方霞客在这方面总觉得她意向不明,模糊不清,他就虚与委蛇,应付着。两人倒不是玩弄感情,在汪金凤是作为心理试验,在方霞客想应付一段再说,成与不成以后再作定夺。

一声火车鸣笛惊醒了他,方霞客向后退了几步,一辆小火车"呼哧,呼哧"喷着气,缓缓入站。他看了看方老师的纸条,走过铁路,进入车辙很深的一条小巷,找到姓楚的医生。楚医生在看了方老师的纸条说,让广慈医院妇科医生开假证明,证明某妇女怀孕,只有找到妇科周力主任才行。问题是他愿不愿意担待这么大的风险呢?

方霞客问:"周力主任为人怎样?"

"为人谨慎,洁身自好。这样的人你就是出大价钱他也未必肯开假证明。"

"那怎么办?"方霞客眉心打结。

楚医生说:"你跟顾五爷有没有关系? 我在给顾五爷家眷看妇

科病的时候,顾家请周力来会诊过。"

方霞客一听有门,于是,他说:"谢谢楚医生,我去试试看。"

他走出小巷子,穿过小铁路,乘上烧木炭的小火轮"笃笃笃"地过了江,赶到闸北顾家。

顾水明听了方霞客的来意后,在书房里踱步。他想,这个漂亮洋气的青年,风流倜傥,难道也是共产党? 他曾猜想李侠兵、柳寄明、汪金凤是共产党,甚至询问过苏北老乡,有人告诉他,汪金凤绝对不会是共产党,李侠兵、柳寄明就难说了。现在他俩被淞沪警备司令部抓了,那肯定是共产党了。

方霞客见他不表态,便问:"老弟,有难处?"

顾水明苦笑道:"说难处也没大难处,这样的事只是要让家父知道才好,如果家父支持的话那就好办了。"

"那你跟老先生说去吧。"

顾水明到了上房,对柳寄明的情况说了几句话就被顾五爷拦住,说:"不要多说,要我做什么?"

顾水明追问道:"她是共产党你救不救?"

顾五爷拍拍啤酒桶的肚子:"她要是共产党更要救。我们青帮不能在一棵树上吊死,哪棵树上都要拴根绳子,懂吗?"

顾水明探明父亲的态度,十分高兴,回来对方霞客说:"我爸说了,柳寄明是苏北儿女,就是共产党也要救。我爸说,不过救柳寄明也要有个由头,就说她是我表姐吧。"

方霞客感到有苗头,笑问道:"老先生真是这么说的?"

"是的。"

"老先生对共产党的态度有变化,我也听说了,看来老先生要成为共产党的朋友了。那我啥时候听准信?"

"明天上午周力主任来,你明天下午来听信。"

"好的,好的。"他俩握别,方霞客问:"哎呀,我如何谢你啊?"

顾水明笑道:"我们顾家救共产党和乡亲的事多着呢。我爸把大生公司开到盐城、淮安的轮船交给我经营，没有那里的乡亲支持，我也经营不下去。以后我们顾家求乡亲和共产党的帮助不会少啊！"

方霞客觉得顾水明虽然年轻，但说话做事却能从大处着眼，是经过江湖上磨练的人物，可以进一步交结。方霞客把周力医生敲定后，就立即把这个信息通到龙华看守所。龙华看守所里的地下党得知这个消息，十分高兴。但是，他们又听说，由于女犯人多，给女犯人体检看守所联系了三处。除了广慈医院外，还有天主教办的妇婴医院和法国人办的产科医院。李侠兵一听这可怎么办？万一他们将柳寄明不是送往广慈医院，那可糟了。他写纸条给赵苏江："请3号用最高级别人员救柳。"

果然，看守所里的"最高级别人员"出面，保证把柳寄明送往广慈医院去体检。

广慈医院在上海是权威的医疗机构，设备先进，海外留学归来的人员多。周力主任就是留德博士，一般病人他是不看的，患有疑难杂症的病人才由他主持会诊。今天，龙华看守所送来十个女犯人体检，看守所所长指名柳寄明等三人体检结果要周力主任签名。周力主任常常遇到这种事，要他开重病或怀孕的假证明都是警察得了犯人家属的钱财，他也就做个顺水人情。而这回看守所长指名柳寄明等三人要他签名，顾三少爷又带着顾松亭的旨意来求情，他想柳寄明定非一般人物，必定是政治要犯。而政治犯他认为都是社会精英，因此，他不仅要买顾家的面子，也从思想上愿为柳寄明开这个证明，证明她"怀有身孕，患有肺结核，应抓紧治疗。"

周力主任当天就把这一消息告知顾水明，顾水明立即把方霞客找到他的书房。

"告诉你一个天大的好消息？"顾水明说。

方霞客问："水明老弟，看你如此高兴，这个好消息一定比天大？"

"柳寄明怀孕了!"

"真的假的?"

"周医生说的,他签的体检证明,那会有假!"

方霞客见保镖在侧,也心知肚明地说:"好么,李侠兵看似老实,一字不吐啊!"顾水明对这个话题有兴趣,他支开保镖。方霞客说:"柳寄明如果真的怀孕的话,情人不是李侠兵是谁? 他经常陪柳寄明到船厂给工人夜校上课……"

顾水明递给他茶杯:"方兄,你真的相信柳寄明怀孕,不是说好要周医生开假证明吗?"

"那是为了万无一失,保证从敌人枪口救下柳寄明啊。"

顾水明想想也对,周医生并没有说他开的是假证明,让方霞客这么一搅和,他也搞不清了,便说:"我们去龙华探望李侠兵如何?这样,不是什么都弄清了吗,同时,也确实应该去探望他呀。"

方霞客想,让他抛头露面需要上级批准,笑道:"我也想去探望李兄,不过,我有事缠身,明天给你回信。"

顾水明心里明白方霞客的身份,他去有难处,说:"对,我就说你是我的跟班如何?"

"好的。"

方霞客得到上级批准,他第二天化了装与顾水明乘上马车直奔龙华镇。到了龙华看守所,顾水明一路塞钱,个个警察皆行方便。在会见室里他俩见到李侠兵时,见他面黄肌瘦,眼睛视力不好,心里一阵难过。李侠兵想不到顾水明会来看他,化了装留着小胡子,戴着鸭舌帽的方霞客拿着食品盒站在后面,他也没认出来。

寒暄之后,顾水明说:"我这个跟班叫施去也,你好像见过的,想想?"接着,他叫道:"施去也,将点心给警察先生检查一下!"

警察收过他的钱,那里会查,只是开了盒子望一望就算检查过了。方霞客把点心放到李侠兵面前,说:"张先生不认识我了?"

李侠兵睁大近视散光的眼睛看他,认出来了。然后说:"嗬,原来是你啊！记得你家人口多你才出来做事的,你父母和家人都好吗?"

方霞客佩服李侠兵这样的应变能力,能在警察面前发"电报",他立即应答道:"都好,都好。"

顾水明问:"仁兄,你的身体很不好,眼睛也出了问题,需要什么药尽管说,我叫人送来。"

李侠兵:"牢里的伙食太差,灯光又暗……他们不讲人道,随便折腾人,甚至打人……"

警察喝道:"不准谈这些!"

方霞客提醒道:"顾先生,你不谈谈你表姐的事?"

顾水明到这种地方总感紧张,东拉西扯竟然把主题忘了,经他一提醒连忙说:"我表姐昨天到广慈医院去体检,权威医生检查出她怀孕了,她也没结婚怎么会怀孕的呢? 仁兄,你说奇怪不奇怪?"

李侠兵知道他说的"表姐"是柳寄明,是在给他通消息。他说:"现在年青人开明了,未婚同居的也不少,这种现象你是少见多怪了。"

顾水明问道:"仁兄,我听说你和柳寄明在刑场上海誓山盟,明确恋爱关系,生为同林鸟,死为连理枝。我听后真感动,不过,你们俩的关系真是如此吗?"

李侠兵沉默了好一会,感情地说:"是啊,我和柳寄明互相爱慕,但从未把话说明白。那天,在刑场上监刑官问我们最后还有什么话要说? 我们就把压在心底的海誓山盟的话倾吐出来了。想不到监狱里搞的是陪铳,我们又活下来了。"

"如果你们活着出去,你们会举行婚礼吗?"

"那当然。"李侠兵纸黄的脸上明朗起来,望了一眼警察,苦笑道:"很可能我们带着孩子举行婚礼呢。"

顾水明觉得他这是说给警察听的,笑道:"那太有意思哪,我一定去参加你们的婚礼。"

方霞客赶紧说：啊，到那时候你一定要带上我啊，我也去！"

李侠兵点头道："我明白，会请你们的。"

方霞客还想插话，这时警察叫道："探监时间到。"

他们紧紧握手，方霞客激动得热泪直流，恋恋不舍地退出探监室。

16

从此，顾水明常到龙华看守所去探监，送些食品让李侠兵等人补补身子。同时，他也向李侠兵讨教对未来社会的看法。李侠兵谈到未来总是充满信心，他说，当光明战胜黑暗、自由取代专制，就是未来社会美景到来的征兆。不过，在问及他何时能走出看守所，他叹口气，摇摇头，表情迷惘。

这样，由于多次接触，顾水明由同情进而敬重李侠兵。两人成了真正的朋友。李侠兵告诉他，"家里人"也来看过他，不过，听说那个"家里人"失踪了，或者是调到外地去了。顾水明回家后问方霞客"家里人"是什么人，方霞客说是"联系人"。

到了冬天，顾水明仍然去看望李侠兵。那天，他正在整理糕点盒的时候，管家鲁爷忽然来到书房，说："三少爷，老爷叫你去。"

顾水明知道，没有大事父亲是不会叫管家来叫他的。他匆匆赶到大厅，见里面坐了一屋子人，父亲坐在铺着虎皮的太师椅上，正在跟众人热烈地争论着什么，见他进来，众人都静了下来。顾水明眼睛一扫，有些人是认识的，有些人是不认识的。父亲有一批来自社会各个阶层的朋友，人员很杂，有的是下野的军阀幕僚，有的是流落沪上的清末贵族，也有来自社会底层的掮客，失意的文人。顾水明对他们不大感兴趣，随意地对他们点点头。顾五爷十分喜欢这个三儿子，对那几个新来的客人介绍说："诸位先生，这是我的小儿子顾水明，以后请大家多关照啊。"

众人一迭声："好说，好说。"

这时,有个人称"小弥陀佛"的齐先生,挺着凸起的肚子站起来。此人成天来讲古,混饭吃,教他爸做对子。他说讨饭皇帝朱元璋大字不识几个,后来学会做对子写满南京城,你顾五爷比朱元璋多读过半年书,学会做对子没问题。顾五爷很喜欢他,称他为"齐师爷"。此人很喜卖弄。这时,他向众人拱拱手,抹抹山羊胡子说:"诸位,三少爷气宇轩昂,风流雅儒,听说他做对子做得绝妙,而顾老板也是做对子的好手,我们何不请他父子二人做做对子,助助雅兴,然后大家再谈时事如何?"

众人:"好,好!"

顾松亭从嘴里拔下包银的水烟袋:"这,这……"

众人:"顾老板不要客气了!"

顾松亭想本来叫小三子来跟大家认识认识,然后再叫他把报上有关西安的事变证实一下。现在齐胖子忽添这个枝节,他转念一想,也好,可以显显我现在不是当年拉黄包车的顾五了,我现在能诗能文。便笑道:"哎呀,齐师爷难为我。好,我出上联叫三儿对。我的上联是:鸿是江边鸟,"

顾水明:"蚕是天下虫。"

齐师爷在一边怂恿:"这拆字联太简单,顾老板重新来一个。"

顾松亭很佩服朱元璋的"阉猪"人家联:"双手劈开生死路,"

顾水明:"一刀割断是非根。"

众人笑道:"顾老板,你怕三少爷对不出来是不是,出这人人皆知的?"

顾松亭:"牛头喜得生龙角,"

顾水明看着众人:"狗口何曾出象牙。"

众人闹腾起来:"这好像在骂我们,是不是呀?"

齐师爷:"不是,这是明代英雄于谦骂和尚的,诸位,你们哪位是和尚?嘻嘻。且听他们父子再对对子。"

顾松亭:"竹本无心,偏生许多枝节。这一联是齐师爷教我的第一个对联,齐师爷说我名号中有'竹'字,命中肯定会多有'枝节',此话不假。"

顾水明笑道:"父亲,你这一联的对句却干净:梅虽有蕊,不染半点风尘。"

齐师爷见好便收,说:"顾老板已感到再对下去就'节外生枝'了,那就此打住,言归正传吧。"

顾松亭拍着肚子笑道:"再对下去,你教我的对联全对光了。"他指着报纸,对儿子说:"你看看发生大事了!"

"能发生什么大事,东洋人打进关内了?"

"你看看,这可是件大事啊!"

顾水明接过鲁爷递过来的一叠报纸,在《申报》头版上登着显赫的标题:《西安事变,老蒋被扣》,张学良、杨虎成在12月12日发动西安事变,以兵谏方式要求蒋介石抗日。他翻了一会报纸,报上没有说清南京政府的态度,是去救蒋还是不去救蒋?蒋介石是否会答应张、杨停止内战,一致抗日的主张?报上也没说清楚。倒是花边新闻多多,宋美龄如何,何应钦如何,延安的中共中央如何,都是闪闪烁烁的报道。但对事变的后果避而不谈,或者偶有提及,也含糊其辞。顾水明皱皱眉头,扔了报纸说:"共产党一直主张抗日,可老蒋不同意,这回看他怎么办?"

师爷们嚷开了:

"抓起来好,看他答应不答应抗日?"

"不好吧,这不让日本人看笑话吗?"

"东洋人才没空看中国人的笑话呢。他们的祖宗是倭寇,他们是强盗,他们整天整夜在想怎么抢中国,偷中国的财宝。就近来说,在上海发动1·28,在奉天发动9·18,现在又在进攻华北、山东了。凡'八'他们就有动静,他们就是要'发'啊,那有功夫看笑话啊!"

齐师爷抹了一会山羊胡子说:"人家怎么样,咱们管不着。发生西安事变,国内形势必然大变,共产党主张抗日,并把红军千辛万苦开拔到北方第一线去,这就得了先机,我看不管老蒋如何,共产党的主张得到民众的拥护。"

一位贵族遗老点头:"齐老弟说得对。不过,共产党得势了,我们青帮怎么办哪?"

齐师爷仍然捋着胡子说:"我们过去跟共产党关系可不怎样,以后可要跟他们热络欧,顾老板,你说呢?"

"是呀,是呀。"顾松亭点头。"青帮历史大家都知道吧,在清朝,青帮以皇帝为靠山,帮助漕运。到了孙中山成立新华党青帮与他订立同盟,为反清出力,同时,新华革命党也成了青帮靠山,青帮从来是哪个做大王找哪个做靠山。"

这时,一位尖嘴落腮的捎客,撮着嘴说:"顾老板,照这样说要是日本人占领上海,青帮也会找日本人做后台了。"

顾松亭生气了,眼睛瞪得鸡蛋大,拍着台子吼道:"我看会有人这么做的,现在不就有人在虹口与日本浪人勾结上了么。不过,这种出卖祖宗的事,我顾五是不会干的!"

"好,顾老板说得好!"大个子杨占山喝彩。他曾在孙传芳部队做过军官,发了财又破了产,在天津时是青帮的一个香主,后来,他流寓上海。他说:"奶奶的,谁怕谁啊? 在天津卫俺跟日本浪人干过仗,也没输给他。"他摸摸左脸上留下的刀疤:"奶奶的,砍头也不过碗大的疤,蒋介石也是的,为啥怕小鬼子? 打就打呗!"

一个当过市议员的商会会长感叹地说:"蒋中正不如孙中山,孙中山觉得该下野时就下野,蒋中正就没有这个气魄,人家东北军发动政变他也赖着不肯下台。不抗战,应该下台,谁抗日谁来主政。顾老板,你说是不是啊?"

顾松亭虽是个大老粗,但他是有心轴的人。他望着众人,应道:"这个嘛,这个嘛,哈哈。"这时,他忽然转脸对儿子:"三儿,你常去龙华看守所去看望老乡,今天去吗?"

顾水明："我正要给父亲禀报哩,今天要去,听听他们对西安事变的看法。"

顾松亭关照他："你去给我带个话,他们出狱的时候我要请他们吃饭。"

"好的。"顾水明想,父亲对共产党的态度大有转变,前些日子他去龙华通路子想把李侠兵等人保出来,现在又叫我带口信,看来父亲要与共产党拉关系了。父亲常说,青帮是光棍党,光棍不吃眼前亏,到处插一脚,不过,共产党他插得进吗?

顾水明回到书房,拎起食品盒去探监。在龙华看守所探监室里,他明显感到警察对政治犯的看守较前宽松,也时时听到有人高呼"释放政治犯,到前线去抗日"的口号,他甚至从李侠兵嘴里听到"国共应合作,枪口一致对外"的话。李侠兵与他谈了很多有关民族大义抗日的话,他感到共产党对抗日救亡是真心实意的。

他回家后把李侠兵的话对父亲说了。顾松亭说,这些天盐城、淮安不断有人来找他帮忙,他们好像是共产党,看来共产党要从地下转到地上来活动了。

果然,到了夏天方霞客来了电话,约顾水明去龙华看守所接李侠兵、柳寄明、赵苏江等人出狱。顾水明一听十分兴奋,似信非信地问道:"什么时候去?"

"今天上午十点。"

顾水明想,不管是真是假我得叫辆车去。他说:"我雇车去,你在枫林桥等我。"

一个小时后,顾水明到了枫林桥,见肇家浜南岸停着一辆美国洋车,有人从车里向他招手。他靠近一看,原来是方霞客几个人。方霞客说:"顾老弟,上车来。"他上了车,方霞客说:"今天去接李侠兵、柳寄明等人出狱。"

"真的?"

顾水明高兴得几乎跳起来。他说:"天天想有这一天,这一天

100

终于到来了!"

方霞客以政治家的口气说:"这和你积极参加游行示威有关,张、杨发动的西安事变以来,上海、南京乃至全国天天有学生与民众上街游行,要求国民政府同意共产党的主张,合作抗日,枪口一致对外,挽救民族危亡。经过共产党代表的艰苦谈判,在爱国人士的斡旋下,蒋介石与其政要不得不与共产党携手抗日救亡了。"

顾水明见汪金凤捧一束鲜花,说:"汪小姐,你好。你这束鲜花准备献给谁啊?"

汪金凤指指方霞客西装口袋里插着一朵玫瑰花,笑道:"献给他呗!"

顾水明这才注意到方霞客今天穿一套青灰色新西装,打着红领带,戴着绿色风镜,打扮得十分时尚:"汪小姐送你一朵玫瑰花,方兄,感觉如何?"

方霞客白脸漾笑,俊眼流转,说道:"她是要把手中的那束花献给他心中的白马王子李侠兵的,给我这朵只是顺水人情,我能有什么感觉?啊,我嗅到缪斯的体肤之味,像玫瑰花香。我看见情谊在心田上成长,散发出阵阵甜美芬芳!"他最后的几句话是朗诵出来的,同时笑出声来。

汪金凤甩着一头秀发,金鱼凤眼瞟了方霞客一眼,说道:"诗人的浪漫本质暴露了吧……把人家的好心当成驴肝肺呢,哼!"

顾水明笑道:"跟你们二位一接触,立刻让人感到浪漫乐观的气氛扑面而来呀!"

汪金凤扫了他俩一眼,认真地说:"玩笑归玩笑,跟顾公子还是要把话说清楚的。柳寄明是我最要好的闺友,她在刑场上与李侠兵的生死恋情,在同文学院传为佳话美谈,成为情场上大家的榜样。我为她而骄傲,我想把这束鲜花送给他俩。"接着,她把话锋一转又针对着方霞客,责问他:"刚才你方先生提到近来的大众游行示威,我也常去。但令人奇怪的是,我每次参加游行都没见到你方先生,这是怎么回事啊? 另外,今天,你又似乎成为接他们出狱的组织者,这又是怎么回事?"

开车的是个络腮胡子的青年,他说:"他呀,每次游行他都是组织者,可他自己却很少参加!"

顾水明惊奇了:"是吗,有这事,方兄你应解释一下了?"

方霞客瞅了汪金凤一眼,心里不悦。他想哪壶不开你提哪壶,他笑笑说:"我的行动并不自由,要听朋友们的指挥呢。"

汪金凤:"哎呀,你是共产党!"

众人都笑了:"今天接的就是共产党。"

方霞客心里"咯噔"一下,心想党员身份不能公开,这是党纪。他严肃起来,睁大眼睛说:"我可没有承认自己是共产党啊,另外,据我所知李侠兵在狱警严刑逼供下,也没承认他是共产党。"

顾水明觉得这没啥,说:"现在好了,国共合作,你们的身份可以公开了。"

方老师晓得上海情况复杂,日特与南京派来的特务多于牛毛,他们仍在暗杀共产党员、抗日分子、进步青年,因此,不得不防。他说:"我们不谈这个话题好不好? 哎呀,龙华镇到了!"

龙华的钟声传来,大家都很兴奋。方霞客望见宝塔后面有一群鸽子飞过,想起一位烈士在《申报》上发表的诗,他吟道:"龙华千古仰高风,壮士身亡志未穷。墙外桃花墙里血,一般鲜艳一般红。"

听了方霞客朗诵诗后,众人神情肃穆。

这时,车子到了龙华看守所门前。见门前高大的照壁上,蓝底白字写着"三民主义"歌词。在大门两侧的木牌楼上书写着孙中山的语录"世界大同"与"天下为公"。他们下了车,来到看守所门前。

方霞客看了看站在骑门楼上荷枪的哨兵,然后,他往门边走了两步,这时,李侠兵、柳寄明、赵苏江等人从小门里走了出来。

李侠兵穿一身破旧的中山装,又瘦又黑,背驼得厉害,高大的身子像一张弓。他身体虚弱,眼睛眯细着,视力模糊,几年牢狱之灾把这个健壮的小伙子折磨成个老头子了。他走出狱门时,忽然感到浑身一轻,飘了一下子;经太阳一照,又感到一阵晕眩,几乎倒地。一时间,他有经历阴阳两界的感觉,他似乎觉得从老君炉里跳了出来,阳光是多么温暖啊!"抬望眼,仰天长啸,壮怀激烈。"岳鹏举的词又在他耳边响起……

这时众人奔上来,围住他:

"啊!"

"啊!"

大家相见激动万分,拥抱,叫喊。

汪金凤把一束鲜花塞给柳寄明,抱着她细细打量。觉得柳姐苍老了许多,消瘦苍白,额上现出皱纹,先前那双好看的大眼睛也没先前那么明亮了。她拍着柳寄明的背,轻声说:"柳姐,你受苦了。"

柳寄明也在拍着她的背,她在呢喃地叫她:"阿凤、阿凤啊!"

两个姑娘一起流泪,泪眼对泪眼。

方霞客见一警官扶着脚踏车走来,他警惕地叫道:"大家快上车,大家快上车!"

他们的行李被方老师提上车。方老师见那警官碍事,不高兴道:"怎么,你来送行?站一边去!"

卫警官笑道:"我叫卫泽民,是来送张玉明的,方老师。"

"怎么,你认识我?"方老师扶一扶啤酒瓶底似的眼镜:"国民党的特务是厉害!不过,这里没有你要送的人。"方老师并不知道李侠兵在牢里的化名。

卫泽民笑笑,他见车子开动便向李侠兵举手示意:"张玉民,柳寄明,赵苏江,再见。"

汪金凤笑道:"这个警察滑稽吧,哪个愿意与警察'再见'啊?永远也不要到这鬼地方来!"

李侠兵像是在自语:"他是什么人,是我们的同情者还是我们的同志啊?"他望着仍扶着脚踏车站在那里的卫泽民。

确实,他们谁也不晓得卫泽民的真名叫陈兔子,他是地下党员,在关键时刻他总起作用。在检查柳寄明是否怀孕的过程中,是他安排柳寄明去广慈医院进行体检,让周医生得以开出假证明。在警官冯督察发现张玉民进监狱已有三年不可能是柳寄明肚子里孩子的父亲时,又是他拿了报纸跟冯督察说上个月在南京雨花台被枪决的那个张玉民才真正是柳寄明的男友,这里关押的张玉民与柳寄明的关系还需要调查。这样,他就把事实真相和暴露出来的破绽掩盖过去了,柳寄明赢得了时间。

接风宴席办在杏花楼。大家频频举杯,进行慰问。李侠兵和柳寄明、赵苏江等人讲些牢中生活,受到的酷刑,听者无不叹息、愤怒。接着,大家又谈到相思之苦,汪金凤说她那时简直要疯了,到处寻找他们,常常做白日梦。她的话也让人动容。

方霞客朗诵了一首诗,然后与顾水明碰了碰杯,问道:"水明老弟,请你谈谈你今后的打算,说不定对我们这些人有吸引力呢?"

顾水明想了想说:"朋友们出狱,这使我太高兴了。有人说青年人不坐牢不会有大出息。我这个人没有坐过牢,缺少磨难的历练,因此,对今后也没什么远大目标,只是想多赚钱,再买几艘大轮船。"

李侠兵问:"你家大生轮船运输公司在苏北、舟山、宁波都开了码头,以后再往哪开码头啊?"

"我家轮船运输公司在里下河开的都是小码头。长江是黄金水道,向九江、武汉、重庆发展才是我的愿望。"顾水明踌躇满志地说。

方霞客:"好,那就再开个大生长江航运公司吧。"他又问道:"资金有困难吗?"

"是呀,就是资金凑不足,要调些头寸。"

方霞客想到地下党有一笔资金,如果投在顾家大生公司能赚钱的话未必不是一件好事,便试探地问:"顾经理,我有个朋友有钱正在寻求投资渠道,你能保证赚钱他肯定来与你合作。"

顾水明在心里认定方霞客、李侠兵是地下党,笑道:"方兄,赚不赚钱我不敢保证,如果CP、CY要利用我公司的船只,那我肯定提供方便。"

李侠兵赶紧声明说:"可惜我们不是CP,在狱中坐老虎凳、挨皮鞭,就是为了这个CP身份哪。"

汪金凤对航运公司没兴趣,说:"咱们不谈这个好不好,我倒要问问,你们三位今后想到哪发财?方兄先说!"

方霞客装着不敢违抗,回答道:"我想做生意。"

李侠兵:"我想在上海待几天,然后回家养养身子。"

汪金凤见柳寄明低头不语,说道:"柳姐,你在想什么啊?"

柳寄明抬起头,理一下耷在眼前的留海,庄重地说:"我想参加抗日运动,做一些具体的事情。"她转脸问李侠兵:"侠兵兄,你这几天在上海做什么呢?"

李侠兵:"说实在的,几年牢坐下来跟好些朋友断了联系,我想在上海寻亲访友。"

柳寄明明白他"寻亲访友"就是寻找党组织。饭后,从杏花楼出来时,柳寄明问:"侠兵兄,寻找党的联系人,你去找哪个?"

"我要找的那个人你也认识,只有他才可以证明我的党员身份。"

"你说的是盛海光。"

"是呀。"

柳寄明告诉他:"在交通站的时候盛海光也是我的联系人,后来,他突然不见了,你到哪儿去找啊?"

李侠兵最担心的就是这个,他迷惘了:"哪怎办?"

从此,他开始寻找党组织的联系人,除了盛海光还有两个人也可以证明他的党员身份。但是,在那动乱的时代,党组织处在秘密的地下状态,他要找到她,是一条充满艰辛曲折而又漫长的路。

李侠兵先是住在闸北方老师家,后来被赵苏江拉去住在徐家汇。赵苏江家在花园洋房区,来住行人较少,小轿车较多,所以,特务到这里来也多躲在车里。傍晚,李侠兵和赵苏江在法国梧桐树下散步,忽见白超在一辆黑色轿车里,身边还有两个戴鸭舌帽的家伙。李侠兵告诉赵苏江,方霞客已经查清白超原名白易构,是日本、南京双料特务,共产党的叛徒,他现在为日本"梅机关"卖命,疯狂逮捕、暗杀进步人士,反日青年,尤其是对共产党人狠下毒手,决不留情。我们对这种卖国蠹贼能避则避,候着机会就把他除了。

赵苏江觉得事情没有那么严重,他不过反对日本人侵略中国,他又不是 CP,而且,他家有保镖他怕什么。这个书生反过来劝李侠兵要当心,他说近来不断有共产党人遭杀害,李兄你要躲避才好。

李侠兵为防敌特,他一方面不断地转移住地,一方面加紧寻找党组织的联系人,想早点回到党组织的怀抱,在党的领导下开展工作。起初,他请方霞客、柳寄明等人帮他找党组织,后来,柳、方二人都突然"失踪"了,汪金凤说柳寄明可能去螃蟹港,方霞客好像说是去武汉了。他从赵家出来后,在上海一连跑了十天,没有找到盛海光,也没有找到曾跟他上下单线联系过的党内两位同志。到了第十一天,他又去徐家汇找赵苏江,他刚走近梧桐树下的弄堂口,见白超和两个特务架着赵苏江往车上拖,赵苏江骂着,三个保镖举枪从弄堂追出来,于是双方开始枪战,赵苏江趁机逃跑,被白超打倒在地又拖进了轿车,然后,车子一溜烟地开跑了。

李侠兵掖在梧桐树后看到这一切,痛心疾首,当他追出来时,那黑色的轿车早跑没影了。

后来,他打听到赵苏江被白超阿菊等日特杀害了。赵苏江真是好样的,在被杀害前,白超怎么逼他供出李侠兵的住处他也没说。

李侠兵警惕起来,在浦东周家渡住了几天,然后又到浦西去找熟人。他走到八仙桥时进入一条巷子,见到有两个家伙在跟踪他。他不理他们,掇一掇肩上的小包袱,站在一家花园洋房的门楼前。

这时,有两个戴墨镜的人走进弄堂。后来,弄堂口又出现两个人,一个大个子,一个小个子,两人都扛着扁担绳,像是挑夫。那两个戴墨镜的家伙见挑夫靠近,便摸着腰间的盒子枪喝道:"你们想干什么?"

那大个子道:"你俩在码头上先跟着我们,现在,又跟着这位先生,你们想干什么?"

戴墨镜的说:"我们在执行任务,侬是啥人?滚开!侬找死欧?"

就在戴墨镜拔枪之际,那大个子已用扁担打掉他的盒子枪,另一个家伙来不及拔枪就与挑夫打斗起来。双方都有点功夫,拳来脚往,愈打愈烈。

这时,李侠兵已判定两个戴墨镜的家伙是特务,便趁机抓路边的盒子枪,指令道:"别动,再动我就开枪了!"

两个戴墨镜的家伙举起手,说道:"不要开枪,不要开枪。我们也是受人指派来跟踪你的呀!"

"谁,哪个?"

"白,白组长。"

李侠兵心里一突:"哪个白组长?说!"

特务跪了下来,挑夫中的小个子缴了那人腰间的枪。特务说:"白易构,他雇了我们。"

"他来了没有?"

特务抬起头,指着弄堂口外:"他,他大概在那里。"

李侠兵见弄堂口停着一辆道斯小轿车,车里坐着一个时髦女郎,她在与车外的一个戴金丝短沿帽子的男人在说话,那个男人正是"小白脸"白超。李侠兵怒从心头起,大呼道:"白超,白易构,你过来!"

白超转过身,喊道:"我当是啥人？是李兄啊,过来吧,正好阿菊小姐在这里,咱们一道干,杀南京那帮特务报仇!"他说着就开枪。

李侠兵早有防备,掖在矮墙后还击。接着,白超与那女人一起向这边猛射,好在花圃有道围墙,他们打过来的子弹都被围墙挡了,碎砖块七哩八啦往下掉。这时,大个子小个子两人赶紧把两个戴墨镜的人捆了,抓一把草塞在他们嘴里,然后带着李侠兵一阵猛跑出了花圃,从弄堂另一头出去了。

白超和阿菊追了过来,到了围墙外面,阿菊问:"他是哪个?"

"他是我们特工组追杀的1号。"

"啊,是李侠兵,一个坚决抗日分子。"

"追,快!"

白超带着特工队追过来,到了花圃边知道扑了空。他回到小轿车旁,向阿菊报告,阿菊叫他坐进车里说,就在这种时候,白超也没忘他迷惑女人的伎俩,他扬眉,打媚眼,白晰而好看的小脸漾着微笑。他把这些动作曾作配套来练,特别是打媚眼,黑白眼珠闪动,睫毛和眉梢同时飞扬,就显得迷人了。为了练成这套功夫,他用钳子拔去眼角上的眉毛,用指甲拉睫毛,希望睫毛长长。白超认为,他迷女人的本钱就在好看的小白脸和灵动的媚眼。他给他的同伙吹嘘,他要迷倒许多女人,迷倒日本"阿菊"部队,为他生出一个排的"小白脸"来,他要组成自己的特工队。

阿菊听了他的报告,命令开车到苏州河边去追杀。

李侠兵三人出了弄堂,迅速穿过苏州河桥,又在一条弄堂绕了个弯,在街角的一家小酒店里坐下来。李侠兵把枪交给挑夫,说:"感谢你们相救,听口音你们是东安人?"

大个子说:"我们是东安五港人,我叫卜二华,大哥叫谷志豪。"

李侠兵与他俩握了手,说:"谷志豪大哥的名字听到过,那年八一暴动你是东安中队长嘛。我是龙兴寺的李侠兵呀。"

谷志豪又一次与他握手:"哎呀,李政委呀,八一暴动时你到哪去了?"

李侠兵:"说来话长。八一暴动前,我被调到洪泽湖边,起义失败后,我又被党组织派到上海、河南等地活动。"

店小二端来酒菜,他们边吃边谈。谷志豪说:"八一起义后,敌人进行疯狂的镇压,地方党组织遭到严重的破坏,我就是在那以后与组织失去了联系,到山东,到盐阜地区找了几次,也没有与党组织联系上。"

"这次出来也是寻找党组织的吧?"

"是啊。"谷志豪说:"李大哥,你现在干什么?"

他们碰杯对饮后,李侠兵苦笑说:"实不相瞒,我也是在寻找党组织呢。"

谷志豪有些吃惊:"你可是做过党代表、政委的老党员,怎么也会处在脱党状态呢?"

李侠兵一脸苦涩,眯细眼睛:"让我慢慢告诉你。三年前,我们正在开会,突然被警察包围,特务带人来抓人,我们当时是以青年诗歌研究会名义聚会的,是个党的外围组织。我们提出强烈的抗议,但是,我们十来个人还是被逮捕了。"

谷志豪:"那你的党员身份暴露了没有?"

李侠兵:"没有。我的联系人并没有被捕,没有人能证明我是地下党员,我始终不承认我是共产党员⋯⋯我们十一人被抓坐牢,只有三人活着出来啊!"他又补充说:"刚才提到的那个白易构,又叫白超,他就是从牢里出来的叛徒,他现在是日本的特务,在追杀我呢。"

谷志豪愤愤然:"我们有多少同志被他们杀害啊。在东安县也有特务在活动,不过,我们共产党人不怕他们。为国家光明的未来我们共产党员不怕国民党右派的镇压,为民族的独立我们会与日本侵略者拼命的。"

李侠兵望着这个农民模样的老乡,感叹地说:"幸亏西安事变,国共合作抗日,我们才得以活着走出牢门,不然,我们活不到今天哪。"

谷志豪对李侠兵也深为同情,两人同命相怜,又说了一会话,他问:"李大哥,你什么时候回龙兴寺?"

"我想尽量早点回去。"

"我们去火车站,那里找人更方便些。"

李侠兵与谷志豪分别后,他继续走街穿巷寻找熟人。这天,他来到四马路,忽听有人喊他:"侠兵兄,侠兵兄。"他见是顾水明,便问:"水明老弟,你怎么在这里?"

顾水明说:"家父叫我找人修缮天蟾舞台呢。前年苏北发大水难民到上海,家父把老乡安排住在天蟾舞台,舞台受损严重。下个月梅兰芳先生要来挂牌演出,舞台不修是不行了。"

"是呀,顾五爷赈灾救民事迹,在苏北广为流传。"

"你要不要到里面去看看?"

"好啊。"

顾水明带李侠兵到剧院里面参观。他俩边走边说话,李侠兵告诉顾水明,他在找一个叫盛海光的朋友,他问顾水明认不认识盛海光?顾水明说,不认识。他俩来到剧场中间,在幽暗的灯光里李侠兵看清"第十排"字样,他说:"周恩来曾在这里召集紧急会议,有十多个人参加。他说党内出现叛徒,大家要分别通知有关人员转移。"

顾水明问:"你说的周恩来就是报上说的伍豪吧,他留有大胡子,当时在这里后楼住过。我听说,当时巡捕来抓人,他从后楼阳台上跳到剧场阳台上,在一个姓盛的护卫下躲开了警察的追捕。那个姓盛的不知是不是你说的盛海光?"

"是他,正是他。"

"我要是见到他，会跟他说你在找他。"

"好的。"

李侠兵想，盛海光很可能跟周恩来走了。他怎么办？他想找人商量。他在汪金凤处得知柳寄明回来了，住在同文学院，于是，他俩约会在黄浦江边。六月的夜晚有些炎热，江风习习，月光如水，起先两人都不说话，默默地沿江边走着，企图找回曾在这里散步的那种心情……然而，那逝去的岁月再也找不回来了，好像在黑暗处传来一个老人的吟诵："子在川上曰：逝者如斯夫！"灯光映照着翻腾的江水，浦东一片漆黑。柳寄明似乎很冷静，她告诉李侠兵，前些天根据上级指示她离开上海，现在上级又要她回沪在学生中发展党员，进行抗日的宣传和组织。因此，她回到同文学院读书，打算到了暑假回家，那时我们要好好地谈一谈。李侠兵约会她，不仅是要告知她白超叛变了，成为追杀革命者的可耻特务，要她注意安全。同时，也想就个人问题交换意见，谈谈心。他靠近她，低声问道："寄明，在刑场上，你为什么指定我是你的丈夫？你现在又怎么想的呢？"

柳寄明晓得这个在狱中留下的问题，出狱后迟早得回答。近来，她一直在思考这个问题，她在龙华刑场上指他为夫，虽然是救命之举，但也是有感情和思想基础的。自从他们在海州师范第一次见面后，一直接触频频，她早就看出李侠兵的心思，她也有所心动。但是，由于革命工作繁忙，双方都没有开口，直到进了龙华监狱感到生命受到严重威胁时，他们才用密码短讯在纸条上作了表白，也不知双方都说明白了没有？不过，这就是她在刑场上大胆之举的感情来源。现在想来在恋爱中的青年男女，虽然常常用十分激烈的言词来表达相爱之意，比如说"我要为你而死"，这种誓言往往是真实的，李侠兵在纸条上用密码也是这样写的，她相信这也是李侠兵内心的真实写照。但是，在从刑场上走下来以后，她感悟到"我为你而活"更难。在爱情生活中，如果说"我为你而死"是一杯高粱酒,烧心,激烈,痛快,那么,"我为你而活"就好比是一杯糯米酒,绵甜,酸楚,平淡。作为一个女人,你要为他而活,那就得为他准备油、米、柴、盐,过实实在在的日子,以至为他生孩子,为他消耗了青春甚至陪他到老。而要做到这一切并不容易,正如莫里哀所说:"爱情是一位伟大的导师,她教我们重新做人。"在经过牢狱之灾和生死考验之后,她更能体验屠格涅夫的名言:"爱可以战胜死亡和对死的恐惧,只有爱才能使生命维持和延续下去。"因此,她感到爱情的崇高。她要慎重考虑她能不能对李侠兵"为他而活",她也希望李侠兵对她做出同样的回应。她对自己说这个问题恐难一时想明白,需要仔细思量。想到这里,她扑闪着大眼睛,抿嘴苦笑,十分地温婉。后来,在李侠兵一再追问下她才柔声说:"这个问题我们是一定要谈的,但现在不想谈,你让我想想明白,留作以后再谈好吗? 请李大哥原谅。"李侠兵明白柳寄明的心思,以为他家有妻室。其实,他早就将妻子宣氏休了,他想,应该找个机会把休妻的事告诉她。

他俩在分手的时候,柳寄明关心地说,在上海有白超一些特务跟踪追杀他的情况下,希望他避避风头,回乡下休养身体,然后再作安排。李侠兵同意他的看法,然后各自回寄宿处。

李侠兵觉得在监狱里思想比较单纯清晰,就是一门心思与敌人对抗,现在出了监狱思想似乎有些乱了,又遇到日特的追杀,心情更烦。听了柳寄明的话他觉得有道理,第二天早上,他来到苏州河边曹家渡码头,准备搭船回家。他放下籐箱,坐在柳树下,望着水里的游鱼,林中的飞鸟,一时不知所措。他突然感到心中空虚,浑身无力,一种莫明的情绪突然袭上心头。在龙华监狱从没有这种感觉,面对狱警的拷打和审问他无所畏惧,那时,他感到浑身充满了力量,身后有党组织,他与天下的共产党人在一起,那是任何敌人阻挡不住,任何力量也摧不垮,砸不烂的。那时,他是一块顽石,他有一副铁肩能扛住一切,他只当是在"八卦炉"里炼一遭。现在,倒是怎么了,他往哪里去?难道不在上海寻找党的联系人了?他没有目标,没了方向,没了力量。

他转身四顾,没有一个认识的人,河边一片夏日曈曈景色,这时,他的心慌乱起来。他感觉到这是没有联系上党组织失重心理的表现,也是与柳寄明在感情上没有得到充份交流的结果。这样下去很危险,他想不能回去,应留下来继续寻找党组织。

17

汪金凤与朋友们一道去接李侠兵和柳姐回来,她感到地下党把她当做自己人了。这样,她与李、柳、方等人的接触就更频繁了,在频繁的接触中,她觉得柳姐和李兄在牢里心情改变了许多,抑郁、焦躁与失望的情绪常常表现出来,应给予他们心理上的治疗调整。而做心理医疗她是最适合的。学校里一位教德语的教师给她介绍教堂里的牧师恩喀士先生,恩喀士懂得医学和心理学,尤善催眠术,平时常用催眠术替人看病,她想用从恩喀士那里学得的心理学为李侠兵在心理上做些调整。

汪金凤想这种治疗方法主要是交谈、诱导,这是她拿手的,也是她最乐意做的。李侠兵与柳寄明之间有许多秘密,比如柳姐说在恋爱中的男女说"为你而死"容易,说"为你而活"则很难,这是怎么回事?她很想知道。另外,李、柳二人前些天去杭州神神秘秘的,他俩去杭州干什么?她也想知道。她只要运用催眠术深入到李兄的潜意识里,就能把他心灵深处的秘密调出来。

这天,李侠兵来她家找方霞客,方霞客外出。她便说要替他做心理治疗,李侠兵说他不信她的那一套,并说催眠术跟道家的符水一样是骗人的东西。汪金凤说那可不一样,催眠术是有科学根据的,不信你就试试。于是,她叫菱儿放下窗帘,在沙发上铺上被单,摆好枕头,令李侠兵躺上去,叫他什么也不想,听她的声音。李侠兵只听耳边嗡嗡作响,反复在念叨着什么,好像是"你在黑暗中,向前走,前面有一盏灯……向前走,前面有一盏灯……"一会儿,李侠兵便要昏昏入睡,他想这样不行,便一跃而起,倒把菱儿吓了一跳。汪金凤说,你这是干什么,躺着躺着,李侠兵不肯,他说他想抽烟。

汪金凤宛然一笑,叫菱儿把他的香烟藏了,问道:"李大哥,你要配合,不配合催眠术是做不成的。"

李侠兵问:"你的这一套是跟谁学的?"

汪金凤想应该把弗洛伊德的心理学好好宣传一下,他才会相信。于是,她说奥地利医生弗洛伊德创立的精神分析学派,在心理学上是有其独到之处的,他对于梦的解释,对于人的大脑里潜意识的探索,都是对心理学的巨大贡献。她现在用催眠术就是要使他进入梦境,调动他大脑深处的潜在意识,使他的心绪得到调节,恢复到正常状态。她说:"把你在监狱里积累起来的抑郁焦躁心绪消除掉。"

李侠兵说:"那是不可能的。我在狱中积累了仇恨,对抗击日寇侵华更坚定了,对心中的理想信念更坚信了。"

汪金凤想,监狱里是积累仇恨的地方,但也是产生人生感悟的地方。李侠兵跟她说过,他在监牢里有一种感觉,监牢是个八卦炉,人在里面炼过与没在里面炼过大不一样。他说,这种感觉一时说不清,总的说来他感到他的道路走对了,为共产主义理想而奋斗,为抗日为民族而战斗,为中国强大而献出青春,是不悔不离与不动摇的人生追求。当时,汪金凤听了很兴奋,追问他"八卦炉"是怎样感觉到的?他说那里的铁窗生涯、拷打、五子饭,以及随时赴死的决心,还有机会对许多进步书籍的学习,难友们互相的鼓励,以及对于光明的渴望,这些都是在"八卦炉"里的感觉。你知道,八卦炉里什么风都有,什么火都有,乾、坎、艮、震、巽、离、坤、兑,人经过这些"文武风火煅炼",那才是有意志力有目标的钢铁汉哪。

想到这些,汪金凤就跟李侠兵说:"李大哥,你现在处在超我状态,我要你找到自我与本我,进行心理调节。"

李侠兵听了觉得一头雾水,他问:"什么叫本我、自我与超我啊?你把我弄蒙了,然后好糊弄我是不是?"

汪金凤眨着金鱼眼,含着几分神秘,得意地一笑,开始讲解。她说,弗洛伊德依据无意识理论的心理划分,建构了他的人格理论。他把人格分成低级、中级到高级的三个部分,分别为本我、自我与超我。本我是人格的原始部分,包括与生俱来的本能冲动等等的一切本能。自我是本我与现实接触划出来的部分,是表层的,是有意识的。超我是道德化的自我,是自我的典范,有着自我批判能力和良心成份,属于人性中的高级本性。

李侠兵虽然偶尔翻过欧洲心理学书籍,对弗洛伊德略知一二,但是,听了她的话还是似懂非懂,便故意打岔说:"汪小姐,弗洛伊德学说里好像有关性的心理也讲了不少,是不是啊?"

这很出乎汪金凤的意料,李侠兵懂得弗洛伊德,对了,他曾翻过她书架上的书。不错,弗先生在其观点中,"性"的理论占有重要的位置,如果说无意识学说是他精神分析学说的基础,那么,"性"理论则是无意识学说的核心,性本能与性冲动是隐藏在无意识领域中的最原始的部份。平时十分严肃的李侠兵知道这个,并且拿这个来开玩笑,这使她高兴,感到李兄情绪上有了变化,这对调节他精神很有利。于是她冷着脸说:"不要打岔,躺到沙发上去,我要给你心理治疗了!"

"你要我回到自我状态,是吧?"

李侠兵心想听她摆弄也很有趣,便笑了笑躺到沙发上,闭上眼睛,菱儿给他垫上枕头。汪金凤便缓缓地念叨"黑夜里,往前走"那几句话。一会儿,李侠兵感到意识模糊,昏昏欲睡,只听有人在咕噜咕噜说什么,又好像在问话。李侠兵想大丈夫心怀坦荡,你问什么我就回答什么,没啥了不起的。这样一来汪金凤如鱼得水,她先问他与柳姐的恋情发展到什么程度了?李侠兵说,他与柳寄明本无恋爱关系,在护送她过江去浦东船厂教工人夜校过程中,两人建立了友谊，但那还是同志关系，只是后来到了牢里在秘密联系中，才感到两人情感的珍贵，用密码在纸条上构通，突变是在陪铳的刑场上，柳寄明为了保命认我为夫，从此，我俩建立了恋爱关系，被朋友们称为"红色经典"，实在不敢当。

汪金凤心中欢喜，她给李侠兵做心理调整，想从李、柳二人的关系入手，让李侠兵作愉快的回忆，把他内心深处积极的情愫调动出来。同时，她也想弄清心中的一桩悬案，李、柳之间的关系到底怎么样了？问柳姐，柳姐总是含糊其辞，今天，抓住这个机会叫李侠兵回答清楚，以后叫他俩谁也赖不掉。想到这里，她望了菱儿一眼，菱儿也会意地笑了。汪金凤低沉单调地念道："李大哥，你在黑暗中，往前走，远处有盏灯，若明若暗……李大哥，你往……"她反复念了一会后，见李侠兵闭着双眼，鼻息轻微，神态安祥。她便说柳姐认为恋爱中的男女说出"为你而死"容易，说出"为你而活"则难，为什么？李侠兵答道：说前面那句话的多为男青年，表示男子汉气概，决心，说后面那句话的多为女青年，表示女性的柔韧，忠诚。"为你而活"在现实里确实比"为你而死"难，这话是要漫长的付出，时时的检验，因此，一般女性是不容易说出口的；柳寄明至今没有对我说过这句话呢。听到这里，汪金凤一喜，与菱儿对视了一下，她本想再调动李侠兵潜意识的最深处，那是储存"性"冲动的区域，后来一想不妥，如果李兄说出脏话叫菱儿听到，大家难看。然而，那又是有吸引力的话题，她不忍放弃，催眠术做到如此地步，不做下去太可惜了。她跨踌了好一会，终于没有勇气提问有关性的问题。她又与菱儿对上一眼，见菱儿眼睛发亮溜溜地转，鼓嘴含笑，她便转而问起李侠兵出狱后不久，与柳姐到杭州干什么去了？李侠兵迟疑了好一会才说，他出狱后第一项任务是找党，有人说他的党组织联系人在杭州出现过，可不知那人住哪里，你不妨去西湖候候看，于是我就约柳寄明陪我去，柳寄明有个亲戚在火车上当乘务，我们没有钱买车票，凭这点关系混上火车。其实，小柳也想去杭州散散心,而我还有一个重要的心愿就是去朝拜岳飞墓。我在六岁时就会背岳飞的《满江红》,此事干爸爸吴道人到处吹,把我吹成什么神童。不过,后来,随着日本人对中国东北的占领,对华北的侵略,对上海的得寸进尺的渗透,岳鹏举的正气歌《满江红》成为我心中的战歌,那"怒发冲冠"沉郁喷发之声时时在我胸中响起,催我奋进。但是,我一直未能到我崇拜的英雄岳飞的墓去拜过,烧一炷香,点两支烛。我在狱中就产生这个强烈的欲望,出狱后一定要去看望岳鹏举一次。这次到杭州去寻找党的联系人,我到岳坟上去了,点烛焚香,三叩九拜,然后唱了一遍《满江红》,引得游人侧目,不知发生了什么事。小柳怕引得警察来,拉着我一口气跑到山外山,对着青山峰峦朗诵《满江红》,高昂的朗诵声在山间回响,惊起山鹰飞鸟,把积郁在胸中的闷气全抛到大山后面去了。接着,我们跑到楼外楼,我请她喝了一碗红烧头尾的鲤鱼汤呢。

汪金凤望着他焦黄的脸,印堂发暗,长长的眼角鱼尾纹,心想李大哥不仅需要心理调整,身体也需要休养。她觉得李侠兵是条汉子,一个男人成为一条响铮铮的汉子,中国文化是最好的滋养品,这在李大哥身上得到印证。因此,她想提问,与李侠兵作一番对话。她叫醒了李侠兵,让他到洗手间去洗脸,清醒清醒,又叫菱儿端一杯咖啡来。李侠兵从洗手间出来,笑问她刚才乘他睡着了在搞什么鬼,汪金凤赞扬他诚实,把潜意识里的事都讲出来了,不过,他的道德批判力太强,人仍然处在昂然状态,以后还要不断调整,最好到山庙里住一段时间,把身心都调整过来。李侠兵同意她的看法,他笑着说:"不过,这是不可能的。"李侠兵开始抽烟,汪金凤便进行提问。

她问道:"李大哥,世界上什么最坚硬?"

李侠兵想,我刚才一定糊里糊涂地告诉她不少事,潜意识里被她兜底翻了一阵子。看来汪小姐确实是学有所成,在心理学领域里是有一套的。不过,我们是朋友,这样的交谈有益无害,可以敞开心扉,坦诚相见。她现在提出的问题也不一般,就像要把我捺在铁砧上锤打一般,我要认真回答,他想了想说:"是人的意志。"

汪金凤想,他之所以这样回答一定是又想到龙华监狱,那个所谓的"八卦炉"。她说:"这是你们共产党人特有的品质,好多人在狱中百炼成钢了。"

李侠兵摇头,不完全同意她的看法。他说:"不,从人类历史上看,无论封建时代,还是资本主义社会,在大革命潮流中,他们的意志都是非常坚定的。在宗教斗争中,那些反抗中世纪欧洲宗教的黑暗统治的先知先觉们,他们同样不惜撒热血,抛头颅,那些代表人物你都是知道的。"

"对,哥白尼就是被烧死的。"汪金凤眨眨眼睛,又问:"世界上最柔软的东西是什么?"

"是感情。"

"是什么感情?"

李侠兵按灭烟蒂,笑道:"当然是恋情、爱情、亲情。在恋情方面,你是有体会的,你与方兄之间的事大家都是知道的哦。"

汪金凤不依不饶,给了他一阵棉花拳,又叫菱儿过来一齐捶打。李侠兵笑着躲开,汪金凤解释说,她虽慕方兄的才情,不过是吟唱"蒹葭",玩玩心理游戏而已,希望朋友圈里的人不要误传,本小姐不想恋爱婚配,待我完成学业后,当了县长,或出任大法官,最理想的是有人委我为一方司令官,然后再考虑婚姻问题。李侠兵觉得这个金鱼眼姑娘现在还不成熟,有许多期盼与梦幻,十分可爱。于是,他们谈未来,汪金凤说她很朦胧,对未来一片茫然,她要求教于李大哥,李侠兵说"不敢当",要她向柳寄明和方霞客请教。

吃了午饭,见方霞客没来,李侠兵便告辞回住处去了。汪金凤很满意,她想这样的游戏一方面可以破解李大哥的许多秘密,一面可以为李大哥做些心理治疗,这样一举两得的好事以后要多做。

18

李侠兵的临时住所是个阁楼,他躺在木床上,感到被汪金凤催眠术摆弄了一阵子,他的情绪是有变化,但是,一种失落感仍然时时向他袭来。原来,只有在党内才有力量,只有在党的指引下,才有明确的方向,这是李侠兵多年在党内养成的思维定势。现在,找不到党我怎么能回家呢? 如果回家休养,那会什么也干不了的。李侠兵望着老虎窗外的浮云在游动,他决定暂不回家,继续在沪上寻找党组织。于是,他手提小藤箱,肩背小包袱,走出小阁楼。

他走街串巷,打听盛海光的下落。他去找过两个认识的人,但不好意思去找柳寄明和汪金凤,她们要劝他回乡休养。他到方霞客秘密住处找过,方兄不在,今天,他到闸北去找。

李侠兵来到闸北,一路上碰到许多日本浪人,便避到巷子里行走。他想如果再遇到白超一定要设法除掉他,也为党除掉一害。他来到方老师家门前,用暗号敲门,方老师开门见到是他,忙说:"李先生,屋里坐,屋里坐。"

在小客厅坐下后,李侠兵说:"我与党组织失去联系,我在寻找党的联系人,希望恢复组织生活。我想请霞客兄帮忙,可这些天他忽然不见了。"

方老师:"你与霞客不在一个支部?"

"不在。"李侠兵说:"我们虽然常常协调行动,但都是各自上下单线联系,我与他互相不能证明党员身份。"

"啊,共产党组织原来是这样严密。"方老师身子总是那么瘦弱,他推一推鼻梁上的圆形眼镜,皱一皱脑瓜皮:"我们党外的人,真是不懂你们党内的事。霞客前几天到乡下去了,昨天好像又回来了。"

"如果你见到他,就说我在找他。"

"好的。"

李侠兵从方家出来,在街上转悠了近一个月,口袋里的钱用完了,身上一文不名,也没找到党组织。他想在上海一边打工,一边继续寻找。这天,他连吃早点的钱也没有了,肚子饿得难受,便来到苏州河边转悠。

"喂,小伙子,你想不想扛包?"李侠兵听到有人叫他,转首看见有个大汉在向他招手。那人四十开外,膀大腰圆,一脸酒刺,前额颓秃,下巴上的胡子比头发还多,他坐在工棚里喝茶。"你到我这里扛包,包你有饭吃,怎么样?"

李侠兵想,本想找个教夜校的差事也没找到,扛包也可以混饭吃,但现在肚子饿得直不起腰来,恐怕扛不动那大纱包。他试探着说:"老板,你能不能先支我点钱,让我吃饱了饭再扛活?"

老板打量他年龄不到三十,面黄肌瘦,眼睛眯着好像近视,个子高耸,背有点驼,他想,这人是失业的教师,或者是在上海寻亲不着的外地人。便点头道:"行。我看你像书生,不像是干粗活的,到我这里来也是暂时没办法。"他从腰间大皮夹里掏出几张纸币,塞到李侠兵的手里。

码头上就有包子铺,李侠兵买了几个肉包子,狼吞虎咽,又灌下一壶茶,便来扛纱包。在他扛了十几包货后,工头说:"我姓孙,叫孙大海,你贵姓?"

"免贵姓李。"

"李先生,我看你也不是扛包的粗人,这样吧,你代我发签牌。"孙大海晃着粗壮的腰身,裂大嘴一笑:"我开车揽生意去。"他让李侠兵坐在签牌台前,自己开小货车走了。

到了傍晚下工的时候,孙大海回来了,他做了两笔生意赚了钱,请李侠兵到小酒楼吃猪头肉喝酒。他说:"李先生,你是外地人,来上海有事?"

李侠兵见此人可靠,便说:"我来上海是受朋友之托找人的。"

"找人,找什么人? 找共产党人或者是共产党的地下组织?"孙大海毕竟是老江湖，立即提高了警觉。他摸了脸上的胡子，幽幽地说："近来，找共产党的人不少，这是怎么回事啊？"

"老哥，你认识共产党员吗？"

"不认识。"他端起杯子与李侠兵碰了碰："老弟，这年月就是有人知道共产党在哪，人家也不会跟你讲，眼下南京来的特务多如牛毛，日本特务也到处都是，谁敢吐露实情啊。"

他俩谈话很投机。在谈到日本人侵占中国东三省，孙大海茅草胡子上翘，脸上酒刺爆起，骂声不绝。他俩几天接触下来，都欣赏对方的豪爽，义气，像条汉子，很快成了无话不谈的朋友。

这些天日本人与国军在吴淞口开仗，孙大海常常开车到五角场一带去揽生意，带回许多前线的消息，上海要大乱了，寻找党组织更加难了。李侠兵觉得孙大海说得对，原来没有联系的党员，就是站在你面前也难辨认出他的真实身份，找不到过去有联系的同志，是无法找到党组织的……盛海光，你在哪啊？他去找汪金凤和柳寄明，想想办法。汪金凤见他穿中山装，内衣也没有，便叫菱儿去买了两件汗衫送他。她告诉他，方霞客也不来了，她写信给他也不见回信，她为他担心，原来浪漫的心情快没了，心理试验也玩不成了。柳寄明更是居无定所或者是对她保密，很难见到她，也很难联系上她人。他说他去找找看，于是，他去了同文学院女生宿舍，还去了柳寄明的两个秘密住处，都没能找到她。他想，由于叛徒白超的猖狂活动，柳寄明和方霞客等人的行动谨慎了，可能暂时隐蔽起来了。

李侠兵想找不到党组织，我暂时不能离开上海。他无钱住旅馆，好在天气炎热，夜晚他就睡在茶棚里。天空繁星闪闪烁烁，令人心神不定，他头枕河边岸石想心思，想着想着便迷迷糊糊地睡着了。忽然，他被杂乱的脚步声惊醒，路上传来惊恐的话语声：

"国军跟日本鬼子打起来了！"

"鬼子从吴淞口兵舰上开大炮！"

"一火车国军开往吴淞呢！"

李侠兵一跃而起，他要到吴淞前线去看个究竟。他疾步而行，到了北火车站天还没亮。街上乱糟糟的，跑反的人熙熙攘攘，问他们逃到哪里去，都说逃往租界去。他到了方老师家。方老师家人已经逃往南市，方老师也在准备离开。

方老师说："走吧，我们一起走！"

李侠兵："我想留下来。"

方老师："闸北是前线，你准备在这里打鬼子？"

"是呀，我在想……"

方老师看着他，感到意外："咦，国民政府抓你们共产党坐牢，你还保卫它做甚？"

李侠兵想方老师说得有一定道理，但是，他是共产党员，一切要听党的召唤。现在，国共合作抗战，八月八日党中央在延安又发出指示，要求所有共产党员投入到抗战中来，我要响应党中央的号召。他说："我是党员，我听党中央的！"

方老师笑了："你不是脱党了吗？你现在身在党外了。"

李侠兵很坚决："我一时找不到党，也要以党员的身份要求自己，响应党中央抗日的号召。"

方老师端一端眼镜，再一次注视着他，他感到共产党人跟一般老百姓确实是不一样，其党性之强，令他感叹。

李侠兵听到东边的枪炮声，便告辞出来，往五角场走去。在一条泥路上，他碰到开车的孙大海，上了他的小货车。孙大海一肚子失败情绪，他说："李先生，你要去参加抗战？不要发戆，中国军队不是日本人的对手！"

"为什么？"

"日本鬼子是强盗，强盗都是亡命之徒。"

李侠兵看了这个小老板一眼，他不赞成他的话，做强盗毕竟心虚，正义之师总是有力量。他问道："听得出来，你见过日本强盗？"

孙老板愤愤然,把车拐到一条小马路,说:"我祖上是大连,我爷爷常跟我说:'日本鬼子世代是强盗,倭寇在沿海抢了中国几百年。'日俄战争时,我家被他们抢个净光,如今日本人干脆占了东三省,又进关打到华北,日本人打到那里就抢到那里。这回又打到上海来了……"

"日本人真不要脸,不知羞耻!"

孙老板嘲讽地一笑:"做强盗的人从来不承认自己是强盗,这种人还会教育他的后代说他在做好事,所以,他们的后代又有人做强盗。"

"你侵略别的国家,抢掠人家的东西总是事实,赖是赖不掉的!"李侠兵激动起来,大声呵斥道:"那种诡辩是恬不知耻!"

孙老板:"李先生,你相信吧? 这场战争日本人将来又会编出什么鬼话来,其实是骗他们的子孙和世人,你不信我信。"

李侠兵又一次看了小老板一眼,觉得这个大胡子的孙大海是有头脑的,便说道:"我们要坚决抗战,只要中国人团结起来,胜利一定是属于我们的。"

孙老板竖起大拇指,赞道:"好,有血性!"

李侠兵从孙大海的小货车下来,再一次回到了方家,方老师家人去楼空。邻居们都劝他走,可是,他想闸北离前线近,便找了十几个青壮年成立前线服务队,到车站帮助搬运军需物资,把前线运过来的伤员送到战地医院。但是,第二天日本鬼子便打了过来,把闸北炸成一片废墟,李侠兵和他的服务队退到苏州河边,为构筑工事的国防军运输水泥和木料。

孙大海望见李侠兵在指挥车队装水泥,便跑过来帮忙,说道:"李先生,国民政府逮你坐牢,你还帮它打仗?"

李侠兵跟他抬一袋水泥上车,然后说:"孙老板,我也想过,政府逮我坐牢,上刑,我跟它是有仇的。但是,这个仇是国共两党之间的恩怨,是我们民族内部兄弟之间的恩怨,是我们国内的事。现在,日本人要亡我中华,我们应该收起兄弟之间的恩怨,一致对外,抵御外侮!"

孙大海听了十分钦佩,俗话说宰相肚里能撑船,李先生就是这样.一位胸怀宽广之人。他说:"李先生高见,说的是。"他拉着李侠兵:"到茶馆去,我还没吃早点呢。"

他们来到茶棚,李侠兵刚坐下,便听到坐在墙角落几个乡下人的说话声,他们说的是一口淮海话:

"若的,要不我跑得快,准被警察抓去了。"

"若的,你没抢到钱,怕什么噢。邵来喜他抢到钱没有啊,他人呢?"

"邵来喜抢到人家钱袋,见警察吹哨子,窜进巷子就海啦。"

"嗨啦"是"跑得无影无踪"意思,是典型的淮海地区方言。李侠兵注意看那群说话人,他们坐角落的阴暗处,瞟不清。一个好像是小青年,一副鬼头鬼脑的模样,一个是瘦子,刀条脸,蛤蟆眼,一嘴金牙,还有一个大个子,腰粗背厚,脸朝里坐着。他三人喝着一壶茶,连一盘点心也没买。李侠兵想扩大战地服务队,便走过去看看这几个人。当他看到脸朝里坐的人便喊道:"嗬,你不是潜上的王培鲁吗!"

王培鲁见是李侠兵,站起来说:"哎呀,你是龙兴寺的李侠兵,快来坐。"他想到上回去龙兴寺兴师动众,为把兄弟撑腰,有点不好意思。

李侠兵对这几个曾到他家要宋英英而动武的老乡,是既客气又警惕的,问:"你这是……"

孙大海见李侠兵遇到老乡,便拿了几个烧饼说:"你们聊,我先去了。"

李侠兵坐下来,要了两盘烧饼,一壶茶,请大家吃。王培鲁猛吃猛喝一阵之后,揩揩嘴说:"这两位想必你认识,那回去龙兴寺,不好意思……"

李侠兵截住他的话,说:"你们那事确实做得不对,不过,现在也不必再提了。现在,你们到上海是打工还是来玩?"

王培鲁搔搔头,皱眉道:"不满你老同学说,我们本是来打工找活干,想不到上海工作不好找啊!"

李侠兵晓得他们不是什么好东西,问道:"你们有甚打算?"

王小狗:"回去回去,上海没蹲头。"

王培鲁:"老同学,你说我们该怎办?"

"大伙组织一个战地服务队,你们来吧?"

刘太瘦摇头,金牙一呲:"回去回去,搭船回东安。"

王培鲁睁大眼睛:"我们为啥要替政府卖命? 政府也没给我们好处。再说,中国兵能打得过日本人吗?"

刘太瘦和王小狗也说:"饿着肚子跟日本拼命,我们傻啊!"

这时,王培鲁上厕所去了,李侠兵问王小狗:"你说真活,你们为啥来上海?"

王小狗对刘太瘦说:"这事也不必瞒李先生了,乡里也传开了。"他转脸对李侠兵尴尬一笑,说:"你李先生也不是外人,我叔在时码杀了他师傅乔小楼了。我们在乡下呆不下去,才到上海来避风头的。"

清安帮是青帮在淮东的一个帮派,王培鲁师傅乔小楼是该帮的一个头目。王培鲁为啥要杀师傅呢? 李侠兵一时闹不清。后来,他听吴道人说,乔小楼在替时码、钦工乡的财主包方,管一方安全。但他并没能管住在那里抢劫的土匪,而来抢劫的土匪中就有乔小楼的徒弟,因此,地方绅士联合起来要找乔小楼算账,讨回包方的钱。乔小楼因此就躲了起来,后来,绅士们悬赏捉拿他,王培鲁就把乔小楼杀了。这事引起轩然大波,王培鲁怕人报复就逃到上海。其实,王培鲁一伙到了上海又是有事。在上海,王培鲁被日特收买,听白超指挥,参与绑架暗杀活动,他这一段罪恶史吴道人就不知道了……

王培鲁从厕所回来,问刘太瘦、王小狗:"你们吃好了没有？吃好了走吧。"他又对李侠兵笑道:"谢了,谢了。后会有期。"

　　说来也巧,他们分手不到一个小时在桥下又碰到了,李侠兵感到奇怪,问:"你们怎么还没走？这里可要打仗了!"

　　王小狗跑过来,对他耳边神秘地说:"我们为一个叫阿菊的女人干过活,她说给我们一笔钱,我们在等她。"李侠兵不知阿菊是谁,也不知他们为她干的什么活,他也不想知道,便离开了。

　　当时日本飞机在轰炸闸北,市民都在自发组织前线慰问队、服务队。李侠兵也想组织一个服务队支援抗战。他去同文学院找汪金凤、柳寄明,希望把她们拉到战地服务队来。可是,同文学院里已经停课,学生云散。他听门房老头说,汪金凤跟一个老乡走了,可能到西郊乡下去了。他曾听方老师说过,汪金凤好像在西郊程家桥有亲戚,可能住在那里。他骑车找到程家桥,在一条小河旁的树荫里隐有一座小洋房,非常精美。根据方老师的描述,汪金凤可能住在这里面。这是一幢典型的英国乡村别墅,看到这幢别墅,他的建筑专业的神经苏醒了。别墅是二层砖木混合结构,屋面黑色,坡陡斜,外墙粉白色,木质构架露出黑色,红砖清水勾缝,小窗钢门,如童话里的建筑一般。李侠兵想,如不学建筑,他也不会对这幢房子感兴趣。他围绕着房子兜了一圈,见门窗紧闭,叫了一会汪金凤的名字,才有一位女佣带着狼狗出来,说汪小姐已搬到城里了,要找她可根据字条上的地址。他接过纸条,骑上脚踏车回了城,经过丁家花园,不久,便找到那幢大房子,那是一幢哥特复兴风格建筑,入口处为玻璃花窗,屋面两边各有三个老虎窗。这座建筑南边草地极大,西临路边有门房。门房老头说,这座房里的人逃难去了,他现在也要逃了,日本鬼子要打过来了。

　　李侠兵想,上海是膏腴之地,就是这些精美的别墅也会引得日本强盗垂涎三尺。他们蓄谋已久,现在明火执杖地来抢夺了。

　　他立刻回到了苏州河边的码头。苏州河北岸即将成为战场,孙老板以他的搬运工为主组织了一个服务队,他们在帮助居民撤离。街道不宽,逃难的人你推我挤,孙老板的小货车夹在人群中,喇叭按得震天响也没人理睬。孙大海急了,敲着车门骂日本鬼子,见李侠兵在那里疏散人群,他喜出望外,喊道:"李先生,帮帮忙!"

李侠兵疏散了人群,示意孙老板把车子拐到大路上去,逃难的人又拥上来了。有些人被挤倒了,李侠兵赶紧拉起一个少年,交给他惊慌失措的奶奶。忽然,他望见马路对面的弄堂口,有两个膀子上戴着红十字会白袖章的人,她们在疏散弄堂里逃难的百姓,护着抬担架到街上来。李侠兵觉得她俩像是柳寄明,汪金凤,便大声喊道:"柳寄明,汪金凤!"

逃难的人们声浪如潮水,柳寄明听到有人在喊她,转过头来朝苏州河边看。就在这时,日寇的飞机轰鸣而至,人群惊恐,站在路边的李侠兵被人挤倒了。当他再站起来时,在担架旁的两个戴红十字会袖章的姑娘不见了。

第二天,李侠兵、孙大海与包工头等人在苏州河北岸运送物资,把一车车的水泥、砖头运到河南岸去,在他第三个来回时,街上出现日本鬼子,他们端着长枪见人就打。李侠兵立即躲进一家小旅舍里,而包工头在街对面的一家杂货店里,孙大海在弄堂口的拐角里,由于机关枪扫射,子弹如飞蝗一般,打在砖石墙上发出"咔嚓咔嚓"的撞击声。三人不得聚拢,各自躲在窗后墙边。李侠兵在小旅舍里将楼上楼下看了一遍,一个人也没有,他干脆躲在墙角后面,从窗洞缝里望见孙大海。

他喊道:"老孙,你那里不安全,过来吧?"

孙大海摇摇手:"不行,鬼子不断向弄堂里扫射,过不去。"

"鬼子为啥要用重机枪封锁这条弄堂?"

"现在是一座座房子争夺战,一条条街拉锯战。国防军正往这里运送武器弹药,鬼子要阻止他们!"

说话间,一队国防军在关连长的带领下出现在对面杂货店后,他们迅速占领了房屋房顶,架上机关枪,与日军对射。而李侠兵所在的小旅舍也来了三个运弹药的士兵,他们是从隔壁人家老虎窗里钻过来的。他们三人背来两箱子弹,一箱手榴弹,可是,要送到对面部队那里十分困难。对面士兵喊子弹快打光了,把两箱子弹送过来,关连长拎着盒子枪,骂道:"奶奶的,你们怕死,再不把子弹送过来,我把你毙了!"

李侠兵带着扛着子弹箱的士兵到了旅馆门口,一个士兵冲出门就被鬼子的机关枪撂倒在地,被李侠兵迅速拽回屋,他的膀子中弹,流血不止。第二个士兵冲出去,又被鬼子机枪扫射逼了回来。而对面的关连长急得直跳脚,他吼道:"奶奶的,我有了手榴弹,必把小鬼子的机枪炸上天!"

李侠兵爬到楼梯口看,连长说得有道理,侧面房顶隔壁是一座小楼,上了那座小楼就能爬上另一座三层楼房,把手榴弹扔到鬼子的阵地上。可是,怎么能把子弹箱送到街对面去呢?要想冲过这条街进入弄堂,简直是不可能的,鬼子加强了对这里的封锁,机枪的扫射几乎没有停过。

就在李侠兵犯难的时候,柳寄明从老虎窗里爬了进来,她听说这里有伤员,是过来抢救伤员的。她打开纱布条,给伤员包扎,她再打开纱布条时见到李侠兵在窗口张望,兴奋地喊道:"李侠兵,快来帮忙!"李侠兵见那士兵疼得直打滚,他忙上前将他按住,让柳寄明上药包扎起来。柳寄明接着问:"你没有回老家去,事情没办完?"

李侠兵没有回答她的话,见她放下的那团纱布条在地上滚动,立即受到启发,想出把子弹箱送到对面街的办法。说道:"你帮我撕扯床单好吗?"

"这……"柳寄明替伤员包扎好,并对那士兵说:"你回去报告这里的情况,运送子弹来!"那士兵走后,她开始撕扯被单,像李侠兵那样,把被单撕成一根根布条。

李侠兵见柳寄明灵巧，撕得快，他便把布条搓成绳子，然后再结成一根长绳，说："用布条来运送子弹箱。"他跟士兵背着子弹箱，柳寄明拿着布绳，三人来到楼下。李侠兵把布绳一头系上一块砖头，然后对躲在弄堂对面角落里的孙大海喊："孙老板你接到绳头，再把它扔给杂货店里的包先生！"他面前的这条弄堂宽约十几米，把系在布条上的砖头扔给孙大海比较容易，他站在门洞里一扔便成。

孙大海接到砖头，把子弹箱拉到跟前，又把砖头扔到街对面的杂货店门前，包工头用大秤杆上的钩子把落在门前的砖头钩到手，拖来子弹箱，然后解下子弹箱，又把砖头扔给孙大海，传回了布条绳。如此往返，他们巧妙地把一箱箱子弹，手榴弹往杂货店运，任敌人机枪怎么扫射，也阻挡不住他们这条运送子弹的流水线。

国防军得到弹药，关连长连称"雪中送炭。"他令机枪手用火力压住敌人的火力，然后派两个战士带上手榴弹爬过小楼屋顶，上了另一家三楼阳台，向在疯狂扫射的鬼子机枪阵地扔去手榴弹。随着手榴弹的炸响，日本鬼子的机枪哑了。这时，鬼子敢死队进入弄堂，他们头扎白布，上面写着"必胜"的标语，"哇啦哇啦"地唱着歌，背插大刀，端着长枪前进。关连长率队赶到，据高临下，扔下几十个手榴弹，把鬼子敢死队全部炸翻在地。

扫除了前进的障碍，国防军连队的士兵沿着苏州河沿冲上街，进入弄堂，踏着鬼子敢死队员的尸体，迅速地向北推进，击退了日寇的进攻，控制了这片前沿阵地。

李侠兵说："我们也上街，把伤员送到战地医院。"他和柳寄明搀扶着伤兵，到了街上见有救护队过来，就把那个伤员交给救护队，他们又跟着部队往前运动，但是，刚到十字路口就被警戒的士兵拦住。隔街正在进行激烈的战斗，枪声如炒豆，甚至听到呐喊声。

孙大海说："这里不宜久待，我们到河边那里帮着筑工事去！"

李侠兵觉得这个建议很好,便找柳寄明,见她在救护队里,喊道:"我们到河南岸去,你去不去?"

柳寄明扬扬膀臂上的红十字袖章:"我去前线。喂,汪金凤搬家了,她留一封信给你,在我的住处。"她被人潮拥走,李侠兵也被孙大海、包工头拉上船。

到了苏州河南岸,那里正在筑工事,他们便加入扛沙包的队伍。

孙大海扛起沙包:"李先生,你想出用纱布绳子运子弹箱,真是绝招!为国防军救了急,那位关连长说是'雪中送炭'哪。"

包工头:"关连长握着你的手不放,他心里是多么感激啊!"

孙大海:"他说是我老乡,不过,他只说感谢李先生,……"

李侠兵笑笑,他问孙大海道:"孙老板,你在苏州河边多年,这河底下有没有通道?"

"怎么,你又想到啥绝招?"孙大海对李侠兵甚是佩服。他想李侠兵问河底的通道,肯定是想从河底出奇兵打击日寇。

李侠兵真是这么想的,如果弄到武器,出奇兵直接打击敌人,那才叫过瘾。他一边搬沙包一边想,忽然,听到有人在喊他的名字。

他转身寻找,原来,在街角上飘扬着一面红旗,旗帜下有一队人,人人手里拿着三角小旗,汪金凤在领着他们喊口号,把"打退日本强盗进攻"、"把倭寇打回东洋去!"喊得震天响。

汪金凤问:"你见到柳寄明没有?"

"见到了。"李侠兵指着河对岸说:"刚才在那里见到她,她和红十字救护队到前线去了。"

汪金凤显出十分羡慕的神情,说:"早晓得能上前线,我也参加卫生队了。"

李侠兵笑了笑,心想自从那回祭奠张胜男以后,汪金凤与他有过几次严肃的谈话,她发生了诸多变化,虽然精神恋爱游戏不会一下子消除,搞心理试验是她的兴趣所在,但她明显地坚强起来,做事也踏实了。

汪金凤问:"你什么时候到我南市别墅来,大家聚一聚?"

李侠兵说:"有空我去找你。"

苏州河那边枪炮声更加剧烈,汪金凤又领着宣传队喊起口号来。李侠兵扛起一包沙袋到河边,叠在防汛墙上,这里正在构筑前沿阵地,有的士兵在架放机关枪。以苏州河为前沿阵地的战斗,即将打响。

19

国防军与日寇之战进入拉锯状态,上海混乱极了,寻找党组织是十分困难的了,方霞客动员李侠兵回乡下去,他自己也立即回镇江。李侠兵想,现在也只能如此安排,待上海安定了再来找党组织。

这天早饭后,他去南市别墅。他想动员汪金凤她们一道回乡,没料到汪金凤希望他留下来打鬼子。她说:"乡下也没鬼子打,没劲。你留在上海,我们一起袭击鬼子,怎么样?"她告诉他,近一个月来,她和几个同学常常打扮成娼妓,在方霞客等人支持下到虹口去暗杀日本鬼子。李侠兵告诉她,搞暗杀对时局的作用不大,是打不败东洋鬼子的。他想回乡去,动员大众投入抗日战争。汪金凤见他不愿意留下来,便说:"那你先回去,我和菱儿过一阵子再回去。"

李侠兵觉得这个姑娘不同于一般人,身上有一种狂热。他想起她在信中写过恋爱方面的一些话,什么"我很钟情你,但是,只是心灵上的激情。"什么"我对精神上的恋情如古代淑女,所谓伊人,在水一方。"什么"在上海这种灯红酒绿的城市里,能持有我这样纯洁之爱者恐怕不多⋯⋯"李侠兵对她信中所言,多有不解之处,尤其是"精神恋爱"是什么,他实在弄不明白。因为他对颇为时髦的心理学知之甚少。后来,她给他做过几次催眠术,他们进行了较多

131

的交谈,双方有了构通,汪金凤也不再写那类说不清的信给他了,他们成了一般的朋友。

现在,汪金凤又装扮成娼妓袭击日本强盗,她的浪漫、大胆与狂热,令他担心。李侠兵说:"我去看望柳寄明。"

汪金凤:"你把柳姐找来,大家聚一聚。"

柳寄明在刑场上认他为夫,这事在朋友间传为"红色经典"恋情,但是,出狱后柳寄明至今没有明确他们的恋人关系。这事一直在他心上悬着。他想,利用众人相聚的机会让小柳表态,这样也可安心回家了……

可是,要找到柳寄明并不容易,她的住处是不固定的,保密的。他找了几处,没找到她,他便到同文学院女生宿舍来。同文学院的女生宿舍小洋楼在学院的后花园里,门前有两棵高大的广玉兰,浓荫匝地,花径边秋草深深,假山前水池里立着维纳斯的玉石雕像。这里李侠兵曾来过一次。

柳寄明见李侠兵来十分高兴,问道:"听说你想回老家去,想通了吧? 是呀,你也该回去养养身子了。"她倒一杯茶水给他。

李侠兵:"我一时找不到党组织,上海又这么乱,先回去再说。"他坐得离她身边近一点,说:"阿明,我想在回老家前与你谈一谈好吗?"

柳寄明盯着他看,见他穿着学生装,口袋插着钢笔,微笑着,一副斯文样。低头问道:"谈什么呀,是不是为了我在刑场上的那句话啊?"

李侠兵见她低头转着明亮的凤眼,一头乌亮的秀发泼撒下来,晓得她有些心慌了。他也激动起来,浑身发热,脸颊泛红,急急地说:"是啊,你我在刑场上的事,现在被朋友们传成什么'红色经典'之恋呢,你说这事我俩应不应该讨论一下啊?"

柳寄明笑了,她想这事是应该澄清一下,不回答他是不行了。她给他杯子里添了茶水,尽量自然而响快地答应道:"好呀,我好像对你说过,但我那时是为保命啊!"她的脸上掠过一片红晕。

李侠兵喝一口茶在品着,龙井茶先苦后甜,清香入肺。他悠悠地说:"你那时的一句话,我立刻想与你去赴死呀……现在,朋友们又誉为'红色经典',我们的关系应该明朗,说清楚是不是?"

柳寄明瞟他一眼,脸色温婉,柔声反问:"你说呢?"

"你我是恋爱关系,你是我的女友。"

"嘻嘻……"

李侠兵激动而紧张,赶紧问:"阿明,你笑什么? 你要明确表态啊!"

柳寄明对这个问题早已想好,但不想立即回答。她想就恋爱、婚姻一些问题与他城头跑马,远兜远转,讨论一番,在这方面对他了解更多一些然后再给予回答。她说:"你李大哥学识广,在一些问题上又有独到见解。因此,我把发展党员时姑娘们常提到的爱情方面的问题,请教你李兄。"

"你说你说。"

柳寄明像是出题考试:"爱情、恋爱、婚姻与革命的关系,你怎么看?"

"这是目前青年经常遇到的问题。革命利益高于一切,恋爱婚姻要服从革命,两者有冲突时,前者服从后者。外国诗人裴多菲在《自由,爱情》诗里说得好:'自由,爱情! 我要的就是这两样。为了爱情,我牺牲我的生命;为了自由,我又将爱情牺牲。'"

柳寄明感到高兴,她又问:"恋爱与党的关系怎样处理呢?"一个共产党员在没有得到党组织的批准是不能与党外人士结婚的,目前,李侠兵处在脱党状态,这是她在处理与李侠兵恋爱关系的最不确定的因素,因此,她很想弄清李侠兵的态度。

李侠兵也意识到这一点,但他仍然按照原则来回答,他说:"共产党人的恋爱、婚姻状况应该向党组织汇报,结婚应当得到党组织的批准。我党处在地下状态,为了党组织的纯洁和安全,是不得不这样做的。"

柳寄明想恐怕你要我回答的问题,有一半你自己已经回答了。她对李侠兵的婚姻状况有所耳闻,这时忍不住笑了笑,问:"婚姻与时代是怎样的关系呢,譬如,有些革命者遇到娶小的问题,这怎么办?"

李侠兵也会心一笑,他想他最想回答的就是这个问题。社会上在讨论"娜拉出走以后怎么办",争论得十分热闹。他说,婚姻像一面镜子,每个时代的人都在这面镜子前面走过,照一照;有好多人照出他们的尴尬。有些教授、名人、革命青年,都遇到这样的尴尬,原在乡下娶了妻子的,现在城里又邂逅心仪之人,如胡适、鲁迅就有这样的婚姻状况,社会上有关他们的家庭婚姻传闻不少。而他自己也遇到过这样的问题,幸亏得到方霞客的启发,给了宣氏一纸休书。他说:"阿明,我的情况你大概不晓得吧,我已给乡下妻子发过休书了。上回我妈令我回龙兴寺娶二房,我也没同意。"

柳寄明赶紧问一句:"这么说,你现在是单身?"

"可以这么说。"李侠兵见她眸子立刻亮了许多,脸颊泛红,他心想,实在的东西比原则的东西更能打动人。"我们党与国民党争天下,打了这么多年,现在,又与它联合起来抗战,这就是我们所处的时代。但是,我们共产党与国民党在伦理方面有许多不同的,国民党官员娶姨太太,三房五房的都有,我们共产党不准这么做,我们主张一夫一妻制。"接着,他喝了口茶说:"阿明,现在该我问你了吧?"

这一问一答解决了柳寄明心中悬而未决的问题,让她解惑。此刻,她的心情轻松了,然而她说:"你就婚姻与爱情能给我再讲点什么吗?"她再给他杯里加水。

李侠兵想了想,说:"这不用我回答,英国培根先生早有名言:'因结婚而产生的爱,造就儿女;因友情而生的爱,造就一个人。'我们的友情……"

柳寄明截住他的话:"你不要再说下去了。不,你可提问题了!"

李侠兵心里高兴,他想柳寄明已被他的诚心所打动,被他的雄辩所征服。他连喝两口水,然后问道:"你对爱情与财富的关系怎么看?"

柳寄明:"法国作家巴尔扎克说:'真正的爱情像美丽的花朵,它开放的地面越是贫瘠,越格外地悦目'。我以为真正的爱情不应与财富联系在一起,对未来的美好憧憬才是恋爱的动力。"

李侠兵:"你认为女生对男生最为期待的是什么?"

"当然是忠诚与牺牲。"柳寄明想了一想,又补充说:"当然忠诚与牺牲是双方的。"

李侠兵感到很满意,说:"阿明,你不在意的话,我想问点我们之间的事,可以吗?"

"可以。"柳寄明想,你想通过今天的交谈,明确我们的关系,我心里明镜似的。

"你怎么敢于在刑场上认我为夫的?"

"其一,说来也巧,你在狱中的化名与我的男友名字相同,他后来在南京雨花台牺牲了。其二,你我是战友,你我的关系在纸条上已经表白了,我想我那样说你是不会否认的,你会帮我的。"

"那么,现在,这已成为'红色经典',你说该怎么办?"李侠兵终于说出心中最想说的一句话。他热切地盯着她,眼睛一眨不眨,等待她的回答。

这个问题在柳寄明心中也是想过无数遍了,她常常为此失眠。但是,她的原则总是第一位的,总是理性战胜情感的。而李侠兵也是原则性极强的人,脾气又倔,这两人在这方面倒是十分契合,容易理解对方。柳寄明说:"李兄,就我的心情来说,我跟你一样希望把'红色经典'演绎下去。但是,就原则方面来说,我们恋爱需要经过考验,也需要条件的逐渐成熟,你说是不是?"

李侠兵品味她的话,感到他们恋爱关系的不确定性,问道:"阿明，是不是因为我现在身处党外，是我们关系的一个障碍？"

"党内对这个问题的处理你比我清楚。"

李侠兵明白了，她对这个问题是有所考虑的，问道："那么，我们现在可以建立怎样的关系，我想在回乡前一定要弄明白。"

柳寄明有点为难，后来一想明天大家聚会，让汪金凤告诉他岂不更好。于是笑道："你明天去问汪金凤，她会告诉你的。"

李侠兵站起来，柔声征求道："阿明，我们拥抱一下可以吗？"

柳寄明整一整蓝竹布褂子，咬了一下嘴唇，笑道："不可以。"接着，她打个媚眼，伸过手来："我们握握手好吗？"

李侠兵紧紧握住她的手，感到她软绵绵的手滚烫，一股热流流过来，流遍他的全身。

这个感觉一直延续到夜里。因为柳寄明没有明确的答复，他整夜睡不着觉，心悬着。熬到天亮，他就赶往南市别墅。菱儿出来开门，说昨晚柳小姐来了，两位小姐唧唧呱呱谈了一宿，刚睡下不久。李侠兵拿出路上买的点心，叫菱儿去烧茶。

正在他吃点心时，汪金凤从楼上下来了，她穿着花布衬衫，白绸长裤，拖着拖鞋，头发蓬乱，尚未梳洗。她说："我就知道你要来打听消息，也睡不着了。"

李侠兵见她头发蓬乱，睡意未消的样子，笑道："你先梳洗去吧。"

汪金凤转身进了侧房，菱儿端来洗脸水，又替她梳头，忙了好一阵子。汪金凤梳洗完毕，往耳边发上抹着花露水出来，说："李兄，你这么早赶来有事啊？"

李侠兵笑着："你这丫头变坏了，明知故问，阿明能没告诉你？"

汪金凤想，昨夜与阿明闺房长谈。柳寄明看上去温和，可谈话时话锋很犀利。柳寄明问她常写信给李侠兵是啥意思，是真心在追求他，还是在逗他玩？她告诉柳姐，她给李侠兵写信跟给方兄写信一样，都是搞"心理试验"。她对心理学这门新兴的学科感到好奇,似信似不信,她想找几个人测试测试,绝无真心追求他们之意。柳寄明相信她说的话,她给李、方等人的信,有的信她也看过,确是在胡闹。柳寄明又问她李侠兵在看过她的信的反应,她说,李兄理性太强,是属于意志坚定型人物。她给他的信,他一般不予理睬,或一笑了之。而方兄则不同,这位诗人见信常情怀激荡,反应强烈,不过,他对我的"心理试验"也是有数的,这个游戏我与方兄玩得如鱼得水,可是,与李兄看来是玩不下去了。这时,柳姐笑了,她说:"死丫头,我找你彻夜长谈不是搞什么心理试验,而是请你帮忙代我告诉李兄,我与他的关系是:战友加朋友。"闹了半天,汪金凤想我倒被柳姐搞了心理试验,她要我做传声筒,但是,我是不会甘心光当传声筒的。

李侠兵见她不响,追问道:"汪小姐,问你话呢?"

汪金凤抬起头,接过菱儿端来的咖啡,搅着,幽幽地笑道:"啊,昨夜我们光谈论心理、伦理与恋爱的关系,真的没说起你呢。"

"你卖关子,再卖下去!"

"啊,想起来了。"汪金凤闪着金鱼眼笑,仍用小勺悠然地搅着杯里的咖啡,说道:"阿明说,今后她与你保持战友加朋友的关系。"

"真是这么说的?"李侠兵瞪大眼睛,问得很认真。

"真是这么说的。"汪金凤眯着眼睛,一撇嘴说:"不信,你到楼上问她去?"

答案已经明确,还要问什么。他想离开,静静的想一想"战友加朋友"的含意。江金凤说:"你不请客就想走啊?"

"请客是迟早的事。"李侠兵笑着,然后巧妙地把话题抛给她:"但是,我想我与阿明请客,肯定在你与方兄请客之后吧?"

汪金凤赶紧申明:"我没有结婚的打算,跟方兄之间的事完全是小布尔乔亚的游戏。"

"游戏成真的也不少啊。"

汪金凤理一理大脑门上的留海,眨着眼,笑出酒靥:"对了,我跟柳姐昨夜的谈话,你要不要听?"

李侠兵:"不要听。"

"你不要装了,等一会柳姐会对你说的。"汪金凤说:"近来,我跟宋英英通信,讨论到恋爱、婚姻问题,她发表的意见世所罕见,你要不要听听?"

"啊,真的吗?"漂女在乡间有许多传说,她们的婚恋大胆而精怪。龟山是漂女集中的地方,他倒想听听那里能传出什么声音来。

李侠兵表示要听,她又感到不便谈了,因为宋英英在信里有许多有关性的描述。那就让他看信吧,她说:"李兄,你还是看她的来信吧,菱儿,你上楼去拿。"

一会,菱儿从楼上拿来一叠信。李侠兵开始看信,宋英英在信里讲的内容很广泛,有讲对龟山黑暗不满的,有讲土匪内部争斗的,也有的信里讲到某某漂女的过去与现在。但是,凡是谈到与情人的幽会,大多涉及到性的内容。在性的冲动下,女性的不顾一切也可用"色胆包天"来形容。宋英英讲到她与夏羡贤在河边幽会,以对对子、念诗为性交媾的信号,这已是够奇的了。还有更奇的,一个叫孙三娘的寡妇,她为了躲避族人捉奸,竟与情人约会于狼窝。那个狼窝是村外的一个野山桃林,那里狼群出没,常有人在那里被狼伤害。孙三娘与情人相拥时,群狼会瞪着血红的眼睛在桃林外瞅着,他俩在接吻,公狼会伸直脖颈嚎叫。李侠兵在运盐河边曾见过漂女,她们往往比男子更勇敢,但像孙三娘这样狂野倒没见过,感到震惊。

他放下信,去了洗手间。

这时,方霞客来了。他一进门就喊道:"菱儿,汪小姐呢?"

菱儿端来咖啡给他,说:"柳小姐来了,她在陪柳小姐呢。"

方霞客见李侠兵从洗手间出来,说道:"金风送爽,今天是个好日子,大家聚会。"

李侠兵问:"方兄,你对宋英英她们漂女怎么看?"

"漂女反封建,要婚姻自由,这很好嘛。不过,她们喜欢野合,这,这也太……"

"太什么?"

方霞客笑道:"太浪漫了!"

李侠兵摇头:"诗人,我晓得你喜欢浪漫。但是,你不觉得她们的行为有点过了吗?"

"我在汪金凤那里也看过弗洛伊德的书,这位心理学家说爱情是以性爱为中心呢。"

"奥国的那位弗先生,有人说他是巫师。"

这时,汪金凤在楼上问柳寄明"战友加朋友"的含意是什么,将来会不会去掉"朋友"只剩下"战友"了?柳寄明笑而不答。汪金凤问,李侠兵在楼下要听她亲口关于"战友加朋友"的承诺,怎么办?柳寄明摇摇头,不知如何是好。汪金凤提议玩智力游戏,把需要说的话在不经意间说出来。柳寄明表示赞成,她说,她与李侠兵平时也太严肃了,这样可以轻松些。其实,她想说的话已经想定,只是没有下决心说出来,于是,她要汪金凤玩心理学,她玩逻辑学。

"你们在讨论什么啊?"她俩手牵手从楼上下来,汪金凤笑盈盈地问。李、方二人抬眼望去,在通往客厅的柚木扶梯上,两位姑娘款款而来。柳寄明穿一身蓝竹布褂裤,平跟皮鞋,短发齐耳,面如银盆,微微笑着,朴质而内敛;汪金凤则金光闪亮,头上插着金钗银饰,身穿宽袖绣花衫,薄呢驼毛淡黄裙,脚蹬一双高跟时髦靴,腕上戴着一块瑞士表。她见他们在欣赏她,她又说:"我在研读弗洛伊德,他的心理学确实有趣,但我更喜欢明代戏剧家汤显祖的《自警》之言。"

"汤显祖,啥话?"待她俩坐进沙发后,方霞客问。

汪金凤笑道:"你们俩一个喜欢中国古典诗,一个喜欢西方新诗,对戏剧大师就陌生了吧。汤氏律己很严,他在《自警》里写道:'不乱财,手香;不淫色,体香;不诳语,口香;不嫉害,心香。'这四香之戒正合我意。"

李侠兵盯着她说:"这四香之论,与弗先生的性爱中心论似乎相悖。你如何解释?"

汪金凤:"我对汤氏的四香论身体力行之,我对弗氏的心理学在做点试验呢,嘻嘻。"她的眼风飘向方霞客。

方霞客不动声色:"谁跟你恋爱,必定被你害苦了!"

柳寄明觉得汪金凤是个自我矛盾的人物,但是,她赞成她的"四香"论,说:"汤氏的'四香'之戒,无论是做人还是做官都是高尚的选择,做人冰清玉洁,做官必定清廉。"

汪金凤说:"今天,难得大家聚会,等会儿顾水明、钱越都要来。菱儿,去备一桌酒菜,我们要好好的乐一乐。"

方霞客附和道:"好,我今朝要一醉方休!"

汪金凤微微一笑,丢个眼色给柳寄明,她要实施智力游戏。她说:"在吃饭前,我们玩点游戏如何?"

柳寄明立即响应:"好,怎么玩法?"

汪金凤:"我先玩第一项,就是我问你们答。"接着,她问道:"你最喜爱的是什么颜色?"

柳寄明答"红色",李侠兵也答"红色",方霞客答"白色",汪金凤答"紫色"。然后,她又问:"你最喜爱的是什么性格?"

柳寄明答"正直",李侠兵答"倔强",方霞客答"乐天",汪金凤答"宽容"。她再问道:"你最喜爱的是什么花?"

柳寄明答"百合",李侠兵答"兰花",方霞客答"梅花",汪金凤答"红玫瑰"。

众人道:"你第一项玩完了吧,玩第二项吧?"

汪金凤笑道:"一个人的喜好可以反映出他的面貌,我刚才玩的是心理小测验。下面玩第二项,请柳姐牵头吧!"

柳寄明说:"好啊,阿凤玩心理试验,我玩的是小孩子的智力测试,逻辑学里叫'排中律'。"

方霞客觉得逻辑学是很深的学问，他说："哎呀，逻辑学是小孩子玩的吗？你说说看！"

柳寄明说道："这个玩法是这样的：你在心里想什么，譬如一条虫或者一个人都可以。我提出问题你只回答'是'或者'不是'，我就能晓得你心里想的是什么。"

汪金凤装着惊奇，说："我不信就这么神，李兄，你在心里想一个人，让大家提问题。"

李侠兵也觉得这太神了："好，我想好了，你问吧！"

柳寄明掩住嘴笑，然后问道："你想的是古人？"

李侠兵答道："不是。"

"你想的人是在上海？"

"是。"

"你想的那人是男人？"

"不是。"

汪金凤忍不住了，抢问道："你想的人是我们认识的人？"

"是。"

方霞客："是菱儿。"

"不是。"

汪金凤笑得前仰后合肚子疼，喊道："你想的是柳寄明！"李侠兵笑了，汪金凤说："我不但知道你想的是柳姐，还知道你想要她回答你什么话：李兄，我们是战友加朋友，把红色经典演绎下去……我说得对不对？"

李侠兵面如红布，连耳根也涨红了，结结巴巴地说："汪金凤，你是我肚里的蛔虫啊！"

汪金凤瞅着柳寄明，笑说："柳姐，今天，你要当着大家的面表白你与李大哥的关系，这才对得起小妹我兜了这半天的圈子呢。"

柳寄明也涨红了脸，银盆脸变成金满月了。她平静了一会儿，然后对众人说："我跟李侠兵同志也算是有缘，从海州师范学校相见,到上海来相识,再到龙华刑场上那惊魂的一幕。因此,我们俩的关系应该是战友加朋友。"

众人鼓掌。

方霞客庄重地问:"李兄,阿明的这番话,你该放心了吧?"

李侠兵听了柳寄明的表白,觉得她是发自内心的,虽有点含糊,但明确了他们的恋爱关系。他想,在他找到党组织之前,他俩的关系是不可能向前发展的,想到这里,他笑道:"是啊,是啊。"

方霞客觉得李侠兵有点忸怩,又问汪金凤:"你看,我们要求他俩跳个舞或者怎么表示一下,好不好?"

李侠兵:"跳舞我不会,我们俩拥抱一下吧。"说着,他就跟柳寄明抱了抱,低声在她耳边问:"为甚还有战友啊?"柳寄明微笑着,心里想你猜去吧。

众人叫好,鼓掌。这时,菱儿进来说:"酒菜已备好了,顾先生、钱先生也来了,要不要……?"

汪金凤要大家去饭厅,到了饭厅落座后,她举杯说:"今天聚会后,李兄要回乡下,方兄要去外地,钱越先生要出国留学,柳姐好像也要去百草湖螃蟹港,大家云散,以后再聚会也不知是何年何日呢? 来,干一杯!"

汪金凤说了这番伤感的话,不仅落泪,众人亦端杯在手,久久不饮。方霞客朗诵起拜伦的诗:"想从前我们俩分手,默默无言地流着泪,预感到多年的隔离,我们忍不住心碎……"

他朗诵着,热泪盈眶;众人亦戚戚然,落泪者也不少。李侠兵这时由于得到柳寄明的明确答复,心里高兴,他没有落泪,端着酒杯在一边愣着。青年时代的他们,处于水深火热动乱的年代,时而悲伤,时而高兴,他们的心情复杂而紊乱。

第 二 部

20

四行仓库失守以后,日寇进入市里。上海局面很乱,寻找党组织更加困难。李侠兵决定回乡,这时,谷志豪找到了他。于是,他俩在曹家渡上了汪家开往淮安的船。汪金凤特为关照汪七爷,对李侠兵要照顾好,路上要注意安全。所以,船队过了长江汪七爷就令船走百草湖。他晓得百草湖里土匪多,但遇到土匪有事还好商量,如果从运河里走,岗哨关卡多,吃拿卡要还要纳税,同时也不安全。

船队进入百草湖口,汪七爷就站在船头,要伙计们谨慎行船。湖面宽广,芦苇屏地,水沟纵横,荒野,幽深,神秘。龟山高耸入云,旁边的小山峰在水雾里时隐时现。这种地方湖匪随时都可能出现。汪七爷招呼伙计们:"大家给我听着,百草湖湖匪多如牛毛,我们要防备点啊!"

伙计们都拿着枪,一个伙计笑道:"汪七爷,土匪再多也没你的朋友多啊。"

汪七爷戴上草帽,敞着香港衫,腰带上插着二膛盒子,他拿眼瞟着芦荡说:"话不能这么说,这里的土匪我也不能都认得!"

李侠兵一觉醒来后,听了汪七爷这番话,出舱问:"汪七爷,据我所知,百草湖的湖匪至少有十几股,什么渔家自卫队,水上游击队,替天行道团,龟山漂女游击队,他们尽干打家劫舍的勾当。"

汪七爷一付老江湖模样:"湖匪大多数是不伤民,一般给钱都能过关,比官家税卡的要价便宜些呢。"

船过狭窄的河道,两边芦苇如两道绿墙。突然,从芦苇丛伸出十几条划子,划子上都装着土炮,一个宏亮的声音从芦苇丛里传来:"船家停下来,不然的话,莫怪我们开火了!"

汪七爷一惊,然后说道:"莫开炮,莫开炮,有话好商量。请英雄现身,我们可否谈谈?"

一条大船从芦苇丛里伸出船头来,船头上站着一个戴斗笠的人。那人披着黑斗篷,腰插两把快机盒子,身边站着端枪的亨哈二将。一个喊道:"商家听着,你们是把船上的货留下还是把尸首留下?"

船上的人面面相觑,汪七爷平时说话总有点夸大,刚才还是一付老江湖的样子,现在也愣神了。不过,他立即镇定下来,问李、谷二人:"你们二位见识广,怎么办?"

李侠兵:"我们以谈判为对策,尽量避免动武。"

汪七爷:"好,就托李先生与他们谈判,我把保镖组织好。"

李侠兵站在船头,喊道:"好汉们听着,留下货怎样,留下尸首又怎样?"

土匪喊道:"留下货船,你们走人。不然的话,咱们开炮,送你们上西天!"

汪七爷组织保镖在船舷、船楼上加沙袋,伏在后面准备防御。他向土匪喊道:"不要狂,打起来你们活不了几个!"

那戴斗笠的又向身边的土匪授意,土匪喊道:"你们要谈判,派人过来!"

汪七爷:"你们是哪个山头的? 也许我们是朋友,不要误会了。"

土匪:"你个老狐狸,再不派人来,我们开炮了!"说完,就令小划子开炮。那火药铳子十分厉害,一炮打得天女散花,落下的铁砂弹如落冰雹一般。

李侠兵喊道："不要开炮,我去!"

汪七爷担心："李先生,你要是被土匪扣了,我怎向李道人交待呀？你可是李家的独子啊！"

李侠兵笑了："汪七爷,这你放心,一、我有办法与土匪周旋,二、我已有儿子了,李家不会因此断了香火的。汪七爷,志豪兄,谈判向来以武装为后盾,你们在船上组织好人员防备着,他们就不敢把我怎样。"

他这话说到汪七爷的心里了,他对土匪向来是软硬两手,于是,他令人架起一排枪。李侠兵只带一个伙计,乘着小划子来到对方的船上,那腰间插双枪的人取下斗笠,原来是个女匪。李侠兵笑道："敝人姓李,请问你贵姓?"

郑大鼻子上前说："我们大王姓孙,你们交不交货?"

李侠兵先给他一个下马威："你们哪个山头的,你们山头是你说了算还是孙大王说了算?"

孙三娘说："他说了不算,站一边去！当然,我说了也不全算,说了算的是我们当家的。因此,我要带你去见我们当家的。"

李侠兵观察她,孙三娘二十岁出头的年纪,生得像棵小青松,结实粗壮,红彤彤的脸像个大苹果,粗眉大眼,立起眼睛挺吓人。她腰间插着两支锃亮的快机盒子,浪着扳机,她肩披黑斗篷,脚蹬黑油鞋,扎着裤脚管,一付野外行走的打扮。他说："你要扣留我?"

孙三娘说话倒和气,口气一点也不凶："不是,我们不上你们的船,但你们的船也不准开走,一切等你与我们当家的谈过再定。"

李侠兵："那好,请带我见你们的当家人。"

孙三娘取出箭壶里的箭,搭弓射箭,她连放三支箭,对河柳丛里放出一条船来。那人摇着橹唱着歌,歌声轻浮:

>　　　我的小妹子情意高,
>　　　对哥哥抱来像火烧。

那天草地里挨人捉呀，

…… ……

划小舢舨的是个中年汉子，脸颊上有一条刀疤，让人见了心寒。他划船靠上来，问道："头儿，这位先生是肉票?"

孙三娘："刀疤脸，不要瞎说！这位先生是客人。"她令他划船过河，来到了渡口酒楼。孙三娘布置了岗哨。然后，她让李侠兵在厅里等候，她到后面厢房里去请当家的洞仙。

孙三娘出去，刀疤脸进来，在八仙桌上一边摆两个茶碗，在另一边摆五个茶碗，倒上茶，然后说："先生慢用。"

他走后，李侠兵独自一笑，这是青帮的那一套。他叫道："你别走，我把'双龙阵'喝了，你再去叫人。"

刀疤脸已把老医生叫来。老医生四十多岁的年纪，花白头，留着山羊胡子，上衣口袋里吊着银链怀表。他说："李先生识'双龙阵'，那么，这五个碗摆的是什么阵呢?"

李侠兵："是'生克阵'，此阵的意思是：'金木水火土五行，法力如来五行真，位台能知天下事，可算湖海一高明'。"

老医生立即上前，热情有加："啊，原来是自家青帮兄弟，我叫赵壶济，大家都叫我老医生。"

李侠兵："我并未入帮，是个空子。"

赵壶济变脸："啊，你是个空子，那就是另一回事了，你们把货船留下吧！"

李侠兵问："你代表你们当家的? 这船可是五港汪家的，你们也敢抢，你们不怕汪会长请县警备队把你们灭了！"

赵壶济："这，这……我们也叫没办法，也管不了那么许多了。"

李侠兵警告他："我告诉你们，船上枪不少，领头的是百发百中的神枪手，不是好惹的，即使打不过你们，他也会回去叫队伍来，不信不能把你们这贼窝给端了！"

赵壶济立即叫来几个土匪："把他绑了,蒙上眼,送水火厅!"

刀疤脸等人不用分说,把李侠兵绑住手脚,蒙住眼睛,抬至水火厅。水火厅里充满杀气,两排火把中间的虎皮椅上坐着当家的,她的身后站着几个全副武装的女人。刀疤脸放下李侠兵,扯掉蒙眼黑布。

李侠兵站稳,向前面望去,虎皮太师椅上坐着一个妖婆,四十出头的年纪,打扮得花枝招展,发髻上插满金钏银饰,闪闪发光,核桃脸抹得粉白,厚嘴唇抹得猩红,露着金牙。老医生正在给她点烟,低声地报告着什么。她向老医生挥挥手,然后说:"李先生,你应该把船队留下,大家方便是不是?"

这时,李侠兵在观察厅里的十几个妇女,个个整齐,人人有枪,而男人们拿着刀棍,且身体不壮,大多像个大烟鬼。因此,他觉得奇怪,一时没有回话。孙三娘生气了,喝道:"当家的问你话呢,李先生,你听见没有?"

李侠兵笑道:"我觉得你们躲在百草湖里打家劫舍,只图自家快活,真不是个事儿,应该回家去!"

当家的喷一口烟,不悦地说:"你胡说什么? 她们都是漂女,被我收留上山的。你叫她们下山,那些想女人的光棍才求之不得呢,嘻嘻……"

厅里响起一片笑声。

当家的厉声问:"李先生,你愿不愿将货船留下来?"

李侠兵答道:"这得问船上的自卫队,你问问他们几十条枪答应不答应? 还有,汪会长答应不答应? 船上的货物也不是我的,问我有什么用!"

当家的立起眼,呲着金牙:"好,既然你没什么用,那就不留你了!"随着她一挥手,刀疤脸和郑大鼻子把刀架在李侠兵脖子上,把他押往外去。当家的问道:"老医生,我们怎么去攻打汪家船队?"

老医生:"用火攻! 孙队长,你说呢?"

147

孙三娘:"用火攻。"

这时,宋英英从外进来,见到李侠兵被押往刑场,赶紧喊道:"当家的,刀下留人,刀下留人!"

孙三娘问:"二妹,怎么回事?"

宋英英说:"李侠兵他家是我的救命恩人。"

当家的招手叫她过来:"说详细点?"

宋英英急急地说:"李侠兵是李道人、李嬷妈的儿子……我被漂流往东海时,是李家花钱把我救了,又把我送进五港尼姑庵的……"

孙三娘一听撩开大步往外跑,边跑边喊:"刀下留人,快把李先生放了! 快把李先生放了!"

刀疤脸和郑大鼻子赶紧把李侠兵押了回来,宋英英上前解了绑绳,直喊"对不起"。这时,当家的核桃脸上也漾开了笑容,呲着金牙说:"英英的救命恩人,那我还得请客了。"李侠兵坐下,洞仙令人上茶,她在观察李侠兵。洞仙觉得,李侠兵身体魁梧,脸色黝黑,眉宇间有股英气,他生死不惊,十分淡定,是个不一般的人才。洞仙是个老江湖,她望一眼她的部下,没一个是她满意的,她想龟山寨应设法把李先生留在龟山。于是,她跟老医生、孙三娘等人商量,如何能留住李侠兵? 老医生提议用他研制的春药来对付他,洞仙要几个漂女出面来勾住他,孙三娘认为用这两手对付读过大学的人不管用,还是交个朋友,放他回去好。但是,洞仙不同意,最后,她决定把李侠兵留住两天,让老医生、刀疤脸几个人给他讲漂女的故事,如果漂女那种荤段子故事能吸引住他,那就好办了,如果不行,那再考虑放他走。

这样,她令人通知汪七爷在此等候两天,又叫黄天秀在渡口酒楼安排李侠兵住下,让老医生、刀疤脸来陪他喝酒,讲漂女被逼上龟山的故事。洞仙如此安排,李侠兵只得住下,他想对龟山作些了解,也许将来抗日时能派上用场。老医生、刀疤脸说,洞仙有项规

148

定,漂女上龟山必须交投名状,然后讲自己与情人如何约会,又如何被漂的经过,因此,他们对每个漂女的故事都了如指掌。这样,李侠兵在龟山两三天待下来,听他们讲这讲那,对孙三娘与她的情人程秀成的故事有所了解,对宋英英与夏羡贤的故事比较有个完整的印象,他们的故事是宋英英从螃蟹港下了汪家的船,上龟山说起的。

21

水乡的路水云铺。

那天,宋英英从螃蟹港下了汪家的船,先是沿着湖边湿地走,脚踩浅草小径,在水气里行了十多里,然后逆着溪流进山。在溪流绕过两座小山之后,前面呈现出盆形谷地。三座山成品字形,主峰状如乌龟,名叫金龟顶。山下左右各有一座龙形小山,人称"银蛇护金龟"。山中怪石嶙峋,千姿百态,陡壁峭石,溶洞深邃,神秘莫测。这里地形险峻,易出难进,又是两省交界之处,是三不管的地方,金龟顶上有一座关爷庙,前后三院,庙前有座天生桥,十分险要,宽不足三尺,高有数丈,下面流水潺潺,常年不断。最奇的是天生桥前丛林里竖着许多石柱,皆成蘑菇状,大者数丈,小者笆斗粗细,更小的如手指一般。石柱上大多披着青苔,滴着水珠,俗称老虎鸡巴。因此,又有人扯淡道,居此男女必好淫也。

英英走进谷地,过了溪水漫流的河床,来到树林子边。她正在探头探脑张望,忽听一声锣响,从石林里窜出几条汉子来。

"不准动!"

几条汉子有举刀的,有端枪的,围住了英英。

英英在家学过拳脚,到庵里又跟洞明师学了武松脱套,双龙青剑,是有点功夫的。忽见这几个人倒是不怕,只是感到突然。她抬头看,三个男人,两个没有胡子,那有胡子的也只是在嘴边挂几根黄毛,三人皆瘦骨嶙峋,皮包骨头,一付瘦驴模样。英英想,碰到了大烟鬼,看他们如何动作。

大烟鬼们并不上前,皆朝后看,有胡子的那个尖着嗓子叫道:"头儿,快点来啊。"

从石林里走出一个女的,剪着短发,浓眉大眼,长得墩实,腿粗腰壮,挎着两支快慢机,三个男人见了,立即低眉顺眼,那有胡子的连忙躬身请示:"头儿,怎办?"

头儿将英英从头到尾扫了一眼:"是个女的,要是个男的可带到当家的那里领赏,这个女的嘛……你们能享用?"

三个男人都低头说:"不敢,不敢。"

头儿身上有股邪气,扭着腰说:"谅你们也不敢,把她吊到树上喂鹰去!"

三个男人听令,立刻冲上来动手抓英英,被英英一阵拳打脚踢,打翻在地。那头儿就要拔枪,英英急忙地说道:"且慢,让我见过洞仙住持,以后随你们处置!"

头儿两手按着枪,问道:"你说什么?"

英英从怀里摸出信函:"我是五港明月庵洞明师傅的徒弟宋英英,师傅叫我来投奔洞仙住持。"

头儿不识字,她叫胡子看了信函,然后说:"你怎么不早说呢,险些儿把你喂了秃鹰。马屁精,捆上她上山!"

"怎么还要捆?"英英抢过信函,塞进怀里。

"这是规矩,捆上!"

英英感到来捆绑她的三个男人有气无力,捆绑得不紧。男人们的脸色黄黄的,说话尖声细气的,一个个人模狗样子,怪怪的。英英想,这里的男人怎么了?莫非是屁精。

一行人抬着英英上山,英英心里难过。她想,她怎么了?到处总是挨捉。与夏兄相好,挨捉,到了蔡工渡口,挨捉,如今持有师傅的信函,本想到龟山受到礼遇,不想又是挨捉。唉,我难道天生是挨人家捉来捉去的命吗?她愈想愈悲,不禁流下泪来。

上了山坡，过了天生桥，头儿说："我叫孙三娘，当家的派我管巡山队，大家伙都叫我头儿。宋姑娘，当家的若是收留你，你我就可认干姐妹了。"

宋英英觉得这个头儿不错，直爽，求道："头儿，能不能放下我，让我自己走？你们抬着我，我腰痛。"

孙三娘在山寨感到势孤力单，她想拉帮结派扩大自己的势力。见到英英好拳脚，又是当家的师姐的徒弟，她便想交结，但要她破了山寨的规矩放开英英的手脚上山，她也不敢。三娘和蔼地说道："你就委屈一会吧，抬上山是当家的规定，谁敢坏了她老人家的规矩啊！"

宋英英被几个男人抬着，晃晃悠悠穿过山门，又到了庙门。门上有一副石刻对联："赤面秉赤心；青灯观青史"。她想这里是关帝庙了。

后来，她被抬着又七转八拐，过了方门圆门好几道门，到了一座小院里才停下来。把她放在地上后，孙三娘整了整装进厢房报告去了。一会，厢房里传出一个老女人粗哑的声音："啊，是吗？那快抬她进来！"

宋英英被抬进方丈卧室，坐在椅子上。她抬眼望去，正面坐着一位高大粗壮的中年妇女，年在四十左右。那妇人粗眉大眼，厚嘴唇，蒜头鼻子，酱色脸有些臃肿。身穿圆花寿字衣裤，腕上戴着一副大银镯。她正在接过马屁精递过来的香烟，等人给她点火。宋英英心里突然一下塌陷，难道这是洞仙住持？这人分明是妓院老鸨儿嘛！

"是我师姐介绍来的人，你们怎么还不松绑？"洞仙咧开厚嘴唇一笑，露出两颗金牙。

解了捆绳，宋英英掏出师傅的信函，请孙三娘接过呈上。洞仙一看信函，是师姐洞明所写不假。师姐在信上说了来人的不少好处，她是漂女，还识字，跟她学了点拳脚功夫。她说："这样吧，三娘带她去厨房吃饭，吃过饭再来见我。"

宋英英想，她收不收我呢？这时，三娘推她一下："发什么呆，走吧！"

到了厨房，三娘端出一碗山雉汤说："这是我在后山上打的，你喝点。"

宋英英问道："头儿，洞仙住持收不收我啊？"

孙三娘格格一笑："看来当家的喜欢你，不过，要收你还得做件事……"

"什么事？"

孙三娘撇着嘴笑，说道："你要把你如何与人相爱相恋，又如何被捉被漂，原汁原味地讲来。"

她俩回到小院里。

洞仙喝茶，露出唇边的两颗金牙，喝退了左右警卫，然后对宋英英说："三娘跟你交待了吧，讲到二人合欢之事要讲详细点，不要一笔带过。"

对当家的爱听荤段子的恶习，英英打心底里反感。但是为了生存她不得不讲。宋英英在十二岁的时候，邻家来了个外甥叫夏羡贤，平时叫他夏兄，比她大一岁，男孩子生得眉清目秀，风度翩翩。他家在西边山里，母亲去世了，父亲在苏州做生意，便把他托给他外婆抚养。

宋英英父亲宋铭儒本在县城中学里教国文，因性情耿直，见不得贪官污吏，又与校长合不来，便辞职回家开馆授徒，夏羡贤便来就读。她读《千字文》，他读《论语》。两人都不知书中所云，因此，课后玩耍便是最快乐的事。他们两小无猜，跳房子，过家家，唱山歌。他俩最爱唱宋铭儒写的校歌：

绿树林，

清水塘，

芳草连天碧，

朱家圩之西有我伲的小学堂。

……　……　……　……

　　其实，这个学堂的学生小猫三只四只，学生最多时也只有七八
个人。大班里弱冠少年，宋先生对他们开讲《朱子》，学珠算，练书
法。小班里学生宋先生只要他们背书，描红。那时，朱崇山第五个
儿子虎尾就读大班，也是宋英英的同学。后来，他去日本留学了。
宋英英与夏羡贤同桌读书，几年下来情深意笃，到了十六岁时，母
亲不让她再读书，在家学女红，准备给她说婆家。

　　宋英英心中已有了夏兄，她对媒婆说的哪一家也不同意。这
样，她与夏羡贤经常幽会，河湾里，芳草地，榆树林，是他们幽会的
天堂。两人相拥相爱时发尽千般愿：要休且待青山烂，水面上秤锤
浮，直待黄河彻底枯。这样，他俩由青梅竹马时代培养起来的感情
表现为柔情、温情、幽情。因此，她无情不爱，无情不恋，无情便无
性趣。英英对夏羡贤情爱以专，情爱以笃，情爱以深。

　　然而，她的命运不济。在她十九岁时被逼嫁给朱大的儿子朱
友谊冲喜。宋英英当然心怀不满，与夏羡贤相约逃过一回，后来，
在路上被朱崇山的家丁捉住，用铁链锁了回来。但是，他俩仍在河
湾里的芳草地频频幽会。春上，在双燕穿柳飞、黄鹂鸣绿水时节，
这两个青年人青春似火，又在芳草地幽会了。宋英英说："哥，你带
我走吧，我俩远走高飞，就是到天涯海角我也跟你去。"

　　夏羡贤感到没有把握，摇着头："这，这……让我想想。"

　　他们哪里知道，朱大从朱崇山那里要来了几个家丁已尾随而
至，掖在林子里，要捉奸捉双，置他俩于死地。

　　根据以往两人的约定，在交欢之前，夏兄以念诗作为信号。这
时，他念道："关关雎鸠，在河之洲。"宋英英念道："窈窕淑女，君子
好逑。"这时，宋英英已袒胸露腹。她感到有点晕，便闭上眼睛。

夏羡贤心头一热,说道:"我豁出去了,今晚我俩逃往苏州吧,等一会我去雇一条船,我俩乘船走。"

"你们走不了啦,捆上!"

几条大汉蜂拥而上,将他俩捆个结实。押到祠堂前,拴在扣马桩上。朱家族长朱崇山带领一伙人坐在祠堂的议事厅里,里里外外由他五个儿子打理。一会,宋英英的父亲宋铭儒被人找来了,朱崇山问他怎么处置两个年轻人。这位暮气生涯的宋先生站在众人面前感到无地自容,只说了句嫁出去的女儿泼出去的水,怎么处置英英与他无关,你们爱怎么处置就怎么处置。说完,他便回家去了。

宋英英见他爸欲哭无泪,捂着脸从她面前匆匆而去,她低下了头。朱崇山端着白铜包银的水烟袋主持家族会议,他问道:"你们大家伙看,是将他们处死还是双人漂?"

一屋子的人嗡嗡嗡的讨论,最后决定第二天将他们双人漂。然而,宋英英那天夜里遭到了强奸。她是在喝了"断魂酒"之后就晕晕糊糊地睡过去了。她躺在柴屋里的干草上,感到有人脱她的裤子,爬到她身上,可就是无力反抗。

当家的听到这里,插话问道:"是什么样的人呢,是青年人还是老头子?"

宋英英回忆道:"这怎么分得清?"

当家的嘻嘻一笑,瞥了三娘一眼:"这怎么分不清,三娘,小伙子还是老头子怎分不清? 那个不一样的,嘻嘻,那个不一样的呀!"

孙三娘见当家的笑得肥厚的下巴抖抖活活,晓得英英的故事搔到她的痒处,便附和道:"英英见得少,没经验呀。"

当家的撸撸胸,呲着金牙道:"今后在我这儿,大块吃肉,大碗喝酒,大把分钞票,捉到标致男人,享受也有你一份。"

孙三娘问:"当家的,收下宋英英了?"

"当然,收下了。"洞仙说:"不过,捉个人来或抢点财物作投名状还是不可少的哟。"

"什么,捉个人来?"宋英英吃了一惊。她那里晓得,洞仙十五岁时被人拐卖到妓院,遭到非人的糟踏与蹂躏,人格与心理受到极大的摧残与扭曲,现在,她要对男人实行疯狂的报复。

孙三娘对当家的这种行径没有多想,要投名状这种事她到龟山不久就有了。这时,她笑嘻嘻地说:"捉个男人作投名状,这是当家的立下的规矩。"

宋英英想,刚脱离虎口又入狼窝,这如何是好? 思来想去,命运不济,早晓得如此跟汪小姐去上海多好。

她俩走出大厅,孙三娘说:"我会帮你。这样吧,湖对面的后山外面有条大路,来往客商较多,你能捉个人抢些财宝来最好。"孙三娘给她哨棒,又给她衣襟下塞一支勃郎宁手枪。英英说不会使不要,孙三娘说等会儿她教她。她们出了庙门到了后山,只见一条大河横在面前,孙三娘抽出挂在树桠上的弓箭,向芦荡里射了一箭。

一会,芦荡里传出歌声,划出一只小舢舨来。那轻浮的歌声随船飘来:

> 我的小妹子情意高,
> 对哥哥抱来像火烧。
> 那天草地里挨人捉呀,
> 一对野鸳鸯活活的上了双人漂。
> 呀嗬咳依嗬咳,
> 一对野鸳鸯活活的上了双人漂。

划小舢舨的是个中年汉子,到了岸边,他把遮着脸的草帽推向脑后,脸腋上露出一条长长的刀疤。刀疤脸,原是个土匪,被捉上山后当家的见他忠心,打仗勇敢,就让他做了后山的暗哨。

这时,刀疤脸扶她俩上船,摇向对岸。刀疤脸问道:"头儿,你带这位新来的大姐去考试?"

原来,龟山捉人以自保的黑话叫考试。孙三娘道:"是啊,逮只鸡来有菜吃,摸条鱼来有汤喝。"

孙三娘回答的也是黑话,"摸鱼"、"逮鸡"都是捉人劫财的意思。刀疤脸望着宋英英的胸口,嬉皮笑脸:"要帮忙么? 我一年多没当强盗,手痒。"

孙三娘叉腰斥道:"刀疤脸,你瞧不起你老娘是吧? 要帮忙也轮不到你呀! 不过,当家的有规定,没有她老人家的谕示,谁也不准帮忙!"

刀疤脸:"去年捉我上山,也不是一个人呢。"

孙三娘不再理他,船到了岸边,停在一家酒楼的后门口。她们到了酒楼大堂里,孙三娘要吃酒,酒楼主人黄天秀端来一碗高沟大曲。三娘问宋英英:"要不要喝点酒壮壮胆再上路,我在这里等你。"

宋英英上路,她一连三天掖在林子里准备捉人,可是,一个人影也没见着。说来也巧,第四天傍晚来个理发匠投奔龟山,孙三娘不由分说将他捆了,把他当作英英的投名状送上山来,洞仙一见当然欢喜,立即在水火厅里升帐。

水火厅里灯火通明,点着火把。当家的端坐在太师椅上,脸上擦得胭脂花红,抽着白铜大烟袋,在烟雾里叫道:"抬上来瞧瞧!"

小喽罗抬着俘虏上来,老医生将火把凑近俘虏的面孔。当家的欠身看了,又像查牲口一样在俘虏腰间摸了摸,扳开他牙口看看,感到满意,放声一笑道:"抬到后院去!"接着,当家的对英英说道:"你这么能干,又是师妹介绍来的,我要重用。"她示意英英坐下,又对三娘说:"趁我高兴,你去把八大金刚、小寡妇们叫来,我要宣布新的决定!"

孙三娘问:"当家的又有新主意了?"

当家的说道:"是的,龟山人员需要重新调整,昨天,老医生出了这个主意。"她吐口烟继续说道:"在大当家死后,龟山又来了不少人,光漂女就来了十几个,我想把人员调配一下,除扩充巡山队、情报队外,成立袭击队,专门去发财。现在龟山近百口人,不发财没饭吃了!"

孙三娘一听,觉得她说得有道理。自从大当家死后,龟山没有什么大的作为。洞仙这位女当家人似乎只知做山中王,洞中仙,抢来男人进行享受,进行报复,别的好像没有多大愿望。现在,洞仙要成立袭击队这是个不错的主意。她喊道:"当家的,我举双手赞成!"

洞仙十分高兴,然后,她派三娘到山寨哨所布置刀疤脸加强巡逻,又派人到大河对岸渡口黄天秀的酒楼搜集外界消息,特别是大河对岸鱼村湖匪黎民虎的动静。接着,她又把山上、湖荡里的各路人马全部叫到水火厅里来,令八大金刚站成两排,人称诸葛再世的老医生赵壶济坐在她的下首,又把松明子、汽油灯点亮,大厅里显出从来没有过的气派。

当家的换了装,身着黄绸缎衫裙裤,头上油擦得雪亮,插着双飞翡翠钏子。老医生给她点上烟后,她深深吸了一口,吐出,然后说道:"今天,请大家来,一是给大家伙介绍一位新来的宋英英,她跟我结拜阿姐学过武功,又识字。"

宋英英站起来,众人七零八落的拍手。有个手持匕首的女人问:"她是不是被漂过,躺过双人漂筏子的女人才是勇敢的女人,大伙说是不是啊?"

女人中发出一片笑声,宋英英望去,女人们站在大殿中央,个个容光焕发,神采飞扬,男人们站在墙边,人人躬腰曲背,面黄肌瘦。女人们说话,男人们只是点头称好,这里的确是女人的天下。

在一片赞扬欢笑声中,当家的说道:"是的,宋英英是漂女,否则,我这个漂女寨会收她吗?"

孙三娘接口说:"当家的说龟山是漂女寨,好,龟山是漂女的藏身之处,也是我侃漂女的天下,大家伙说是不是啊?"

众人一叠声说好。

当家的咧着嘴笑着,眉飞色舞:"大家伙听我说。我作为山大王、漂女寨寨主,与军师老医生等人商量,自从去年大当家的带领一批兄弟出外发财、全军覆灭以来,我便采取守势,只进不出。如今,我侃队伍壮大了,特别是来了许多漂女,她们个个勇敢,因此,我决定建立袭击队,出外发财。这样,原先的巡山守卫队、情报队人员都要相应调整调动。现在,我宣布:任命孙三娘为巡山队队长,任命黄天秀为情报队队长,任命宋英英为袭击队队长。队员由各个队长挑选,大家伙看怎么样?"

黄天秀与孙三娘、宋英英咬了一阵耳朵,交换了意见。黄天秀说:当家的,情报队员是秘密的,不能公开选拔。孙三娘说巡山队需要配备几个望远镜,一艘水上快艇。她俩说完,推宋英英出来说话,她不肯。孙三娘与黄天秀想让她在众人面前露露脸,拥她到前面来。

这时,当家的说:"英英,你的任务最重,龟山近百口人吃饭,今后就靠你们袭击队去抢去夺去掠了。你表表决心吧!"

宋英英感到,突然挑这么重的担子心里没有底,缺乏信心,虽然在洞明师傅那里学了点武功,什么武松脱套,什么双龙剑,都只是晓得点皮毛而已。她说道:"承蒙当家的看得起,委我以重任。我怕难以挑起这副担子,当家的最好再任命一个男队长。"

她的话音刚落,大厅里一片哗然。

"什么,男人,那些废物有啥用啊?哈哈。"

"她新来咋到,不知这里男人是没用的货……"

"宋队长要个男的搭档,是不是想弄个玩玩,嘻嘻。"

当家的冷下驴脸,喊道:"不准吵,让宋队长选一个!"

孙三娘与黄天秀把站在墙边的男人们都叫过来,排在大殿中央,让宋英英选拔。宋英英看来瞄去,那些男人一个个弯着腰,大虾米似的,没有一个是强壮的汉子,她很失望。

宋英英与孙三娘、黄天秀低声商量,希望再找些男人来选。这时,座中有一人很紧张,就是老医生。老医生赵壶济原是江湖郎中,与土匪大当家是结拜兄弟。他现在是洞仙座上客,密友,智囊。老医生与洞仙策划研制的神仙汤、和尚茶,十分毒辣,伤害了不少人。那神仙汤是一剂药,人喝下那剂药,兽性大发。和尚茶也是一剂药,喝下那茶人即万念具灰,性欲全无,如果连喝几碗和尚茶,那人性功能就永远废了。神仙汤与和尚茶的策划研制,在老医生完全是为了发财,他想在这里通过一些人的试验,以后带着药方溜到大上海、南京去行医,肯定能发财。那么,现在老医生紧张什么呢?原来,他在男人中收买了一些人,暗中与洞仙斗法,阴谋有朝一日夺权。他怕宋英英在挑选中,他的阴谋诡计被暴露。然而,宋英英选的都是漂女,男人一个也不要,老医生赵壶济这才稍稍放下心来。

李侠兵被迫上山,意外地看到土匪窝里如此糟糕而又糜烂的生活,听到如此令人生厌的故事,他心中有一种说不清的不爽的感觉。他想这里的土匪窝应该铲除,但是,这里的漂女值得同情吗?他想了好久。

22

洞仙见李侠兵几天住下来,仍执意要走,她也无法,便令宋英英、孙三娘等人送李侠兵下山,老医生认为没必要这么客气,洞仙说,你这就不懂了,老当家在世时常教她江湖上要广交朋友,多个朋友多条路。我观李侠兵不是一般乡下人,他在上海读书肯定有来头,值得交结。老医生频频点头,佩服这个女人厉害。

宋英英得知李侠兵小时跟她爸读过书,分外敬重。她和孙三娘带一队人送李侠兵下山。李侠兵问她要不要给宋先生带信,宋英英落泪说"不必了。"他边走边说:"非常感谢宋英英,你救了我啊……"

宋英英说:"那里,那里,我也是你父母大叔大妈相救才有今天,算是以善还善,菩萨有眼吧。"

李侠兵皱眉,关心地说:"你们在百草湖里当土匪,哪一天是头啊,迟早要被消灭的,绝对没有前途。我看你们还是回家为好啊。"

宋英英说:"是呀,汪金凤小姐来信也这么说的呢。"

李侠兵真心相劝,说道:"看来日本侵略者现在在上海打,说不定哪一天会打过来,世道会更乱。你们,应该要早作打算啊?"

孙三娘被他说动心了,激动地说:"回老家是不行的,家里是不接受漂女的。李先生,你们那里能要我吗?"

宋英英:"我这大姐可是山里猎户出身,狗熊都打过,是个神枪手呢。"

李侠兵:"啊,是吗?那太欢迎了。"

宋英英:"大姐,露一手给李先生看看?"

高高的白杨树梢上站着两只火红的斑鸠。孙三娘笑了,她两手拔出腰间短枪,一枪打下一只,另一只斑鸠冲天惊飞而去,她又一枪,那只也跌落下来。刀疤脸上前将斑鸠拣了回来,李侠兵看到两只斑鸠都打在腹部,十分惊异。宋英英说:"大姐说过,斑鸠就胸脯那么一点肉,打在胸脯上就不好吃了。"她又令刀疤脸:"送到船上给汪七爷,算是我们赔礼的礼物吧。斑鸠赛飞龙,一鸠抵九鸡啊!"

李侠兵赞道:"三娘果真是好枪法!"

孙三娘把双枪插进腰间,感叹道:"嗨,就是你们那里要我去,我怎走得了啊?一方面是当家的把我救上山,她有恩于我,另一方面龟山是个自由自在的地方,在此也快活啊!"

宋英英含笑指出:"恐怕大姐在龟山等个人吧?"

"等谁?"

宋英英:"程秀成呗,我那未见过面的大姐夫呀!"

孙三娘追打她："你这死丫头，我等他干吗？他恐怕早不在人世了。"

说话间，他们已到了汪家船队前。汪七爷见宋英英走来，喊道："哎呀，那不是宋姑娘吗？"

李侠兵："要不是宋姑娘，我也回不来了！"

李侠兵上了船。汪七爷吩咐伙计："起锚开船！"

这时，北边芦荡里划出一队小划子，孙三娘认得，那是鱼村湖匪黎民虎的钢板划子。她赶紧命令刀疤脸："快调机枪来，掩护汪家船队去螃蟹港。"

孙三娘指挥机枪手扫射，逼迫黎家钢板划子掉头而去，汪家船顺利地开过了芦苇荡，进入安全地带。

李侠兵站上船头向孙三娘、宋英英挥手。这时，他听到孙三娘在喊："后会有期。"

他想，孙三娘很豪爽，宋英英也不是一般村姑了。龟山是个特殊的地方，漂女是一群特殊的妇女，他想把在龟山的见闻写信告诉柳寄明和汪金凤，听听她们对漂女的看法。

第二天李侠兵回到龙兴寺，把在龟山被捉与宋英英相救的事写信告诉柳寄明汪金凤，很是感慨了一番。说是在上海遇见日本强盗，在龟山又遇见女强盗，这世界真奇怪，我们不得不想一想下一步该怎么办了？

第 三 部

23

第二天,李侠兵路过淮阴,听朋友们说,淮海地区不久前又闹过清党,党组织被迫解散,党员有的被捕,有的远走他乡,到县府登记的也不少。他们叫他回乡后行动千万谨慎些。这种情况他在上海听谷志豪说过一些,不过,现在的形势比谷志豪说的严重。他雇了一匹大红马连夜赶回龙兴寺,到家后没跟父母提及在上海坐牢的事,只是说由于身体不好需要静养,闭门谢客。

其实,他不仅需要养身,也需要养心。在与党组织联系不上的状况下,以后的路怎么走?这是他急需解决的问题。

他躲在家里或避到龙兴寺后院,读书弈棋。吴道人与道士们藏有许多书籍。他先读些道家的书,感到以清静无为来避世不适合他,便找些闲书来读,什么《封神演义》、《三国演义》、《水浒传》、《西游记》以及《三侠五义》都读个遍。他过去读孔孟的书,偶涉黄老,对于野史演义目不旁鹜。现在看来,闲书也可以读点。时下动乱,日本侵略者已先后攻占济南,现在进行徐州会战,家乡已听到炮声,应该学点兵书,于是,他借来《孙子兵法》、《三十六计》之类的古书来读,这一读他就入了迷,他觉得古代战法现在仍可用呢。他结合《三国演义》、《水浒传》来读兵书,对以弱胜强,以少胜多的论述尤感兴趣,津津有味。

谈及读兵书的体会,吴道人频频摇头,直说兵家与道家不是一路,弈棋弈棋。李侠兵觉得无人可以谈兵,无人探讨当前的时势,心中十分苦恼。正是春暖还寒时节,春草青青,野禽始鸣,大雁南飞。李侠兵穿着灰色长衫,脖上围着柳寄明手织的羊绒巾,手握兵书走出龙兴寺后院,在湖边草径上徘徊,他感到似乎有点热,解开脖子上的羊绒巾,望着灰濛濛的北方天空。北边传来隐隐的滚雷般的炮声,令他胸怀激荡,他想,该与朋友们会会了。

就在这天中午,陈冠昌突然来访。两个好友相见,握手,拥抱,问候。陈冠昌打量李侠兵又黑又瘦,肩高耸着,背似乎驼得更厉害了,眼睛眯着,虽然长衫礼帽穿戴整齐,但身体衰弱明显。李侠兵看陈冠昌,他还是老样子,矮小,精瘦,灵活,精力充沛,那圆形眼镜换成银柄。李侠兵问道:"冠昌兄,你怎知道我回来了?"

"昨天,我在淮阴听薛书同说的。"陈冠昌打量着他说:"侠兵兄,你瘦了,眼睛怎么了?"

"坐牢坐坏了,视力差了。"现在,他常常眯着眼,让人一看就知道他的眼睛出了问题。

陈冠昌安慰他:"侠兵兄,你在牢里吃了苦头了,好在现在回来了。"接着,他说:"现在淮海地区党组织遭到严重的破坏,我们都找不到党组织,成了没娘的孩子。你回来太好了,领着我们干吧?"陈冠昌与李侠兵两人交情深,他见李侠兵回来心中又燃起希望,热切地望着他。

李侠兵没有回答他的问题,问道:"冠昌兄,你现在处在什么状态?"

陈冠昌:"我没登记,仍在芦火墩当小学校长。"

李侠兵:"冠昌兄,我现在也跟党组织失去联系了……"

陈冠昌先是感到意外,然后两人对视,接着都苦笑起来。过了一会,陈冠昌急得挠头,迷惑地问道:"这,这是怎么回事啊?我俩都成了党外的布尔什维克了……侠兵兄,这,这是怎么回事啊?"

接着,他俩商量今后做什么,当然,首要任务是寻找党组织。同时,也要宣传群众,组织群众,准备日本人打来时进行抵抗,保卫家乡。李侠兵说:"我在报上看到有些地方成立抗日同盟会,我们也可以着手筹备起来了。"

陈冠昌说:"对,我来找你就为这事,在淮阴的几个朋友也在谈论此事,没有组织怎么抗日啊?"

李侠兵笑了,眼角的鱼尾纹延伸到鬓脚里:"你我总是一拍即合,那要找一些志同道合的人开会合计合计。"

他俩找了几个志同道合的人,准备筹建抗日同盟会。

而村里的年轻人听说日本鬼子要打过来,也在想怎么办?村口的石碾场是经常聚集人的地方。这天,李家在石碾上碾棒头,小二子和张小猪在碾盘外的柳下玩跳房子,李守田在赶驴。在李守田与路人闲话时,那大叫驴便站住撒尿,那尿散发着热气和浓烈的臊味,倒也没妨碍人们来谈话的热情。他们询问的都是李侠兵在做啥,李守田根据李嬷妈关照的话回答"不知道。"

王振亚和张武生几个后生一见李守田会装,便去盘问小二子。想不到小二子也同样回答"不知道。"王振亚想,你爸爸在做啥你装不知道,我倒要逗你玩玩。王振亚读过几年私塾,会写几个怪字,他在沙地上写出"大"下一个"面"字,"小"字下一个"面"字,"骨"字旁一个"血"、下面一个"水",问小二子:"前面这两个是什么字,后面一个是什么字?"小二子跟张小猪几个孩子都摇头。王振亚说:"大面是'侉'字,小面是'茂'也不识啊。那这个字呢,识不识?"他先自吃吃笑,见孩子们又是摇头,王振亚得意了:"骨血水生出来的是什么呀?"

旁边的吴道人用脚赶紧踩踏掉"骨血水"并起的字,斥道:"王振亚,你怎教小孩这种字呢? 太不像话了!"小二子、张小猪几个孩子一脸茫然,众人大笑,王振亚做个鬼脸退到一边去了。他为啥会这样呢,原来这个"骨血水"并起的字(读熊)是男人的精液,未成年的孩子们哪里知道呀。

这时,张武生说道:"你呀人像瘦猴,只会显摆肚里那几个怪

164

字。"他问吴道人:"道长,听说北边有好多村子都组织起来了,准备抵抗日本鬼子,保卫家乡呢。我们这里怎没动静啊?"

吴道人笑笑,呛白他道:"你也可以出头来组织大家吗?"

张武生与王振亚几个人窃窃私语一会,然后说:"我们想请李侠兵大哥出头,组织一支抗日预备队,你们二老看怎么样?"

"你们怎么想到我的干儿子?"吴道人的思路比李守田要敏捷得多。

张武生生得虎背熊腰,满腮红胡子,一双豹子眼睛,性格粗豪,他拉开大嗓门说道:"李侠兵读过大学,有大本事,请二老劝他出头带领大家才好。"

吴道人觉得张武生说的是实话,龙兴寺一带像他干儿子有学问有历练的确实不多,他问李守田:"老哥,侠兵现在哪?"

这时,李侠兵骑着大白马经过碾场,李守田说:"你看,他不是来了吆。"

李侠兵赶紧下马,跟大家打招呼。他身穿棉大氅,戴的一顶新礼帽和风镜,他的这身装束在这乡下是十分时髦的。他跟张武生、王振亚握手,然后松开脖子上的围巾,取下风镜拭着,问道:"你们在议论什么呢?"

张武生说:"李大哥,听说小日本狗日的要打过来,我们怎么办呢?"

李侠兵拍拍他坚实的脊背说:"你想怎么办?"

张武生:"我们青年后生商量,要得保卫家乡,只有组织起来。这样的大事,只有你李大哥领头才能干成!"

李侠兵招呼大家在凳子上坐下来,对围拢过来的村人又打了招呼,然后说:"如今是天下兴亡匹夫有责,国共合作抗日,一致对外。我们不能像一盘散沙,要像张武生说的需要组织起来,但是,现在又是各路神仙大显神通的时候,各路英雄大显身手的局面,我们要怎样的组织,由谁来领导,这就尤为重要了。"

王振亚说："李大哥说得对,问题不那么简单呢。"

张武生原先没想到组织起来会这么复杂,转了一会脑子说:"李大哥说的是在理上,我参加过小刀会攻县城,被人家机关枪扫死几百人,那是……"

李侠兵给众人发烟,然后又拍拍张武生的虎背熊腰,说道:"武生老弟赤手空拳与土匪格斗的故事我也晓得,你夺得强盗手中的套筒钢枪,又飞起一脚把那个强盗踢进粪池里,从此村里人叫你猛张飞,红铜钢,对不对?"接着,他又说:"现在,我们就需要武生的这种勇敢精神,我们准备打鬼子就是需要不怕死的人。我看,我们这里应该组织起来,进行军训,你们说是不是啊?"

众人听了,个个赞成。吴道人竖起大拇指,李守田眼睛发亮,儿子为他长了脸了。

刘四是个大高个子,红脸汉子,脸上有几个麻点。他的脑子比张武生灵活,可性子比张武生还急,问道:"李大哥,你何时拿出具体办法来呢?"

李侠兵想了想说:"过几天吧,过春节后吧。好多事还要跟大伙商量着办啊。"

村里年轻人都把李侠兵看成是高不可攀的高人,现在,见他如此谦恭,这样的大事要与他们商量,都十分赞许,一叠声地说好。李守田则不然,他觉得这样的大事儿子完全可以做主,现在,儿子不但不吹嘘反而要与泥腿子们商量,有失身份,这令他失望。吴道人也有这样的想法,遇到大事难事跟我商量还差不多,跟他们泥腿子有什么好商量的。吴道人说:"你要组织武装,我动员寄居龙兴寺里的游民来参加,他们人数不少呢。"

这时,余大杰牵着马过来,他是跟李侠兵去开会的。他说:"还要你动员,我们打短工的兄弟都愿参加。"余大杰外号余结巴,常年在运盐河边打短工,现在窑上烧砖,寄居在龙兴寺。他生得粗壮,一脸虬须,两腮黑胡子,他性格直爽,好打抱不平,人称"黑旋风"。

其实,他是地下党员,这是这里村民谁也想不到的。

刘四说:"李大哥,你组建武装我算一个。"

张武生拍得胸脯"咚咚"响:"李大哥,有你领头,我那支老套筒枪就派上用场了。"

李侠兵笑道:"到时候红铜钢你一定要来,大家都要来!"说着,他站起身要走,向众人抱拳。

王振亚很机灵,他把大白马牵过来等在路边。张武生说:"李大哥,我这表弟会拍马屁吧?"

李侠兵给他一拳:"明天见。"他戴上风镜,把围巾塞进棉大氅里,策马而去。

吴道人望着李侠兵骑马向河湾驰去。此刻正是晚云将收,夕阳西下之时,那河湾大堤如盘龙一般,一川枫叶,两岸芦花。河川上空一只雄鹰在翱翔。吴道人心中一喜,他想这是吉照。他问李守田:"老哥,天这么晚了,侠兵到芦火墩干甚去?"

"不晓得。"他拍了大叫驴一巴掌。

"你儿子的事你不晓得?"

李守田见众人散去,便开始扫碾盘上的棒头粉:"我才不管他们的事呢。"

这时,小二子走到路边说:"奶奶关照过,人家问你爸呢,你就说不知道,懂吗?"

众人笑了,李守田也忠厚地笑了:"我这孙子,实话实说。"

24

大雪纷飞,百草湖边的芦火墩小镇一片白色。芦火墩小学校在小镇的东梢头,一个小操场,三间教室,两间厨房。厨房南窗下有两棵古柳,落尽叶子的枝条在寒风里摇动。

抗日同盟会筹备会议在厨房里召开。灶头与水缸占了厨房的北头,南头摆了一张吃饭的木桌,中间放着个大泥盆,里面架着木柴,炉火熊熊,吊在上面的铜茶壶冒着热气,"咝咝"作响。时间已到了子夜,围坐在火炉边的青年们毫无倦意,选举抗日同盟会会长,通过同盟会的章程,大家围着火炉七嘴八舌,气氛热烈,诉说着日本鬼子在南京进行大屠杀的暴行,怒斥着山东军阀韩复榘一枪不放,将大好河山拱手相让给日本侵略者的可耻行径。

陈冠昌给各位的杯子里添了开水,又往火盆里加了柴,然后提一提长袍坐下来,推一推脸上的银柄眼镜说:"诸位仁兄,外面下大雪,今晚大家就不要回去了,我备有两坛好酒,一坛洋河,一坛高沟,我们围炉饮酒,抵足而眠,谈个通宵。现在,请刚当选的抗日同盟会会长李侠兵兄讲话,大家欢迎!"

李侠兵站起来向众人拱手,说:"该说的刚才都说得差不多了,现在,我们朗诵古诗吧。我带头,然后每人来一首。好,我朗诵岳飞的《满江红》词。"他激情地朗读起来:"怒发冲冠,凭栏处,潇潇雨歇。抬望眼,仰天长啸,壮怀激烈。三十年功名尘与土,八千里路云和月。莫等闲、白了少年头,空悲切。靖康耻,犹未雪;臣子恨,何时灭!驾长车、踏破贺兰山缺。壮志饥餐胡虏肉,笑谈渴饮匈奴血。待从头、收拾旧山河,朝天阙。"

陈冠昌带头鼓掌,说:"据传李兄六岁就会背诵岳飞的《满江红》,果然不错。"

李侠兵打断他的话说:"你就不用替我吹嘘,该你啦!"

陈冠昌想了想:"在这国难当头,我们成立抗日同盟会之际,朗诵对敌人无比痛恨、报仇救国的《满江红》最为确切,可惜被李兄抢先了。那么,我就唱一曲缅怀三国英雄们的《蟾宫曲》吧:'问人间谁是英雄,有酾酒临江,横槊曹公。紫盖黄旗,多应借得,赤水东风。更惊起南阳卧龙便成名八阵图中。鼎足三分,一份西蜀,一份江东'。"

接着,被选为副会长的薛书同歌了一曲《柳营曲》,然后,陈冠昌赶紧说:"还是请李兄讲话吧!他讲完话,我们边喝酒边谈。"

李侠兵说:"我们都是一群秀才,老话说:秀才造反三年不成。我们抗日同盟会是民众自发组织,一定要宣传民众,组织民众,武装起来,保卫家乡,拯救中国。还有一条也非常重要,就是抗日同盟会要依靠政党才能发展壮大,立于不败之地。陈兄,书同兄都是共产党员,可以在抗日同盟成立党支部……"

薛书同插话说:"我现处于脱党状态,不便建立支部。"

李侠兵接着说:"我与陈兄到国民党县党部询问过,他们很不赞成我们成立抗日同盟会,县长明确表示对这种组织不予支持。看来依靠县政府或者是国民党县党部是没有希望的。"

陈冠昌说:"关于建立党组织的事,现在是有困难的。"

薛书同:"几年前,我们八一暴动失败后,党员被杀的被杀,被逼登记的登记,党组织被破坏了,或者解散了。现在,我们登记过的党员虽不是叛徒,但也不为党组织所承认……"

陈冠昌插话:"薛兄,现在,东安县和淮海地区有党组织吗?我没登记,也找不到党组织了。"

"对了,现在这里没有党组织。"薛书同对他点点头,继续说道:"八一暴动是左倾盲动主义,把我们害苦了,现在,我们是多么需要党的领导啊!"

薛书同的娃娃脸上显出十分痛苦,他是 1925 年在淮阴读书时入的党,是淮东地区的第一批党员,现在,如果不脱离党组织的话,已是有十三年的党龄了。现在,他在走向抗日的第一步的时候是多么需要党给他力量和指明方向,可是,这里现在没有党的组织。他感到茫然和痛苦。在这方面,一屋子人大多有相同的经历,像李侠兵、谷志豪、余大杰这样的党员也找不到党组织了,所以,他们互相支持,心照不宣,浑身憋着一股劲。

李侠兵知道在洪泽湖、百草湖、落马湖周围,在陇海铁路两旁,在运盐河、淮河与京杭大运河边,在淮海大地上很快会涌现出抗日救国的巨大洪流。他想,他们现在建立的东安抗日同盟会应与淮海地区抗日组织联合起来，一致对外应是我们的口号。

在讨论到这个问题时，陈冠昌说："我知道一些情况，等会儿跟大家报告，现在开饭。再不开饭，我们的余大杰同志要饿趴下来了！"

余结巴抹着虬须，笑道："我是个粗人，不像你们这些先生经饿。"说着，他到厨下抓起一根鸡脚啃起来。

大家对余结巴的这个举动并不责怪，觉得天这么晚了，这个身强力壮的大块头是饿得撑不住了。

陈夫人请余结巴帮忙，撩起布帘子，把一盘盘菜端过来。众人看时，计有咸菜炒豆腐，猪肉烧慈菇，盐浸花生米，千张炒韭菜，一缶鸡块炖土豆，一盆狗肉汤，还有一个大并盆，装满咸鸭蛋，捆蹄，酥鸡等当地风味的菜肴。陈冠昌搬来两坛洋河，高沟大曲，又把一簸箕炒花生倒在桌子上，然后抱歉地说："今天是送灶，对不起大家，菜不多。"接着，他点燃一挂鞭炮，扔到外面雪地上炸起来。

众人都说，赵公民你"上天言好事，下界保平安"，如今鬼子要打过来，你去天上怎样向玉皇老儿汇报啊？

鞭炮一响，李侠兵这才想起："啊，今天是送灶了！"

谷志豪说："李兄，你光想抗日是吧，把过年给忘了。今年过年，河东河西我们要互相拜年，大家走一走，过了年，恐怕这里就不太平了。"他又对余结巴说："喂，余老弟，你不是饿了吗？还愣着干什么，下筷子吧！"

余结巴呵呵笑着，抓一把花生米往嘴里塞："跟各位先生在一起，真愉快！"

陈冠昌觉得结巴在这知识分子成堆的地方挺拘束，两手搓衣襟，显出尴尬相，便挟一块狗肉给他吃，说："在党内大家叫同志，在同盟会大家也可叫同志嘛。"

李侠兵举杯，问道："我们为什么而干杯，总不能为赵老爷上天汇报而干杯吧。陈兄，你是主人，你说？"

"你是会长,你说。"陈冠昌在与李侠兵、薛书同诸人中,显得更儒雅,那灰色长袍,襟口上插着的新民牌钢笔,那银柄的圆眼镜,都给人以儒雅温和的印象。"李兄,不用客气了,你说吧!"

李侠兵取下羊毛围巾,推高礼帽,睁大近视眼说:"我们为众志成城、保家卫国、不怕牺牲、抗战到底,干杯!"与众人连干三杯后,李侠兵问陈冠昌:"陈兄,你刚才说你晓得地方上组织民众的一些情况,给大家说说。"

陈冠昌介绍说:"据我所知,现在淮阴,东安,邳州,包括洪泽湖边的乡村,组织抗日武装的不少,可分为三种情况:一种是地主商会,他们为着看家护院在买枪买刀,招兵买马。第二种是一家一户买枪自卫,这种人数量很大。第三种就是像我们这样,先建立抗日同盟会再筹建武装组织。从乡、区来说,几乎所有的乡和区都有这三种人在活动。就以抗日同盟会来说,我们组建的是县里第一个,但是,据我所知,正在筹建的有好几个呢。"

李侠兵觉得将有一场风暴要席卷淮海、江淮大地,他们走在这场风暴的前列。他说:"陈兄说的完全是事实。外国人说中国是一盘散沙,现在这盘散沙被日本侵略者的狂风吹起来了! 凝固起来了! 成为保家卫国抵御日寇的钢铁长城! 我相信,我们的队伍会壮大,成为淮海、江淮地区运盐河一带抗日的重要力量。"

他的一席话,说得众人热血沸腾,纷纷表示回去后,利用各种社会关系,组织起来,进行军训,成为抗日同盟会领导下的军事实体。余结巴甚至跟李侠兵数手指,数人头,说他单在龙兴寺就可以叫上七、八位兄弟参加军训,如果有饭吃,有枪杠,他在打工族里可叫到十五、六个兄弟。李侠兵想建一个连队,觉得余结巴可以当个排长,便和他商谈起来。李侠兵告诉余结巴,买枪买弹药的钱由他筹措,找人大家一起找,要找爱国的人,勇敢的人,不怕死的人。

他们一直谈到第二天拂晓,火盆里的炭火熄了,雪也停了。开门一看,天地间一片白茫茫,银装素裹,众人兴奋,放起鞭炮来。

鞭炮在小学校操场上爆炸，把镇上熟睡的人们震醒了。

25

响午时分，李侠兵骑马踏雪赶回龙兴寺。

自从李侠兵去芦火墩，吴道人一直在想他干儿子要出山干大事了。他十分兴奋，昨晚到李家去等，今年又到村口去望，终于见到李侠兵回来，一道来到寺里。吴道人这人跟李守田不同，他要干大事，他出任龙兴寺住持就是想聚集民众，像《水浒》里吴用一样伺机起事，但直至年近六十也一事无成。现在，看来机会来了，他要帮助侠兵好好干一场，抗日就是死了也青史留名啊。两人坐下来后，他说："我昨天在你家等你一晚上，侠兵，你到芦火墩干甚了？"

李侠兵："不瞒干爹说，我们成立了东安抗日同盟会。"

吴道人赞道："好，好哇！我的祖父就打过倭寇，同治年间，倭寇从海上窜到这里，烧杀抢掠，乡民奋起自卫，把他们赶到海里去了。日本强盗贼性不改，又要来抢东西了！"

"是啊，小日本打着建设大东亚共荣圈的幌子，想把别国的财富圈到自己家园里去，让我们当亡国奴，这怎么行！"

"对。"吴道人问，"你说过要创建抗日队伍？"

"是啊。"

吴道人十分兴奋，拍拍胸口："我算一个，再给你找人。"

经过几天的联络、组织、筹备，李侠兵在龙兴寺建立了抗日义勇队。

他之所以选择龙兴寺作队部，不仅是龙兴寺离他家近，更重要的原因是龙兴寺是易守难攻之处。龙兴寺在运盐河边上，运盐河由南向北到这里突然打个弧形大弯子，两边河堤、废河堤纵横，水泊密布，芦苇水荡连绵，对平原地区来说，这种地形算是最为复杂的。龙兴寺原是龙王庙，那雄伟的庙宇与高大的墙院原是屹立在运盐河弯的大堤上，后来，由于大水冲了龙王庙，河道迁徙。清代光绪年间,乡人请风水先生看了,认为在离运盐河半里之遥的老堆头下,前有卧龙沟,后有大水荡,是建庙的风水宝地,于是,改建龙王庙为龙兴寺。庙里也有了住庙道人,供的不再是龙王,而是原始天尊。传到吴道人这一代,他不仅信道也信佛,所以,在前院又建了大雄宝殿,供上观音、如来与弥勒,让信男善女来烧香,他收香火钱。不过,吴道人也确实是虔诚信佛,那年,他见李守田夫妇年过三十尚无子嗣,便鼓动他们到伊山去求送子观音,后来生了李侠兵。他信佛更笃更诚了。在这个意义上,龙兴寺已是释道合一的寺庙,那盛传一时的白龙斗败恶鼋,以正压邪的故事已渐渐淡出这个庙宇,成为村夫渔樵们的民间传说了。

那么,荒凉破落的龙兴寺有没有值得一提的宝贝呢?有,摆在后院道观里的那个香炉就是个古物。不过,现在,已无人知晓其来历了。吴道人小时候听师父说过这个香炉是龙王庙的遗物,有些来历。但是,他觉得这个不起眼的瓷货不会是宝贝,要是宝贝早就被人偷走了。民谚说:"纵有家财万贯,不如钧瓷一件。"这个圆鼎式三足炉正是宋代钧窑的出品,它造型古朴,端庄、典雅、沉稳,虽然体型不大,如大瓷碗一般,可它土锈色的表层有如天上星星的珍珠点,奇妙的冰裂纹,美轮美奂。李侠兵在观赏它的时候,联想到王勃的名句"落霞与孤鹜齐飞,秋水共长天一色"那样的意境。

今天,李侠兵在后院殿堂将三足炉把玩了好长时间,才来到前院队部。

李侠兵跟吴道人商量,欲把东安抗日义勇队队部设在龙兴寺,对外就叫"龙兴寺抗日义勇队",吴道人十分支持,觉得这是为龙兴寺增光添彩的事。他说:"你是我的干儿子,你的事就是我的事。况且,我是龙兴寺的住持道人,这点事我能做主。"他发动道士们将原先方丈住的小院腾出来,屋里贴上抗日义勇队的章程,门口边插上红旗。在东安抗日同盟会成立的第八天,众人来到龙兴寺广场放响一挂鞭,喝干一桶酒,龙兴寺抗日义勇队宣告成立了,二十八条汉子,十几条枪。大家推举李侠兵为队长陈冠昌为副队长,接着,李侠兵任命余结巴、张武生为排长,小酒店的吴飞祥为特别排排长、情报组组长。

吴飞祥家与吴道人家仅一墙之隔,门前有片竹林,依着竹林搭着凉棚,吴飞祥在那里卖酒。吴飞祥生得瘦弱,个子又小,种田功夫不行,篾匠活却出色,尤善做风筝,他做大八角风筝可以带小孩飞上天。他又有商业头脑,利用龙兴寺香客、过路行人卖酒,维持生计。这种人在农民眼里是不务正业的家伙,社会地位低。因此,张武生、余结巴对李侠兵任命吴飞祥为情报组组长,都表示不以为然。

余结巴说:"李,李队长,任命吴飞祥这样的人做情报组长,有,有,甚,甚用处?"余大杰当了排长,与张武生、吴飞祥、刘四等人被人称为龙兴寺的"四大金刚",比原先打工神气多了,他又是与李侠兵有干兄弟一层关系,现在众人面前敢于说话了。

张武生也是说话也是有点结巴的,但比余大杰好得多。这时,他脸红脖子粗地也表示了意见:"飞祥编筐、放风筝行,这,这种本事能、能打鬼子吗?"

两个结巴在一起说话,引得众人大笑。

李侠兵没有笑。他任命吴飞祥做特别排排长、情报组组长,是因为吴飞祥脑子灵活有组织能力,想让他联络方方面面的特殊人才,比如说镇上的铁匠、铜匠与村里的瓦匠、木工,把这些经常在外面走动的人组织起来以备做情报工作,同时,那些匠人本身就是打仗需要的人,造枪造炸弹就得靠铁匠铜匠。他说:"你们不用笑,说不定放风筝也能打鬼子呢。"

众人说说笑笑,也不把李侠兵的话往心里去,开始操练。

根据队部决定,操练项目主要是打靶,劈杀,快跑,游泳。从此,龙兴寺前的小广场上,从早到晚,都有一群小伙子在习武,操练。

这天,吴飞祥抱一坛大曲酒过来,倒给大家喝。他递给余结巴一碗酒然后问:"结巴,余排长,练武你最开心,也可以不去打工了。"

余结巴喝了酒,抹抹黑旋风式的大胡子,瞪着眼:"飞祥,你我以后都是抗日的干部,什么事都没有抗日要紧吧?我大名叫余大杰,你以后叫我大名。"

"那是,那是。"吴飞祥想结巴现在不比以前了,要面子了。他顺下眼说:"听说,有人对李侠兵队长任命我做排长、组长有意见,余大杰,你也有意见?"

余结巴觉得喝了他的酒,应该说实话:"那也不算意见。不过是大家觉得你瘦不拉叽的,长得像根竹竿,光会编筐放风筝,当孩子王,怎么能打仗!"

吴飞祥立即不服,喷着唾沫说:"那叫小看人。我问你,如果敌人封锁了运盐河,我们要把情报送到河对岸,那怎么办?"

余结巴眼睛一亮:"用风筝飞带过去!"

吴飞祥笑了,给了他一拳:"你余结巴脑子也好用!"他又指着在练快跑的小伙子们说:"不过,你们练跑干嘛,也没人会叫你们去参加运动会吧?"

余结巴低声说:"李队长要大家跑得快,爬得高,潜得远。当然,打枪打得准是第一条。"

吴飞祥弹眼望去,场地上练武的人中,有几个活线手,那以打兔子扬名的郑家兄弟也来了,不过,他们使用的不再是火药枪,而是崭新的汉阳造。昨天,他见到李侠兵把自家的大白马牵给郑家兄弟骑,让他们骑马练射击。吴飞祥自诩心灵手巧,为人活络,在村中算个人物,但他觉得与李侠兵相比,那就有天壤之别。他琢磨着,龙兴寺村要出人物就是李侠兵。就拿组织军训来说,别的村里大多组织自卫队,连五港镇商会会长汪述先成立的也是为了看家护院的快枪队,李侠兵就不同,他组织这支队伍是为了救国佑民的抗日义勇队。李侠兵找他谈话时说的尽是些"国家兴亡,匹夫有责"的大道理,要他利用朋友多,在日本人到来后建立情报网,这是未雨绸缪,很有远见,而选他为龙兴寺的情报组组长又是多么识人。李侠兵成年后,大多在外地,对家乡的人和事应该不甚了了,但在紧要关头,一眼就看中我吴飞祥,这表明他的过人之处。

吴飞祥这么想着,心中得意。这几天他的心情一直就很好,所以,今天他一高兴,就抱一坛子酒来犒劳大家。张武生、余大杰、王振亚等人过来要酒喝。王振亚拿到酒碗说:"吴叔,人当了官是不一样,过去吴叔连赊账都不肯,现在,吴叔自从参加了抗日义勇队,当了排长以后,献酒给大家了,好,好,好!"

吴飞祥又给他倒酒,笑道:"你这个赤佬,给你酒喝也堵不上你的嘴,还诮贬叔。"

这时,郑家兄弟二人过来,老大骑着李家的大白马,老二骑着自家的枣红马,二人并辔而至,从马背上扔下两只兔子,一只野鸡。老二说:"吴叔,这是给你的。"

吴道人走过来,捏了捏兔子:"嗬,好肥。"

正在指导小青年瞄准射击的李侠兵走过来,掏出几块大洋,对吴道人的儿子小吴说:"看来今天不会餐不行,您到五港镇买十斤肉来。"

几个青年把刀枪架在柳树下,到厨房前来剥兔皮,烫鸡拔毛,热热闹闹地忙起来。

吴飞祥见风势不错,他从小草屋里拿出大八角风筝,想表演他的风筝特技。大八角是细竹架子,牛皮纸糊的,上有李侠兵写的两行大字:"纸鸢本是和平物,今朝上天另眼看。"吴道人帮他理麻线,准备放风筝上天。

义勇队员们开着玩笑,做饭弄菜。刘四身材魁梧,是个红脸汉子,脸上有几个麻点,他性格活泼,喜欢说俏皮话,见张武生背着老套筒枪过来,诮贬他说:"你这老套筒好做烧火棍了,能用它打鬼子？"

张武生："你说我这杆枪是烧火棍，我能把树梢上的鸲鹆打下来，你信不信？"

李侠兵走过来，凑热闹说："张排长，你如果把树梢上的鸲鹆打下来，我这支捷克式送你了，怎么样？"

张武生："李队长，你这话当真？"

"当真。"李侠兵问道："不过，你若打不下来也得有个说法？"

张武生用火药铳子打鸲鹆十拿九稳，可是，用老套筒打就没有把握了，憋了好一会，他说："李队长，打下鸲鹆你给我捷克式，打不下呢，你要允许我去朱家圩那里夺一支枪来，那里好枪多的是。"

他这番话提醒了李侠兵，要大力宣传抗日统一战线，团结一切可以团结的人。他本想开会专门谈这个问题，看来现在就可以谈，他说："我们抗日义勇队的枪支，活动经费，从哪里来？今天，我讲一个原则，以后要给大家详细讲。这个原则就是：我们的枪支武器不可从乡亲朋友手中抢，我们的钱粮不可向老百姓要。我们的枪支、弹药、钱粮要靠队员从自己家里拿出来，要靠民众自觉自愿的捐献。"

张武生不解，粗声粗气问道："我们现在的活动经费，全靠你家和吴道人龙兴寺里捐献，这能维持多久啊？"

吴道人插嘴道："侠兵的妈已在吵吵了，她发现家里的洋钱一天天减少，钱罐要底朝天了！"

李侠兵晓得他干爹是支持他的，他买枪枝弹药的钱一半是吴道人给他的，他从心里感激这位长者。他笑笑说："有钱拿钱，没钱了就卖地呗。"

张武生、余结巴都说不行，要卖地你爸还可以通融，你妈就会跟你拼命。大伙七嘴八舌出主意，主张募捐的，到地主家"借枪"的，打土匪夺取地盘的，各种想法都有。李侠兵想，以扩大队伍的办法为最好，吸收有枪人员，或与武装自卫队联盟，这样来壮大自己的实力。他说出这个想法，立刻引来一片献计声。

"找北边周庄的万功利，他有几十条枪。"

"东边朱崇山看家护院的人枪也不少。"

"潜上的王培鲁，正在拉杆子，不妨去试试看。"

提到王培鲁，李侠兵倒想去会会。他想王培鲁这种人是有奶便是娘的主，他一旦有了势力，不是为匪就是投靠日本人当走狗，如果做好他的工作，把他拉到正路上来，倒是一桩好事。

吴飞祥又给余结巴倒酒，笑道："小赤佬，过一会，我要显点本事给你们瞧瞧。"

余结巴眨着牛眼："你有什么本争，我没听说过！"接着，他想诮贬吴飞祥："吴叔，你的本事不妨快点拿出来看看？"

吴飞祥嗨嗨一笑，瘦巴脸纠成一团，回家去了。

26

吴飞祥从家里梁头上取下大八角风筝，得意洋洋背着来了，后面跟着一群看热闹的孩子，他的孙子拿着一个柳条筐。

王振亚在广场边站岗，惊奇地问："吴叔，你孙子拿筐做什么，莫非是装你孙子飞上天？"

"听说五港镇上有个人敢做。"

"那个阿三是我徒弟。"

王振亚和余结巴等一群人惊异起来，决定跟吴飞祥去看个究竟。吴飞祥带他们来到老堆头。运盐河从东南来，在两岸冲积成宽阔的沙泥河滩，潮湿的河滩在冬日的阳光下闪闪发亮。朔风吹来，在河滩上空形成强劲的气流，把枯萎的苇叶芦花往河面上飘撒。吴飞祥一边把柳条筐结扎在风筝的尾绳上，一边指挥少年们放线。他放风筝用的是麻线，打过腊，一根线就是一个大球。

"哪个孩子敢上天？"张武生指着柳条筐问。

吴飞祥："叫张小猪上来。"

"张小猪太重,风筝带得动他吗?"

吴飞祥挠头皮:"最好像李家小二子小点。"

众人把李侠兵找来。李侠兵问有没有安全问题,吴飞祥拍胸脯保证小孩安全,李侠兵就令小二子坐进柳条筐,然后帮吴飞祥把小二子缚在筐里。小二子吓哭了,他给他嘴块糖果,斥道:"你是我儿子,就不要哭!"

小二子对他爸非常崇拜,立即停止哭声,嚼着嘴里的糖装出笑容。李侠兵拍拍他:"这才像我儿子。"

吴飞祥担心道:"队长,小二子是你妈大奶奶的心头肉啊,这要叫她老人家晓得了,非要把我骂死不可啊!"

李侠兵一摆手:"没事,没事。"

众人都知道小二子是李家嬷妈的心肝宝贝,她怕他养不活,让他留着长发,头顶心扎根冲天小辫子,脖子上戴着银项圈,取名小和尚。小二子属虎,家里人都说他命硬,一个哥哥二个姐姐先后病逝,所以李家嬷妈对他更是爱护有加了。大家见李侠兵不仅把家里百十块大洋拿出办义勇队,现在,又把这个独子塞进柳条筐,都很感动。

吴飞祥把风筝检查一遍,然后令人拉线逆风奔跑。当大八角带着小二子飞离地面时,众人一片欢呼。这时,吴飞祥喊道:"小二子扔瓦片,瓦片在你屁股底下!"

可是,人们没见着瓦片,却感到天上落雨星,原来,风筝"呼"地飞离地面时,小二子就被吓坏了,吓出尿来了。众人觉得很好玩,纷纷逃离。

李侠兵说:"要是能从大八角上扔下炸弹,那就太好了。"

吴飞祥拍胸脯:"你想这个呀,没问题!日本人飞机三天两头来耀武扬威,我想我们没飞机跟他斗,就用风筝当飞机吧。"

"哎呀,你真敢想,用风筝打鬼子。"

有人见风筝愈飞愈高,担心起来:"快把小二子放下来吧,李队长,不要出事啊?"

李道人骑着大叫驴过来,他听人说要把小二子飞上天,急得茅草胡子直翘,黄脸上冒汗,气鼓鼓地赶来了。李侠兵见他爸奔过来,赶紧抓住风筝麻线,对大伙说:"我们一起放线,把小二子放到河滩上。放呀放呀,大家一起放,放!"

风筝往后退落,退落到水边,小二子见自己要掉到河里,吓得哇哇大哭。吴道人念了一会佛,说:"小二子要落到河里了? 快拉线!"

吴飞祥:"不能拉线,一拉线大八角又要上天了!"

这时,风筝猛地一退,摇摇晃晃地落在河水边上。众人奔过去,李道人第一个奔到柳条筐边,一边解绳子,一边问道:"小二子,跌疼了没有?"

小二子只是哭。李侠兵给他屁股一巴掌:"哭什么,一点不给你爸争脸!"

吴道人说:"小二子,你爸胆子大,小时候飞上天从来不哭。"

小二子揩眼泪,问:"爸,你也曾飞上天?"

李侠兵没有回答,给他嘴里塞块糖,算是奖励。这时,义勇队员黄小三跑来报告,说是李家嬷妈发现家里洋钱没了,正在骂他,现在又听说把她宝贝孙子用风筝放上天,急得直跳脚,要李队长立刻回去。李侠兵关照小二子:"快回去,快回去,跟你奶奶说我正忙着呢。"

小二子一溜烟奔了。

龙兴寺广场上天天练兵,热火朝天。

李侠兵感到一切已初步走上轨道。为了迅速扩大影响,他们有许多事要做,需要把"东安抗日同盟会"的牌子挂到县城去,同时办一份报纸进行抗日宣传,他和薛书同、陈冠昌、谷志豪等人研究,将报纸定名《动员快报》。接着,他要开展对地方士绅、豪强做工作,希望他们参加抗日运动。但是,尽管这么忙,他时常感到软弱与朦胧,心中无底气。他这种精神状态叫吴道人看出来了,吴道人对李守田说:"你发现吧,侠兵常常愣神发呆,像是心事重重呢。"

李守田说:"也许是忙的,你看他多忙啊。"

李家嬷妈说:"怎么不是? 侠兵整天像掉了魂似的,他的心思可大哩。"

尽管李侠兵尽量掩饰自己失落的情绪,但也很难不叫人看出来。自从成立"东安县抗日同盟会",他被推为会长,建立"龙兴寺抗日义勇队",他被选为队长,他感到好像上了船,他已是一名水手。船在海中航行需要舵手,海上雾茫茫需要灯塔。党就是舵手和指引方向的灯塔,他多么需要党的领导啊!

就在他这么苦恼的时候,收到柳寄明从上海的来信。"侠兵兄鉴:分别以来,倍加思念。刑场上的誓言,不敢忘却。现在,上级要求在上海工作的同志,发展和输送大量有文化的干部去抗日前线,为此日夜奔忙。偶与汪金凤小姐相见,她好像已变成侠客,常常与菱儿夜间化装成妓女袭击日本人。近日,听她说受方霞客指导,准备去龟山取代洞仙,要带领漂女们抗日……最想告知你的是今天在汪金凤处听方霞客说,在邳州铁佛寺附近的刘家湾驻有中央交通站,到那里可以解决你恢复党籍问题。邳州县离龙兴寺不过百十里路,兄可否去一探究竟。"李侠兵看到这里高兴得跳起来,大呼道:"太好了,太好了!"

在厢房里的陈冠昌、薛书同闻之,忙出来问:"怎么这么高兴,李兄?"

李侠兵把柳寄明的来信有关邳州县铁佛寺附近刘家湾驻有中央交通站的一页给他们看。薛书同看完信说:"这太好了,你去邳州吧,这里的事我和冠昌担当起来。"

陈冠昌说:"没有比你恢复党籍再重要的事了。这里有了党的领导,我们同盟会和抗日义勇队就有了方向。你快去,带几个人去,邳州陇海线一带情况复杂,不太平!"

薛书同不像陈冠昌文静,他爱闹,伸过手来说:"柳寄明跟你的经典故事早有耳闻,再把那页拿过来看看,……柳小姐的字好娟秀哟……"

他的手被李侠兵打了一巴掌,陈冠昌推他:"走吧,走吧,国民党县党部的人在县城等我们哩。"薛书同跟李侠兵一样比较洋派,穿一身短打,围着羊毛围巾,骑着崭新的脚踏车,跟在骑马的陈冠昌后面往县城去了。

当晚,陈冠昌从县城回来,告诉李侠兵说国民党县党部反对他们挂牌子,对他们成立"抗日义勇队"也不大赞成,除非"抗日义勇队"愿意归县党部和县府领导。李侠兵听后,立即召开干部会议,作了三个决定:一、龙兴寺抗日义勇队的一切行动独立自主,与其他党派是同盟关系,不是隶属关系。二、请薛书同去淮阴苏北抗日同盟会,希望他们派人去徐州找国防军前线总指挥李宗仁,请求他批准他们的抗日同盟会、抗日义勇队为合法组织。三、他与谷志豪、刘四、张武生三人去邳州寻找党组织。接着,他把队里的事给陈冠昌作了交待,因为薛书同回河东老家发展武装,他要陈冠昌常与薛书同联系。他把军训给余大杰、吴飞祥、王振亚等人也作了具体交待,便准备上路。

时令正值春寒,他们着意打扮成商人、掮客。李侠兵穿着长袍,头戴礼帽,脖绕围巾,手提籐条小箱。谷志豪衣襟上插支钢笔,戴着一副玳瑁边眼睛,像个账房先生。刘四和张武生两个粗莽的汉子还是本色,没什么化装,张武生挎着一个包袱,穿着棉袄头,腰间束着蓝布带,戴着家织的狗套头的绒线帽子,背着祖传的鬼头刀,用粗布裹着。刘四手提的是木箱,夹层里藏着"撅子"(一种土枪)。他俩打扮成跟班的。

他们日行夜宿,第三天就过了陇海线。江苏与山东交界处满眼是山。他们沿着一条大河北行,沿河两岸的山坡上,树木发青,柳眼望春,一只喜鹊在枝头上"喳喳"叫。

张武生说:"进了山就见喜鹊叫,好兆头!"

刘四说:"什么好兆头,这里有共产党吗?"

张武生把大刀换个肩背着,问道:"你不是共产党员,对党里的事不太清楚。李哥,你一会儿跑到南面'蛮子'那里找,现在又跑到北边'侉子'这里来找,党组织对你就那么重要吗?"

谷志豪望一眼走前面的李侠兵,他说:"我打个比方你就明白,一个共产党员失去党组织就像一个孩子失去娘。"

"啊,是吗?"刘四也不是党员,听了吃了一惊。

李侠兵说:"有人说我这两句成了口头禅了,不过,我还得说没有党的领导就没有了方向,没有党的组织就没有了力量。"

张武生直抓狗套头绒帽,说:"是吗? 这么厉害,少了党的领导就这么厉害?"

李侠兵想这是宣传的机会,刘四和张武生将来都可发展成党员,应该给他们多说点。他说:"就拿我们龙兴寺抗日义勇队来说吧,没有党的领导我们不能发展壮大。比如说,我们的枪炮哪里来,我们的口粮谁来供给? 中国抗日的形势,世界反法西斯的情况,谁来告诉我们? 对敌斗争的策略和任务,我们更是盲人骑瞎马,瞎子摸象哪! ……有了党的领导,这一切都解决了。"

刘四听出点意思来,说:"经李队长这么一说,找党是重要。"

张武生推他肩说:"刘四,那还用你说! 这事让李哥一说,我心里也亮堂了。找到党组织,李哥你介绍我和刘四参加党好吗?"

刘四兴奋起来:"对,武生哥说得对。"

李侠兵:"好呀,不过……"

"不过什么?"张武生竖起了剑眉。

谷志豪笑了:"不要紧张嘛,入党是要经过考验的,要看表现,对党的忠诚……"

刘四和张武生:"好呀,考验吧。"

他们边走边聊,来到一处山坳,十分隐蔽。山崖悬石上往下滴水,小房子一般的山洞前有个水塘,水塘里的水清澈见底。李侠兵望望日落西山,鸟儿归林,说:"我们对这里不熟,也不知鬼子占了这里没有。为了安全起见,我们就在小山坳里宿营吧,你们觉得如何?"

众人说好,于是,大家进入悬崖下,放下行囊。刘四抱些干草来摊在地上,又拾些柴禾来生火。在篝火旺了之后,刘四从木箱里取出一个大茶缸,舀来水炖在炭火上,一会,水在茶缸里"嗞嗞"地响起来。

大家累了,都歪在干草上养神,听见水响纷纷坐起来。谷志豪拿出鸡蛋与炝饼放在火上烤着,说:"以后大家生活就有刘四爷管了。"

刘四笑道:"叫我做操心事,就叫我爷是不是?"

张武生喷着唾沫说:"叫你管事是大伙看得起你。"

刘四:"这样吧,生活上由我管可夜里我不站岗。"

李侠兵:"刘四提醒得对,到这陌生的地方夜里要惊醒点。"

大家吃饼喝水,烤着火,渐渐地睡着了。李侠兵掏出手枪,出去转了一会,见寒气逼人,干脆不睡,坐在篝火边眯着。在迷糊之间他想起一个人。那是在龙华狱中,住在对门号子里的杨林是地下电台负责人,被叛徒出卖抓进来的,他教大家敲墙头,打手语,这样来互相联系,传递消息。他后来跟柳寄明在放风时相隔两道铁丝网,就用杨林教的手语交谈。杨林告诉他,监狱教诲室主任沈炳辉是自己人,他正在找党。后来,李侠兵在教诲室里跟沈炳辉进行一次开诚布公的谈话,沈炳辉激动万分,紧紧握着他的手说:"我在外面找党十多年也没找到党,想不到在狱中找到党。狱中有这么多共产党员、党的领导人。我们一定要把党员组织起来,与敌人斗才有力量。"后来,他们在一次长街行中与敌人斗得淋漓痛快。那是敌人把他们从龙华监狱转移到漕河泾监狱时,敌人把他们每人戴上一副手铐,一副脚镣,每两人并排作一对,每二十五对用铁索把手铐穿起来,每一百人用一根铁索框起来。重刑犯带的脚镣是十二斤重,其他人带的是六斤重的铁镣。李侠兵带的是十二斤铁镣,他与赵苏江一起铐着。这样五百余人的队伍,人人衣裳褴褛,篷头长须,抬脚迈步,铁镣"铿铿"作响,煞是迥异,悲凉,凄怆。路边观看的百姓人山人海,人们惊异地问:"你们是什么犯人?"他们高声答:"我们是共产党人。"这样一问一答,在龙华古镇街上,在到漕河泾监狱那五华里的泥路上,形成别样的风景,人们同情者众,给烟给吃的人不少,场面十分热烈,嘈杂,悲壮。于是,他们唱起《国际歌》,唱起《长街行》:"带镣长街行,长夜黑暗等天明。中国需要共产党,才能强大才能富民。带镣长街长行……"后来晓得,这首歌为沈炳辉所写,由于叛徒出卖,他牺牲了。在刑场上,他高呼"我找到党,我死也甘心了!"

在梦中,李侠兵高呼"我找到党,我死也甘心了!"张武生被他呼喊声惊醒,推推他:"队长,你醒醒,醒醒!"李侠兵从梦中醒来,想起刚才做的梦,笑了,真是日有所思,夜有所梦啊。

张武生刚想问他梦中呼啥口号,这时见一只野兔一跳一跳过来,它大概是迷了路,跳到篝火边。张武生赶紧用棉袄猛一蒙,将野兔蒙在棉袄里。他喊道:"大家醒醒,我们烤兔子吃!"

刘四见他抓到兔子,说:"真是老天有眼,刚才吃两片饼一个鸡蛋实在是没吃饱,烤兔子!"

李侠兵说:"不行!这兔子来吉祥,不能吃,放了吧!"

张武生笑道:"李哥,你也信卦,出来时请没请李大叔算一卦?"

李侠兵说:"我不信卦。可是,这兔子是来投奔我们的,我们怎能吃了人家呢?"

谷志豪说:"有道理!"他手一伸就把兔子放跑了。

见兔子一蹿进了荆丛里,刘四急得直跳脚:"啊,啊,这么肥的兔子就放了!"刘四读过几年私塾,不算粗人,这个红脸汉子的心眼比张武生细点。这时,他见李侠兵眼光柔和地望着兔子遁去,他从没见到李侠兵这样的目光。刘四晓得李侠兵脾气耿，讲原则性，所以，他的目光总是那么坚定锐利。李侠兵这种柔和的目光也许在看他儿子时出现过，但是，今天在看一只野兔也会显出温情，这很奇怪。刘四认为这是他的大发现。

春夜寒冷，篝火又渐渐熄了，大家都睡不着，于是，张武生问李侠兵刚才所梦何事，还在梦中喊起了口号？李侠兵说了刚才梦中之事，大家听了感慨了一番，觉得李队长找党心切，我伲要卖力点。谷志豪给大家发烟，他说他就要听这句话。刘四又烧了一茶缸开水给众人喝了，见天已微亮，便上路前行。

到了晌午，他们来到刘家湾，在河湾小镇上有一家大车店。老板在店前吆喝："啊，来客人啦，里面请！"

刘四问道："有客房没有？"

"有，有。"

他们被引进两间相通的房间，老板开了后门说："这套房有前后门，进出方便。"

李侠兵见后门外就是河坂地，山林，问："老板，你贵姓？"

老板是个中年的汉子，土音很重："俺姓刘。"

"这里不太平？"

"三个月前，这里来了鬼子，成立了维持会。治安队常来查房呢。"

刘老板见大家有疑虑，补充道："他们来查，你们就到后山上去躲一躲。"

刘四觉得这人不错，便上来套近乎，说道："你姓刘，我也姓刘，五百年前是一家。"

刘老板笑了："听口音你们是南边来的，我们刘家湾的刘姓三百年前是从那里搬来的。"

刘四握住他的手："那不用五百年，三百年前我们就是一家呀！"

刘老板说:"你们是来做生意的吧?可得当心。这里汉奸队、特务队会来找你们麻烦的,有时县城的鬼子也会来。"

"你们这里是什么县?"

"俺这里是邳州县。"

李侠兵关照:"大家在屋里休息,轻易不要出去露面。"

在大家歪在床上的时候,李侠兵拉着谷志豪出来,进入账房与刘老板聊天,了解当地情况。刘老板不是一般角色,他很快就感到李侠兵他们不是跑单帮的商人,而是来寻找共产党的。因为那位姓谷的先生不断地把话题扯到共产党的话题上来,他想他们也不会是鬼子的探子,鬼子不会从东安雇来探子的,那么,他们找共产党干什么?他想把联络站的王大请来。他说:"二位先生,你们还没吃过俺这里的蝎子吧?俺叫王大来。"

傍晚时分王大来了,带来一包腌制过的蝎子,一只羊腿。王大白白胖胖,一副富态相,他衣裳整洁,头脸干净,干起活来利索。刘老板说他是刘家湾有名的厨子。只一会工夫,王大就整出一桌菜来。

酒席就设在李侠兵的客房里,大门口有店小二看门。

酒过三巡,谷志豪说:"打小就听说邳州人好客,今朝一见果不其然。来,我先敬刘老板、王大哥一杯。"

张武生看着堆满一盘黑里透黄的油汆蝎子,说:"这玩意儿小时候不知被它蜇过多少次,见它就发怵!"

刘四:"你猛张飞还怕蝎子!"

王大笑道:"各位大哥,这蝎子经过盐水泡制,又在油里汆过,那还有毒,你们尝尝。"他挟蝎子给众人,但没人敢吃,他便先作示范,咬得蝎子"喳喳"响。

谷志豪感慨道:"真是一地一风俗啊。"

李侠兵说:"是啊,入乡随俗,我们也该学点这里的邳州话是不是?"

王大说："这里我叫'俺'，我们叫'咱们'，不知道叫'知不道'……"

刘老板说："你不要教这么多，教多了他们也说不上来。"

张武生抢道："你们一教淹没，淹没就……"

谷志豪和李侠兵笑得前仰后合，李侠兵说："你再淹没，淹没，把我们也淹没了！"大家说笑了一阵。

刘老板见客人吃蝎子吃得香，与众人碰了杯，笑问道："各位，你们来俺邳州，俺已明白其意。你们不是做生意的，是来找共产党的吧？"

李侠兵和谷志豪一惊："这，这……"

张武生觉得他不是共产党，这事应由他挑头，睁大豹子眼反问道："找党怎样，不找党又怎样？"

刘老板又与他们碰杯，笑道："俺在江湖上混，喜欢助人为乐。可俺并不知共产党在哪，听说这位王大兄弟，对共产党组织可能略知一二。"

王大将白白净净的胖脸一仰，赶快补充说道："俺也不是共产党，能知道个甚？俺有些朋友，他们可能知道。"

李侠兵想共产党员对外都这么说词，看来王大是党员。他说："不瞒二位兄长，我们也不是共产党员，是受人之托来找党组织的。没有党组织的领导怎么抗日啊？"

王大与众人碰杯，说："既然这样，你们也不必着急，明天俺找朋友问问，你们等信儿好吧？"

众人高兴。张武生是个急性子，问："要么，我们跟你一道去？"

王大："你们跟俺去那当然好。"

李侠兵提出夜里走，这样比较安全。于是，他们吃了饭便进山。在山沟里行走，山愈来愈高，沟愈来愈窄。逆流而上，小河渐渐变成小溪，树林却浓密起来。下午，他们穿过一片黑松林时，见到一座庙宇，王大说："你们看到没有？在庙宇后面有座小草屋，咱们要找的七哥就住在里面。"

李侠兵望去,巨岩,破庙,黑松林,气象森严。那小草屋依偎在石岩下,其实是个窝棚。他问道:"这里是甚地界,那是什么庙?"

王大说:"这里仍是邳州县,前面那座大庙叫铁佛寺。这座寺庙倒是有些来历。过去庙里香火鼎盛,如今世道乱,庙宇也荒废了。"

张武生问:"七哥叫甚名字?"

"没人知道他大号,都叫他七哥,你们在这里等一会,俺去看他在不在。"王大说着往前去了,一会,他又回来了,说:"嗨,真不巧,他爸说七哥去青岛了。"

谷去豪问:"那怎办?"

王大见大伙着急,想了一想说:"办法有两个,一个是去延安,党中央有党员档案。二是……"

张武生催道:"二是什么,王哥快点说,急死人了!"

刘四捏他一把,说:"张哥,看你说的,党的秘密不是随便可以说的,王哥不要斟酌斟酌吗。"

王大眨着眼睛,下了决心:"俺见二位大老远来寻党,十分感佩。找党去延安路途太远,路上鬼子又多,实在难走! 曾有两个同志跟俺讲,他们在邳州铁佛寺找到过党组织。"

李侠兵一听赶紧问道:"王哥,铁佛寺真的会有党组织呢?"

王大说:"俺也曾去过,那铁佛寺在山上,寺庙不算大,房屋又东倒西歪,十分荒凉,那里怎么会有党的组织? 俺在那里观察了好几天,寺里只有一个老和尚,疯疯巅巅的,还有个烧饭的小沙弥,又聋又哑的,他俩绝不会是共产党。人家说,那里等于是不收费的旅店,过往行人很多,西去河南安徽的,北去山东、山西的,南去江苏淮安盐城的,都要经过那里。因此,在那里就能碰到共产党联络员,或者是共产党的过往人员。"没等王大说完,张武生直喊好。王大见李侠兵黯然,他说:"那里恐怕也有危险,汉奸、伪军能不派特务去打探吗？"

"这倒不怕，不妨去试试。"李侠兵找党组织心切，他想不顾危险，豁出去了。

于是，他与众人商量，立即起身。初春，山里寒气重，又起了雾，百步之外一片迷糊。好在下山是一条山沟，且愈走愈宽，不会迷失方向。起初，他们被寒风吹透，浑身冰凉，走了好一阵子才感到身上暖和。

在东方发白，夜雾渐淡的时候，他们来到一个村庄边的河口，王大说此处离刘家湾不足十里，咱们要加快脚步一会就到刘老板旅店了。正在这时，在白雾裹着的树林里有人喝道："干啥的？过来！"

王大上前一步，反问："俺是老百姓，你是干啥的？"

"咱们是治安巡逻队，你过来！"

王大低声对李侠兵说："你们快走，俺去对付。"他朝林子里喊道："老总，俺来了。"他来到树林前，一看是汉奸队的岗哨。他说："俺到刘家湾去，姥爷病了。"

汉奸问："俺望见你们是几个人，还有人呢？过来！"

"没人，老总，就俺一个。"

"不对，追！"

王大见汉奸去追李侠兵他们，他撒腿就跑，钻进了树林。

汉奸们见王大逃跑又回来追他，几个汉奸把小树林包抄起来要活捉王大。躲在山坡树林后边草丛里的张武生看得真切，他为了救王大，大声喊道："我……俺在这里啦！"

汉奸们听到喊声又向山坡冲过来。

张武生边跑边喊："你爷爷在这里，你敢过来！"

一个汉奸说："听口音好像不是本地人，是南边来的人。"

李侠兵觉得这声音熟，好像是白超。他听说日本侵略军准备建立徐州省，难道上海日特"梅机关"会派白超到陇海线来？这时，他又听到有人喊:"白主任,抓到八路有赏吗?""是呀,赏金大大的!"这一问一答使他完全弄明白那"白主任"是白超。李侠兵跑过来抓住张武生,说:"猛张飞,快走!"张武生还要说话,被他捂住了嘴。

"抓住他们,到海州皇军那里去领赏!"

张武生嘴里"呜呜"叫着,被李侠兵拽着跑。他们跑到山拐角时,突然被人拽住,一看原来是王大。他们从山坡溜下河滩,在夜雾的遮掩下猛跑一阵,甩掉了汉奸队的追捕。

当他们进入刘家湾时,天已放亮。刘老板见他们归来,甚是高兴,问:"怎么样,七哥说啥?"

王大说:"七哥他爸说,七哥到青岛去了。我建议他们,要么去延安,要么去邳州铁佛寺去碰碰运气。"

谷志豪觉得可去铁佛寺,他征求李侠兵的意见,问:"李队长,你的意见呢,去不去邳州铁佛寺?"

李侠兵想了想说:"我想到那里看看。一来我们回家顺路,二来铁佛寺悟空主持我认得。"

刘四:"你跟那和尚熟?"

李侠兵:"我在邳州当过十个月的书记,跟悟空和尚有一面之交。"

刘四:"那我们走吧,这里特务队、治安队时常来搜查,走吧。"

谷志豪关照他:"刘哥,你把住店钱结了。"

刘老板上前说:"你这是骂俺,说实在的来山东找党的也不是你们这几位,俺都不收钱。"

李侠兵朝他笑,然后点破道:"我看你也是共产党。"

王大立刻插进来说:"咱不谈这个,你们走后,俺还会与七哥联系,一旦有线索会通知你们的。"

李侠兵紧紧握住他和刘老板的手说:"兄弟,那就拜托你们了,咱们后会有期。"

刘老板到厨房拿了一摞煎饼和一捆大葱来，塞给刘四。张武生见了很激动，又学山东话说："俺谢了，俺们谢刘大哥老板了。"

他们握别，刘四感慨说："我真喜欢山东侉子。"

谷志豪纠正他说："兄弟，这里是江苏。"

他们走出刘家湾，见刘老板、王大还站在河口岸上，与他们依依惜别。路上，李侠兵在想，白超怎么会出现在这里？他在上海跟阿菊特务打得火热，是不是阿菊特务机关已渗透到徐州、连云港来了，这倒要写信告诉柳寄明、方霞客，大家要提高警惕。

他给柳寄明、方霞客写了信，请王大、刘老板转寄。不久，他就收到上海的回信。原来，白超受日特"梅机关"的派遣，与阿菊在徐州、连云港几个城市开了妓院，拉拢渗透当地官员，收罗地痞流氓，为日寇进军做准备。对于我党的活动，组织的抗日武装，他们进行疯狂的破坏。白超采取钓鱼诱捕、收买叛徒、绑架暗杀等等各种手段，比在上海还要毒辣阴险，你们要引起重视。李侠兵把信给大家传阅，要大家提高警惕。

信是由王大转来的，当然，这是在铁佛寺发生枪战之前。

27

铁佛寺在邳州一座山坡上。

这座古寺院曾一度辉煌，现在一副破败相。院墙断垣残壁，叫化子在墙下搭了几个窝棚，炊烟袅袅，乌烟瘴气。院里院外，草木深深。大雄宝殿前那口巨大的铁铸焚香炉，里面也长满了野草。由于前不久日寇南侵时，在这小镇上发生阻击战，南北大街在炮火中已毁，东西大街几成平地。邳州这个小镇只有在火车站附近还有商业迹象，有几家商店、饭店和旅店开着门。

铁佛寺住持悟空和尚住在前院的方丈里，后院与前院中间的矮墙，已成断壁残垣。原来的园门已改建，增设了木板门和栅栏。矮墙外面是一排小平房。由于世道乱，农民不敢到镇里卖菜，和尚们便自己在后院里种菜。由于没有香火钱,庙里一天只供应两顿粥,年轻的和尚饿得受不了,回家返俗去了。

李侠兵他们四人来到铁佛寺已是向晚之时,敲了半天门小和尚才来开门。李侠兵问小和尚:"小师傅,大和尚悟空住持在吗?"

小和尚是个哑吧,打手礼,带他们去方丈。进了方丈,悟空住持问:"施主来我铁佛寺有何贵干?"

李侠兵见屋里暗,便在门口坐下,说:"大和尚,你还认得我吗?"

大和尚已年过六旬,眼力有些不济,注视着他问:"你是……"

"我是寺前街普济药房的李……"

"啊,啊,"大和尚想起来了:"你是普济药房的掌柜李先生……唉,那条街叫日本人飞机炸了,普济药房也毁了,你这是……"

李侠兵说:"迫于生计,跟几个兄弟跑生意,今儿经过这里想借铁佛寺住几日,请大和尚行个方便?"

在大和尚犹豫之际,刘四掏出三块大洋塞过去。李侠兵说:"大和尚莫客气,捐几个进香钱,有没有好点客房?"

大和尚把大洋放进袖里,说:"寺院已无分文,和尚们回家的回家,化缘的化缘,各奔东西,院里只有我和曙空了。"他拿着一串钥匙带他们边走边说:"后院有几间客房你们住吧。"

在大和尚开门的时候,张武生望见栅栏外有一排矮房,有人进进出出,问道:"那里也是客房?"

大和尚说:"大院墙外面现在成了叫化子麕集之地,那排房子原是和尚们居住的地方,现在成了大车店,没人管了,谁又敢管呢?阿弥陀佛。"大和尚开了门就告辞了。

坑上一层灰土,大家放了行李开始打扫。刘四直奔灶间,灶间里的灶台也塌了,在墙角有口铁锅,用三块石头支着。水缸里没水,刘四打出水井里的水一尝,挺甜,便拎了过来。谷志豪和张武生四处转,见围墙有个缺口,便抱来树头柴禾堵上,用大和尚留下

193

的钥匙开了栅栏上的铜锁,出了门来到矮房,见坑上睡着十几个人,有人头下枕刀,他俩赶紧出来,一不注意脚下一绊,原来有个蓬头垢面的家伙在门边架着锅烧饭,那人瞪他一眼,仍在吹火,头也不抬。

他们回到房里,见李侠兵把房间收拾完毕,便解开铺盖。谷志豪问:"李哥,我们怎么进行工作?"

李侠兵说:"这种环境小心谨慎是必要的,但不敢打听不敢询问也不行,否则,我们来干什么呢。"

"是啊。"

"我看要广交朋友,"李侠兵说:"跟那群叫化子也可交朋友。"

张武生:"李哥,这得你来,你在上海见过世面,什么瘪三没见过!我跟山东侉子合得来,跟这帮乞丐弄不来。"

李侠兵:"那不一定。"

就在这时,一帮乞丐十几个人打上门来。有拿讨饭棍的,有拿刀的,也有拿三节鞭红缨枪的,为首的正是那个刚才吹火时被张武生踩了一脚的家伙。刘四想,这家伙乱蓬蓬的头发像鸟巢,里面恐怕虱子多得直往下掉,梳一梳至少可以梳出千把只虱子来。

张武生跳出门外,喝道:"你们是什么人,为甚打上门来?"

那人道:"找的就是你,刚才你踢了俺一脚,就这么算了?"

张武生:"我也是没注意,你想怎么着?"

"吃请,赔礼道歉。"

"你们都是这个意思?"

众乞丐:"老大代表咱们。"

谷志豪顺手拿过一把刀,冷冷地问道:"要是不吃请呢?"

"你找打!"老大喊道,同时从蓬乱的头发上撸了一把虱子撒过来,嗨嗨的笑着。

丐帮众人举棍耍刀冲了过来,刘四把鬼头刀扔给张武生,谷志豪也举起刀来。这时,张武生喊道:"刘四,你保护好李哥!"

这个突发事件使李侠兵一愣,他说:"我要你什么保护,你们进屋吧!"

但是,他仁并没有进屋,刘四反而冲了出去,随手带上门。这是一场混战,丐帮打法很不规范,常用撒土灰、扔砖头瓦片与饿狗穿裆的战法,把他仁围在核心。谷志豪见张武生、刘四快支撑不住了,便退至门口打算进屋抵抗。就在这时,李侠兵从后窗蹿出,找悟空住持去了。

刘四一手柱着门杠子,一手在往怀里伸,他红脸上麻点子爆起,喷着吐沫星说:"各位兄弟不要进逼,再逼过来我可不客气了!"

谷志豪见他要掏枪,摇摇头:"不要动家伙,我们跟他们谈判。"

老大:"谈判?吃请再谈,兄弟们给我上!"

在这千钧一发之际,悟空大和尚拄着禅杖出现了。他喝道:"老大,你们丐帮孙老板呢?"

老大:"对付这几个生意人何须孙老板出面,有俺老大就行了。兄弟们不要动手,看老和尚怎么说。"

悟空大和尚:"阿弥陀佛,善哉善哉。依老纳之言,大伙都去见孙老板,老大,如此可好?"

老大瞪眼:"老和尚真坏,俺敢不听孙老板的?走!"

李侠兵在谷志豪耳边说:"这事你先出头,我在后头。"

矮平房里虽然点着几盏油灯,但孙老板的脸也瞧不太清。他坐在太师椅里,垫着棉被。在他身后的床沿上坐着一位年轻的妇女,花袄黑裤,虽是灰尘满面,桃花眼睛却在油灯下闪灼,煞是俊俏。谷志豪想,这女子恐怕是被他们抢来的。

悟空大和尚进屋后,问:"孙老板在吗?"

孙老板立起,十分恭敬:"啊,大和尚来了!"他对众人吼道:"你们静一静!"然后又对大和尚:"大和尚,请坐。"这时,老大在他耳边咕哝了一阵子后,他说:"大和尚,在你地界上发生这种事,你说怎办?"

大和尚："和为贵。"

孙老板转着眼睛，似笑非笑："怎么个和法？他们有钱我们有力，要么，他们出钱我们出力，保护他们如何？"

张武生瞪大眼睛："你们想讹人收保护费，告诉你们，一分钱也不给！"

孙老板问："你在帮里还是个空子？"

张武生："我在帮，也不跟你在一个帮。"

孙老板："好，他是个空子，兄弟们，把他给我捆起来！"

说着就上来一帮人，由老大带头来捆张武生，谷志豪、刘四怎么肯让，于是，双方就要动手打起来。这时，李侠兵走上前来，喊道："孙老板，你认得我吗？"他走到灯光下，孙大海立刻认出他来，惊讶道："呀，李先生，怎么是你！"他从太师椅上连滚带爬跑过来，一把抱住李侠兵："李先生，真是想不到在这里碰到你啊！"他拉着李侠兵的手，向众人介绍道："这就是我常你们说的李先生。他在淞沪警备司令部龙华监狱里坐过牢，在8·13抗战中立过大功，我上战场就是李先生带我去的呀！"

矮平房里立即响起一片敬仰声。"这年头坐过牢的是好汉。""在8·13抗战中敢打小鬼子，那可是英雄啊！""人不可貌相，海水不可斗量，这李大哥看上去像书生，可是条了不得的汉子！"有人鼓掌，有人要李侠兵讲话。

李侠兵想，要在铁佛寺待下去，离不开他们。于是，他笑笑，摆摆手，请大家安静。他说："兄弟们，我请客，有话到酒馆去说，好不好？"

众人一片叫好，吵吵嚷嚷拥李侠兵出门。

到了一家酒馆，李侠兵请孙大海点菜，孙大海客气地推让。这时，老大可不客气，他点了大鱼大肉几个菜，又点了当地名菜老鳖烧猪蹄，鱼肚里塞羊肉的"鲜"菜，又搬来几坛土烧酒。众人见菜多酒好，个个欣欣然。

孙大海在碰杯时介绍说："我这帮兄弟总共十三人，一律不叫姓名，有些人有姓无名，干脆以年龄排行叫老大、老二，最小的一个叫十三。"

谷志豪问："这位姑娘也排号？"

孙大海："她是我们从河里捞起来的，这里叫漂女。"

张武生出口就粗："不是你女人呀，我还以为是孙老板的姨太太呢。"

李侠兵问："孙兄，你怎么到邳州来的？"

他俩碰杯后，孙大海说："说来话长，我是找关连长投军来的。听说他已晋升为团长了，我想投到他麾下抗日杀鬼子，我与他是大连的同乡。"他与众人又共饮了一杯，问："李哥，你们到邳州来……"

李侠兵扫了众人一眼，举杯说："我敬兄弟们一杯，干！"亮了杯底后，他说："各位兄弟，孙老板是来找关团长的，我们会帮忙的。我们来邳州也是找人的，不过，我们找的是八路军，共产党的部队。"

孙大海立即关照众人："兄弟们听到没有？要帮忙，有了消息报告李大哥。"

老大也说："狗日的们，听到没有？"他的脸像猪肝，有人说他喝多了，他说他才喝三碗，有女人陪他喝的话他敢和武松比酒量，说话时拿手勾那姑娘的脖子，被那姑娘一拳打倒在地。

众人哈哈大笑，有人赞道："母大虫，有一手！"她姓俞，虽长得俊但生性泼辣，身胚又壮，他们便给她取了"母大虫"这个绰号。

老大醉倒在桌底下，张武生把他拉起来，他很感激，抓着鸟巢样的头发口齿不清地说："兄弟，俺非、非睡了她不可！你信不信？"

张武生闪着环眼，笑道："我信，我信。"

所谓一醉方休，这一顿酒席果然如此。酒店老板见醉倒一片，说："夜里鬼子宵禁，你们就不要回去了。"

然而,悟空坚持回寺,李侠兵等人送他。路上,谷志豪说:"孙老板,俞姑娘要是愿意的话,可送她去百草湖龟山,那里聚集不少的漂女。"

　　孙大海也觉得俞桃花姑娘在丐帮不方便,而且,老大等人老是在动她的坏脑筋,说:"李兄,那样好是好,不过,人家会收她吗?"

　　李侠兵说:"孙兄,你找关团长,可能要花很长时间的,不如现在先找个安身的地方,以后再慢慢地找他。我介绍你到顾水明的船上去,大生公司的船队常常经过百草湖,也可把俞姑娘带到龟山。"

　　孙大海想俞桃花本是河南一个盐商养在船上的歌舞妓,盐商虐待她,在她身上刺了几朵桃花,她不堪忍受,与情人逃了出来。现在,那河南盐商恐怕还在找她,把她送龟山是个办法。他说:"李哥,好,好,这事就托你了。"

　　这样,李侠兵他们在铁佛寺住下了,见着过往客人就打听。铁佛寺三天两日都有人来借宿,多为三人、两人的捐客;有时也有成群结队的盐贩子,海鲜贩子;粮食、布匹是禁运物资,贩者寥寥。大凡有点像地下工作者,共产党、八路的交通员,刘四、张武生与老大便上前搭讪,打听,为此他们赔了不少酒钱。

　　有的过路客人经过他们的交结试探,有点像八路的交通员,刘四便请李侠兵出面,一般交谈不到半小时,李侠兵便可断定对方是不是地下工作者。这样,他们一次又一次地失望。张武生说在这里真难熬,吵着要回龙兴寺。李侠兵劝了几回他也不听,李侠兵说:"那你就回去吧。"可是,他走了不到半天又回来了,众人问他为何回来? 他说:"我这样回去岂不是当了逃兵!"李侠兵拍着他的肩膀说:"你走吧,我不说你是逃兵。"张武生往铺上一躺:"你不说结巴他们能不说吗? 不走了,跟你找党找到底。"众人笑了。

　　邳州地处徐州东南,与在西北方向的沛县为徐州在军事防守上互为犄角,古来如此。日寇驻徐州司令官是个《三国演义》迷,他按照古人防守徐州布兵,邳州自然以重兵把守,并相应派了特高课,请求上海"梅机关"派来白超一伙特务。因此,八路交通人员在邳州纷纷被捕,一般情况下,他们就不从邳州过了,而是绕道东面新安镇去江苏地区或山东临沂。

这样,他们在铁佛寺住了一个多月,也没有找到共产党组织和八路军交通员。大家带来的盘缠全花光了,刘四和张武生不得不到车站扛活赚钱,维持生计。这天,吃过晚饭,四人聚齐,谷志豪说:"李哥,我们这样下去怎办?"

李侠兵想了好一会,回答道:"还能怎样? 等呗。"

谷志豪:"现在局势变化快,我想回去。"

张武生说:"老谷,你不是不知道啊,李哥是个倔脾气,性子耿得很!"

刘四笑着加了一句:"他认上的事,你三头牯牛也拉不动啊!"

李侠兵发烟,只有三支烟,无奈地把烟壳扔了,说:"你们知道我的脾气耿,那就不必说了,等!"

刘四:"胳膊扭不过大腿,你说等,我们就等。不过,李哥,我们身无分文了,今天吃的东西还是我从孙老板那里讨来的呢,我们开始向叫化子讨饭了。"

李侠兵吃了一惊:"是吗?"他在身上摸,摸到裤脚角时,摸出两块大洋,那是他出来时他妈缝在那里的。"唉,我这里还有两块。"

刘四接到手里,掂了掂说:"这不够喝三、五天粥的。"

李侠兵问:"丐帮怎么说,托他们打听消息,他们……"

张武生:"我现在跟老大成了铁哥们,他们挺卖力,四处打听消息。前天,老九在打听消息时说漏了嘴,被日本特务捉去了。老大说,铁佛寺曾来过八路交通员,现在好像没有了,听说在新安镇有八路在话动。"

谷志豪:"那我们去新安镇?"

刘四见李侠兵又陷入沉思,说:"李哥,要么我们兵分两路?"

四人热烈讨论起来。

28

在他们讨论到深入的时候，有人听说青岛有党组织的办事处，便提出去青岛，有人认为那不如直接去延安党中央，更为妥当。就在他们争论不下时，有人敲门。谷志豪立即掏出枪，蹿到窗下向外窥望，他见是悟空住持站在月光下，便去开门。

"大和尚，有事吗？"谷志豪开了门向道。

悟空把掖在墙角的人拉出来，说："这位施主来找你们哩。"

原来是王大，头戴狗套头绒帽，穿着黑布棉袄，在冷风里冻得抖抖的。大家见面，都很兴奋。王大说："你们走后，七哥到青岛找党组织，打听到党组织办事处从青岛搬到胶东栖霞山了，他又跑到栖霞山，可是，也没找到党组织的办事处。后来，我和七哥在刘老板帮助下，到新安镇去打听党组织或路过的交通员，碰到一个人，他说他兄弟也在找党，去武汉了。"

"去武汉？"

王大说："是啊，那人说他弟到武汉找八路军办事处，周恩来主任帮他解决了问题。"

众人兴奋，谷志豪高兴极了，说："这是个好办法，去武汉。"

李侠兵听说周恩来在武汉也极为高兴，他想盛海光是去延安或去北方局，周恩来可能知道。他问道："周主任怎样帮人解决了问题？"

"没问。"

张武生："什么也甭问了，去武汉。"

刘四："我也同意。"

李侠兵想去武汉要告知孙大海，他说："谷兄，你去把孙老板请来。"

一会，老大老二拥着孙大海来了。李侠兵说；"我们在这里多亏你们帮忙,明天我们想走了。"

孙大海感到意外,问:"怎么,人还没找到就走了,回东安还是……"

谷志豪:"李大哥想去武汉,去找八路军驻武汉办事处。"

孙大海听说要去武汉,眼睛发亮,摸着两腮上胡子笑道:"你们去武汉,我可带路。"

张武生不信:"你就吹吧,去武汉你能带路?"

孙大海抓抓下巴发痒的酒刺,不紧不慢说:"我从上海出来找关团长,先去了武汉,然后北上郑州、商丘,山东临沂,最后才到徐州、邳州的。"

刘四怕丐帮这许多人跟着,路上吃饭成问题,说道:"这里到武汉并不远,十天半月就能到。不好意思,丐帮这许多兄弟就不要跟着去了,你们在这里等关团长吧。"

孙大海看出他的心思,说:"刘四兄弟,没有我们丐帮带路,恐怕你们很难走到武汉。你知道这一路上可难走呢,黄泛区,无人区,鬼子占领区,国防军据守区,游击区,土匪区,情况复杂,你不会应付他们是到不了武汉的。"

他这席话说得众人面面相觑。刘四吃惊道:"乖乖,这路上跟唐僧去西天取经一样怕人了!"

谷志豪也惊叹:"看来没有探过路的人领着,想去还真难呢!"

王大说:"刘家湾也曾有人去武汉,到了黄泛区就折回来了。那里要吃没吃,要住没住,饿了几天,逃回来了。"

孙大海气愤地说道:"这都怪蒋介石听信德国顾问的话,炸开花园口企图用黄河水来阻挡日寇的进攻,这怎能阻挡得住呢?现在,河南失守了,我看武汉也守不长久的。"

张武生平时听李侠兵陈冠昌说,中国有四万万六千万人,小日本才几个人?只要把老百姓武装起来,谁也不怕。他说:"老蒋崇洋媚外,不敢组织游击队。如果把河南、安徽老百姓武装起来就有百万大军,那比黄河水管用!"

刘四笑了,戳他一句:"你的主意高,老蒋怎没请你去当他的顾问啊。"

"大家莫抬扛子了。"李侠兵对众人摆摆手,然后问孙大海:"孙兄,你说怎么个走法?"

孙大海说:"我们打扮成讨饭团,这样,路上好应付鬼子汉奸。路线先从黄泛区边缘走,遇到麻烦就避到黄泛区里的无人区去,然后再进大别山,沿长江边去武汉。"

"这样走,好像绕路了,远了点?"有人说。

李侠兵说:"怎样安全就怎样走,听孙兄的。好,明早出发。"

孙大海摇摇手:"李哥,要夜里走,出了徐州地界再日行夜宿,这一带铁路线鬼子汉奸碉堡多,岗哨多,盘查得紧,夜里走可以避去许多麻烦。"

李侠兵一听,立即要大家收拾一下,准备半夜里起程去武汉。

就在这时,有一行五人来寺里投宿,悟空大和尚对他们很客气,把们安排在他方丈隔壁的小间里。那五人一律彪形大汉,两人挑担子,三人背包,说是去东海边贩卖咸鱼的。听口音他们五人南腔北调,不是一处人,但他们互相很热络,肯定是一伙的。刘四和老大便上去搭讪,一会工夫,双方取得信任,老大便请他们到乞丐屋去喝酒,他们执意不去,反而要请他留在他们小房间里夜饮。

老大说:"那就不客气了,我去把老板和李大哥叫来。"一会,老大把孙大海、李侠兵、谷志豪和张武生带来了,并对客人们作了介绍。

五人中,那个矮小精干的中年汉子好像是个头儿,笑道:"兄弟们今生有缘在此相会,我介绍一下我们五个结义兄弟,我姓赵,江湖上叫我赵老大,接下来是钱二,孙三,李四、周五。我们五兄弟从事贩卖,主要是贩卖东海咸鱼,河南药材,来回捣腾。现在是贩一批药材到东海去……"

李侠兵一听心中有数,他们不是鱼贩子,连姓名也是假的,哪有这么巧,五人是挨着《百家姓》顺序姓下来"赵、钱、孙、李、周",他便想仔细观察他们,想从他们面额上看帽印子,但在微弱的油灯下瞧不清,不过,这位赵老大抠眼睛,有点湖南口音,还有孙三的口音也像南方的,李侠兵想,他们会不会是八路中的老红军?

开始喝酒,酒过三巡,赵老大问:"你们各位在哪发财?"

李侠兵很谨慎地回答道:"没方向,在找朋友帮忙。"

孙大海试探道:"我带一帮兄弟想投军,也不知投奔什么队伍好呢?"

赵老大与他碰杯,闪着眼睛说:"在这乱世想混饭吃,谁势力大投奔谁呗。"

"那日本人势力大就投奔日本人当汉奸了?"

"我可没这么说。"

"那你老哥说,我们投哪个好呢?"

"你想投奔哪个啊?"孙老三嗡声嗡气问道。

李侠兵明白了对方也很谨慎,这样互相套话是套不出什么真话来的。这时,孙大海在桌底下踢他的脚,意思是要来硬的,张武生也在向他眨眼睛,是跟孙大海一个意思。李侠兵想,人家五大三粗,都是老江湖,动手肯定要吃亏。同时,也没有必要硬来,有话可以慢慢谈嘛,谈得来就谈,谈不来就散,大路朝天,各走一边。他与众人碰杯,然后问道:"你们如果需要我们帮忙的话,我们人手有的是啊。"

赵老大:"我想跟李先生个别谈谈可以吗?"

李侠兵想有门儿,与众人干了一杯便站了起来。他刚走出月亮门,被跟随而至的孙、周二人猛地蒙上眼睛,嘴里塞上毛巾,他俩动作之迅速绝非一般鱼贩子所能做到的。赵老大声音低沉有力:"对不起,我们找个地方谈谈!"

他们挟持着李侠兵出了大门,然后就转来转去,上上下下,好像进了地道,最后,孙老三和周老五让他坐在一张床上。

李侠兵厉声问道:"你们是什么人,为啥要绑架我?"

赵老大:"你是什么人?说了我们不会害你的。"

李侠兵:"你们是什么人?你们不说我也不会说的!"

赵老大笑了:"你以为我们不了解你?你们住在铁佛寺快三个月了吧,你们在等八路的交通员是不是?我们已认定你们是共产党的叛徒,在这里钓鱼,企图出卖八路的交通员,是不是?"

李侠兵感到震惊,他们是什么人,是我党武工队还是敌特人员?他想了一会镇定下来。他想,即使他们是日伪特务,我也不怕他们。他们还有二人在小屋里,我不回去,老谷、刘四、张武生和孙大海他们会向他们要人的。于是,他说:"我们几个是来找共产党组织的。"

"你们是共产党员?"

"不是。我原是党员,已与党组织失去联系了。"

"说具体一些?"

"我在上海被捕入狱,出狱后就与党组织失去了联系了,严格地说,我现在是一般群众,不属于任何党派。你们说是吧?"

这时,只听他们"喊喊喳喳"在争吵,好像有人在激烈反对,但是,他的蒙眼布还是被赵老大扯下了。赵、孙、周三人笑嘻嘻地望着他。赵老大歉意地说:"对不起,我们搞错了。据沂蒙交通站的同志报告,说是有几个从南京军人反省院放出来的人来找过他们。后来,上级紧急通知我们说南京反省院出来的人里有叛徒,叛徒是奉敌特之命来淮海'钓鱼'的。你是在上海坐牢释放的,误会了。"

李侠兵终于弄明白了,他们是从沂水那边得到消息找来的,这样看来他们应是党的地下交通。他忍住激动,问道:"你们到底是什么人?"

赵老大:"我们是除奸队。"

"除奸队?你们可以帮我找到党组织吗,请你们帮忙。"

"你应该清楚,我们不承担这个责任。如果我要帮助你的话,先要得到组织上的批准,然后再去上海党组织那里核实情况,上报给江苏省委组织部。这……"

李侠兵高兴极了,紧紧握住赵老大的手,激动地说:"同志,我终于找到党了!"

这时周五插进来兜头给他泼一盆冷水,说道:"你也不要高兴得太早了,像你这样脱离革命、自由行动的人,我也见过不少,最后省委组织部的结论大多是'不与其发生关系'。以后,我们把你的情况报告上去,上级怎么决定还很难说呢!"

李侠兵一下愣住了,咕哝道:"我没有'脱离革命'、也没有'自由行动'啊?"

周五冷下脸,批他道:"你从上海回家,这不是'自由行动'是什么?当然,根据你的表现,上级会下结论的……"

赵老大直向他瞪眼,不高兴地说:"周老五,不要多说了,李侠兵的情况与那些人不同,他不是一直在找党组织吗。"他又转脸安慰李侠兵说:"李兄,你们在这里再待十天半月,如果没人来接头,你就不要等了。"

李侠兵再一次紧紧与他握手,表示感谢。赵老大说,他们还要去审查另外一拨寻找党组织的人,任务紧急。他们当天夜里就出发往东海边去了。

谷志豪、孙大海等人听说寻找党组织有了希望,天天要李侠兵买酒给大家喝。李侠兵心里有数,周五那几句话也不是空穴来风,光"脱离革命"一顶大帽子也够他戴的了,况且还有什么"自由行动"啊,这是他从没想到过的,寻找党组织的结果会戴上如此沉重的大帽子。但是,不管怎么说,找党组织有了一线希望,这仍然让他激动不已!因此,他心甘情愿掏钱买酒给大家喝。

到了第八天晚上,刘家湾王大忽然来了,他还是那身打扮,只是腰间挂着个酒葫芦。王大脸色严峻,拉李侠兵到屋外说:"不好了,赵老大他们到海边审查那里找党组织的人,不想那里出了叛徒,将他们出卖了。他们除奸队五人牺牲四个,只有周五还活着。"

"他叛变了没有?"

"不知道。"王大说:"我建议你们赶紧去武汉,或者回家去。"

"好,好,我们这就走。"

这时,悟空和尚来了,说:"要走明天走也不迟啊,这么急?"

李侠兵说:"还是走好。嗨,大和尚,这些天打搅你了。"

"那里,那里。"

正在这时,院子外面枪响。哑吧跑来,急得满头大汗,指着外面黑地里,做着包围的手势。王大从怀里掏出盒子枪,说:"你们快走,我在这里顶一阵子。"

"好,好,我们走!"

大和尚开了后门,催道:"快,快,从后门走!"

他们刚出了后门,圩外的沟里打过来一阵排枪。王大掖在门后,对众人说:"你们快走!"

沟里传来白超的叫喊声:"李侠兵,投降吧! 你们被包围了,跑不了啦!"他笑了:"李兄,我们算是有缘份,在上海玩了一阵猫捉老鼠,现在又到陇海线上来玩这个把戏了……你投不投过来? 我保你有官做。"

李侠兵想拖时间,寻找逃走路线,同时,他也觉得白超这个家伙像个鬼影子一般,他到哪他也到哪,便问道:"白超,你我不能称兄道弟了,我想知道你现在升有多大的官,在鬼子那里混出腔调来了?"

白超一边布置人包围过去,一边也想显示显示,他大声道:"不瞒你说,我在皇军这里得到重用,管理淮海地区的特工网,经海州皇军司令长官特批,我可以与国民党的军统联络。现在,我也想与共产党的特工建立关系,李兄,在这方面你我可以合作吗?"

李侠兵指挥孙大海的丐帮人员转移,一边又问:"白超,听说你受日本娘们指挥,是不是有此事啊?"

白超仰天狂笑,他白净的长脸儿扭曲起来,自诩的勾魂眼也歪斜了。他想他现在在哪都有女人,他决心生一群小白脸,能讨女人喜欢的小白脸,能勾住日本女人的小白脸。我白超心中没有什么国家民族概念,只有享受二字。你李侠兵问我是否受日本娘们指挥,这还算回事吗?他答道;"不是我跟你吹,阿菊是我的女人,你说谁指挥谁啊?在床上她受我的指挥!"

白超的话让人一听就觉得他太无耻了,李侠兵对圩沟开了一枪。

这时,又有人喊道:"我是周老五,我投降了皇军淮海特工队,受到优待。李侠兵,我劝你投降吧,抵抗也是白白送死!"

李侠兵愤愤然,对王大说:"我真不明白,他昨天还是我党的'左派'来审查我,今天怎么就当了汉奸了呢?!"

王大推子弹上膛,催促他们:"你们快走,俺来对付他。"在李侠兵和谷志豪沿墙根悄悄撤走后,王大拿起腰带上的酒葫芦"国国"地连喝了两口酒,然后喊道:"周老五,我们可以谈判,你提条件吧?"

周老五一笑,立即识破他拖延时间之计,喊道:"你听好了,我现在抽烟,在我抽了半支烟后你再不投降,就去活捉你们!"

王大望见他在树林里擦火柴点烟,撩起一枪打进他的嘴巴里,骂道:"我把你嘴吧再开大点,叛徒!"

周老五应声倒地,敌人特工队的机枪"哗哗"地扫射过来,在白超的指挥下,特工队开始进攻。王大在门后还击,想以死抵抗,保护李侠兵他们撤退,但是,敌人离得较近,火力又猛烈,想冲出去是不可能的。李侠兵说,他与王大在这里顶住,其他人跟谷志豪从侧面突围。

战斗愈来愈猛烈,敌人已冲到铁佛寺墙边,情况十分危急,李侠兵和王大做好牺牲的准备,站在门口狙击,双方的子弹流像萤火虫在黑暗中乱飞。正在这紧急关头，悟空大和尚冒着枪林弹雨跑来，急急地说：“快，跟我来！”他把李侠兵、王大从门洞中拉回来，拽着他俩跑进方丈小院里。原来，方丈小屋里有个地道入口，他带他们进了地道，然后从山外一个小树林里出来，消失在茫茫的夜幕里。

李侠兵他们出了村口，回头望，悟空大和尚柱着禅杖，袈裟飘拂，像救苦救难的一尊佛站在寺门前，心中十分感动。寺院后门传来白超的狂叫，机枪的扫射，李侠兵他们立即撤出了村子。

29

他们一行十八个人，风餐露宿，龋踽跋涉，向武汉方向进发。他们自称十八条汉子，其实是十七条汉子，那位俞姑娘虽然壮实，外号“母大虫”，但是，她是女人，不能排在汉子之列。过了黄河故道，满目荒凉，人烟也逐渐稀少，流民，土匪，散兵游勇却到处都有。乞丐团为了俞桃花的安全，让她剪了头发，戴上草帽，穿上老大的一套烂衣裳，女扮男装。有时经过国军防卫区为了怕她被抓壮丁，又恢复她原来的女子面貌。这一路上，俞姑娘一会儿是男装，一会儿是女装，倒也有趣。

上路的前几天，老大对俞姑娘始终动歪脑筋，想“睡了她”。但也始终未能如愿，有两个夜里，老大已伏在俞姑娘的身上，被俞姑娘一个鲤鱼打挺掀翻在地，从此，老大感到俞姑娘真有“母大虫”的工夫，不敢再动她的邪念。不过，他怕别人占了俞姑娘的便宜，令老三把手枪给俞桃花防身，俞桃花不要，她挥挥手中的檀木棍说：“俺有这根武二爷的哨棒，打虎也行，还怕谁啊！”这以后，老大对俞姑娘敬重起来，到处说“母大虫”名不虚传，同时，也派她跟男人一起值班放哨。而他俩的关系也逐渐好起来，亲如兄妹。

这支衣衫褴褛的乞丐队伍在路上行，并不起眼，因为这样的乞丐团很多，几乎在路上走了三两里路就会碰到一个。但是，李侠兵、刘四、张武生、谷志豪与孙大海等人衣衫较为整齐,虽然他们脸色灰黄,人像是有点浮肿,不过,看上去人还精神。在他们进入黄泛区的第七天,有位好心的老者提醒说,你们要当心,听说南边有些地方由于无东西可吃,开始出现人吃人呢。他们逮着瘦的人就杀着割肉吃,逮着健壮的人就蒸着吃,真是可怕极了啦!孙大海、张武生和老大等人听了只当笑话,心想我们这么多人,又有几支枪,谁敢来把我们当"人参娃娃"来吃啊。

可是,在他们愈往前行,环境愈恶劣。常常是水洼遍地,饿殍遍野,白骨成堆。有时,他们在高地上转,转了一天也没走出水洼湖沼地区,交叉多变的水汊、水泊把他们困在其中,这里房屋基本倒塌光了,很难碰到活人,有钱也买不到东西吃。饿到第三天,他们涉水来到一处高地,这是一处丘陵地带,杨柳吐青,山花开放,在朝南土坡土,青草有一片。山丘上有座山神庙,虽然破旧,但还能遮风避雨,他们便在破庙里安顿下来。然后,大家到林子里采野果吃,刘四打到一只野兔,谷志豪捉到一只山雉,于是,众人三天才吃到一点食物。

吃了点东西,他们便在山神庙里找和尚,一个和尚也没有,山下村庄好像有人,但也家家关着门。晚上,在他们回到庙里聚齐,生了篝火之后,这才发现老大和母大虫等十人不见了。刘四说:"在路上,我就听他们在嘀咕什么,恐怕是老大带母大虫溜号了。"

谷志豪问:"他们为啥要逃呢?"

张武生:"听老大说过,他要投国防军去抗日。"

孙大海相信老大他们不会不告而别,他们在上海流浪,是他收留了他们。孙大海说:"都是拜把子兄弟,为啥要逃呢?老大不会逃,恐怕是去找东西吃,迷路了。"

黑暗里,从松林深处传来夜猫子的"笑声",它"嘿—哈哈哈"的笑声令人汗毛凛凛。山风吹得门框响,月光从破窗棂孔里射进来,李侠兵往火塘里添了柴禾说:"我也相信老大不会离开我们,他挺讲义气，是为兄弟两肋插刀的汉子，不会不告而别的。"

"那他们哪去了？"

说着说着，大家围着火塘睡着了。张武生是个能吃能睡的汉子，他一觉睡醒，见月亮甩西，便出去解溲，解溲后又感到渴，便到松树林里去找水喝，他下午来过，记得在这片林子里有一处泉水。他约莫走了一里路找到泉水，喝了，又洗了脸，然后往回走。当他快走出松林时，只见一行人扛着东西匆匆下山去了。他以为是过路客商在赶夜路，也就没有注意，就回到庙里去。到了庙里他大吃一惊，孙大海、李侠兵等四个人都不见了，他便喊："李队长，你们人呢？"庙里庙外，无人应声，张武生一想坏了，刚才一行人背着的可能是李队长、孙大海他们，他们被绑架了？

确实，李侠兵他们被人绑架了。他们在熟睡中被一伙人击晕背走了。这伙人是什么人呢？他们是当地的饥民和土匪。这个村庄本来有千余口人，被黄河水淹没后村民逃亡的逃亡，饿死的饿死，后来就发生人食人。现在，这个村三十多人，实在无食物可填饱肚子，便捉人来吃，前不久，一队散兵游勇经过这里被他们捉来吃了，所以，他们也有了武器。刚才孙大海就是被他们的枪托打晕的，到现在也没醒过来，仍在沉沉地昏睡。

李侠兵和谷志豪、刘四已经醒过来了。李侠兵睁开眼睛瞄见这里是座油坊，屋山头下有口大铁锅，一个人在往锅里倒水，另一个人抱了一捆柴禾从后门进来。他听到他们的对话：

"马大哥，蒸几个啊？"

马老大是个瘦高个子，说："先蒸两个吧。"

抱柴的牛二是个壮汉，说："恐怕不够吃吧？吃小孩一顿要吃五个。这四个人一起蒸了算了，让大家吃个痛快！"

"那要等大太爷来了再说吧。"

李侠兵听了他们的对话,吃惊不小,这伙人要把他们蒸着吃了,这怎么办? 这时,外边传来夜猫子的笑声,"嘿—哈哈哈",令人毛骨悚然。刘四说:"李哥,想办法逃啊?"李侠兵不响,用肘子戳他的后腰,意思是互相帮着解绳子。解了一会,刘四手腕上的扣绳松动了,他想这下可有活路了,我当年空手能夺土匪的套筒枪,还怕你们几个屌饥民? 可是,就在这时大太爷来了。大太爷是个瘦骨嶙峋的老头,倒挂眉毛,鹰勾鼻子,一张脸十分像外面在叫唤的夜猫子。他嘴里含着一个草茎,大概在剔牙。马老大、牛二请示他如何吃人之事,他沉吟不语,只是嚼着嘴里的那根草茎。

　　马老大问:"要不要开锅蒸人?"

　　大太爷:"问问他们是些什么人,敢闯我马家寨?"

　　马老大转脸问刘四:"你们是什么人?"

　　刘四回答:"我们是叫花子。"

　　大太爷:"是叫花子,蒸着吃了!"

　　牛二问刚醒过来的孙大海:"你是什么人?"

　　孙大海:"我是国军。"

　　大太爷:"是国军,蒸着吃了!"

　　马老大问李侠兵和谷志豪:"你们两个是什么人?"

　　谷志豪:"我们是逃难的老百姓。"

　　大太爷:"是老百姓,蒸着吃了!"

　　李侠兵想这些人已绝灭了人性,不管你是什么人他都说"蒸着吃了"。他用手指挟紧捆着刘四手腕的绳头,加紧替他解绳子。这时,大铁锅里已加满了水,蒸笼已摆上了。那个手持鬼头刀的牛二到灶下烧火。马老大见柴草不多,要出去抱草,刘四急了,喊道:"好汉,我有话说!"

　　马老大站下问:"你有话快说,有屁快放!"

　　刘四说:"我出过麻疹,皮上多有结疤,不好吃呀,你们就放了我吧?"

马老大摸了他一下，说"唔，真是如此，那就留着吧。"他令人抬李侠兵上笼，刘四又叫道："马老大，我虽不好吃，但肉还是多的，我愿意换李大哥，他可是抗日英雄啊！"

大太爷："抗日英雄，是吗？"

李侠兵已被抬入笼内，说道："我不是抗日英雄，是抗日队长。"

马老大看着大太爷，大太爷一歪嘴，他们盖上笼。大太爷说："现如今，哪个不说是抗日英雄啊？蒋委员长把花园口炸了，不说是抗日吗，怎么样呢，饿死多少人啊！什么抗日英雄？蒸了！"

李侠兵想看来无法可救了。但是，他想不能这样束手待毙，他手被捆着，便用脚蹬，边蹬边喊。谷志豪在他下面笼子里，也在狂喊狂蹬脚，一时间锅上蒸笼晃动，笼盖被他们蹬掉了。大太爷一见，便令人把他俩嘴里塞上毛巾，把蒸笼重新盖好。刘四和孙大海被绑在柱子上，刘四骂他们不是人是畜牲，是吃人的妖怪，孙大海骂他们是日本法西斯，是人间恶魔。

他们骂了一阵不见效果，灶下已生火开蒸了。孙大海一急，计上心来，喊道："大太爷，请熄火，我有话说！"

大太爷："你说！"

"你先熄火！"

大太爷叫灶下牛二熄火。孙大海说："我是上海老板来做生意的，现有十根金条，三千块孙大头、袁大头藏在山神庙里。你们如能放了我们，我把金条，银元全送给你们了。"

马老大一听十分动心，他见大太爷在沉吟，上前说："大太爷，要么让我先去山神庙看看，要是真有其事就把他们放了。"

大太爷转一转黄眼珠："唔，你带他去。"

他们出门前，孙大海要求把李侠兵、谷志豪两人嘴里的毛巾摘了，大太爷点头允准，接着又要求把他俩人放出蒸笼，但大太爷不允许。这样，孙大海关照刘四："兄弟，千万不能让他们点火！"刘四点头，心想你哪有十根金条三千大洋啊，一旦把戏揭穿，我们必死无疑了。

马老大和背鬼头刀的牛二押着孙大海去山神庙。他们举着火把催着孙大海快走。而孙大海一路上磨磨蹭蹭在拖时间,他在想主意。他想来想去想不出办法来,在这满目荒凉的黄泛区,很难见到人,有谁能来救他们呢?他们终于来到山神庙。他带马老大找金条银元,一会儿在庙里找,一会儿到庙外找。他编故事说,金条、大洋他是在睡觉前埋在墙脚下的,现在怎么找不到了呢?必定是在他睡着时被刘四一伙偷走了。

马老大问:"刘四一伙是哪几个人?"

孙大海想要救人也只能这样说了:"李侠兵是头儿,还有谷志豪。"

马老大冷脸一笑,眼露凶光:"那留你也没啥用了,砍了!"

牛二举起鬼头刀就砍,孙大海一侧身那刀砍在松树上。牛二拔出刀又要砍来,只听"呼"地一声响,他被打了闷棍,接着,马老大想跑,被老大饿狗穿裆一招撞倒在地,俞姑娘举起檀木棒打得他脑浆涂地。从松林里冒出的这几个人,正是老大和母大虫他们一伙人。老大说,他们在松林里观察了好一会了,弄清是孙老板才上前来救。

孙大海在他们解了他手腕上的绑绳时说:"快去救李哥、谷志豪、刘四兄弟!"他带他们直奔村子里来,到了油坊大房子外面,孙大海说:"兄弟们,直冲进去,打死他们!"

老大和母大虫带领十个乞丐团兄弟冲进油坊,一阵砍杀,打得那几个吃人的野兽死的死,逃的逃。大太爷倒在墙边泛白眼,孙大海上前又给他补上一刀,刘四上前翻着大太爷尸首看,张武生问他看什么?刘四说我总猜想他是老虎精变的,张武生笑道:"你《西游记》看多了。"

当他们把李侠兵、谷志豪从蒸笼里解救出来时,李侠兵问众人道:"我们的人都在吗?"

"一个不少。"

李侠兵耸耸肩，大大地舒口气，疲倦的脸上露出苦笑："好，我们赶紧离开这里。谁能想到，现如今还有人吃人的地方啊！"

在他们回到山神庙后，孙大海问："老大兄弟，俞姑娘，你们几个人昨天到哪去了？"

老大说："我们去一个村子讨饭，被土匪掳去了，好不容易才逃出来呢。在找你们的路上又遇到张武生老哥。"

张武生说："我到外面去方便，再回到庙里，你们一个人也不见了，原来你们被大太爷一伙吃人的魔鬼捉去了！"

谷志豪心有余悸，对众人说："兄弟们，此处不可久留，我们赶快上路。"

他们离开山神庙时，天已大亮。约莫到了晌午，他们来到一条大路边，听当地老百姓的口音，他们判断已到大别山北麓地区了，便找了一家饭铺吃了饭。饭后，李侠兵说："听店老板讲往武汉三镇有两条路，北路近点，要经过黄泛区，南路远点，要爬山。大伙说，走哪路？"

刘四摸摸红脸上的麻点子，说："我的肉虽不好吃，但也不想上笼被人蒸了，走南路。"

张武生说："我的肉虽比刘四肉嫩，但也不是唐僧肉啊，这一身肉还留着抗日打鬼子呢……走南路。"

众人都笑了，李侠兵感到大伙的情绪恢复过来了，他自己也有这种轻松的感觉。经历过审查组的审查，白超日特队的追杀，在黄泛区又几乎被饥民蒸熟吃了，这些使他有一种重温从龙华监狱出狱时的那种感觉，他好像常常行走在阴阳两界，在老君炉里进进出出，炼得冷眼看世界，热血洒大地，心境潇洒，可谓达人了。于是，他想加快进程，早日到达武汉找到周恩来，便和孙大海、谷志豪、老大交换意见，大家一致同意从南路走，爬山越岭见到长江后，沿着江边去武汉，这样也省得少走冤枉路，早日到达目的地。

从邳州铁佛寺出来,经过可怕的黄泛区,艰难的大别山区,然后沿着长江边跋涉西行,路上共花去二十六天,虽然艰苦,常有性命之虞,但他们总算平安地到达武汉。

武汉很乱,到处是散兵游勇,流浪儿童。政府实际上已撤往四川,城里成了军队大本营。孙大海熟门熟路,把他们安排在山边的关帝庙。张武生不愿去,他跟李侠兵去找八路军驻武汉办事处。

他们走街穿巷,急速前行。李侠兵想早点见到周恩来,他脚下生风,走得很快,连健壮的张武生、刘四也跟不上,有时一不小心就撞着行人,连连喊"对不起"。

张武生打趣道:"李哥,你像新娘回娘家那样兴奋,走慢点啊!"

谷志豪:"是啊,党组织就是我们党员的娘家嘛。"

刘四:"等你们找到党,可要介绍我入党啊?"

张武生笑道:"李哥,谷哥,听到设有? 你们可不能叫我跟刘四白跑一趟啊。"

谷志豪:"这事包在我们身上,看你们的表现,我介绍你们参加党组织。"

李侠兵没答理他们,他在紧张地寻找门牌。终于,赶在日落前在一条普通的老街上,他们找到了八路军办事处。李侠兵和谷志豪望着八路军办事处的牌子,两人眼都直了,笑得合不拢嘴,千里路途上的辛劳一下子全没了。

张武生这就要往里冲,被站岗的哨兵拦住,问:"喂,你找谁?"

"我找周恩来。"

"你们找周主任,"士兵打量着,他们人人憔悴,个个风尘仆仆,问:"有什么事吗?"

谷志豪:"我们是他的老乡,想请教他怎么抗日打鬼子。"

刘四补充道:"也有个人的事,嗯,请你通报一声。"

士兵很和蔼,嘴里念叨着:"个人的事,怎么个人的事也来找周主任?"他说:"跟我来。"他带他们走进院内,穿过走廊,碰到一位戴眼镜的先生送客出来,那士兵道:"董副主任,周主任的老乡来访。"

"好,请进屋。"戴眼镜的先生很客气:"大家请坐,我叫董必武,找恩来有什么事吗?"

谷志豪:"我们千里来武汉,主要是请示两件事:一是请求党中央派党的领导干部来淮阴地区,领导我们抗日武装。二是我们那里的党组织被敌人破坏了,需要尽快恢复。就我们个人来说也失去了与党的联系,我们在找党……"

董必武向厢房里喊道:"你听见了吗? 恩来,你的老乡来请战,找党呢。"

周恩来在批阅文件,旁边有几个人在等着他的指示。他说:"你们等会儿。"他批改好文件,搁下笔出来了,笑道:"你们四位是从淮阴来的?"

众人站起身应道:"是的。"

周恩来夸奖道:"你们真不简单,走到武汉恐怕有一千多里吧。"

李侠兵很激动,扑向前说:"周副主席,为了找党再远也不当回事。我到上海、山东都去找过,我在找盛海光,他是我在上海时党的联系人……"

周恩来目光炯炯,思想敏捷,他说:"我想起来了,我们在天蟾舞台的剧场里见过,从那以后盛海光也从我身边调到北方局去了,后来他又去了延安,现在,不知他在哪儿了。你在找他?"

李侠兵:"他是我在党内唯一的联系人,我在被捕释放后就在找他,只有他才能证明我的党员身份……"

厢房里的人在等周恩来回去,不时从门口探头张望。周思来向他们示意,然后对李侠兵说:"我建议你们暂时不要把时间花在找党组织上,你们赶快回去大力宣传民众,搞好统一战线,组织抗日武装抗日。中央会尽快派干部去苏北开展工作的。我证明你是共产党员也没有用,一定要盛海光说了算。我托人找他,让他找你好不好?"

"谢谢周主任的指示,我们明白了。"

李侠兵说:"周副主席,我们一定按你的指示去做。"

周恩来见他们要走,他说:"你们来一趟不容易,吃了饭再走。"

大伙见他那么忙,不好意思,便告辞出来了。

到了门外,李侠兵看看众人,大家的情绪完全变了,原来眼里的迷茫没有了,疲惫的模样也一扫而光。人人感到兴奋,个个眼睛里发光。谷志豪虽然抑制着自己的兴奋,但眼里像星一样亮,刘四的脸似乎又泛红了,路上失去的红润又回到他脸上了,瞬间变化最大的要数张武生,他浑身在动,恨不得跳上天,猛张飞的胡子笑得翘起来。李侠兵也感到浑身一阵轻松,周围一片光明。这时,他突然感到胸口发热,眼里涌出热泪,笑道:"现在,如果有照相机该多好啊。"

众人都有这种感觉,几个月来没有白辛苦,受到中央领导的接待,聆听了指示,明确了方向。张武生说:"那你就等吧,等到盛海光来了大家一起照像。"

正在众人喜气洋洋的时候,一个士兵跑来喊道:"周主任老乡,周主任叫我给你一袋饼干、五块大洋作路上盘缠。"

李侠兵收好饼干,说:"大洋不能收,你们办事处花费可大呢。"

士兵把五块大洋塞给刘四说:"这是周主任的薪水。你们不收下,我就完成不了周主任交待的任务了。"说着,他转身就跑了回去。

刘四把大洋揣进兜里,喜滋滋地说道:"路上我还舍不得用呢,留着回龙兴寺显摆显摆。"

大家笑声不断,回到关帝庙跟孙大海等人见面。李侠兵想争取孙大海去龙兴寺参加抗日义勇队,孙大海表示感谢。他说他已打听到关团长现在河南商丘,他要去商丘前线跟日本鬼子干仗,上海青帮准备组织救国军,在浙江淳安山里在河南商丘陇海线上打游击,他作为青帮一个头目应该为帮主出力。李侠兵说只要抗日在哪都行,又说些兄弟情义以后多联系的话,就此告别。

他们便上路回乡。一出武汉城,李侠兵便问大家:"你们猜,我现在心里想什么?"

张武生闪着豹子环眼说:"你的心思大,哪个能猜到啊。"

李侠兵笑笑说:"我想你们也猜不着。我在想,我们一路千辛万苦终于找到党,周恩来主任给了我们十分具体的指示,使我们明确了今后努力的方向。我要感谢许多人,特别是铁佛寺的悟空大和尚,他给我们的帮助太大了。他柱着禅杖站在山上为我们送行,为我们祈祷,那形象我永远也忘不了啊!"

张武生也有感慨:"是啊,这一路比唐僧西天去取经还辛苦呢。"

李侠兵告诫众人:"回到家谁也不准提起在黄泛区路上遇到的事。"

刘四问:"那讨饭的事也不准说,是不是?"

"是呀,不准说!."

张武生又故意问:"那在马家村,我们几乎被人当成唐僧蒸着吃了,好不好说呢?"

"更不准说!"

"为什么啊?"

李侠兵想了想,笑道:"现在你不要显摆,留作以后给你孙子去显摆呗。"

谷志豪接腔:"在武汉,周恩来主任要我们回去组织抗日武装,要大力宣传。李兄,你说是吧?"

李侠兵:"大伙听到没有? 就按谷兄说的办。"

谷志豪:"是的,按周主任说的办。"

刘四说:"这也不许说那也不许吹,我们唱歌吧。"大家问他怎么想起唱歌的,刘四说,唱歌还有味道,谷志豪问唱啥歌,刘四说,他在铁佛寺夜里常听李哥梦中唱歌,唱的是"满江红"。于是,众人要求李侠兵带领大家唱。

李侠兵觉得刘四比张武生确实心细,能揣透他的心思,他先唱了一句"怒发冲冠凭栏处",接着,指挥几个背着包甩着膀子的汉子跟着唱起来。大路朝天,红日东升,他们高歌还家。这一唱把一路上的郁闷都唱到九宵云外去了,众人兴奋。李侠兵想,现在日本侵略军向武汉包抄过来,白超特务队可能就在前面,但我们有"饥食胡虏肉"、"渴饮匈奴血"的决心,克服一切艰难险阻,回到家乡去抗战。

在回到龙兴寺前,他想这一回又没找到党组织联系人盛海光,他恢复党员身份仍然希望渺茫,对于柳寄明怎么交待啊?

第 四 部

30

李侠兵从武汉归来,路上不太平,日本鬼子正沿着长江进攻武汉。他们绕了一个大圈子回到家乡已是秋天了。听了陈冠昌等人的汇报,他立即传达了周恩来的指示。要尽快扩大队伍,购买枪支,同时,加紧军训,积极备战。

李嬷妈见儿子回来以后整天忙得不亦乐乎,本想找他谈家事也不去找他了。近来,李嬷妈发现家里的钱少了许多。李嬷妈是个聚财能手,她把榨油赚来的钱,卖豆腐的钱,以致卖鸡蛋攒下的零钱,包括铜板,银角子,袁大头,都藏在瓦罐里和一个布包里,一个塞在堆草房的墙缝里,另一个在夹墙中的木箱底层。她所藏的钱就是强盗来也找不着,可是,谁知家贼难防,那定是老头子透露消息,把藏钱的地点告诉了儿子。她责问老头子,李守田直喊冤枉。前些天,她在家里骂人,说是要找儿子算账。可是,李侠兵回到家里她又不响了。李嬷妈虽是天不怕地不怕的性子,但在儿子面前就让三分。她对自己说,钱嘛又不是地,钱用了再攒,况且,儿子是把钱用在正道上,练兵,准备抗战,这有啥说的?她在人前自解自叹一阵之后,争了面子,然后自动熄火。

有人告诉李侠兵说,你妈前两天在家里骂骂咧咧,要找你算账呢。李侠兵回到家里,问:"妈,你找我有事?"

老太太装着哄场上啄食麦粒的鸡:"哦唏,哦唏!"然后说:"没什么事,锅上有碗面条,你去吃吧!"

李侠兵端着碗吃面条，看妈妈赶鸡进窝。他说："人家说你在家骂人，说家里洋钱没有了，给贼偷了。"

"算了，算了，那是聚着买地钱，西头郑家要卖河滩地呢……"

"家里要那么多地干什么？现在农忙时已雇短工了，将来要出租啊。"

当地主是老太太心中的愿望，她的理想是家里土地愈多愈好，传到儿子手里能成为乡里数一数二的地主。可是儿子好像对此兴趣不大，现在家里的大洋又叫他花掉了，老太太心中窝火，又不便发作，便拿鸡出气，赶得它们满院子飞。当李侠兵把一碗面吃完，老太太说："你媳妇回娘家多少天了，你该把她接回来才是！"

"她娘生病，就让她照顾她娘。"李侠兵休妻之事并没有告知家里，李嬷妈不识字，还蒙在鼓里。而家里也许没把他的休书当回事，也没人提起，所以，他也想暂时不说这件事。他说："我这正忙，有好多事要做呢。"

老太太是有主张的人，她坐下来，装上一袋烟抽了两口，说出她的希望："儿啊，你弄枪弄刀，练兵练杀，将来会怎么样？谁能说得清。照你妈看，还不如继承家业，种好地，自由自在。"老太太吐出长长的一口烟，加重了语气："你们老李家三代单传，你现在只有一儿一女，你又是单传，你可是李家顶门柱啊，这你想过吗？有了这份家业，老妈当然想孙子愈多愈好了，你说呢？"

李侠兵对妈妈要他继承家业，当个小地主，非常反感。但是，他感到老妈经常对他说出她的这个期望，也感到老妈用心良苦。她为这个家业终年劳苦，奋斗不息。教儿继承家业这事本应由父亲来教诲的，可是李守田从不提此事。他读读经书，打打麻将，骑大叫驴在村里转，整日悠哉悠哉，家事全落在妈妈肩上，他对妈妈有些同情，所以，他从不抢白妈妈，保持沉默。

李嬷妈见儿子不响，担心地问："义勇队搞军训，听说你和吴飞祥又把小二子弄上风筝，多危险，小二子他人呢？"

这时，小二子回来了："奶奶，我回来了！"

"你没跌坏吧？"

"屁股跌成两瓣呢。"

奶奶骂道："你这个混蛋，胆子倒不小。"

小二子见爷爷牵着大叫驴回来，便帮爷爷去槽头拴驴，然后到灶头上找东西吃。这时，李侠兵关照说："爸，叫小二子背《千字文》，我到龙兴寺去了。"

"晚上回不回来？"李嬷妈问。

"不回来。"

他从槽头牵出大白马，骑上马往龙兴寺。天色已晚，西天一片火红的彩霞，白鹭在芦荡上空飞翔。吴飞祥放在天上的大八角在燃放着烟火，火花散落在运盐河的河湾里，成了一道风景。李侠兵想，吴飞祥的花花点子真多，连放风筝也能玩出名堂来呢。他到了队部，便召开干部会。他说："我准备以后多出去走走，联系一些人，譬如潜上村王培鲁，朱家圩的朱崇山，河边刘码的刘大同五港镇的汪述先，争取他们参加抗日，或者支持我们抗日。明天，我去潜上村找王培鲁谈谈，你们在家操练，不能放松。"

余结巴第一个发言："你，你找朱崇山、汪述先都可以，可你找王培鲁那东西恐、恐怕不妥。王培鲁阴险毒辣，杀人不眨眼啊！你，你去有危险！"

张武生这回跟李侠兵找党组织，北上山东，南下武汉，算是见过大市面，他现在说话与村里人多有不同。他说："怕他啥？我跟潜上村冯四、楚五拜过把子，这两个把兄弟在跟王培鲁一起拉杆子，有事李队长可去找他们帮忙，他俩晓得我在你这里。李队长，要么我跟你去得了？"

吴道人："潜上村王家与龙兴寺的李家、吴家都有老上亲，王培鲁现在的翅膀还没硬到六亲不认吧，侠兵，你是在上海读了大学回来的，王培鲁还是敬畏你的！不过，你带两个人去更好。"

李侠兵听了大伙的言语，说道："我在上海跟王培鲁打过交道，况且，我们是小时候同学。对他这种人我还是从民族大义上谈，希望他不要投降日本人，能跟我们在一起更好。"

吴道人想了想，担心说："王培鲁敢诱杀清安帮的乔帮主，说明这家伙野心不小。侠兵，你明天还是带几个人去，安全一些？"

李侠兵笑笑："我是兵爷，我怕他？"

吴道人："这孩子，耿得很，我看你是耿爷！"

大家知道李侠兵的脾气耿直爽快，义气，又讲原则，吴道人这句话可谓是点穴之笔，众人都笑了起来。

第二天一早，李侠兵骑上大白马，一挥鞭便朝潜上村奔去。龙兴寺到潜上村约莫十里路，有一条旧堤相通，堤上草木青中发黄，夜霜笼罩。红日从运盐河东岸升起，给秋末冬初的清晨染上一道暖色，有几只黑羽腊嘴的楝树雀飞入丛林，在啄食楝树上黄灿灿的果子。

李侠兵策马前行，一路上欣赏着冬景。当他见到旧堤的弧形弯，晓得潜上村快到了。人家告诉他，王培鲁家住在王庄，这个十几户的小村子就在旧堤的弯子里，离运盐河边的时码镇一里来路。他见到王庄就在眼前，便勒马下堤，当他到了道口时突然听到一声喝。

"站住！"一个持枪的莽汉拦住他的马头。

"滚开！"李侠兵欲掏腰间的盒子枪。

莽汉并不让路："你是？"

"我是龙兴寺的李侠兵，来会王培鲁，带路吧！"

莽汉牵着马缰，叫道："小三子，快去报告王队长，李先生来会他。"

隐在村口树下的小三子飞跑而去，莽汉牵马慢行。

他们来到一户农家小院前，只见打谷场上架着一挺机关枪，有二十几个人在练打靶。王培鲁听到小三子报告，从屋里迎了出来，一抱拳说："早听说你从上海回来,李队长,什么风把你给吹来了?"

李侠兵赶紧下马,见王培鲁的眼珠在白多黑少的眼眶里滚动,心想这是个有心计的家伙,便上前抱拳道："想起我们在上海相遇,早想来拜访你王队长了。"

"哎呀,不敢当,不敢当,上海落难多亏你相帮啊!"王培鲁拉着李侠兵的手说："快屋里坐,屋里坐。"到屋里落座后,王培鲁说："听老人说,王家与李家是亲戚呢。"

"是吗,要么是老上亲?"

王培鲁闪着眼睛："我家和李家圩有老上亲,老同学,叙起来我们好像是老表。"

李侠兵："是吗?"很显然,他不想在私人关系上跟他搞得很亲热。

王培鲁对李侠兵十分佩服。但是,他对这位在上海读过大学的同学,现在回乡来玩枪杆子,拉队伍不以为然。在这方面,他觉得他有优势,他有一帮把兄弟,近来又收了乔帮主的散兵游勇,有了几十条枪,在潜上村、时码镇地盘上可称草头王。不过,王培鲁还是问了李侠兵的抗日义勇队有多少人,多少枪,在李侠兵如实回答之后,他笑了："李队长,你这点队伍能打鬼子吗?"

"可以发展,可以联合一些队伍嘛。"

"你今天来是想与我们搞联合的?"

"正是。"

王培鲁想,搞联合是靠实力的,你能养活我们这帮子兄弟? 于是,他问道："我有近百号人,吃饭是个问题。李队长,你能解决我们兄弟吃饭问题吗?"

李侠兵笑道："有办法拉队伍,就有办法解决吃饭、供给问题。我们抗日义勇队是各人自给,乡亲捐助,目前还没遇到供给问题呢。"

王培鲁呲牙一笑,他想谁能称大王关键就在这里。你让人家自给能有几个傻瓜跟你干,当今乱世你想称王必须以发财为口号,起码给人吃饱饭才会有兄弟帮你打江山。他眨着白多黑少的眼睛,下巴颏上肌肉爆了爆,说道:"那不行,谁会愿意白干呢?"

李侠兵想以发财为口号那是土匪的旗帜,他们义勇队决不会采用的。他探问道:"你是怎么跟大家伙说的沙?"

王培鲁以为李侠兵在向他讨教,很得意地说道:"我拉队伍对不同的人有不同的说法,对县政府的人说是抗日,对地主老财说是为了保一方平安,对兄弟们说是为了发财。"说着,他呵呵笑了起来:"还是让兄弟们发财最有号召力,一呼百应啊!"

李侠兵感到他不一般,是个滑头,问道:"那么,你王队长到时候会抗日吗?"

王培鲁也不隐瞒,挠挠头,头皮屑纷纷下落。他对落到手上、裤子上的头皮屑吹了吹,抖了抖,说:"那要看小鬼子来不来侵占我的地盘,哪个来侵占我的地盘我就打哪个!"

当土皇帝是时下不少人的愿望,这种人没有方向,摇摆不定,在等待时机。李侠兵喝了一口茶,说道:"我希望你能抗日,我们义勇队联合一切抗日的队伍。我希望你王队长千万不要当汉奸,当汉奸我们就不好见面了!"

王培鲁品了好一会的茶,又叫人添水。近来,他上海的把兄弟白超与他频频联系,告诉他日军很快就会侵占淮海地区,他已与阿菊在连云港、徐州等地开了妓院特工机构,为皇军打前站,到时会有人来找他。现在,你要扩大队伍,到时候以你的实力任命官职,兄弟,希望你弄个司令当当。白超是王培鲁远房姑父的儿子,他上回到上海与白超联系上,觉得白超是个大好佬,可以做他的后台,可李侠兵也不好得罪,最现实的办法是玩两手。想到这里他笑笑,慢吞吞地说:"李队长的好意我明白了,但是,如今是乱世,在这地方称雄立足,事事实际得很,不是耍嘴皮子能解决问题的。"接着,他又说道:"听得出来,李老兄是相信共产党的那一套?"

"我不是共产党,起码现在不是。王队长,你相信哪一套?"

"国民党拉我去,我不去,我不信他们那一套。我在帮会里,我信帮会,兄弟们最讲义气。"

李侠兵笑了笑,问:"你是利用清安帮兄弟杀了那个姓乔的,才有这样想法的吧? 我想告诉你的是从眼前讲,日本鬼子会打进来,地方国民政府会失败。从长远讲,共产党会一天天壮大,取得天下。"

王培鲁咧咧嘴一笑:"我最重要的是让兄弟们有饭吃,快点发财!"

李侠兵瞅他一眼,打探道:"你有什么办法吗?"

王培鲁得意起来:"我替朱家报了仇,杀了姓乔的,保住一方平安,他们朱家不养活我们养活谁! 不过,发财就不能靠朱家,最近,我们帮一户财主除了对头,他送来一千大洋,看来替朋友帮忙也是一条钱路呢。"

李侠兵觉得王培鲁在走土匪的黑道,嘿嘿笑了两声,说道:"这样看来,我们义勇队将来要王队长帮忙,也得拿钱铺路了?"

"哪,哪会呢? 哈哈,"王培鲁干笑着:"你我是同学,王家、李家又有老上亲,去年,我的女儿与李家圩李三家的儿子又订了摇篮亲。同学,亲戚之间帮忙,哪能光讲钱呢?"

李侠兵对王培鲁与白超的关系一点不知,对王、白近来的活动更是一无所知。他在跟王培鲁这一段对话后,对王培鲁已有所了解,感到王培鲁有可能当汉奸。于是,他便着重讲了不能投降日本人,谁当了汉奸谁就辱没了祖宗八代,历史上的秦桧就是如此。最后,他希望龙兴寺与潜上村建立联防,王培鲁推说这要兄弟们同意,他不能立即答复,于是,李侠兵告辞出来,上马回龙兴寺。

王培鲁一直送他到老堆口,说实在的,李侠兵这一番话对他还是有点作用的,他这时还没决定投降日本人,毕竟当汉奸是辱没祖宗的事。如果这时国民政府来招募他,给他一官半职的话,那他会立刻拉队伍去。可惜国民政府没人来招募他，而共产党对他来说像是一个传说，他要出山就跟白超走。他觉得他现在像是土墙头上的狗尾巴草，风吹两边倒，哪个风大就跟哪个跑。

李侠兵回到龙兴寺也没有下马，他见义勇队员们在王家炮楼前演习，便驻足观看。

五大三粗的张武生，说话粗鲁，做事粗糙，可是，他自打武汉回来像是变了一个人，练兵扩军积极性大为高涨，他和刘四相约，争取早日入党。今天，他乘李侠兵外出时，把练武来了个模拟演习。表弟王振亚家有土炮楼，他把土炮楼当敌人的据点，实施攻击，前面主攻，对炮楼上的稻草人射击，后面偷袭，由几个队员从草沟里接近炮楼，不过，最有创意的是他让吴飞祥用风筝攻击炮楼。

这一创意本该得到吴飞祥的响应，可是，吴飞祥觉得这主意不是他出的，有损他"主意罐"的名誉，便只是摇头。接着，他转念一想，人家张武生跟着李队长去过邳州铁佛寺到过武汉，是见过大码头的，又受过共产党中央领导的接见，我不能拂他的面子。他说，要用风筝攻击炮楼那就得把小孩吊在风筝尾绳上往下扔炮仗，那倒可以。张武生认为太危险，说他想入非非，不行，不行。这样，两人就扳白起来。这时，张武生一时性急便来硬的，撮拱几个人揪着吴飞祥的耳朵让他上场。吴飞祥没法，只得按照张武生的要求，在风筝尾上吊上一串炮仗，按上长长的火线，跑到上风头。冬日的天空有点阴沉，浮云在飘，但北风缓缓地吹，正适合放风筝，吴飞祥举着大八角来到圩后，拣一块空地站住，问："怎么放法？"

张武生说："等我们'攻打'一阵子后，你就放风筝炸炮楼。"

这时，李侠兵见此状况，上前问张武生："你们这是干什么啊？"

张武生很得意，把他演练攻击敌人碉堡炮楼的方案吹了一遍，说："李队长，我在南面佯攻，北面后圩真攻，天上轰炸的作战方案，怎么样？"

李侠兵笑笑，心想不能泼冷水，士气可鼓而不能泄。他说道：

"你很有一套，很有创意。"

"我们张庄常与土匪发生枪战，打土匪就是前面用佯攻后面包抄。今天，再加个用风筝炸炮楼这个妙招。"张武生说着，一声令下，余结巴几个人就向炮楼上的稻草人开枪，掖在后圩的人向土炮楼跃进。

张武生向稻草人射击后，李侠兵关心地问："红铜钢，那稻草人下面好像有人，你们演习要注意安全，别伤着人啊！"

张武生："我叫王振亚躲在那里扶着稻草人呢。"

李侠兵晓得，张武生与王振亚是表兄弟，他比王振亚大两岁，从小就带着振亚玩。振亚是独生子，家里宝贝，她妈就把他交给张武生。后来，张武生长得壮实，敢说敢为，而振亚体弱多病，又一味读书，胆小腼腆，这样，张武生就成了他的保护神。听说，王振亚见张武生活着从武汉回来，当成英雄来崇拜。

张武生对稻草人开了一枪，粗声大气地说："我这样做，就是叫振亚练练胆子，他从小胆子就小。"

李侠兵拍拍他的肩头，对他"练胆"之说十分欣赏。

这时，吴飞祥点燃了火药捻子，放风筝上天，李小二、张小猪几个少年拉着风筝线奔跑。待风筝飞上了天空，吴飞祥指挥少年们放线，让风筝飞到王家炮楼的上空，这时，张武生命令后圩的战士准备好，待风筝上的炮仗炸响就去占领炮楼。

大家望着八角风筝尾绳上"滋滋"燃烧的火药捻子，等待炮仗炸响。

噼噼，啪啪，轰！轰！

先是一挂鞭炸响，接着，炮仗也炸响了。张武生一挥手，进攻的队员迅速占领了炮楼。王振亚顶着柳条篓子站起来投降，张武生问他为啥要这样？王振亚说："你看，我的裤子被炮仗炸个洞，要不是躲在篓子里，怕早被吴飞祥的'飞机'给炸死了！"

李侠兵对队员们的表现十分满意，他讲了几句鼓励的话，要大家以后多搞这类有实战意义的训练。日本侵略军就要侵占东安县了，我们抗日义勇队必将成为抗日先锋，要加强实战训练。

31

风高好放火，天黑好杀人。

在动乱的1939年，春末的一天夜里，日寇突然从海上、从山东大举进攻苏北，很快就占领了淮海广大地区。鬼子占领东安城以后，立即搜罗汉奸，成立维持会，并企图筹建伪县政府。他们在县城找了几个地方豪绅出任伪县长，都遭到拒绝，他们又到乡镇找到汪述先、朱崇山，后又找过宋铭儒一些教师、校长，但也遭到拒绝，因此，伪县政府一时成立不起来。于是，他们就招兵买马，建立起保安队，警备队。这时，一些地痞、土匪就投靠了侵略者，当了汉奸。王培鲁在接到白超从徐州来信后，当天就投降日本侵略者，他唯一的要求是驻地不离乡，说那里是他牢靠的地盘，日军驻东安中队长塚上太郎立即答应。这样，他被任命为县警备队第二大队大队长，队部设在运盐河边的时码镇。王培鲁非常卖力，以极快的速度扩大队伍，只用几个月的时间，他的汉奸队便扩充到近二百人，鬼子给了他五挺机关枪，一百七十支步枪，这个汉奸队有了规模和实力，是鬼子封锁控制运盐河主要的依靠力量。

塚上太郎上非常欣赏王培鲁，见王培鲁的队伍已迅速地武装起来，便令人把他请来县城下达任务。王培鲁来时，塚上派小队长小野一郎和翻译官项文东在街口迎接。王培鲁见了，赶紧跳下马问道："小野队长，文东兄，塚上中队长找我何事？"

项文东笑道："如今王兄你是皇军的左膀右臂，塚上队长找你总有好事啊。"

项文东生得瘦小，黄脸壳，文质彬彬的，背个王八盒子也背不像样。小野小队长个子比项文东高得多，戴着时髦的眼镜，一副文气的模样。塚上中队长与他俩不同，是个爱钱的粗汉。在王培鲁投靠鬼子的第三天,塚上就令他带路在城里寻找可掠之物;小野生在东京,人虽显得文质彬彬,但同样急不可待,令他带路搜取文物。因此,在王培鲁看来这两个日本鬼子都是强盗,这倒是与他臭味相投,他这个强盗出身的人投靠这两个鬼子是投对了。王培鲁与塚上几次接触下来,晓得塚上生在山沟里,祖辈都是樵夫,家里穷得叮当响。这个樵夫的儿子长得矮而登实,国字脸仁丹胡子,一副强盗面孔。他脾气暴躁,动不动就杀人,令人害怕。王培鲁每次来见他都心怀惴惴。

驻东安城日军中队部设在一家大院里,这里原来是旅馆。他们来到大门口,站岗日军向小野敬礼。在大厅里有一沙盘,上面标明河道、湖泊,运盐河从南流至连云港入海。塚上在跟小队长们和伪军头目说话,见王培鲁和小野来,冷着脸说:"王桑,你迟到了!"

王培鲁赶紧鞠躬,陪了笑脸:"队长,我……"

"不用说了!"塚上一抹仁丹胡子说:"我没空听你解释!现在,我传达驻海州司令部的命令,将军命令我们要全力封锁运盐河。你们看,这条运盐河南通洪泽湖,再通往长江,北通连云港再入大海,它不仅是条重要的水上运输线,也是把东西两地分割开来的天然屏障。你们看,运盐河东面是新四军根据地盐阜、南通地区,西面是八路军根据地的淮海地区。八路军、新四军人员来往,物资运输都要通过运盐河,我们只要将这条河渡口封死了,就是对八路军、新四军的有力打击。"

小野是东京人,父母是教师,祖父开文物工艺品商店,家庭比较富裕,他受过良好的中学教育。他脸长而白皙,眉眼间充满文气,笑口常开,他跟国字脸、仁丹胡子蛮横长相的塚上形成鲜明的对比。其实,他很阴险。这时,他说:"太好了。据说这条运盐河是清代康熙皇帝主持修浚的,他这个统治汉人的满人皇帝,当年怎么也不会想到,今天帮了我们日本皇军的忙。塚上队长,怎么封锁运盐河,你下令吧。"

塚上对小野的"学问"有点妒忌，感到很不舒服，瞪他一眼说："我们沿着运盐河修筑碉堡，五到七公里修一座碉堡，扼守住渡口，同时，在运盐河东侧的淮连公路也增加碉堡，与渡口的碉堡互相支持。"

山口小队长："淮连公路断断续续，极须重新修筑。"

鸠山三郎小队长："在我们管辖区最少要修十个碉堡，我们的人力、物资够用吗？"

小野："封锁运盐河的决定非常英明，海州驻军司令部这个战略布署抓住了要害，在淮海心脏地区插上一把军刀。鸠山君担心我们皇军力量不够分驻，的确是这样，我们驻东安中队百余人，如果分驻到将来的据点去那就会顾此失彼。所以，我建议塚上中队长让东安警备队扩军，特别是驻时码的王培鲁的警备大队现在才二百多人，可以扩充到五百人，让他们驻守将来的新据点。"

塚上点头，对王培鲁："王队长一直想扩军，这个机会我给你了。再拨给你三挺机枪，一百支步枪，让你扩军到 450 人，编成三个小队或按营连排编制。"他直瞅着王培鲁："王培鲁队长是可靠的，我信任你。"

让他扩军，王培鲁十分感激，又是鞠躬又是陪笑脸："感谢塚上中队长的栽培，我誓死效忠大日本皇军。"

小野问："塚上君，具体的企划是什么？"

塚上指着沙盘，边插三角旗边说："在加强时码兵力的同时，我打算在钦工河东修建碉堡，与河西龙兴寺的义勇队对峙，在五港镇公路旁修建碉堡，控制蔡工渡口。这样，从北门镇碉堡，时码、钦工、五港与北边的平安、新安镇据点连结成一线，就能封锁住运盐河。"

鸠山小队长赞道："太妙了！"

王培鲁从县城回到时码，立即扩军。同时，他令刘太瘦连长带一个连进驻钦工，在一个月内造好碉堡，令韩八副连长带两个排进驻五港,修筑碉堡炮楼,令邵来喜小队长在北门镇扩充人员,加紧收税。

32

日伪要封锁运盐河和扩军的消息很快就传开了,抗日武装也纷纷壮大自己的力量。

龙兴寺抗日义勇队坚决抗日的名声大,来投奔他们的人愈来愈多。可是,枪支哪里来? 五港镇商会会长汪述先派人送来七支枪,一百大洋,并附信说,他已建立治安队,有关地方治安可以互相联动。刘庄的刘大同是运盐河两岸的开明绅士,他听说李侠兵在扩军,便令小儿子送来五支步枪,并要小儿子转告李侠兵,应尽力去争取朱崇山。李侠兵一想有道理,朱家圩枪多,可以借些枪来。

这天早饭后,他与陈冠昌、吴飞祥去朱家圩,过了龙潜沟,来到老堆头上。李侠兵说:"你们看,朱家圩的位置多好,东有运盐河挡着,可以与钦工伪军对抗,西有我们脚下的老堆头护着,也可抵抗外来者的侵犯,与我们龙兴寺互为犄角。我们应该争取朱崇山抗日,与朱家圩搞好同盟。"

陈冠昌:"对。据说朱家圩里有梅花桩式的炮楼,外有圩沟,易守难攻,我很想参观一下。"

吴飞祥:"那没问题,我小时候读书就在朱家圩,跟朱崇山的大儿子朱虎首是同学,叫虎首带我们参观就是了。"

李侠兵问:"你那时是不是跟宋铭儒读私塾?"

"是的。"

他们边说边走,一会儿来到朱家圩沟口。这时,自卫队队长独眼龙和庄丁从树丛里走出来,端着汉阳造喝道:"站住,你们哪来的?"

吴飞祥上前说道:"独眼龙,你不认识我了? 我是朱虎首的同学,你叫他来接我!"

独眼龙立即请来了朱虎首。朱虎首生得健壮,大高个子,脸色红憨憨的,一副忠厚相。他远远望见李侠兵和吴飞祥来,便连跑带奔过来说:"老同学来了,李大哥何时从上海回来的?"

吴飞祥介绍说:"这位是龙兴寺抗日义勇队副队长陈冠昌。"

"欢迎欢迎。"

李侠兵见朱老大戴着礼帽,穿着长袍,跟自己形象相近从心里欢喜,与他握手道:"我从上海回来就想拜见朱老先生和你朱老大,今天迟来为歉。陈队长没来过朱家圩,他想参观一下可以吗?"

朱虎首愣了一下,然后对独眼龙说:"你回去叫人备茶,我带他们兜一圈就回大客厅。"

独眼龙:"是。"

大家感到朱虎首是有意将独眼龙支开。朱虎首说:"我们也成立了朱家圩自卫队,五弟虎尾说独眼龙当过土匪,不怕死,就叫他当队长。自卫队三十来个人,人少枪多。"

李侠兵和陈冠昌交换一下眼色,问朱虎首:"老弟,我们龙兴寺人多枪少,你们朱家圩怎么人少枪多呢?"

朱虎首为人本份,说道:"李大哥,你有所不知,国军驻在这里的时候,我爸与那个团长关系不错,用金条买下一批枪支弹药。"

陈冠昌赞了一句:"老先生有远见!"

吴飞祥:"老同学,能不能卖一些给我们?我们正缺枪呢。"

朱虎首有些为难:"这,这我说了不算,要我爸说了算。"

李侠兵:"我跟朱老先生说,或卖或借都可以,我们太需要武器了。老兄,你的态度呢?"

朱虎首解释道:"我没问题,你们龙兴寺打鬼子汉奸,对我们朱家圩总有好处。你看,钦工碉堡隔河相望,刘太瘦恨不得一口吞下朱家圩啊。"

圩上四角的炮楼,他们都参观了。他们从西边炮楼往下走的时候,李侠兵回头指着炮楼上的土炮说:"这种大炮在清代威力是蛮大的,现在用起来作用就不怎么样了。朱兄,带我们去见朱老先生吧。"

朱家楼在朱家圩中心,高大的院墙四角砌有圆形土石炮楼,十分气派。他们进了八字门,在中院大客厅坐下,佣人端上茶,独眼龙请朱崇山出来。

朱崇山六十出头,留着鸭尾巴头,山羊胡子,穿一双布鞋,杭绸马褂,左边衣扣上挂着金色表链。他说:"欢迎光临寒舍,喝茶喝茶。"待大家喝了茶,他继续说道:"侠兵,我跟你爹是老友,我们常去县城听戏,推牌九,打麻将。在一起玩的朋友中,就你爹和我不去逛窑子,你爹喜欢唱元曲,用淮海调唱,骑着大叫驴在路上也哼个不停,十分自得。我爱好唐诗宋词,大家推我做古诗词会长,开了几次会,正准备出版诗集,可鬼子一下子来了,这事就黄了。"

李侠兵认真听他说完,然后笑笑道:"你老本是江淮名士,开明乡绅。我们今天来是向你老请教抗日大计的。"

朱崇山捋捋山羊胡子:"不敢当,不敢当。抗日我是赞成的,全国抗日由中央去搞,游击队抗战由共产党去搞,我们小老百姓能做什么呢?就是与日伪周旋,保护好家园,别的还能干什么?"

陈冠昌一听,直眨眼:"这,这……"

朱崇山知其有话要说,便对独眼龙说:"你去吧!"

独眼龙走后,陈冠昌说:"我们龙兴寺抗日义勇队是抗战的民众自发组织,目前不属于那个党派。但是,我和侠兵兄很明确,我们是迟早要归于共产党领导的抗日武装。我们现在的任务是反扫荡,反归化,反封锁,特别是日伪要把运盐河作为一条封锁线把盐阜区与淮海区分隔开来,我们坚决反对,要想方设法打破他们的封锁,在这方面还望朱老先生赐教,多多给予支持。"

吴飞祥在一旁打边鼓:"朱老伯不光要支持我们,最好能与我们联手打鬼子,打王培鲁!虎首老兄,你说呢?"

朱虎首笑笑:"飞祥,我们有老上亲,算起来你我是老表哥啊,你的意思是让我说动我爹抗日,这不行,我爹自有主张,我们听爹的。"

朱崇山虽年过六十,但精力充沛,说活铿锵有力,给人一种威严感。他说:"我们朱家圩不抗日也要抗日。这话怎么讲?我朱崇山是孔孟之徒,'天下兴亡,匹夫有责'是古训,我能不遵守古人之训!拱手让日寇铁蹄践踏我河山,占我国土,企图使我民族亡国亡种,那是绝对不允许的!但是,话要说回来,我朱家圩地处运盐河畔,与钦工日伪碉堡仅一河之隔,要抗日如之奈何?我必须要保护我朱家祖祖辈辈先人传下来的财产,这些土地、楼房搬也搬不走的,你们说怎么办,我能与你们龙兴寺一样树起抗日大旗吗?"吴飞祥向李、陈二人看看,陈无反应,李微微点头。朱崇山捋捋山羊胡子,继续说道:"这事我想了很久,大儿虎首与二儿、三儿都主张焦土抗战,五儿虎尾曾在日本留过几天学,懂得日本话,与现在驻县日军翻译项文东是同学,这就与日伪有一层关系。日军头目和王培鲁要我出任县长,我之所以能婉然拒绝,就是靠层关系。"

李侠兵和陈冠昌一齐赞道:"朱老不当汉奸,一心抗日令我们后辈敬仰哪!"

吴飞祥笑着插话:"朱老伯,我叔说王培鲁好像是你的徒弟,真的吗?"

朱崇山点燃水烟,"呼噜呼噜"吸了两口,吐口痰入大铜盂,然后说:"我正要说这张书呢。王培鲁的师傅乔帮主是我徒弟,那时,王培鲁也曾要给我递帖子,我不收,后来,他诱杀了乔帮主后又给我递帖子,我不敢不收。现在,他投降了日本人做了什么大队长,我想把帖子还给他,虎尾不同意,说等等再说。"

朱虎首也表示了意见:"我也不同意,留着也许有用。"

朱崇山瞥了他们一眼:"那八路来了,能饶了我?"

李侠兵赶紧接话:"朱老,这你放心,共产党实行广泛的统一战线,看人不会只看拜把子的事啊,主要是看在抗战中的实际表现。"

吴飞祥小声问陈冠昌:"陈队长,要不要提出借枪的事?"

陈冠昌解释道:"这事由李队长提出才有份量,他会提出来的。"

吴飞祥看着李侠兵,见李侠兵还在与朱崇山侃侃而谈:"朱老你放心,只要你支持我们抗战,朱家圩不投降日本人,八路来了我替你说话。你抗战有功,我为你请功。"吴飞祥见他仍不提买枪的事,很是失望,便外出小便去了,朱虎首知道他想说事就跟了出去。李侠兵继续说道:"朱老,听虎首兄说你家自卫队人少枪多,能不能卖一些给我们,当然,能借就更好了。我们义勇队有一半人没有枪呢。"

朱崇山沉吟了一会,说:"枪是有几支,不过,送给你们或借给你们都不行。你们龙兴寺抗日名声在外,会惹得鬼子汉奸来找我麻烦。"

陈冠昌有点失望,保证说:"朱老,我们暗中借,对外保密。"

朱崇山一时没有表态,他想乡下事从来保不了密。这时,条桌上的座钟敲响,朱崇山掏出怀表说:"这样吧,我们先去吃饭,吃了饭再想两宜之策。"

在去饭厅的走道上,朱崇山把他依重的虎首、虎尾两个儿子叫到屏风后面,说:"李侠兵、陈冠昌是来借枪的,你们说怎么办?"

虎首:"那就送几支枪给他们,表表我们朱家抗日的态度。"

虎尾不像虎首那样老实,他会耍滑头,主意也多。他说:"鬼子来后,父亲已经定下了朱家保持中立,不能表明抗日。至于李、陈来要枪,我们也不能拒绝,怎么办?你们看能不能这样,在朱家圩外树林里摆赌场押宝,谁押宝押赢了钱可以买枪支弹药。行不行?"

众人都说:"行,这好办法。"

朱崇山沉吟了一会说:"让我再想想,现在去吃饭。"

他们到了饭厅,李侠兵见到项文西,他暗暗吃惊。项文西是项文东的堂兄,现在王培鲁那里混,他为人圆滑,会利用各种社会关系在鬼子、汉奸、土匪中间行走,特别是与地方豪绅关系过从甚密,虽然彩色灰暗,但是个不可不交的人物。他想,项文西来此必是受王培鲁之托来当说客的,便立即与他打了招呼。项文西认为李侠兵是淮海地区抗日力量的中坚,民间保家卫国的代表,他从心眼里敬佩。于是,他特别热情,寒喧握手,说了仰慕之类的客套话。在酒过三巡之后,李侠兵问项文西:"项兄,来此有何贵干?"

项文西:"对李兄不敢瞒,但我也不能说,等会儿,你向朱老要王培鲁的信一看就全明白了。李兄,你有什么话要带给王培鲁的吗?"

李侠兵很严肃:"你告诉他,做事不要做绝,不要当铁杆汉奸!"

项文西:"你的话我一定带到。"

陈冠昌严正指出:"我们不希望王培鲁、刘太瘦,还有五港碉堡韩八和城北邵来喜当铁杆汉奸。目前,警备队在扫荡、推行归化、封锁运盐河方面十分卖力的话,那就是铁杆汉奸了!"

李侠兵:"运盐河十几个渡口的渡船都被刘太瘦搜去了,你去告诉他,他要是把渡船都烧了毁了,那我们运盐河两岸抗日武装会给他颜色看的。"

项文西试探地说:"刘太瘦比王培鲁还有点灵活性,一吃女人二吃贿赂呢。"

这时,朱崇山举杯说:"诸位,诸位来敝庄十分欢迎。请饮此杯酒,老朽宣布一件重要的决定。"大家干杯后,他说道:"大家知道朱家圩在这乱世采取中立,不偏不倚的态度。但是,我们朱家老祖宗打土匪很有名,这在县志上都有记载。现在,朱家圩的几门土炮就是我曾祖在清代同治年间留下来的,我们用它来对付土匪。今天,我们捉到来朱家圩踩点的一个土匪,我要把这名土匪派用场。派什么用场呢?这就是我要宣布的决定。过两天,我朱家圩开展枪法比赛,谁枪头准可以直接赢得枪支弹药。这场比赛的具体规则,明日现场公布,有一条是现在可以定下来的,就是打靶比赛的靶子是顶在那个土匪头上的,以示对他的惩罚。"

李侠兵、陈冠昌等带头鼓掌,众人欢呼。

项文西问:"朱老,钦工碉堡的人也可以来参加比赛吗?"

朱崇山:"可以。"

朱虎首补充道:"他们可以来,但为防意外,来人不准超过五个。"

又是一阵掌声。吴飞祥觉得为了叫朱家献枪,他这个"主意罐子"也没想出以赛枪名义的这个妙招,真是强中还有强中手,朱崇山是个高人。他望望李侠兵和陈冠昌,他俩也在起劲地鼓掌呢。

33

朱崇山以赛枪名义来献枪,这是个好主意。但是,李侠兵想,刘太瘦和土匪黎民虎那里兵痞不少,他们的枪法好于龙兴寺的义勇队员,怎么办? 他考虑再三,决定去龟山请神枪手孙三娘来帮忙。

临行前,他忽然想到去龟山必然路过螃蟹港,可以写封信请柳先生转交给在上海的柳寄明。把他去徐州邳州铁佛寺、刘家湾、湖北武汉找党组织的结果告诉她,以免她挂心。同时,他想与柳寄明商量,把他休妻的休书登报,以推进他俩在刑场上的夫妻之约,让"红色经典"梦想成真。

他在书房里写信。一会,忽听吴道人在窗外喊道:"侠兵,出来! 有个姑娘来找你呢。"

"在哪?"

"在我家。"

李侠兵赶紧赶到龙兴寺,见一村姑打扮的女子正在观看木雕神像,问道:"是哪位来找我?"

"是我。"柳寄明转过身来。

"哎呀，是你。"他俩一见，热烈握手。李侠兵退后一步，欣赏她头梳大辫子，身穿碎花棉布袄，脚蹬一双蚌壳绣花棉鞋，活像土气十足的乡下姑娘。他说："我正在写信给你呢。"

柳寄明见他穿着像乡村教师，戴礼帽穿长袍，领口插着新民牌钢笔，脸色变得红润多了，只是眼睛仍不济，总爱眯着。她笑道："是吗，你在给我写信？"

"我想把我找党的情况告诉你。我们去了邳州刘家湾，铁佛寺，后又去了武汉，在八路军驻武汉办事处见到董必武、周恩来。"

"嗬，受到董必武、周恩来的接见，好！"柳寄明柳叶眉一扬，显然很期待："他们怎么说？"

李侠兵想，你所关心的事我没有完成，但他仍然兴奋地说："二位领导指示我们赶紧组建抗日武装，关于恢复淮阴地区的党组织，中央会派人来的。我想，只要这里党组织重建，我恢复党员身份也容易解决了，你说是不是啊？"

柳寄明问："盛海光找到没有？"

李侠兵叹口气，脸上掠过一层阴影，一副伤感的样子："没有，周主任说他可能去华北局了。"

柳寄明一听很是失望，心里翻腾着，但又不能表现出来。江苏省委准备建立上海到苏北到山西直至延安的地下交通线，她的任务是负责在苏北建立通往山东、安徽、河南几条地下交通站。凡公路、河流、山口都要设站，有武装保卫。这样，保证从上海运送的干部和物资顺利畅通。在运盐河她选择了三个渡口，她来这里是准备在蔡工渡口建站。在接到这个任务后，她想与李侠兵见面时他必然要跟她谈婚恋的事。在上海她给李侠兵"战友加朋友"的答复，李侠兵显然是不满意的，认为这只是肯定了刑场上的"红色经典"，但有些含糊，朋友就是朋友，战友就是战友，两个加在一起有糊弄人的嫌疑。她思考再三，李侠兵到铁佛寺到武汉找党组织回来，如果找到盛海光他恢复了党籍，我就答应他把"战友"二字拿了,与他建立完全的恋人关系,但我不想马上结婚;如果他没有找到党组织和盛海光,逼我在婚姻问题上表态,我该怎么办? 想到这里,她慌乱起来,这是一个姑娘家常有的现象,柳寄明也不例外。柳寄明为了安全,她住在她哥哥为她在湖边桃园里造的小草屋里,她为此事苦恼,一会躺床上,一会下床走动,甚至到湖边观看流水,心情焦躁不安。她感到奇怪,她在朋友中一向是以理性强著称的,现在心情怎么会如此悸动慌乱呢,她想,我是有历练的,牢也坐过,怎么还会这么脆弱,小姑娘似的娇嫩。在龙华监狱里,暴露了共产党员身份的人是被判了刑,他们什么不怕了,常常集体唱国际歌,喊革命口号,弄得警察也拿他们没办法,那时,在放风时他们唱歌后,她给李侠兵等人在纸条上说,你们看,我们活得多自在! ……现在,却为个人的事烦恼,真是的! 她终于想出"拖延"的方案来,况且,党员与党外同志结合审查过程很烦,一般也不会批准。嗨,届时总是船到桥头自会直,顺其自然吧。这样,她就匆匆地来了。此刻,她见李侠兵一副伤感的样子,立即勉强微笑起来,安慰他说:"你们去武汉收获很大嘛。是啊,我也希望这里尽快恢复党的组织呢。"她闭口不谈李侠兵个人恢复党籍的事。接着,她又赞道:"你们动作挺快,抗日义勇队组建起来了。"

李侠兵愣了一愣,说:"队伍组建起来了,有近百号人呢。"他盯她一眼,晓得她心里的感受,她脸上的笑容是装出来安慰他的。

柳寄明把话题转到工作上来,她说:"我这次来是受上海党组织派遣的。"他们坐下来,吴道人端来茶水。柳寄明详细说明她来淮海地区的任务。上海党组织与苏北党工委要建立一条交通线,从上海至南通、盐阜区至淮海区以致到延安的通道。考虑到从连云港到洪泽湖的运盐河把盐阜区与淮海区分割开来,日寇对运盐河进行封锁,我们必须建立多条的东西通道,以保证干部和物资的通行和运输。经考察,我们的交通线最为理想的渡口在蔡工。

李侠兵说:"那没问题,这个反封锁的任务交给我们就是了。"

柳寄明说:"我是来探路的,最后决定是三师的领导。"

"那你以后的工作呢?"

"在百草湖的螃蟹港。"

李侠兵心想,既然不再谈恢复党籍的问题,那就转个话题吧。他本想提议柳寄明留在龙兴寺工作,但不好意思说,便说:"你能把汪金凤拉过来吗?她想杀鬼子,这里是第一线啊。"

柳寄明抿嘴一笑,说道:"动员她来,那可不容易,她喜欢一意孤行。现在,她跟菱儿常化装成妓女,夜晚出去诱杀鬼子。不过,她说方霞客动员她去龟山,她正在考虑。"

这时,吴道人进来说:"厨下酒菜准备停当,大家边吃边谈吧。"

他们来到厨下,柳寄明见桌上摆了八大碗菜,惊讶道:"哎呀,太客气了!"

吴道人笑了:"你是贵客,请坐请坐。"

李侠兵立刻拿过酒壶,开始斟酒。

他们正说着话,柳寄明见一个扎着小辫子的男孩在门口探头探脑张望。吴道人喊道:"小二子,进来,进来!"

小二子并不进门,躲在门外说道:"奶奶叫我爸回家吃饭呢。"

吴道人:"这不在吃着吗?你回去跟你奶奶说,我家来客人,我叫你爸在这里陪客呢。"他见小二子盯着柳寄明看,解释道:"这是我的表侄女,是你表姑妈,看什么?回去吧!"

小二子走后,柳寄明问李侠兵:"你的儿子怎么留辫子啊?"

吴道人见李侠兵似乎不愿谈这个问题,接过来说:"柳小姐有所不知,我们这里风俗,怕男孩难养活就把他当女孩养,留长发扎辫子取名小丫头,长到十岁了,取名小和尚。"

"啊,原来如此。"

吴道人觉得这个从上海读大学回来的女大学生肯定有来头,不是一般人物,便说道:"柳小姐,这些天有不少人找侠兵,他们好像都是有要事商量,你这次来恐怕也不是一般访友吧?"

柳寄明没有立即回答,她转眼看李侠兵。李侠兵赶紧说:"这是我干爹,我的事不瞒他。"

吴道人笑盈盈地又给大家斟酒:"他父母听我的话到五台山求佛,生了他,便认我做干爹,我便把他当亲生儿子一般无二。"

柳寄明愈来愈感到对李侠兵知根知底了,她热恋的李侠兵形象在她心里也愈来愈清晰了。他猜想李侠兵较早地结婚生子,是有其家庭历史渊源的。其实,柳寄明所了解的还是浅层次的,李侠兵早结婚生子的深层原因是他1929年加入中国共产党,当时,他作好随时牺牲的准备,应该留下后代,所以,他接受了父母的包办婚姻,与不相识的宣氏成婚,李侠兵这一内心深处的想法别说是柳寄明,就是村里人也不会明了。可惜宣氏所生二男一女,只成活一男一女,所以,李侠兵对小二子特别疼爱。此刻,李侠兵望着小二子远去的背影说:"小二子这鬼东西,回去还不知给他奶奶报告些什么呢?"村里人对外面来的女性很敏感,小二子虽小也不例外,李侠兵有点担心。

吴道人举着筷子说:"管他说什么,反正他妈也不在家,吃菜,吃菜。"

柳寄明心里有数,笑问:"怎么,孩子他妈到哪去了?"

"回娘家去了,她娘病了。"

两人对饮一杯,莞尔一笑。

饭后,柳寄明告辞回螃蟹港,李侠兵送她。他俩来到蔡工河口,柳寄明本想雇船走,但一时找不到船,于是她就在亭子里等。这时,李侠兵把他没有写完的信给她看。

柳寄明看到信上有一段"休妻书",问:"你把休妻书给我看什么意思?"

他抓住她的手:"我想跟你商量把休书登报。"

她感到突然,有些慌乱,争脱他的手说:"这是你的事,应由你个人作决定。"过了一会,她又说:"侠兵兄,我们的关系是明确的:

战友加朋友。但现在不谈这个话题好吗?"

李侠兵被她弄糊涂了,不明白她的意思,问:"为什么?"

"这事不是一句话两句话能说得清的。现在,我去办事,很快就会再来,到那时我们可以好好谈谈。"柳寄明觉得他的党籍没有恢复,这是个问题,她想他们两人的事应再拖延一阵子。

李侠兵听她如此说,心里"咯噔"一下。心想有些事寄明没想通,那就拖拖吧,他笑道:"是啊,我们太忙了。"

他俩心里热血奔腾,但表面都很冷静。柳寄明心里想,在李侠兵恢复党籍之后再谈结婚安排,在他没有恢复党籍暂不作考虑。同时,她目前工作十分繁忙,在建立交通站的同时,还要在螃蟹港发展党员,筹建支部,开拓百草湖区根据地。这样,两人又达成默契,便双双默然地相对站在凉亭里,完全不知李守田的到来。

李守田是送马匹来的。吴道人告诉他,李侠兵送一位姑娘去百草湖,李守田晓得雇船很难,便牵着两匹马追赶到蔡工渡头,这时见他们在亭子里说话,便上前说道:"我送两匹马来。"

李侠兵说:"这是我爸。"

柳寄明:"大伯,谢谢您啦。"

于是,他俩商量,李侠兵送她回螃蟹港,同时去龟山请孙三娘来当打靶教练。

李守田看那姑娘,穿一身乡下姑娘棉袄棉裤,发辫上打着蝴蝶结,大眼睛扑闪扑闪,领口上插着一支钢笔,人显得干练,气度不凡。正如吴道人所说,她可不是一般女子。柳寄明谢过之后,便和李侠兵骑马并辔而行,李守田望着他们的背影,心里忽然产生一种感觉,但一时说不明白是啥感觉,后来,他对人说,他那天在蔡工渡口见到柳寄明就感觉到她跟他的儿子十分般配。

傍晚,小二子割草回来,他问奶奶:"奶奶,爸爸到哪去了,义勇队有人向我打听呢?"

李嬷妈努努嘴:"你爷爷送马去的,他晓得。"

小二子喊道："爷爷，我爸哪去了？"

李守田在槽头一边往木槽里撒草一边唱曲，听到小二子喊话也不停："九里松，二高峰。举头夜色雨濛濛，赏心归来兴匆匆，花外一马来……"然后他问孙子："孙子，你说什么？"

"我爸哪去了，甚时回来？"

李道人："你爸去龟山了。他啥时回来？让我算算。"他掐指算了一会，笑道："你爸明天回来。"

果然，第二天中午，一群义勇队员拥着李侠兵、孙三娘进来。李道人笑道："我算得不错吧，今天是黄道吉日，侠兵该回来了。"

小二子扑向李侠兵："爸爸！"

李侠兵牵着小二子的手走进院子，李嬷妈忙着搬凳子给众人坐。李侠兵给众人介绍："这位是百草湖龟山巡山队队长、神枪手孙三娘，我请她来教我们队员的射击本领，准备去朱家圩赛枪。"

众人鼓掌。陈冠昌说："欢迎欢迎，敌伪把碉堡修到我们家门口了，站在乌龟壳上神气得很，十分嚣张，见人就开枪。最近，据群众反映，单五港、钦工、平安三个新修的碉堡，打死老百姓十几个人。"

余结巴："这个仇非报不可！"说着，他转脸对孙三娘拱拱手。"全靠姑娘了。"

孙三娘向众人拱手："承蒙李队长李大哥瞧得起俺，带俺来拜见各位大哥，俺在这边谢了。"

李嬷妈见孙三娘生得登实粗壮，苹果红脸，大眼灵动，短发齐耳，一副农家女打扮，十分欢喜。她笑了："孙姑娘是个侉子。"孙三娘为人响快，答道："是啊，俺家在山里。"

这时，张武生带着郑家兄弟、王振亚、刘四突然闯进来，责问道："李队长，听说你请来个女神枪……"

李侠兵截住他的话："是呀，我给你们介绍一下，她叫孙三娘，是百草湖巡山队队长、龟山夜袭队司令、神枪手。"

刘四听不下去,红脸上两三个麻点爆出来,推一把王振亚要他说话。张武生喷着唾沫,抢话道:"我们有神枪手呀,为甚还要另外请人呢?"

王振亚在一旁帮腔:"郑大、郑二不是神枪手吗,再请个女的来,叫我们怎么学啊? 女的教不学!"

郑家兄弟黑着脸,不说话。孙三娘显得尴尬,勉强地笑着。陈冠昌看不下去,说道:"你们好不晓事体! 朱家圩朱老先生要举行赛枪,谁赢了他把十五支枪献给谁,这批枪对我们龙兴寺太重要了,我们一定要在赛枪中取胜,把枪赢过来,你们懂吗?"

李侠兵感到张武生莽撞,笑着责问他:"红铜钢,就凭你那两下子,你能保证我们在赛枪中取胜?"

刘四不想听,推着王振亚说:"去,去! 你这小赤佬懂什么,是张武生的跟屁虫!"

余大杰也粗声粗气地对张武生说:"叫你耍大刀片还可以,可是,你的枪法跟我一样蹩脚,嘻嘻。"

张武生是烧熟的鸭子——嘴硬,他辩解道:"郑大、郑二指哪打哪,由他哥俩参赛肯定能把枪赢回来。郑家兄弟,你们说是吧?"

郑大、郑二仍不吱声,刘四晓得他俩嘴上不响,心里肯定不服,便说道:"中不中啊? 比比看嘛!"

这时,孙三娘也由尴尬放松起来,向大家一抱拳说:"各位大哥,有幸来龙兴寺与大哥们结识,我也想向各位讨教讨教。"

李守田见他们要比武,但无目标,便把家里铜锣取出,叫小二子飞跑到龙兴寺去敲,寺庙东西山头上都宿有许多鸽子,被小二子的铜锣声惊飞起来,在运盐河湾上空打旋。

郑大一笑,举起土铳一枪掠下两只,郑二也立即举枪打下一只。鸽子受惊,猖狂飞逃,飞向后圩芦苇上空转了一圈又向龙兴寺飞来,在距离李家大院约有一百五十米的时候,孙三娘举起钢枪连发三枪,枪枪命中,三只鸽子坠落下来。

众人皆惊，用七九步枪打飞鸽连中三元，这真是神枪手啊！

但是，郑家兄弟不服，郑大把土铳撩给孙三娘："请！"

李守田、余大杰等人又为孙三娘担心起来，会用钢枪的人多半不会用土铳。他们那知三娘是猎户出身，使用土铳更是家常便饭，得心应手。当一群鸽子飞过来时，三娘只一枪便掠下五只鸽子。

众人欢呼。余大杰笑嘻嘻地问张武生等人："喂，你们服不服？"

王振亚直点头："我服我服，我愿拜孙三娘为师。"

张武生也从心底里佩服三娘，向孙三娘拱手："孙姑娘，我等粗莽无礼，你不要见怪，我们跟你学枪法就是了。"

陈冠昌赞一声："这才是猛张飞红铜钢嘛！"

郑家兄弟也过来拱手道："愿拜孙姑娘为师。"

李侠兵笑道："愿拜师傅，这是龙兴寺的进步啊。"接着，他招呼大家坐下，问道："最近，县城、时码碉堡里的敌伪有什么动向？"

吴飞祥："线人说驻县城鬼子中队、王培鲁伪军大队接到海州日军司令部的命令，将全力封锁运盐河，切断东面盐阜区与西面淮海区的联系。这些天来，几个碉堡里的敌人把各个渡口的渡船烧毁的烧毁，拖走的拖走，弄得老百姓走亲戚也没法过河，只得脱裤子下河凫水。"

陈冠昌补充道："钦工碉堡控制蔡工、刘码好几个渡口，我们要给点颜色给王培鲁、刘太瘦看看，让他们老实点。"

余结巴："把钦工碉堡端掉算了！"

李侠兵："我看咱们要先练兵，扩大队伍，壮大实力才能跟鬼子汉奸对抗。余排长，张排长，你们负责练兵，请孙三娘教枪法。"

陈冠昌对众人说："我们告辞吧，侠兵才回来，太累了，让他早点休息。"

这天夜里，在五港碉堡、钦工碉堡前响起了冷枪，伪军岗哨中弹身亡。有人看见,一个蒙面人骑白马,在芦荡中一闪而过。

天麻麻亮,李嬷妈拿着扫帚扫院子,忽见西屋的门开着,唤了一会孙姑娘,见没人回应,便到龙兴寺操场上去找。

余结巴与一群青年在操练,见李嬷妈来,问:"李嬷妈,孙三娘起床了吗?"

李嬷妈着急:"不见了呢,我也正在找她。"

吴道人来,问:"真奇怪,天没亮,一个姑娘家会到哪去?"

这时,孙三娘一身男装骑白马奔来,摘去蒙脸的黑布,说:"我来迟了,我来迟了!"

余大杰对众人喊道:"孙姑娘回来了,我们请她教射击。大伙过来!"

孙三娘向众人拱手,说:"我跟各位切磋枪法,见笑了。"

余结巴说的是实话,但看过去像是在说客气话:"孙姑娘,不用客气了。我们队员大多数人只会捏锄头,不会耍枪杆子,对射击要领更是一无所知。你就放心的教吧。"

孙三娘:"请问各位,你们小时候玩过弹弓没有?"

余结巴奇怪了,拍拍下巴壳上的胡子说:"孙姑娘,打枪跟用弹弓打麻雀可不是一回事吧?"

孙三娘笑了:"余大哥,那当然不是一回事,可是,三点一线的射击原理是一样的。"她一边走一边在纠正瞄准射击的队员:"三点一线,射击时要屏住呼吸。"

王振亚憋住笑,故意问道:"我要打敌人的大腿怎么瞄准啊?"

孙三娘盯他一眼这个瘦小的家伙,说:"这你问余排长吧!"

余结巴瞪起爆花眼,翘起胡子生气了:"王振亚,平时看你挺老实的,你这是啥意思吗?"

张武生见结巴责问表弟,便来帮腔:"余大排长,振亚开个玩笑吗,何必这么脸红脖子粗的。"

余结巴急了:"你们甭欺负人,人,人家姑姑娘,你你哪里不好问,问打大腿啊?"

张武生一笑:"看把你急的,结巴了不是? 嘻嘻。"

余结巴:"你们会射击,这我知道。可是,在二百米外,三百米外射击要领你们掌握了吗? 射击移动的目标你们会吗? 你们说会,我请你来教!"他又说:"你们只会对五十米、一百米以内的目标射击,但大多数人连这个也不会。李队长关照过,从这最基本的教起,你们俩发、发骚,想,想捣蛋是不是?"

张武生眉头一皱,冷下脸来:"振亚开个玩笑就引来你这么多话。告诉你,兄弟们对李队长请来一个姑娘当教官并不满意,男人也没死绝,玩枪舞棒关女人什么事? 还来教我们大老爷们!"

孙三娘在队伍的那一头,她在纠正一个队员的瞄准动作,听到他们愈来愈激烈的对话,这时转过头来。余结巴一心想维护孙三娘,这时又急了:"你声音低点好不好! 我,我看你有点大男子主义,瞧不起妇女。不过嘛……"结巴扑哧笑了。

"不过什么,你笑什么?"

"我笑有的人在外发狠,回家见到女人打盹!"

张武生晓得结巴说的不是他,说的是王振亚,王振亚怕老婆。他追打过来:"好你个结巴,看我怎么揍你!"

结巴躲到刘四身后,申明道:"我说的不是你,是振亚,哪个不晓得振亚怕老婆呀!"

王振亚脸红脖子粗,说道:"咳,我才不呢。不过,余排长,你想怕老婆也没老婆可怕呢!"他不反击还好,他这一反击众人都笑开了。

这时,河东的情报员嵇保友骑脚踏车匆匆而来,报告吴道人说:"夜里,五港,钦工碉堡的伪军岗哨叫人打死了!"

吴道人问李嬷妈:"哎呀,这是好事,谁干的呀?"李嬷妈也感到奇怪,摇摇头。

嵇保友:"碉堡里送出情报,说王培鲁非常生气,下令刘太瘦、韩八实施报复,我就是为这事来送信的。"

吴道人:"伪军的岗哨也不是我们打死的,他们要来报复什么!"

李嬷妈:"打死伪军岗哨的会是哪个呢?"

这时,忽然"砰、砰"两声枪响,两只野鸭从天上掉下来,正落在李嬷妈面前。她抬头望去,孙三娘放下枪在对枪口吹气,然后将那支盒子枪插进腰带里。

吴道人赞道:"好枪法!"

众人皆惊。

孙三娘走过来,拾起野鸭递给李嬷妈:"李嬷妈,我觉得这野鸭挺肥的,便想给你加个菜。"

李嬷妈接过野鸭:"那好,嵇先生来我正愁没东西招待呢。"她又向张武生、王振亚喊道:"你们也打两只来,我不怕多呀!"

张武生与王振亚装着没听见,余大杰瞧着直乐。

34

李守田骑着大叫驴走在村路上,悠闲自得,唱着:"天堂地狱由人造,古人不肯分明道。到头来善恶终须报,只争得早到和迟到。您省的也么哥? 省的也么哥? 休向轮回路上随他闹?"

小路上,一边是河滩田野,一边是芦水荒荡。李守田一边唱着,一边看芦柴上的翠鸟,水中的游鱼,悠然地往家门前走。路上,碰到撒尿的吴道人,他问他:"你倒自在,什么'休向轮回路上随他闹?'小鬼子封锁运盐河你管不管?"

"管! 我派儿子管。"李守田笑道:"你有用得着我的地方,只管说。"他骑驴打弯,回家去了。

吴道人在后面说:"看不出来,李守田倒是老谋深算啊!"

李嬷妈在家磨盘上,一边在扫磨下来的面粉,一边抱怨道:"我们家的道人,真不是个东西,世道这么乱,他照样到镇上去听戏。

去听戏也就算了，还非骑上大叫驴去不可。这可好，家里谁来磨面呀？看你，叫我闺女劳累，出汗了不是？"她替拐磨的孙三娘擦去额上的汗珠。

孙三娘嫌热把棉袄脱了："不用，不用。我在家时，天天汗珠儿甩八瓣的干活，只是后来到了龟山才不怎么干家务了，成天背着枪在巡山。"

"巡山？为啥要巡山？"

这时，小二子回来了，心急火燎地报告道："他们，他们要孙姑姑去赛枪……"他到水缸里掬水喝。

奶奶笑了："你说什么，哪个能听懂，谁叫你姑姑去赛枪啊？慢慢说！"

小二子喝了水，抹抹嘴，说："他们，我爸爸他们在说赛枪，比枪法准头，赢了能赢到枪支弹药，他们说孙姑姑是神枪手呢。"

奶奶笑了："原来是这么回事，三娘是活线手呀，了不得啊！"她叫孙子："快帮你姑姑拐磨。"

这时，李守田回来了，他牵着大叫驴进门，要把大叫驴扣到槽头上去。

李嬷嬷叫道："你还晓得回来啊？把驴套上磨，这两斗小麦人拐要拐到猴年马月呀？快套驴！"

李守田牵着驴过来，颇有歉意地说："你怎叫孙姑娘拐磨，不能等我回来再做。"

李嬷嬷："等你回来，今晚吃什么？快套驴上磨！"

李守田进棚套上驴，李嬷嬷向磨眼里倒进小麦，小二子拿着柳条来赶驴。李守田："我到龙兴寺去了。"说着就出门。

李嬷嬷朝他背后瞪眼："哼，你还有家吗？"接着，她又喊道："叫儿子早点回来吃饭，叫陈冠昌他们都来，我包饺子。"她把桌子搬到院子里，开始斫菜。孙三娘从屋出来帮忙，李嬷嬷说："刚才问你为啥到龟山，叫他祖孙俩回来闹了。你说说，你一个姑娘家还是活线手,真不简单,三娘,你身上一定有不少故事吧?"

孙三娘苦笑。她这两天与李家人相处,有回家的感觉,李嬷妈待人温厚,热情,爽快,她很想让李嬷妈了解自己。于是,她说:"你老愿意听,我就说说我的身世,我怎么会成为活线手,又怎么会到百草湖里龟山的。"

小二子一听三娘要说身世,驴也不赶了,跑过来竖起耳朵听。奶奶说:"驴没人赶,会偷吃,赶驴去!"小二子望望驴蒙着眼罩,就赖着不去。

奶奶笑对孙三娘:"姑娘,你说,你说你的故事。"

孙三娘把一把青菜理整齐放在桌上,感慨地说:"这就说来话长了……"她说,我家住在大山里,门前有一条山溪流到百草湖。山里有近亲结婚的习俗,人大多生得矮小。可我家不同,祖母是从百草湖娶来的,我妈是我爸从狼窝里救出来的,我的家人都生得比较高大,健壮,结实。我爷爷、我爹都是猎户,但都穷得叮当响,我哥哥娶媳妇也娶不起,最后,我家决定用我与蒋家换亲,我的故事也就从此开始了。

我家与蒋家寨的蒋大头家是老上亲。蒋大头那年才十五岁,个头才一米四,头像个南瓜,嘴角会流口水,衣襟上系着一块揩口水的小毛巾。他的智力跟三岁孩子差不多,爱笑,低能,善良。蒋大头这个人我是见过的,我与大头的阿妹是要好小姐妹。我们两家三代前也曾联过亲。我一听要换亲从心里不愿意,跑到山上哭了三天三夜。父母亲说,家里穷,才出此下策,委屈你了。妈妈抱着我哭得泪人似的,父亲一见老鸦叫就开枪,把门前的一棵大榆树都打烂了。

我头脑发懵,跪在爷爷病榻前。

爷爷喘着气,喉咙里呼啦呼响,给我讲我爸妈的故事。他说,那年秋天,我爸在后狼沟里遇到一群狼,几十条,他边打边退,退到山口安全的地带。这时,从山间小道上闯进来一位姑娘,她挎着蓝花布小包袱,慌慌张张地跑,她哪会想到跑进了狼窝。我爸狂喊,那姑娘也没听见,于是,我爸不顾一切奔下山。这时,已有几十条狼把那姑娘逼到山谷的桃树林里,那姑娘躲到一棵大桃树后面,群狼哪会放过她,一个个红着眼睛要把她撕碎。就在五条狼同时向姑娘袭击的时候,我爸枪响,打倒了一只狼。同时,我爸迅疾奔过去挡在姑娘面前,与进攻的群狼相持,搏斗,直到把头狼打死,群狼才逃散。这时,我爸已是多处受伤,浑身是血,而那姑娘早就吓晕了,我爸把她背了回来。

村里人听说此事,都怂恿我爸与那姑娘结亲,我爷爷不同意。他说,猎人奋不顾身救人全凭一个"义"字,若是乘人之危提出与其结婚,这跟救人要报酬有什么两样? 不义! 山里猎户义字传家,不能这样做。

李嬷妈听出了神,问道:"后来呢,你的父母怎么结的婚?"

三娘说:"我妈也讲义气,通知我舅舅来,在舅舅支持下,她与我爸成婚了。"

李嬷妈:"听得出来你家'义'字传家,你与蒋大头的婚姻一定也是'义'字贯穿啊!"

"是啊。"

孙三娘说,我只有按爷爷的要求,与蒋家换亲。不过,父亲总感到对不起我,问我出嫁前有什么要求? 我说:"我想学你的枪法。"

爹说:"蒋家穷,以后蒋家靠你养活了。靠山吃山,爹教你狩猎的活儿。"

于是,爹教我打猎。端枪打,甩枪打,单枪打,双枪打,各种打法一一教会我。打树上的苹果,打吊着的鸡,打奔跑的獐子和野兔。后来,我嫁到蒋家后,打死偷吃玉米棒子的熊,打死十几头来村里偷小孩的豺狼……

这时,李守田牵着大白马走进院子,李侠兵、陈冠昌、余大杰几个人跟在后面进来,他们听到孙三娘讲的最后几句话。李侠兵赞道:"孙三娘,你真了不起,能打死狗熊跟豺狼!"

李嬷妈也觉得三娘真了不起,夸她道:"三娘可不一般,猎户人家的闺女,活线手,不用瞄准,指哪打哪。"

陈冠昌一听来劲了,笑道:"我们来就是请孙姑娘出场,替我们去赛枪赢枪支弹药呢。"

孙三娘一头雾水,问:"陈大哥,怎么回事,不是说叫我来教大伙练打枪吗?"

李侠兵解释说:"当时,我没把话说清楚。现在看来,你不出场我们赢不了朱家的枪支弹药。"

三娘低头不语,气氛有些僵持。这时,李守田从马棚里出来,却站在旁边听他们的对话。李嬷妈瞪他一眼,过来令他道:"老头子,烧火去,饺子包得差不多了。"李守田站也不敢站,赶紧往灶间去了。大家伙明白,李嬷妈爱在众人面前争面子,显显她在李家的主人地位。

这样一来气氛倒有所缓和,李侠兵说:"明天,朱家圩举行打靶比赛,朱崇山老先生拿出十五支枪、两箱子弹作奖品,谁赢了奖给谁。我们龙兴寺抗日义勇队正在扩编,急需这批枪支弹药。可是,我们射击水平低,靠这几天练也练不出神枪手来,所以想请三娘帮忙,不知你意下如何?"

孙三娘问:"明天要去的朱家圩,是不是我义妹宋英英的老家?那个朱崇山是不是朱家的族长,用双人漂把英英漂走的那个人?"

李嬷妈插话:"是啊,英英姑娘是那个老东西送上双人漂的!"

孙三娘立即变色,眼里喷火,严厉地说道:"不管哪个地方,只要搞双人漂就是我的仇人。仇人的东西不用说去赢得来,就是送给我也不要!"

这下气氛骤然紧张起来,余大杰急了:"孙姑娘,这,这可使不得,这可使不得啊!"

孙三娘的话也出乎陈冠昌和李侠兵的意料,两人交换一下眼色。李侠兵先说道:"龟山漂女的不幸遭遇,是封建主义的家族造成的,我们十分同情。但是,现在是抗战时期,共产党中央号召我们不分党派,不分阶级和阶层,全面投入抗战。凡愿意抗战者,我们就团结他,凡愿为抗战出力出财者,我们就欢迎他。现在,如果因为家仇恩怨,朱老先生这批枪支弹药我们得不到了,反而落到汉奸或土匪手里,那就太可惜了,太糟糕了!"

　　陈冠昌笑嗨嗨的,说道:"孙姑娘,你的义气我一听就明白了,你把结拜姐妹的恩怨如同是自己的恩怨一样,这很好嘛,十分讲义气。不过,这毕竟不同于你……"

　　孙三娘鼓起嘴,打断他:"陈大哥,甭说了,甭说了!"

　　余大杰有些担心,走近一步问:"姑娘,没商量余地了?"

　　孙三娘转过身,低头不语。李嬷妈过来带弯子,笑道:"大家准备吃饺子,小二子,捣蒜泥!"接着,她见大家愣着,又说:"饭后,我再跟孙姑娘唠唠。"

　　孙三娘说:"李嬷妈,因你是宋英英的救命恩人,我才来龙兴寺传授枪法的,我感谢你老人家,你可不要难为我啊?"

　　李嬷妈与她抬桌子,说:"不会,不会。"

　　李守田端上一盆热气腾腾的饺子:"来喽,大家吃饺子。"

　　李嬷妈又端上一盆饺子:"大伙乘热吃。"

　　"这姑娘真奇怪,请她去赛枪,她还拿架子!"李守田又到灶下去烧火,伸过头说。

　　李嬷妈呛白他:"你懂什么! 这姑娘身世苦,她被漂过,能不恨族长吗?"

　　"可侠兵他们很需要枪呀。"

　　李嬷妈忽有所悟,笑道:"你不是跟宋铭儒很要好吗? 你去把他请来,叫他动员三娘去赛枪,三娘一准去。"

　　"这主意好,我去了。"李守田向灶膛里扔了一块木柴,到院子里骑上脚踏车出去了。

院子里，众人边吃边聊天，余大杰总是呆呆地看着孙三娘，羡慕之情显露无遗。来来回回端饺子的李嬷妈看在眼里，把他拽到一边，说："看上了，看上了我给你说合说合？"

余大杰不好意思了，摸着络腮虬须闪着眼睛说："李家姆妈，人家会看上我吗，我是穷光蛋一个呀？"

李嬷妈："成与不成，我给你说说看吗？"

这时的余大杰也显得会说话了："那我感谢不尽，我这就跟你磕头，你是李队长的姆妈，也是我余大杰的干妈啊。"

李嬷妈："这使不得，还不知能不能成功呢？你先不要给我下跪，快回去吃饺子吧。"

余大杰接过一盆饺子送到桌上："来了，又是一盘。"

陈冠昌见了，笑着问："结巴，平时像是大家欠你钱似的，今天怎么这样高兴，是不是饺子吃的？"

一串车铃响，李守田骑着车回来了，他把宋铭儒带来了。他放下车，向孙三娘介绍道："这是宋先生，是宋英英的爹。"他又介绍孙三娘："这是英英的结拜姐妹孙三娘、就是在路上我跟你说的神枪手。"

孙三娘："宋大爹，我本要去看望您的，想不到在这里跟您见面。"

宋铭儒头戴绒帽，身穿直贡呢棉袍，一副淡定的样子。他说："英英去了龟山我也不认了，漂出去的闺女泼出去的水啊，这是老规矩。不过，我就这么一个闺女，心里总舍不得。她在龟山还好吗？"

孙三娘打量眼前这位教书先生，尽量往好处说："好着呢。龟山是漂女的天下，姐妹们又很齐心，有日脚过。"

宋铭儒皱了一下眉，想尽快结束他不愿谈的话题，说道："我并不完全封建。我让英英从小读书，对她抱有希望，想不到出了那样的事,也没办法了。"接着,他立即说:"闺女,听说你不愿参加朱崇山的赛枪会?"

孙三娘:"英英的仇人就是我的仇人。"

宋铭儒以长辈的口气问道:"你与英英是结拜姐妹,那么,我也是你的义父不是?"

"是。"孙三娘答应道,跪了下来:"义父大人在上。"

宋铭儒扶她起来:"闺女,你性情直爽,义气,那我要做的事你不能不答应吧?"他推一推鼻梁上的眼镜,脸上现出深明大义的表情,说道:"你应参加朱家圩赛枪,把枪支弹药赢得来,龙兴寺义勇队是我们县第一支抗日的队伍,许多青年踊跃来报名,可惜缺少枪支弹药,你枪法好,你就帮帮忙吧?"见孙三娘沉吟不语,他继续说道:"其实,我对朱崇山也是心存怨恨的。我女儿出轨犯错后,他一点也不给我面子,与他小儿子虎尾召开家族会议,把英英和夏羡贤送上双人漂,让我丢尽老脸。不过,现在是抗日,以抗日民族大义为重,家仇恩怨可放一放了。"

孙三娘听后,立即表态:"您不要说了,我答应明天去朱家圩赛枪就是了。"

众人鼓掌。

"孙姑娘真是爽气。"余大杰端一碟饺子过来,送到孙三娘面前。

张武生在一边说:"你们甭看结巴说话慢,可拍马屁却是来得快!"

王振亚总与他表哥一搭一挡:"那要看拍谁的马屁,他拍孙姑娘的马屁才勤快呀,嘻嘻。"

孙三娘把宋铭儒拉到大门外,在晚霞光照里把一摞银圆塞给他,宋先生死也不收。孙三娘:"这是英英和我孝敬您的。"

宋铭儒:"听说龟山聚集一窝土匪,你们是不是土匪?"

孙三娘也不想隐瞒,说道:"打家劫舍、扣船抢夺是有的。"

宋铭儒："这钱我不能收,圣人言……"

孙三娘心想,这样的老先生一辈子正直,不会收她来路不正的银子的。她说:"那好,下回让英英妹子送回来。"

宋铭儒眨白眼,说得明白:"她当土匪就不要回来,我也不认这个漂出去的女儿了。"说着就回家去了。

孙三娘一震,心里不快,觉得宋老先生迂腐到家了。她气鼓鼓地把银圆藏在棉袄兜里,转身就走回院子里。余大杰喊道:"孙姑娘,快来吃饺子呀!"

李守田赶出门去,晚霞里,他要送宋先生一程。

35

第二天清晨,李侠兵领着孙三娘、余大杰、张武生、吴飞祥等人去朱家圩。孙三娘一身男装打扮,穿着黑洋布棉袄棉裤,絷着裤脚管,头上戴着斗笠,腰间束着宽布带,苹果脸红朴朴的,英姿飒爽。

一路上,余大杰总想靠近孙三娘,这时他赶到孙三娘身边,说:"三娘,你这身打扮真不赖,活脱脱像是渔家捕鱼的小伙,真好看。"

孙三娘笑盈盈的答道:"余大哥,我们在百草湖经常女扮男装呢。"

余大杰又要说什么,被插上来的张武生挤到一边。张武生问李侠兵:"队长,我们哪几个人参加比赛唷?"

"大杰、孙三娘一定要上,还有谁上到时再看吧。"

吴飞祥问:"今天赛枪,有哪几处的人?"

"不知道,起码有三、五处人吧。"

余大杰说:"管他有哪几处人来,在三娘面前都要败下阵来!"

李侠兵告知他们:"大杰,光靠三娘一人不行,必须三比二胜才算赢。"

张武生一想对呀,比赛总是三战两胜,便问道:"我们神枪手只孙姑娘一人,队长,那怎办?"

李侠兵早盘算好了,他见众人着急的样子,笑着问道:"你们听说过田忌赛马的故事吗?"张武生、余大杰直摇头,李侠兵说:"你们都不知道,那我得讲讲,到时也许用得上。古代齐国赛马,也是三战两胜,名将田忌与齐威王赛马,他总屡战屡败,他请教孙膑。孙膑是大军事家,是当时齐国最聪明的人。孙膑问,你家的马与齐威王的马相比怎么样? 田忌说,两家的马差不多,一号跑得快,二号还可以,三号跑得最差。孙膑说,我明白了,你到时候听我调度,准赢。到了赛马场上,齐威王先出马,孙膑问:'这是齐王的几号马?'田忌说这是齐王跑得最快的一号马,孙膑令三号马参赛。接着,他令一号马对齐威王的二号马,二号马对齐威王的三号马。比赛的结果是田家二比一赢了。"

余大杰一时转不过脑子来,问:"这三号对一号,一号对二号,二号对三号,这,这怎么就能赢了?"

众人都笑了,吴飞祥脑子一向转得快,笑道:"这不明摆着吗,你缺心眼啊?"

张武生看着孙三娘说:"结巴一点不缺心眼,三娘对不? 在拍马屁方面,他脑筋急转弯来得挺快嘛!"

众人善意地笑起来。陈冠昌催着大家走快点。在望见朱家圩南门时,李侠兵关照道:"你们哪个熟悉对方射手情况,到时告诉我。"

余大杰这回反应来得快,说:"队长了解了对手,便好三号对一号,一号对二号,二号对三号排兵布阵了!"

张武生笑道:"谁能说我兄弟缺心眼啊!"

余大杰举起榔头一般的拳头,翘起络腮虬须喝道:"去你的,红铜钢!"

赛枪场设在圩里小学校的操场上,圩口加了岗哨,炮楼上架起机关枪。朱崇山想得周到,加强了戒备,以防出岔子。

朱虎首生怕出事,他检查过圩口岗哨,又来到操场边关照独眼龙:"今天要机灵点,没有我的准许,谁都不能进场。知道么、大家都有枪,弄不好就会火拼。"

独眼龙:"大少爷,都来哪些人啊?"

朱虎首:"龙兴寺,钦工碉堡,百草湖鱼村的土匪黎民虎枪船团,还有几家。"

独眼龙想了想说:"龙兴寺跟钦工碉堡是对头,弄不好会打起来。"

朱虎首有信心:"不怕。我已规定,每人只准带三粒子弹,打完走路。"

操场边,朱虎尾在指挥人布置靶子。他叫人把葫芦挂在树枝上,又在第二棵树上吊着鸡。把一筐鸡和两筐葫芦放在树下准备着。这时,押着土匪胡横兴来的队员问:"怎办?"朱虎尾把胡横兴眼上的黑布扎紧,令其跪在小屋里,又叫一个小厮把尿盆放在胡横兴的头顶上,然后对小厮说:"赛枪时,就这么办。"又对胡横兴说:"胡大哥,今天你帮忙助兴,命大的话,你走路,你过去在朱家圩偷鸡摸狗的事就一笔勾销了。"

胡横兴一副哭腔,求道:"五少爷,手下留情呀!"

这时,朱崇山走来,问:"你们准备得怎么样了?"

朱虎尾:"爹,一切准备就绪。"

朱崇山问:"你大哥呢?"

"在圩口呢。"

圩口,朱虎首在监督自卫队检查来往行人。他见李侠兵带一队人来,立即上前热情握手:"欢迎李兄捧场。"

李侠兵把他拉到一边说:"朱兄,今天,你要帮忙,我们打鬼子确实需要一批枪支弹药,这个忙你一定得帮!"

朱虎首:"李兄,你要我帮什么忙?"

李侠兵:"你只要把参赛选手的排号告诉我就可以了。"

朱虎首一口答应："这没问题,弄到名单后我会交给你的。"

"好,够朋友。"

"你进去吧,我爹在操场上等你呢。"

这时,余大杰在吵吵:"这不行,你怎没收我们的子弹?不行!"

朱虎首跑过去,说:"结巴兄弟,为防意外,子弹一律由我保存,打靶时我再发给你们。"

李侠兵下令道:"大家听朱大哥的!"

余大杰等人把子弹交给独眼龙。

操场上,小刀会首领沙民龙红脸长髯,气宇不凡,他带领一帮小刀会成员,手握鬼头刀,头扎红布巾,腰束红布带,向朱崇山抱拳稽首。

朱崇山招手:"沙会首,免礼,免礼,你行此大礼,我不敢当呀!"

沙民龙就坐后,说:"朱老先生德高望重,平日里资助我小刀会香火钱,在下感激不尽。今天,你老让我们来压场子,实在高兴。"

朱崇山捋着山羊胡子,一字一板地说:"小刀会在我县有近万人,在江淮也不下十万人吧。小刀会人多势众,符法又灵,哪个不敬重呀!今天,有你沙会首压场子我就放心了。"

沙民龙:"朱老先生,你放廿四个宽心,我小刀会信神,到时众人得令,听神的玉旨,不会因亲友而不往前执法,就是对百草湖鱼村我表兄弟黎民虎也不例外!"

朱崇山拿眼觑他一觑,见他气宇轩昂,一身仙气,笑道:"你髯须过胸,面如红枣,令人敬仰哪!"

这时,李侠兵领着队员们到来,见朱崇山坐椅两旁小刀会会众持刀侍立左右,气氛肃穆,说道:"朱老,您今天大抬东南角,把小刀会也请来了。"

朱崇山:"李队长,快来坐。上茶!"接着,他介绍道:"这是沙会首兼开化师。"

"幸会,幸会。"

这时,刘太瘦、韩八爷与楚五等人来到。刘太瘦向众人抱拳:
"幸会,幸会。"然后问:"朱老先生,赛枪会何时开始?"

"刘连长,今天,老朽就不给你们互相介绍了,你不会责怪吧。"
朱崇山说:"你请东边坐。"

待刘太瘦等人在东边茶桌边坐下,飞眼来望李侠兵,李侠兵在
喝茶没拿正眼看他。这时,吴飞祥低声问李侠兵:"今天,会不会打
起来?"

李侠兵:"你放心,刘太瘦、韩八这些人最怕小刀会。等会儿,
你跟沙民龙联络联络,他主张抗日的。"吴飞祥想,李队长想得周
到,沙民龙是他叔吴道人的徒弟,这工作由他做最合适。想到这
里,他对站在朱崇山身旁的沙民龙笑了笑,算是打了个招呼。

这时,百草湖鱼村的枪船团团长黎民虎带人来到。朱虎首对
其父说:"爹,百草湖鱼村的枪船团团长到了,参加赛枪的人就到齐
了,你看这赛枪怎么弄法子?"

朱崇山笑笑,手扶着太师椅说:"我不是给你交待过吗。现在,
我在诸位英雄好汉面前宣布一下赛枪规则:一、每队三人参赛,二、
两家比赛,三战二胜。三、胜家获得枪支弹药奖励,个人获奖金。
诸位英雄好汉,这个赛枪规则怎么样呀,可行否?"

"好!"众人称赞。

朱虎首对朱虎尾:"五弟,你叫老二、老三、老四去做好准备,把
胡横兴带到靶场。"接着,他去厕所。

李侠兵:"朱兄,你哪去?"

"去方便。"朱虎首指着临时搭的席棚。

"好,一道去。"李侠兵跟他去席棚。

他俩进了席棚,李侠兵问:"朱兄,今天各种人都来赛枪,有土
匪、伪军,会不会有安全问题,互相打起来啊?"

朱虎首:"李兄,你放心。这事我爹早有考虑,他请来小刀会压
场,谁敢捣乱哪!"接着他立即掏出一张纸条给李侠兵:"你看,钦

工、百草湖两队参赛名单,1号最好,2号差点,3号最差。"

李侠兵接过纸条看去:"钦工队刘太瘦、韩八爷、楚五,百草湖鱼村队黎民虎、王绍富、陈发财。"他看完即将纸条一团扔进便池,随小便流去。他说:"朱大哥谢了,朱老先生以赛枪之计,献枪抗日,看来此计可成了!"

他们来到赛枪场。朱家兄弟在布置,朱虎尾押着用黑布蒙着脸的胡横兴,令其跪地:"勿动,动就没命了!"然后令人把尿盆置其头上。

自卫队队员抬一筐尿盆,几只鸡与葫芦放在场边树林里。朱崇山喊道:"朱家圩赛枪开始!"

朱虎尾问刘太瘦:"你们钦工哪个先上场?"

韩八爷和楚五:"刘连长先上。"

好显摆的刘太瘦躬着大虾米似的腰,呲着金牙说:"你们让我充大头鬼,我就先上吧。"

朱虎首问:"龙兴寺义勇队、百草湖鱼村枪船团,你们谁出来比赛?"

百草湖鱼村枪船团:"我们黎团长上!"黎民虎是个矮脚虎,又矮又胖,提着枪来到前面。

李侠兵问队员:"我们哪个先上?"

余结巴想的是面子,说:"人家都是什么连长、团长的,我们当然是你队长第一个上了!"

孙三娘:"余大哥,李队长在路上说的话你忘了? 不要瞎嚷嚷!"

"是。"

张武生笑了:"三娘对结巴是一帖药。"

吴飞祥:"我们当然派最好的射手上场了。"

李侠兵跟他一对眼,晓得他正话反说,笑笑说:"飞祥说得对,我们派王振亚上场。"

王振亚射击水平在队里不过是中下,叫他上场他一下子蒙了,直挠头:"我,我怎么成了队里的头号射手,奇怪呀!"众人催促王振亚上场,他扭扭捏捏来到场上。

朱老大宣布:"龙兴寺队与钦工碉堡队赛枪开始!"

刘太瘦是个兵痞,歪戴着大盖帽,扛着枪向前迈进一步,从朱虎二手中拿了三颗子弹,按进枪膛就要射击。这时,余大杰跑过来对王振亚说:"老弟,我们不能跟伪军赛枪!"

王振亚不解,问道:"队长都同意了,赛枪是为了赢枪支弹药打鬼子啊。"

余大杰拉着他:"这家伙戴着鬼子的帽子,我们就不与他比赛!"

朱虎首等人走过来问:"怎么啦?"

余大杰:"我们不与鬼子比赛枪法,他是鬼子。"

朱虎尾解释:"刘连长不是鬼子,他是戴着鬼子帽子的中国人。"

王振亚明白余大杰的意思了,心想先消贬他一番再说,他说:"朱大哥,叫姓刘的把鬼子的帽子脱了我才与他比赛!"

朱虎首看看李侠兵:"这,这……"他对刘太瘦喊道,"刘连长,你就把头顶上的帽子脱了吧!"

刘太瘦呲着金牙,一张瘦脸都气歪了:"这顶帽子是塚上少佐赏我的,戴上这顶帽子就意味着皇军的信任。"

戴着伪军帽子的韩八爷弹着自己的帽子说:"刘连长,这么说你是皇军的铁杆了,你要跟王培鲁大哥争饭吃?"

被韩八这一说刘太瘦更生气了,赶紧申明道:"岂敢,岂敢,我跟大哥的关系你是知道的,我怎敢跟大哥去争宠。"

这时,朱崇山喊道:"刘连长,你把鬼子的帽子摘了!"

刘太瘦没办法了,只得自找台阶下,说:"好,老爷子发话了,我摘帽子。不过,我摘了帽子照样弹无虚发,枪枪命中!"他气呼呼抓下头上的帽子,举枪就要打。

这时,吴飞祥走过来拾起帽子转了转,说:"日本鬼子真是贼,连士兵的帽子都这么紧巴巴的,省布省料,像个小偷戴的风帽。"

刘太瘦气得直瞪蛤蟆眼,影响瞄准。但是,他第一枪还是击中葫芦,第二枪打断了鸡的翅膀,要打第三枪时,忽听那人喊:"老哥,手下留情!"他这一枪打飞了。刘太瘦问:"你是胡横兴兄弟?"

这时,朱家兄弟把他请出场外,坐在朱崇山身边。朱虎首命丫头给他端过茶说:"刘连长,关于胡横兴的事以后再说,你先喝茶。"

这时,轮到王振亚上场。他自知枪法不行,却很努力,一枪一枪瞄准了打,可惜第一枪第二枪都未打中。在他打第三枪时,孙三娘走过来悄悄地说道:"这一百米的靶,你要瞄准尿盆口打,你前两枪都打高了。"

王振亚心想我跟姓胡的无怨无仇,千万别把他的脑袋打烂了。他屏声屏气瞄准,一枪把胡横兴头上的尿盆打个粉碎,吓得胡横兴应声倒地。

朱虎首等人跑过去看,见胡横兴无恙,令其道:"土匪,哪有怕枪声的,跪好!"他们又在他头上缚一个尿盆。

刘太瘦戴上鬼子的帽子,得意了:"哼,搞了那么多花样,还是败在老子的手下!"

接着是楚五上场,三枪二中,张武生成绩三枪三中。朱虎首宣布:"两队现在是一比一。"

到了韩八爷上场,刘太瘦说道:"韩八你要三发三中,我到大哥那里为你请功,把你副连长升为连长。"

韩八说:"我会尽力的。"

韩八打下来是三枪二中。

龙兴寺派出孙三娘,在孙三娘进入场地时,刘太瘦也发出干扰,他叫人喊道:"叫他取下斗笠!"

李侠兵等人有点紧张,吴飞祥反问:"为什么,斗笠也不是日本鬼子的军帽,为什么要取下?"

韩八劝道:"刘连长,不要跟他们罗嗦了,让他们打吧!"

刘太瘦喝着茶:"我怀疑他是女人? 你看他屁股。"

王振亚责问:"你是故意找碴还是怎的? 说实在的,要不是想赢枪用来打小鬼子,我们才不愿意跟你们伪军赛枪呢!"

刘太瘦立眼呲嘴:"咦,这么说你们来赛枪,是给我刘某的面子啦?"

张武生骂道:"给日本人当伪军就是给中国人丢面子,没人瞧得起的,连埋在坟里的先人也丢人现眼!"

余大杰帮腔:"这,这明摆,明摆着的嘛……"

吴飞祥想现在不是骂仗的时候,出面制止道:"大家不说了,影响孙三娘的情绪。"

孙三娘笑道:"没关系,你们吵架对我也没影响。"说着,她没有瞄准举起枪连开三枪,打中了葫芦中心、公鸡的脑袋,尿壶的底部,把胡横兴的头顶剃去一道头发,留下一溜白杠。

众人皆惊,连朱崇山也前去察看。在一边静候佳音的李侠兵这时也兴奋得站起来,来到欢呼的队伍里。

这时,黎民虎晓得不是龙兴寺的对手,便站起来宣布道:"大家伙听着,我们百草湖鱼村枪船团自愧不如,也不想献丑,因此,我决定放弃比赛!"

龙兴寺的人又是一阵欢呼。

刘太瘦骂道:"百草湖鱼村枪船团真是脓包。那么,赛枪的奖金你们也不要了?"

黎民虎点头:"不要了,你拿去吧,交个朋友。"

刘太瘦:"好,你黎团长像个在江湖上混的人物。"他俩握手,黎民虎低声说:"刘连长,借一步说话。"他俩来到树林里,黎民虎说:"我们联手把朱家圩抢了,怎么样?"

刘太瘦说道:"不行,王培鲁大哥说了,不准动。朱崇山有三千子弟，大哥是他的徒弟，五十五军的一个团长也是他的徒弟，谁敢有动朱家圩的念头啊。"

黎民虎又出主意："那就在路上把龙兴寺的李侠兵截了，怎么样？"

刘太瘦想了一想，说："这倒可以，等会儿我们再商量。"他见龙兴寺的人朝这边望，说："不要引起他们的怀疑，快回！"

朱崇山见众人到齐，宣布道："今天，朱家圩赛枪结果宣布如下：龙兴寺获第一名，由于百草湖临时决定放弃比赛，因此，钦工碉堡获得第二名，百草湖鱼村枪船团和东安县的小刀会获得参与奖，现在，颁发奖品和奖金。"

朱家五兄弟在朱虎首带领下，搬来十五枝步枪和两箱子弹，一律扎有红绸条，一叠叠奖金都由红纸包着。他们把步枪、子弹和奖金发给龙兴寺人员，刘太瘦和黎民虎贼眼溜溜地紧盯着那批枪，以致发奖金给他们连客气话也没说。张武生和刘四上台领了枪支弹药，抬到会场外。

李侠兵在台上一再说客气话："感谢朱家圩，感谢朱老先生。"

朱虎首用眼扫视众人，笑道："我代表我们兄弟和朱家圩感谢各位参加赛枪，奖金微薄，不成敬意呀。"

众人拱手而别。刘太瘦临行前，向朱崇山说了许多好话，要把他的把兄弟胡横兴带走，朱崇山考虑胡横兴不过是来朱家圩偷窃的小蟊贼，也就做个顺水人情把他放了。刘太瘦道声谢，带着胡横兴便告别而去。

李侠兵来到朱崇山面前，再一次表示："朱老，你支持抗战，我心领了，日后您有什么要求只管说，凡我能办到的，一定照办。"

朱老先生握着他的手："好，好。你日后要帮忙的，跟虎首说就可以了。"

吴飞祥："朱老，谢了。听说鬼子队长下令日军、伪军任何人不得入朱家圩，有这话吗？"

朱崇山又一次将山羊胡子,笑道:"塚上中队长是说过这句话,王培鲁也说过这句话。不过,他们说过的话能算数吗?"

吴飞祥笑笑说:"不管怎么样,以后鬼子、汉奸追我,我就往你老家里躲。"

朱崇山爽快地答应:"那没问题。"然后对李侠兵说:"今天,叫刘太瘦、韩八他们来,就是对他们发出警示:抗日者大有人在,抗日的枪口正对准着他们呢。"

吴飞祥望着赢得的枪,笑了:"他们没闹事就算不错了。"

余结巴瞪大眼睛:"他们敢? 你没看到朱老太爷请来小刀会吗!"

圩口南大门,刘太瘦与黎民虎两队人出了朱家圩,骑上脚踏车朝西而去。独眼龙感到奇怪:"咦,刘太瘦回钦工碉堡应该往东走,黎民虎回百草湖应该往南走,他们怎么往龙兴寺方向去了呢?"

一个自卫队员说:"这票货出来不顺手牵羊捞一把,会空手回去吗?"

独眼龙点头:"你说得有理。不过,哪个庄上没有护庄队,自卫队啊!"

这时,吴道人、李守田率龙兴寺老少众人,吹吹打打到了朱家圩南大门,来迎接赛枪队。余大杰等人抬着枪支弹药走来,小二子几个小子立即放起鞭炮。

走在后面的李侠兵向朱虎首挥手告别,对张武生说:"朱虎首够朋友,赛枪时他十分帮忙。"这时,一群队员过来,他说:"比赛时,王振亚很灵活,拿刘太瘦戴鬼子的帽子做文章,把刘太瘦的心思搅乱。"

张武生:"这主意倒是余结巴先提出来的。别看结巴一付老实巴几相,其实,他花样真不少呢。"

刘四也证实说:"对,是结巴兄弟先提出来的。"

余大杰纠正他们说:"我不是要花招,我就是看不惯中国人戴鬼子的帽子。"

孙三娘插话："我注意观察刘太瘦、韩八的枪法,他们那样的打法,打两百米外的目标是打不准的。他们的枪法不怎么样。"

王振亚先赞三娘："今天能赢全仗孙三娘。"接着,他又自嘲道："不过,李队长应用孙膑三战二胜的赛马法赢是赢了,只是让我当牺牲品了。"

刘四抬着枪和子弹箱,喜颠颠的,这时回过头戳他道："兄弟,不把你牺牲了,我们哪来这些枪和奖金噢?"

快到老堆头的时候,欢迎的乐队吹吹打打得更起劲了,队伍在音乐声中前行。突然,从丛林里传来鸣枪声示警,一个粗哑的嗓子在狂叫："放下你们的枪支弹药,身上的金钱!"

"交出买路钱!"

"听见没有,聋啦? 把你们赢来的奖品和奖金交出来!"

李侠兵责问道："你们是哪路好汉,站出来说话?"同时,他对李守田和小二子低声说："快回村子,叫陈冠昌带人从西面支援我们,快去!"祖孙俩答应一声,矮下身到芦苇荡里去了。李侠兵又高声对老堆头丛林里喊道："你们听着,到底想怎的?"

刘太瘦从林子里露出身来,呲着金牙笑道："李队长,你们在朱家圩赛枪时搞干扰,拿我戴皇军的帽子说事,扰乱我们的情绪,否则,你们能赢?"

张武生上前道："这么说,你不服。好,刚才赛枪我没上,现在你我再赛一场?"

刘太瘦："我们只想要你们的奖品,并不想动武!"

李侠兵想弄清对方的实力,问道："你说的'我们'包括哪些人? 藏在老堆头的有没有百草湖鱼村的枪船团的人,有的话站出来说话!"

黎民虎从林中现身,说道："李队长,兄弟为刘连长抱不平,你们赢得不光彩,所以,我黎某才来主持公道。"

李侠兵掏出棉袍下的快机盒子，站到林子后面对众人说："你们各就各位，准备战斗。三娘姑娘，打起来你先打伤他们两个，把他们镇住。然后，我再与他们谈判。"

"好。"孙三娘推子弹上膛，伏到土坟后面。又问："李大哥，怎不打死他几个？"

李侠兵对她说："那就结仇了，不好谈判了。"接着，他又向老堆头喊道："黎团长，据你说你有百余条枪船，在一些船上装有钢板，十分厉害。你在百草湖上称霸一方，连新四军的军需船队你都不让他们进百草湖。"

黎民虎在百草湖称霸也有几年了，他矮脚虎名声四扬。他得意地说："百草湖是枪船团的地盘，哪个也不准进，进了得交买路钱。"

李侠兵问："黎团长，你刚才说要主持公道，怎么主持啊？"

黎民虎："我提议：一、你们丢下奖金，把奖品丢一半，走路。二、你要是不服的话，我枪船团与你们约个时间，在朱家圩赌一场，推牌九、打麻将、押宝随你挑。输了我给你枪，你输了，你给我粮食，我船队缺少粮食。李队长，怎么样啊？"

李侠兵问众人："你们都听见了？"

余大杰："他第一条，我们不答应。第二条……"

张武生和刘四："对第二条，我们答应，不过，我们只给钱不给粮。"

吴道人赞道："张武生、刘四到底是跟侠兵到铁佛寺、武汉去见过世面，比结巴灵活！不过，赌博结巴和武生是好手，押宝、推牌九是一只鼎，怕他们什么？"

提起赌博张武生笑嗨嗨的，拍着厚实的胸脯说："有你站在一边神机妙算，我红铜钢每赌必赢。"

老堆头上，又传来刘太瘦威胁的喊声："李队长，我劝你乖乖留下奖品，回龙兴寺去！否则，你看！"树丛里冒出几十个戴伪军帽子的人头。"我这里埋伏了一个排,你们三五个人,不是对手啊!"

这时,十几个小刀会的人拿着刀跑过来,进入坟地。沙民龙是受朱崇山意旨来支援李侠兵的。沙民龙站上坟头喊道:"黎民虎老弟,你不要在这里搅合,快回鱼庄去! 要是真打起来,那你不要怪我们兄弟不相认了!"

黎民虎吃惊:"老表,不相认又怎么样? 我们跟龙兴寺打,又不是跟你们小刀会打!"

这时,早就想挑起事端,泄心中之恨的胡横兴,"叭"地一枪打过来,把余大杰的裤子打个对穿,鲜血从腿上流下来。

李侠兵问:"怎么样?"

余大杰撩起裤子看看,说:"腿肚子上擦破点皮,不要紧。"

孙三娘见了,说:"余大哥,我替你报仇!"说着她不瞄准,举枪就打,把胡横兴头顶削去一块肉,鲜血直流。她第二枪又把刘太瘦身边的一个士兵打伤。

枪声大作,双方对射起来。

沙民龙令众人烧符纸,喝符水,准备提刀冲锋。吴道人也提刀在一旁,说:"等一等,冲锋要听侠兵的命令。"

这时,他们听到老堆头西面枪响,众人晓得陈冠昌支援的队伍到了。李侠兵喊道:"刘太瘦、黎民虎听着:你们再不撤退,我们的神枪手就真打了! 一枪撂倒一个,你们信不信?"

刘太瘦趴在地上,问众人:"看来我们被包围了。李侠兵熟读兵书,用兵施诡计,怎办?"

黎民虎见堆两边枪响,他怕吃亏,说道:"还能怎办? 撤呗! 再不撤,他们的神枪手一枪一个,沙民龙的小刀会喝了符水,神鬼附身了就六亲不认,冲上来那就一刀一个,一刀一个!"

刘太瘦被他说得怕了,说:"要是能再等一会,我的援军就会到的,把龙兴寺的抗日义勇队一举消灭。"

黎民虎命令他的队伍撤退,同时对刘太瘦说:"大哥,你就吹吧你,我们先撤了!"

刘太瘦望着黎民虎的人马撤出老堆头,他也边打边退,带着胡横兴、楚五等人溜进芦苇荡,往运盐河边逃跑。

余大杰、张武生与小刀会人员冲上老堆头。这时,陈冠昌带领的一排人也攻到老堆头。李侠兵要过陈冠昌手中的望远镜来望,在运盐河湾里有人跑向渡船,想必那是刘太瘦一伙人。

余大杰愤愤不平,骂道:"龟孙子,让你们跑了!"

孙三娘对余大杰说:"余大哥,没有李队长的命令,我不敢打死他们。李队长说打死钦工碉堡的人,你们就与刘太瘦结仇了。"

余大杰:"结仇就结仇,反正他们是汉奸,打死也是白死!"

李侠兵解释说:"伪军毕竟不是鬼子,我们要想法争取他们。你们注意了吗?五港碉堡的韩八没有参加老堆头行动,可见他与刘太瘦不一样,听说他俩在镇上征税也有矛盾,常常大打出手。我们可以考虑去做韩八的工作。"

吴飞祥接话:"队长,这事交给我。"

李、陈二人点头:"好。"

陈冠昌见到赢来的枪枝弹药,高兴地说:"这下好了,没有枪的小伙子们开心了!"

李侠兵:"可惜枪支太少了,要是再多廿支就好了。"

王振亚笑了:"队长,要是再赢两挺机枪一门小钢炮你才满足呢!可是要不是孙姑娘,我们能赢吗,靠我靠结巴不输才怪呢?"

李侠兵低声说:"老陈,那我们开庆祝会对孙姑娘进行表彰,希望孙姑娘留下来。"

陈冠昌也有这个想法,他说:"孙姑娘能留下,我这副队长让她做。"

孙三娘笑而不答。

众人乐呵呵抬枪支弹药箱,吹吹打打回村。

李守田、小二子、李嬷妈,还有张武生媳妇桂花和儿子张小猪,王振亚媳妇侯青莲和吴飞祥的儿子小扣子、女儿小妞都在村口迎接。他们在村口摆上桌子,碗中倒满酒,喜气洋洋。

小二子放起鞭炮来。

36

龙兴寺广场上。

李侠兵指挥人抬桌子,搬凳子,准备开庆祝会。一切准备就绪,李守田又用大叫驴驮来两瓮酒。李侠兵端着酒碗,对众人说:"大伙听我说,我们在朱家圩赢了枪,赢了奖金,钦工碉堡输了后,百草湖鱼村枪船团都不敢上场比赛了,我们龙兴寺的人真争气,顺气,神气! 因此,我们开个庆祝会把枪和奖金发下去。"

一批青年高兴极了,有人就要上台来领枪。陈冠昌说:"大家不要乱,听李队长把话讲完。"

李侠兵把碗里的酒喝了,继续说道:"今天,我们龙兴寺赛枪能赢靠哪个啊? 全靠孙三娘。因此,我决定把这笔奖金给她,大家说好不好?"

众人鼓掌:"好。"

李侠兵让王振亚把一袋银圆交给孙三娘,孙三娘又把银圆丢在桌子上,然后向众人抱拳拱手说:"李队长请我来教枪法,赛枪我只当是一场实弹演习,是我应该做的。这笔奖金我不能收。"

几经推让,孙三娘坚持不收,陈冠昌感到李侠兵十分为难,问道:"孙姑娘如此不收,怎办哪?"

这时,李嬷妈走过来说:"能不能由我代她收着,会后再说怎办好不好?"

余大杰、张武生喊道:"好,李嬷妈你暂时收着。"王振亚把钱袋交给李嬷妈。老太太跟孙三娘打个招呼,抱着钱袋走出会场回家去了。

李侠兵说:"现在,由余大杰、张武生负责发枪。"

张武生喊道:"刘四、孙五来领枪!"

这边在发枪,那边众人在饮酒。枪一会就发完了,几个没领到枪的小青年过来要枪,与余大杰、张武生吵起来,场面一时混乱。李侠兵、陈冠昌在给众人敬酒,在他们和孙三娘等人连喝两碗后,李守田见那边愈吵愈烈,便对李侠兵说:"你快过去看看吧,他们不要打起来才好!"

李侠兵走过去,喊道:"发到枪的人站成一排,没发到枪的人站成一排!"待青年们站成两排后,他说道:"你们听我说,哪个再吵就不发枪给他!"吵声平息,他说道:"余大杰、张武生,你们今天把枪发给这几个人,明天把枪收回再发给没枪的人。现在枪不够,大伙轮着持枪上操,练习瞄准。"

陈冠昌问:"李队长的活,你们听清了没有?"

几个小青年嘴里咕噜:"没枪,真没劲。"

张武生瞪眼:"有本事到鬼子伪军那里去夺呀!鬼子伪军枪有的是。"

小二子跑过来对他爸说:"上次来过的阿姨来了,奶奶叫你快回去。"

李侠兵走后,陈冠昌叫众人散去。他与余大杰、张武生带领刚发到枪的青年们擦枪,准备试枪。

张武生很内行地说:"这批汉阳条子是新枪,还没用过呢。擦枪上油后需要试枪。"

余结巴:"这支七九我用了,我这支老套筒可以给新来的人了。"

刘四劝他:"余排长,你用老套筒打得很准,还是不换的好。"

黄小三是个壮小伙,脸上有几颗麻点,笑道:"老婆是自己的好,枪是用惯的好。"

余结巴:"我这支老套筒太旧了,打出的子弹会翻筋头,二百米外打不死人!"

刘四："我爸说，他在家门前见到一颗子弹打到鬼子的钢盔上，那个子弹是圆头的，滑到地上像陀螺似的，滴溜溜地转，鬼子们感到奇怪，围着看在笑呢。"

余大杰得意了："那颗子弹恐怕是我打的。不过用套筒也有个好处，没有子弹了，自己好造。"

他们开始试枪。刘四等人把枪架在树桠里，扳机上扣麻线，拉动麻线开枪，以防炸枪伤人。

他们把试过的枪还给青年。余大杰摸着腮上一蓬胡子说："想不到朱老财给我们的枪真不赖，打鬼子管用。"

刘四喜欢思考问题，他问大杰："结巴，你在他家当过长工，但是，你知道他这回为甚献枪吗？"

余结巴反问："这倒没想过，你说呢？"

刘四告诉他，一是朱崇山饱读四书，受孔子之教，不愿当亡国奴，二是朱家祖坟在龙兴寺地界，怕我们刨他的祖坟。余大杰是实心汉子，他想到啥说啥："我是外乡人，哪知道那么多。前面黑松林里有座大坟，有石碑石供桌，那是朱家祖坟？"

刘四晓得余结巴不识字，显摆说："是呀，那石碑上不是刻着字吗，朱崇山曾祖是清朝大官，曾在江淮剿过匪，打过倭寇。"

余大杰："我不识字，你不是不知道。"

黄小三这个小青年不懂历史，问道："倭寇是甚东西啊？"

"是日本鬼子的祖宗，是海盗。"

李侠兵从他们身边走过，关照他们试枪时注意安全，然后急匆匆地回家。他想，柳寄明这趟来一定是把他俩的关系想好了，很可能同意结婚。他回到家，见柳寄明与孙三娘坐在酱台边说话。他说道："哎呀，是你呀，你这么快就回来啦？"

柳寄明站起身，笑道："怎么，你不欢迎啊？"

李侠兵见她的打扮跟上趟来一样，脑后梳大辫子，穿一身土布棉衣，脚蹬蚌壳棉鞋，比孙三娘还土气。他满脸漾笑："欢迎，当然欢迎。"他又问孙三娘:"你们认识了吗?"

孙三娘说:"小二子给我们介绍过了。"

李嬷妈从厨房端茶水出来,笑盈盈的:"这两个姑娘一见如故,一个是上海来的洋学生,一个是山里来的神枪手,真是有缘啦。"

柳寄明笑道:"李家姆妈,我也不是洋学生了,我现在螃蟹港农场教书,当孩子王了。"

孙三娘知道他们有要事要谈,便说:"你们谈,那边在试枪,我去瞧瞧。"她走了两步又说:"柳姐,我们晚上好好说说话。"

柳寄明:"好,你先去忙。"

李侠兵想谈他俩的事,必须把小二子支走,说道:"小二子,大人说话你出去玩!"

柳寄明说:"这么小的孩子,他晓得什么,不碍事的。"但是,李侠兵还是把小二子支走了。

柳寄明来前,一路上心情忐忑不安,她想与李侠兵见面一定要谈婚嫁问题的,怎么回答他? 她在上海请教过两个人。方霞客催她快点与李侠兵成婚,而她与闺友汪金凤讨论此事时,两人很快就产生了分歧,争论起来。汪金凤说,在上海有许多离家出走的"娜拉",她们都是在婚姻上出了问题。她们住在亭子间,挣扎着,努力想自食其力,为人格独立而奋斗,她们这样做能否成功很值得怀疑? 柳寄明认为"娜拉"们的处境很值得同情,但是,她们在结婚前考虑不周,以为有了物质条件啥都会有,太理想主义了。汪金凤说,在婚姻上她主张无条件的理想主义,虽然在生活中,一般女方重视男方的家产,在城里看重男方的洋房、汽车,在乡下,要看男方的土地多少,在地方上有无名望,等等。在少女梦幻时代看重这些东西,在心理学上说是对未来的美好期许。但是,她们大多数人对政治对人品不大关心,像你对政治如此关切,甚至把是否参加政党作为婚配的条件,我弄不明白,柳姐,难道参加政党就这么重要么? 柳寄明想阿凤对政党不甚了了是可以理解的,便又叫她对李侠兵其他方面进行评论。汪金凤金鱼眼睛眨了好一会,笑了:"方方面面都是不错的,人虽不能说长得漂亮,但可算是个男子汉,只是脾气太耿直,将来会吃亏的。"柳寄明觉得阿凤说得认真,也很中肯。汪金凤问她是怎么想的? 她告诉她:男女婚恋是有条件的。不过,在不同时代人们的要求是不同的。她不同意婚姻无条件论,那种理想主义是不切实际的。不过,她主张男女在婚恋时,对对方物质条件的要求要低一点,人品思想要求要高一点,在今天抗战时期一定要爱国,作为共产党人一定要战斗在抗日斗争的第一线。汪金凤对她要求李侠兵是党员她仍不赞成,柳寄明说,这一点她是坚持的,共产党员是无产阶级的先锋队,是抗日战争中的最坚定的分子,这以后你会明白的。她俩在南市小楼里谈了一个通宵,东方发白时,柳寄明理出几条来,她要给李一个明确的回答。

柳寄明回想起来与汪金凤的讨论,结论是清楚的。这时,她见李侠兵在看她,她说道:"前些天从你这里回去,给领导上作了汇报,上级决定在蔡工渡口建立一个交通站。上海至淮海地区的交通线,让我做联络工作。我在我哥农场里以办小学校为掩护,建立地下交通总站。"

李侠兵对她先不谈两人的婚事当然理解,问道:"现在情况怎么样了?"

柳寄明:"从上海到运盐河东的几个站已经建立。上海物资站的负责人你猜是谁? 是广慈医院的周力医生。"

李侠兵:"就是那个给你开怀孕假证明的周医生?"

"是啊,他是地下党员,与龙华监狱化名姓卫的陈兔子是一个支部。"

"陈兔子对我们在监狱搞地下支部工作帮助很大,现在,他怎么样了?"

柳寄明:"他现在也在上海至苏北的交通站工作,因为他与顾五的侄子是表兄弟,所以,就安排他在顾家的船上当保镖。"

这时小二子又回来了,李侠兵笑了,对他说:"你去把你飞祥叔找来,就说我找他有事。"小二子去了,他说:"你来正好,我也在建情报网,主要在我们县内,由吴飞祥负责。"

柳寄明说:"据方霞客得到的情报,白超是日特什么行动组长,有时叫队长,现在淮海地区活动,十分猖獗,你要防备啊!"

李侠兵答应"是啊,"他把在铁佛寺与白超特工队战斗的情况跟她说了说,并说在情报网建立后准备除掉他。

柳寄明又跟他谈建立党组织的问题,她说:"没有党组织,你们与外面的联系就困难多了。你们这里的地理位置很特殊,运盐河东属盐阜地区,运盐河西属淮海地区,党的组织完全不在一个大区里。现在,五港已有了地下党支部。你们龙兴寺交通站是淮海地区最东面的第一个站。李兄,你找不到党的联系人,恐怕恢复党籍尚需时日,我建议你重新入党如何?"

李侠兵这时已明白柳寄明来的目的,深深叹一口气,皱着眉头说:"是啊,找不到党组织真痛苦真着急呀! 不过,重新入党,我不考虑。"

柳寄明知道他的耿脾气,温和而认真地说:"如果你同意重新入党的话,我想办法解决你的组织问题,如何?"

李侠兵想如果他重新入党,与柳寄明在恋爱关系上就能前进一步,说不定很快就能把结婚提到议事日程上来,但他总觉得心中不爽。于是,他直摇头:"不行,不行,我是党员为什么要重新入党啊? 不行,不行!"

柳寄明柔声说:"我劝你还是重新入党好。"

李侠兵态度坚决:"不行,不中,我相信我能找到党的!"

柳寄明心中有些凉,但也无话可说,轻轻叹了口气。这时,小二子拉着吴飞祥来了。李侠兵说:"小二子,你去玩去!"

小二子想听他们说话,不肯走。吴飞祥说:"你把这支枪送给你结巴叔,快去!"小二子立即来了兴趣,喜颠颠地扛起枪走了,嘴里唱起"小儿郎,扛起枪,扛起枪呀上呀吆上战场……"

李侠兵望着小二子扛着枪欢快地走出门外,感慨地说:"现在,孩子也不上学了,倒是对打仗感兴趣,你看他那扛枪的神气!"

柳寄明笑道:"这孩子真好玩。"

吴飞祥进屋去舀水喝,这时喝了水在抹嘴。李侠兵介绍说:"这是柳寄明同志,她来建立武装交通站,你来听听上级的指示。"

柳寄明见吴飞祥一付精干的样子,招呼他坐下说:"上海到淮海地区交通站的任务是:护送军事物资通过运盐河,接送我党我军的干部和后方文职人员,通过运盐河日伪封锁线。同时,反对日伪推行归化、建立伪政权,发动群众,保卫家乡,巩固游击区,建立我们的根据地。"

吴飞祥给她上茶,问:"柳同志,我们龙兴寺抗日义勇队具体任务是什么?"

柳寄明说:"你们龙兴寺交通站编号是第54号,河东五港站是53。你们主要联系四个交通站,河东的五港交通站、废黄河的张家楼交通站、西面六塘河东的李大梨园交通站、六塘河西的黄家楼交通站。平时,你们主要与五港、李大梨园两个交通站联系,交接任务。特殊情况你们才与废黄河边上的张家楼、六塘河西的黄家楼两个交通站联系。"

"五港站谷志豪我们已建立了联系。柳同志,我想在运盐河东建个暗哨,可以吗?"

柳寄明:"当然可以。但是,我们秘密工作的原则是任何人不得横向联系,就是说在五港建立的暗哨是属于你们的,不得与其他人联系,懂吗? 这是铁的组织纪律!"

李侠兵解释:"以防出了叛徒,一泡鸡屎坏缸酱。"

吴飞祥点点头。

操场上,孙三娘指导人们在瞄准。她想,柳姐与李队长谈话大概谈完了,她想回去,这时,她见小二子走过来,拿着枪在跟大人练瞄准。孙三娘笑道:"你不要练枪,你把打弹弓练准了,以后打枪的准头也不会差。"她把小二手里的枪拿过去丢给一个无枪的青年,然后对余大杰说:"余排长,你领着大家练,我回去了。"

余大杰走过来:"我平时在李嬷嬷那里吃饭,你再等一会,我们一块回去。"

孙三娘感得到大杰跟她粘糊,眼中含情,便说:"不啦,我先走了。"余大杰讨个没趣,只得去带领青年们练射击。

孙三娘与小二子往李家走来,她进门时正是柳寄明送吴飞祥出门。柳寄明招呼她说:"三娘,我们三人聊聊。"孙三娘到井边提上一桶水,捧水洗脸,问:"柳姐,你说聊什么?"

李侠兵觉得孙三娘爽快,热辣,粗野,而柳寄明与她不同,显得成熟、文静,有着文化女性的风范。这时,柳寄明闪着眼睛说:"三娘妹子,我很想知道你今后的打算,我不相信你会长期在龟山待下去?"

李侠兵觉得柳寄明真是一个党的工作者,她一张嘴就在做工作。这时,孙三娘不假思索地回答:"我喜欢独行,龟山管束少,当家的又是我救命恩人,我暂时不想离开龟山。"

"还有甚理由,龟山就那么值得你留念?"

"龟山是漂女的天堂,那里有我好些小姐妹,我们情同手足,拜过把子呢。"孙三娘说:"再说了,我到哪里去,哪里肯收留我啊?"

柳寄明见李侠兵在品味三娘说的话,立即问他:"李兄,三娘如果参加你们义勇队你欢迎吗?"

李侠兵说:"我们在设法想让三娘姑娘留下来,如果她决定留在龙兴寺,我任命她做副队长,我们正缺少一个女队长呢。"

柳寄明高兴道:"三娘,你听听,你听听。"

孙三娘仰起她苹果脸,笑问:"李队长,你这话当真?"

李侠兵一听有门,立即回答:"我说话算数。"

孙三娘沉吟一会,说道:"我即使想留下来,我们当家的也不会同意。她对我有救命之恩，我不会违背她的心愿的。"

这时，李嬷妈提来一篮老菱角倒在桌上："大家饿了吧，这是我秋上留下的菱角，吃几个垫垫饥。"

大家剥菱吃，小二子简直在狼吞虎咽，咬得菱角"咯咯"响。众人笑了，李嬷妈说："小二子不要全吃了，留几个给你结巴叔。"

孙三娘指着面前的菱角说："我这替他留着呢。"

李嬷妈用眼睛向柳寄明会意，说："你们看，三娘这么好的姑娘至今单身，余结巴也是光棍一条，我来缀合缀合，你们在龙兴寺成婚算了。我这里西房南头一间里有大床有大柜，明天请两桌酒就可把喜事办了，三娘，你看我老婆子说这话不唐突吧？"

孙三娘先是一震，接着笑道："李家姆妈，真会开玩笑。还说不唐突呢，这不是在柳姑娘、李队长面前拿我开心吗？"

李嬷妈笑呵呵的："我可不是开玩笑，乡下人不会说话，嘴上挂着铃当响（想）哪说哪，我可是认真的。"

柳寄明思想也转过弯来，说："做思想工作还是李家姆妈行，一下子抓住要害，成人之美，成人之美啊！"她又对三娘说："如果你们同意，我明儿也不走了，到河东去办完事就回来，参加你与大杰的婚礼，中不中？"

三娘笑道："这个，这个……不中，不中！"

这时，李侠兵忽有所悟似的："哎呀，选日脚不如撞日脚，明天肯定是黄道吉日。"他向厨房里喊道："爸，你出来，看看日子！"

李守田在厨房里烧火，并未听见外面人说的话。听到儿子叫他看看日子，顺手从橱上拿出课书跑出来问："算哪一天？"

"明天。"

孙三娘："大爷，你甭听他们的，他们在开玩笑，人家大杰还不知道怎么想呢？"

李嬷妈一听有门，赶紧说："就是他求我的。"

李侠兵笑了："我的话，他敢不听！"原来，是李侠兵在怂恿余大杰,大家一下都明白了。

李守田翻着课书,又摇签算卦。他掐指一算,欢喜道:"明天是吉日,婚庆、上梁、出门,都是大吉大利。"

李嬷妈:"好,明天办喜事!"

孙三娘脸都红了,急了:"李家姆妈,你们当真啦?"

众人:"那当然。"

孙三娘这时才认真,想了想说:"那让我考虑考虑。"然后,她到屋里去了。

这时,余大杰从外面走进来。李侠兵向他招手:"大杰,过来过来,我妈找你有好事。"

余大杰一听李嬷妈要给他提亲事,对象就是孙三娘,他立即"扑通"跪在李家二老面前,说:"二老在上,干爹干妈,受我一拜。"

李守田拉他起来:"不敢当,不敢当。"

李嬷妈笑道:"我刚才给你提亲,你同意不同意啊?"

余大杰又是"扑通"一跪,激动得舌头打结了:"我,我,我刚才下跪就是表态,感谢二老,感谢二老,孙三娘对我来来说,就像戏文里唱的是天上掉下个林妹妹,神枪手的林妹妹……"

李嬷妈:"那好,起来吧。明天给你圆房,你准备吧,把头剃干净了!"

余大杰发愣。李守田笑了:"怎的,你不高兴?"

余大杰从惊喜中醒过来,嘴里连说"高兴,高兴!"他又要下跪,李嬷妈说"不必了,不必了。"余大杰不知如何是好,向李侠兵求救。

李侠兵拍拍他的肩头,笑道:"该怎么办,你问我妈。我们要到河东去了。"说完,他拉柳寄明出门。

他俩翻过大堤来到蔡工渡口,渡过运盐河,到了河湾头的土堤上,他介绍这里的地理环境。蔡工运盐河湾,在河与堤之间有一片松林。松林东头是五港尼姑庵,松林西头是三合院,两者相距约二里路。由于这里有水泊、湖荡与河流,地形复杂。他俩在河堤上站定,李侠兵说:"我们站在这蔡工堆上可以登高望远了。你看,往南望不足三里是钦工碉堡,往北望五里外平安镇的碉堡也隐约可见,在东面的五港日伪也修建了碉堡,日本鬼子想以此来控制运盐河和淮连公路。"

柳寄明:"我们在敌人心脏插上一把刀,建一个武装交通站。"

李侠兵问:"这个三合院是五港尼姑庵的财产,荒废好多年了,现在,我们要用,洞明住持同意吗?"

"基本同意,只是维修费用要我们出。"

他们边说边走进松林,李侠兵说:"洞明住持跟我家有亲,如有问题可请我妈帮忙。"

"是甚亲戚?"

"好像她是我妈表姑奶奶。"

他俩来到三合院,西墙下搭着廊棚,棚下有两个妇人在磨豆腐,谷志豪在灶下烧火。他见李、柳二人来,站起身来出迎:"你们来了。渡船都给刘太瘦搜去了,你们怎么过来的?"

李侠兵说:"用桶,借个杀猪桶就划过来了。"

"咦,这个办法好。我们也做它几只桶,平时做豆腐用。"

"那要做大一点,杀猪桶太小了点。"

谷志豪见几个青年从东屋里出来,便给柳寄明介绍:"这是卜二华、嵇保友、程秀成。"

柳寄明见嵇、程二人比较秀气,卜二华比较粗壮,问:"你们原来是干甚么的?"

卜二华:"我是放牛娃,替财主家放牛。"嵇、程二人皆答"我们教过书。"

李侠兵问程秀成:"程秀成,听口音你好像是山里人?"

程秀成说道:"是呀,我是白龙沟人,原在蒋家寨教书,后来流落江湖,被谷志豪大哥收留在此。"

大家坐下来,柳寄明开始谈工作:"今天大家见见面,以后情报工作怎么搞希望大家出主意。要么谷站长,你先说说想法?"

谷志豪说:"我想这个联络点建在运盐河边,主要任务是搜集情报,监视碉堡里敌人动态。平时活动就是做豆腐卖豆腐,开大车店,招待过往客商,用这两种身份作掩护搜集情报,保护我党政人员渡河。"

柳寄明望着大院子,见西南角是豆腐坊,石磨支在院墙边,满意地说:"任务明确,好,任务就是这样。不过,你们要注意保密,这个联络地点很隐蔽,千万不要显山露水,愈隐蔽愈好。"

李侠兵加重语气:"隐蔽很重要。"

谷志豪笑了,他说:"李大哥,你在上海做过长期的地下工作,你出出招。"

谷志豪身子瘦,三号个子穿着蓝布棉袄,戴着绒帽,一付精干的样子。李侠兵对这位搭挡说话办事都很满意,他说:"为了做到隐蔽,我建议你们:一、在这里要安排几个家属。二、能否做夹墙,挖地道,东通松林,西通河滩芦荡。这样,人来了也有躲藏的地方。三、一定要有保密措施,铁的纪律。"

嵇保友一听有道理,说:"我们今天夜里就做夹墙。"

程秀成也赞成:"我们晚上没事,几个人轮番挖地道。"

李侠兵对程秀成说:"他们都有家,你晚上没事跟我去玩,我家来个山里的姑娘,好像是你的老乡呢。"

程秀成生得秀气,眉清目秀,像个书生。他想不出在这百里之外,会遇到老乡。他很兴趣地问:"是吗,她是哪个啊?"

37

锅里豆浆点了卤,卜二华盛来一碗碗豆腐脑:"大家吃碗豆腐脑再走啊。"

吃了豆腐脑,李侠兵柳寄明谷志豪和程秀成坐上木桶过河,往龙兴寺走来。

这时，李家大院里，杀猪宰羊，烫鸡毛，汆肉丸子，众人忙得不亦乐乎。王振亚在墙角里替余结巴剃头，刮得落腮胡子"沙沙"响，一绺绺往地上掉。

王家炮楼里，孙三娘走出洗澡桶，穿上内衣。她开了门，站在门外的桂花、侯青莲迎着她，给她穿上花衣裳，揩干头发，开始化妆。一会，外面迎亲队吹着喇叭、抬着轿子来了，桂花、侯青莲赶紧给孙三娘头上蒙上红布盖头，扶着她上轿。小二子在旁边放起鞭炮来。

余大杰肩上斜背着红带，骑着枣红马走在队伍的最前面，腮上大胡子刮了，满面生辉。迎亲队绕村一周，回到了李家大门外，新娘子下轿，由桂花、侯青莲搀扶着，又过火盆，迈进大门。

大门口，程秀成站在李侠兵和柳寄明身边，问："你们说，哪个是我老乡啊？"

柳寄明答道："新娘子呀。"

大院子里摆满酒席，李守田、吴道人等人在招呼，请众人入席。

酒过三巡，王振亚问程秀成："程先生，你结过婚没有？"

程秀成说"没有。"两人碰了碰杯，他补充说："不过，我有心爱的人。"

吴飞祥给他斟酒："这就奇怪了，没结过婚怎么有老婆呢？"

李侠兵给他解释："爱人，是心爱之人，不是老婆，懂吗？"

王振亚一脸迷茫，问："那，能不能跟爱人在一张床上睡觉？"

众人都笑了。谷志豪说："那秀成兄说说你爱人是怎么回事啊？爱人与老婆有甚区别？"

"不中，不中！"

"一定要讲，不讲就罚酒！"

这时，余结巴在李守田、张武生带领下给大家斟酒敬烟。吴飞祥说："结巴哥来三杯！"

李守田阻止："不行，你想把新郎官灌醉呀，不行！"

柳寄明拉过结巴说:"余排长,你给这位客人敬酒,他可是新娘子的老乡啊。"

余、程对饮后,程秀成说:"谢谢,祝贺你呀!"吴道人、张武生又把结巴领到邻桌。这里的人仍叫程秀成讲"爱人"的故事。

人们开始划拳,吃酒:"哥俩好呀,""宝一对呀,""八匹马呀,"有了唱酒令,大院里热闹非凡。

谷志豪问:"你们划的是淮海拳,哪个会划螃蟹拳,我们来来?"

李侠兵伸过手来说:"谷大哥,兄弟陪陪你。"于是,他俩划起来,"一只螃蟹跳下水呀,两只钳子八条腿呀,""两只螃蟹跳下水呀,四只钳子十六条腿呀,""三只螃蟹跳下水呀,六只钳子廿四条腿呀!"……李侠兵唱得愈来愈快,谷志豪嘴里打结有点赶不上了,终于在唱到五只螃蟹跳下水时,他伸出的手指与嘴里唱出来的数字对不上号了。李侠兵喊道:"罚酒,罚酒!"

洞房里,孙三娘顶着红布巾在与桂花、侯青莲聊天,李嬷妈端一碗桂圆汤进来,说:"你们在聊甚呢?"

桂花:"大妈,听三娘讲,她过去可苦呢。那个蒋大头死了,后来,程先生对她不错,不过好景不长,程先生又叫蒋小辫子弄死了,唉……"

李嬷妈向她摆手:"今天是三娘大喜的日子,不说这些个不吉利的话。来,闺女,把这碗桂圆汤喝了。"

孙三娘问:"头顶着这块红布看不清,今天看热闹的人不少吧?"

侯青莲:"听振亚说,来参加婚礼的还有五港的、外地的人呢。"

孙三娘:"怪不得我好像看到个熟人……"

桂花不信:"不会吧,你娘家离这里百把里路,又隔着百草湖,这里哪来你的熟人呢,看错了吧?"

李嬷妈送上桂圆汤:"不说这些,快点吃!"说着,她就出去了。

晚上,余结巴被人灌得酩酊大醉,踉踉跄跄走进新房,他抖着手解去肩上红带,说:"三娘,我,我对不起你呀,我甚么也没有,我对不起你呀……"

孙三娘扶他坐下,倒一杯水给他,说:"我们还没有很好地说过话呢,就这么匆忙结婚。其实,互相还不太了解……"

余结巴脸像一张红布,睁开眼满嘴酒气说:"这年头还需要了解甚?世道乱,日本鬼子又杀过来了,我们天天把脑袋别在裤腰带上。所以,大家忙着结婚,有的孩子才十六家里就让他成婚,这年头早结婚早留种要紧呀!"

孙三娘问:"你说说你家的情况吧?"

余大杰揉面孔,想清醒点,他说:"我家在邳州的余小庄,我从小死了父母。我十三岁开始流浪,过了落马湖,沿着大运河往南,后来在运盐河边打工,因为是个大舌头,说话有点结巴,入党时书记替我取名余大杰,在这之前我连名字也没有。"

孙三娘一听,打量他一番,惊问:"你是共产党?"

"前些年这一带搞八一武装暴动,失败后党组织被破坏了,至今我也没找到党组织,请你勿对外讲。"余大杰说完,又求道:"你能不能说说你的情况?当然,你不讲也不要紧,我一看你就是个好人。"

"那可不一定。"孙三娘喝了口水,想了想说:"我的婚姻情况是要给你交待的。我家穷,拿我与蒋家换亲。我的丈夫蒋大头是个傻子,结婚时他才十五岁,比我小三岁。我们结婚后没同过床,他不懂床上事。婚后不到两年,蒋大头和他娘在一场瘟疫中死了,家中只剩下我孤苦零丁的一个人。后来,村里来了个年轻美貌的教师,姓程,他喜欢打猎。我要把跟他的交往跟你讲清楚……"

余大杰猛地酒醒了许多,警觉地问:"你有男人?"

孙三娘一点也不慌张,娓娓道来:余大哥,你听我说!山里玉米熟了,野猪会来偷吃糟踏。那天,我正抱着枪在看守我家在白龙溪边的玉米地,忽然,听到不远处枪响,一只野鸡"咯咯咯"惊叫着从溪水上飞过,掠过玉米地的上空时,我毫不犹豫举枪就打,同时,我也听到溪边枪响,野鸡刚飞上丛林树梢头,应枪声栽了下来。这时,一个腰缠子弹带,手提双筒猎枪的青年奔过来。他见到蒋大头母子合葬坟,问道:"咦,这怎么是母子合葬坟?"

我观察他,见他穿中山装,戴眼镜,文质彬彬,便答道:"这是他们母子死前的要求啊。"

"我是新来的教师,叫程秀成。"他微笑着善意地问:"坟里是你什么人?"

我说:"是我的男人和婆婆。"

程秀成立即感到侷促不安,连连赔不是:"对不起,对不起,我不该问这个,我不该问这个,我……"

我感到奇怪,觉得这个秀气、嫩气的青年,凭我的爽气、硬气完全可以征服他。我说:"你刚才打的野鸡掉在树丛里了,快去找,别让它跑了!"这时,我见到掉到钢针丛里的野鸡叫大黄狗叼了回来。可是,给他,他不要。我说:"这样吧,我拿回去烧了,你晚上来吃。"他说:"好吧。"就这样,我们好上了,可是,好景不长,这事叫族长蒋小辫子知道了,就把我和他绑上了双人漂,一漂就漂到百草湖。在山溪里我被卧牛石撞晕过去了,醒来不见了他,现在,他是死是活都不清楚……

结巴惊异:"哎呀,你有男人!"

三娘盯着他说:"不跟你都说了吗,不知他是死是活呢!"

结巴沉吟,皱眉,不知如何是好:"那……"

这时,外面少年男女来闹新房。桂花拦在房门口,说:"你们等一会儿,让我把栗子、枣子、花生撒了。"

桂花进房,嘴里说着:"跶啦跶啦鞋,一路走进来。我喜娘来了!"接着,她把红枣、花生、栗子撒到床上、马桶里、柜子上,同时唱道:"一撒栗子二撒枣,三撒花生娃娃满堂跑。"她一边撒着一边重复唱着。

孩子们冲进来,几乎把谈心的新娘新郎官撞倒。在床上抓红枣,抢花生,还有的孩子摸马桶,说着:"左手掀桶盖,右手摸花生,养儿胖墩墩。"

　　桂花见红枣、花生被孩子们摸得差不多了,便一边赶孩子出去,一边劝三娘、结巴:"你们新人早点上床休息吧!"

　　"好,好。"

　　桂花走后,三娘说:"老余,我的故事你还要听吗?"

　　这时结巴完全清醒了,点头说:"好呀,你讲我听。"

　　三娘说:"山溪湾里有一片桃花林,那里常年有群狼出现,很少有人敢往那里去,我和程老师为避人耳目,我们就在桃花林狼窝里相会,好到割头不换哪! 我高兴时,脚蹬树根,桃花瓣纷纷下落呀……"

　　结巴倒杯酒,与她碰杯:"三娘,你的命也够苦的,来,干了这杯酒忘了过去,苦尽甜来。"

　　三娘没喝酒:"虽然有人说他死了,可我的心里总悬着,他还活着。"

　　结巴一下子冷了半截,问:"怎么,你还在想他?"

　　三娘点点头:"是啊,尤其是现在这种时候。"她一仰头把酒喝了下去。

　　这时,窗上糊的红纸被人捅破,一双双红筷子捅了进来。同时,听到人们的笑语喧哗,反复唱这两句吉语:

　　"戳得快,养得快,养个儿子当元帅!"

　　"戳得凶,养得凶,养个抗日大英雄!"

　　结巴眼睛发邪,三娘眼神也热起来,两人正要解衣上床,这时一群闹新房的小伙子冲了进来,桂花也赶紧跟了进来。

　　小伙子们浑话不断,要结巴与新娘亲嘴的,要结巴替新娘解钮扣脱衣的,甚至要他俩比枪法的,什么话都说。酒气,嬉闹,把热烈的气氛推到了高潮。桂花把三娘挡在身后,怕小伙子们动手动脚。

就在这时,她见一个生人向她扑来,对她叫道:"你让开! 让开!"同时,她感到身后的三娘也在推她。

桂花惊呆了,结巴傻了,人们感到震惊:三娘一下子投到程秀成的怀抱里,捶着他:"好么,你漂到哪去了? 你这个死鬼啊!"

程秀成表情复杂:"我,我一言难尽,这是怎么回事啊?"

孙三娘向众人诉说:"他叫程秀成,是我失散的男人。走,我们走。"她向呆若木鸡的结巴拱手:"余大哥,我男人找到了,对不起你了……"

余结巴冷下脸,气得浑身发抖,吼道:"这不行,这算咋回事? 你不能走!"说着,他到墙角去摸枪,被张武生拦住了。

孙三娘拿上枪,与程秀成向外走,余结巴爆花眼圆睁,粗眉根根倒立,像一头猛牛挡在门口,同时,有几个结巴排里的兄弟拿着枪站在结巴的身后,不让孙三娘与程秀成他俩离开。气氛一时紧张,令人尴尬,但三娘还算冷静,她说:"各位兄弟,事情发生突然,容我们明天来说清楚,怎么样?"

张武生这时猛张飞的性子发了,他睁着环眼挡在门口,要为余大杰讨个说法。他粗声粗气地说道:"不行,现在不说明白不能走! 这算甚么名堂,结婚之夜突然冒出个男人来,这是怎么回事? 不用说余大哥想不通,就我侬也都想不通!"

三娘脸色有愧,感到有口难辩:"这事不是三言两语能说清的。"

"你是不好意思说还是怎的?"

"算你说对了。"三娘脸色一会发白,一会发青,急促地说:"不过我干妈知道一些,我走后,她会把事情的来龙去脉跟余大哥解释清楚的。请让一让,让我们走!"

众人仍不肯让开路,不放三娘与程秀成走。这时,李嬷妈赶来了,她是桂花找来的。她说道:"你们大伙让开路,武生,你让开路,刘四,振亚,大家伙都让开! 给三娘走! 三娘与程先生的事我多少知道一些,大伙先让他俩走,等会儿我会给大伙一个交待。"

三娘向李嬷妈跪下:"干妈,对不起了,我走了。"她拉着程秀成转身朝外走去。

李嬷妈替她开道,推着众人:"让开点,让开!"

这时,喝得醉醺醺的谷志豪挤过来,笑嘻嘻地说道:"程秀成,今晚数你收获最大,跟我回河东吧!"他们三人朝大门外走去。

张武生找到李侠兵,愤然地嚷道:"队长,这事太不公平了!余大哥眼看好事成了,半路上杀出个程咬金来……李队长,你给拿主意啊,我去追他们回来?"

李嬷妈送走了三娘,过来解释说:"孙三娘给我讲过,她与程秀成在蒋家寨被逼上了双人漂。后来,她流落龟山,一年多来不知程秀成的下落,以为他死了。今晚的事不能怪她啊……"

众人听后,一阵叹息,纷纷散去了。这时,李侠兵、柳寄明来到屋里,陪余结巴喝酒,说些宽慰他的话,二人保证替他说门亲事。余结巴就是不响,坑着头喝闷酒,直喝到倒在桌上。

第二天一早,李侠兵送柳寄明走。他俩来到蔡工渡口凉亭里,柳寄明想现在不谈婚姻问题不行了。她把话尽量说得缓和一些,她说:"李大哥,我在刑场上应急指你为夫,不曾想这事现在成了我们圈内的'红色经典。'后来,我也答应过我们确立战友加朋友的恋爱关系。但是,说实在的,我现在心里很乱,也不知如何处理了,你说怎办哪?"

李侠兵觉得有些事虽然说过,但还得重复,他说:"寄明,我早休妻了,我好像告诉过你我是单身。"

"你休妻是不是为我?"

"不是。我写休妻书时,你我还没有认识呢。现在想把休妻书公开,是不想因我抗日牵连宣家,宣家有钱无势,我抗日干革命日伪恨死了,宣家是牵连不起呀!"

在上海柳寄明与汪金凤闺房夜谈时虽然是海阔天空,探讨了婚姻问题上的理想主义与现实主义，然后她想好了几条的。这时，她笑了笑，郑重地说："明白了，李大哥请你谅解。我要说的是：一、在朋友圈内，你我的私交在人家看来不是恋爱关系也是恋爱关系。二、如果我们要结婚，那也要征得双方父母的同意，在你还复杂点，要征得孩子接纳我。三、你现在党籍还没有恢复，我们结婚很难得到组织批准，这你是知道的，像你我这一级干部的党员与党外人士结婚组织手续很麻烦。你说怎么办？"她说话时嘴边现出酒窝，文雅，温婉，把问题留给李侠兵。

李侠兵想，柳寄明能说出这番话来是经过深思熟虑的，甚至是要熬过多少痛苦的不眠之夜呢。他很感动，浑身发热，嗓子发燥，一时说不出话来。过了一会，他说："寄明同志，是呀。我们从龙华监狱出来就建立恋爱关系，这先是被朋友们所确认，然后我们才明白过来。现在，对这种关系你我都不想放弃。但是，要订婚，结婚，在我还要做父母的工作，现在，父母对我休妻之事还不知道呢。"

"啊，是吗？"柳寄明转过脸来。

"我准备登报，上回好像跟你说过。"李侠兵结结巴巴地说。柳寄明摇头，她想起他曾提过登报申明的事，她觉得白超现在此地，登报等于给他送个情报去，不妥。况且，报纸能到龙兴寺吗，即使能到龙兴寺，会有人看吗？她不赞成登报。李侠兵脸红了，说出了他的办法来："登报不过是形式，我到时会来硬的，独生子的性格往往会这样，对父母想不通的事就来硬的。"

柳寄明笑了笑，嘴角又现出酒窝："你呀，朋友们说你耿直，恐怕是独生子惯出来的性子。我劝你不要来硬的，一步一步来，不还有恢复党籍这道坎吗？看来我们俩恋爱之路还长着呢。"

柳寄明提出的几条，条条在理，就拿要征得父母同意，订婚仪式来说都是不好少的，这种传统的东西李侠兵也不想越过去。他说："是呀，好事多磨吧。况且，现在抗战又这么紧张，这两天，不断传来消息说，日伪要来龙兴寺扫荡呢。"

船工把船靠过来,他俩不说话,互相热烈地凝视着,多少话语都融在心里。最后,上船时柳寄明情意殷殷地说:"侠兵兄,我走了。"

李侠兵望着帆船过了水柳丛,直到望不见向他挥手的柳寄明,他才匆匆往回走。他想,他与柳寄明的婚恋还要走程序,有几道坎要过,特别是恢复党籍是一道坎,我必须爬过这道坎,要努力,要加油啊!

38

这次分别后,他俩有几个月没有见面,主要是忙,柳寄明在交通站初建后又去检查,在武装力量薄弱的地方她到苏北工委去要求支持,好在方霞客已调到新四军先遣队一个支队任政治部主任,给了她两批枪,同时给她出主意在敌强我弱的渡口,策反伪军或成立自卫队暂时不要打抗日牌,这样来为交通站服务。她在五港成立的以谷志豪为队长的武装交通站,就是以维持地方治安名义活动的,白天为地方巡逻,晚上护送我党干部和物资过运盐河,这跟龙兴寺抗日义勇队是完全不同的运作模式。从上海到苏北的地下交通站运转后,柳寄明就着手在百草湖建党,为慎重起见她先在船民中发展党员,然后以拜把子的形式扩大党员队伍,花了三个多月的时间,她在螃蟹港建立了十八人的党支部,并立即向临近的龟山、鱼村渗透。她如此之忙,在这几个月中只给李侠兵写过两封短信,谈情说爱的话都未能多说。

李侠兵几个月来主要忙于扩充队伍,王启明在西南乡搞了个三十几个人的抗日独立营,他佩服李侠兵就投到他的麾下,李侠兵仍让他在西南乡活动,作战时联合行动。另外,李侠兵加强情报网建设,他与谷志豪、薛书同等人在敌伪、县警备队都建立了情报点,其中五港伪军韩八已起作用,常送来重要情报。由于情报灵通,他知道白超特工队也常来东安活动,他提高了警惕。为此他给柳寄明写过信,告知白超活动情况,在写信时,他想说几句悄悄话,后来一想不妥,柳寄明在婚恋上已明确界定几道坎,他现在一道坎也没过,甚至连休妻书登报也没做,再多说一句话也就不自爱了,这样,一个春天就匆匆地过去了,他们的婚恋没有任何进展。

李侠兵有时觉得他俩年龄偏大,他已三十岁了,两人都经过磨练,比较成熟比较豁达,但也显得缺乏激情了,柳寄明既然愿意等等再说,那就等吧。

到了夏天,李侠兵也没再提出结婚的事,全身心投入对敌斗争。这一天,天气炎热,李侠兵一身短打,背着快机盒子,骑车从五港谷志豪交通站赶回来,他回到龙兴寺队部,见陈冠昌在跟队员谈话,便舀一碗凉水喝。

这时,吴飞祥进来报告说:"李队长,五港碉堡的韩八派人送来紧急情报,说时码、城北镇、钦工三处的鬼子、汉奸队已经出动,并且,王培鲁亲自率队来龙兴寺扫荡。现在,余大杰他们正在老堆头严密监视伪军的动向,准备打伏击。"

李侠兵听后,与陈冠昌商量了一会,立即调兵遣将,作了部署。他对张武生说:"你与王振亚带几个人到振亚家炮楼上设点,准备狙击进村的日军与黑狗队。这样,我们在王家炮楼、龙兴寺、徐家炮楼构成三角火力支撑点,抵抗日本鬼子、黑狗队进村。现在,余大杰带一个班在老堆头担任狙击任务,估计一个小时后他们就会撤回来,你们赶紧准备!"

吴飞祥听了队长的部署,骑上脚踏车飞快而去,他要到运盐河边去侦察。

张武生招呼一批后生也要走,李侠兵说:"不行。你俩只能带三个人,你们五个人是大组。我们跟日伪军斗,不是阵地战是麻雀战。"

有个队员发生疑问,笑道:"麻雀战?我们是小麻雀!"

李侠兵正而八经说:"是呀,麻雀战是游击战的一种战术,我们像一群麻雀,三五成群,看上去不起眼,散则无影无踪,聚则能打能拼。这是我们东安人最近总结出来的,是对付日伪军扫荡行之有效的好办法。我们这次对付日伪军扫荡,就是采取麻雀战,除了王启明带他的几十人在西南乡牵制敌人,余大杰带一个班,我和陈冠昌带一个班,我们义勇队其他七十来人都以三人一组分散打击敌人。"

张武生明白了麻雀战术,说:"李队长,好的,我点三个人就是了。"

他带三个人与王振亚要走,李侠兵问:"王振亚,你家的地道挖好了没有?"

王振亚与高大魁梧的张武生的长相不同,像个文弱书生,实际上他确实个子小些,比武生多读了三年私塾。他柔声说:"修好了,昨夜与后圩荡挖通了。"

李侠兵对带着人急吼吼要走的张武生说:"武生,红铜钢,抵抗一阵子就可以了,鬼子一打掷弹筒,你们就撤到后荡去。"

张武生应道:"我见到余结巴人回来就下地道。"

陈冠昌在把文件塞进包里,他严肃地说:"不行,按李队长的话去执行!"

这时,在老堆头余大杰对八个队员也在做动员,他说:"根据李队长和陈副队长的指示,我们这样伏击敌人。"他在地上画布兵点。"我在第一点,伏在老堆头,你们俩伏后面一百米远的两侧。其他六个人也这样布置,每三人一组,前后相距一百米。我在后撤时,你们俩掩护,敌人不到射程内不要开火,隐蔽好。我们九个人分成三组,都这样打,能捞到便宜就退,不要恋战,不要被敌人包围了。"

刘四这个红脸汉子,还没开仗他就热血沸腾。他跟余大杰是好朋友,他想保护大杰,说:"结巴,你是排长不能打第一阵,你到后面去,我打第一阵。"

余大杰说:"谁打第一阵我说了算?"

刘四瞪眼:"凭什么? 就凭你是排长?"

黄小三比较会说话,他带弯子说:"你俩不要争了,我看谁线头准,谁打第一阵。"

余大杰说:"打靶时,我们都是三枪二十八环。"

黄小三:"那好,这回余排长打头阵,下回刘四哥打头阵!"

刘四来气了,脸上几个麻点也红了,粗声道:"听口气你黄小三比排长官还大。"

这时,吴飞祥来了,他脚踏车踏得飞快,短衫飘飘,腰带里插着快机盒子。余大杰一见,忙问:"飞祥,敌人到哪了?"

吴飞祥是从运盐河边兜过来的,满头大汗。他揩着汗水说:"时码黑狗队现在离这里大约二三里,你们快做准备。"

刘四问:"鬼子有多少人,黑狗队有多少人?"

吴飞祥:"鬼子一个小队十几个人,一挺机枪一门掷弹筒,王培鲁带百把人,两挺机枪,没有小钢炮。"

余大杰:"好,你快去报告李队长吧!"

吴飞祥骑车去了,余大杰检查各人装备,每人十颗子弹两个手榴弹,八人中有三人用的是老套筒,据说孙五的老套筒打出的子弹会在天上翻跟头,因此,他把他分在最后的位置。刘四和朱崇俊除了有枪还有大刀片,他把他们分在中间的一组。

各就各位后,余大杰来到老堆头堤坡上的刺槐树丛里。这里是理想的伏击点,前面百米外的大堤上没有树木,视野开阔,敌人一出现就可以开火。这里退路也不错,树丛下有一条雨水冲成的沟,足有半人深,沿着沟可以进入潜龙沟的芦苇荡,然后可以一直跑回龙兴寺,也可以中途折回堆头再行伏击。

他在察看环境后,伏在一棵老槐树后面,戴上柳条圈,看了看汉阳造,把子弹推上膛。由于他曾参加过八一起义,他已没有惧怕,倒是有点兴奋。他紧紧盯着百米外的大堤上的空档,把枪口伸出槐树根前,摆出瞄准的姿势。一会儿,黑狗队出现了,王培鲁骑着枣红马。余大杰心想好极了,该我旗开得胜,瞄着王培鲁的前胸就是一枪,王培鲁应声栽下马来。

余大杰一喜,以为打死了王培鲁,其实是打穿了王培鲁头上的大盖帽。王培鲁取下大盖帽吹口气,他已不是第一次被人打穿了帽子,前天在东边扫荡时也被人打穿了大盖帽子。他心里有数,东安人人要他的命,到处都有黑洞洞的枪口对着他这个汉奸头目。他吹掉帽子上的青烟,用手指穿过那个枪洞,然后指着那棵老槐树喊道:"喂,打冷枪不算好汉,是好汉站出来一对一的干!"这时,第二枪又打过来。

王培鲁的把兄弟们不是土匪就是兵痞,个个是玩枪出身。这时已向前跃进,企图把老槐树包围起来。余大杰抱着枪一滚进了水冲沟,就往潜龙沟的芦荡里跑。这时,一个黑狗队员已先他冲进芦苇荡,在两人相距不足五十米时,那人喝道:"举起手来!"余大杰立即转身往回跑,这时,堆上又一个黑狗队员喝道:"站住!"余大杰想:"完了,我们埋伏在后面的两个队员根本看不到这里。"他望着麦田就往里钻,这时枪声响了,追他的那个黑狗队员应声倒下。他抬头看,原来开枪的是马正经,他穿过麦田,喊道:"啊,好汉,是你啊!"

马正经见王培鲁走过来,又朝麦田里开了一枪。王培鲁问:"那个游击队员逃哪去了?"

"大哥,你要当心。龙兴寺的义勇队会搞单枪近战,沈小六子死了。"

"李侠兵懂得兵书,不知他这是甚战法。这样恐怕要到中午才能打到龙兴寺。"

这时,余大杰、刘四跑进龙兴寺队部,李侠兵问:"怎么样,敌人到哪了?"

余大杰喘着大气说:"到,到堆前,正在往堆下来呢。"

李侠兵又问:"你们有没有伤亡?"

刘四答道："我们没有伤亡,伪军被结巴打死一个。"

"好哇!"

余大杰喝了水,把水瓢递给刘四,纠正他说:"那人不是我打死的,是马正经为了救我把他打死的。"

李侠兵晓得马正经是张武生、吴飞祥的把兄弟,他在暗中帮我们一把,以后要把他争取过来。一会,外面传来枪声。李侠兵、余大杰、刘四等人出来查看,义勇队员在圩沟里布成兵线,龙兴寺、王家楼和徐家楼都有人,屋顶上还架着一挺机枪,严阵以待。他们来到圩沟里,陈冠昌问:"李队长,咱们不能跟鬼子伪军打阵地战,杀伤他几个就撤是不是?"

李侠兵说:"那当然。我已跟各布兵点都关照过了,我们打的是麻雀战,敌人一开炮咱们就撤。"

王培鲁下了老堆头,又占领了村外的乱坟头,架起机枪,扫了一梭子。王培鲁拿望远镜向龙兴寺望了一会,开始向圩上喊话:"你们听着,李侠兵兄在不在? 我要跟他说话!"

余大杰喊道:"你玩什么花招,我余爷爷在哩,你有话就说,有屁就放!"

"你不够格,叫李队长来,我跟他有话说。"

"你诱杀了你师父,现在又投降了日本鬼子,你有什么格,老子虽然穷点,从小打工,可是个堂堂正正的男子汉!"

王培鲁放下望远镜:"少废话,李队长在不在?"

余大杰见他在坟后伸出头来,撩起一枪。接着,伪军还他一梭子机枪,"嘡嘡嘡",打得圩上的义勇队员们抬不起头来。

机枪一停,几个看热闹的小孩躲在圩沟里,在小二子带领下,大声唱起儿歌:"黑狗队,圩沟睡,格蚤咬,两头跑。"

"咿咿,哟哟,黑狗队,鬼子的狗,咿咿,哟哟,黑狗队,鬼子的狗,不要祖宗不怕丑……"

这时,李侠兵来到圩沟里,命令孩子们回家去,然后朝乱坟头喊道:"王队长,你要与我对话,你说吧!"

王培鲁高兴了,长方脸上漾出假笑,抹抹大背头喊道:"好,老同学,李队长,你终于站出来了! 白超先生要我给你带个话,希望你跟我们合作,以后保证你前途无量。"

李侠兵想白超像个幽灵,也悠到这里了,问道:"我曾跟你说过,你若投降日本鬼子我们就不好见面了。白超是叛徒,是日本女人裙下的走狗,他怎么会从上海到这里来的,你晓得吗?"

王培鲁笑了,他想你对白队长知道不多,他是我远房姨夫的儿子,跟我拜过把子,我对他可知根知底。他说:"白队长老家在这里,他老爹逃荒到上海拉黄包车,一个妓女看上他老人家,后来生了白超。现在,白队长受到皇军器重当了特工队长,他说你老兄是个人才,希望……"这时,勤务兵王小狗报告说皇军到了老堆头,王培鲁赶紧说:"现在皇军在老堆头,我奉劝你们投降吧!"

李侠兵说:"王培鲁,我劝过你多次,鬼子来东安之前谈过,你托项文西带信来我也谈过,希望你不要当汉奸,不要当铁杆汉奸。现在,你又和白超这个特务混在一起,告诉你,白超不仅会出卖我们,也会出卖你们,他既是日特,又是军统,他还想钻进共产党的情报系统,他是靠卖情报、坑害朋友过日脚的,你这个把兄弟不可靠!"

他想揭白超的底细,让王培鲁心寒。李侠兵等了一会儿,王培鲁掼过话来:"老同学,不要散布谣言,搞离间计。我晓得你熟读兵书,你在耍我。"

李侠兵想,王培鲁确实不是一般大老粗,这家伙有心眼。他说:"王培鲁,你反正过来还来得及,或者你人不过来暗里与我们有往来也行,你看如何?"

王培鲁眨着牛眼,话里又软又硬:"废话少说,有些话我会派项文西跟你谈,今天,你到底给不给面子,你退后五里,让我在皇军面前争足面子,老百姓也少遭点罪! 我王培鲁之所以说这些,我奶奶是李大梨园人,李大梨园的李家与你李村的李家同宗同祖,叙起来我们是老表。"

李侠兵义正辞严说道:"王培鲁,战场上不认亲。认表亲上回在你家你就说了,现在更没有必要扯这些了。你今天替鬼子打头阵,老百姓会记下你这笔账的!"

王小狗向王培鲁报告道:"大队长,小野队长拿望远镜朝这边望呢。"

王培鲁立即下令:"打!"他开了一枪,命令机枪手扫射,队伍进攻。前面是一片洼地,进攻的伪军不敢站起来,在地上往前爬,胡乱放着枪。

几个义勇队员急着要开火,李侠兵说:"等他们站起来就开火,叫他们怎么爬过来又怎么爬回去!"

可是,张武生首先开了火。他们在徐家炮楼望得清楚,打得也准,伤着一个伪军的小腿。接着,龙兴寺与王家炮楼上的义勇队员也开了火。

伪军往回爬。

王培鲁急了,挥着盒子枪吼道:"谁叫你们回来的? 回去! 李侠兵布在第一线的人不会多的,回去! 你们一攻就把圩上攻下来,把龙兴寺包围起来。"

在伪军再度进攻的时候,李侠兵喊声打,伪军被撂倒几个。他们伏在地上再也不敢动了。任王培鲁在坟头后面怎么叫唤,谩骂,他们也不动了。

王小狗问:"大队长,要不要请求皇军炮火支援?"

"好的,快去!"

鬼子开始打炮,一个个掷弹筒的炮弹落在树圩前后。李侠兵与陈冠昌商量:"陈兄,我们撤吧?"

陈冠昌:"好,快撤,进地道、进夹墙,大部分队员进后圩湖荡,不行就转入百草湖去。"

义勇队撤退,很快从圩上从炮楼上消失。陈冠昌带着张武生、王振亚、余大杰等一批干部和队员跑到后圩湖荡边,上了船划进了芦丛,迅速往芦荡深处里划行。

余大杰问:"要不要过运盐河,到河东蔡工去?"

陈冠昌在擦眼镜,擦好戴上后想了想说:"好呀,咱们到蔡工去找谷志豪,先吃中饭,然后对五港和钦工碉堡佯攻一阵子,在他们回去救碉堡时,我们再杀他个回马枪!"

余大杰一听拍手:"好,好主意。"接着,他又担心起来:"哎呀,李,李队长怎么没出来?"

陈冠昌:"劝他走,他不肯。"

余大杰问:"陈队长,村里留下几个人?"

"五个。"

张武生提议:"那赶紧回村。"

陈冠昌觉得找李侠兵最要紧,他毫不犹豫地说:"这样吧,派个人去河东,请谷志豪他们对钦工碉堡佯攻一下。我们分成三个组回村找李队长,一定要把他救出来!"

这时,李侠兵与吴飞祥转过龙兴寺前殿的观音像,来到大殿后面,打开角落里的暗门,他们拱了进去。原来,李侠兵并不想出村,他觉得躲在夹墙里更安全。吴道人在后面关好暗门,又给暗门外边堆些破旧木板,扫去地上的脚印。

李侠兵、吴飞祥进入洞内,其实,这里是观音与弥勒佛塑像的身内。李侠兵拨开底座部位的小孔,从那里可以窥见大殿的大门。

吴道人穿起道袍,戴上黑色的道帽,他忐忑不安,一会到东山头的队部看看,一会到门外张张。其实,队部也没甚痕迹,就是有两张长凳子,桌上有个竹壳的热水瓶。吴道人见农家很少有这样的热水瓶,便把它放到墙角上。

他听到外面沉重的脚步声,赶紧迎了出去,正巧王培鲁在广场上下马。他说:"王大队长,大殿里坐。"

王培鲁手里摇着马鞭,转着黑少白多的牛眼说:"吴道人,你庙里不会有埋伏吧?"

吴道人社会经验老到,笑笑说:"王大队长,李侠兵他们那几个人哪是你王大队长的对手啊。"

王培鲁撸撸大背头,笑了:"这么说,李侠兵他们跑了。其实,大家都是乡里乡亲,叙起来还是老表呢,跑什么? 大家可以谈嘛!"

吴道人逢迎道:"是呀是呀,大家不能叙,叙起来都有亲,你家与潜上刘家多少代是亲戚,李侠兵的妈与潜上刘家也是亲套亲,他妈娘家就在潜上,说起来与你妈是表姐妹呢。"

王培鲁虚情假意,嘴里连连说:"是吗? 你看看,你看看。李侠兵的妈妈,我该叫她大姑奶奶呢,她在家吗? 你去把她请来!"

吴道人听说王培鲁曾诱杀他的师父乔帮主,是个阴险的家伙,叫李侠兵的妈来恐怕是凶多吉少。但是,这时勤务兵王小狗直向他挥手,他也只得跟他去。

他们刚走到门口,王培鲁喊道:"喂,叫李道人一起来!"

他们走后,王培鲁在殿堂里东看看,西查查,佛座前后转转。这时,外面一阵吵闹,他出门一看,原来是两个士兵在堵住一个骑大叫驴的老头去路。

王培鲁问:"吵什么?"

李道人见是王培鲁也不下驴,不卑不亢,不冷不热:"我在镇上听书,被你们扫荡闹了,我现在回家,这两位兄弟又不让走。啊,你是王大队长吧? 失敬,失敬。"

王培鲁对他不熟,立起眼睛问:"你是哪个?"

李道人:"我是李守田,人称李道人,是李侠兵的爹。"

王培鲁立即令士兵松手,说:"我正派人去请你,正巧,来来来!"

李道人下了驴,从士兵的手里夺过缰绳说:"我李守田是有名的万事不管的人,每天听听书,看看戏,打打麻将,推推牌九。侠兵要抗日,不关我的事,你王大队长要当汉奸也不关我的事,国事家事我事事不管，你找我谈什么沙？"

王培鲁打量他，李道人是个闲人样子，他勉强笑了笑："我这回跟皇军来扫荡，本想跟李侠兵谈谈，他又跑了，你老要好好劝劝他，叫他要抗日到别处抗去，别在这里跟我斗……"

李道人："这些话别跟我说，我不管的。"这时，见李嬷妈被伪兵带来，他问王培鲁："呀，你们这是干什么？"

"这还用问吗？"

李道人眨白眼，翘起茅草胡子，说道："老太婆来了，我可以走了吧？大叫驴今朝还没喂草呢。"说着，他骑上毛驴走了，嘴里哼起了曲子："竹篱边沽酒去，驴背上载诗来。猜，昨夜一枝梅花开……"

王小狗呲着牙说道："咦，这老头有意思，还会唱两句曲哩！"接着，他又问道："大队长，李老头要走呢，放不放他走？"

王培鲁朝外面挥挥手，王小狗一侧身，李守田照直走了。吴道人撸撸头，把簪子插好，感慨道："这年头兵荒马乱的，我们道人多数采取超然的态度，以免引来杀身之祸啊，这李道人就一个呀。"

王培鲁白他一眼，转脸笑迎李嬷妈。李嬷妈身体强壮，脸膛红黑，与黄皮瘦弱的李守田的风格完全相反，她是个天不怕地不怕的人。这时，她不等王培鲁开口就责问道："王培鲁，算起来我是你姑奶奶，我跟你妈是嫡亲表姐妹。你敢怎的，就因我儿侠兵抗日，你想杀了我不成？！"

王培鲁奸笑："老姑奶奶，岂敢岂敢。我杀了你，李侠兵还会饶过我妈吗？我再不孝，也不能给我妈招来祸害吧。"

李嬷妈脸一冷，话锋如刀，直刺王培鲁的心窝："哼，你还讲孝呢？当汉奸就是辱没了祖宗，还讲什么孝啊！"

王培鲁假笑顿消，也冷脸相对："老姑奶奶，话不要说得这么难听。你家侠兵兄要是不抗日的话，他还在上海读他的大学，也不会引来皇军扫荡嘛，是不是？"

李嬷妈反驳道："这是什么话？鬼子不在日本老家呆着，他们到中国扫什么荡啊;你不在潜上家里呆着,跑来龙兴寺替鬼子当什么马前卒,你说这是为啥啊?"

王培鲁被她问得张口结舌:"这,这,这……"

这时,吴道人把大殿里的桌椅搬出来,请大家坐。吴道人在大殿里往外面搬凳子,故意大声与人说话:"王大队长把李守田放了,又把他老太婆找来,他想干什么啊?"

洞里,李侠兵听到这个消息,注意外面的动静。他对吴飞祥说:"看来鬼子要来大殿搜查。"

场上,吴道人放下凳子请李嬷妈坐,特意说:"你老辈份高,这里坐。"

李嬷妈:"王大队长来扫荡也不是来请客吃饭,有啥上座下座的?"

王培鲁说:"老姑奶奶,李侠兵兄要抗日到别的地方抗去,我们就还是表兄弟。老姑奶奶,请你来就是请你帮帮忙,说道说道他。"

李嬷妈仍然冷脸相对:"我一个妇道人家晓得什么,只晓得儿大不由娘。王大队长,你妈能管得了你吗,她叫你不要当汉奸,你会听吗?"

王小狗在一旁鸡毛六啄,瞪眼说:"大队长,跟这老婆子罗嗦什么,把她带到时码,一碗辣椒水灌下去看她嘴还硬!"

王培鲁笑笑:"李嬷妈看上去面善,豆腐心,可是说起话来是刀子嘴。"然后,他对王小狗说:"小狗子,你去弄些茶水,准备皇军进村。"

这时,李嬷妈起身而去。王培鲁在后面喊道:"大姑奶奶,把我的话给侠兵传达传达。"

李嬷妈头也不回气鼓鼓地走了。她想,你跟我儿子是敌国仇,我会给你传话? 这时,她担心起儿子和义勇队来,侠兵现在在哪里呢?

在村外,义勇队从芦苇荡,从柳林从圩沟里偷袭鬼子。槐树林里,鬼子军曹鸠山挥着王八盒子不知往哪开枪,他的士兵不断遭到袭击,有两人受伤。

老堆上,小野对翻译项文东说:"王培鲁是来扫荡还是来走亲戚的?为什么不杀不烧不抢?他大大的变了!"

项文东赶紧给小野点烟,献媚地笑着,说道:"小野队长,王队长大概是搞先礼后兵。这里的百姓很穷,没什么好抢的,这里的人很倔强,对他们烧杀之后必遭他们强烈的反抗。"

这时,王小狗跑来,报告道:"小野队长,我们王队长请你进村,那里的游击队已逃了,一个的没有了。"

小野一挥手,部队下堤向村里进发,王小狗领着小野小队来到龙兴寺广场。

王培鲁等人起身相迎。吴道人端上茶水,小野不喝。吴道人将茶水倒一些在空碗里,喝下,然后说:"太君,请用吧。"

王培鲁说:"他是亲戚,不会放毒的。"

小野喝了茶说:"王桑,你是来走亲戚的,不是来扫荡的?所以,这里的游击队不打你,专打我们。"

王培鲁解释道:"小野君,我今天出动一个中队来扫荡,刚才的枪战你是看到的。我们一死两伤,怎么能说游击队不打我们警备队呢?"

小野难以言对,然后说:"这里的游击队打法很奇怪,我们来了,他们像一群小鸟躲起来,放几枪就不见了,这是什么游击战法?"

王培鲁显得很懂行的样子说:"他们叫麻雀战,像一群麻雀忽聚忽散,聚则叽叽喳喳,放几枪,散则无影无踪,无声无息。"

小野比起王培鲁来有点文气,他读过高中,文化确实不算低,他不仅瞧不起中国人,也不把他身边的日本人放在眼里,他很高傲。来中国抢劫搜刮的日本人大多数注重财物,小野则不同,他注重搜集文物,小野跟别人还有一个不同之处是他见到文物不是亲自去抢掠,而是令伪军头目献给他。这个巧取的方法是他在东京的父兄教他的,这样,他父亲就可以邀友欣赏他儿子的中国朋友"送"的东西了。小野面貌文静,白净的鼻梁上戴着时髦的金边眼镜,他说活轻柔,像个教师爷。小野在华北搜刮到不少文物古玩,以佛教文化的遗存较多,如佛雕古书等,他晓得中国宗教分布有南道北佛之说,他到了淮海以后这里果然道观尼姑庵密布,他就注重搜罗道教文物。他常常率队扫荡,就是为了顺手牵羊捞些文物回去,对游击队他不放在眼里,他笑道:"他们是麻雀,很有趣的比喻。王桑,他们是麻雀,我们是老鹰,你就是猎狗。"

王培鲁一听他把他当狗,心里不悦,但还是笑道:"小野君你的比喻很恰当,妙极了。我王培鲁虽是土匪出身,但从来是独霸一方,不愿做人家的看门狗,现在,却愿做皇军的猎狗。我们天上有老鹰,地上有猎狗,捉兔子都可手到擒来,何况是捉几只麻雀呢!"

"好,王队长下决心就大大的好。"

小野走进大殿里,站着欣赏观音塑像,然后好像在寻找什么。王培鲁晓得小野在扫荡时重点是搜罗文物、字画、古籍,他要讨好小野就得在这方面下功夫,献上东西。可是,他对文物、字画、古籍一窍不通,这使他甚是心烦。这时,小野敲敲观音像底座说:"这里是不是空心的?我在华北山里搜查,好多神庙里都有地道,和尚、道士大大的坏。"

洞里,李侠兵和吴飞祥立即打开枪上保险。吴道人拍拍佛像底座,大声说:"太君,这里是砖石砌的,实心的。"他在向洞内报信。

王培鲁想小野你是在找文物吧,便说:"吴道士是我的亲戚,他的话大大的可靠。"

小野的眼珠子在眼镜后面一闪:"好,到后面去参观。"

他们来到院里,见后殿小于前殿,显得很古旧。吴道人把他们引进殿堂,说:"前殿供观音,后殿供道祖。此殿在东安是最古老的神庙之一,始建于五代。"

王培鲁问："香火怎样,旺不旺?"

吴道人："说给你王大队长能明白,这里百姓穷,来磕头的不少,烧香捐钱的几乎没有。"

"我也不要你的钱,哭什么穷?"

"有钱我也不敢不给你烧香啊。"

王培鲁得意地笑了。

小野从前殿开始一直在察看,寻找,搜索,吴道人以为他在察看蛛丝马迹,搜寻义勇队,心怀惴惴,小心地陪着笑脸。其实,小野认为义勇队早已逃逸,他是在寻找古物,当他见到太上老君像前的香炉,眼睛一亮,问:"这香炉是哪个年代的?"

吴道人说:"不知道。"

小野拿过来一看,是明代的三脚炉,十分古朴,青釉光亮,问王培鲁:"王桑,你识货吗? 看看。"

王培鲁接过来一看,没看出什么名堂,见炉内有香烟余火,便点燃香烟吸了两口,说:"没看出来,这就是普通的香炉么。"

小野很识货,说:"这是明代万历炉,很可能是吴承恩家用过的香炉。"

王培鲁瞪大了眼睛:"乖乖,这香炉就这么有来历。我听私塾老先生说过,淮安吴承恩的老家是在我们这里北面,他家原住硕项湖边,后来搬到淮安府荷下街。他家临走时,有可能把香炉献给庙里。"

小野听了很满意,说:"那么,这香炉现在应该献给我。我告诉你们,我祖父当年在东安获得古书,是吴承恩写的《西游记》手抄本,我把这香炉寄回东京,让长兄供上香,摆上吴承恩《西游记》手抄本,这就太妙了,把我小野家族祖祖辈辈西征中国的历史全显现出来了!"

王培鲁倒掉炉里的炉灰,拱手递给小野:"小野君,这珍贵的香炉是我献给你的。请收下。"他又对吴道人说:"这香炉我买了,下回来给钱。"

吴道人急得说不出话来："这，这，这……"他抬头见王培鲁凶神恶煞的面孔，把要说的话咽了下去："好的，好的，太君喜欢就拿走吧。希望太君以后来扫荡，不要烧杀龙兴寺一带的百姓！"

他们往外走，小野把香炉交给士兵，然后下令道："展开搜查，庙里也要仔细搜查，这里的游击队狡滑狡滑的！"

士兵们："哈伊！"

小野指挥士兵们在庙里搜查。他坚持挖开佛像底座，吴道人塞一摞银元给翻译项文东："项翻译官，佛像动不得啊！这送子观音灵得很，百姓来求子继嗣，有求必应。你要动了佛祖座位，必遭报应的！"

项文东翻译给小野听，小野听后大笑，说："我也是信佛的，我全家信佛教的。我想佛祖会理解我的行动，我是挖老鼠洞，把钻在佛祖座下的老鼠挖出来！怎么，吴道人反对，害怕？"

项文东把他的话翻译给吴道人听。吴道人装着大声咳嗽，在给李侠兵传递消息。接着，他说："小野队长既然信佛，天下佛教徒是一家。你们日本的佛教是从中国传过去的，怎么与中国不一样了呢？佛家八戒，戒杀生、戒抢劫、戒奸淫，你们怎么不遵守？你们名义上是来扫荡，实际上是来烧杀抢掠！"

小野说话总是振振有辞，白鼻梁上沁出细汗来："我是军人，军人以服从命令为天职。我军对归化区实行怀柔政策，对抗日的地区实行三光政策，吴道人，你敢反对，死啦死啦的！"小野有时说日语有时说的是中国话。

项文东说："老爷子你退后！"几个伪军开始挖土，撬掉佛座边的地砖。

洞内，李侠兵对吴飞祥耳边低语："看来要决一死战了！"

吴飞祥倒也镇静，说："你打小野，我打翻译项文东，咱们将对将，兵对兵干一场！"

李侠兵面对生死总是那么淡定，他点点头："好，就这么分工。"

吴飞祥心里激动，咬牙切齿："拉几个垫背的，死了也够本。"

　　李侠兵关照他："不到万不得已，不要开枪。"他俩摒住呼吸，把枪口对准洞眼。

　　几个伪军撬开地砖往下挖，吴道人心急如焚，但也无计可施。忽然，他见墙角有两块废铜块，是断裂的马桶箍，他计上心来。吴道人走过去把铜块拢在袖筒里，然后到后院去倒两碗茶水端过来。他说："老总辛苦，喝口茶再挖吧。"

　　他趁伪军过来喝茶的时候，把两块锈迹斑斑的铜块丢在土里，用脚踩了踩，盖上土。

　　伪军喝了茶水，又开始挖土，"吭"地一声，没引起他注意，接着，又是"吭"地一声，他蹲下拾起铜块："咦，啊！莫非是金子！"

　　两个挖土的伪军在看铜块，第三个伪军来夺："让我看看！"两个伪军不给，于是，他们打了起来，后来，三人纠缠在一起，打成一团。

　　王培鲁与小野闻声走来，喝道："干什么？"

　　吴道人提着茶壶给他们添茶水，故作惊讶道："啊，他们挖到两块金子哩！"

　　王培鲁走上前来："噢，让我看看。"

　　伪军很不情愿地将两块铜交给王培鲁。王培鲁看了看，又敲了敲，说："是两块铜吧？上交，可以造子弹。"

　　两个伪军："大队长，不是铜是金子！"

　　王培鲁立眼喝道："是金子更要上交！"接着，他又问吴道人："老道长，你看这两块东西是什么？"

　　吴道人幽幽地说："这里是佛门圣地，不好动土的。因此，也许是佛祖显灵，送点金子把你们，叫你们不要挖了！"

　　这时小野走过来，伸手说道："让我看看！"

　　王培鲁很不情愿地将铜块交给小野。小野看了看，说："缴获要献给皇军，懂吗？"

　　王培鲁笑道："这是两块铜。"

小野立眼道："是铜更应交给皇军，造子弹大大的有用！"他把铜块交给日本士兵，然后阴阴一笑，下令道："加紧挖，挖！下面藏着游击队，挖到游击队大大的有赏！"

三个伪军使劲地往下挖，三人商量起来，挖到金子不要抢了，我们三人偷偷地平分。

吴道人见他仨加紧挖土，感到自己弄巧成拙，急得脑门上直冒汗，不知如何是好。这时，忽然外面枪响，先是在老堆头，接着在后圩荡都传来枪声，而且愈打愈激烈，愈打愈近。吴道人心里一喜，不断给伪军添水说："快挖，义勇队打回来了！"

一个日本兵跑进来报告："游击队的有，把我们包围了！"

小野对王培鲁笑道："我们找不到游击队，他们倒找上门来了。"

王培鲁嘲笑道："他们是麻雀，我们是老鹰，麻雀找老鹰真是岂有此理！"

小野下令："你的不懂，这群麻雀很厉害，我们回时码去研究。"说着，他一挥手鬼子兵们走出大殿。这时，王培鲁对伪军吼道："挖，还挖什么？撤！"

这个伪军一脸蠢相："大队长，不能撤，地下有黄金啊！"

王培鲁骂道："蠢货，你以为真有黄金哪？那是马桶箍！"

吴道人送王培鲁出村，然后赶紧跑回大殿，喊道："鬼子走了，侠兵，飞祥，你们好出来了！"李侠兵、吴飞祥从地洞里退出来。吴道人说："听枪声，陈冠昌、余大杰他们现在在老堆头，在运盐河边送鬼子一程呢。"

李侠兵倒茶水喝，说："我们就这么打，他来我们迎他一阵子，他搜查我们就散了，跟他玩捉迷藏，他走我们送他一程。这样，每回捞他们几个，积少成多，消耗敌人。"

吴飞祥喝了水，说："这样打就是不过瘾。"

李侠兵："什么叫过瘾？敌人一片一片死在你面前，那当然过瘾,痛快。但是,那是用机枪、大炮打的阵地战,我们打的是麻雀战,每次消灭一两个就是胜利。"

这时,陈冠昌、余大杰领一队人归来。接着,张武生、王振亚领一队人马从寺后湖荡里走过来,顿时,寺前广场上热闹起来。李侠兵把盒子枪插进袋里,对众人说:"大家把战况汇报一下?"

余大杰报告说:"敌人五死两伤,我们一根汗毛也没伤着。"

黄小三大声说道:"怎没伤我们一根汗毛?我和小五子的吊毛倒是跑掉了好几根!"

队员们一下子哄笑起来。

李侠兵摆摆手,问:"村里有什么损失吗?"

王振亚报告说:"我家堂屋叫鬼子小钢炮炸出一个洞。"

一个农民走来:"鬼子抢走我家两只雕花瓷瓶。"

"我家一只铜鼎被鬼子搜去了。"

吴道人拎一桶水来,说:"小野把太上老君像前的明代宣德炉拿走了。他说他祖上曾在淮安得到吴承恩的手稿,现在,再从吴承恩的家乡得到宣德炉就齐了。"

余大杰有些茫然,问道:"哪个是吴承恩啊?"

吴道人告诉他:"就是那个侃《西游记》的吴承恩,他老家不是在东安吗,恐怕就在我们这里附近。"

李侠兵说:"大家散了,休息。"然后对陈冠昌说:"走,我们到队部研究点事。"他俩往大殿去了。

余大杰问众人:"你们说编《西游记》的吴承恩家在哪里,是不是在荷下街?"

张武生不高兴地说:"结巴,你问这干啥。你看我的枪准星是不是有问题?"

这时,在给人送水端茶的吴道人走过来,说:"是啊,吴承恩家是在荷下街。那座房院据说是吴承恩设计的,天落雨时,房子屋檐滴水会演奏出叮叮咚咚的乐曲声呢。可惜,上个月我再经过那里

310

时,吴承恩家那座古屋叫日本鬼子飞机炸了,成了废墟了。"

余大杰回忆起往事,他说:"这就是了,我前几年在荷下街码头上扛活,有一天在那座大房子下躲雨,听那雨声怪不得挺好听……嗨,鬼子真可恨!"

吴道人眼里冒火星,愤然地说:"鬼子是强盗,他们侵略中国就是为了掠夺中国的财富,东安是个穷地方,他们仍然挖地三尺搜刮。据说城里能仁寺里的宝塔上有块玉石,宋朝皇帝御赐的镇塔之宝,也被小野运回日本东京老家去了。"

在铁佛寺时,张武生听李侠兵说过故事,他印象深刻,他说:"听说小鬼子在上小学的时候,教师就拿着苹果问:'苹果好不好吃?'小学生答:'好吃。'教师又问:'苹果出在哪里?'小学生答:'中国。'教师教导说:'你们长大后,要打到中国去!'现在,那些小孩子长大了,拿着枪到中国来烧杀抢掠,企图灭我种族,让日本人占领我们国土。现在,已有几百万日本人拖家带口移居我国东北了,在那里建立起一个一个日本人的村落。"

吴道人听了吃惊:"有这等事,那我们怎么办?"

余大杰嘿嘿一笑,拍拍手里的步枪,说:"还能怎样?李队长说了,我们要打得准,跑得快,像一群麻雀一样忽聚忽散,保卫家乡。"

吴道人点头:"大杰说得对,来,喝水!"

这时,陈冠昌从大门口探出身来,喊道:"吴飞祥,你进来!"

吴飞祥笑了:"队长叫我,一定有好事。"

吴道人放下手中的茶壶,说:"肯定是件大事,我陪你去。"

头回反扫荡打了胜仗,众人心里高兴,聚在小广场上不肯散去,同时想两个队长在研究,必有新的任务,他们在等待。

39

县城里,日军小队部。

小野在看宣德炉,底部已被他擦亮,他在仔细地观看。翻译项文东进来,他见小野在欣赏他的战利品便站在一边。他文弱瘦小,面黄肌瘦,目光胆怯,嗓音尖声细气,日军的帽子套在头上嫌大,风一吹可能飞掉。他认为在日本人中小野是比较文气的一个,与他合得来。项文东在日本留了几年学,自诩对日本人比较了解,日本人认为中国地大物博,国力不强,是最好掠夺抢劫的地方。在项文东看来,驻东安的日军中小野与塚上中队长在抢东西时是不一样的,小野是以抢掠文物为主,塚上以抢掠财物为主,弄清日军头目们的爱好很重要,就可投其所好,从中得到好处。现在,他觉得混得比堂兄项文西要好得多,项文西在王培鲁那里混,他认为不会有甚大出息的。

小野看了一会香炉,这才发现项文东站在门边。项文东曾为他找来县志,县里几大家族的谱牒,使他在搜找文物方面有了目标,所以,他认项文东为朋友。他招手让他过来,问:“项桑,你看这明代宣德炉是真品吗,还是后人的仿制品?”

项文东笑笑,很在行地说:“小野君,这里商业不发达,没有人仿制古董。在上海、苏州那里,现在仿制明代瓷瓶的很多,但也没听说仿制宣德炉的。”

“这么说此炉是真品。”

“货正价实的,的的刮刮是明代真品。”

小野小心地把香炉放在桌子中间,得意地笑了:“我父亲很认真,他说你千万别把膺品寄回家,他是要邀请朋友一起鉴赏的。这回,我不会使父亲失望了。”

项文东仰着黄脸谄媚地说:“小野君家族文化高,兴趣高雅。小野君,能仁塔上的那块玉石送到东京了吗?”

小野:“还没有,那块玉石太重,不过,已运抵连云港。据友人说,货物太多,从东安送去的货物,首先要运塚上中队长的。”

这时,传达兵来报告:“塚上中队长叫小野队长去开会。”

他们来到街上。走到街口,项文东说:“小野君,我不陪你到中

312

队部去了。"

"你哥哥项文西君在塚上队长那里,你不去看看他?"

"小野君,说实在的,我的女友病了,我要给她请医生。"

小野阴阴的说:"你的女人太多了,你就大大的瘦了。哈哈,项桑,你的女人里会不会有人给游击队送情报吧?"

项文东眼露凶光,正色道:"我是皇军的忠臣,哪个女人干那种事我就杀了她,小野君你信不信?"

小野板起脸来,说道:"是吗? 日本军人会相信支那人!"

他们分手,项文东往小巷里去了。

驻东安日军中队大门口,站岗日本兵向小野敬礼,小野昂然地走进去,院子里有日军士兵在操练。小野穿过院子,来到队部。队部的沙盘放大了,放在一个大长桌上,在建了碉堡据点的地方,插着小三角旗。

塚上在跟王培鲁邵来喜等几个伪军队长说话,见小野进来,他纠着窄脑门,扬着粗眉毛问:"小野君,听说你在龙兴寺获得一个宝物,有这回事吗?"

小野想这肯定是王培鲁汇报的,心中不悦,但不露声色:"塚上中队长,那不是什么宝物,只是一只香炉,你喜欢的话我明天送来?"

塚上抹抹唇上的仁丹胡子,粗声粗气说:"我父亲是个山民,我们家以砍柴为生,对铁锅有兴趣,对香炉没有兴趣,你留着吧。"接着,他说:"今天又接到海州驻军司令部电话,问我们对封锁运盐河做得怎么样了?"

小野说:"这得问他们了,邵桑、王桑,你们谁先说?"

邵来喜抢先汇报:"皇军令我负责沿公路修筑据点,我已在薛集、五港、大兴等处建立了据点,与北边的邻县据点连成一道防线了。"

塚上很满意:"好,好。"

王培鲁说:"我负责在运盐河边建立据点任务,我大队在时码扩建了两座碉堡,新建成钦工、平安据点,请塚上队长去检查监督。"

塚上笑道:"好,好。什么? 要我去检查,好好。"接着他抹抹小胡子,这恐怕是他得意时的习惯动作。他对小野说:"小野君,你去检查吧,以后你的小队要驻在时码、钦工的!"

小野点头:"哈咿!"

小野很高兴能离开塚上独立驻军在时码,这样,除了军事行动需要请示外,其他一切均获得自由,他爱干啥就干啥。他与王培鲁从塚上那里出来后,兴奋地策马奔跑了一会,把一队士兵甩得远远的,然后两人骑马并辔而行。在上了运盐河堤时,小野说:"根据情报,运盐河两岸有游击队十六股,在我辖区有五股,其中以龙兴寺义勇队力量最大,约有近百人,但目前还只有一挺机关枪,没有小钢炮等重武器,他们装备很差。据可靠情报他们的队长李侠兵外出了,大概是为了购买武器弹药。"

王培鲁问:"李侠兵外出我是知道的,但不知他到哪里去了,干什么去了。现在,小野队长已得到情报,他现在哪呢?"

小野:"有人在百草湖见到他。"

王培鲁很佩服日本人的情报,说:"好,我派人在路上把他逮得来。"他对项文西说:"来,我们研究研究,李侠兵会从那条路上回来?"

项文西拒绝道:"大队长,你想找他谈判,我可帮忙,你想逮他,恕我不参加。"

王培鲁晓得他滑头,便说:"那么,我想请朱家圩朱崇山老先生出山,做五港乡乡长,你能帮我当说客?"

项文西想了一想:"我跟他儿子五虎熟,可以去说说看。"

王培鲁觉得项文西的堂弟项文东在塚上身边,他可通过项文西去拉关系,另外,项文西教过书地方关系多,人又能说会道,肚里会做文章,这也是好利用的地方。他笑道:"好,你能说动朱崇山出来当乡长,那对我们推行归化区立一大功。至于去逮李侠兵你就不用参加了,我有办法把他逮得来。"

小野一听,全力支持:"抓捕李侠兵需要皇军出动,我派些人去?"

王培鲁觉得小野打仗并不怎么样,笑道:"谢了。小野队长,对付游击队要采取游击的办法,我派些兄弟暗暗进行,在路上拦截他,大部队行动会打草惊蛇。"

小野点头。当他们来到钦工碉堡外的铁丝网前时,刘太瘦出来迎接,令哨兵拉开铁丝门。小野、王培鲁等人进入铁丝门,跨过壕沟上的木板吊桥,走进碉堡,在厨房、仓库、宿舍里转了转,便上了碉堡的顶层。王培鲁问刘太瘦:"刘连长,附近的渡口有十几个吧,我叫你把各个渡口的渡船全烧了,烧了没有?"

刘太瘦:"大哥,不瞒你说我烧了几只,拉来几只。"

王培鲁点穿他:"你把船拉来干吗? 叫人家拿钱来赎,敲竹杠是不是?"

刘太瘦给小野、王培鲁点烟,蟹壳脸纠起,金牙一闪笑了:"什么事能瞒得了大哥,不过,兄弟弄到钱也好孝敬大哥呀。"

王培鲁装着不高兴的样子,说道:"我才不要你孝敬呢。"接着,他下令道:"今天,小野队长受塚上中队长之托来检查,你们封锁运盐河做得怎么样? 好好向小野君汇报!"

"是,是。"刘太瘦转着眼珠说:"我已搜缴来九条渡船,等我把渡船都搜得来,一齐烧了。"

小野喝口茶,向河对岸望了一会,问:"那有喜鹊窝的大树圩里,就是朱家圩吧?"

"是啊。"

王培鲁问:"朱家庄丁多,会不会隔着河对你打黑枪啊?"

刘太瘦:"我跟朱老大有约,井水不犯河水。"

提到朱家,小野有点生气:"塚上中队长在争取朱虎尾为皇军服务。不过,听项文东说,朱虎尾是听他父亲朱崇山的,而朱崇山是个老顽固,我们给他乡长做他不肯干。"

刘太瘦呲牙裂嘴,露出凶相:"把他干掉算了!"

王培鲁摇手又摇头,他说话做事都显出比刘太瘦高出一筹,正色说道:"不行。他有弟子三千,我也给他递过帖子。他在青帮里辈份高,哪个敢动他一根汗毛。"

小野觉得刘太瘦的智商比王培鲁差,对皇军的忠诚度也很难说,这种人虽然跟王培鲁一样有奶便是娘,但缺乏自制力,往往要惹事。因此,他教训他说:"刘桑,在人事方面,你要听王队长的,不得自作主张!"

刘太瘦点头如捣蒜:"是,是。"然后又给他们倒茶水。

这时,运盐河西岸"砰"的一枪射来,打落旗杆上的伪军旗。

王培鲁和刘太瘦脸色立变,有点紧张,小野却狂笑起来,说道:"这是谁在帮忙,好极了,换上大日本帝国的旗帜,好极了!"

刘太瘦放下心来,点头应道:"哈咿,哈咿。"

王培鲁问:"这是怎么回事,你不是说朱家圩不会打黑枪的吗?"

刘太瘦解释说:"朝碉堡打黑枪是常有的事。他妈的,我问过朱老大朱虎尾,他们说近来出现蒙面侠客,可能还不止一个,黑枪是侠客打的。"

为了小野的安全,王培鲁请他往碉堡里去,他说:"刘连长,侠客不可怕,可怕的是龙兴寺义勇队,你赶快派人去打探李侠兵回来没有? 他一旦回来,你要向我报告。"

"是。"

这时,龙兴寺也在讨论备战的问题。李侠兵刚从百草湖回来,没有买到枪支弹药。他便召开会议,与陈冠昌、余大杰、张武生等人在进行讨论,吴道人在给他们沏茶。李侠兵说:"我在考虑,我们

316

现在一要练兵,二要加强情报工作,三要办个土兵工厂,修枪,造子弹、手榴弹、炸弹靠自己。张武生,你们兵工厂筹备得怎么样了?"

张武生汇报说:"队长,我和王振亚召集匠人们开了会,来的人有石匠、铁匠、铜匠、泥瓦匠,还有补锅的,烧窑的。他们积极性很高。他们说,造枪需要钢管,造子弹需要子弹壳,有了钢管、子弹壳造枪造子弹没问题。现在,就是造炸弹不行,没人会脱沙模子。"

陈冠昌说:"听烧窑人说,他们烧出来的尿壶、瓦罐就可做成炸弹、地雷。过去有个窑工为了报私仇,他用尿壶装成炸弹去把仇家大门给炸了。我问哪人呢,他们说那老头死了。"

李侠兵听了眼睛发亮,兴奋地说:"咦,用尿壶做炸弹有创造性,取材多方便呀。"

陈冠昌也很赞成,他说:"我估计爆炸威力小点,不过不要紧,我们先要有炸弹。"

王振亚补充说:"在尿壶里多放石子、铁沙,炸弹威力肯定就不小。现在的问题是要有会做引信、撞针的人,有了撞针、引信,炸弹就能做成。"

张武生说:"这事很重要,我请铜匠、补碗匠在琢磨哩。"

李侠兵想起村里以做鞭炮为营生的潘大头,他问道:"你们召开工匠会,请没请潘大头参加啊?"

众人一听,哄堂大笑。众人笑什么呢?原来,潘大头身高不足一米五十,是个短腿短胳膊的侏儒。但他有一手祖传的手艺,会做鞭炮高升,因而生活自给有余,娶上一个漂亮的老婆花氏。花氏嫌其丑陋,又因他常去集市卖鞭炮,便在家里红杏出墙,因此,村人便瞧不起潘大头。这时,张武生不屑地说:"他有啥用? 他连老婆也管不住,他一出门老婆就在家里偷汉,谁敢请他啊!"

他的话又引起大伙发笑。花氏是王振亚老婆侯青莲的表妹,王振亚脸上搁不住,替花氏打马虎眼说:"大家伙别听武生哥瞎说,没有的事。"

王振亚不辩护还好，他一辩护张武生更来劲，喷着唾沫星说道："上个月，花氏跟卖胭脂花粉的小丁三在厢房里那个，被佯装赶集的潘大头杀回马枪，逮个正着。你们瞧怎么着？花氏跟小丁三合起来欺侮潘大头，骑在他身上捶了他一顿。潘大头气极了，他动了脑筋。第二天，他跟花氏说他不小心，将两块银元掉到磨眼里了，要花氏伸手去拿。潘大头将磨的上片掀起，花氏哪知是计，当她手伸到磨下时被潘大头放下的磨片压住了膀子。花氏手被压住挣脱不出，只得求饶，叫潘大头好好地抽打了一顿……"张武生虽然说得津津有味，但没有引起笑声，人们好像反而同情起花氏来。

陈冠昌对兴奋中的张武生，说："红铜钢，你说的这些跟潘大头的手艺有甚关系，这事以后不要去传。"

张武生捂着茅草胡子喊喊地笑，王振亚用肘子触了他一下子，然后说："是呀，大头弄火药信子有一套，做炸弹非请他不可。"

李侠兵分咐他："振亚，你回去带上你家的侯青莲，我们一起去潘大头家做工作，请他出山。"

会后，李侠兵先到王振亚家，然后与王振亚、侯青莲一起去潘大头家。潘大头家住在村外，三间茅屋坐落在村圩后的水塘边。门前的树上檐下都拉着绳子，挂上鞭炮。场上晒着一摊一摊的火药。他们到来时，潘大头正在槐树下晾晒鞭炮呢。

随着一阵狗叫花氏出来了，她一见侯青莲便把她拉进屋。潘大头见是李侠兵来便有点受宠若惊，拿烟倒茶，请他俩在槐树下坐。王振亚说："老表，你莫忙，李队长请你出山办事呢。"

潘大头十分惊异，有点不信自己的耳朵："请我，我能有什么用？"

李侠兵笑道："老潘，你在我们这里做烟火炮仗是出了名的，你的手艺精哩。我和振亚来是想请你为抗日出力，我们在窑场那里办了个修枪造炸弹的作坊，铁匠、铜匠、石匠都请到了，今天，我特来请你，做火药信子你是行家，你一定得帮忙啊？"

王振亚的脑子管用,他立即给李侠兵的话增加了份量,他笑道:"老表哥,你够分量的,请铁匠石匠那些人都是张武生他们小排长出场,请你出山李队长亲自出马,你现在不得了啦!"

潘大头笑得眼睛都没了,嘴角直流口水。他心想这倒是在村里提高地位的机会,同时,也为抗日出力,不过,每天到窑场去家里娇妻怎么办?花氏虽然被他智取压着手臂挨了一顿打,现在规矩多了,但是,他还是不放心。他眯起眼睛说:"李队长,抗日是大事,我当然想出力。又过,我走不开呢……"

王振亚说:"老表,你的心病我晓得。你去窑场怕嫂子在家寂寞是不是?不会的,侯青莲现在是村里妇救会会长,她会来陪嫂子的。"

潘大头还有疑问:"那你家怎办?小囡在家哩。"

李侠兵觉得潘大头这人真不错,遇事能替人着想,便耐心地与他商量:"这好办,既然是妇联的工作,侯青莲也会派别的姐妹到你家帮忙的。老潘,你看怎么样?"

潘大头这下吃了定心丸,仰着大头笑了:"没问题,我明天就去窑场。"

接着,李侠兵任命余大杰主管兵工厂。余大杰本来就是窑工,自抗战以来平时住在旧窑洞里,管理起来十分方便,因此,造子弹、造炸弹进度也快多了。

不久,他们用尿壶制造炸弹的创举,引起了淮海军分区领导的重视。因为钢铁受到日伪的管制,数量有限,而泥土烧制的尿壶则可以要多少烧多少,那灌在尿壶里的增强杀伤力的铁散弹或碎铁还是好弄的,这样,尿壶炸弹可以大量制造。不过,尿壶炸弹在制造点火药捻炸弹和拉线炸弹之后,再想造出脚踏地雷和甩响炸弹遇到了困难。最近,又有两股抗日武装自愿合并到龙兴寺抗日义勇队的旗下,尤其是大成集王启明领导的独立营又发展了百余人,他们急需武器。给了他们两筐点火药捻引爆的尿壶炸弹,虽然也炸死了十几个鬼子，但是，由于这种炸弹必须面对面地跟鬼子干，他们也牺牲了五位同志。王启明说，如果有撞针尿壶炸弹埋在路上让鬼子去踩，那我们同志牺牲的风险就大大减少了。这话触动了李侠兵，他一次又一次来到窑场与潘大头等人研究，想早点造出撞针引爆的尿壶炸弹来。今天，他又到窑场来察看。

窑场在龙兴村的西北角，前面是乱坟地，草滩，树林，后面是湖泊水荡，芦苇纵深，地处隐秘。水泊边的土地是无主的，所以从清代起就有人在这里烧窑。现在，散落在水泊柳林里的废窑有七座，能用的窑三座。李侠兵走过乱坟地，望见树林后有两座窑在冒烟，他晓得这是余太杰在烧尿壶、瓦罐，窑场烧出的尿壶、瓦罐、砖头一部分可以卖钱供给义勇队，一部分拿来造尿壶炸弹。余大杰是个好同志，练兵打仗是排长，烧窑造武器也十分卖力，是义勇队不可多得的干将。

余大杰在搬砖搬瓦，弄得一脸黑灰，见李侠兵来他十分兴奋报告道："队长，告诉一个好消息，撞针做成了，试了试炸弹一半能炸响。"

李侠兵听了也来了兴致，说："好呀，到潘大头那里看看！"

他俩经过铁匠铺，王振亚在拉风箱，张武生在熔铁水，张武生举着钳锅往水盆里倒铁水，那火红的铁水一点一点滴进冷水盆里，一粒粒小指头大小的铁砂弹在水里滚动，水面上"嗞嗞"地冒气。余大杰叫他一道去看望潘大头，他便把铁钳交给别人操作，脱了围裙，跟了出来。

旧窑里，潘大头与补碗匠在磨撞针，见李队长他们来，他汇报说，尿壶炸弹有一半炸不响，问题出在撞针上。李侠兵详细询问了一些情况，又观看了他们用撞针引爆的全过程，然后说，二位师傅，你们做的撞针又细又长，针头又尖又小。你们说能不能把针尖放大，做成扁形或者三角形，那样，撞击起来可能效果更好些。说着，他拿出香烟发给大家，然后擦火柴做示范说："你们做撞针引爆跟擦火柴点火差不多。擦火柴面积愈大愈易擦出火来,是不是啊?"

潘大头点头,补碗师傅跟着点头。

张武生想跟大头闹着玩玩,说:"没有金钢钻不揽瓷器活,潘大头,动动脑子,不要整天想老婆!"

老实巴交的潘大头感到张武生在冤枉他,辩解道:"不要瞎说,哪个没事干整天在想老婆干什么?"

张武生摸他大头,笑了笑道:"大头,你说你想老婆你想干什么……哈哈,好吗,你不想老婆你在想哪个?我去告诉花大姐。"

潘大头急得瞪眼,连忙说道:"哎,红铜钢,你到底要我怎样?我说不想老婆你不相信,那我就说想老婆好了吧。"

众人大笑。张武生得意了:"这孩子这样才乖。"说着,又摸了一下潘大头的头。

潘大头说:"红铜钢,武生哥,你打铁那是粗活,我们弄的这个是细活,懂吗?"

张武生言归正传:"废话少说,你快把撞针炸弹做出来,我们等着用呢!"

他们从旧窑里出来,李侠兵批评张武生说:"兄弟,你怎么把话又扯到花氏身上了?"

"李队长,你不知道潘大头一天几趟往家里跑,心神不定怎能做好撞针炸弹啊。"

"你老婆桂花是妇救会干部,你叫桂花多去陪陪花氏嘛。"

"噢。"张武生本想拿潘大头说笑,想不到扯到自家老婆去做工作,有一种鸭子吃曲线——自绕自脖子的感觉。

40

他们回到龙兴寺队部,小二子拿着一封信交给李侠兵。他打开信一看,原来是方霞客的来信,他说他从汪金凤处得知柳寄明现在螃蟹港,特来信约仁兄去柳家面晤。李侠兵想方霞客自从调到新四军工作后,一直未能见面,大家相聚一下太好了。于是,他把队里的事给陈冠昌交代一下,就骑马而去。

下午,他到了柳家农场,柳寄明在村口迎接他。李侠兵见有新四军战士在站岗,便问:"怎么布了岗哨?"

"现在,方霞客是挺进支队的政治部主任,他带来一个班作警卫呢。"柳寄明把他引到湖边桃园里的茅草小屋前,屋外也布了岗哨。

"方霞客,你给我出来!"李侠兵喊道。

两个好友一见面便拥抱,互相审视。方霞客瘦了,眼角延伸出长长的鱼尾纹,可是,脸色还是白净,手脚利落,笑声朗朗。他衣袋口插一束野花,浪漫气息仍然存留。方霞客审视李侠兵,他黑瘦颀长,精神矍铄的,身上斜背着的盒子枪,以及压在眉梢上的礼帽完全改变了他在上海书生的形象。

"我们几年没见了。"

"是啊。"

柳寄明去准备饭菜,他俩就交谈起来,先是问了互相的情况,又问了朋友的情况。当李侠兵问到汪金凤时,方霞客打开了话匣子,他说汪小姐还在恋着他,他觉得这种精神恋爱也很浪漫,也就维系着,不过,最后恐怕是无果而终。最近,他与汪金凤联系,希望她能来百草湖,领导龟山漂女抗日。汪金凤派菱儿来过,说是她在考虑,待她诱杀了第十个鬼子后就来百草湖。但是,是否去龟山夺取领导权,她要跟柳寄明商量后再定。

"那么柳寄明的看法呢?"

"她说,她准备去龟山看看,做孙三娘宋英英的工作。"

李侠兵说:"如果需要你我帮助,我们也可以去嘛。"

"一听说小柳参加,你就起劲是不是?"

"彼此彼此,汪小姐一来你也来劲嘛。"

两人笑了一会,方霞客说,关于你与小柳的恋爱关系的进展情况,她全部告诉我了。现在的关键是你恢复党籍,这不仅对解决你个人问题很重要,也是你领导一支抗日队伍的需要。我已开始活动,柳寄明也在活动,希望帮你早日恢复党籍。李侠兵听到这里流下了热泪,紧紧握住老战友的手。最后,方霞客说:"我们不谈这个问题,我很想听听你们在龙兴寺打日本鬼子和汉奸,有什么绝招?"

李侠兵说:"鬼子在运盐河边建立了许多碉堡,想封锁各个渡口,隔断盐阜区和淮海区,并且对我们龙兴寺也进行了扫荡。我们也没好办法,只能用麻雀战来对付。"

"你们也要主动出击才好。"

"如何主动出击?"

方霞客笑道:"我见有的地方对碉堡进行围困骚扰,对敌伪的安全区进行突袭……"

李侠兵一听眼里放光,他大声说:"好极了,好极了。让敌伪以为是安全的地方,叫他们感到并不安全,太好了!"

这时,柳寄明提一篮酒菜进来,说:"你们谈什么,这么高兴?"

方霞客没有回答,笑问她道:"你为李兄恢复党籍在做工作,现在怎么样了?"

柳寄明说:"最近,华中局有人路过这里,我问了,他们说去找组织部。"

方霞客说:"那好,组织部在金湖东面,我得去一趟,找曾三同志。"

李侠兵对他们关心他的政治生命表示感谢。饭后,方霞客先离去,接着李侠兵也向柳寄明告别。他问:"寄明,你甚时去龟山?"

柳寄明:"我跟宋英英通信,她说孙三娘至今未归,我想等三娘回来再去。"

李侠兵担心她的安全,说:"龟山土匪处事很奇怪,你一人去恐有危险,到时我陪你去,我跟龟山当家的有一面之缘呢。"

柳寄明点点头,从兜里掏出一支俗称掌心雷的手枪,让李侠兵放在手心玩,说:"是我哥给我的,你看这手枪多好玩啊。"

"好,是德国货呢。"

他俩走在小河边的林荫道上,小河在暗处闪闪发亮,柳寄明替他牵着大白马。分离前两人都沉默了,谁都明白对方的心思,可是谁也不愿说出来。沿着湖边往前到了小学操场时,李侠兵忽然问:"寄明,你说汪金凤跟方兄的精神恋会有结果吗?"

柳寄明想了想说:"判断不了,精神恋似乎很神秘,有许多不确定性,往往是无果而终。不过,我们党内的红色婚恋也有不少是无果而终的,只是形式不同,比如说有一方牺牲了,婚恋也是无果而终嘛。"

"精辟!"李侠兵很欣赏她的分析,他想她在担心他的安全,其实,他也同样在担心她的安全,是的,有一方牺牲了那红色恋情也就无果而终了,这种不幸的事见得多了。他沉默一会,又问:"你对漂女们怎么看?"

"漂女们的遭遇令人同情,她们的勇敢也令人佩服。但是,在处理家庭婚姻问题方面,我主张谨慎。"

李侠兵听了她的话,想起她曾说在她与他订婚前要征求父母兄长的意见,这就是她谨慎的表现。李侠兵想恋爱的感觉常常是"斩不断理还乱",他和柳寄明之间现在就有这个现象,他不想说出,还是说漂女:"你同情漂女,我就不担心你闯龟山了。"

这回他俩始终没谈订婚之事,柳寄明晓得他说的是汪金凤、龟山漂女,其实在探她的心事,她没法说清她现在的想法,便尽量笑得灿烂,把马缰绳交给他。

李侠兵骑马而去。她望着他的背影在想:与他的婚事该给父母说说了,两人的关系应该前进一步啦。

41

李侠兵回到龙兴寺已是半夜,他见陈冠昌、余大杰、张武生、吴飞祥都在,便召开干部会。他说:"新四军首长说:'游击战不能总是被动挨打,也要主动出击,对敌伪认为安全的地方去突袭。'这话很有道理。大家想想,我们要打破敌人对运盐河的封锁,到哪去搞突袭容易成功?"

大家发言踊跃。陈冠昌首先发言,他说时码据点的王培鲁、钦工据点的刘太瘦都防备很严,五港的韩八已与我们相通不能去偷袭。张武生提出去突袭北边的平安据点,余大杰反对说平安据点比时码防守还严,难以得手。吴飞祥说敌人认为最安全的地方是县城,要么,我去县城侦察一番再定?

"好。"李侠兵十分赞成,说:"城北镇上有个邵来喜是王培鲁的把兄弟,他投降了日本人,你去看看他是否成了铁杆汉奸?我们要杀就杀铁杆汉奸,这样震动大。"

吴飞祥接到这个任务就想到一个人,就是他的把兄弟马正经。马正经原是城北镇的剃头匠,吴飞祥想他肯定认得邵来喜。马正经现在王培鲁那里当差,但很想到龙兴寺来,吴飞祥动员他暂时在时码给义勇队当卧底。

吴飞祥在运盐河边接头地点找到马正经,说明来意后,马正经欣然愿往。两人都骑脚踏车,飞也似地去北门镇。路上,吴飞祥不无幽默地说:"邵来喜,这名头听起来像狗的名字。你认不认得?"

马正经:"怎不认得? 我在北门开店时他是我店里的常客,北门镇上的一个小混混。"

半个小时后,他们进了北门镇。今天逢集,镇上赶集的农民不少。北门镇在东安县城,城内由几条纵横的街巷组成。城中心是一条河流,据传是三百年前黄河夺淮大水冲进了县城,留下一条河三个小湖泊。后经整治,中心城镇与北门镇隔河相望,中间只有一座木桥相通。现在,北门和木桥都设有岗哨,盘查来往行人。

马正经和吴飞祥两人皆一身农民打扮。马正经跟吴飞祥一样个头不高,人精瘦。他因职业关系,养成爱卫生的习惯,他身穿白布对襟衫,头脸干净,让人一见就喜欢,再加上他有一张能说会道的巧嘴,绝对是个灵巧人。吴飞祥也是个灵巧人,他不仅会扎风筝,那张嘴也挺会讲,会损人。今天,这两个人去找邵来喜肯定有一场好戏。

他们在通过鬼子岗哨时,吴飞祥心里"嘭嘭"跳,他从未见过鬼子,上次鬼子来龙寺扫荡,他掖在大佛肚子里也没能见到鬼子。原来,鬼子跟中国人一样,并非绿眉红眼,个子也不高,跟他一样瘦小,只是端着上刺刀的长枪,一脸横肉,嘴里"叽哩哇啦",不知他说的什么。马正经只是鞠躬,说好话,很快就通过鬼子的检查。在汉奸队检查的时候,正好碰到常到他店里来剃头的熟人阿三。他问:"阿三,邵来喜在哪?我想找他。"

"来喜哥如今不得了啦,当上县警备队大队副兼城北镇小队小队长,天天在集市上收税发财。"阿三不无羡慕地说:"河边街集市小贩多,他总在那儿转,你去那里准能找到他。"

他俩穿过一条街,直奔河边集市。集市里人头攒动,他们在鱼摊前找到了邵来喜。邵来喜瘦长个子,黄壳脸,留着小分头,一副大烟鬼样子。他穿着杭绸衫,背着木壳盒子枪,正在向鱼贩收税。

一个健壮的鱼贩说:"一条鱼也没卖,哪有钱给你。"

邵来喜冷着脸说道:"好,我回来时你再不交税,我把你送皇军处置。"

鱼贩瞪眼:"狗仗人势,你是狗仗鬼势。"

邵来喜对鱼贩在嘈杂的人声中骂他的话,只当耳边风。他继续在收税,把钞票往衣袋里塞,当他来到一个带着小孩的妇女面前时,那个妇女指着地上说:"就这么两小篮虾米,是小孩子好不容易捞来的,想换两斤米下锅,你老高抬贵手,什么税就免了吧。"

邵来喜打量那妇女一会,见她颇有姿色,便嬉皮笑脸道:"不纳税也可以,你得跟我睡一晚上!"

那妇女立即脸红,低下头握紧秤杆,嘟哝着:"你说什么呢!"

邵来喜变脸立眉,伸手拎过两小篮虾米:"好,你不肯跟我睡一晚上,以后不准你在这里做生意!"

那妇女夺篮子,邵来喜顺势就把她揽在怀里。那妇女大叫大喊,众人皆惊,那妇女挣脱出来,邵来喜又来拉她,那妇女逃跑,邵来喜跟后追过来。正在这时,马正经与吴飞祥走来,把那妇女挡在身后,邵来喜开始十分来气,后来认清是马正经,这才笑道:"马大哥,什么风把你吹来了?"

马正经:"既然你叫我大哥,你就把她放了。"接着,他不管邵来喜同不同意,对那妇女道:"做你的鱼虾生意去吧,我这小老弟是跟你闹着玩的。"那妇女拉过站在门边边哭泣的孩子,到街上鱼市去了。

邵来喜的眼睛仍然直勾勾地望着那女人的背影,然后转身问马正经:"马大哥,这位大哥怎称呼?"

马正经:"他是我表兄,姓吴,做小生意的。"他向周围扫了一眼,说:"这里说话不方便,我们到茶馆去,我请你喝茶。"

邵来喜伸手一指,说:"前面郑家烧饼不错,走!"

郑家茶馆开在小河边,绿柳在窗前荡漾,他们三个选择临河坐下,只见河对岸鬼子操练刺杀,狼狗巡逻。郑大见邵来喜来,直皱眉头,但也无可奈何,上前抹抹桌子,装着笑脸问:"邵队长要喝什么茶?"

邵来喜把枪重重地往凳子上一搁说:"你不要装笑,笑里藏刀。你不要往茶里撒砒霜就行,来壶碧螺春吧!"

郑大仍然装着笑脸:"岂敢岂敢,邵队长现如今是皇军大红人,哪个吃了豹子胆敢向您老人家茶里投毒欧。"

马正经与吴飞祥明显地感觉到郑大对汉奸的仇恨,吴飞祥说:"郑老板,我们跟邵队长可不是一伙的,是找邵队长打听点城里生意上的行情,你要下毒下趟吧,嘿嘿。"他笑了两声,接着说道:"郑老板,来一摞芝麻大饼,两笼蟹黄包子。"

郑大答应"好呐",出去让小二送来一壶茶和大饼、包子。邵来喜让他俩先吃,他在抽烟。时不时摸摸凳子上的枪。这使吴飞祥觉得邵来喜警觉性很高,想要杀他不那么容易。

马正经和吴飞祥喝着茶咬着大饼,劝邵来喜扔掉烟蒂,赶快趁热吃点心。这时,气氛和缓多了,马正经说:"邵队长,今非昔比呀!你在这乱世也算混出名堂来了。我们做生意,你能帮点忙的话,肯定比你在鱼摊上收的税要多多了!"

邵来喜呷一口茶,呲着牙问:"马大哥,你们做什么生意,要帮什么忙啊?"

马正经朝门口张望一下,有点神秘地说:"军火生意。"

"军火生意?"

"是啊。兄弟,日本人在城里有多少条枪,多少挺机关枪,你有数吗?能不能弄些出来?"马正经一字一板说:"我包你发大财!"

邵来喜放下手里捏着的大饼,黄壳脸绷起来,横眉立眼地问:"你们是不是为抗日的游击队贩枪啊?"

吴飞祥否认:"不是,不是,老百姓看家护院需要枪,现在枪可值钱呢。"

邵来喜拎起盒子枪说:"兄弟莫怪我不客气,我邵某人是死心塌地为皇军效劳的,你们若是游击队我就逮捕你们!"

马正经笑笑,赶紧说:"现在,哪个敢与皇军对抗啊,县里有国民军,还有众多的自卫队,没听说哪个与皇军对抗。"接着,他眼睛一眨,不冷不热地道:"不过,听说游击队专门打汉奸,来喜兄弟你可当心,我看你还是给自己留条后路,暗通游击队方为上策呀!"

邵来喜摆手:"不行。"

吴飞祥说:"这么说,邵队长是王八吃秤砣,铁了心跟鬼子干了。"

马正经明白吴飞祥这话是说给他听的,不过,他还想试试邵来

328

喜,笑道:"我们谈生意,邵队长能不能给我们弄几支枪,或者,弄些子弹也是好的?"

邵来喜脸一沉:"那不成,我大哥王培鲁说,这年头贩鸦片贩女人可以,就是不能贩枪。"

马正经和吴飞祥对一下眼,两人认定邵来喜是个可杀的铁杆汉奸。吴飞祥便诓他说:"来喜兄弟,我们去取钱,你多少卖些子弹给我们。"

他们出了茶馆后,马正经说:"杀了他得了,怎么就走了?"

吴飞祥告诉他:"杀不杀邵来喜,这要给队长汇报以后才能定。"

他们出了北门镇,到了运盐河渡口,这时,龙兴寺抗日义勇队正在向东渡河。李侠兵告诉他们,有人来报告日本鬼子一个小队抓了一百多个民夫在修筑公路,说是为了修路他们把鲁渡古庙也拆了。民众愤然,聚集五百余人前往,虽有枪有刀,但也无人敢与鬼子开战。龙兴寺抗日义勇队经过研究,决定率领民众打响抗日第一枪。吴飞祥把在城北镇侦察到的情况向李、陈二位队长作了汇报,李侠兵说,我们研究后会作安排,你们做好镇压邵来喜的准备。路上,吴飞祥又问吴道人这队鬼子为甚拆鲁渡庙?吴道人说,小野拆庙说是公路要逢弯取直,鲁渡庙碍事,其实,听送信来的项文西说,他从县志上看到鲁渡庙里有苏东坡和吴承恩用过的一方砚台,小野要庙里住持献给他,我那师兄哪里肯,便把那方砚台藏起来了,小野便带队来抢,我师兄率领三十多个道士披发执剑与之战斗,他们哪是鬼子的对手,一会就被鬼子的机枪统统打死。现在,小野怀疑那块古砚可能被我师兄藏在庙里,所以,他要拆庙,挖地三尺找那块古砚。这也怪古话传下来,说是苏东坡来东安县写诗词时就用那块石砚。吴飞祥问苏东坡曾在东安写过诗词?吴道人说那是真的,他曾写《蝶恋花·过涟水军赠赵晦之》:"自古涟漪佳绝地,绕廓荷花,欲与吴兴比。倦客尘埃何处洗,真君堂下寒泉水。左海门前沽酒市,夜半潮来,月下孤舟起。倾盖相逢拼一醉,双凫飞去人千里。"吴飞祥听后,觉得那块砚台大文豪苏东坡用过,后来,吴承恩又用过,真是个宝物。小野真是可恶,抢了龙兴寺的香炉,又要抢鲁渡庙里的古砚台,真是不要脸!吴道人举剑说,他来就是要为师兄报仇。

　　一会,抗日义勇队的七十五人全部渡过运盐河,在柳树林里集中后,李侠兵要大家望望那座古庙,众人见古庙已被夷为平地,还剩一堆瓦砾,个个气愤。李侠兵以此作战斗动员,他说日本鬼子是强盗,拆庙、修路都是为了抢劫掠夺,我们坚决不答应。接着,他对战斗作了具体的布置:"同志们,今天,我们龙兴寺抗日义勇队主动出击打击日寇,意义重大。因此,这一仗只能取胜,不能失败。那么,怎么打法呢? 我们这一仗是以多胜少,小鬼子才十二个人,我们是七十五个人,还有五百多个拿着大刀土炮的老百姓。我们把鬼子包围起来,先是在北边打响,南边打伏击。小鬼子一枪未放占领了江淮大片土地,他们现在正趾高气扬,目中无人。我们就是要把点颜色给这些侵略者看看!"

　　余大杰握着枪杆,粗声大气问道:"好啊,我干什么,李队长你分配?"

　　李侠兵:"余排长,你带一个班人先到北边打响,把小鬼子往南赶。"

　　余大杰笑道:"好! 这不是你平时讲的声东击西,这是声北击南,好!"

　　陈冠昌最担心误伤老百姓,走过来解释说:"好什么? 民夫那么多,怎么办? 你先把他们掩护逃跑了,我们才好跟鬼子干仗,明白吗?"

　　"明白了,保护群众。"

　　李侠兵继续分配作战任务:"张武生,刘四,你们各带一个排到南边去埋伏,我和陈队长带一个班流动指挥。"

这时,吴飞祥问:"我干什么?"

"你带几个人去北门镇把邵来喜镇压了,这样一方面给铁杆汉奸一个警告,同时,造成城中混乱,叫他们顾不及下乡增援。"

"好。"马正经一听,队长批准杀邵来喜了。

吴飞祥挑选了五个人,与马正经一起往北门镇去了。

陈冠昌集合队伍,骑马的,踏脚踏车的,跑步的,一行七十多人很快就到了鲁渡村。鲁渡村是淮海平原上的一个普通小村,三十来户人家散居在运盐河东堤边,离县城约有二十华里,在村子东边有一条通往五十里路外新安镇的大路。鬼子在新安镇驻扎一个中队,修筑了碉堡。鬼子海州驻军司令部的目标是要打通南北运输线,使连云港港口与东安、淮阴、扬州相接。这样,他们就不仅拥有运盐河、运河、淮河,还要拥有沿这三条河流的公路。现在,鬼子抓民夫强迫他们修筑的公路,就是通往连云港公路中的一段。

余结巴带着十二个队员,二人背大刀,二人扛红缨枪。那八人的枪五支是汉阳造,当地人叫汉阳条子,算是好枪,是在朱家圩赛枪时赢来的。还有二支枪是老套筒,是结巴扛过活的东家献给义勇队抗日的。余结巴扛着七九步枪走在队伍的前头,他感到自豪。作为一个打短工的贫苦雇农,现在是抗日义勇队的排长,他下决心要好好干,打仗要不怕死,为信任他的李队长争面子。不过,人家都把他看做是个粗人,考虑问题简单,刚才,在出发前队长对他说的话就是叫他多动脑子,把这一仗打好。现在他正在动脑子,如何把"声东击西"变成"声北击南",做到既能保护修路的老百姓,又把鬼子往南赶,这个问题难坏了他。这时,正巧"主意罐子"吴飞祥骑车经过他身边,便问道:"飞祥,又要打鬼子又要保护百姓,这可怎么弄法?"

吴飞祥笑笑说:"这不简单吗,你们混到民夫中间,朝天开枪,他们不就惊跑了,然后,你们就跟鬼子干仗!"

余结巴感到他这办法好是好,就是不好办,又问道:"我们扛着枪怎能混进民夫中间去噢？"

吴飞祥又一笑："这容易，把枪包在草里藏在车上混进去。"

余结巴想，吴飞祥人称小诸葛，一点不假，这么大的难题对他一点不难。他谢道："好主意，飞祥哥，谢了。"

他们分手后，吴飞祥和马正经带着人骑车往县城方向去了。余结巴便到村里借来几辆独轮车，上面弄些干草把他的枪藏在里面，上头放着几把铁铣、光锹和镢头做掩护。叫人推着车子，他跟在车子后面。

在他们接近修路工地的时候，透过洼地上的小树林，见到一个鬼子端着枪监视筑路民夫。洼地上飘着淡淡的水气，民夫黑鸦鸦一片，在水塘边挑土，填高公路。那鬼子对他们并不在意，他只是对到小树林里撒尿的民夫注意监视，不断吼着，如狗叫一般要撒尿的人回来。推着车子的王振亚心里害怕，不断问余结巴："怎么办，要不要绕过去？"余结巴向南北两头望望，小鬼子在路边散成一条线，百把步一个，端着枪像木桩似的站在那里。他摇摇头："照直走过去。"

可是，王振亚心里发慌在打鼓，手脚有些发抖，把车子推得歪歪扭扭的。当他们走到鬼子面前，鬼子喝令他们站住检查。余结巴一看不妙，立即抄起车上的光锹，顺手打过去。那小鬼子也灵活，侧身躲让，余结巴一锹打空，王振亚等人都抄起家伙来打小鬼子，小鬼子还手不迭，被结巴打断了胳膊，负痛嚎叫而逃。

余结巴大笑，他敞开衣衫，露出胸毛，哈哈大笑："小鬼子也不过如此！"他取出车上的七九步枪想对逃跑的小鬼子开枪，可是小鬼子已逃到民夫们身后，于是，他朝天开枪，同时，大喊大叫："乡亲们，快逃啊！我们是抗日义勇队，来打狗日的小鬼子的！"随着枪声响民夫们乱了营，向树林、苇荡、村庄里逃窜。鬼子也聚集到水塘边的壕沟里，把机枪架在沟沿上，与树林里的抗日义勇队对射。余结巴着急问："王振亚，李队长叫我们放枪惊散民夫，赶鬼子往南进入他们的伏击圈,现在,鬼子不走,怎么办?"

王振亚说:"我现在也不怕了,鬼子也怕打。我说余排长,李队长在给我们上军事课时不是讲过三十六计,其中有一计叫'虚张声势'计吗……"

"是呀,我听李队长讲过,李世民十六岁时,用此计在雁门关救了杨广。可是,那又怎样呢?"

"我说,现在小鬼子不知我们有多少人,可是,打久了,会被鬼子识破的。"

余大杰撸撸胸口毛说:"我晓得了,你王振亚胆子不大,主意倒还是有点的。这样吧,你和黄小三子留下,我和兄弟们到西苇荡里打他狗日的!"

这时,吴道人提着大刀、黄小三子攥着红缨枪走过来,他们跟着余大杰去了。一会,他们向鬼子扔了一个手榴弹。小野立即意识到不妙,不能在此恋战,于是撤兵南逃。

余大杰见鬼子跑了,十分兴奋:"鬼子逃了,我们胜了!"

王振亚问:"追不追?"

"不追,在后面跟着。"

"那,我们的人太少了,"吴道人说:"我去村里叫些人,把鬼子围住。"

黄小三子:"我也去。"

吴道人:"你去有啥用?"

黄小三子:"我舅奶奶家在鲁渡,二舅、三舅都有枪,我去一叫他们准来。"

再说那一小队鬼子在小野队长的带领下向南逃跑,他们怎么也想不到在离县城二十多里的地方会遭到游击队的袭击,而且,游击队似乎很有经验,先是鸣枪惊散民众,再分散开来对他们进行射击。小野是有作战经验的,他晓得势孤力单,不宜恋战,应该撤兵。他想,看来修筑公路应先来扫荡,肃清这里的游击队。小野是经过军事训练的,在撤兵南逃的过程中,他也没忘记军事守则上的规定,前有尖兵,后有御敌兵。他把十二个人分成三队,前三人后三人,中间六人由他亲自率领。这样,在后来的战斗中确实给他带来好处,全队免遭覆没。

鬼子的三个尖刀兵趾高气扬,扛着枪列队前行。在前面公路弯道处右边有个乱坟地,土坟有近百个;路左边有一长方形水塘,绿柳成荫,白雾从那里往外飘荡,给人一种阴森神秘感。三个鬼子立即向后面打招呼,端起枪准备到水塘和乱坟地去搜索,这时,又一次出乎他们的意料,"乒乒乓乓"一阵枪迎面向他们打来,三个鬼子立即伏地,然而已经迟了,有两个鬼子被击中胳膊和小腿。

尽管此前李侠兵一再强调要让鬼子靠近了再打,但是,张武生是个猛张飞急性子,他又是处于极度兴奋状态,在鬼子尖刀兵与后面队长小野打招呼之际,他便开了枪,一枪把那打招呼的小鬼子的门牙打蹦了,血从他嘴里喷了出来。

李侠兵一见,立即举枪高喊道:"打!"他连发数枪。

抗日义勇队员们开枪射击,打得小鬼子一时晕头转向。不过,小野队长毕竟有经验,他滚到沟里观察一会,听出对方使的是杂牌枪,肯定不是正规军,而且,从枪声密集的程度上看比他在华北遇到的八路军差得多了。于是,他命令士兵就地抵抗,在沟里边还击边撤退。这条干沟一头通往水塘,一头通往东南的一户人家。水塘已被义勇队占了,他们便向那户人家运动。

李侠兵见鬼子用机枪断后,从沟里退到东南的那户人家,他有些后悔,当时布兵太仓促,考虑不周,如果在那户人家布置伏兵,那就太妙了。张武生说:"我带几个人去攻,怎么样?"李侠兵观察那户人家在高地上,是一门独户,围墙外有土圩,四角有小树丛,鬼子把机枪架在屋顶上,士兵分成两线,小树丛里是第一线,屋里是第二线,如果进攻,无遮无挡,我们的人成鬼子的活靶子。打响这第一枪,最好是我们无伤亡,对振奋民众抗日的士气将会有大帮助。

因此,他在想进攻怎样攻,围又怎样围? 他举棋不定,靠在水塘边一股劲地抽烟。

这时,陈冠昌带来一个憨厚忠实的老农,说:"李队长,他叫陈兴昌,是我本家,鬼子占的就是他家。"

李侠兵关心地问:"老陈,你们家里人跑出来了没有?"

"都跑出来了。"

李侠兵:"那好,咱们就可以采取围困的办法,把小鬼子困死。"

陈兴昌对鬼子占领他家恨得牙痒痒,愤愤地说:"现在是青黄不接的春荒时节,我家没有一粒粮,只有一缸水。围住小鬼子,叫他们饿死!"

陈冠昌笑道:"你家如果连水也没有,小鬼子死得还要快些呢。"

陈兴昌是个本份的农民,有些后悔说:"哪个晓得要打仗沙,我昨天才挑的水!"接着,他又补充道:"不过,水缸在门外呢。"

李侠兵举望远镜望望,见那水缸在菜园边的木槿篱巴后边,旁边有个石台,石台上放着两只酱缸。他说:"专等小鬼子来喝水时打!"

李侠兵召集干部,聚集在水塘边大柳树下,说:"现在,我们把小鬼子堵在老陈家,暂时不要进攻,就是围着等待援军。不过,只要小鬼子露头或者想突围,那就坚决打! 大伙看,这办法好不好?"

陈冠昌补充说:"我已派人去联络友军和其他抗日武装了。"

张武生:"我派几个活线手监视鬼子,瞄准目标打,节省子弹。"

陈冠昌赞道:"这办法好。"

李侠兵也夸奖道:"想法子省子弹,我们的子弹不多啊。"

这时,余大杰带着十几个人来,介绍说:"这几位是带着自家的枪自愿来打鬼子的。"

众人欢迎,李侠兵与他们握了手,说:"现在已是下午三点多钟了,我们一是要解决晚饭问题,二是希望有更多的人来围困小鬼子,逼着他们投降。王振亚,你与黄小三子负责解决晚饭问题,我们这里再出几个人与新来的朋友去附近各村动员些人来……"

没等他说完,这时薛书同领着一队人来。他说:"还要你去动员,听到你们枪一响,大家就往这里聚集了,你看!"随着他的手指,运盐河边的苇荡里冒出百把人,拿枪的,握棒的,攥红缨枪的都有。薛书同说:"东面也来两百来人,小鬼子被围住了,往哪也跑不掉!"

李侠兵很高兴,东安民众抗日情绪如此高涨,他感到他们义勇队打响第一枪是十分及时的,这第一枪犹如旱天雷惊醒大地。他兴奋起来,激动地说:"援军一到我们就进攻,把小鬼子灭了!"

可是,到了天晚援军也没来,倒是吴飞祥回来了。陈冠昌问:"你们在城里干得怎么样,怎的到现在才回来?"

吴飞祥汇报说:"邵来喜被我们镇压了,我们还当众宣读了他的罪行,把'当汉奸的下场'纸条贴在他尸首上。"

李侠兵赞道:"好,你们的任务完成得好,城里鬼子一时不敢出来,这里的鬼子被我们困住了。"接着,他又问:"咦,马正经呢?"

吴飞祥说:"他回时码家里去了,说是要离开王培鲁出外闯江湖呢。我劝他来我们队里,他说出去闯荡一阵子再说,这小子过去是打算投奔我们的,如今杀了邵来喜又改变了主意,混蛋!"

陈冠昌摆摆手说:"不去管他,你们归队吧。"

到了天黑,县警备大队也没人来,李侠兵便叫大家赶快吃饭。吃了饭,他又同薛书同到各处去视察,要大家多点篝火,让小鬼子看到四面有篝火,不敢在夜里突围。

余结巴立即领会,说道:"这是三十六计里的'虚张声势'之计。"

吴道人问道:"不得了,结巴你怎晓得三十六计?"

余结巴闪着眼,翘着胡子得意了:"李队长讲军事课你不常来听,这就不知道了吧,嘻嘻。"

吴道人以老卖老,抹着长髯:"余大杰,他是我干儿子,老子听儿子上课,让我脸往那儿搁?"

"搁腿裆里!"余结巴诮贬他:"人家小时候是你干儿子,现如今人家有学问,在上海上过大学。你是什么? 一个老道士。现在打鬼子,难道,难道靠你念,念咒能把小鬼念回东洋去,你,你说是不是?"余结巴望望天色已黑便点篝火,又说道:"吴道人,你说,你念咒烧符水喝到底灵不灵? 小鬼子可是有机关枪的啊!"

吴道人严肃起来:"我念的咒可是师父传下来的,怎么不灵? 我师父在吴佩孚军队里做过军师,那时打仗不念咒不喝符水谁敢冲锋啊!"

余结巴拉着黄小三子几个人去沟外点火,一丛丛篝火燃烧起来。

小野本打算天黑组织小队突围,但是,当他看到周围忽然点起那么多的篝火,心里发怵,缩在房里不敢出来。有两个年轻的士兵提出建议:"小野队长,游击队夜里会不会来烧房子,我们现在突围吧?"

"闭上你的嘴!"

机枪手说:"如果突围的话,我用机枪在前面开路。"

"闭上你的嘴!"

小野自诩文化高,作战有经验。他想,突围固然能够成功,但是,这三个伤员怎么办? 特别是小腿被打穿的河藤像山猪一样肥胖,谁能背着他通过游击队的防线? 他决定坚守待援。

塚上中队长在县城里见小野一夜未归,肯定凶多吉少。第二天,他派鸠山小队长率日军一个小队与一队伪军去城北寻找。他们刚出城就被吴飞祥发现,报告给县警备队,遭到县警备队阻击,鸠山小队和伪军龟缩到城里去了。到了下午,小野盼望的援军还没来,他心中发慌,便提出谈判。李侠兵派人到朱家圩把朱虎尾请来,让他用日语向鬼子喊话。在鬼子作了回答后,朱虎尾告诉李侠兵,日本人要求放他们回城。

"不行!"李侠兵斩钉截铁地说。

朱虎尾说:"小野说只要放他们回城,他们愿意留下三支步枪作为交换条件。"

李侠兵与陈冠昌商量后说:"不行! 只要他们放下武器,我们保证他们的生命安全,以后送他们回东洋老家。"

朱虎尾把他的话用日语喊给鬼子听,小野愤怒了。他狂喊道:"我们情愿剖腹自杀,也不会投降!"

李侠兵鄙夷地喊道:"小鬼子,你要剖腹自杀的话回日本去干,不要用你们身上的血来污染中国的土地! 听到没有? 快滚回日本去!"

回答他的是扫过来的一梭子弹。

陈冠昌笑道:"李兄,小鬼子是来中国抢劫的,现在,小野刚抢得一只明代香炉,他怎么肯回东洋呢?"

朱虎尾说:"听说鬼子搜遍了县城,也没发现什么值钱的东西。"

陈冠昌推一下鼻梁上的眼镜,有些感慨:"东安本是个穷地方嘛,自从黄河夺淮以来,遭了几百年的水灾,还能有什么珍贵值钱的东西啊!"

朱虎尾跟项文东在日本是同学,他从项文东那里知道城里不少事情,说道:"据说日本人在能仁寺宝塔上找到一块玉石,那是镇塔之宝,宋代古物,准备运到日本去。"

薛书同愤然:"他们修路说是为了运输军用物资,其实,也是为了把抢到的东西运到连云港,从海上送回东洋去。"

吴道人:"日本是以海盗立国,我爷爷就跟日本倭寇打过仗。"

这时,朱虎尾告辞回家。李侠兵说:"今天,感谢朱老弟的帮助,改日我们去拜访你令尊大人,大家团结,共同抗日。"

朱虎尾是遵循他爸"暗里抗日"谋略的,在明处他们对任何一方都是敷衍的态度。这时,他对李侠兵的话有些心不在焉,应付道："好的，好的。"

他一走，陈冠昌就说："听说这小子跟塚上、王培鲁都有来往，此人动问值得注意。"

李侠兵望着朱虎尾远去的背影，点头说："是啊，他是个人物，我们要尽量争取他抗日。"

这时，忽有人喊道："小鬼子出来舀水喝了！"说时迟那时快，余结巴撩起一枪把小鬼子手里的水瓢打飞了。

陈兴昌跺脚叫道："哎呀，你不打他的脑袋，怎么打我家的水瓢，可惜了我爷爷做的水瓢啊！"

余结巴正为打破水瓢开心呢，他说："以后以后，抗战胜利了，我赔你一个金水瓢！"

鬼子实在是又饿又渴，冒死到水缸边舀水喝，先后被义勇队击伤两个。到了第三天，塚上在海州日军司令部的命令下，不得不倾巢而出，抬着重机枪、小钢炮来救援小野小队。义勇队指望国民党县警备中队来支援，歼灭这股日军，但是，县警备中队长王培齐向以保存实力为第一要旨，他本不想出兵，只是在薛书同的说服下，才派出一个排人马来阻击增援的鬼子。他哪是塚上的对手，一接触便"唏里哗啦"败逃而回。这样，李侠兵看到了大队鬼子的阵势，抗击了一阵子之后，也就撤兵。

龙兴寺抗日义勇队这次在东安县土地上主动出击，打响抗日的第一枪，虽然只是击伤几个鬼子，没有更大的收获，但是，这一仗同时镇压了铁杆汉奸邵来喜，振奋了民心，鼓舞了士气，打破了鬼子战无不胜的神话。义勇队凯歌而还，李侠兵十分兴奋，想好一首歌词，对陈冠昌说："陈兄，我为义勇队想好一首队歌，你看怎么样？"

陈冠昌见李侠兵在兴奋之中，他自己也很兴奋，说道："好哇，你写歌词，我作曲子。"于是，李侠兵说一句，陈冠昌记一句，并征求余结巴他们的意见，在过运盐河的时候，就写成了《打，打，打小鬼子》的歌曲：

> 小鬼子侵略我中华，
> 我们义勇健儿怕不怕？
> 不怕，不怕！
> 小鬼子占领我的家，
> 我们义勇健儿敢不敢打？
> 敢打，敢打！
> 小鬼子是万恶的强盗，
> 砍断他的手，
> 斩掉它的腰，
> 我们义勇队健儿逞英豪！

陈冠昌谱好曲，立即就教唱，义勇队一边渡河，一边学唱，嘹亮的歌声在运盐河两岸飞扬。很快，《打，打，打小鬼子》这首歌在运盐河两岸唱开了，龙兴寺一带天天可以听到义勇队员与孩子们唱这首抗日的歌曲。

42

塚上虽然把小野小队救回城，但见到那三个缺胳膊少腿的士兵，他恶从胆边生，怒从胸中起。他国字脸上的肌肉抽搐着，仁丹胡子翘着，拿着指挥刀站在东安地图前叫道："县城到龙兴寺不过三十多里，我要突袭龙兴寺，把义勇队掐死在摇篮里！"

项文东连忙趋前，说："塚上队长，不可，不可。"

塚上向来瞧不起这个尖嘴猴腮的翻译官，瞪着牛眼问："你说，有什么不可的？嗯！"

项文东虽然生得尖嘴猴腮，但他会算计。他利用与朱虎尾的同学关系，有些事他是通过朱虎尾帮忙来做，事情未做成前他不想让任何人知道，事情做成后他想给塚上一个惊喜。这时，他说："太君有所不知，这里的民风尚武，洪帮就是起源在这一带。他们几乎家家有枪，有大刀长矛。现在，听说村村组成自卫队，民众武装不下几十股，太君您想，从县城到龙兴寺这三十来里路，你如何通过？"

塚上一听冷静下来，坐下责问道："项桑，照你说我只能在这里无所作为，坐以待毙了？"

"不！"项文东如此这般地说出他的想法。他建议塚上先通过汉奸部队和维持会收缴民间枪支，然后再对龙兴寺抗日义勇队进行扫荡清剿。他说："上次小野小队去龙兴寺扫荡的失败，队长，我们要吸取教训啊！"

塚上听后思索良久，小野上回去进攻龙兴寺五死两伤，这确实是个教训。他笑道："项桑，你不仅是书生，项桑，你还是谋士，大大的谋士！"

他们经过谋划，决定请朱家圩朱崇山宋铭儒做正、副县长，推行归化，成立维持会。通过汉奸部队和维持会收缴民间的枪支，然后再对抗日武装进行扫荡清剿。塚上想，对当地不肯出山的人，要软硬兼施，反复去请。朱崇山徒弟多有势力，宋铭儒学生多有号召力，塚上特别希望他们两人能出山。于是，项文东写信叫他堂哥项文西送去。他为什么叫项文西送信呢？项文西是个三通人物，土匪的地盘，游击队所在地，地主庄园，他各处都可进出，通行无阻。在东安的地面上，这种事由项文西去做是最合适不过了。

李侠兵陈冠昌得到鬼子推行归化成立伪政权的消息，便大家分工，分头找朱崇山、宋铭儒与汪述先等人谈话，要他们拒绝与日伪合作，效果很好。有的乡绅还没来得及找其谈话，他们已主动表态决不会与日伪同流合污，刘码的刘大同就是其中的一个，并且，他送信来说他们近日见到孙三娘，本想请她留下抗日，可她与她的先生走了。

陈冠昌看了刘大同的信,发感慨道:"孙三娘要是留下来,在鲁渡战斗中鬼子肯定要死几个……她是不是回龟山了?"

李侠兵在想,塚上没有立即发兵来报复,这肯定是汉奸出的主意。汉奸比鬼子还坏就在这里,他们熟悉当地情况,怕鬼子吃亏。现在,我们要反归化、反封锁就要充实武装力量,可扩军需要武器和粮食,没有吃的也不行。龟山漂女队倒是不缺这两项,不过,要把她们改造过来也是件难事,孙三娘的出走就是个例子。他听了陈冠昌的感叹,说:"恐怕她一时不会回龟山,现在,她会在哪呢?"

孙三娘和程秀成从龙兴寺出走后,在谷志豪的大车店里住了一宿,便在百草湖上游荡了两天,现在,他俩在回龟山的路上。孙三娘坐在船楼上看风景,当小船驶进湖荡大水道时,她对掌舵的船主说:"老大,你能不能把帆篷拉满,我想天黑前赶到龟山。"

船老大:"不行,我还要把桅下了呢。"

"这是为甚?"

"前面快到侉二庄,那里住着国军一个团,他们到处设卡子,水上也有卡子,见到船就查。我把桅放倒了,从小草沟里过,兴许他们就看不见了。"

孙三娘说:"国军,怕它个甚?我们是老百姓,也不是鬼子二皇。"

就在船老大准备下帆放倒桅杆时,从土堤上跑出一队巡逻兵,班长喝道:"停船,停船检查!"

船老大又扯起帆篷,准备逃跑。

巡逻兵开枪,把桅杆打折。孙三娘捞起枪就拉枪栓:"我撩倒他几个!"

程秀成赶紧按住她的手臂:"不行,姑奶奶,你安稳点吧!"他夺过她的枪扔进舱里。

船老大也劝说:"前面有岗楼,架着机关枪呢,我们过不去的。"说着,他拿篙撑船靠岸。

船一靠岸,士兵们就上船检查,把他们带走,枪也没收了。孙三娘说:"你们检查可以,可不能没收我的枪,我靠这支枪抗日呢。"

"你抗日,一个女人家抗日? 哈哈。"

"刚才,我把钦工碉堡的日本旗打落下来呢。"

班长哪里会相信,说:"你就吹吧,你到我们团长那里去吹!"他押着他俩上岸,迎面见关团长骑马而来。"报告团长,我们捉到三个奸细。"

程秀成申明:"我们不是奸细,我们是老百姓。"

"老百姓为啥带枪?"

"为了防匪。"

关团长观察了一会,见程秀成像个书生,态度也软下来,关照道:"把他们押回去,我要审一审。"

他们被士兵押到一座叫"钓鱼矶"的庙里。这是座古庙,大殿里没有神像,现在是兵营。他们被带进大殿后,一会儿关团长也进来了。他放下手里的马鞭,坐下问:"你们不是一般老百姓。你两人叫啥名字,从哪来又到哪去?"

孙三娘说:"我叫孙三娘,他是我夫君程秀成。从龙兴寺来,到百草湖龟山去。"

"龟山是土匪盘踞的地方,你们去哪干啥?"

"我是教师,到那去教书,她是我的家属。"

关团长笑了:"你是像教师,可这位孙女士却不像'家属'! 哪有教师的女眷会舞枪弄棒的? 龟山地处偏僻之所,各方势力一时难以控制,现在聚集一帮女土匪,你是不是女匪如实招来? 不老实我就要动刑了!"

孙三娘争辩道:"听口音你是东北人吧,你不要瞎整呀! 龟山只有无家可归的漂女,没有什么女土匪!"

听孙三娘说出这番话,关团长觉这女子不简单。他问:"咱咋瞎整了? 你们从龙兴寺来,是不是蔡工渡口西边的那个龙兴寺啊？"

孙三娘说："是的。龙兴寺成立抗日义勇队，队长叫李侠兵，是他请我来教他们打枪的……"

关团长截住她的话，问："啥，你说啥？你说抗日义勇队的队长叫啥？"

"李侠兵。"

"你怎跟他认识的？"

孙三娘感到奇怪，他为啥对这感兴趣，但她还是实话实说。她说："李侠兵从上海回来经过百草湖的时候，被龟山寺里的住持洞仙请上山，我们就认识了。"

关团长脸上漾出笑容，立刻客气起来，令勤务兵搬凳子："你们坐下来，慢慢说。"

孙三娘更奇怪了，说道："我们没得说了，要说的都说完了。"

关团长又令勤务兵给他们倒茶水，然后问："怎的没啥说呢，李侠兵多大年纪，长啥样？"

程秀成说："三十出头吧，长啥模样？跟你关团长差不多，浓眉大眼，长脸，高挑个子……好像眼睛有点近视。"

"他在上海是不是读建筑大学？"

孙三娘摇头："这个，我们怎能知道呢？"

关团长好像在自语："看来也是，我的朋友，他回家乡了，他好像说过他老家有龙兴寺。"关团长考虑一会，说："好，你们走吧。"他叫卫兵："来人，把他俩送上船，放行。"又向王参谋说："王参谋，我们去龙兴寺。"

王参谋说："团座，我们要调防走了，还交结当地绅士干什么？"

关团长说明原委："李侠兵先生可不是土包子的绅士，他是在上海学工程的大学生。我在上海苏州河边仓库与日军战斗的关键时刻，他帮了我的大忙。这个人情我要还的。"

王参谋去牵马，说："团座真重情谊啊。"

他们骑上马,半个小时后来到龙兴寺,看到吴道人、尼姑们在搞宣传,募捐,关团长感到奇怪。

吴道人、洞明住持率众道士、尼姑们在村里贴标语,布置化缘场地,准备演出,气氛热闹。吴道人贴出《告百姓书》,有人来读。青年道士吹笙演奏,尼姑们在吹箫,打鼓,洞明在舞剑。吴道人在给众人读《告百姓书》:"父老乡亲们:日寇占我国土,无恶不作,他们烧杀抢掠,企图灭我炎黄种族。国家兴亡,匹夫有责。我们出家人道士、比丘尼出来募捐,不是为了敬佛香火,而是为了支援李侠兵、陈冠昌抗日义勇队,他们是热血男儿,不怕流血牺牲,他们献出许多的家产来抗日,我们怎么办?请大家捐献,一个铜板也好,一升粮不嫌少……"

众人听了都很感动,有人说:"抗日保家乡,他们没粮吃,饿着肚子怎么行?"

一位老人说:"我捐我捐。"他捐了钱,又说:"道士、尼姑都动员出来了,抗日有望,抗日有望了。"

捐献的人络绎不绝,吴道士、洞明等连连口称"谢了",打躬作揖。

这时,小二子带着关团长、王参谋往前来。关团长、王参谋见此情形,他二人下马。一个青年道士敲着单面鼓,他领头说起快板书来:"今天,我说说李侠兵这个人,他是龙兴寺边上人,他爹是信道奉佛的李道人,他家开油坊,一家是好人。李侠兵字习诚,领导全县来抗日,鬼子不赶走,人民没好日子。恭请父老乡亲们,有钱要出钱,有粮要出粮。义勇队七十五个人,一个不拿饷,吃饭靠自己,李家常把粮供应,他家粮缸也要罄。人家抗日把仗打,您能叫他们饿肚肠。为了打败日本鬼,我们不当小气鬼。嗨,我们不当小气鬼……"

捐献的人愈来愈多,有倒出袋里粮食的,有拿出银圆铜板的。道士尼姑们又弹古曲,又唱古歌。关团长、王参谋摸出银圆捐了。

王参谋说："看来我们来得正是时候,雪中送炭啦。"

小二子见他们捐钱,便对他们亲热了许多,问道:"老总,什么叫'雪中送炭'啊?"

王参谋:"就是在你冷的时候,给你送来一盆炭火呗。"

这更使小二子丈二和尚摸不着头脑,他说:"我现在正热呢,带你俩一路跑过来,可热呢!"

王参谋见他可爱,笑问道:"这是哪对哪呀。打个比方说,你晓得你们这里有个'天上下面粉'的故事吗?"

小二子:"这哪个不晓得? 天上本来下的是白面,后来,由于老百姓浪费糟踏,观音菩萨下令不下白面改下雪了。"

关团长拍了他一下头:"小子,我们就是来下面粉的。"

小二子听了高兴:"是吗? 我们快走!"

他们走过广场,在古银杏树下关团长见到了李侠兵。李侠兵感到意外,紧紧握住关团长的手,给陈冠昌等人介绍说:"这就是我常常给你们说起的关团长。"他俩互相问候了好一阵子,关团长才说明来意。他说,因部队要紧急调动,有一千多袋面粉无法运走,想作个顺水人情送给李队长。李侠兵一听喜出望外,再次紧握关团长的双手,表示诚挚的感谢。接着,他对陈冠昌说:"我们全体出动去硕湖运面粉,余大杰留下看家。"

陈冠昌有点不明白,问:"为啥单留余大杰?"

"你没听王参谋说吗,关团长是从孙三娘嘴里得知我在龙兴寺,现在,孙三娘、程秀成可能还在硕湖,他们见面多不自在啊!"

"是啊,李兄细心。"陈冠昌转脸对张武生等人说:"集合队伍,出发!"

张武生问:"去运面粉为甚去这么多人?"

王参谋答道:"我们得到情报,百草湖黎民虎枪船团,还有时码王培鲁伪军都准备来抢这批军粮。你们必须抢在他们前头,同时准备跟他们干仗,才能安全地把面粉运回来。"

李侠兵下令:"全去,我们七十多人全去。"

哨声,人声响成一片,全队人在寺前广场上集合。然后分成两队,一队人上船,一队人赶马车,分头出发。

李侠兵叫刘四到他家搬两坛子酒来,一会,刘四把酒拿来了。王参谋看着这一切,感慨道:"这支民众组成的义勇军竟这么精干,动作这么快捷啊!"

偩二庄东临运盐河,西靠芦荡水泊,韩八受王培鲁指派,带着一个排伪军来抢面粉。现在,伪军与黎民虎枪船团为抢占村子正打得不可开交。韩八站在堤下,见对面打来一阵土炮,散弹打得土堤上的树叶"沙沙"响,端起机枪还击,骂道:"黎民虎,奶奶的,你敢打老子,老子当土匪你还在吃奶呢!"

正在他们打得热闹,李侠兵指挥队员们搬面粉袋上船,上车。关团长走过来说:"李队长,要不要我留下一个排支援你,庄头上一伙土匪会冲过来吧?"

李侠兵说:"不用,不用,你通知我们来运面粉我已非常感谢你关团长了,我们太需要这些面粉了!"

关团长很有感情地说:"你在上海带人支持我,冒着枪林弹雨给我送弹药,那是关键时刻,有了那些子弹和手榴弹,我们炸死了鬼子的敢死队,打了一个大胜仗,这是我一辈子也不会忘记的啊!战后,我连升三级,我该怎样感激你啊!"

关团长讲义气,有爱国心,李侠兵觉得他是国防军里值得结交的军人,便说:"大家都是为了抗日,保家卫国,今后互相支持,合作的机会多得很哪。"他停一停,笑了笑说:"那么,我不客气了,你关团长给我留一挺机关枪下来,可以吗?"

"没问题。"关团长也想与李侠兵加深情谊,对一位营长喊:"送他们一挺机枪,两箱子弹!"

李侠兵紧紧握住关团长的手,千谢万谢,接着,叫张武生扛着机枪上前线去,组织一队人防止黎民虎来抢面粉。

国民军从俦二庄南头撤下来,义勇队顶上去。张武生一上来就是一梭子扫射过去,"哒哒哒",子弹呼啸着从枪船团头上飞过去。

韩八喊道:"对面兄弟报上名来,我韩八刀下不死无名之鬼!"

吴飞祥一听是韩八,便回道:"兄弟,我是吴飞祥,龙兴寺义勇队来啦!"韩八心里有数,命令部队不准乱说乱动,伺机行事。

这时,在枪船团里,一个持刀者请示黎民虎:"会长,冲不冲?"

"冲!"

黎民虎指挥枪船团人员冲锋,头扎红巾、手持大刀的一群人向村里冲杀过来。韩八在堤下望着,一会,冲锋的枪船团丢盔弃甲,溃逃而回,在义勇队的追赶下,枪船团里有些人往运盐河里跳,企图逃生,可是,他们被冲上来的义勇队员射杀不少,打闷在河水里。

这时,刘太瘦带人来增援。他在树丛里举起望远镜向村里望,对逃过来的黎民虎说:"王大队长令我来增援,他说一定要把这批军粮抢到手。现在,这里的情况怎么样了?"

黎民虎把大刀扛在肩上,得意地说:"我们虽然来迟了,但是,还是抢到几船面粉。"

堤上,张武生指着芦荡里的船问刘四:"那是些什么人?"

"百草湖枪船团。"

"他们抢到面粉想溜,不行!"张武生指挥一队人冲过去,拦住码头上的三条船,船上的人弃船逃跑,张武生用机枪扫射,义勇队员们勇猛地追击过去。

黎民虎见大势已去,也带人逃跑,并说:"我们枪船团跟龙兴寺的仇迟早得报!"他们向芦苇荡里逃窜。

韩八见了,他怕刘太瘦袭击义勇队,过来对刘太瘦说:"黎民虎逃了,我们撤吧? 接上火的话,义勇队会和国民军联合起来打我们,刘连长,光棍不吃眼前亏啊!"

刘太瘦放下望远镜,呲着金牙说:"等一会,有机会就上去抢面粉,抢到一袋也好交差呀,是不是?"

这时,李侠兵在钓鱼矶的码头上给关团长送行。他说:"关团长,你们走得太急促了,否则,请你到龙兴寺,我们兄弟好好叙谈叙谈。"

关团长说:"军令如山,上峰令我上午撤,我不得过午时。这一千多袋面粉也来不及运走,怎么办?我总不能留给日本人,我想焚毁,正在这时,巧遇孙三娘,得知你仁兄在家乡组建抗日义勇队,我想你们肯定需要粮食,就送给你们吧。"

钓鱼矶在湖荡半岛一侧,上有一座草亭。李侠兵与关团长牵着手来到草亭,李侠兵说:"关团长,你真义气,滴水之恩你就以涌泉相报啊!"

关团长自省道:"兄弟说来惭愧,东北土地把我养大,一枪未放就退到关内,西安事变后我们青年军官要求抗日,在上海打了一仗又一退再退,现在,日本人从山东南下,我们又要奉命去保卫重庆。军人以服从命令为天职嘛,只有走啊。"他羡慕地说,"李兄,说真的,我感到当这个团长不咋的,没有上峰的命令我一枪不敢放,哪有你自在,保卫家乡要打就打,自己说了算。我真羡慕死了!"

李侠兵叫刘四把酒坛抱过来,倒酒,刘四倒了两碗酒给他俩。他与关团长碰碗后说:"关兄,这个钓鱼台是晋代卧佛所建,是江淮最古老的建筑,今天,我能在这里为关兄饯行,甚感荣幸之至。来,后会有期。"两人一饮而尽。

"后会有期。"关团长骑马挥鞭,走了百步又回来说:"日军一个联队下午可能就到,你们赶快把面粉运走啊。"说完,他转身策马而去。

李侠兵对队员们说:"这关团长够朋友。"

黄小三来报告:"李队长,刘太瘦、韩八带人来抢面粉,打不打?"

"面粉到手,我们走人,注意后卫,撤!"

349

他们回到龙兴寺以后,李侠兵、陈冠昌与众人研究将面粉藏到哪里保险。余大杰主张把面粉藏在坟地里,他可以睡在那里看守。这个意见遭到众人反对,大伙说,小野正在找借口挖古坟寻宝,你这不是把口实送到他嘴边吗?不中,不中。张武生主张把一千袋面粉分给五百户人家储藏,每户两袋叫小鬼子搜去?众人也反对,说这样会遭害老百姓。最后,李侠兵和陈冠昌决定将一千袋面分成三份,五百袋装在几只小船上,把船藏在芦荡水泊里,供义勇队食用。三百袋运到河东,藏到谷志豪他们挖的地道里,供过路的军政人员食用。还有二百袋藏到朱崇山的家里。李侠兵说,一来日伪不到朱家圩扫荡,比较安全,二来表明我们对朱老先生的信任。当天夜里,他们就把一千多袋面粉运到船上、河东、朱家藏匿好。

43

这一千袋面粉,从此成为日伪、土匪搜寻争夺的目标。王培鲁派刘太瘦、韩八去侉二庄抢面粉,没有抢到,第二天,他约项文西一道去小野处讨主意。项文西人称白面书生,他是个有心计的人。他虽在王培鲁那里混饭吃,但他不想在一棵树上吊死,他不仅与龙兴寺抗日义勇队相通,也与土匪相通,因此,对于一些事他尽力回避,不愿伸长脖子往里钻。他晓得争夺一千袋面粉是件大事,各方是要动刀动枪的,便不想参与,装肚子疼想回避。但是,王培鲁那会饶他,拽住他就走。

他俩来到小野的队部,见到墙上挂着"武运长久"的字幅,衣架上吊着一把军刀,两人踌躇不敢贸然进入,正张望间,屏风后面传来小野的声音:"是王大队长、项翻译官吗?进来吧!"

他俩赶紧转过屏风,见小野手握毛笔站在大条桌旁临帖。项文西凑近一看,他临的是元代赵孟頫的字帖。小野说:"王君,项先生,你们二位喜欢哪家帖,是柳公权、欧阳询还是颜真卿的?"

王培鲁撸着大背头，说的是实话："卑职愚顽，只描过红没临过帖，惭愧惭愧。"

"项先生，你的文化高，你喜欢哪家帖呢？"

项文西恭敬地答道："鄙人儿时跟王队长一样描过红，后来上洋学堂。再后来与堂弟项文东一道到东京去留洋，没有练过书法。不过，对书法我还是有喜欢与不喜欢的。"

小野笑问道："好，说说看，你喜欢哪些书法家，不喜欢哪些书法家？"

项文西装出苦相："小野君，你是行家，我哪敢班门弄斧啊？"

小野："但说无妨。"

项文西眨眼，心想不能说真话，讨好献媚地说："队长命我说我只得说了，我不喜欢颜真卿的字帖，他家从颜之推世代相传，太正统了，古板，缺少灵气。他做人也是如此嘛，相比之下，我喜欢赵孟頫的，字体柔媚，用笔温婉闲逸。"

"啊，你很有修养，对书法很内行。"小野高兴地说，同时，用深邃的目光注视着他："项先生，你喜欢的书法是不是跟书法家的人品有关系？"

项文西先是一愣，然后立即明白过来："是啊是啊，小野队长虽是武官也是文化学者，对中国书画研究颇深哪。文如其人，字亦如其人嘛，赵孟頫在元军进入江南后率先降元，并做了官，他骨子里是个巧人呢。"

小野虽然笑着，但话里露出讽刺意味："你的意思他投机取巧，不，不，他是中国人说的'识时务者为俊杰'的俊杰！就像王培鲁队长，你项家兄弟俩一样，哈哈。"

项文西脸上一阵白一阵红，说道："小野队长过奖了，鄙人受宠若惊哪！"接着，他小心翼翼地提醒说："小野队长，王大队长是来领任务的，你看……"

小野一笑，扔下笔："啊，我被我们讨论的问题吸引住了。"他去洗了手,又叫他俩坐下,他俩那里敢坐,毕恭毕敬地站着,洗耳恭听。小野说:"我原是文职人员,在中学里当教师,现在,举着战刀来中国战斗,目标是建立大东亚共荣。对于愚昧的支那人我们不仅要靠武力征服,也要用文化来教化。我近来收集到这里不少地方史志、民间家谱,想从这些史籍中找到教化这里民众的渠道,想不到有了意外的收获。"

王培鲁本来想请示小野寻找一千袋面粉的事,听小野这么说,他感到有点丈二和尚摸不着头脑,问道:"太君,什么意外的收获,大大的?"

"大大的,收获大大的!"小野得意了,指着桌子上一摞古书、县志、家族谱谍,说:"你们说,《西游记》的作者是谁? 你们中国人搞不清楚,我们日本学者认为是淮安吴承恩。但是,中国某些学者认为证据不足。这里有人告诉我说吴承恩祖上是东安人,他把《西游记》的原稿藏在东安的亲戚家,后来,被人埋在古坟里。还有人认为《金瓶梅》的作者也是吴承恩,他写的《金瓶梅》原稿也埋在他亲戚家的古坟里。我查了东安许多的家谱,发现刘姓、朱姓、汪姓与吴承恩的曾祖、高祖是至亲,吴的手稿流落在这三家祖坟里可能性极大。"

项文西有点蒙,转着眼珠说:"小野君的意思是挖刘姓、朱姓、汪姓这三姓人家的祖坟,这可使不得,万万使不得啊!"

小野冷笑一声,说:"这我知道。中国人继宗孝祖,最恨别人刨他的祖坟,伍子胥为报仇雪恨,带领吴军打败楚军,刨开楚王墓鞭尸,那是中国最为著名、影响最为深远的事件。因此,我们不能随意刨开人家的祖坟。"小野眼往上翻,显然口心不一,欲盖弥彰。

项文西赶快接话:"对,对,队长说得对。"

小野阴险一笑,话锋一转说:"但是,我们现在刨他们的祖坟师出有名。我得到情报说龙兴寺义勇队将军用面粉藏到古坟里,我们不妨挖开一家古坟……"

王培鲁跟项文西的想法完全不同,他觉得小野要怎么做是不可违抗的,挖坟就挖吧也没大不了的。他立即响应说:"太君的主意好,我们宣扬说龙兴寺义勇队把面粉藏到古坟里,我们是为找到这批军粮才挖古坟的。这样,挖坟的罪名就落到义勇队的头上,好,这主意高!"

项文西瞅他一眼,这种自欺欺人之谈亏你说出口,他苦着脸十分无奈地说:"我,我劝太君不要这样做,不要这样做啊!"

王培鲁用脚踢踢项文西:"项先生,太君要刨的是刘、朱、汪三家祖坟,也不会刨你我两家祖坟,你管那么宽干啥嘛!"

小野歪着头在笑,一副看透一切的神情:"王大队长,你的祖坟不用我皇军去刨,当地老百姓会刨的。"

项文西觉得小野说的是真话,他朝王培鲁看。想不到王培鲁阴阴一笑,很得意地说:"我没有祖坟,我家祖坟叫淮河发大水冲掉了。哈哈,叫他们刨去。"

项文西闪着眼睛,装出提醒他的口气:"王大队长,你没有祖坟也不是没有后顾之忧了。你将来百年之后怎么办,就不怕仇家挖你的坟?"

王培鲁朝小野看,无耻地说:"我是小野队长的忠实部下,我要加入日本籍,死后葬到日本去。"

小野笑笑,然后说:"培鲁君是我忠诚的朋友,不过,我们现在不讨论将来的事。我们现在去扫荡,到了龙兴寺、朱家圩我会叫你们干什么。"

项文西仍想挽救古坟,转了一会眼珠说:"太君,你看是否可以采取先礼后兵之策,就是让王大队长和我带兵去要他们交出面粉,如果他们不理我们再用兵讨伐,开挖古坟?"

王培鲁插话,一语道破天机:"不可不可,如果他们同意了,那太君想刨坟找《西游记》原稿不就找不成了吗?"

小野先是不悦,接着又笑笑说:"先礼后兵,好主意。王队长,他们是不会交出面粉的,这你不用担心。先礼后兵最大的好处可显示我小野的部队是文明之师,将来挖墓让他们明白是我不得已而为之。"他对他二人下令:"命令:王大队长率一个中队前去龙兴寺、朱家圩谈判,项文西为我的代表。"

"是。"项文西心里很高兴,他的意见占了上风。但是,他想要避免鲁渡庙被毁那样的事件,恐怕很难,小野为了抢夺文物什么事都做得出的,怎么办?

这一天,小二子爬在树上站岗,半天不见一人,突然,他望见一队伪军来到老堆头的路口停下,接着,有三人打着白旗前来。他猴一般窜下树来,对刘四说:"叔,来了一队黑狗队约莫三十多人,走到堆口停下了,派了三个人打着白旗过来呢。"

刘四朝老堆头望,他觉得奇怪:"咦,他们打着白旗干什么,他们来投降的? 不管怎的,小二子,你快去报信!"

小二子给后面摇树枝,隐蔽在古坟后面的岗哨也摇起树枝。龙兴寺前的圩上也有人摇了树枝。小二子说:"等见了打白旗的人,弄明白怎么回事我再去报信。"

这时,打白旗三人已到前面的开阔地,刘四举枪喝道:"什么人,干什么的?"

项文西喊道:"不要开枪! 我是项文西,来找李队长的!"

刘四说道:"项翻译官,是你呀,有事吗?"

项文西:"我受王队长指派,找李队长谈判的?"

刘四收起枪:"好,只许你一人过来,不准带枪!"

项文西打着白旗走来。刘四又叫小二子摇树,通知后面岗哨。待项文西来到面前,刘四说:"项翻译官,你还在小鬼子那里当走狗哪?"

项文西辩道:"我可不是汉奸,你不要搞错。"

刘四红脸一冷,说道:"是不是汉奸不是你说了算,是老百姓说了算。"他叫小二子:"你搜一搜他!"小二子对项文西搜身后,他又说:"你带项翻译官去吧。"

项文西愣在那里,小二子令他:"你走呀,我押着你。"小二子神气十足,端着红缨枪。小二子带项文西到队部门外,对站岗的王振亚说:"叔,你看着他,我进去报告。"小二进了屋,对父亲与陈冠昌说:"报告,鬼子二黄派项翻译官来谈判。"

李侠兵:"人呢?"

"在外面。"

李侠兵站起,走到门外:"文西兄,有失远迎,有失远迎,请进!"

项文西拱手说:"侠兵兄,你不把我当汉奸就给面子了,还这么客气。"

陈冠昌迎上前,握手:"文西兄,谁把你当汉奸了,你身在曹营心在汉嘛,你坐,坐。"

项文西:"这位小兄弟就是把我当汉奸,一路押着我,他的红缨枪戳得我屁股生痛啊!"

李侠兵笑了:"是吗? 小二子,出去吧,你的任务完成了。"小二子走后,他沏上茶端过来说:"文西兄,你传过来的情报我们收到了,非常感谢。"

项文西喝着茶说:"情报不少,但传的机会很少啊。"

陈冠昌关照他:"我们已指示情报人员,在绝对安全的情况下才与你联系,你的安全是第一位的。"

李侠兵:"文西兄,你是自觉自愿抗日的,我们对你绝对信任。说实在的,龙兴寺还没有党的组织,待有了党组织一定发展你入党。"

项文西睁大眼睛:"是吗? 东安还没共产党,日伪以为这里遍地是共产党呢。"

陈冠昌说:"共产党组织是处在秘密状态,也许有,我们不知道。好,我们不谈这些。"他问:"文西兄,你能不能把文东拉过来?他在塚上身边呀。"

项文西想了想说:"如今世道险恶,就是亲兄弟也不敢随意谈抗日之事。何况,我跟文东是堂兄弟,他虽然处事不错,处处要脸面,但是,他好像相信日本在这场战争中能赢,所以,我不敢跟他谈深一层的事。"

李侠兵认为他的顾虑不是多余的,是谨慎。他说:"我们通过另一渠道试探他,也不见动静,对项文东的工作不能急,慢慢来。"接着,他问道:"文西兄,你说你来的任务?"

项文西靠他俩近点,放低声音,一付地下工作者的姿态:"鬼子得知你们获得55军的一批面粉,要来扫荡。塚上贪财,搜刮金银财宝不算,见值钱的东西就往日本老家运。小野虽然也贪财,但是更重搜罗文物,他上回在龙兴寺搜到明代香炉,如获至宝。最近,他从家谱里得知吴承恩写《西游记》、《金瓶梅》的手稿,被东安亲戚家的后人埋在祖坟里。他要借寻找军用面粉来寻找吴承恩的手稿……"

陈冠昌听了,又吃惊又气愤,黄脸气得发白,推着鼻梁上的眼镜说:"什么,什么?吴承恩出身在山阳,祖籍在东安。他写出《西游记》名震一世,至于说写《金瓶梅》那不过是学术界的一种说法,说'笑笑生'就是吴承恩,那不过是从文风上的一种推测。至于说他两部书的手稿流落在东安亲戚家祖坟里,这完全是胡扯蛋!"

项文西笑道:"这两个鬼子也很有意思,塚上说他祖先是山民,很穷,他出征中国一定要发财,否则,出生入死来打仗干什么?小野的先人中也有人是倭寇,到中国沿海来抢过财物。但是,从他曾祖以来,几代人从教,喜欢收藏文物字画、名人手稿。小野说他家如能供上《西游记》、《金瓶梅》手稿,那会轰动日木,名震全球,所以,他要不遗余力搜查吴承恩的手迹,那怕搜到一幅字也好。"

李侠兵听了十分气愤,说道:"这个小野是文化强盗,疯了!现在,他有目标吗?"

项文西:"有。他从县志家谱中查到吴承恩在东安的老上亲姓朱、姓刘、姓汪。他要挖这三姓的祖坟。"

李侠兵气得眼睛发亮，说道："这三姓都是东安大姓，他就不怕三姓家族群起而攻之，杀了他。"

项文西说："所以，小野要借搜查面粉的名义来挖坟。他说，你们抗日义勇队把面粉藏在古坟里，他把挖坟的罪责推在你们头上。"

陈冠昌咬牙："妈的，这小野好毒呀！"

他们又密谈了搜集鬼子情报事后，项文西告辞，李侠兵送他出来，关照他注意安全，对白超尤其要提高警惕。

小野和王培鲁在老堆头等项文西回话，正在他们着急时，项文西来了。项文西老远就竖起大拇指，说道："小野队长，你的先礼后兵策略很好，大大的好！"

小野问："项先生，你与李侠兵队长谈得怎么样？"

"他们说，军用面粉已被八路运走，你们假借搜查面粉，开挖百姓祖坟这一手非常毒辣，但是，必然激起民众强烈的反抗。"

王培鲁在一旁煽风点火："老百姓不会恨皇军的。他们要恨恨抗日义勇队，是李侠兵的部队把面粉藏到古坟里的，怪不了皇军。"

小野见项文西急着要说话，他说："你要说真话，实话，你说！"

项文西心想他要尽最大的努力，说服小鬼子不要挖古坟。他对王培鲁一味讨好小野极为不满，瞪他一眼说："小野君是文化很高的太君，应该知道老百姓是不会相信义勇队会把面粉藏在古坟里的……"

王培鲁在一旁冷笑，心里想小野要的是文物，你说也是白说。这时，小野下令道："不要说了，向龙兴寺开炮！"机枪、掷弹筒一起射击，在打了一阵之后，小野挥着指挥刀狂叫："前进！"

炮弹在龙兴寺广场上爆炸，机枪子弹在空中乱飞，圩上被打下的树叶在飘落。圩沟里，李侠兵和陈冠昌商量一会，对吴道人说："你留下应付鬼子，我们转移了。"

陈冠昌提着枪关照说:"鬼子挖坟,你们来后荡报信,我们会去突袭的。"

吴道人点头,挥手:"明白了,你们快走吧。"

李侠兵、陈冠昌和义勇队员们迅速撤到后圩,过了窑场,上了小船,往水泊苇荡里划去。

鬼子、伪军攻占圩口,放一阵子枪后来到广场上。一会,伪军胁迫村民群众到广场集中。广场上群众愈聚愈多,桂花、侯青莲与李嬷妈等人也被伪军赶来了。

吴道人被伪军推搡着,他说:"你狠什么,我跟王大队长有交情,我吴家与王家有老上亲。"

广场上,刘太瘦站在碾盘上,叫道:"大家不要吵,听王大队长讲话!"

王培鲁笑笑,大声说道:"今天把众乡亲请来没别的事,我们要搜缴55军留下的一千多袋的面粉。这批军用物资现在被龙兴寺义勇队藏起来了,藏在哪里呢?你们说说看!"

没人回答,他问吴道人:"吴住持,你说!"

吴道人心想你长驴脸上堆笑,笑里藏刀,答道:"不知道。"

王培鲁问李嬷妈:"你老人家说说看,你儿子做的事你该知道吧?"

李嬷妈冷笑:"王培鲁,你到龙兴寺来兴风作浪,大耍威风,你妈知道吗?你说说看!"

众人大笑,王培鲁一阵难看,收起笑。刘太瘦朝天开了一枪,喝道:"不要吵,不准笑!我们知道义勇队把面粉藏到哪里了,请王大队长宣布。"

王培鲁说:"这么重大的事请太君宣布。"

小野说的是日语,项文西作了翻译:"我已得到情报,龙兴寺义勇队把军粮一千二百袋面粉藏匿到古坟里。是哪家古坟,是朱家的、刘家的、汪家的,还是李家、吴家的,我们不知道。我们要把一家家的古坟统统挖开来搜查。挖坟的责任不在我们，是藏军粮的义勇队！"

吴道人急了，求道："这千万不可，千万不可！"

刘太瘦："我们也不想挖人家的祖坟，那么，你们把面粉交出来呀！"

刘四的父亲伦爹喊道："你要刨我家祖坟，我跟你拼了！"

王培鲁冷冷地说："伦爹，你不必拼命，还没挖你家祖坟嘛！"

伦爹抢前一步，指着他鼻子说："王培鲁，你爹在世的时候我们常在一起玩，现在，你带鬼子来挖乡亲们的祖坟，还想嫁祸给抗日义勇队，你爹知道了，在阴间睡得安稳吗？"

王培鲁横眉竖眼，喷着唾沫威胁他："伦爹，你想造反哪，我知道刘四在义勇队，我还没到抓家属的时候，以后抓家属第一个就把你抓起来！"

众人往前，帮着伦爹说话，王培鲁怕事情闹大，他令刘太瘦率伪兵用枪托赶退村民，最后，小野讲话，项文西翻译："太君讲了，你们不交出军粮面粉就找古坟挖，散了散了！"

刘太瘦令一探子带路，队伍折向运盐河与湖泊之间的高地。在高地上有一座古坟，茅草丛生，有几棵柏树。楚五在高地周围布置岗哨，这时跟过来说："刘连长，这座古坟好像是你们刘家的祖坟啊？"

刘太瘦一脸不高兴："不要瞎说，你怎知道是我家祖坟？"

楚五："我认得那碑上的字，碑名就叫《刘居士夫妇合葬墓志铭》，射阳吴承恩撰。"

刘太瘦一时不知所措，说："我也不识字，这……"

楚五、胡横兴把他带到石碑前，项文西等人正在读碑文，翻译给小野听。由于他们把碑文读得结结巴巴，小野说："你们古文化不怎么样，不要读了。我问你，碑文上有没有说到与吴承恩家族的关系？"

几个人在揩去石碑上的泥尘，在查找。楚五指着石碑对刘太瘦说："你'刘'字总认得吧？你看，刘居士……"

刘太瘦问："这里属哪个乡？"

"硕湖乡。"

"硕湖乡的刘跟我们东湖集乡不是一个刘，不管它！"

胡横兴笑了："我在这一带多年，硕湖乡的刘姓肯定与你是本家。刘连长，你为了当汉奸，连老祖宗也不要了，兄弟佩服！"

刘太瘦反讽道："老胡，你当土匪时连姓胡的也抢，有这事吗？我看投降日本人比你抢自家的兄弟要强多了！"

这两个无耻之徒在互相嘲讽，说到这里，胡横兴抹抹大胡子道："我们兄弟说说笑话，何必当真呢。不过，刘哥，我在外野惯的，不喜欢受人辖制，有一天咸鱼翻身，我还是到菱角湖当土匪去。"

那边，小野下令："把这块碑挖了，运回去，我要对吴承恩写的碑进行研究。"

这时，一个汉奸说："小野队长，这刘居士与吴家是亲戚。"

"是吗？"

汉奸指着石碑："你看，这里说刘居士娶妻姓孙，其子国珍娶吴氏。这吴氏可能就是吴承恩家的人。"

小野歪头看了一会碑文，说："噢，刘氏家谱有文《十峰先生赞》，就是出自吴承恩之手笔，现在又发现吴承恩为刘居士写碑，这说明刘、吴两家关系不一般，民间传吴的手稿《西游记》《金瓶梅》埋在东安亲戚家古坟里是言之有据的，吴氏没有子嗣，说不定将手稿和字画被女儿带到婆家了。这坟中吴氏极有可能也葬在里面。"

几个汉奸立即附和："高，高，小野队长学问真是高。"

项文西直瞪眼，说："这是哪对哪呀！"

小野问："你们说这坟值不值得挖？"

几个汉奸讨好地说："太君，这坟值得挖，值得挖！"

小野高兴了，他把王八盒子背上肩，说话仍装斯文："挖开古坟发现吴承恩的手稿,这是对世界文化的贡献。就是没有发现吴的手稿,也让老百姓对游击队增加了仇恨,因此,挖!"

伪军士兵在鬼子督促下,开挖古坟。

44

湖荡深处,藏着几条船。

李侠兵、陈冠昌在船上讨论战事,这时一只小划子飞快地划来,原来是吴飞祥。吴飞祥上了大船,报告说:"两位队长,鬼子、二皇在硕湖乡挖刘家古坟。"他指着桌上的地图:"你们看,就在硕湖乡刘家台子。"

"他们有多少人?"陈冠昌问。

"鬼子十几个,二黄五、六十。"

李侠兵问:"鬼子肯定由小野带队,黑狗队刘太瘦来没来?"

吴飞祥说:"村里人说,王培鲁、刘太瘦都来了。"

李侠兵想了想,决定说:"老陈,我们是不是这样打?由飞祥、张武生带十几个人去钦工打碉堡,调动伪军回去。我们去袭击敌人,再分些人在老堆头打伏击。"

陈冠昌笑了,镜片后面的眼睛含着智慧,他拿着盒子枪说:"这就是麻雀战,几十只麻雀玩老秃鹰,我同意,就这样。我和王振亚几个人去刘家台子,你和余大杰多带些人去老堆头,去伏击敌人。"

李侠兵挥手道:"同志们,行动吧!"

这时,日伪在刘家台子已经得手,把古坟挖了,正把刘居士的墓碑往马车上抬,一个伪军在墓碑下垫草。小野走过来说:"你的大大的好,这墓碑是文物,要保护好。我要把它运到日本去,让全世界都知道我对文化的贡献。"

王培鲁见棺材要被砸开,叫刘太瘦:"刘连长,快叫小野队长过来,棺材要打开了!"

刘太瘦跑过来:"太君请过来,要开棺了!"

砸开来的是椁,椁里有一木箱子,敲掉周围的石灰、棉花附裹物,箱子如新的一般,漆光红亮。有人要砸箱子,小野喊道:"不准砸,将箱子搬上马车!"

伪军们在坑里清理陪葬品,瓷瓶大多数都砸碎了,几个伪兵在抢一只花瓶。

树丛里,陈冠昌拿望远镜朝这边望,义勇队员们跑步进入草沟。陈冠昌说:"你们看见没有? 大杰,你开第一枪要把赶马车的伪军撂倒,然后,大家一齐开火!"

余大杰屏息瞄准,"砰"的一枪把第一辆车上的马夫打倒了。接着,大家一齐开枪,把鬼子、二皇打蒙了。

小野观察一会,他想是游击队来袭,便指挥道:"王大队长,你在这里顶住! 刘连长,你和皇军掩护文物撤退!"

一场战斗打响。义勇队在打排枪,掩护一些人向前进攻。王培鲁指挥机枪手射击,阻止义勇队进攻。小野举着军刀指挥士兵们边射击边退,护着马车从堤坡下撤退。日伪毕竟力量强,又有机枪断后,很快就脱离了陈冠昌他们的袭击。

日伪军护着马车来到老堆头,这里听不见枪声了。刘太瘦站下歇气,揩着蟹壳脸上的汗水说:"太君,这里安全了,义勇队被王大队长挡在刘家台子了。"他见小野也轻松下来,问:"太君,我们往哪去? 去时码往南走,去钦工往东走,过运盐河就到了。"他想回钦工碉堡。

小野笃悠悠喝完壶中水,说:"你的脑子坏了,当然是往时码去,那里有军用汽艇,我要把文物运到连云港,送到东京去。"

"是。"刘太瘦令赶车的伪军调头往南,沿老堆头走去。

李侠兵与义勇队员们伏在老堆头上的树林里,大家见敌人前来都兴奋起来,一个个推子弹上膛。李侠兵举着盒子枪命令道:"放近打,我不开枪,谁也不准开枪!"

敌人离他们二百来米时,李侠兵开了第一枪,王振亚等人接着开枪,机枪也"哒哒哒"地响起来。

刘太瘦请示小野:"太君,怎么办?"

小野:"冲,大大地,冲!"

伪军在鬼子逼迫下冲锋,但向前没跑几步,都倒地匍匐前进,行动缓慢。刘太瘦着急,怎么喊"冲啊!"士兵们也不动。

这时,钦工的一个伪军跑来,报告说:"刘连长,游击队在攻打钦工碉堡,他们说要把碉堡炸了,三排长叫我来报告。"

刘太瘦把他带到小野面前,说:"太君,他来报告游击队在进攻钦工碉堡,我们要不要回去救援?"

小野想了一想,然后说:"好的,去钦工!"

刘太瘦令赶车的调头朝东,下了老堆头往运盐河方向驶去。这时,王培鲁带人赶来,小野令其断后。一会,小野他们一伙到了河边,准备渡河。

李侠兵与陈冠昌两部人马追赶过来,又是一阵对射。日伪队伍掖在河畔,死命抵抗,李侠兵义勇队追敌人至朱家圩,朱老大也带十几个自卫队员加入,打得日伪军在运盐河边抬不起头来。后来,日伪军在碉堡上的火力支援下,渡过了运盐河。

龙兴寺抗日义勇队又追击到河边,恨得张武生隔河放枪,大叫道:"不走了,大伙骂钦工碉堡里的鬼子,骂死他!"

钦工碉堡里。伪军把"刘居士夫妇墓碑"卸在厨房前,移到库房内。小野对项文西说:"项先生,你把碑上的字抄下来。"他不断地在替墓碑拍照。他又对刘太瘦下令:"你要派岗哨保护墓碑,不准人去碰去摸,更不准人抄碑文!"

刘太瘦见项文西在抄碑文,便说:"他的抄碑准不准?"

小野瞪他一眼,说:"他的抄碑可以,给我拿来!"

"是。"

这时,传来机枪射击声,骂声。小野问:"义勇队还在?"

刘太瘦:"他们在河西,随时可以攻过来。"

小野又拿眼瞪他:"你的会夸大,义勇队怎么能攻过来?"他边说边上碉堡,到了碉堡顶上,见王培鲁在指挥伪军与河西义勇队对射。他拿望远镜望了望说:"河西朱家圩东边靠河的土圩子对义勇队来说是太好了,他们可以躲在后面来攻打。朱家圩西面的老堆头对他们来说很有利,他们退到那里仍然可以抵抗。"

王培鲁说:"太君,我没有掷弹筒,可皇军有,现在有掷弹筒的话可派上用场了,他们躲在土圩后也可炸他脚朝天。"小野听了,点点头。

这时,河对岸土圩后有人用广播筒在喊话:"你们听着,你们把刘家墓碑还回来,不然的话,我们要围住你们不放,攻下钦工碉堡!"

刘太瘦有点心慌:"太君,你听听,他们要攻碉堡呢!"

王培鲁呲牙裂嘴,笑了:"你听他们吹牛,那是在吓人。他们拿什么攻碉堡? 哈哈,拿拳头来攻,哼!"——

张武生喊道:"你们当缩头乌龟,我们就围着打,你们出来,我们就追着打,一直把小鬼子打到东洋去!"

刘太瘦拿起话筒喊道:"你们有本事不要走,我们和皇军陪着你打,今天打不完明天再打!"

小野又叫刘太瘦继续喊话,同时催士兵赶快架好掷弹筒,准备射击。王培鲁见日军扛掷弹筒上来,驴脸上漾笑:"这东西好,对躲在土圩后面的家伙很管用。"

刘太瘦对着话筒喊话,想弄清义勇队员所在的位置:"喂,龙兴寺义勇队,你们哑巴了,怎么不吹牛了,说话呀!"

张武生哪里知道是计,答话道:"老子在哪,你怎么着,敢过来跟我斗吗?"

陈冠昌从望远镜里望见碉堡上好像有人在搬东西,有个炮口一闪,他说:"我们快撤吧,省得鬼子用炮来轰我们?"

李侠兵说:"是呀,撤吧,我们回去要广泛发动群众,揭露敌人的阴谋,鬼子挖古坟并不是搜查军用面粉,他们的狼子野心已经昭然若揭了。"

陈冠昌:"鬼子对中国的掠夺,既要物质财富,也要文化财富,这在小野身上全显现出来了。"

李侠兵下令:"撤!"

正在义勇队撤出圩堤时,鬼子的炮弹从运盐河上空呼啸而至,纷纷落在圩堤上,炸飞的尘土把张武生埋在里面,王振亚跑过来把他从土里拉出来,朝树林里跑去。张武生挣脱王振亚的手说:"跑什么,让我给他一枪!"

吴飞祥边跑边说:"你就省省吧,你不能动动脑筋,我们也用炮打他。"

他仁坐在树林里,张武生摸摸吴飞祥的脑袋:"你没毛病吧?说啥胡话,我们哪有炮轰碉堡啊! 要么用朱崇山家的清朝大炮,可那是一堆废铁啊!"

吴飞祥说:"我有风筝就能把炸弹送上碉堡,你信不信?"

王振亚转过脸去,说:"我们追队长去,哪个听你扯蛋。"

他们边走边争论,吴飞祥说:"你们听我说,你们听我说。"

45

老堆头。

小二子、张小猪与两个孩子拿着红缨枪在树荫里站岗,见一队人上堆,蹿出树荫喝道:"哪一部份的?"

刘四笑道:"你老子部份的,哈哈,小二子,有情况吗?"

小二子见是刘四,说:"刘叔,河东的嵇先生来了。"

这时,嵇保友走出树丛,问道:"李队长来了没有?"

李侠兵走上前:"保友,你来必有事啊,有甚情况?"

嵇保友说是谷队长叫他联系,今晚有一些干部要过河,大约有五六十人,好像还有马车,需要你们准备木筏与缆绳。李侠兵想,那么多人再加马车,过河的时间一定很长。蔡工离钦工碉堡很近,过河时间愈短愈好，敌人才不会发现。而且，过了运盐河，到西面六塘河还有五十多里，他们要赶在天亮前过了六塘河才能到达淮海区的根据地。到了根据地就安全了，那里基本控制在徐淮蚌军分区手里。

李侠兵问："你们还有什么渡河工具？"

嵇保友说："渡船叫刘太瘦搜去了，我们只有两只木桶。"

李侠兵："你回去告诉老谷，过河筏子我们立即准备。"

嵇保友说："希望你们天一黑，就到蔡工码头会齐。"

"没问题。"李侠兵送了十个尿壶炸弹给嵇保友，派人把他送出村。

寺前小广场上，陈冠昌召集十几个人在堆木料，几个人整理缆绳。义勇队的骨干们听说扎筏子，不断从家里送来竹子、木料。有人问："扎了筏子，怎么运到蔡工码头去？"

吴飞祥说："现在不要扎，只是计算所需要的木料和绳子。等会儿，大家将材料运到渡口再扎起来。"

李侠兵走过来说："这筏子上还得铺木板才行啊。"

"是啊。"

李侠兵把陈冠昌拉到一边，说："我们这么大的动静，鬼子可能会得到情报，对渡口进行偷袭。我们不如主动出击，把鬼子困在碉堡里，叫他出不来。"

陈冠昌一听，眼睛发亮说："这办法好，怎么搞法？"

他俩研究后，决定派两拨人，一拨人由余大杰带上尿壶地雷埋伏在河东堆上，防止钦工鬼子伪军突袭蔡工渡口。一拨人让吴飞祥带队伏在朱家圩河边，与钦工碉堡里的鬼子汉奸对骂对打，吸引他们的注意力。

吴飞祥接到命令后，带王振亚、刘四等人进入朱家圩。到了河堤上，他让众人伏在河堤坡下，然后从树丛里找来喊话筒，这是平时他们喊话后藏在那里的。喊话筒是由竹篾编成的长筒再糊上油纸,吴飞祥、刘四、张武生和余大杰他们,常来与钦工碉堡里的日伪打嘴仗,他们在树丛里藏着好几个这样的喊话筒。这时,吴飞祥把喊话筒递给王振亚,说:"王振亚,你喊话!"

王振亚把他递来的话筒推给刘四:"四哥是个红脸汉子,壮得像头牛,四哥来喊!"

刘四问:"喊什么?"

吴飞祥笑道:"你就装着侉子告诉刘太瘦,我们是从山东过来的老八路,今夜要拿下碉堡。"

刘四拿起话筒,向河东碉堡喊道:"钦工碉堡上的鬼子、黑狗队们听着,俺是山东过来的老八路,上级命令咱们今夜拿下你们碉堡!"

刘太瘦听了,纠起蟹壳脸冷笑起来,对着话筒问:"你们是游击队,冒充什么老八路,真不要脸。请问你们没有火炮拿什么来攻碉堡? 拿□来攻碉堡啊,哈哈……"

刘四胀红脸喊道:"哈哈,你不要笑得太早,你哭的日脚就要来了! 我们没有火炮,有的是尿壶,今夜够你喝一壶的!"

王培鲁皱紧眉头,若有所思地说:"游击队现在来纠缠,会不会跟东南来的干部过河有关?"

刘太瘦点头:"根据白超情报组送来的情报,今晚有一批共产党干部从盐阜区过来,小野队长已令我们各个据点加强巡逻堵截,我巡逻小队配合皇军已出发,监视废黄河一线的来人。"

王培鲁下令:"今夜要对蔡工渡口进行巡逻。"

刘太瘦:"那就得把河西的游击队赶走,否则,我们的船出不去。"这时,他望见河西升起一只大风筝,放着烟火花,尾上吊着一个东西,说:"王大队长,游击队搞啥名堂,放风筝过来,尾绳上吊着东西,啊,还冒烟呢,那东西像尿壶!"

王培鲁也在罩着眼睛朝西望:"看仔细些!"

"太阳要下山,看不清。"

王培鲁夺过他手里的望远镜望着,说:"那吊着的东西好像是尿壶,他们说要我们喝一壶,莫非里面装的是炸药……"

这时,风筝刚放过运盐河上空,可是,尿壶炸弹的火药捻子快燃烧完了。放风筝的吴飞祥说:"不好,药捻子短了,还没到碉堡上空就要爆炸。"

尿壶在空中爆炸,惊动了小野。他上了碉堡顶上,问:"怎么回事,哪里爆炸?"

王培鲁从脚下拾起铁珠,说:"是游击队的空中炸弹。"

"空中炸弹?"

刘太瘦:"他们把炸弹吊在风筝尾绳上飞过来的。"

小野下令:"见到风筝就射击!"

"是。"

圩堤下,吴飞祥又在放第二只风筝,王振亚要往上面吊尿壶。吴飞祥说:"不要吊,这只风筝上天,他们必然要打。等天黑了,我们再吊尿壶炸弹炸他狗娘养的!"

刘太瘦发现河西升起风筝,叫枪手道:"你们准备好,他们又放风筝了,看来这些人不是八路,肯定是龙兴寺义勇队,只有他们才有这些鬼花样。"

西南风把风筝送上运盐河上空,摇摆着飞过河面来。碉堡上的枪手开始射击,可是总是射不中。小野看了气得白脸发青,直跳脚,吼道:"去请渡边、龟田来!"

一日军问:"不是让他俩巡逻去了吗?"

小野:"调他俩回来,把风筝打掉!"这时,他听到河西边的喊话:"小鬼子,赶快把刘氏墓碑送回来,否则,天天夜里够你们喝一壶!"

渡边、龟田来到,"乒乒乓乓"地放枪,也没把风筝射击下来。风筝在空中忽升忽降,并不好打。

王振亚笑道:"小鬼子,黑狗队,有本事打呀!"

368

吴飞祥高兴地唱起小调来。

这次干部过运盐河是上级统一布置的,谷志豪嵇保友他们接到任务后便去废黄河边桃园村接人,那里是废黄河渡口的交通站。谷志豪等人刚到村口,黑暗里有人喝道:"口令?"

嵇保友问:"怎么叫口令? 是暗号。"

谷志豪:"管它什么,说出来就是了。"

黑地里人喝道:"再不说口令,开枪了?"

谷志豪连忙答道:"谷子!"

对方:"桃子。"小姚从黑暗处走出来,热情地说:"你们是五港武装交通站的?"

嵇保友:"这是谷队长。"

小姚:"我姓姚,抗大学生队整装待发,盛队长在等你们。"

他们来到打谷场上,抗大学生五十多人正在排队,盛队长在讲话:"同学们,今夜我们要行军一百华里,上半夜渡过运盐河,下半夜渡过六塘河,再行上三十里就到我们淮海区的根据地。一句话,今夜我们要跨过敌伪封锁区,从盐阜区跃进到淮海区。"

有个男生问:"到了淮海区,到延安还有多远哪?"

一个女学生问:"盛队长,你可以护送我们到哪里? 你从上海接我们过来,就送到你的家乡为止吗?"

盛队长:"对不起,我不回答任何这类问题。"

这时,小姚带谷志豪过来,说:"盛队长,这是五港来的谷站长。"

"你好,我叫盛海光。"

他俩握手,谷志豪催促道:"这就出发,好吗?"

盛海光:"好。我们有几条纪律。"他对学生们说:"同学们,这里是敌占区,敌人巡逻队和情报员很多,因此,为了又安全又快速地通过运盐河、六塘河敌人封锁线,我宣布几条行军纪律,一、路上不准说话,抽烟,掉队。二、遇到敌情要注意隐蔽,没有命令不准开枪。三、一切行动听指挥。大家听到没有?"

"听到了。"

"好,出发!"

走出村,嵇保友说:"我当尖兵带路。"说着,他带了两个人跑步前进,立刻消失在夜色里。

谷志豪与盛海光并肩行进。盛海光步伐大,走得快,他约三十五岁左右,身材高大,目光尖利,脸色坚毅。谷志豪回忆着说:"盛队长,你叫盛海光? 我好像在哪听说过你这名字? 啊,李侠兵上次去上海,好像寻找的就是你!"

盛海光转过脸来,惊奇地问:"李侠兵在找我? 我们曾在一个支部,我是他的联系人。现在,他人呢?"

谷志豪高兴极了:"他在河西,我在河东,今夜你能见到他。"

盛海光赶紧问:"他在做什么?"

"他组织了一支龙兴寺抗日义勇队……因为没人证明他的党员身份,所以暂时处在脱党状态,他很痛苦。"

盛海光立即说:"我来证明他的党员身份。"他放慢脚步,继续说:"而且,我听说他在龙华狱中很坚强,任敌人怎么威逼利诱,严刑拷打,他也没有屈服,从未承认他是党员身份。"

谷志豪仍在兴奋中:"这下好了,河西也可以成立党支部了。"

他们在田野小路上行进,朦胧中望见前面有条公路。鬼子巡逻队从南边公路上过来,又有一辆巡逻车开过来,巡逻车头上的灯照得树枝发亮。

嵇保友发现敌情,叫人回去报告。谷志豪听到报告,立即停止行军,令大家分散隐蔽。鬼子巡逻车开走后,谷志豪带队穿过公路。一个女学员匆忙中被石头绊倒,盛海光拉她起来。这时,鬼子巡逻车忽然回来,在车灯照射下见有人过公路,便用机枪扫射。幸亏盛海光拉着女学员下了路沟,蹿进了树林。

鬼子"几哩哇啦"地追了过来。这时,从钦工碉堡方向传来枪声,爆炸声。站在公路上指挥的鬼子狂叫:"收队。"

谷志豪带着队伍蹿进松林,见鬼子没有追过来,便派了岗哨,然后带队迅疾来到豆腐坊,说:"大家喝碗豆浆,吃点馒头,过河。"

嵇保友的媳妇和卜新华、卜二华的妈忙开了,她们在给抗大学生发馒头,盛豆浆。抗大的学生确实饿坏了,抢着吃东西。豆腐坊院子里没有点灯,大家坐在黑暗里借着天上星光月色吃着,发出一片"啧啧"的咂嘴声响。

这时,忽有人来,对谷志豪说:"韩连长派我来传话,客人过了河没有? 鬼子巡逻队又到五港了。"

谷志豪塞给他几块银圆,一包大刀牌香烟,然后说:"你回去对韩八爷说,一个小时后全部过完。"那人高兴地走了。谷志豪本想催学生们过河,但见他们狼吞虎咽地在吃东西,他说不出口。他见此情形,心想幸亏老李把面粉藏在我这里,否则拿什么给他们吃啊。

河边,用木桶和竹筏在摆渡。黄小三拿着篙子,对大伙说:"快点上筏子,马车先上。"

抗大学生分批上木桶,马车上筏子,人们用绳子牵引,用篙子撑,渡口一片忙碌。渡口没有灯火,木桶、竹筏在黑暗里来回,河面上眨着微弱的星光月影,虽有说话声,但都压得很低。蔡工渡口经常有地下工作者渡河,李侠兵和谷志豪在这方面是有组织经验的,不过,今夜渡河的人员较多,动静较大,所以,他们在组织方面也花了大力气。

正在人们紧张有序渡河的时候,从南面堤上传来枪声,地雷的爆炸声。接着,日伪的汽艇从南面冲过来,驾在船头上的机关枪向两岸扫射。刘太瘦领着一队伪军从钦工碉堡出来,虽然踏响地雷,仍然向蔡工渡口进攻。情况十分危急,李侠兵在河西、谷志豪在河东带领小队与敌人展开面对面的战斗,保护学生队迅速渡河。盛海光在组织学生渡河,在最后一只竹筏被拉到河中流的时侯,日伪

371

的汽艇冲了过来,他为了保护学生,站在竹筏上向汽艇射击,汽艇上的探照灯被他打灭了,机枪手也被他击毙,然而,就在这时汽艇撞翻了竹筏,他落进水里。当他见到一个女学员从水里冒出身来,他把她托起向西岸游去。当他快游到河边时,他中弹了。他在水中几沉几浮,想游到河边,但终究力不从心。这时,那位女同学从河边去救他,他用最后一点力气喊道:"快走,快走啊!"这时,他胸部又连中数弹,沉入了运盐河中。

战斗进行得十分惨烈,当时,李侠兵率队护送学生队去六塘河,第二天中午他才回来,当他得知盛海光牺牲这个消息后,他痛苦万分。他和队友们在运盐河里打捞盛海光的遗体,几天也没有捞到。他坐在河沿上,呆了。在奔腾北去的河水里,不断闪出盛海光的身影。他们是在一次飞行集会上认识的,后来盛海光常常分配一些秘密工作给他做,那其实是在考察他,接着,他介绍他参加共青团、共产党,在一家阁楼上的入党宣誓就是盛海光主持的……现在,这个让他久久寻找的、唯一能证明他党籍的人突然牺牲了,这叫他多么伤心。啊,怎么办?谁能帮我恢复党籍啊?他站在运盐河边,望着流淌着的河水一愁莫展。

到了第五天,陈冠昌一句话提醒了他。陈冠昌说,他感到奇怪,我们护送学生队过运盐河是十分秘密的,鬼子怎么知道的?于是,李侠兵和陈冠昌、谷志豪分头调查,这批去延安的学生是从上海乘顾家船来的,李侠兵写信询问顾水明,顾水明回信说,他查下来唯一值得怀疑的是新来的师爷韩微,他自称诗人,兼做粮食生意。

后来,在顾家船到达废黄河边的大纵湖时时,李侠兵决定亲自去查一查。那天,他约方霞客同去。方霞客出行总是带着警卫班,十几个人一律便衣,骑马直至顾家船停靠的大纵湖码头。到了大纵湖由班长去见顾水明,晚上,他请韩微在码头上一家酒馆吃饭。韩微在灯光下喝酒,李侠兵和方霞客在门口探望,认出那个韩微原来是叛徒白超。李侠兵出狱后和钱越、赵苏江找他算账,反而被他算计,赵苏江被他所害。他们在邳州干过一仗,现在,他又窜到这里来了? 抓住他!

李侠兵和方霞客一拥而进,喝道:"白超,你还认得我吗?"

白超见是李侠兵先是吓了一跳,接着装着镇静,笑道:"李兄呀,你怎么来这里了?"

"白超,你这个叛徒,你混到顾家船上干什么?"

白超有持无恐,小白脸变黄,抹抹梳得溜光的小分头,说道:"我在寻找老战友李侠兵、柳寄明,对了,听说柳寄明就藏在这附近……"

"学生队是不是你出卖的?"

"什么学生队? 从上海去延安的学生队我们有几个眼线盯着呢,你们怕了?"

方霞客一挥手:"绑上他!"

白超阴险一笑:"看谁绑谁? 来人!"

屋里涌出一排人来,个个握着快机盒子,一场混战开始。在混乱中白超逃窜,义勇队进行追击,特务们冲开门,拥着白超冲了出去,就在他要上船的当儿,李侠兵和方霞客同时开枪,他从跳板上掉到了水里。接着,众人又是一阵射击,打得水花四溅,当他是被打死了。

事后,顾水明请他们吃饭。李侠兵说:"可惜盛海光没有墓,否则就把白超拎到他墓上祭他。"

方霞客说:"此事幸亏水明兄明察秋毫,否则,李兄、柳寄明都有危险。"

顾水明自责地说:"还明察秋毫呢。现在想想,我们上回运一批钢管去盐城,路上被伪军查去,那也是白超报告的了。"

方霞客问:"你入党了没有? 没有的话,我介绍你入觉。"

顾水明说:"我想入党,据说入党介绍人是两个,我想一个是你,另一个最好是李大哥。"

李侠兵与他碰杯:"感谢你对我的信任,不过,我现在还没有资格做你的入党介绍人,待我恢复了党籍,一定介绍你入党。"

顾水明注目,感到奇怪。方霞客心想你不知道,此刻谈李侠兵的党籍问题,等于在戳他的心尖,便赶紧过来与他碰杯:"来来,为我们未来干杯!"接着,他把话题扯到别的方面去了。

46

李侠兵回到驻地写信告诉柳寄明,白超被击毙,为国家为民族除掉了一害。白超是日寇驻上海"梅机关"特务系统的一个得力干将,派往徐海连的"追杀队队长",是我们抗日力量最危险的敌人。不过,盛海光牺牲了,以后无人能证明他是党员身份了,他恢复党籍怎么办?柳寄明回信说,除掉叛徒白超大快人心,我们也安全多了。现在,在没有人能证明你是党员身份的情况下,我建议你考虑重新入党。李侠兵又写信给她说,他现在站在人生政治生命的十字路口,往哪儿走要好好想想。同时,他也请柳寄明在见到华中局组织部的人员时问问,他是否还有恢复党籍的希望?

过了几天,他收到柳寄明的来信,说她在帮助他恢复党籍方面会尽最大的努力。不过,就目前的时局来看,你可以把恢复党籍放在等待时机的状态,赶紧发展抗日武装,扩大义勇队队伍。李侠兵拿着她的信,觉得柳寄明成熟了,在政治上比他强。在时局大势与个人位置的把握上,柳寄明点到他的要害处,他如此关切自己的党籍是否有点自私?他不敢肯定。但是,现在必须抓住扩军,发展抗日武装的这个主题。于是,他与陈冠昌等人研究,现在,我们有武器,有军粮,龙兴寺抗日队伍可以扩充壮大了。

经过他们的联络组织,龙兴寺抗日义勇队迅速地壮大了。不过,在扩大队伍时,在李姓家族里发生一件事,这件事跟李嬷妈收养小妹有关,那么,我们就先从李嬷妈讲起。

李嬷妈操持家务有方,自从开了油坊以来,财源广进,家庭富裕,田产已发展到了百余亩。但是,她并不满足,她的目标是想在龙兴寺成为数一数二的地主。为了实现这个理想，她艰苦奋斗，早上是村里第一个起身，晚上是村里最后一个休息的人。她节俭持家，养了几十只鸡，但她舍不得吃一个鸡蛋，把每一个鸡蛋都拿到镇上去卖了钱，攒起来买地。这样，她还嫌买地速度不够快，不够多。近两年来，李嬷妈又开了豆腐坊。这豆腐坊一开，经济效益并不比油坊差，不但豆腐赚钱，那豆渣可多养十几头猪。由于她家的猪有豆腐坊的豆渣吃，油坊的花生饼吃，个个养得膘肥肉壮，特别好卖。她买地的钱可以说一半是来自卖猪获得的。李嬷妈自从开了豆腐坊，财路又打开了一片天地，可是，她毕竟是年过五十往六十上数的妇人了。现在，她感到有些力不从心，需要帮手。但是，李道人乐于当六畜的司令，特别当他学会替猪、牛、马、狗、驴接生、看护以后，整天在牲口棚里忙碌，其他事甩手不管。李嬷妈对老头子常有微词，她说李道人闲下来不帮她，偷空就骑着大叫驴到五港镇去听戏，看牌，打麻将，或者在村里骑驴看唱本，"咿咿呀呀"地唱小曲儿。为此，两人常吵嘴，李道人说我是男子汉大丈夫，这点自由总该有的。你攒钱买地我也不在乎，儿子说了："我家买那么多地干什么？"是啊，当了地主土匪又是来扒，又是绑票抬财神，我就一个孙子，成天提心吊胆过日子，没意思。可李嬷妈不听他这一套，她就是要把家业做大，一心一意往地主上奔。近来，她不断叫老头子来帮忙，管理油坊和新开的豆腐坊。

李道人说："我才不管呢，我当牲口司令就够忙的了。你请人吧？"

李嬷妈一听就生气："请人要花钱的，豆腐坊本来就只赚喂猪的豆渣，你叫我贴钱啦！"

李道人把心里话抖出来了："那侠兵媳妇为甚不叫回来？叫侠兵去把他媳妇带回来！"

李嬷妈叹口气，亲家母风烛残年，卧床不起，全靠宣氏服侍。素素在宣集小学读书，校长是她大舅舅，条件很好。她说："叫了两趄亲家母不放她回来,没办法啊。你有本事你叫你儿子去宣集,哼,指望他呢。他朋友遍天下,还会要媳妇吗? 你啊你啊!"

李道人也有感觉,上回叫侠兵去宣集接媳妇,侠兵不但没去还与陈冠昌跑到海州师范去玩,然后很快就去上海了。那时,李道人就感觉不妙,现在,儿子虽然没把媳妇休了,也等于休了差不多。李道人对儿子的婚姻别无担心,就是觉得孙子太少,希望侠兵再为他多生几个孙子。他说:"侠兵再回来,一定要他把媳妇带回来,家里缺人手事小,多生几个孙子事大呢。"

李嬷妈瞪他一眼:"那好,到时候你叫你儿子去啊。"

李道人笑了:"你给我出难题是吧? 哪个不晓得儿子听你的。"

两人说不下去,李道人抱来一捆麦秸来铡,李嬷妈喂,他铡。这时,只听墙外一声嚎哭,隔壁的小妹逃了进来。她边跑边往后指:"爸爸要打死我,打死我!"她进了院子,躲到后屋去了。

小妹的爸爸李侠勇拿着烧火棍赶过来,他一进门就被李嬷妈喝住:"站往,侠勇,你给我站住!"

侠勇五大三粗往院子当中一站,粗声粗气地问:"大妈,死丫头呢,我非把她打死不可!"

李嬷妈:"为甚事?"

李侠勇说,自打小从她娘死后,他又当爹又当娘拉扯她三年,去年这孩子已十四了,他把她许配给金圩金家当童养媳,那知金家跟我一样是穷光蛋,她饿得逃回来,死活不肯去,她婆婆来要人,你说我怎么办?

李侠勇家与李守田家没出五服,按伦理他们还是一家人。李侠勇也是单传,上辈人又去世早,他穷得叮当响,连苍蝇也不往他家飞。李嬷妈没少接济他,今天一斗明天一升粮食不知掏给他多少,让他灶上有点热气。李侠勇他也找活干,混饭吃,先在给乡长跑狗腿差,后又参加县警备队,但都没有解决小妹吃饭问题,所以,去年闹春荒时,他就把小妹送给金家当童养媳。现在,他又想出去混,小妹在家当然是个累赘。

李守田问:"听说你要去当兵还有此话?"李侠勇点点头,李守田又问:"瞧你,你哥不是建了龙兴寺抗日义勇队吗,放着家门前的兵不当,你跑到外面当土匪当汉奸是不是?"

李侠勇赶紧申明:"给祖上丢脸的事我不会干的。不过,在大哥抗日义勇队里干,连饭都没有吃,我怎么办?"

这时,李守田看看李嬷妈,意思是该你拿主意了。李嬷妈丢下手里的麦秸,点起一锅烟吸着,然后说:"大侄子,你看这样行不行?你呢出去混,只要不当汉奸不当土匪,大妈我赞成。那小妹怎么办?我来管,管她吃,管她生活。我这里也需要帮手,她能干得动的活计叫她干点。你看这样行吧?"

李侠勇"卟嗵"跪下来:"大爷大妈,我给你们磕头了。"

李守田拉他起来:"你大妈还有话说,你别忙着磕头啊。"

李嬷妈吸口烟说:"一个大老爷们出去闯荡我能不支持吗?再说,你我两家还没出五服本是一家人,把小妹养大成人我们还养得起。不过,你跟金家当初怎么订的亲你要说清楚,以后金家来要人我才有话说。"

李守田对老太婆处理事体从来是佩服的,他帮腔说:"你大妈说得对呀,你走了,金家来要人我们怎么对付呢?"

李侠勇:"去年春上,金家给三斗小麦一套褂裤就把小妹带走了,别的什么也没有,连帖子也没换。"

李嬷妈在板凳腿上磕着烟袋灰,对李守田说:"老头子,叫丫头出来见侠勇一面。"

再说小妹跑到后屋就被小二子接到书房里,拴上门。小二子说:"叫他狠,叫小叔狠去!"小二子在描红写大楷,"一二三四五,金木水火土。要做人上人,先吃苦中苦。"他正在写"苦"字,小妹问他写的是什么字,他说:"是'苦'字。"

小妹一听又哭了:"我的命真苦,在婆家挨婆婆打,回娘家挨爸爸打。"

小二子晃着像小牛犊一样壮的身子,拍拍胸脯说:"阿姐,你在我家看哪个敢打你?哪个动你一根汗毛,我踹他个仰八叉。"

"呆你家?金家会找来的。就是金家不来找,我爸也会把我送回去的。"小妹确实想仰仗他,不过,看他留着马桶盖头,脖子上套着银项圈,一向娇生惯养,小妹想,靠他保护肯定不行。她流着眼泪,看小二子描红。小二子写完大楷便翻开《百家姓》读道:"赵钱孙李,先生不讲理。周吴郑王,先生没有床。冯陈楚魏,先生跟谁睡?蒋沈韩杨,先生要找娘……"小二子唸一句笑一笑,得意之极,这是王振亚教他骂先生的村言野语,他这时用来逗阿姐发笑。小妹一听,真的破涕为笑,问:"小二子,哪个教给你的?"

这时有人敲门,小妹菜黄色的脸颊上立刻失去笑容,瘦骨棱形的肩膀在发抖,说:"我爸进来,我就撞死!"小二子知道阿姐性子烈,她去年为了不去金家就撞过桌角,小二子赶紧叫小妹躲藏到厢房里,然后,他到门后从门缝里向外张望,原来是爷爷来了,他问:"爷爷,做甚?"

"你叫小妹出来。"

"做甚?"

"这孩子,他爸要见她。"

"不中!"

李道人敲不开门,便去搬救兵请李嬷妈来。李嬷妈喊道:"孙子,我要把小妹留在我家,侠勇要出远门,他想见小妹一面,你开门!"

小二子想奶奶是权威,把阿姐留下这太好了,他开了门。李嬷妈拉着小妹来到豆腐棚下,李侠勇说:"小妹,爸爸外面去了,你就留在大妈家吧,金家要你去,你还得去!"

小妹眼睛看着地,哭着,最后吐出一句话:"我不去金家。"

"不中!"

这是李侠勇撩下的最后一句话,他朝李道人夫妇一跪,爬起来头也不回地走了。从此,李小妹在李道人家生活,成了李嬷妈的好帮手,不过,那凶神恶煞的婆婆并没有放过她,常常来要带小妹回去。但是,李嬷妈说啥也不放小妹走,那婆婆也没办法。

平时,李嬷妈叫大家防着,防着金家来抢人。过了好些天,李道人说,让我算算。李道人掐指算,又抽签看卦,就是算不出。小二子诮贬他,他摸着茅草胡子笑了,说道:"好像有喜事,喜事。"

李嬷妈不信他那一套:"有甚喜事?"

"好像是侠兵这两天要回来。"

"是呀,他也该回来了,出去好些天了。"这时,一对喜鹊飞到圩上榆树上"喳喳"地叫,李嬷妈笑了:"这回是你算对了,喜鹊报喜来了!"

小二子说:"上回爷爷算一课也这么说,我也听见喜鹊叫,可是,那是几只喜鹊在围着一条大青蛇在叫呢。"

"不要瞎说!"李道人斥道,他可迷信得很呢。

就在这时,在外面放羊的小妹跑回来报告:"我大伯回来了!"

李侠兵回来后,把到外边访友,联络抗日武装说了说,然后问家里有什么事。小二子告诉他,小叔外去当兵去了,阿姐留在他家里。李侠兵叫小妹过来,说:"你爸到外面当兵去了,你就过继给我吧。"

小妹跪下,小二子立刻把她搀起:"这是干吗?我爸不喜欢人家下跪。爸,是吧?"

李侠兵叫他俩盛饭吃,说道:"那倒不一定,我们要打得鬼子下跪求饶!"

李道人说:"小鬼子得寸进尺,在钦工盖起碉堡,打到家门口了。"

"干掉他!"小二子说。

李道人摇头说:"不容易吧,小鬼子仗着你们没有炮,他把碉堡爱往哪盖就往那盖,在钦工盖碉堡就是对准龙兴寺抗日义勇队的。"接着,他问道:"听说陈冠昌在想办法,想出办法来吗?"

李侠兵:"这要大家想办法,三个臭皮匠胜过一个诸葛亮嘛。"

李嬷妈在旁听了一会说:"老头子,你懂什么,来跟我拐磨。"

李侠兵没吃饭就出去了,李嬷妈见儿子又黑又瘦,心疼。李嬷妈会做几样淮扬家常饭菜,豆沫粥配马义菜包子,佐锅贴,红烧咸菜豆腐,那是养人哪。不管你在外吃过怎样的苦头,身体亏得如何,这样的饭菜吃十天八日也就恢复过来了。上回李侠兵从上海坐牢回来,由于吃了几年砂子、稗子、虫子、穇子与石子的"五子饭",人经常处于饥饿状态,身体极度衰弱,视力也不行了。但是,在他回到家以后,经过李嬷妈豆沫粥、马义菜包子一套食谱调养下,不到半月就脸色红润,精神十足了。李嬷妈的食谱是祖传,首先,玉米与黄豆经过水里浸泡,在拐磨的时候往磨眼里添加玉米很有讲究,要连水带玉米一起往磨眼里添,并且要根据磨出的絮子的状况改变玉米的添加量。为了磨去皮,又不使玉米絮太碎或太大,掌勺的工夫全在手上。这样,才能做到浆水为乳,絮子如霰,恰到好处。然后,经过密笸漂滤,除去皮,留下白净的浆和絮子。李嬷妈还会根据吃的人的口味,在拐豆沫时加进花生米,这样,烧出的粥有三香,玉米香,豆沫香,花生香。在淮海一带,几乎家家会做豆沫粥,但是,其品质往往大有差异。像李嬷妈做出的豆沫粥如此精到,是从小就学拐磨上锅才能做到的。

老俩口在拐磨的时候,小妹跑过来说:"大奶奶,我替你一会。"

李嬷妈说:"这是给你大伯吃的,不能拐出一丝大小的,要么你替你大爹。"

小妹很勤快,总是忙个不行,她拐完磨便去打猪草。自从大伯把她过继过来以后,小妹胆子就壮了,用小二子的话说:"我爸是队长,他有一队兵,哪个欺侮你,我爸饶不了他!"因此,小妹除了在大院里帮着拐磨,烧火,喂鸡,也敢到圩外打猪草,帮小二子放羊了。

这天,小二子做完功课,见阿姐不在家便出来寻。小二子是"狗司令",出门总带着狗。他跟大黑狗到圩上,草荡,芦水滩,没有找到小妹,他感到奇怪,阿姐到哪去了? 正在小二子着急的时候,从树圩灌木丛里窜出一人,他背着草篓拿着镰刀,在那里探头探脑。小二认得他,他是金小三儿,是小妹的女婿。不过,因小妹没到十六,他们尚未成婚,并且,金小三小个子小脸,其貌不扬,也让人瞧不起。小二子喝道:"金小三,你在干吗?"

"我在割草。"

金家圩在湖边,青草有的是,他跑到龙兴寺来割草? 小二子说道:"你骗人,你是来找我小姐姐的吧?"

"你不信你就猜吧。"

小二子警告他:"我爸是抗日义勇队队长,有百十号人,你要老实点!"

金小三也不示弱,挥着镰刀说:"我们金家也有人,我大伯是区长,难道怕你们李家不成?"接着,他诮贬道:"小二子,你家全是司令,你奶奶是你家司令,你爷爷是六畜司令,你爹是抗日司令,可你呢是你家的'狗司令',对不对? 嘻,我会怕你这狗司令!"

小二子不想跟他争,唤狗过来,金小三一见两只大狼狗奔过来,赶紧撅着屁股逃了。

这时,小妹从窑场过来,老远就喊:"二子,二子!"

小二子说:"阿姐,金小三来过了!"

"管他呢,反正我不回去,叫他妈恶去!"小妹告诉二子:"大伯他们在研究造炸弹,可有意思呢。"

小二子一听撩下一句话:"造炸弹? 阿姐我去看看就回来,你等着我。"他唤上大黑、二花就奔向窑场去了。他怎么也不会想到他这一去小妹阿姐就出事了。原来,金小三叫小二子的狗吓跑了,但他没跑多远就碰到他妈派来抢小妹回家的人,金小三和他们溜到圩后,把小妹蒙上眼睛,嘴里塞芦叶,扛回了金圩村。

小妹突然失踪，惊动了李家，李嬷妈派李道人骑着大叫驴在村里村外找了一圈没找着。小二子说我去找，他带上大黑、二花两只公狗，一抬脚就到了金圩村。金小三家在庄子西梢头，三间草房前头是菜地，两畦青菜长得旺，屋后有个吃水塘。他躲在水塘边的树丛里朝前望，时值中晌心，太阳正烈，小妹婆婆坐在屋山头在纳鞋底。一会，小妹出来挑水。婆婆嫌小妹水桶未装满水，骂骂咧咧："死丫头，懒骨头，你少挨打！"说着，她回屋里叫儿子去了。

这时，小二子赶紧叫道："阿姐，阿姐！"

小妹站在水塘边，应道："二子，你快回家，叫奶奶来救我！"

"他们打你吗？"

小妹捲起衣袖，胳膊上尽是血印子，说："他们往死里打，你快叫奶奶来救我！"

小二子唤上狗，一口气奔到家，把刚才见到小妹的情形跟爷爷奶奶说了，最后，他说道："阿姐要奶奶快去救她呢。"

李嬷妈眼睛朝李道人看，说道："这怎么救法？人是人家的童养媳，这怎么救？"

小二子不服气，他吵着要奶奶到金圩村去救人。这时，他爸回来了，李侠兵问清了情况，训斥小二子说："你这么小的孩子，不要掺和大人的事，读书去！"然后又对嬷妈说："既然侠勇把小丫头把给金家，有事我们再管。"

李道人点头："是啊，是这个理。"

这事算过去了，可是，谁能想到，没过几天传来恶噩，小妹投河溺水身亡。这事引起龙兴寺村人愤怒，李嬷妈立即组织李姓妇女，还有小妹舅家人，共三十多名妇女，一律由男人用小独轮车推着，浩浩荡荡直奔金圩村，把金家人吓得魂飞魄散。

众人乱哄哄的，有人令小妹婆婆头顶马桶盖跪在场上，金小三被吊在树上。有些妇女便淘米做饭，扬言在金家住下了，直到金家答应她们全部要求为止。以李嬷妈为首的龙兴寺妇女提出：一、厚葬小妹,买口棺材。二、赔礼道歉,小妹下葬时金小三要披麻戴孝。三、李侠勇回来后有啥要求,到时再说。小妹婆婆啥都答应,就是买口棺材答应不了,她说:"家里实在没钱,叫我拿什么买棺材。"

李嬷妈冷脸道:"你得买棺材,就是拆房子也得买口薄皮棺材!"

小妹婆婆不响,跪在李嬷妈面前。众人说:"拆房子是个办法。用房梁打口棺材。"于是,妇女们便蹿掇男人上屋拆房,小妹婆婆一吓昏倒在地,李嬷妈赶紧掐她人中,叫众人不要上房。

混乱中,这事谁也不知怎么办了,突然,金区长出现在众人面前,他带着区小队武装人员把场地围起来。金区长人称金秃子,秃顶,精瘦,挎着二膛盒子。他唬着脸说:"李小妹投水塘自尽,我们金家是有责任的,但是,李小妹毕竟是她自己投河的……"

小二子听到金秃子这么说话,举棍骂道:"你放什么屁! 我阿姐为甚要投河……你赔我阿姐来!"说着就打过来。

金秃子抓住棍说:"小二子,莫犟莫犟,有话好好说!"

小二子义愤填膺,抽出棍又是扫过来:"还我阿姐来!"

金秃子躲过小二的棍子,跟李嬷妈商量了一会,然后宣布道:"我代表金圩村向老李家赔礼道歉,买棺材厚葬小妹,今天就买。刚才大家提出的要求我们全部接受,事后我还要向李侠兵队长汇报这事处理的结果。现在,我要特别向小二子同志赔礼……"

小二子愤然:"我不要你赔礼,拍马屁,我要你赔我阿姐!"

这事闹到第二天,直到小妹下葬完毕李家人才回村。

小二子一回村,就被他爸逮住。李侠兵问道:"听说你在金圩村闹得很厉害,你这么小的孩子这么犟,连区长也不放在眼里,人家都说你像我,其实我小时候只晓得读书,哪有你现在这么犟啊!"

这话说到小二子心里了,他最爱听人家说他像他爸。他说:"爸,你把金区长逮了,给他个下马威!"

"你胡说什么?"

383

小二子说："爸，你曾在街上打乡长耳光，大家都说打得好呢。"

李侠兵挺严肃："这是两回事，那个乡长不抗日还想弄走军粮，我才要他好看，现在，抗日比什么都重要，金区长是抗日的区长，也是我的朋友，现在，我在扩大队伍，他在帮忙呢……"

小二子扭头，噘嘴："反正我阿姐是金家害死的，他金秃子凭什么……"

"不许胡说！"李侠兵严厉了，眨白眼："金秃子是你叫的吗？"

小二子笑了，很智慧："爸，他自己也叫自己'金秃子'呢，他能叫，别人能叫，我……"

李侠兵给他气笑了："就是你不能叫，你是晚辈知道不？"金区长工作勤勤恳恳，为人低调，是个很好的同志。几个月前，县里要完善地方政权建设，反对日伪蚕食，要委任五个乡长，一时人选难找。老金一夜愁下来，落得个"鬼剃头"，头上的头发大部脱落。后来，李侠兵给他几个义勇队的骨干去任乡长，所以，他俩关系很好。这事过后，金区长来找他道歉时还说到本想叫金小三参加抗日义勇队，现在发生小妹被逼投水自杀的恶性事件，金小三再去抗日义勇队就不妥了，你李兄也不会要了？李侠兵听后未置可否。现在想来，还是让金小三来义勇队为妥，否则，金小三也会像有些穷极了的青年那样去当土匪或者投靠鬼子，当汉奸。他对儿子说："二子，金区长保荐金小三参加抗日义勇队呢，他才十八岁，我看可以考虑。"

小二子噘嘴，发狠道："我见到金小三，就促大黑、二花咬他！他家逼死阿姐，我要一辈子记仇。"

李侠兵想这种事要说服一个小孩子，不大容易。后来，龙兴寺与淮安农民军、成集抗日庄联队等联合成立淮东抗日义勇队，他把金小三安排在王启明营长身边当警卫员。他觉得小妹之死主要责任是小三他妈，小三他妈那样对待儿媳是一代代传下来的封建思想，十年熬成婆，一旦成了婆便把儿媳视为奴，小妹的悲剧在乡下习以为常。但是,李侠兵想,如果当时把情况估计得严重一些并加以防范的话,小妹也许会幸免于难。这样想来,他对小妹的死心怀内疚。

李道人叹口气:"是呀,侠勇家这场变故,像在水塘里扔下一颗石子,水花有得在侠兵心里漾着呢。"

小二子听了也不说话,做好作业就带狗出去了,他现在真正成了狗司令了。

李侠兵吸收金小三去参加抗日义勇队,这事在四乡八镇飞快传扬。村人皆说,李侠兵宰相肚里能撑船,金家害死小妹他都以抗日为重,不计前嫌,安排金小三在王营长身边,这样的队长不去投奔他去投奔谁? 这样,在半个月之内,抗日义勇队扩大到近三百人,成为淮海地区一支重要的抗日武装。

47

平安镇村里发生猪瘟,老百姓根据以往的习惯将病死的猪扔进运盐河,随潮水流到东海里去。平安镇鬼子的碉堡筑在河湾里,那里有个水塘,涨潮落潮死猪就滞留在水塘的淤泥滩上,天气炎热,死猪腐烂的臭味三里外都能闻到。鬼子怕臭,令伪军去除,伪军陷进淤泥滩好几个,再也不敢去了。后来鬼子掼手榴弹,把死猪炸得血肉横飞,但臭味反而更厉害了。鬼子没法,退到了连云港一阵子,平安镇因瘟猪得福平安了一阵子,这事很快就传开了。

正在寻找围困鬼子碉堡据点办法的龙兴寺抗日义勇队,听到这个消息,李侠兵高兴地说:"不放一枪一炮,用几只瘟死猪就把鬼子熏跑了,这真是好事。不过,这种生物战法我们这里能用上吗?"

陈冠昌说:"前一阵子,河东稽保友来说,他们用菜花把钦工碉堡里的鬼子熏倒的事。"

余结巴感到不可思议:"闻香味会晕到,有这种事? 不可能!"

陈冠昌想,结巴同志,你对扛活做窑工有一手,对这类事你就不一定明白了。嵇保友确实来说过此事，老嵇悦，他们通过五港内线了解到小野队长有过敏性鼻炎，对油菜花特别敏感，他们就发动群众在钦工碉堡周围大种油菜、紫云英和苜蓿草。在上个月油菜花开的时侯，碉堡里的鬼子十分开心，有的拿出画板写生，有的弹琴唱歌。可是，小野发哮喘，喘不过气来，连夜送淮阴军医院去了。然后，他就下令耕除碉堡外面的油菜地。折腾了好一阵子，他的扫荡计划也延误了。陈冠昌说："小鬼子抓人耕除油菜地，好多人是看到的。"

余结巴呵呵笑了："有这等好事，真绝。"

吴飞祥在一旁听着就在转脑子，他想起他在摸碉堡里的情况时，韩八说过钦工碉堡里的鬼子大多数来自东京城，特别讲卫生，怕脏。他说："我想我们也可照平安镇游击队的办法，叫鬼子闻闻臭，臭得他们吃不下饭，睡不好觉。"

李侠兵很感兴趣，递给他一支烟，说："飞祥，你是个主意罐子。快把你罐子里的主意倒点出来。"

受到队长夸奖，吴飞祥就更来劲了。他说，朱家圩东北角运盐河边，那里是我们与河东钦工碉堡里的日伪军对骂对打的地方。运盐河在那里打个牛屁股弯，在河西岸边留下一个烂泥滩，烂泥滩距离碉堡不足二百米，现在是刮南风、西南风的季节，如果在烂泥滩那里扔些瘟猪死狗，那碉堡里的敌人得整天闻臭……众人说这主意好，不过，也有人怀疑：我们龙兴村也没发生猪瘟，到哪去弄瘟猪欧？吴飞祥眼珠一转说道："我想让大家献狗，咱们来个臭狗阵如何？"他见张武生要反对，便来个先发制人："张排长家有六条狗，带个头，献出两条好不好？"

张武生被他用话塞住嘴，只得笑道："你这家伙又拿我当排长来挤兑我，不过，即使我愿意献狗，可我家的狗司令是我儿子张小猪，小猪能同意吗？"

吴飞祥说："那没问题，思想工作由我来做。"他又转脸问李侠兵:"只要队里批谁,我就开始干了?"

李侠兵望望众人,说:"只要不搞强迫命令,让群众自觉自愿献出几条狗倒也无妨。"接着,他又补充说:"不过,村里村外野狗很多,你先把野狗除了,如果还嫌不够用再找人家讨。"

王振亚家里狗少,也舍不得献出,便顺势说:"李队长说得对,村里流浪狗、野狗、疯狗不少,把这些狗除了,村民乡亲会感谢我们做了一件好事的。"

吴飞祥:"我想多弄些死狗让钦工碉堡里的日伪军闻一个夏天,臭死那些狗日的东京鬼子。"

张武生对吴飞祥叫他带头献狗心怀不满,这时找到机会报复说:"飞祥,你是不是舍不得弄死那些野狗,那些野狗多数是公狗专在村里找母狗下崽,你家的花花狗就是被野狗勾上把肚子搞大的。嘻嘻,这可好嘛,你连公狗撒种费都不用出了,哈哈哈……"

众人大笑。

李侠兵盯他一眼,斥他说:"武生,红铜钢,你真会扯淡!"他又问吴飞祥:"飞祥,你的臭狗战是不是讲完了?你讲完了,我们要研究别的事情了。"

吴飞祥点点头,走了出来。他想要发动群众献狗,首先要把少年们发动起来,因为一般人家的狗司令都是少年,只要有几个少年带头献狗那事情就好办了。于是,他到李家找小二子,李嬷妈告诉他,自从小妹冤死后,小二子像掉了魂一样,整天带着他的狗到老堆头运盐河滩去放羊,撵兔子,这孩子变野了。吴飞祥想,小妹是小二子最亲密的伙伴,突然失去了她,这对小二子是极大的震撼和打击。在这个时候要他献出他心爱的狗来,恐怕不易。不过,他想我吴某人哄孩子是有一套的,我哄哄他,不怕他不献狗。

小二子在老堆头下放羊,他让大黑、二花看管头羊,一群羊老老实实在吃草。他没事,看一会书,发一会呆。就在这时,吴飞祥骑着破脚踏车来了,他说:"小二子,你在发什么呆啊,是不是又在想你小姐姐呀?"吴飞祥把破车扔在堆下,坐到小二子身边。

小二子撅着嘴说:"想什么,不想了。我奶奶说想也没用,人死不能复生。"

"你奶奶说得对,那金家不是个东西。"他大骂一通金家后,说:"听说你不读书了,不读书就没有学问,你看我读了几年书就比余结巴、张武生他们有学问。"

他大骂金家很对小二子的心思,小二子问道:"吴叔,你有学问,我怎没听我爸说过?"

吴飞祥在转心轴,想跟小二子套近乎:"像你爸那样大学毕业龙兴寺有几个,全县有几个? 恐怕没几个人。不过,我对对子的工夫跟你爸差不多,我俩要不要对对看?"

小二子想对对子他得到他爸的真传,难道我还怕你不成? 便说:"吴叔,请出上联?"

吴飞祥挑他上山,无非想把气氛搞和顺,想不到小二子一挑就上,他便出一个拆字联:"蚕为天下虫,"小二子对道:"鸿是江边鸟。"吴飞祥出回文联:"人过大佛寺,"小二子对道:"寺佛大过人。"吴飞祥出数字联:"尺蛇入谷量量九寸零九分,"小二子笑道:"吴叔技穷,这种小孩子数字对子也拿出来了:七鸭浮江数数三双多一只。"

这时,吴飞祥见小二子的情绪被他吊起来了,趁势说道:"我老师教我的百把个对子,看来难不倒你。"

小二子问:"吴叔,你老师是哪个?"

吴飞祥诡谲一笑道:"你爸李侠兵呗!"

小二子跳起来欢叫道:"怪不得你每出一个上联,都被我逮个正着,原来我们是师出同门呀,我跟你是同学。"

吴飞祥见小二子如此高兴,便诱他道:"我们龙兴寺要与小鬼子斗,有许多事要做。有些事非常适合儿童团来做,比如放哨、宣传、募捐,等等,现在,队里分派我管妇联、儿童团,妇联已经组织起来了,儿童团也要建立起来……"

小二子问:"吴叔,你跟我讲这些干什么?"

吴飞祥严肃起来,宣布道:"我任命李小二同志为龙兴村儿童团团长。"

愣的被任命为儿童团团长,小二子有点不相信自己的耳朵:"吴叔,真的假的?"接着他又问:"我爸同意不?"

"这不需要他同意。"

"好,我同意。"小二子很兴奋,接着又有点担心:"吴叔,你不会再任命别人当儿童团团长吧?"

吴飞祥见他搞的封官许愿很有效果,抿嘴一笑:"对了,我已任命张武生的儿子张小猪为儿童团长。"他见小二子立刻涨红脸,显出气愤的模样,便说:"不过,在完成一些任务后,你俩谁成绩好谁当正团长,成绩差的当副团长。"

小二子是争强好胜的性子,当然想当正团长。他急问:"吴叔,你派甚任务,快说?我非超过张小猪不可!"

至此,吴飞祥十分得意,他觉得小二子完全按照他的思路走。但是,他也不把献狗要求全盘托出,他说:"为了用臭狗熏碉堡里的鬼子伪军,你和张小猪带领儿童团员捉野狗,捉得愈多愈好,以后不够数的话,再动员人家献狗。鬼子怕臭,我想在钦工碉堡河西摆个臭狗阵,死狗愈多愈好,臭死那些王八羔子!"

"这事我爸知道么?"

"你爸和陈队长都支持。"

小二子对他爸无限崇拜,一听说他爸支持立刻表态:"我一定完成任务。"

吴飞祥说:"打野狗要注意安全,防狗咬着。另外,带头献狗,带动人家献狗可不是容易的事,我可是咸菜烧豆腐——有言在先。"

小二子没有多想,随口答道:"没问题,捉野狗我有办法。"

这天下午,李道人在朱家圩听书回来,骑着大叫驴在村路上悠悠地走。他边走边哼哼唧唧唱着《折桂令》:"人老西风白发,蝶愁来明日黄花。回首天涯,一抹斜阳,数点寒鸦。"李道人尤其觉得小令最后两句有味,不觉在大叫驴背上摇头晃脑起来。今天李道人本在听书,忽听说有人动员儿童团捉野狗,他怕孙子出事便回家来了。李道人到了家门口,见小二子提着荆条篮子从院子里出来,他跳下驴来喊道:"二子,你在干甚?"

小二子怕他奶奶不怕爷爷,听见爷爷喊他只当耳边风,转过墙角撩腿就跑,被李道人上前一把拽住,问道:"小龟子,你拿绳子干甚?"

"捉野狗呢。"小二子指着篮子里的一碗粥说:"吴叔说,要用臭狗阵对付碉堡里的鬼子。"

"他还说些什么?"

"他还说,我跟张小猪哪个捉狗多哪个当儿童团长,哪个捉狗少只能当儿童团副团长。"

李道人抹抹茅草胡子,心里好笑,这个吴飞祥,连这点事也玩花样经,哄得孩子团团转。他说道:"我孙子怎能受张小猪指挥呢?他属猪,你属虎,猪怎能指挥老虎呢,笑话!来,爷爷帮你捉野狗。"说着,他牵着大叫驴上槽去了。

小二子到了后圩,把一碗粥放在圩埂上,套上麻绳活扣子,牵着绳头躲到圩上钢针林边。后圩外面是一片荒芜的草地,过了那片草地是苇地水泊荡子,这里是狐兔出没野狗寻食的地方。小二子想,在此捉野狗,必有所获。

他伏在草地里,透过钢针林的缝隙,盯着麻绳活扣子套着的那碗粥。望了好一阵子也不见狗来,却时有麻雀来啄食,气得小二子牙痒痒。他想这怎办?狗不来麻雀却来捣蛋。就在这时,一只黑脊梁黄肚子的野狗来到粥碗前,它嗅着鼻子,用嘴边的钢毛赶走苍蝇,接下来就要伸头去吃碗里的粥。小二子激动极了,捏着绳头的手心出汗了,他把脚蹬在树根上准备拉绳子。可是,就在这千钧一发的时候,爷爷来了。

黑脊见到有人来,惊起一跳,走了。

小二子抱怨道:"爷爷,你看你,你来做甚!"

李守田带一根烧火棍来,说:"不要紧的,它还会来的。"他把烧火棍戗在钢针林的树枝上:"我怕你吃亏,没棍打狗。"

两人不响,趴在圩上望着。一会,黑脊转了一圈又回来了,它大概饿极了,伸头吃粥,祖孙俩也兴奋极了,用力一拽麻绳,落空。那绳子活扣并没有套住狗头,倒是把碗粥"吭啷"一声带翻了。小二子后悔死了:"真倒霉,又让它跑了!"

李守田往白铜烟袋里捺烟丝,从荷包里掏出打火石打火,纸眉着了,他吹了吹用纸眉点燃旱烟,抽了几口,见孙子急得直跳脚,说:"不急,黑脊还会来。"就这样,祖孙俩等到太阳甩西,终于把黑脊套到了。

小二子神气极了,牵着黑脊来到队部,问吴飞祥:"吴叔,你要死狗还是要活狗?"

吴飞祥先是表扬他两句,然后说:"义勇队派出好几个人去打野狗,到现在一个没打着,小二子就是能,上午布置的任务,下午就完成了一个。"

刘四说:"这黑脊膘肥肉壮,做臭狗太可惜了,不如让我炖了,可够大伙吃一餐的。"

吴飞祥把黑脊扣在柱子上,瞪了刘四一眼说:"你要是把狗偷吃了,我决不饶你!"他又对小二子说:"二子本事大,张小猪未来报喜,你再逮一只野狗来,肯定叫小猪脱了裤子也追不上你。我聚到七、八条狗就做可臭狗阵了。"

可是,野狗并不好抓,经过几天的努力,除了张小猪在他爸帮助下捉到一条外,谁也没捉到。常来村里游荡的野狗有三条,都被人捉惊了,见人就逃。这事急得吴飞祥直挠头,他把他家仅有的两条狗献出一条,但要凑七、八条狗十分困难。

于是,他召集儿童团员开会,先是表扬小二子和张小猪,然后要儿童团员们带头献狗。这时冷场,众人盯着张小猪,晓得他爷爷是肉头,不会同意孙子献出家里的狗。张小猪是个小胖子,眼睛挤成一条,样子有点笨拙。但是,正如俗话所说,大块头有大智慧,他任凭众人怎么说就是不吭一声。张小猪打定主意跟小二子比,想把小二子比下去,儿童团长由他来当,至于他爷爷肉头爹他倒不怕,就是耍懒他爷爷也会顺着他的,献出一条狗总是不成问题的。有了这个底气,张小猪打定主意盯住小二子。

小二子也不示弱,晓得张小猪的心思,便大声说:"张小猪,我是儿童团长,现在,我命令你献出一条狗来!"

众人问:"怎么两个儿童团长?"

吴飞祥晓得这是他惹出来的,赶紧说:"他俩哪个先献狗哪个是儿童团长。我希望二子把家里大黑、二花献出来,小猪把狮子狗献出来,有你们两个带头,龙兴村儿童团工作肯定能在区里得第一。"

小猪咬紧嘴不响看小二子怎么说,小二子憋了一会,他说:"好吧,献狗的事我要跟爷爷商量商量。"

有人说:"你家事你奶奶管,你爷爷是管不了的,商量什么?你是你家狗司令。"

小二高喊道:"我爷爷是六畜总司令。"

众人笑了,缺门牙的小丫妹笑出口水来。

小二子把爷爷抬出来就是不想献狗。大黑与二花是他从小带大的,跟他形影不离,他的一个口令,一个手势,甚至一个眼神,大黑二花都能心领神会。大黑二花是他亲密的伙伴,好朋友、护身、放羊、玩耍都离不开它们。现在,张小猪带头逼着他献出这两条狗,小二子怎能舍得。他回到家里后,对爷爷说:"爷爷,张小猪撬我献出大黑、二花呢,怎办?"

李守田在槽上给大叫驴添草,说:"你不是捉到一条野狗了吗?"

"吴叔说,做臭狗阵要死狗愈多愈好,那几条野狗全捉到了也不够用。他号召儿童团带头把家里的狗献出来。"

李守田把一把青草塞到大叫驴嘴里,掀起衣襟揩着手说:"那,那怎办?献呗!"

小二子吃了一惊:"爷爷,你也要把大黑、二花献出去?"

李守田想了想说:"你爸是抗日义勇队队长,你现在又是儿童团团长,我家这么多当官的,遇事不带头行吗?"

李奶奶在拐磨,她说:"吴飞祥也是的,那有这样对孩子又哄又逼的。我们惹不起还躲不起吗?孙子,你到宣集去看你妈和你姐,把大黑、二花送到你舅奶奶家不就安稳了吗。"

小二子眼睛一亮:"还是奶奶行,好主意。"

李嬷妈说:"我给你准备准备,吃了中饭就走。"于是,她离开磨盘,扎了两大包菜干,一包白果一包红枣,还有半篮子马义菜干装在元宝口竹篮里,又备了两桶花生油,自己拎着试了试说:"二子,跑远,你提得动吗?"

小二子一边往嘴里搂饭,一边说:"叫爷爷牵大叫驴送我过五港就中。"

吃过中饭,李守田把装满东西的元宝竹篮和两桶花生油让大叫驴驮着,他怕这些东西磨着大叫驴肚皮,便在鞍子下垫了两片麻袋。平常不用的铜铃他从抽屉里取出来,系上大红绳子挂在大叫驴的脖子上。一切准备停当,他叫孙子唤上大黑、二花,开门出发。

李嬷妈把祖孙俩送出门,关照道:"老头子,媳妇能回来的话叫她回来。"

老头子"噢"的应了一声,心想儿子根本不想让媳妇回来,媳妇也不想回来,你说也是白说。他向外张望没见到儿子的影子,便戴上草帽就上路了。

小二子一蹦一跳走在前面,大黑二花跟着他,李守田赶着大叫驴走在后面,铜铃发出"叮叮当当"的响声。骄阳下,祖孙俩沿着老堆往蔡工渡口走去,过了运盐河,小二子朝后边望望,心想,我把大黑与二花藏到舅奶家,叫你吴叔找去。

通过十多天的努力,吴飞祥收集到十六条狗,其中老狗五条,病狗七条。不管什么样的狗,他全照单收下。在捉野狗过程中余大杰出力最大,他曾在流浪时,吃不上饭就捉野狗来吃,所以,他捉野狗手到擒来,这回为了做臭狗阵熏死小鬼子,他捉了五条野狗。

有了狗如何杀死也是个问题,吴飞祥请来余大杰,问:"余排长,这么多狗怎么杀啊?"

余大杰胡子一翘,笑道:"叫我排长,冲你这句话我帮你杀狗。"

吴飞祥也笑了:"我叫你余结巴你就不帮我了?"

"你老哥会动脑筋,我才来帮你的。"

"那我要动脑筋为你说门亲事……"

余大杰拱拱手说:"我跟孙三娘结婚出了洋相,我再也不想结婚了!"接着,他问:"杀狗何时动手?"

吴飞祥:"李队长去朱家圩了,他说等他回来就开始行动。"

48

下午,李侠兵从朱家圩回来了。李侠兵说:"正好你们都在。我把摆臭狗阵的事跟朱崇山老先生一说,他很赞成。我说就担心刮东北风把臭味吹到朱家圩来,他说,沙滩岛离朱家圩有里把路呢不碍事,到时,他叫朱虎首带人带小划子支援我们,把臭狗送到沙滩岛上。"

众人叫好,吴飞祥说:"那我们就杀狗吧?"

余大杰望望太阳说:"现在杀狗正好,晚上还可卸两条狗腿吃?"

吴飞祥冷下脸来叫道:"你看看,你看看,怪不得结巴这么卖力,原来想吃狗肉?"

刘四:"吃两条狗腿算什么,飞祥,你也忒小气了!"

吴飞祥严肃起来:"有李队长监督,谁敢拔一根狗毛我也饶不了他!"

余结巴叫吴飞祥和刘四把狗从草棚里牵出来,他要把狗一个个吊死。这时,李侠兵见有些孩子来看热闹,其中有小二子、张小猪、小丫妹,他喊道:"张小猪、小二子,你们带儿童团去老堆头、蔡工渡口、窑场站岗去!"

孩子们不肯走,说:"我们要看余大叔杀狗呢。"

余飞祥眼一眨,说:"好,小二子,张小猪,你俩分头去通知儿童团员,明天中午来龙兴寺广场看杀狗,快去!"孩子们信以为真,飞奔而去。吴飞祥一笑,然后对余大杰说:"兄弟,动手吧!"

余大杰不解,问道:"为啥不让孩子们看啊?"

李侠兵解释道:"这你就不懂了。在外国,有些国家的人把狗当人看待,在上海有些小姐太太把狗当宝贝,所以,杀狗这种事不能叫孩子看。"

刘四忽有所悟,说道:"鬼子弄细菌战,那要害死人的,我们弄臭狗战熏不死人,我们比鬼子高明。结巴,快动手!"

余大杰是杀狗老手,他把狗吊在树桠上,然后往狗嘴里倒水,一般没倒完两瓢水,那狗就被噎死了。总共不到一顿饭的工夫,十多条狗就全部躺倒了。刘四把死狗装上马车,盖上秫秸和棒头秸子。李侠兵又派了两个队员,他们赶着马车往朱家圩东北角运盐河畔去了。朱虎首闻讯也来了兴趣,让人抬着一只小划子过来,说是晚上涨潮运死狗用的。吴飞祥感谢他想得周到。朱虎首望着西山太阳说:"太阳刚开始泛红,离天黑定了还有一会呢。这样吧,我带两坛酒,到钦工碉堡去跟刘太瘦他们喝酒打麻将,分散他们的注意力。到了天黑,你们去沙滩岛上丢死狗,怎么样?"

吴飞祥:"朱大哥如此帮忙,我们感激不尽了。"

朱虎首忠厚地笑笑，说道："一家人不说两家话，都是为了打鬼子嘛。"他回到家里，叫跟班的挑了两坛烧酒，提着几斤咸肉，划船往河东钦工碉堡去了。

吴飞祥他们几个人躺在堤坡柳树下，等太阳落山。余大杰是个急性子，不时站起来朝河东张望。运盐河流到这儿打个小弯子，在河西岸留下一块像舌头一样的沙滩，滩上杂草丛生，长满芦苇、蒲草和水柳，是一块潮涨潮落的湿地。那片湿地相距东岸钦工碉堡百来米，把死狗扔在那里让碉堡里的鬼子闻臭，是再理想不过的地方了。

太阳终于落山了，他们开始行动。大家把死狗搬到小划子上，刘四端着枪在堤上监视碉堡里的敌人，吴飞祥和余大杰划船去沙滩岛。正值涨潮，小岛上有许多水洼子，他俩把死狗分散扔进水洼里，然后，吴飞祥把几个木牌插入进出口处。插木牌是李侠兵想出来的，木牌上的字是陈冠昌写的。陈冠昌写得一手好字，龙飞凤舞："小心地雷！""闲人勿进，岛上有炸弹！""臭狗身下有水雷！"

他俩抛了死狗回到岸上，吴飞祥问："刘四，碉堡里有何动静？"

"没啥动静。"刘四说，他同时举起枪："我跟河东稽保友他们约好的，放好死狗就放枪通知他们。"刘四不问吴飞祥同意与否，对准碉堡打了一枪，又叫余结巴打了一枪，他们这才抬起小划子往回走。一会，听到河东枪响，刘四笑道："谷站长、稽保友他们回话了。"他仨回到圩角，把小划子藏了，见碉堡里没啥反应，他仨就回龙兴寺了。吴飞祥对刘四的举动非常不满，他怕打枪暴露了臭狗阵，一到队部就把刚才发生的事说了一遍。

李侠兵问："是这回事么？"

刘四笑笑，忙来解释："人人都说飞祥脑子灵，我想玩玩他。是这么回事：我跟谷站长与稽保友约好，摆了臭狗阵以鸣枪为号，然后，请他们与碉堡里打骂仗，围困敌人。"

吴飞祥这才明白，他给刘四一拳："你这家伙给我设套。"

刘四得意,麻点发红,大长脸放光:"智者千虑也有一失嘛,嘻嘻。平时,你总玩人家,这回叫我玩了一把,嘻嘻。"

吴飞祥见李侠兵在抽烟,皱眉头,便想用李侠兵来压他:"嘘,别吵,李队长在动脑筋想事呢。"

确实,李侠兵这时在想事。他听了他们的汇报,在想:以后钦工碉堡里的敌人会有啥反应,又会采取什么行动呢?

钦工据点主堡建在堤上,堤下挖了一圈壕沟,围了铁丝网。在铁丝网里建有一个主碉堡,三个子堡,两座营房一座厨房,厨房后面搭着一间密室。刘太瘦见朱虎首来访,立刻把他安排在密室里,打电话给县城要来两名妓女。他想用妓女把朱虎首拉住,以后让三通的朱家为他办事。他们在酒足饭饱之后打麻将,这时刘太瘦告诉手下,如果有事去找楚五,不要来找他。

妓女对这里很熟,发嗲说:"刘连长,你这里女人多得很,还要我们来?"

刘太瘦打出一张白皮:"哪个床上功夫有你俩好啊,现在打牌,过一会看你俩功夫,唏……!"他不理妓女发嗲,说:"朱老大,你家的酒确实不错,香醇!"

朱虎首见刘太瘦叫来妓女心中不悦,但也不便说什么,现在谈酒,他说道:"刘连长,你晓得吗? 这酒不同于一般的高粱酒,我家到了冬天下雪时,将二锅头埋在地窖里,培上雪,过了三年它就变成香雪醇醪了。"

"怪不得这么好喝。"

朱虎首想刘太瘦和王培鲁是把兄弟,算起来也是在老爷子的门下,因此,他想跟刘太瘦搞好关系,便说:"你说酒好,我明天叫人送两坛子来。"

刘太瘦酒喝多了,蟹壳脸扭曲着:"这那里好意思呢,我还没送礼给朱老爷子呢。"

这时,楚五跑进来,报告说:"大哥,连长,没啥情况。刚才哨兵说,河西沙滩岛上有手电筒晃了一阵子,后来又放了两枪,河东也放了一枪,接着就打骂仗。现在什么事也没有了,你笃定打麻将。"说着,他在妓女腿上摸了一把,那妓女笑道:"我看有人摸上来,这不是情况?"

楚五立即嬉皮笑脸的退出到一旁。朱虎首听了,晓得吴飞祥他们已得手。

刘太瘦一边摸牌一边说:"沙滩岛螃蟹多,常有人去捉螃蟹,叫皇军打死了几个"

楚五:"大哥,现在游击队搞冷枪阵,皇军睡不好,尽失眠,小野队长又到淮阴治鼻炎去了,皇军也不大乱开枪了。"

朱虎首说:"你们皇军冬天春天扫荡,杀人放火,到了五一又大扫荡,杀了多少百姓啊! 现在,青纱帐起来了,还不许游击队报复啊?"

一个妓女喊"胡了。"刘太瘦一推牌说:"朱老大,我们跟龙兴寺谈判,问他们要什么条件可以不搞冷枪阵,骂人阵,还有放风筝往碉堡上空吊尿壶炸弹,撒蟑螂老鼠那些玩意儿?"

朱虎首想谈判是可以的,但你想让抗日义勇队不搞围困战恐怕不行。他说:"这种事,你不要跟我说,跟我家老爷子说去,同时,你要先征得小野同意,否则,你说了也不算。"

刘太瘦抹下眼睛:"是呀,他娘的鬼子是太上皇嘛。"

过了三天,刘太瘦来朱家圩造访。

原来,沙滩岛上摆了臭狗阵,这些天尽吹西南风,把碉堡里熏得臭气冲天。鬼子受不了,连吃饭也呕吐,直喊活不下去了。小野队长在医院里天天吸氧,他满面红光,精神焕发,本想回来发动扫荡,抢掠文物,不想遇到臭狗阵弄得士气不振,他十分生气。他把刘太瘦找来,说道:"如此巧妙地利用地形摆弄臭味来熏我,必定是龙兴寺李侠兵的义勇队。不过,"他笑了起来:"哈哈,他们不知道我小野怕香不怕臭,我不怕!"

刘太瘦小心翼翼地问:"那……"

小野:"你们到沙滩岛去侦察,看看是怎么回事?"

刘太瘦得令,带着一帮人划船过运盐河,寻找臭味的源头。原来,在蒲草丛里,芦苇塘中,躺着好多的死狗。他们想上岛去搬掉死狗,忽见指示牌上写得清清楚楚:"树上吊着尿壶炸弹,地下埋有地雷。"刘太瘦用望远镜观察,死狗身边都按有绊脚索,空中拉着细铁丝,一旦碰上地雷会响,尿壶会炸。有个伪军不听劝,擅自上岛,刚进柳树林就被尿壶炸掉半个脑袋,一命呜呼。刘大瘦赶紧收兵,划船回了碉堡。把沙滩岛上臭狗阵的情况向小野作了汇报,小野笑道:"刘桑,你上碉堡顶上去,我用炮轰臭狗阵,你们就看热闹吧!"

刘太瘦感到奇怪:"炮轰?"

小野指挥手下说:"驻海州司令部拨来两门掷弹筒,现在正好派用场,我要把沙滩岛打个稀巴烂,让臭狗烟飞尸灭!"

刘太瘦觉得这个爱古物字画的小野队长,一身书呆气,打仗瞎指挥,炮轰能把臭狗炸没了,你就试试吧?他一面称赞队长主意高,一面跟着鬼子来到碉堡顶上。鬼子架起掷弹筒,对准沙滩岛连连轰击,栖在岛上的夜鹭惊飞了,柳枝被炸得一片片脱落,狗尸体也确有几个被炸,但在烈日下被炸的狗尸发出的臭味反而更浓烈了。刘太瘦不响,溜到厨房去喝酒,他想小野会来找他的。

果不其然,一会儿小野来到厨房,谈起他准备去龙兴寺扫荡的计划。刘太瘦说:"小野君,你要扫荡,我总给你打前锋,当马前卒。不过,现在青纱帐起来了,对游击队十分有利,他们会打我们的伏击。"

小野为了抢掠文物才打算扫荡的,上级并没有布置他这样做,因此,一旦有闪失他也怕上级怪罪下来,便说:"刘桑,他们用这种生物战,你说怎么办?"

刘太瘦觉得机会来了,便说:"小野君,我建议你让我与龙兴寺谈判,请他们放我们一码,我们以后也放他们一码,如何?"

小野想了想，说："那你就试试吧。不过，谈判过程你要随时向我报告。"

刘太瘦站起来，敬礼："是，哈咿。"

俗话说，仰头女，坑头男。说的是仰着脸的女人泼辣，低着头的男人会算计。刘太瘦就是会算计的家伙，他遇事总是低头算计一会儿，然后再抬头说出他的想法来。刘太瘦对朱崇山早算过了，他弟子三千，在运盐河地盘上甚是了得。而他的五个儿子也不简单，大儿诚厚，是朱家继承人，二儿滑头，在国防军里当过团副，三儿老实，据说去了延安，四儿精明，在城里开店，五儿刁钻，跟皇军拉拉扯扯。所以，朱崇山由儿子们牵线，跟方方面面都有关系，他脚踩几条船，任世道怎么乱，风浪再大，他也稳坐钓鱼船。刘太瘦想巴结他巴结不上，便与朱老大，朱老五相交结。朱老五，曾留学日本，是个假洋鬼子，高傲得很，想交结上他可不容易。他上回送过一个妓女给朱老五，朱老五说他洁身自好，婉言谢绝了。可是，当他以小野的名义请朱老五赴宴，他又趋之若鹜，朱老五是个倒在鬼子脚下的货。朱老大却不同，他与他爸爸一样是绅士派，不大会投降日本人，但是，朱老大爱钱，因此，他去朱家圩就带些钱。这回，他带一班人马，让楚五背着一袋洋钱来到朱家圩，先在八字门外放了岗，这才到客厅。

朱老大问："刘连长，你们炮轰沙滩岛，为甚事？"

刘太瘦回道："不满老大哥说，敝人正为此事而来。皇军不听劝，他想把沙滩岛上的狗尸炸飞了，就可不闻臭味了。可是，这怎么可能呢？"

朱老大明白他的来意，笑道："那我能帮你什么忙啊？"

刘太瘦："老大哥，我想跟龙兴寺李侠兵陈冠昌他们谈判。"

这句话正合朱虎首的心意，他连忙问："谈判好。不过，谈什么呢？"

刘太瘦一听有门，说："他们一会搞老鼠蟑螂阵，一会搞冷枪阵,还有敲锣喊话阵,现在,又搞臭狗阵,以后还不知道会玩啥名堂呢?我们这些兄弟大都是穷苦出身,还能忍,可皇军不行,他们来自东京,人家哪能遭这份罪,弄得他们吃不好睡不好。现在干脆连喘气也难受,臭气熏天啊!"

朱老大笑开怀,说道:"刘连长,这不很好吗,你们能吃能睡就行,管那些小鬼子干啥?"接着,他又认真地问道:"噢,与龙兴寺谈判是小野授意的?"

刘太瘦眨白眼:"没有太君同意,我有几个脑袋敢与龙兴寺谈判?"

"那你们的诚意怎样呢?"

"我带来一些大洋,给你一半,给龙兴寺一半。"

朱老大摇手道:"刘连长,我做中人是不会收你费用的。王培鲁是我家老爷子的徒弟,你是王培鲁的铁杆兄弟,你我是怎样的关系?"朱老大嘿嘿地笑起来,厚嘴唇上的胡子抖动着,显得本分忠厚:"我不会收你的钱,李侠兵陈冠昌也不会收你的钱。刘连长,你看能不能这样?你们送几支枪几箱子弹给龙兴寺,让他们对你们的围困战骚扰战歇一歇,你们对蔡工渡口的监视突袭也歇一歇,这样大家达成默契,都有好处。"

刘太瘦坑着头沉吟了好一会,算来算去,觉得这法子可行,但是,他也有顾虑。他说:"说实在的送钱还是送枪?我情愿送枪。不过,送枪给他们,以后叫皇军知道了就要丢脑袋。"

朱老大笑了:"你刘连长玩这手还不是轻车熟路。你们用枪支弹药去换大烟土,上面来查,你不是说被游击队打伏击了,就是被国防军包围缴械了,这样的游戏你不会玩吗?"

刘太瘦想了想:"这样吧,我用五支步枪、三箱子弹送到你这里,然后由你转交给龙兴寺。"

朱老大对他是不信任的,这家伙会把火烧到朱家圩,便说:"你派兄弟把东西送到老堆头,我请龙兴寺的人来不伤你们兄弟就是了。"

"那他们要保证不要再搞冷枪阵、敲锣喊话这些玩意儿?"

"那你们要保证秋收前不扫荡?"

刘太瘦:"扫不扫荡我不敢保证,那是皇军决定的事。不过,不突袭蔡工渡口我敢保证。"

朱老大想有了这个条件也不错,他答应道:"好,就按你我谈妥的这个方案,我去龙兴寺走一趟。"

刘太瘦叫楚五留下一袋大洋,然后起身要走。朱老大心里有数,他那敢收强盗的钱,叫楚五带上那袋大洋,把他们送出门外。

朱老大送走刘太瘦一伙人,到后花园里去见父亲,朱崇山听他说要充当中间人去龙兴寺,表示赞成,并要他带话给李侠兵双方可以谈谈看,谈不成也不要紧,如果需要他出面的话,"老朽"也可帮忙。朱老大有了父亲这句话胆子就壮了,他带上两个家丁,骑上脚踏车就直奔龙兴寺而去。

龙兴寺第一道岗哨总在老堆头,然后还有几道明岗暗哨,他们见到朱虎首都很客气,寒暄几句就放行。余结巴在圩上站最后一道岗,见朱老大来立即迎上去把他领至队部,献上茶,问道:"朱大哥,你无事不登三宝殿,有事吗?"

朱老大说:"钦工碉堡被你们围困得吃不消了,快被你们臭狗熏死了。刘太瘦让我带信来他们想与你们谈判哩,李、陈二位队长呢?"

"二位队长在窑场看尿壶炸弹试验,一时半会不得回来。"余结巴听说刘太瘦要谈判就不高兴,生气地说:"谈,谈判,谈什么判?小鬼子怕了,他们来扫荡我们就打死他,他们躲在碉堡里我们就困死他,我才不跟他们谈判呢!"

朱老大晓得他粗莽,脾气躁,笑道:"余排长,你这话能代表李、陈二位队长?"

余结巴一愣,脸红了,一把胡子往上翘:"那不能,那不能。"他

402

又给他们倒茶水,然后对小二子说:"你快去叫你爸来,就说朱家圩朱大哥来了。"

小二子走后,陈冠昌回来了,他热情地接待朱老大,问明来意后,他说:"这是大事,等李队长来一道谈。"朱虎首刻感到义勇队的团结一致。一个上海建大生,一个海州师范生,他两人是这一带的优秀人物,有这两个人带头,抗日救亡是有凝聚力的,有希望的。因此,他朱老大为此做点事很值,也义不容辞。

一会儿,李侠兵带着吴飞祥和潘大头几个人来,他与朱老大热情握手,笑道:"听小二子说朱兄大驾光临,非常高兴。"然后,他又对吴飞祥说:"去我家搬两坛酒来,再弄几个菜,我请朱兄喝两盅。"

朱老大听了,一拍大腿后悔道:"嗨,我忘了带坛香雪酒来!"

余结巴见两位队长对朱老大如此热情,感到他刚才对谈判的表态肯定不对头了,便说道:"朱大哥家的香雪酒恐怕都搬到钦工碉堡去了,叫刘太瘦那狗日的喝了,喂了狗了吧……"

李侠兵打断他的话,说:"大杰,你不要打岔! 没有朱大哥去灌醉刘太瘦,你们在沙滩岛摆臭狗阵会那么顺利?"这时,见吴飞祥抱了一坛酒来,他问道:"飞祥,摆臭狗阵是你搞起来的,你的功劳大。可是,帮助我们搞成这件事的是朱兄,他的功劳更大。今天,我们开怀畅饮,一方面是款待朱兄,同时,我也要宣布一件好事。"

众人催道:"你先宣布好事,李队长,你快宣布啊?"

李侠兵说:"也好,我们尿壶炸弹引爆撞针一直没做成,靠点药捻、拉线那只能跟鬼子面对面的干,现在,在潘大等同志努力下撞针做成了,尿壶炸弹可以做成地雷一踩就响,也可做成炸弹一掼就炸,这可是我们的重要武器啊!"

众人拍手,欢呼。张武生与潘大握手:"潘大哥,好样的!"

朱虎首很兴奋:"李兄,给我几个。"

"没问题。"

这时,吴飞祥打招呼:"朱老大,你在这里坐。我去杀鸡,一会我们喝酒。"

　　吴飞祥走后,其他人也散了。李侠兵说:"朱兄,我们谈正事吧。"

　　朱虎首见两位队长如此热情,便把刘太瘦想与龙兴寺谈判的事说了一遍,最后说:"刘太瘦愿意送五支枪、三箱子弹来,交换条件是你们在夏季不要围困钦工、时码与五港碉堡,不要搞什么冷枪阵、敲锣喊话阵、臭狗阵什么的,他说皇军被你们搞得吃不好睡不好,直喊吃不消。"

　　余结巴跳起来:"吃不消就滚回去!"

　　陈冠昌感到他们的围困战、骚扰战很有效果,应该加强才是。于是便说:"刘太瘦尽想好事,拿出五条枪三箱子弹就想吃好饭睡太平觉,世上没那么便宜的事! 然后让他们养足精神,到了秋收后,一冬一春反反复复来扫荡,烧杀抢掠,无恶不作⋯⋯五支枪三箱子弹太少了,代价太小了!"

　　余结巴喊道:"对,太少太少了,让我要要他十支枪五箱子弹! ⋯⋯"

　　陈冠昌瞪他一眼:"大杰,你能不能让队长先说?"

　　李侠兵对这位粗莽而忠诚的排长很是喜欢,总是给他面子,他说:"我同意大杰的筹码,十支枪五箱子弹。不过,要使我们一个夏天不围困不骚扰不打击日伪碉堡是不可能的,如果这样做那就是被敌人收买了,我们就不是抗日义勇队了,而是民族的罪人。我们决不会这样做的。那么,我们与刘太瘦可不可谈判呢? 可以,我们可以答应他什么条件呢? 我们可以答应他,如果他送来十支枪五箱子弹的话,我们可以减少打冷枪喊话次数,当然,其他围困战也可适当减少。"

　　在他们谈话时,刘四、张武生、王振亚等人来了。在听了李侠兵发言后,刘四第一个表示赞成:"李队长的办法好,我们太需要武器弹药了。"

余结巴仍然摇头："要让鬼子睡太平觉，我反对！"

张武生瞪眼："结巴，你懂什么？谈判是骗，玩脑子，你会吗？"他说得众人直笑。

陈冠昌听出李侠兵话里"减少"二字，他觉得这很睿智，打冷枪一个月打十次是减少，一个月打八次也是减少，哪个计算过得清？况且，大伙已觉得打冷枪消耗子弹太多，义勇队也担当不起，不如夜里少打冷枪，多敲锣多喊话，多请伪军家属去隔河说悄悄话，不让敌人睡太平觉就可以了。他说："你们不要争了，就按李队长的主张办，请朱兄与刘太瘦接头。"

朱虎首正要表态，这时，吴飞祥"嗞咕嗞咕"挑着担子来了。余结巴不等他放稳担子就打开竹篮，只见八大碗菜热气腾腾，两小坛泥封高粱酒香气扑鼻。大家动手摆好大碗菜，筛满大碗酒。李侠兵对吴飞祥说："你把我干爹叫来，他跟朱老大感情好，让他俩敬一碗。"

吴道人来了，向朱老大抱拳说："老大，好久没见了，这向可好，你爹好吗？"

朱虎首说："老道长，托您的福，都好都好。"

吴道人："龙兴寺经常得到你家捐助，庙里的土地也有你祖上捐给的，你家是龙兴寺的供养人哪，石碑上刻着呢。"

"我家受到龙兴寺保佑，理应向菩萨烧香。"

李侠兵见气氛极其和谐，举起酒碗说："朱老爷子上回用赛枪的方法，捐献给我们十五支枪，现在，他又赞成朱大哥帮我们与刘太瘦谈判，因此，我提议为朱老爷子健康长寿干一碗！"

大家一干而尽，翻碗底给朱老大看。朱老大非常感谢，对他父亲的尊重就是对他家的尊重，他激动地说："既然李队长和众兄弟这么瞧得起我，我朱某虽然不才，也要为龙兴寺与钦工碉堡谈判成功尽心尽力啊！"

他们连干三碗之后，方坐下来吃菜。饭后，在谈及用啥办法使谈判获得成功时，朱老大一时说不出来。李侠兵说，他写一封信给朱崇山老先生,由老先生去找王培鲁,此事成功必然有望。

朱老大觉得此计甚妙,回去后便请他爸写信给王培鲁。此时,王培鲁正要讨好鬼子中队长塚上,接到朱崇山的信函后,他便称是他通过地方绅士说合,游击队同意在夏季减少对碉堡打冷枪等袭扰,塚上听了当然高兴,觉得土匪出身的王培鲁也懂得玩政治了,便向海州鬼子司令部为他请功,并赏他一千大洋。

这当然是后来的事。其实,那天在朱老大的安排下,刘太瘦派他把兄弟楚五带一个班的人说是夜袭龙兴寺,实际是来送枪。他们到了老堆头见到朱老大,交了十支枪和五箱子弹便朝天放枪。龙兴寺的人在收到枪和子弹后也朝天空鸣枪,然后各自回府。但是,余大杰觉得这是个机会,可以假戏真做,叫刘太瘦"哑巴被驴日了",有苦说不出。于是,他借着月光朝往回走的伪军开枪,企图打死他几个。这个突然袭击是楚五没有料到的,他连忙还击,边打边退,结果有两个伪军被打伤。

余大杰冲出去追击,张武生和刘四想拦他也拦不住。刘四说:"结巴,你去追吧,我们扛枪回去了。"

余大杰作战向来勇猛,他一人也敢突击,当他追到松林时,被朱老大拦住。朱老大说:"你假戏真做,只顾打得痛快,可叫我这个中间人如何是好?"

余大杰又是开了两枪,说:"朱大哥,这不关你的事,我曾被楚五那狗日的打伤胳膊,至今也没好利索。一报还一报,今晚我至少叫他带伤回去!"

朱老大抓住他的枪说:"兄弟,有本事以后再报仇,今晚看在我的面子上算了!"

余大杰蹬脚道:"听老哥的,便宜他了。"

现在有了这批枪,李侠兵当然想到王启明。王启明所在的乡在三县交界处,也是抗日武装藏身之地,有人称之为"小延安"。因此,李侠兵想,那里的武装力量极需加强,设法使王启明的队伍扩大起来。他便与陈冠昌商量,陈冠昌也一口同意将这批枪送给王启明。

这事被余大杰、刘四等人知道后,他们联合张武生、王振亚、吴飞祥几个人表示反对将这批枪送人。但是,经过陈冠昌做思想工作后,吴飞祥第一个想通了,由他去做余大杰工作。他说:"余排长,队长已决定将这批枪和子弹送给大成集王启明了,淮阴地区准备在那里建立稳固的根据地,需要加强那里的武装力量。"

余大杰说:"这,这样吧,我们留下五支枪两箱子弹,怎么样?"

吴飞祥笑道:"结巴,你脾气犟,你知道队长脾气比你还犟,你能犟过他!"

余大杰:"我实在舍不得那些枪,枪确实好,子弹也好,一个个尖头红屁股,我真舍不得!你再跟队长说说,说不定队长能给你我的面子呢?"

吴飞祥本也不想将这批枪送人,他在陈冠昌的说合下不得不当这个中间人。最后,队里决定留下一支枪给余大杰,其余的枪和子弹送去给王启明,让他发展队伍。

处理了这批枪支弹药后,李侠兵提议由陈冠昌和他作东请队里排长、骨干到龙兴寺喝酒,商量如何对付时码、钦工碉堡里的日伪军。酒喝到半酣时,李侠兵笑问余大杰:"余排长,你现在有了新枪,你说如何对付碉堡里的敌人?"

余大杰见队长如此器重他,他"咽咽咽"灌下一黑碗酒后,说道:"我们设法赶走钦工碉堡,拔掉鬼子按在龙兴寺门前的这根钉子!他不走就困死他!"

张武生:"咦,想不到余大哥有如此大志向,佩服!"他与他碰碗。

吴飞祥:"赶走刘太瘦恐怕不容易,不过,困死他们,我们有许多手段,臭狗阵、冷枪阵、喊话阵和敲锣鞭炮阵,够他们受的。现在,我们又有了尿壶炸弹,我正动脑子想办法把尿壶炸弹埋到碉堡门前,叫他们缩在乌龟壳里不敢出来,再用风筝把尿壶炸弹吊到碉堡上面去,炸他们狗娘养的呢。"

众人称好,说不妨试试看,让尿壶炸弹发挥更大的作用。

吃过中饭,他们分工,吴飞祥在家扎风筝,做风筝吊尿壶炸弹的准备。张武生请来花氏和楚五的老婆,她俩是姐妹,然后与余大杰、刘四一起到朱家圩东北河堤边搞喊话阵。他们到了河堤边便钻进柳林里,余大杰说:"武生和花氏姐妹俩在一起,我跟刘四到南边去,然后大家向钦工碉堡喊话,我喊话你们打枪,你们喊话我打枪,怎么样?"

张武生说:"这回结巴的新枪要派用场了。"

余大结信心十足:"我想干掉刘太瘦。"

于是,三人分开,伏在堤坡上。余大杰拿起竹编话筒开始喊话:"刘太瘦听着,你们闻狗臭闻得怎么样了,要不要闻下去吗?"

过了一会,他们听到刘太瘦的回话:"你们听着,不要不守信用!"

"什么信用? 我们不搞臭狗阵了,那么,从现在开始喊话,打冷枪!"

"你们不是答应减少喊话和打冷枪吗? 你叫你们的李队长、陈队长出来说话!"

刘四打了一枪,撇着山东口音喊道:"俺要用枪跟小鬼子对话,你叫小鬼子的队长出来!"

碉堡里没有声音,张武生叫楚五老婆喊话,楚五老婆不肯,他又叫花氏喊话。花氏喊道:"大姐夫,楚五听着,大姐想你呢,你不回家叫大姐守活寡呀,大姐夫不要跟鬼子干了,回家吧!"

张武生很高兴,觉得花氏拿得出、了不起,比起忸怩的她姐好多了。他从此改变了对花氏的看法,心想以后要花氏多来喊话。可是,他们喊了好一阵子,楚五才答腔,要他们快回去,不然,皇军要开炮了。

果然,碉堡里突然地朝他们开炮。掷弹筒打出的炮弹飞得很高,然后直上直下地落在柳树林里,炸得余大杰到处躲藏,在他刚跳进掩体里时被弹片削去他一条裤管脚,所幸没有受伤。一会,他仨聚到草房墙下商量怎么办,刘四说:"还能怎办?鬼子现在配了掷弹筒,我们躲在堤后也不安全,撤吧?"

　　余大杰:"我这支新枪还没开张呢。"

　　张武生:"你线头准,给膏药旗上戳个洞吧!"

　　余大杰对碉堡上的太阳旗放了一枪,把旗子中心打出个洞来,他这才心满意足地同意撤兵。他们回到龙兴寺后到吴家茶棚里讨茶喝,吴飞祥丢下手里扎风筝的活儿,问:"你们成绩怎样?成绩好的话,我请你们喝酒。"

　　张武生说:"花氏姐妹喊话,效果不错。"

　　吴飞祥赞道:"你叫伪军家属去喊话,这主意高,好多伪军听了恐怕一夜难眠啦。"

　　刘四说:"你幸亏没去,我们几乎被小鬼子的掷弹筒炸死。小鬼现在有了掷弹筒,我们躲在堤后面也不安全了。"

　　吴飞祥给他们边倒茶水边说道:"上回小鬼子也用过掷弹筒。那么,想个主意把小鬼子掷弹筒搞掉好了。"

　　余大杰听了他这句话立即感兴趣,说道:"兄弟,你有计策能搞掉小鬼子的掷弹筒?太好了!你看看,狗日的差点炸断我的腿!"

　　吴飞祥卖关子:"结巴,你想听我的妙计,我哪能轻易就说呢。"

　　余大杰求道:"兄弟,老哥我一向鲁莽,你不要光记我的不足之处,要多想想我的好处。小诸葛,你快把好主意说出来吧?"

　　吴飞祥笑笑,在余大杰、刘四、张武生耳边如此这般说了一通,他仨一听,拍手叫好,然后,他们便去给两位队长汇报,两位都同意他们的想法,又经过一番讨论,便令吴飞祥到五港去找韩八,让韩八协助他们的行动。

　　吴飞祥的计谋是什么呢?就是让韩八给刘太瘦送假情报,谎称八路军从盐阜地区往淮海地区运送军用物资,他准备在五港尼姑庵堵截,请钦工碉堡出兵包围这个运输队。吴飞祥在五港一家饭馆与韩八接头,把这个计谋跟韩八一说,韩八表示赞成,立即给刘太瘦和小野挂电话。小野问这个情报是哪来的?韩八说是五港自卫队报告的,而且他们的探子在南边看到运输队的小车队。于是,小野决定全力以赴,傍晚时,他率领一个班日军带上两门掷弹筒一挺歪把机枪,伪军两个排带两挺机枪,在五港尼姑庵附近布下口袋阵,只等运输队前来。

鬼子掖在水泊和三汊河边的林子里,小野想这回一定要捉到条大鱼,自从封锁运盐河以来,只捉过几条小鱼,其中只有一人降服,交给白超特工队去了,其他不降服者都被他枪决了。因此,海州司令部对塚上中队长很不满意,将军来东安视察那大对塚上训斥时他也受到训斥。他决心做出成绩来以雪军人的耻辱,当然,获得荣升替代塚上的位置是他多年的愿望。他在华北曾跟塚上平起平坐,有一次开展杀人比赛他不如塚上凶狠,因此塚上提升为中队长,他心中一直不服,塚上这个山民除了杀人比他强外,在智谋上比他差远了。小野一边想着一边借着月光朝前望,约莫三更时分,小车队来了。远处村路上车子"吱扭吱扭"响个不停,推车人吸烟的火光一闪一闪。小野望见车子响处的人影,喊声打,部队冲了上去。可是,凑近一看车上不是军用物资,尽是些石块芦草,推车人都跑了。小野知道上当了,便令部队撤退,这时他们已陷在抗日义勇队的包围圈里,被打得稀里哗啦。原来,韩八一见小野中了圈套,便令部队闪开一条路,让余大杰率领队员冲了上来。鬼子在慌乱中被击毙五人,其余人员泅水而逃,而那两个扛着掷弹筒的士兵被打闷在三汊河里了。

对于这次惨败,小野怀疑是韩八谎报军情,才让游击队得手的。他在队部大发雷霆,要去五港把韩八抓来惩办,这时,电话铃响,上级在电话里责问他"昨晚八路小车队通过蔡工渡口,你在干什么?"这样,他觉得窝囊,便不去抓韩八了。这件事的原委最清楚不过的是李侠兵。在余大杰他们出发后,他又与桃园交通站联络,来个假戏真做,将一批军用物资从东部盐阜区运到西部淮海区去了。所以,日军驻海州司令部才对小野提出质问。

在庆功会上,吴飞祥问余大杰:"结巴兄弟,港西大捷,鬼子掷弹筒肯定丢了,你怎么谢我?"

余大杰说:"我再到朱家圩河边去喊话,打冷枪,如果鬼子不打掷弹筒了,我必谢你,请你喝酒吃野狗肉。"果然,大杰到朱家圩隔河找刘太瘦对话,鬼子没有打掷弹筒,他请吴飞祥在窑场吃了一顿狗肉。自从参加了抗日义勇队,大杰不再长住龙兴寺,而是在窑洞里借宿。他在一座窑洞里有铺有灶头。他请吴飞祥来吃狗肉喝辣酒,并想真心讨教如何拔掉钦工碉堡这根插在渡口的钉子。

酒过三碗,余大杰说:"兄弟,你的点子我佩服,你真是个诸葛孔明。如果你想出法子把钦工碉堡拔了,我这两张狗皮就送你了。"

吴飞祥望望晾在树桠上的两张狗皮,都是用石灰碛过,一点油渍没得,确是两张好狗皮。他说:"拔掉钦工碉堡也是我的责任,我要你狗皮干吗?"

余大杰憨厚一笑:"你看,我床上铺着两张狗皮呢,送你做人情呗!兄弟,你说说有甚主意对付王培鲁、刘太瘦、小野他们?"

吴飞祥:"打冷枪,臭狗阵,敲锣喊话已把鬼子困得半死,我还有一招更狠……"他喝了一口酒,夹一块狗肉进嘴。

余大杰急问:"兄弟,什么狠招,快说出来啊!"

吴飞祥吞下狗肉,又喝了一口酒,不紧不慢地说道:"我这狠招需要几个胆大心细的人才能做成……"

"你说你说!"

"就是把尿壶炸弹挂到碉堡外的铁丝网上,埋在他门前路上,叫他出门寸步难行,心惊肉跳!"

余大杰一拍桌子,赞道:"好主意,这事我来办。"

第二天夜里,张武生和刘四到朱家圩河边向碉堡里喊话,吴飞祥在河边放着尾绳上吊着尿壶炸弹的风筝,吸引鬼子伪军的注意力。余大杰带着几个兄弟悄悄地渡了河,与谷志豪交通站的几个人摸到钦工碉堡外面,在大路小路上埋了上百个尿壶炸弹,并把尿壶炸弹挂在碉堡门前的铁丝网门上。

到了天亮时,小野和刘太瘦发现铁丝网门上挂着尿壶炸弹,叫苦不迭,不敢出门。后来,塚上中队长将钦工碉堡被围困的情况以及五港碉堡有可能被游击队策反等问题,报告给日军驻海州司令部,司令部考虑准备撤掉钦工、五港与平安镇等五处据点。

这样,经过一年多的浴血奋战,抗日战争的形势发生了变化,敌伪由进攻转为退守,我们由防守开始转为进攻了。

第 五 部

49

钦工碉堡准备撤消的消息传到龙兴寺,众人欢欣鼓舞,李侠兵和陈冠昌商量,在日伪撤走那一天,要用伏击与追剿送他们一程。这时,项文西派人送来信说,小白脸白超带着阿菊特工队来了,他要与李侠兵进行一次对话。李侠兵感到奇怪,白超不是掉到河里死了吗,怎么又活了? 但是,他表示同意。吴飞祥和余大杰等人担心鬼子的袭击,要求他们在晚上进行对话,于是在月亮升起的时候,他们到了朱家圩运盐河边,双方开始一番对话。

李侠兵拿起竹编话筒问:"白超,你不是死了吗,怎么又活了,你是人还是鬼啊?"

小白脸阴阳一笑,下意识地抹抹水花白净的下巴。那天,他被打下水里时下巴给芦柴划了一下,留下两个虫子似的伤疤。他说:"李侠兵先生,你想打死我没那么容易,我想抓获你也不容易。这样,我们谈判怎么样?"

李侠兵刚要说话,余大杰把他拉进掩体坑里,说是你把白超引出来,我把他干掉算了,谈什么谈? 李侠兵甩开他的手,然后他对话筒喊道:"白超,你想谈什么?"

白超一听以为有门,对身边阿菊得意地说:"怎么,他害怕了。"然后,他从碉堡顶上的堞垛后伸出头来,对话筒喊道:"李兄,我们应捐弃前嫌,不要再杀来杀去了! 我知道你现在不是共产党员,在那边是做不成大官。你投降过来,我在皇军那里替你拍胸脯,包你做的官比我大,钞票大大的,姨太太一大群。怎么样,你表个态度?"

李侠兵冷笑,然后喊道:"白超,你如果不再当铁杆汉奸,戴罪立功,我们可以饶你不死,其他话就不用多说了,用枪来对话吧!"

他的话还没落音,余大杰和刘四就开了枪,接着,阿菊也命令鬼子开炮,六〇炮打过来的炮弹落在河堤上爆炸,义勇队员也不甘示弱,不断给予还击,打得碉堡顶上垛口的砖石破裂,弹头纷飞。在枪炮声中,似乎听到小白脸在狂叫:"李侠兵,现在不跟你玩了,以后我会继续追杀你的!"

后来,事实证明小白脸这句话不是吓人的,而是付诸行动的。

没过几天,李侠兵接着上级指示,要他们到邳州铁佛寺去迎接苏皖特委派来淮安党的领导人张久芳。李侠兵想这是天大的喜事,党中央派人来了,淮安地区恢复和重建了党的组织,他恢复党籍就有望了!他和陈冠昌谷志豪等人商讨后,决定由他带领张武生、刘四前往,谷志豪也想去,但一时走不开。第二天,他仍像上回一样,扮成捎客,李侠兵头戴礼帽,身穿绸衫,一付老板模样,张武生和刘四挑着八根系的担子,扮着伙计。李侠兵心急,急于早日见到上级党派来的领导人,经过一夜急行,于第二天傍晚到了邳州的铁佛寺,举目望去,落日之下的小山上一片霞光,巍峨的大雄宝殿耸立在霞光里,悟空大和尚站在山门前,柱着禅杖,长髯飘佛,向山前远眺。

李侠兵一喜,加快脚步,向前施礼道:"悟空大和尚,这一向可好啊?"

悟空转过身来,见李侠兵三人,捋着长髯笑道:"贫道昨夜梦见南边朝佛之人,道是有事求我,原来是李先生来了。李先生乃生意之人,怎会求我这身在世外的和尚呢?"

李侠兵说道:"大和尚,我这次来还是想借住宝刹,请行个方便。"

悟空:"欢迎,欢迎,请。"

他们过了圆门来到后院内，悟空请他们仍住上回住的小院里的房间。他三人进去一看，房间里有床铺，里外尚整洁，便放下行李，刘四去灶上烧茶，张武生到外面去抱柴禾。李侠兵与大和尚啦呱，叙叙别后之情。大和尚告诉李侠兵自从他们从地道里跑出去后，日伪又来搜过几次，他也被一个叫白超的家伙打过耳光，后来也就没事了。说话间，哑吧小沙弥到门口张望，见到他们很亲切，大和尚把他拉到外面，交待了什么，哑吧就匆匆走了。刘四怕出事，拿眼神向李侠兵示意，李侠兵摆手摇头，表示对和尚师徒俩可以信任，没事。

到了点灯之时，大和尚告辞。一会，忽听外面有人叫门，刘四和张武生迅速掏出盒枪，从窗口望去，原来是小沙弥带着一个人站在圆门外的月亮地里，刘四问道："什么人？"

"刘四兄弟，我是刘家湾的老刘呀。"

刘四和张武生抢着去开门，老刘进屋后李侠兵与他热情握手，并急急地说，海州地区日伪的特工队很猖獗，他们在来的路上就受到特务们的追击，哑吧在一边做手势，意思是敌人还开了枪。老刘建议，大家立即转移，他说："李队长，你快拿主意。"李侠兵点头同意，准备撤离，这时，外面枪响，只听白超喊道："李侠兵，你们被包围了，乖乖地投降吧！"

大家握枪在手，守住门和窗口。老刘主张冲出去，李侠兵摆摆手，他很冷静，他想拖时间，同时也想弄明白白超怎么会晓得他来铁佛寺的？他问道："白超，你在钦工提出与我谈判，我同意了。现在，我提出与你谈判，怎么样？"

白起心想，这回有门，李侠兵被我堵在小屋里，可能在考虑投降。白超得意，这回在皇军海州司令那里可以立功受赏了。他说："李兄，你被我堵在小屋里，想跑是跑不掉了。谈判可以，你开条件？"

李侠兵问："你先回答，你怎么晓得我来铁佛寺的？"

白超心里好笑，你要被我捉到手了，还问这种问题，他笑道：

"你有情报网,我也有呢,我相好的阿菊在淮阴开的妓院,那里就有你们活动的情报,明白吗?"他见屋里没有声音,便开始威胁要进攻了,过了一会见仍没有回答,他便命令机枪手开枪扫射。

李侠兵掀在窗下,喊道:"白超,你不当铁杆汉奸,投降过来,带罪立功,我保你不死,这话你在钦工我就说过了,我说话也是算数的,怎么样?"

白超呲牙笑了,无缘无故打个媚眼:"你把话说颠倒了,你投降过来,我保你官做得比我大,我在皇军海州司令那里是有面子的,我替你拍胸脯,这话我在钦工也说过的,怎么样?"

李侠兵与他对话完全是为了争取时间,他说:"你让我们商量商量。"他与众人商量怎么坚守待援?张武生主张冲出去,他打头阵。刘四不同意,主张守一阵子,等天完全黑定了再突围也不迟。李侠兵征求老刘的意见,老刘明白这是在尊重他,他表示听从李队长的决定。李侠兵要大家检查身上还有多少子弹,检查结果每人身上尚有十几颗子弹,老刘有两颗手榴弹。李侠兵说:"节省子弹,争取弹无虚发,天黑定后突围。"

白超见屋里没有动静,晓得李侠兵他们不会投降,便把机关枪架在圆门楼上,两边矮墙头上布满士兵,然后机枪步枪一齐向小屋里开火,准备冲进来。老刘一见月光下敌人的阵势,便手握手榴弹,待敌人进到院子里来。一会,敌人以为屋里子弹打光了,便一窝蜂地冲进来,老刘扔出了手榴弹,把敌人炸了回去。白超接受教训,不敢再命令进攻了,他躲在圆门外的墙脚跟,叫士兵们轮流射击,这样来消耗对方的子弹,可是,李侠兵他们不上他的当,敌人不上墙不进院子他们就不还击。这样,一直到了天黑,还是你来我往双方用冷枪相对。白超想,天黑定了对他们不利,而且,拖时间愈长,邳州义勇队会来拯救他们,那就糟了。他转着眼珠子,想出一条毒计用火攻,便命令两个特务各执火把在机枪的掩护下向小院里冲锋,企图点着小屋,把他们烧死。

李侠兵他们一见便一起开枪,把那两个手举火把的特务打倒在地。白超见这一招不行便又想出一招,他令特务们点着一火把,从圆门外往小院里扔,这一招果然奏效,一会儿小屋就着火了。白超得意,小白脸都笑歪了,他大喊大叫要李侠兵举手投降。李侠兵从窗口望去,见天上月亮时不时被飞云所掩,小院黑地里有火把在烧,屋顶好像被火烧着了,烟雾从窗口吹进来,他决定突围。就在这时,外面枪响,接着是机关枪手在冲锋,一片"杀啊杀啊"的喊声,老刘心里有数,这是邳州义勇队救援来了,于是,他冲出门去,向圆门外扔出手榴弹,接着,他们的一个反击就占领了小院子。从圆门望出去,邳州义勇队员们正在追击逃跑的敌人,同时,有三个人朝小院子走来,老刘上前跟他们打招呼。大家热情握手,老刘给双方作了介绍,这三人正是李侠兵他们来接的去淮安开辟党的工作的张久芳、老戴、老杨。

李侠兵问:"白超死了没有?"

张久芳说:"广场边上有几具敌人的尸体,里面有一个像头儿。"

他们来到寺外广场边上,李侠兵上前辨认,白超躺在那里,胸口与颈部中弹,血污一地。但他白净的脸上还是挺清爽的,那下巴上被上回落水时芦苇一戳一划,留下两个疤,一个像圆形的放屁虫,一个像长形的磕头虫,十分丑陋;他那会做媚眼风情的眼睛睁着,手里捏着日本造的王八盒子。李侠兵拉上他的衣裳盖住他的脸,然后对众人说:"不错,是白超,这个叛徒是我们凶恶的敌人,他死有余辜!"

这时,李侠兵与张久芳商量,这里是佛门之地,应赶快打扫战场。于是,他们收缴枪械,抬走敌特的尸体,检查下来,我们没有伤亡。李侠兵和老刘来到山沟里掩埋尸体时,从林子里走出一队人马,他们是追击逃跑的敌人回来的。走近一看,原来是孙大海和老大他们,大家相见,异常兴奋,握手拥抱,说不尽的话。原来,孙大海他们在武汉没有找到抗日的门路,便自己组成一支游击队北上黄泛区,打到淮海区,在陇海线上活动,现在与邳州义勇队一起联合打鬼子。孙大海听李侠兵说任务紧急,要连夜回龙兴寺,他和老刘商量后说:"我要带队护送你们一程。"李侠兵问他今后的打算,他说:"铁佛寺与龙兴寺所在地区的抗日武装,今后能否联合打鬼子?我们相距并不远,联合起来力量大。"

李侠兵当然表示欢迎。这时,老大急不可耐地问起俞桃花的情况,李侠兵告诉他俞桃花从武汉转到百草湖后有了很大的进步,在龟山漂女中是以孙三娘为首的五姐妹之一。现在,新四军正准备改编龟山漂女,她们很快就会走上抗日的道路。老大一听直拍大腿,一定要请他们喝酒,刘四和张武生明白老大想还情,他们在铁佛寺第一次见面时,老大搿着一把蚕子讹着他们请酒。想到这里,张武生给了老大一拳,说是他们来得太及时了,否则,他们就葬身火海了。两人一高兴,又一次拥抱。

至此,众人的紧张情绪基本消失了,完全从战斗状态中松弛下来。刚才,当敌特举着火把疯狂地向小屋冲来时,他们是作好牺牲准备的,现在,当他们与战友拥抱,感到一种暖流在涌动。瞬间,真是冰火两重天,这就是在战场上的特有的感受!

当他们打扫战场进入尾声时,悟空大和尚来了,他见战士们在把最后一具尸体抬走后,口中不断念佛:"阿弥陀佛,阿弥陀佛。"接着,李侠兵前来告辞,他对悟空大和尚再三表示谢意。悟空大和尚把他们送出山门,李侠兵与他依依惜别,在他走到大路上回头望时,只见月光下,悟空大和尚柱着禅杖站在山坡上,在目送着他们,祈祷他们一路平安,这情景跟他们上回从这里去武汉十分相像,他禁不住心里发热,一阵感动。

50

他们从邳州铁佛寺回来后,钦工、五港、平安三个敌伪据点撤了,老百姓欢欣鼓舞,赶紧拆了碉堡,朱崇山给龙兴寺抗日义勇队送来两头肥猪十担大米,以表慰问庆贺。小野和刘太瘦龟缩到时码据点,龙兴寺抗日义勇队追到时码打了一仗,接着,李侠兵派几个排长轮流去骚扰,围困。

李侠兵召开抗盟会议,请来薛书同、万培金等各路游击队领导,研究如何去围困时码碉堡和县城,消灭鬼子,赶走鬼子,建立县抗日民主政府。张久芳等同志来了不久,恢复和发展淮阴地区党的活动,一些脱党的同志恢复了党籍。谷志豪恢复党籍后,建立了五港党支部。这使李侠兵感到十分焦急,现在,连能证明他党员身份的盛海光也牺牲了,令他无奈。他向张久芳同志汇报了他的情况,张久芳表示,他的党籍问题不是他所能解决的,他需要向华中局汇报,同时张久芳说,如果他申请重新入党那倒是可以的。他很失望,陷入苦闷之中,不知如何是好,怎样才能尽快地恢复党籍?

这时,淮阴地区党组织为了防止抗日武装被敌、伪、顽分化瓦解,各个击破,决定将东安龙兴寺抗日义勇队、淮安县抗日民团、淮阴县抗日武装组建成南进支队第八十团,代号为东淮河大队。这一次合并,李侠兵被任命为淮河大队政治部主任,实际上仍然是东安龙兴寺抗日义勇队的队长。这使他深切地感到他身为党外布尔什维克组织上对他的信任,同时,他想这样下去迟早会被安排到行政部门去工作,那是他从来没有干过的工作,当然,那也是他不愿干的工作。但是,当有朋友催他重新入党时,他又一次发耿:"我本是党员,没有叛变过没有登记过,为什么要重新入党呢?"对于他如此固执与坚守,朋友们只能叹息,表示同情,有的朋友甚至发出这样的感叹:"咳,难怪有位哲人说:人的性格决定人的命运呢。"

对于恢复党籍的渴望与对于婚姻的重新安排,这两件事带给他的痛苦常常使他惆怅、失意与徘徊。只是由于环境恶劣,鬼子扫荡的压力,或是在谋划围困鬼子碉堡的季节里,事务繁忙,生活节奏紧张,他才能把这种苦恼忘却,或深藏心间。但是,在他饮酒之后,或在家里或与至友独处时有时还是会流露出来的。昨天,柳寄明从百草湖螃蟹港来信,请他去帮助收编龟山漂女的土匪武装,他再一次想到萦绕在心间的那两件事。那种平时不愿让人瞧见的痛苦立即想倾吐出来。其实,现在作为百草湖特别党委书记的柳寄明,在信中并没有涉及他恢复党籍和婚姻之事,只是谈了请他去的缘由。她写道:请你来除了个人关系之外,主要是你与孙三娘有过交往,李嬷妈是宋英英的救命恩人,鉴于此,由你去开辟龟山是再适合不过了。当然,现在驻扎在西塘的方霞客她也请了,因为方霞客与汪金凤是众所周知的情人关系,而且,他现在是新四军某团的政工处主任,这对汪金凤的影响力也是显而易见的。因此,她想把李、方二位同志加朋友的力量组合起来,一举端掉龟山土匪老巢,把误入歧途的漂女们解放出来,成立一支妇女游击队,隶属于新四军或东淮河大队。她希望他来螃蟹港住几天,帮助她把这件收编大事做成。

李侠兵收到信后第二天,化装成商人赶到螃蟹港。在他到达螃蟹港小学时,西天晚霞满天,飞鸟归林,李侠兵心里欢喜,这是个好兆头。从灶间出来的老王头见是李侠兵,说:"李先生,柳校长去农场了,一会就来,你先坐。"

老王头搬出一条凳子,递杯茶来,然后回厨房去了。李侠兵喝着茶,他想应该把休妻之事详细地跟柳寄明说一说,上回没能细说,同时也向她诉一诉心中之苦。

十年前,他大学毕业又入了党,双喜临门,想在上海闯荡,轰轰烈烈干一番事业。当时青春年少,朝气蓬勃,书生意气,挥斥方遒,粪土万户侯。盛海光、方霞客等友人常说:"我们这帮人把脑袋别在裤腰带上干革命,也不知哪一天把脑袋丢了。因此,要赶紧结婚留种。"

"你们真是这么想的?"李侠兵问。

一向放浪不羁,有着浪漫情怀的方霞客说:"侠兵兄,你不知道啊,盛兄儿子都有了。"

盛海光问道:"你还不一样!嫂夫人肚子大了吧?"

方霞客笑道:"家母还要我再找个中意的女子,另取一个做外室呢。"

盛海光:"你听听,这家伙想像刘半农一样,红袖添香,过诗人生活呢。告诉你,你要参加CP,结婚可要经过组织审查的啊。"

李侠兵在听了这段对话后,觉得参加了共产党就是把命交出去了,为革命理想,确实应该把脑袋"别在裤腰带上"干,随时准备牺牲。结婚生子就是为牺牲做的一种准备。说来也巧,就在他与朋友们这回谈话后不久,他妈为他订下宣氏这门亲,让吴道人与李守田到上海把他叫回龙兴村,办了婚礼。

原来,他想得简单,结婚是为了生儿育女,而生儿育女是为革命牺牲做准备。现在,他思想起了变化,在血腥风雨残酷斗争的生涯中,他更需要志同道合的女性相伴,为革命共同去拼命。这些是宣氏无论如何也做不到的,因此,他为休与不休宣氏而痛苦,在这过程中,方霞客再一次起到助推作用:"你把宣氏休了,免得双方痛苦,长痛不如短痛。休掉宣氏后,你可在柳寄明、汪金凤等人中挑一个……"休掉宣氏他一直没有公开,发出休书后几乎没有人知道,上回柳寄明来龙兴村时他跟她说起过,柳寄明没有让他说下去,她说革命工作忙,无暇顾及个人问题。他有数了,她这是在推辞,她在等他。现在,他想把休掉宣氏之事公开化,登报申明,先制造些舆论,让父母有些思想准备。于是,在一次与吴道人喝酒时假装喝醉了,吐了真言:"就是因为我是宣家的姑爷,日伪不断找宣家的麻烦,现在,我宣布我休掉宣氏,让她家跟龙兴寺抗日义勇队脱离干系。干爹,你说这样好吗?"

吴道人什么也不说,第二天就把这消息通给李守田和李嬷妈,这事在村里立刻引起轩然大波……

今天,李侠兵在想怎么向柳寄明讲明这件事,这时柳寄明来了。她笑道:"没想到你来得这么快啊!"

李侠兵说:"你叫我来,我敢迟疑吗?"柳寄明告诉他方霞客也被她请来了,他带来卫队正在农场院里喂马呢。他不知来,说是过一会来学校吃饭。李侠兵问:"汪金凤来了没有?"

"没有。不过,我都作了安排。"柳寄明见厨房的烟囱仍在冒烟,估计吃饭还有一会儿,便提议道:"我们走一走好吗?"

李侠兵点点头,两人来到河边的小路上。柳荫浓郁,河边阴暗,不远处传来虫鸣和鱼在水里跳跃的声响。月亮从湖面上升起,照得校园亮汪汪,月光从柳枝间隙里撒下来,撒在小路上,撒在他俩的肩上。他俩不说话,默默地走着。他俩为什么不说话呢?他们在月下散步,立刻都回忆起在上海黄浦江边的岁月。那时,柳寄明常到浦东船厂教工人夜校,做党的群众工作,李侠兵也常常陪她过江,陪她走过空旷的江边船坞;那时,他们经常谈到未来,也谈到为革命准备牺牲的情怀……在上海黄浦江边,他们共同度过的艰难的日子里,是他俩永生难忘的革命生涯。回忆过去比述说过去更动人心魄,因此,他俩谁也不说话,一直默默地走着。

在回到操场篮球架旁时,李侠兵想说休妻之事,但说出口的话又变了:"寄明同志,你说说收编龟山漂女的具体方案吧?"

柳寄明没有立即回答,在咀嚼"同志"两字的含意。然后她说:"关于收编的事还是等方兄来一道谈吧,现在,我想跟你谈谈你的党籍问题,当然,也想听听你与宣氏关系的打算。"

李侠兵想世界上对他这个揪心的事最为关切的恐怕只有柳寄明了,他激动地说:"我们一个问题一个问题谈好不好。先谈第一个问题;恢复党籍问题,据说无人证明的情况下需要中央有关领导批准,这就等于说近几年我是恢复不了党员身份的。这对我影响是显而易见的,几个县的抗日游击队最近合并成东淮河大队,在干部任命上已经表露出来了……"

柳寄明打断他:"好些朋友都劝你重新入党,我也这样劝过你,你就是耿着不干，我也想不通。"

"我是党员现在又重新入党，将来整党时说得清吗？"

"有什么说不清的，我看你是怕吃亏是不是？"柳寄明瞟他一眼，说道："这次东淮河大队任命你助手为副团长，把你队里的排长提升为营长，而你……咳，我们都替你惋惜哪！"她见李侠兵默不作声，又问了一句："如果你同意重新入党的话，我和方霞客都愿意做你的入党介绍人，怎么样？"

过了一会，李侠兵握住柳寄明的手说："谢谢，我还是坚持我的原则。"

柳寄明挣脱被他紧握的手，不高兴地说："你这人真拗！"她见李侠兵难受的样子，接着又说："最近苏北工委曾山同志路过我这里，我把你的情况给她作了汇报，希望她去延安时，能向中央组织部门反映。"

李侠兵赶紧问："曾山同志可是井岗山上的老同志，原则性极强，她怎么说？"

柳寄明："她只是说知道了。她说她曾在过运盐河的时侯，受到你们龙兴寺抗日义勇队的护送呢。"

"嗨，可惜我们不认识曾山啊。"

这时，他俩已走回至篮球架下，柳寄明不说话只是朝他笑。李侠兵立即明白了，他该谈第二个问题了。他干咳了一声问："你要我说真话还是说假话？"

柳寄明眸子一闪，温和地说："李大哥，你何时说过假话啊。"

李侠兵想，这次来就是想把这件事向她彻底交待明白，现在机会终于来了。他倚在篮球架下，点着烟说，他早就把休书寄给宣氏，可以说休妻几年了。由于宣氏长期住在娘家侍候病母，这样两人没有多少接触，当然，也没有发生矛盾，甚至两人连吵架脸红都没发生过。那么，为啥要休掉她呢？这得从结婚说起。当时，在国民党对共产党进行四·一二大屠杀以后，国民党政权继续实行白色恐怖,我在上海必须随时作好牺牲的准备。因此……

柳寄明脸上掠过笑意,轻轻地插话说:"李大哥,你想休妻仅仅是因为传统婚姻的关系,有没有别的原因吗,比方说,受当时潮流的影响,尤其是在上海受西方自由恋爱的影响?"

李侠兵想了想,郑重地回答道:"没有,或者说受到影响不大。我现在仍然在抗日第一线,天天有生命危险,同时,敌、伪、顽三股势力常常去干扰宣家,由头就是拿我说事,宣家虽是大地主,但被他们这样地敲诈欺压也是吃不消的。因此,我休妻跟照顾宣家也有点关系。"

柳寄明对这很理解,她家就是因她在外面闹革命受到牵连,家里没办法,只得说她在上海死了。现在,她父亲把她安排在离家百里外的百草湖农场也有这个意思。她说:"你说的这个因素我一听就明白。不过,你打算休妻不会没有别的原因吧,比方说,嗯……我听传闻说曾有人在追你……"

"这个吗,这个吗,"李侠兵开始嘴里讷讷,笑道:"除了你,谁会追求我呢? 你在刑场上的宣言我一直记着呢。寄明,你没忘吧?"

柳寄明直视着他,坦然地说:"前两年我有个男友叫张玉民,正巧你的化名与他的名字相同,刑场上我一时无法,就说我怀了孩子,你是我的丈夫。"接着,她有些自嘲和感慨:"谁能想到我在刑场的救命之举,后来竟成汪金凤和方霞客他们嘴里的红色经典呢。关于这个,你我都想在向前推进呢,是吧?"

天空瓦蓝,满天星辰在闪烁,最亮的是分布在银河两岸的牛郎座与织女座。李侠兵望望天,望望她,喃喃地:"红色经典,是啊是啊,我们都在推……"

这时,柳寄明见柳林深处烟头火光一闪一闪,传来咕咕哝哝的说话声,她想是方霞客来了,便说:"这事等会再谈,我们回去吧。"他俩回到屋里,抬出饭桌放在月亮地里,老王端上一面盆螃蟹。

这时,方霞客到了。李侠兵奔过来与他拥抱,方霞客笑道:"你来正好,我要好好谈谈你们俩的红色经典。"

接着,他又分咐两个卫兵去圩外站岗放哨。

柳寄明给他们斟酒,说:"这里站什么岗,我在这里建立了支部,螃蟹港镇上敌伪的一举一动我早知道。现在镇上没有鬼子,只有几个税务局的汉奸。"

方霞客喜欢嬉闹,说:"寄明,谁要你汇报工作啊?你别打岔。你俩啥时结婚,不要让红色经典成了传说噢!"

柳寄明把酒杯塞到他手里,说道:"我们要谈工作,你要谈婚姻,你还是政工部主任呢,我看你的浪漫气息只配当诗人。"

方霞客呷着酒说:"不管你怎么说,我也要撮合你俩赶快结婚。啊,是不是这里面还有障碍,需要李兄一纸休妻书登报? 现在,我现身说法。几个月前,我在上海的夫人一定要我在报上发表申明,申明与前妻脱离夫妻关系。可是,那一纸休书一点作用也没有,前妻现在仍住在我在丹徒乡下的家里,老母亲也希望她留下来陪伴她,我也只好同意了,当然她能嫁人更合我的心意。喂,李兄,我在报上登的申明书你要不要参考一下?"

李侠兵举杯说:"方兄,你现在会闹了。"他跟他碰杯。

方霞客挡住他的杯子,追问道:"李兄,你要明确告诉我,你俩何时喜结连理,实现红色经典?"

李侠兵与柳寄明对视一下,双方搭成默契。李侠兵说:"看来这事得暂时保密。现在,我们谈收编龟山漂女吧?"

柳寄明心里想,她与李侠兵的婚恋之事必须向前推进了,否则,跟朋友们也不好交待。她说:"现在言归正传,谈收编龟山漂女武装的事……"

方霞客放下手中的大闸蟹,认真地说:"寄明妹,侠兵兄,你俩什么意思,我刚才谈的不是正传? 关于收编龟山漂女武装,李兄是胸有成竹的。他是游击队长,又熟读《孙子兵法》,对《水浒传》里宋江吴用的一套战法滚瓜烂熟,他的主意还要讨论吗? 可是,我作为你们的老大哥,你俩的事却叫我伤透了脑筋,需要讨论明白。"

柳寄明给他斟酒,含笑说:"我们本无事,需要讨论什么呀?"

方霞客与他二人碰杯,然后望着柳树梢头上的月亮,吟道:"纤云弄巧,飞星传恨,银汉迢迢暗度。金风玉露一相逢,便胜却、人间无数。"接着,他把柳寄明拉到一边问:"寄明,我们都是老战友了。你老实告诉我,你要不要实现龙华刑场上的誓言,演绎红色婚姻经典?"

"那时是我一时应急呀,这,这……现在,抗日工作又这么忙,这么紧张……"

方霞客摇摇手叫她不要说了,他回到桌边说道:"你俩结合对革命有利,可以更好地互相帮助,在抗日战争中建功立业!"

柳寄明苦笑道:"看来我们这些人干什么都是为了革命,连恋爱婚姻也是与革命不能分离了。"

方霞客严肃起来,一本正经地说:"对,寄明说得对,革命者的婚姻必须与革命捆绑在一起,不革命者和旁观者必须让路!"他对李侠兵说道:"李兄,我的意思你明白吗?"

李侠兵与他碰杯,并按他坐下,说:"明白,我感谢你的好意。不过喝了这杯酒,我们可以谈收编龟山漂女武装的事吧? 来,干!"

方霞客醉了,倒在椅子里,嘴里在嘟嘟囔囔:"……金风玉露一相逢,更胜却、人间无数……明天开诗歌会,侠兵兄!"

柳寄明和李侠兵两人谈了收编龟山漂女武装的具体方案,等待方霞客醒来。到了半夜,方霞客醒来了,直喊对不起,然后三人将收编龟山漂女武装的方案定下来。接着,方霞客拖着他俩谈结婚事,直到他俩都表示待收编了龟山漂女再谈此事,并将结果告知他,他这才放他们过门。

在送走方霞客后,李侠兵想找个地方与柳寄明谈婚姻问题。他觉得在这荒草萋萋的湖水边,望着水里映着天上的银河,那两岸的夫妻之星,虽然充满了诗意,但不是味儿。他便拉柳寄明来到篮球场上,体育是现代文明的象征,他要在现代文明里谈他们的婚姻。

柳寄明站在篮球架下,嫣然一笑,问:"李兄,饭前你说要推动我们'红色经典'向前发展,现在可以继续了?"

李侠兵说:"是啊,有方兄在是谈不成的,他尽会闹。你我在上海汪家确认'红色经典'后,至今进展不大,有些障碍啊!"

柳寄明说:"要扫除那些那些障碍需要时间,目前也只能保持恋爱的状态。"

李侠兵晓得,他不解决党籍问题是叫柳寄明为难。他想,要么请出方兄,在批准党员与党外革命者结婚,上级是当事人的朋友,而对当事人又很了解,批准结婚也是有先例的。他把这层意思说了,柳寄明直摇头。她说,你不要看方霞客挺浪漫,敌人追捕时他会在楼顶上吟诗,刚才讨论收编,他会喝醉睡上一觉,但是,在原则问题上他不会让步,打马虎。她深情地说:"不信,你就试试。"

李侠兵听后十分感动,他对他们的婚姻有信心,便说:"那我们在龟山收编后再谈吧。"他晓得柳寄明对他的党籍是很介意的。

为了准备去龟山参加收编,李侠兵连夜回家。他回到家时已是第二天上午,李守田和孙子去了宣家。李嬷妈想这是个好机会,跟儿子要好好谈谈他的婚事,她捧着水烟袋,吹着纸眉,点燃水烟袋里的烟丝,抽起烟来。李侠兵在喝着粥,吃着鸡蛋饼卷韭菜,见妈妈抽烟,心想老妈必定有重要的话要跟他说。他望着老妈凝重的脸色,心想老妈也许跟他谈休宣氏的事,也好,这件事应该跟老妈说清楚。

这时,李嬷妈问:"儿呀,这鸡蛋饼卷韭菜好吃吆?"

"好吃。"

李嬷妈吹掉烟灰,又捻上一窝烟丝,点燃,吸了两口说:"儿呀,豆沫粥摊鸡蛋饼你媳妇做得最地道,你不会忘了吧?她在娘家一年多了吧,你不去把她带回来?"

李侠兵没有立即回答,朝堂屋里望望,问道:"妈,爸爸和小二子呢?"

"去宣集了。"李嬷妈说,接着,她解释道:"你放心,没有公公带儿媳妇的道理,是小二子想娘了,你爸送他去看看。"

"啊,"李侠兵在想怎么跟妈说这件事,怎么能尽量减少对她的刺激。

"儿呀,村里人风言风语的,多难听。你怎么想的,不去把媳妇带回来?"

"有甚难听的,你让他们说去!"

李嬷妈心怀惴惴,小心地问:"那些爱嚼舌头根的,说你把宣氏休了呢,我不信有这回事呢?"

李侠兵冷着脸,回答说:"那是迟早的事。妈,这不关你的事,你不要瞎操这份心。"

老太太如闻响雷,十分愤慨,瞪眼道:"什么,不关我的事?我巴望你们生一桌子的孙子孙女,现在只有一个孙子一个孙女,怎么,你还想让李家单传哪……我不管你跟哪个,你要给我再生几个孙子,懂吗!"

李侠兵听到这里,不但不生气反而笑了,他说:"妈,我现在打日本鬼子要紧,要把小鬼子赶出中国去。我哪有工夫生儿育女啊,你想让我窝在家里没出息呀!"

李嬷妈吹着纸眉火,点烟:"我不懂你那些道理,你赶快给我多生几个孙子!"

李侠兵掏出烟,给他妈一支,点燃,然后笑笑说:"老娘,你把油坊豆腐坊管好,不要多管我的事。我的事说给你听,你也听不懂,就像你攒钱买地一样,我也弄不懂。"

提到买地,老太太得意了:"我又买了三亩地,不贵的,十块大洋一亩。"

李侠兵:"我劝你不要买地,我要把家里的地献出去的。"

老太太板起脸，非常严峻："你敢献地，我死给你看！"

李侠兵觉得应该赶快离开，不然，母亲肯定要吵架。母亲娘家并不富有，充其量也只是个自耕农，她嫁到李家不知为何起五更睡半夜地苦，已买了五十多亩地，家里现有土地一百二十多亩了，但老母亲不满足，她铆足劲要成为龙兴村的首富。因此，儿子提出献地比他提出休妻更令她心疼。李侠兵晓得母亲对宣氏是比较满意的，宣氏的娘家是宣集的望族，拥有几百亩的土地，宣氏嫁到李家是高就低的下嫁，陪嫁的嫁妆和金银首饰足够买上十多亩地的。而且，宣氏也争气，婚后一连生了四个孩子，虽然不幸夭折了两个，但是，大女儿素素和小儿子小二子都很长进。宣氏为了在李家取得地位，把陪嫁来的丫头也退了，她亲自拐磨下厨，她的行动和努力都获得李嬷妈的认可和赞许。现在，由于他多年来对宣氏的疏远和冷落，宣氏内心痛苦，以服侍家母为名长期居住在宣集的娘家。

李侠兵想让老妈独自想想他说的话，便去了队部。傍晚时分，李守田从宣集回来，老婆子跟他诉说了儿子要休妻和献地，他立刻反对献地，宣氏也不能休！李守田从来不愿管家务事，遇事把老婆子推在前头，这回他想不管不行了，如果不跟儿子谈一谈，听之任之，那会遭到吴道人一帮人的耻笑。他坐在牲口棚前，心情烦躁，望着西山太阳渐渐落到水泊芦荡的后面，暮霭渐渐拉开大幕笼罩住村野，李家大院也是一片灰暗了。磨盘底下飞出几只花脚蚊子，"嗡嗡"地叫着，与牲口棚里的狗蝇汇合，向大叫驴大举进攻，又叮又咬，叮咬得大叫驴直趵蹄子。李守田看不下去了，先是用草把拍打，再点燃艾蒿来烟熏。院子里烟雾腾腾，在灶间烧饭的李嬷妈被烟呛得咳嗽起来，骂老头子没事找事。李守田不理她，给牲口槽里添了草料，又给大叫驴一桶清水后，他又坐下来想心思，他为想不出如何跟儿子谈话而干着急。他想起中午在宣家吃饭的时候，亲家母常常有意无意地问起侠兵的情况，为侠兵动枪动炮担心。其实，李守田也听得出她在担心女儿的婚姻……想到这里，李守田觉得为了面子，为了做父亲的尊严，豁出去要跟儿子谈一谈，给亲家母一个交侍。

李守田"呼呼"地抽烟，在等儿子回来。

李侠兵从龙兴寺队部回家，一边走一边在想刚才接到柳寄明的来信。柳寄明在信中告诉他，方霞客按照三人商量的收编方案已与汪金凤作了接触，确定以新四军伤员疗养名义进驻黄天秀的酒楼，然后伺机抓捕洞仙和她的反对收编的骨干分子，再与他们谈收编问题。现在，希望他尽快前去螃蟹港小学会合。李侠兵想明天就去螃蟹港。在走到家门口时他又想起老母亲关于他休妻的事，他想再一次告知老母亲，休妻是铁板上钉钉子的事，休书早就发出去了，最近准备登报。

院子里，夜来香花像众星捧月一样簇拥着一株高高耸立的麦秸花，在幽暗的院子里散发着浓郁的香气。一只大狸猫从花园里走出来，站在石头酱台上张望。饭桌放在酱台边，李守田坐在桌旁，见儿子回来了，便去拿酒，端菜。李嬷妈端出一瓦盆热气腾腾的棒彩干饭，并说："你爸早等你回来喝酒呢。"

李侠兵见桌上的菜里有平常不见的咸鱼咸肉，虾米烧冬瓜干，说："嘀，有这么许多好菜呀！"

李嬷妈解下腰间的粗布围裙，掸掸身上的灰尘，坐下来喝一口烧酒说："藏了七八年的香雪，你爸今天怎的舍得拿出来了。"她指着碟子里的菜肴："这咸鱼咸肉，还有这虾米、冬瓜干都是你丈母娘带给你吃的，来，尝尝。"

李侠兵没动筷子夹菜，一个劲地在喝酒。他见父亲几次张嘴要说话，然后又把话咽回肚子里去了。老父亲脸颊泛着红晕，顺眉低眼，似乎有点害羞，胆怯，只是埋头喝酒来掩饰。老妈见了，十分生气，她便去酱台上盛饭。李嬷妈走路一阵风，脚步咚咚咚，弄得饭盆锅铲子哆哆响，她这是在催促老头子赶快说话。

儿子不吃宣集带来的菜，老婆子又在一边"七哩嘚啷"地催促，李守田心里有数，他终于抬起头来与儿子碰碰杯，说："你丈母娘重病缠身，但还担心你动枪动炮的……"

　　"我感谢她老人家。"李侠兵说："我这个抗日队长给她家带来不少麻烦，鬼子、二黄常到她家敲诈勒索，都打着查找我的名义啊。"

　　李守田见李嬷妈在瞅着他，便赶紧说："你要休妻的事也传到宣集了，你丈母娘……"

　　李嬷妈见老头子说话吞吞吐吐的，忍不下去了，她说道："儿呀，你可不能休掉宣氏啊，她没犯什么错，为我们李家生了孙子。宣氏来的时候，宣家的陪嫁足够买十亩地的呀！"

　　李侠兵听了他们说的话，他要严肃认真地跟父母谈一次话。他放下酒杯，问："你们说完了吧？"然后，他冷下脸说："爸爸，妈妈，儿子不孝，儿子不能按照你们的意思办理。我要休掉宣氏，不仅是我追求婚姻自由，寻找革命的伴侣的必要。同时，也是使宣家不再受到我抗日的牵连，现在我已是全县抗日义勇队的队长，东淮河大队的政治部主任，宣集的抗日武装也在我的领导之下，这以后一有风吹草动，鬼子、二黄便更会找宣家算账了。所以，我要把一纸休书登报，这样宣家也可从此脱离干系了！"

　　李嬷妈神色凝重，把酒盅重重一放："不管怎么说，我是不赞成的！"

　　李守田赶紧跟上："你妈的意见就是我的意见，你不可休妻啊！"

　　李侠兵给二老斟上酒，然后他先自一杯倒进喉咙，说道："爸爸，妈妈，我说了你们不要跳，我不仅要休妻还要把家里的地献出一些……"

　　李嬷妈："什么，什么？"她开始头晕。

　　"我希望我家不要成为地主，红军曾在井冈山搞土改斗地主，

431

你们没听说吧？我可知道。"李侠兵看看二老又惊异又震惊的神情说："我们家有吃有穿就行了，要那么多地干什么，真想将来当地主呀！现在抗日义勇队缺衣少粮，急需要钱财供给，我要献地来解决义勇队的一部份供应问题。"

李守田问："你怎么献法？"

"淮海地区还没有献地的先例，我想拿出二十亩地交给龙兴寺道士种，种出的粮食给我们义勇队……"

李嬷妈一听天昏地转，眼睛向上翻，身子"咚"地一声向后倒去。幸亏椅子靠在酱台上她没有倒栽葱，又被李守田一把扶住。李守田吼道："侠兵，你这是做甚？你害你妈呀！"

李侠兵也过来扶住椅子，李守田就要掐老婆子人中。

老婆子一骨碌坐起，喊道："我就那么不经死呀，不献地我不会死！"

但是，第二天李侠兵还是把龙潜沟东的河滩地献出去了，并和龙兴寺签了契约。他请妇联桂花和侯青莲来照顾老妈，做妈的思想工作，他则带着余大杰去了百草湖螃蟹港。

献地成了事实，李嬷妈大闹了几天，吴道人被她骂得躲起来。她觉得好像是小中风了，但她强健的身体战胜了一切，她又照样开油坊，做豆腐，卖鸡蛋攒钱。不过，从此往后，李嬷妈不再买地，她把钱藏在夹墙里，防止儿子来偷。一句话，李嬷妈在为老李家发财致富，仍然起早贪黑地干得欢。

李侠兵到了螃蟹港小学，老王头说柳校长关照他，镇上最近来了鬼子，我们活动要尽量避开敌人的耳目，大家到湖边的桃园集中，李侠兵晓得柳寄明有搞地下工作经验，现在也在搞狡兔三窟了。他在老王头指点下，沿着柳树林过了小桥，再穿过一片杂树林便见到一个桃园。桃树约有三百来株，紧邻百草湖荡，在石头码头处有一幢低矮的茅草屋。走近时见到石码头边的芦苇丛里停着一只舢舨划子。他在草屋拐角遇到岗哨，卫兵说："方主任跟柳校长

432

在屋里哩。"

他进了草屋，见柳寄明方霞客等人围着桌子在看地图，便问道："你们在研究什么？"

柳寄明抬起头："你来了。"

方霞客说："根据确实情报，鬼子要打通运盐河、百草湖到长江的交通线，他们可能要占领螃蟹港与龟山，我们必须研究对策，与他们针锋相对。"他又说，"你来了，让他们在这里研究，我们另找地方吧。"

柳寄明带他俩出了小屋，上了小船。然后，柳寄明掌舵，叫他俩划桨，到了百米外的一座小岛。原来，在这不起眼的长满芦苇的小岛深处也有一间小草屋。进了小草屋，柳寄明叫他俩在白木凳上坐着，她开始用吊在梁上的铜壶烧开水。

方霞客问："俗话说狡兔三窟，你到底有多少藏身之地啊？"

柳寄明提来水，把铜壶吊在铁钩子上，再把铁钩子吊在绳扣里，然后点着火说："这里是我哥给我弄的，桃园里的小草屋是原有的。侠兵兄曾藏身在上海浦东小火车上，我现在在船民中发展了一批党员，我想在湖上最好的藏身之处不在这草屋里，应是在船民之中。"

李侠兵把她的话作了进一步的发挥："古人云：大隐隐于市，中隐隐于郊，小隐隐于野。我看我们搞地下党工作，进行抗日游击战争，最好是隐蔽在老百姓中间，隐蔽在地下党员家里。"

方霞客十分欣赏他这段话，赞道："李兄，你这几句话可以作为游击战搞隐蔽的路线图。"接着，他又想起老问题，关心地问："李兄，你的党籍恢复了没有？"

"正在恢复。"

柳寄明感慨道："方兄，我们在上海搞地下党工作，三人曾多次协作，比如：我去浦东船厂给工人夜校讲课，进行发展党团工作，李大哥一直在保护我；后来，我们在龙华坐牢时，党在营救过程中方兄你做了许多艰苦的工作,我们互相是比较了解的。但是,我们三人在党组织的关系上隶属不同,又不在一个支部,因此,弄得现在你我不能证明李大哥的党员身份,真是让人感到无奈。"

方霞客说:"我们要尽力设法解除李兄的痛苦。前些天,我偶然碰到淮海区委的季一昂同志,向他汇报了李兄的情况,季一昂同志很关心他的事。"

铜壶里的水在响,柳寄明用扇子在煽火,说:"你这位诗人一向浪漫,现在也求实了,对战友有一颗滚烫的心,真是可喜可贺啊……"

柳寄明是轻易不表扬人的,方霞客听了她如此说心里舒服极了,便想到淮海区领导人季一昂要他动员李侠兵重新入党的事。那天,方霞客听柳寄明说淮阴地方武装整合成南进支队第八十团,李侠兵因党籍问题没有被任命为政委,连副支队长也不是,他找季一昂为李侠兵鸣不平,同时也反映了李侠兵在上海进行革命活动的情况。季一昂同志听了他的汇报说,像李侠兵这样一级的干部,要恢复党籍一般要经过中央组织部或中央领导审批,既然如此难办,还不如重新入党好呢。现在,我党如此急迫需要领导干部,你动员他办重新入党手续吧。他想起季一昂那时的脸色,为不能任命李侠兵为南进支队政委而惋惜。他想,要介绍李侠兵入党需对他作更深入的了解,我们两人虽是至友,但大家对未来只谈共产主义理想,至于个人将来想怎么发展,从未涉及过,他很想就此进行交谈一番。方霞客说:"柳寄明,既然你这样夸我,我们索性谈谈理想。敢问二位战友,等打败了鬼子,将来革命胜利了,你们想干什么?"

柳寄明回答得快:"我学的是师范,我将来想当名教师,做孩子王。"

方霞客:"好,教师职业好。李兄,你呢?"

李侠兵笑着反问道:"你先说,让我参考参考。"

方霞客点他一指头，笑道："李兄是政治家，狡黠！我说就我说，将来革命胜利了，我想做个行吟诗人。五四运动提出'打倒孔家店'，至今收效甚微，我想为反对旧礼教提倡新文化做点贡献，鄙人志向不大也！"

李侠兵说："方兄的抱负十分宏伟，怎么说不大呢。刚才方兄提到'孔家店'，这使我想起孔子说过的话。孔子说'道之以政，齐之以刑，民免而无耻。道之以德，齐之以礼，有礼且格。'他在这里强调道德、礼制教育的重要性，同时也谈到行政和法制对老百姓的作用。二位想从事教育和文化工作，这道德方面的教化就交给二位了。我这个人胸无大志，想将来做点乡里县里行政工作，用法制来管理国家，现在，我国太缺少法制了，地方军阀，各路诸侯都是秃子打伞——无法无天！"

方霞客赞道："李兄这个想法好！中国封建统治几千年，一直是秃子打伞！"

柳寄明想了想说："不过，将来的工作可能由党分配，党要叫你干本专业—— 建筑行业，怎么办？"

李侠兵笑了，他是爱他所学的专业的，说："那也不错。你们搞教育文化造就一个个人材，我造房子建桥梁为城乡树立几个地标！"

听了李侠兵的一席话，方霞客久久望着他清瘦黝黑的脸，这是一张忠诚的脸，他的心是红的，是我党的骨干人材。方霞客又望望柳寄明，她也是一位干才，为党默默工作的女中豪杰，他为有这两位战友而倍感欣慰。

铜壶里的水烧开了，柳寄明给他们倒开水，然后说："方诗人，李大哥，我们的未来梦做完了，该回到现实中来了吧？你们二位刚才都提到孔夫子，我在这里也引用一句孔夫子的话：'君子周而不比，小人比而不周。'我想，方兄收编龟山漂女的方案，一定是利用洞仙那伙土匪'小人比而不周'，他们的内部矛盾吧？"

李侠兵见方霞客笑嘻嘻的,催促他说:"我们现在不要你的浪漫,要你拿出实实在在的方案了?"

方霞客也严肃起来,拿出一张地图说:"我想以养伤为名,带一队人马到龟山进驻黄天秀的酒楼,把渡口控制住。然后跟洞仙谈判,要她交出武装和地盘。我们给她的条件是:把她安排到上海或者杭州去,她可以带走她的保镖和她的金银财宝。但是,她必须保证不带鬼子汉奸来龟山捣乱。"

李侠兵点头:"我看这个方案不错,寄明,你觉得呢?"

柳寄明闪着明亮的眼睛说:"我也认为这个方案很好。现在,我们可以讨论细节,细节很重要,有些细节往往是成败的关键呢。"

李侠兵想得更具体了,他说:"我补充三点:一、寄明先找汪金凤、孙三娘、宋英英三人谈收编方案,进行沟通,然后我们进驻。二、要用武装控制住渡口和酒楼,酒楼只许人进不许人出。三、对洞仙的骨干分子要实行诱捕或者秘密逮捕,然后再找洞仙谈判,要她滚蛋。"

柳寄明想她已找过汪、孙、宋三人交谈过,但谈得不够细,这回要谈得十分细致才行。她说:"我先去找汪、孙、宋三人沟通,没问题。那么,控制渡口,酒楼要多少人?"

李侠兵:"人不宜多,人多了容易暴露我们的目标,当然,人少也不行,控制不住。我带七、八个人去,方兄带一个排去。要把一部分人安排在外面山里,不要进入酒楼和渡口。"

方霞客:"李兄说的第三条也很重要,怎么诱捕到时我要与汪金凤好好商量。"

柳寄明:"好,那我下午去龟山,明天回来。"

柳寄明当天晚上去龟山,第二天回农场桃园草屋。李、方二人在下棋等她,一见她来连忙推开棋盘,说:"你回来了,快说说情况?"

柳寄明坐下来说:"昨晚半夜我到了龟山渡口酒楼,与汪、宋、孙三人讨论收编办法。结论是:先搞政变,然后收编。政变由她们自己搞,我们做后盾。具体办法是:汪金凤坐镇渡口酒楼做总指挥,诱捕龟山可能反对收编的人,忠于洞仙的骨干份子。宋英英带人控制船只,渡口要道,防止土匪逃窜。孙三娘带着巡山队收缴土匪武装,软禁洞仙等人。"

方霞客:"这样,我带一个排,一半是伤员,力量足够了。"

李侠兵:"情报说,洞仙与百草湖枪船团团长黎民虎相通,黎民虎已投降日本人,他可能来救洞仙。而黎民虎的驻地鱼村就在龟山对面,两者仅一水之隔,我们要严加防范。"

方霞客指着手绘的地图说:"好,我在野猪山安排人监视黎民虎的行动就是了,黎民虎的船用钢板罩头,俗称钢板划子,非常厉害。你这一提醒,我们要加强防备,同时,我们的行动要保密,行动要快,干净利落。"

柳寄明:"汪金凤提出收编后让她独立一段时间,以便让龟山的人选择是参加新四军还是游击队,或者另谋出路。我答应她这个要求,但我强调她们独立时间不能长,最多十天半个月,暂编在龙兴寺抗日义勇队里。"

李侠兵问:"她什么态度?"

"汪金凤没表态,孙三娘赞成到龙兴寺,她说她对龙兴村印象非常好。"

"咦,这就奇怪了。那回我妈想做好事,说合她嫁给余大杰,大婚当晚,孙三娘的情人程秀成来了,弄得大家很尴尬……"

"此一时彼一时嘛,听说老医生在研制一种什么害人药,把程秀成作试验品结果把他给害惨了。"

"怪不得孙三娘要造反了,可是,她过去一向忠于洞仙的噢。"

他们对汪、宋、孙三人态度分析之后,决定立即开始行动。方霞客调动部队和运来伤员。柳寄明在哥哥的帮助下,集中五条船在桃园码头待命。李侠兵派余大杰骑马回龙兴寺带一个排和一挺

机枪来。天一黑,他们就从桃园水码头登船出发,不到半夜他们就
到了龟山渡口。汪金凤悄悄地把他们接进酒楼,里里外外布了岗
哨,方霞客又在酒楼对面的野猪山布置了一个班兵力,以防黎民虎
来救洞仙。

51

汪金凤把众人引进酒店厢房里,在外面放了岗,然后请大家坐
下,笑道:"想不到我们几个书生会从武,又在这种场合会面。过
去,我常想与方兄牵马于河岸湖滨,吟诵……"

方霞客立刻接上,吟道:"芦花一片白茫茫,清晨露水结成霜。
心上人儿他在哪,人儿正在水那方。逆着曲水去找他,绕来绕去道
儿长。逆着直道去找他,像是四边不着水中央。……"

汪金凤听得有味,说:"你这是译文,吟《蒹葭》最好是原文。"

柳寄明有些急了,她穿着学生装,兜里揣着勃郎宁手枪,十分
干练。这时听他俩在谈诗,着急地说道:"金风,你快说怎么进行?
等我们办完事,开个诗歌会来庆祝。"

方霞客笑道:"解决洞仙的武装,有我们这几个人来办,还不是
小菜一碟。汪司令,你就开始吧!"

汪金凤今天也没换装,还是富家小姐打扮,长脚蓝竹布裤,右
襟杭绸衫,只是脑门上留海梳得高了,金鱼眼睁得更大更亮了,一
副光彩照人的样子。她对宋英英说:"英英姐,你带人去请老医生
来,就说我得了急病!"

"好!"宋英英走出酒楼,到后门外向对岸射了一箭,一会儿,对
岸岛上划过来一只小船,她和黄天秀登船去了。

这样,他们在酒楼里设伏,把洞仙的骨干分子老医生、大疤胖、
刀疤脸、郑大鼻子等人,一个一个捕获,然后五花大绑,嘴里塞上毛
巾,关在柴房里。在诱捕过程中也有两个土匪嗅出味道不对,进行
反抗,被安排在他们中间的马正经当场击毙。接着,孙三娘带着程

秀成和马正经,指挥巡山队开始搜索匪巢,缴了土匪们的枪械。因为这里的男人大多数被老医生下过药,变得没有雄性的刚强,一副弱不禁风的样子,在孙三娘的漂女们面前往往不堪一击,总共不到两个时辰便解决了战斗。而在这时,洞仙在干什么呢?在孙三娘安排下,正在方丈里听潘大莲讲荤段子哩。正在洞仙听得高兴时,突然一个漂女冲进来,用枪指着她喝道:"不准动,跟我走!"

洞仙歪在竹榻上,呲着金牙笑道:"开什么玩笑!"说着就伸手到枕头下去摸枪,她晓得在龟山是没人敢开这样的玩笑的,她心想出事了。

就在这时,另一个漂女跳上木榻踩住她的手背,"咯啦"一声,她腕上的玛瑙玉镯被踩断了。那漂女从枕下缴了她白朗宁手枪,喝道:"走,到水火厅去!"

洞仙仰着茄子脸,瞪着水泡眼,叫道:"孙三娘在哪?快来救我!"她见门外站着程秀成和马正经,喊道:"小马,你也反了?你要有良心呀,你从时码王培鲁那里来投靠我,我可对你不薄啊!"

马正经用枪一指,一本正经地说道:"走吧,当家的,孙三娘在水火厅等你老人家啦。"

洞仙眨着眼睛,她一切都明白了,乖乖地跟着漂女们走出方丈小院。

水火厅里,大吊灯全部点亮,灯火辉煌。汪金凤坐在太师椅上,宋英英与孙三娘持枪站在左右。大厅里外都站了岗哨,墙边站着一排穿灰色军装的士兵。洞仙走进来,见人们的眼睛都聚焦在她身上,先自有些胆怯,问道:"你,你们,我待你们不薄,你们想怎么着?孙三娘、宋英英、潘大莲,俞桃花,你们得有良心啊!"

汪金凤厉声道:"洞仙当家的,话不用多说了,你聚众为匪,反对抗日,罪不容诛!但考虑到你待漂女们不薄,特给你出路。现在,请新四军代表宣布收编龟山漂女游击队的命令,请方霞客代表、李侠兵代表上台。"

439

方霞客站到台上,宣布道:"从现在起,新四军北上支队收编龟山武装,愿意参加新四军的人我们欢迎,不愿参加新四军的人我们发给回家路费。"

在一阵掌声之后,李侠兵讲话,他说:"我们要找龟山人员一个个谈话,然后做出处理。现在,洞仙跟我来!"

就在这时,后山传来一片枪声,双方都动用了机枪,打得激烈。洞仙"扑通"一屁股坐下来,扭着臃肿的身子呲着金牙笑道:"我为甚要跟你去?你听,我兄弟黎民虎来救我了!"

李侠兵对余大杰、刘四等人下令:"押她走!"洞仙在他们挟持下被拖着进入审讯室,李侠兵开始与她谈话。可是,洞仙理也不理,她心想你们要占我的地盘,做梦!

外面的枪声是哪来的呢?原来,关在草房里的大疤胖见身边有把铡刀,便把绑在他腕上的绳子割断,跑到野猪山去给黎民虎打火把发信号,黎民虎见了求救信号便令钢板划子队过河来。他们过了大河,沿着野猪山山崖下前进,狙击队伍的子弹打过去,因为划子上装有钢板,子弹穿不透,划子照样前进,一时阻止不住。

枪船团到山脚下,黎民虎把大疤胖拉上划子,问清了情况,便划着钢板划子直奔方丈小院后门而来,企图救洞仙出去。守在后门外的几个战士见划子队来攻,一齐射击,但阻止不了钢板划子向水码头冲来。这时,李侠兵带着一个班战士来增援,他喊道:"到高处来!"原来,柳寄明和孙三娘、宋英英在山腰处准备了一堆木柴和一桶柴油,就是用来对付钢板划子的。李侠兵在马正经的带领下,和夏羡贤、程秀成他们爬上山来,找到木柴和柴油,便用木柴蘸满柴油然后点着火,从山腰间扔下去。

月光照着水面,划子在水里映出黑糊糊的影子,他们对着黑影子投掷火把,这一招很管用,只听下面鬼哭狼嚎,一会儿,敌人便撤退了。而作为急先锋的大疤胖已上了水码头,见船退走,便举起双手投降。

李侠兵又来到审讯室与洞仙谈话,给她交待了给出路的政策。但是,洞仙不开口,水泡眼溜溜地转,她心存幻想,在等待黎民虎来救。这时,宋英英压着大疤胖进来,大疤胖喘气地说:"当家的,黎大爷也败了。"

　　宋英英说:"当家的,你可以拿着你的全部金银财宝走,我们请黄老板送你去上海,这样待你不薄吧?"

　　李侠兵也在说服她:"洞仙,你到了上海就不会想龟山了,那里可是花花世界唷。"

　　洞仙是个烧烂的鸭子——身烂嘴硬,她瞪着水泡眼,恶狠狠地说:"我到了上海开妓院,把这里漂女都弄去当野雉,哼!"

　　余结巴一听,脸巴上的胡子往上翘,怒睁爆花眼,吼道:"我毙了你,老东西!"

　　洞仙伸长脖子:"你来,你来,老娘我不走了!"她一屁股坐在地上,又哭又闹。

　　李侠兵气得头顶冒烟,下令道:"把她抬出去!"

　　余结巴、刘四得令,把洞仙抬了出去。

　　这时,柳寄明对众人说:"反正天也亮了,我们就不要休息了,开个庆祝会吧,庆祝龟山收编胜利。"

　　李侠兵露出笑容:"那就请方兄朗诵诗歌,咦,方霞客呢?"

　　在打退黎民虎和收拾洞仙之后,方霞客见胜局已定,便约汪金凤去巡山。在他们沿龟山脚下走了一遭之后,没有发现敌情,方霞客想收编漂女的事由李兄与柳妹去处理,他便与汪金凤两人在湖边沙滩上散步,准备就恋爱问题与汪金凤深入地交谈。红日从湖里升起,绿色的芦苇和金色的沙滩在晨曦中闪闪发光,鸥凫在岸边的水里浮游,方霞客牵着白马与汪金凤并肩而行,在沙滩上留下长长的身影。

　　汪金凤问:"我请柳寄明转给你的信都收到了吧?"

　　方霞客笑道:"我到皖南以后没收到过你的信,到了百草湖收到你几封信。想不到你会到这里来？"

汪金凤："我想救国，回故乡来组织女子游击队抗日。在与宋英英通信中发现，漂女是女性中的勇敢分子，与我的脾气相投。我以会友的身份来到龟山，与宋英英、孙三娘密谋策划，又把黄天秀争取过来，想待机夺权，赶走洞仙。后来，这事又得到柳姐、李大哥和你的支持，真是太好了！"

方霞客想，他应该把他近来婚姻情况告诉她，皱了一会眉头，他说："有一件事我得告诉你，我休了乡下妻子，从皖南回上海搞兵运工作时，又娶了一个妻子。"

汪金凤先是愣了一下，接着说："这对我这个精神恋爱者来说未必是打击。我对你的恋情是在精神层面上的，精英爱精英，淑女爱俊杰，你是我心中的白马王子，仅此而已。对了，你休妻后为甚再娶，是不是怕人家说共产党共产共妻啊？"

方霞客连忙否认："不是不是，共产共妻是国民党对我们的污蔑！国民党员可以有三妻四妾，我们共产党员就是不能搞，一夫一妻制是我们共产党人的伦理理念。我休妻后再娶与国民党的抹黑共产党的这种宣传没有关系。"

汪金凤抿嘴一笑："看你解释这么多，我不愿结婚，更不会当别人的二房的。柳姐也这么说过，在这方面我与共产党员的柳姐是一致的。"

"那，那以后你尽管给我写信，信里尽情发挥你精神之恋，我也尽情享受这种高尚。"他俩来到柳树林，方霞客把马拴在柳树上："不过，我们现在可不可以拥抱一下呢？"

"不可以。"汪金凤下意识地退后一步，抱着胸依在古柳树上说："精神恋爱就是在男女之间不愿有肢体上的接触，更不用说贴心贴肺的拥抱了！"

方霞客俊朗的脸上有些尴尬，赶紧转弯，他想精神恋不好玩，再玩下去会滑边，我大小是个干部，不能在这方面犯纪律。他也后退一步,笑道:"那么,我们可以谈工作了,你打算在收编后怎么办?"

汪金凤:"我想在李大哥的领导下与柳姐联手,在龟山和螃蟹港一带发展武装,希望你能支持。"方霞客告诉她,这没问题,他可为龟山做两件事,一是调一个排驻龟山,协助她整编,训练队伍,二是要打掉或者赶走大河对面黎民虎枪船团,使龟山与螃蟹港之间通行无阻,把这里作为新四军的一个后方基地。汪金凤听到这里,连连称赞:"好,好极了,你们的医院就设在龟山,我保证他们的安全。"她想了一想说:"我想收编漂女后,我们的队伍叫'百草湖女子抗日游击队',对外叫'湖妖'或者叫'魔女',我就是汪司令了,哈哈。"

方霞客抓住她的手:"我批准了,汪司令,听起来比我官大,比你顶头上司李大哥官也大! 乱了,乱了。"

汪金凤被他捏着手,感到浑身如通电一般,脸也涨红了,她赶紧抽回手说:"在这乱世,越乱越好。"

这时,孙三娘跑来喊道:"你们快去,柳姐通知大家去水火厅开庆祝会呢!"

汪金凤向孙三娘挥挥手,然后对方霞客说:"啊,你在这里给我朗诵《蒹葭》,然后我们再去吧!"方霞客望着芦苇荡,朗诵起《蒹葭》来,声音是那么柔美。

朗诵完诗,他俩来到水火厅。这里正热闹着,有男女在对唱"淮海调",李侠兵、柳寄明招呼他俩过来看演出。一会,忽听外面枪响,众人一惊,这时孙三娘从后山下来,把盒子枪插进皮套里,说:"大疤胖逃跑,被我击毙了。"

柳寄明叫敲锣打鼓的人歇一歇,她走上台说:"现在,请汪司令讲话,大家欢迎!"

汪金凤还是穿那身杭绸衣裤,只是学了柳寄明在腰间束一根皮带,身挎盒子枪,显出英姿飒爽,朝气蓬勃。她说:"在李侠兵队长、方霞客主任和地方党负责人柳姐的领导下,指挥下,我们一举捣毁洞仙的土匪统治,实现参加抗日救国的梦想。从今以后,我们是龙兴寺抗日义勇队的一员,对外番号是百草湖女子抗日游击队,或者叫'湖妖'或者叫'魔女'都可以,我们要打得鬼子喊爹叫娘,听到'湖妖'、'魔女'来了就吓掉了魂!你们说好不好啊?"

众人:"好,好,好!"

柳寄明说:"孙三娘,你来说两句。"

孙三娘捧着酒碗,她很兴奋,说:"湖妖,魔女,好听!比漂女好听!我们抗日打鬼子了,今后就没人敢瞧不起我们了,漂女翻身了!"

汪金凤捧起酒碗:"孙三娘讲得好!今天大碗喝酒,大块吃肉,明天开始整编,讲课,练兵。"

众人捧起酒碗,汪金凤举起酒碗,向方霞客、李侠兵、柳寄明等人招呼,大家一饮而尽。随着翻碗底,龟山历史从此翻开了新的一页。

52

大清早,李侠兵来到柳林练了一会拳脚,便坐下来阅读《孙子兵法》。自从组建龙兴寺抗日义勇队以来,他把《三国演义》、《水浒传》和《孙子兵法》几本书经常带在身边。他读了这些书很有体会,觉得在搞统战方面《三国演义》给了他许多启迪,在打游击战方面《水浒传》里有不少战例可以参考,在战略战术方面《孙子兵法》是最全面的教课书。这三本书对刚踏进战争门坎的书生来说是很好的指导老师。他儿时常常听到有人告诫说:"少不看三国,老不看西游。"这类的训诫,宋铭儒老先生也时常挂在嘴上,现在想来,他们说的完全是迂腐之言。日本鬼子打到家门口了,不看"三国"你怎么会打仗呢?

昨晚,他们讨论了如何改编龟山这支队伍,讨论开始时,大家的意见比较一致,后来出现了分歧。在讨论这支队伍的名称和干部任命时,大家都赞成这支队伍为"百草湖女子抗日游击队",由汪金凤任队长,对外称"司令",由孙三娘任副队长,对外称"副司令",宋英英任参谋。这支 36 人的漂女队伍分成三个小队,小队长分别由潘大莲、俞桃花、黄天秀担任。接着,在准备讨论其他事项时,新四军的赵连长提出由方霞客出任政委的议案,遭到包括汪金凤在内的漂女们的反对,弄得大家很难看,最后还是汪金凤出来带弯子说:"大男人在女子游击队里搞政治工作不方便,我请柳姐来任政治部主任吧。"这样,才把会议开下去。在讨论改造这支队伍时,李侠兵提出要慢慢来,漂女们只要坚持抗日就行,其他方面的改造教育要因人而异,有的放矢,缓慢进行。赵连长则不同意,他说:"这些漂女大多作风不正,都是有了情人被家里放逐出来的,也有的自作主张逃出来的,如不及时加以改造,她们一旦加入新四军会对部队起到腐蚀作用。"他的话遭到宋英英、孙三娘、潘大莲等人的剧烈反对。汪金凤先是一惊,她望了望五大三粗的赵连长,说这位山东大汉是在开玩笑,大家别当真。柳寄明态度直率,她说对赵连长的观点不敢苟同,漂女是封建婚姻的受害者,她们走出家里是勇敢者的行为,易卜生《玩偶之家》里的娜拉出走之后怎么办? 这个问题长期以来在困扰着社会工作者。这里的漂女们聚集山林在寻找出路不能不说是一种选择。现在,她们终于等到了时机,驱逐了洞仙这个土匪婆子,选择走抗战之路,我们应以宽大的胸怀来欢迎她们。

柳寄明这席话获得一片掌声,方霞客说他听了也如醍醐灌顶,茅塞顿开。他感到在他们的队伍里不可能没有封建思想的残余。他立刻作了检讨,然后又活跃起来,说:"我们可以讨论攻打黎民虎了吧? 他们与我们仅一河之隔,对我们的安全威胁太大了。李兄,你整天《孙子兵法》不离手,你先拿出消灭黎民虎枪船团的方案来!"

李侠兵表示同意,然后,他给大家介绍了黎民虎在百草湖强收渔税,无恶不作的情况,接着,他说:"黎民虎枪船团号称二百人,其实是乌合之众,能打仗的不足一百人。他们之所以能在湖里横行霸道,主要是他们有船六十多只,其中钢板划子三十只。所谓钢板划子就是船头竖着钢板,枪打不透,水战他们确实有战斗力。黎民虎占领的鱼村这块地方是个半岛,因此,我们要避免水战,绕到北面去搞突然袭击。我们从北面打进去。"

方霞客问:"北面,那里有碉堡有壕沟一类防御工事吗?"

孙三娘说:"那里我熟,什么也没有,只有一个几户人家的鲍村,土匪有一个排的人驻在鲍村里。过了鲍村约有一里路就是鱼村了,那里有几十户人家,是黎匪的老巢。"

方霞客:"那好办,我请赵连长把他的连队拉过来。"

李侠兵:"那足够了,我调一个排来。这样,肯定能一举捣毁黎匪的老巢。"

柳寄明提醒道:"黎匪已投靠日本人,我们要打力求全歼,避开水上作战,否则,他们会逃到日本人那里去的。"

方霞客在地图上作些标记,这时,抬起头来说:"根据李兄从北面突袭的方略,我想这样攻打,你们看如何?"大家围过来看地图,他继续说:"从两翼包抄,中间突破。在消灭前面鲍村里的土匪后,全力进攻鱼村,如果他们从水上逃跑,我们也就胜利了。"

柳寄明想了想说:"我们得到情报,小野、王培鲁、刘太瘦现在鱼村,正在讨论如何收编黎匪枪船团,因此,最好能全歼,尽量不让他们逃去投降日本人。"

这时,汪金凤说:"李、方二位灭黎方案很好。不过,这一仗直接受益者是我们百草湖女子抗日游击队,因此,我们能袖手旁观吗?"她看了看孙三娘、宋英英一群姐妹们,说道:"我们也要参加战斗。"

方霞客听了,有点吃惊道:"金凤同志,不,汪司令,这可是正规的战斗啊?"

汪金凤笑了,她说:"是啊,你们有你们的战斗方式,我们龟山漂女有龟山漂女的战斗方式。龟山漂女虽然没搞过正规战斗,但是,搞美女战,偷袭战还是不少的,否则怎能打家劫舍呢?我想在打响之前,我们组织一些漂女到鱼村去诈降,谎称从新四军里逃出来投奔他们的。这样,待你们一打响,我们就来个里应外合,如何?"

柳寄明第一个赞同:"这太妙了!"

众人一致赞同李、方二人的方案,对于汪金凤的诈降之举李侠兵觉得不够完美,但也一时找不到反对的理由。这时,方霞客看表,已过午夜一时,他说道:"明天白天做二件事,一是对百草湖女子抗日游击队进行军训,二是派人去侦察黎民虎的枪船团。赵连长,你回去调连队来,明天夜里十点灭黎行动开始。"

天亮后,李侠兵去湖边找汪金凤商量对漂女军训的事。这时,忽然从柳林东边的沙滩上传来跑步声。原来,赵连长已把他的连队带来,进行了部署,这时,他又来到漂女的驻地,带着漂女们在操练,余大杰、刘四、张武生等人也夹在其中。

"一二一,一二一。"

"跑步,立正,稍息!"

赵连长想搞速成,在一天内把列队、射击、拼刺刀都想教一遍。

现在,他把三十几个漂女带到沙滩上来,就想分小队进行军训。这些天,余大杰表现特别活跃,自报奋勇教女子抗日游击队员上操、拼刺刀,以及如何开展麻雀战。现在,余大杰在教孙三娘几个人。他说:"你教过我们射击,现在我教你拼刺刀,好,一还一,谁也不欠谁的了。"他与刘四对刺,一边刺一边讲解。余大杰与孙三娘见面,开始有些尴尬,后来柳寄明做些工作,孙三娘又向他道了歉,在龙兴寺婚变之事也就过去了。余大杰想显显本事,对漂女们讲解特别认真。

这时,赵连长走过来看了一会说:"你的刺法是小鬼子的一套,敞开胸膛蹬着马步,往往刀尖向上刺,这种刺法因为小鬼子人矮,又穿着皮靴动作不灵活,我们中国人高,穿布鞋,动作灵活,因此,要侧着身体移动脚步刺杀,刀尖往往向下。你们看,这样,这样,要领是侧身移步,忽上忽下,忽右忽左!"赵连长说完就走了。

孙三娘笑道:"不好意思,余大哥是个外行。"

余大杰跟刘四丢了面子,尴尬了好一阵子。然后,余大杰红着脸说:"拼刺刀是要人命的事,赵连长是老八路我们要照他的动作来练。"

刘四说:"赵连长是山东侉子,他对漂女有看法是一回事,但是,他拼刺刀的方法又是一回事,我们要好好学。"

这时李侠兵走过来,问道:"汪金凤队长呢?"

"在那边树下。"

李侠兵想到灭黎行动的一些细节。他想,女子抗日游击队几个人去诈降后,特别要控制住码头,让黎民虎的钢板划子不能发挥作用。另外,她们要善于与黎民虎周旋,拖时间等待鲍村枪响。他在柳树下找到汪金凤,把他的想法告诉她,汪金凤全盘接受,觉得李侠兵想得细致。在汪金凤的眼里,方霞客是诗人,李侠兵是领导。所以,她对李侠兵关照的话特别在心。在上海8·13抗击日寇的战斗中,李侠兵的军事智慧令她佩服,关连长的胜利可以说完全得益于李侠兵的支援,因此,她相信李侠兵的作战经验。

当天晚上,汪金凤宋英英带领龟山二十余人乘船来到鱼村,黎民虎把她们接入寨子。问道:"你们为何来此?"

汪金凤说:"我们龟山已被新四军占领,当家的下落不明,我们想借宝地暂住两天,望黎团长安置?"

一个大胡子土匪笑道:"你们来了就不要走了。你们漂女想男人,我们这里光棍多,两下一合不是正好吗,哈哈哈……"他做了个下流动作,引得土匪们笑得前仰后合。

俞桃花不堪其辱,朝天开了一枪,喝道:"你再胡说八道就不客气了!"

众土匪也拔出枪:"你想干什么?一个女流之辈!"

双方持枪对峙,气氛骤然紧张。汪金凤与宋英英要大家后退,要求黎民虎来。

黎民虎在厢房里陪小野、王培鲁、刘太瘦喝酒。因为黎民虎已投降了日本人,他们便开始谈控制百草湖水域。这时,听到隔壁吵闹,黎民虎推门进来,喝令大胡子:"副团长,叫他们滚!"在土匪们走出大厅后,黎民虎对汪金凤笑道:"请勿见怪,这里都是粗人。你们要在这里暂住,可以,我跟龟山当家的是把兄弟,他死后洞仙与我们枪船团关系也不错。现在龟山落到'五爷'手里,我要请王培鲁兄弟帮忙,再把龟山夺回来还给你们,怎么样?"

汪金凤笑道:"那当然好,那当然好。"

黎民虎:"替你们夺回龟山,汪队长,那可是有条件的啊?"

"什么条件?"

"你们龟山要隶属于我。"

"你隶属于谁?"

"我隶属于塚上中队。"

汪金凤装出欣然的表情:"好,你有靠山我龟山就是你的属下,黎大哥,你以后可要照顾我们啊?"

黎民虎得意:"没问题。"他向外面喊道:"来人,把龟山的人安排在大草房里。"

汪金凤和宋英英拱手谢了。她们来到大草房,这里内外都堆着小山一般的芦苇垛,是理想的阻击地。再看码头离此不过二百来米,钢板划子和船只在星月下闪闪发亮,汪金凤走近码头,想对码头上去探看一番,但被哨兵阻止了。

宋英英说:"关照大家休息,不准脱衣裳,随时准备战斗。"

汪金凤看了表说:"来时与李兄说好他们从北面进攻,孙三娘带龙兴寺的队伍打中路,现在不知怎样了?"

这时,隐蔽在树林里的孙三娘跟余大杰在一起。她看了一下表说:"还有二十分钟发起进攻,余排长,等一会让我开第一枪撂倒门楼上的岗哨怎么样?"

余大杰觉得三娘还是挺喜欢他,并没忘记他们在李家结婚的那段姻缘。这时,他说:"你让我先开枪,检验你徒弟的枪法是否进步了,好不好呀?"

孙三娘担心他的枪法不准,说:"我们一起开枪,务必首开得胜。"

这时,李侠兵走过来,说:"我们打得要猛,动作要快,吸引住敌人。方霞客赵连长他们从两边抱抄,希望不受阻拦,迅速到达前面的鱼庄。"

孙三娘拉住李侠兵,想问些情况。原来,昨晚在选派哪些人去鱼村时,她怕光是漂女去鱼村会被土匪欺侮,便提意安排几个男人同去。她的意见得到李侠兵和陈冠昌的支持,可是,在挑选人员时,男人们的态度很不一样,生性刚强爽快的程秀成是自告奋勇要去的,夏羡贤就不同了,不仅人生得柔弱,脾气也绵柔,一副娘娘腔的样子,他并不情愿去,后来在宋英英的动员下他才勉强报了名。现在,他们进了鱼村没有,情况怎么样了,三娘很担心,她问道:"李队长,汪队长她们到了鱼村没有?"

李侠兵笑道:"与程秀成一分开就担心了不是? 据马正经传来情报说,他们被黎民虎安排在靠码头的大草房里。"

孙三娘还要跟李侠兵说话,余大杰急了,他想让李侠兵早点离开这这里,以便开战,他说:"李,李队长,请你回到后面指挥所去。"

李侠兵下了草沟,低下身子走了。余大杰见李队长到了安全地点,便转身和孙三娘同时开枪,把村口门楼上的那个哨兵干掉了。

战斗如预先设计的一样,只花一个小时,他们便占领了鱼庄,黎民虎带着残兵败将逃掉了。龟山漂女从大草房里射击,企图拦住他们,但是,由于有鬼子的机枪开道,她们没能拦住匪徒,匪徒们窜到码头,上了钢板划子逃离了鱼村,游击队的子弹打在钢板上发出"当当"的响声,黎民虎的残部迅速消失在黑暗的夜里。

令人意想不到的是在湖边担任警戒的程秀成和夏羡贤,见黎民虎等人从水上逃跑,便擅自带领一个小队追击,到一个小岛处被黎民虎和刘太瘦杀个回马枪,程秀成当场落水阵亡,夏羡贤被俘。后来,孙三娘在百草湖划船寻找程秀成的遗体,没能找到,便在龟山的南坡为程秀成做个衣冠塚,她在坟前守了三天三夜,尽了孝义。夏羡贤被俘以后,受不了塚上的酷刑和小野的诱骗,他叛变当了汉奸,专做诱降漂女队的特务活动。他还受塚上的指派去动员宋铭儒出任伪县长,被宋先生骂得狗血喷头,逐出门外。因此,宋英英一心想除掉他。当然,这些都是后话。

天亮时,方霞客、李侠兵、柳寄明与汪金凤带领新四军、抗日义勇队和女子游击队,在鱼村码头会师,互相通报了情况。黎匪被击毙十五人,被俘七十八人。大家都很兴奋,方霞客见李侠兵、汪金凤背着盒子枪,雄姿英发,精神抖擞,说:"有人说我们书生不会打仗,我们三个书生这不是打了一个漂亮仗嘛!"

李侠兵说:"将在谋,兵在勇,谁能具备这两个条件都能取胜。不过……"

汪金凤问:"李大哥,不过什么,是不是我们漂女打得不狠,没有活捉黎民虎?"

"不是。"李侠兵说:"我是担心他们逃到时码碉堡,会对龙兴寺实施报复,我们要作准备。"

方霞客:"我给你一个加强排,加强对时码、县城等处碉堡进行防备。"

"不用,你的伤员在龟山也要防备敌人来袭啊。"

说着,他们就要分手,方霞客立刻回龟山去了,汪金凤也要走。这时,李侠兵想汪金凤是心理学家,应请她一道去龙兴寺去做孙三娘和宋英英的思想工作。孙三娘在龟山守坟三天,终于被宋英英劝下山。现在,众人见孙三娘情绪失控,整天嚷着要报仇,柳寄明安排她暂时离开龟山,找个休养的地方。宋英英说她要弄清夏羡贤在时码的情况,她要去龙兴寺,柳寄明请她带孙三娘一道去,这样,孙三娘便被宋英英拽到龙兴寺了。宋英英说,如果夏羡贤活着,她要设法救他出来,如果夏羡贤投降了鬼子,那就杀了他。李侠兵见一个伤心至极,一个报仇心切,他为她俩这种情绪担心,因此,他想请汪金凤去,把孙、宋二人的思想情绪疏导疏导。汪金凤说:"做思想工作我哪里有你李大哥的能耐啊,孙、宋二人要报仇也不是坏事嘛,李大哥,你就慢慢做她们的工作吧。对不起,我把这边安排好明天回龟山了。"

李侠兵平时很少开玩笑,这时说:"你想跟方兄在一起,是吗?"

汪金凤嫣然一笑,心想你真不知道情况有变,现在,我当了漂女游击队司令,那精神恋爱的心理游戏不能再玩了,我要向柳姐学习,要有一张严肃的面孔。她眨着金鱼眼睛说:"不能驳李大哥的面子,你邀我去龙兴寺,我们走吧。"

到了龙兴寺,李侠兵安排汪金凤与孙三娘、宋英英二人住在一屋。汪金凤见孙三娘心急火燎,急于复仇,情绪很不稳定,她想从心理学上讲,孙三娘现在已不是"本我"、"自我"状态,而是"超我"状态,十分兴奋和极想自我完善,她想的是复仇,需要的是发泄。她的心像是悬在天上,随时会坠落到地上摔个粉碎;她的情绪像高山瀑布,不怕万丈深渊,一头会扎下去。在这种情况下,她需要人陪伴,需要安抚。开始,需要顺着她的情和意,让她得到发泄,绝不可阻挡。于是,她陪她一道去后湖荡打猎,一道去碉堡外骂汉奸鬼子,然后,她把孙三娘交给余大杰,并关照余大杰带着孙三娘不断去偷袭鬼子,但不准谈情说爱,因为三娘现在不适宜谈这些,只有用打鬼子汉奸才能转移她的注意力,减轻心理上的压力,等她情绪恢复了你再去追求她,那必定成功。结巴听她如此说,头点得像鸡啄米似的,她说一句他点一次头。汪金凤觉得结巴老实,很好玩,她把孙三娘交给他很放心。宋英英的工作比较好做,主要叫她勿急,现在重要的是搞清夏某人的情况。搞他的情况可以请人去碉堡外喊话叫夏某人回话,或者通过内线去摸清,待现在的情况搞清了再决定怎么办。不可鲁莽行事。她做了孙、宋二人的思想工作后,见孙、宋二人情绪比较稳定了,便给李侠兵作了汇报,然后准备回龟山。李侠兵劝她夜里偷偷地回五港去看望她爹,她说她家人还不知她现在龟山抗日,以为她现在还在上海读书呢。同时,她认为现在不让家里人知道的好,将来会给爹一个极大的惊喜。

李侠兵觉得汪金凤的浪漫无处不在,就让她带着几个漂女游击队员回龟山去了。

53

汪金凤回到龟山,进行防御工事修建,盖了不少宿舍,把司令部从关帝庙搬出来。

汪金凤在视察工地或营房时总是拉着方霞客,于是,在柳林、沙滩和山间的小径上,无论晨昏早晚,人们经常见到他俩的身影。汪金凤想,在她与方霞客分离的日子里,她给他的信件要请柳寄明转交,现在,天赐良机,他们可以相处一段时间了,这里湖光山影的自然环境比喧嚣的上海更有诗意,富有童话般的色彩。她想跟他探讨一些悬于心中已久的问题,不再与他玩心理游戏了。她最感兴趣的问题是两个,一是对一个革命者来说加入共产党为什么那么重要?她对李侠兵迫切要回到共产党怀抱感到不解。二是男女恋爱婚姻心理层面上的问题。这个问题她与方霞客曾讨论过多次,那时是带有心理游戏性质的,现在想认真地深入地讨论这个问题。

傍晚,西天霞光满天,他们俩披着霞光从山径往湖边沙滩走来。看着霞光、湖水、沙滩,汪金凤精神焕发,说:"方兄,我想请教你两个问题,一个是严肃的问题,一个是不严肃的问题。"

方霞客笑道:"严肃问题是什么,不严肃的问题是什么? 汪金凤小姐,队长,司令同志。哎呀,你现在的头衔这么多,再也不是同文学院单纯而天真的那个女生了!"

汪金凤感慨起来:"是啊,我也变得复杂了,在上海曾梦想当个司令,现在真的成了什么女子抗日游击队司令。哎呀,人生真奇妙啊!"接着她说:"我的严肃的问题是:对一个革命者来说加入共产党为什么那么重要? 我这是从李侠兵身上感受到的,他脱离党之后像丢了魂似的,强烈地想回到党的怀抱,为什么? 二、不那么严肃的问题是关于婚姻问题,男女自由恋爱其实并不自由,这是为什么?"

方霞客想,汪金凤能思考这两个问题,是她追求进步走向成熟的标志。他说:"你这两个问题都是应该严肃对待的问题,我懂得不多。不过,我们可以讨论。"他白净的脸上泛红,掀一掀军帽,眨着眼睛思索着,认真地说:"第一个问题,我的看法是一个人的力量是有限的,而且,往往是没有方向,目标也是不明确的。而政党它是把千万人组织起来,目标明确,他们手牵着手,需要时攥成一个拳头打出去。因此,政党就有强大的力量,中国共产党就是这样的政党,在抗日救国战争中的表现你都看到了。"

"照你这么说,李侠兵极力想回到党的怀抱是想从党组织那里汲取力量,在抗战中建立功勋。"

"你的理解基本是正确的。不过,从人生追求、未来理想的层面上说,人生理想的追求比从党组织那里获得指示和力量更为重要,因为那是一个人的信仰和信念问题。"

汪金凤这时才感到方霞客的高深,他不仅是会写诗的诗人,而且是政治家,对人生哲学有着深刻的领悟。她盯着他宽大的额头看了一会,说:"那么,你说说李侠兵这个人……"

方霞客朗朗地笑了:"你是心理学家,又学过弗洛伊德,我想听听你对李兄的评价？"

"我的评价不一定准。在我眼里，李大哥为人朴实，坚守，忠诚。"

"请稍加解释？"

"朴实就不解释了吧，他至今还穿着布鞋呢。忠诚是一看就能明白的品质，我们在李大哥的身上看到他对党对信仰的忠诚表现。李大哥在龙华监狱受到警察一次次的严刑拷打，坐老虎凳，灌辣椒水，折腾得死去活来，他也没有叛变，也没有承认自己是共产党员。在刑场上，敌人以死相逼他也没有写过悔过书，他以不承认、不登记、不自首的三不行动，表现出一个共产党员对党的忠诚，对共产主义信仰的忠贞，对未来革命胜利的信心。在这里，可以看出他心中藏着的另一个品质：持之以恒的坚守。"

方霞客感到吃惊，她竟能说出这么有深度的话来。方霞客脸上放光，眼睛发亮，赞道："你不愧是大学生，有水准，这番话不是一般人能说出来的。"接着，他又补充说："不过，我觉得一个人的坚守品性往往会在性格方面表现出耿直，宁断不弯的那种状态。你说是不是啊？"

汪金凤受到他的赞赏，心里很舒坦。她想方兄是喜欢表现自己的人，应让他表现才好，笑道："方兄，你也变得狡滑了是不是，你心里想的东西要不要我给你说出来呀？"

"那倒不是，或者不完全是。"方霞客这时想在汪金凤面前显摆显摆，他不仅是喜读古诗、爱作新诗的诗人，同时，他也是懂得心理学的爱琢磨人的新四军干部。他说："脾气耿直是惹人争议的性格，有人喜欢有人不喜欢。其实，一个性格耿直的人他心中必然藏有不可侵犯的价值观，一旦他的价值观的核心受到侵犯，他会作出宁折不弯的耿直的反应。这在古人往往表现为舍生取义。"

汪金凤跳了起来，随手折了一根柳枝，叫道："哎呀，好一个核心价值观，好一个不可侵犯的价值观，经你这么一剖析我算是读懂了李大哥了。"她摇着柳枝给他打个媚眼,快乐极了。"我们从李大哥对党的忠诚态度谈到他的耿直性格。现在,你可以谈第二个问题了,谈他对婚姻以及他与柳姐的关系了吧?"

方霞客嘴边挂着含蓄的笑,他觉得这个问题他一时说不准,便说道:"这个问题应该由你先发表看法,你跟柳寄明是同学,她的闺房话会对你说的。"

汪金凤一闪金鱼眼,啐道:"你这家伙真狡猾,总是找到理由叫我先说。"接着,她说道:"我说就我说,柳姐跟我说她不愿做小。现在国民党官员有三妻四妾,共产党员也有人家有妻室,在外有同居者,那同居者其实就是小老婆,柳姐说她对这种现象深恶痛绝,坚决反对。我赞同柳姐的观点,不过,我是精神恋者,与做不做小无关。"

方霞客对汪金凤承认自己是精神恋者不感吃惊,他晓得汪金凤是以此为荣的,说得严重一点她觉得精神恋好玩。她虽申明现在不玩精神恋了,但到真正不玩恐怕需要时间。当然,她并不玩弄男性,她只想在心理学方面作些探索。汪金凤是正派的,他尊重她,想到这里,他说:"汪司令,我们的话题太重了,来点轻松的吧,我背一首古诗,放松一下好不好?然后我们再讨论婚恋话题。"

"好呀,你朗诵什么诗呢?"

"我朗诵一首《诗经》里的卫风'竹竿'诗今译:竹竿长长细又尖,钓鱼常在淇水边。难道能够不想你?路远想你也枉然。"

汪金凤听出他言外之意,说她不把他放在心上。她皱起蛾眉一想,说道:"方兄,你吟卫风,我诵一首郑风,也是古诗今译:你要是心上把我爱,你就卷起裤管淌过溱水来。要是你的心肠改,不怕没有别人来?你这个小子呀,傻瓜里头数你个儿大!"

方霞客晓得她在回敬他,而且很有味道,他摇一摇头,俊朗的眼睛笑出鱼尾纹,说道:"男人在你面前都成了傻大个,谁敢跟你这个心理学家斗法。我连吟诗也败在你手里,还是谈李兄与柳寄明

456

的关系吧。"

方霞客说得很婉然,汪金凤听得出他被她折服,便催道:"你说,你说!"

方霞客说道:"李兄与柳寄明的爱恋是要终成眷属的,他俩在刑场上不怕牺牲的精神,惊天地泣鬼神;他俩的爱情誓言可以说掷地有声,海枯石烂。现在,李兄休掉宣氏已经公开,他们的婚期应该近在眼前。但是,根据李兄的性格他们的婚期也难预料,比如说李兄在柳寄明的要求下,他会规定自己在党籍没有恢复之前不结婚,这种举动在别人看来很奇怪,但李兄这样做完全是可能的,汪司令,你说呢?"方霞客朝她笑,他听柳寄明说过,李侠兵在党籍没有恢复之前她不考虑结婚问题,所以,他才这么说。

听他如此说,汪金凤想起前些天柳寄明来龟山,说起她为李侠兵恢复党籍在四处奔走,已托人把她写的材料送到华中局。这表明李大哥很可能把恢复党籍作为结婚的前题条件,不过,柳姐说她对李大哥的党籍也很重视,一个党员跟党外的人结婚办手续很烦。汪金凤想到这里,她说:"方兄的猜测很有道理,你对李大哥的性格很了解。不过,据我所知,柳姐对男友的党员身份也很重视。"

过了一会,方霞客说:"我要把我们今天的谈话写封信告诉李兄,以示我们对他的关心和催促。"

"好呀,你在信上给我捎句话:我们在等喝他与柳姐的喜酒呢。"

近来,李侠兵不断得到情报,敌伪在策划对龙兴寺扫荡。他在与陈冠昌研究后又召开了干部会议,布置了做好反扫荡的准备,特别是黎民虎的钢板划子开到了时码据点,要防止敌人从水陆两路夹击龙兴寺。现在,他特别想知道柳寄明关于螃蟹港、鱼村根据地的建设情况,龟山后方医院的筹备情况,以便在不得已时,将部队开到那里去休整。柳寄明跟他似乎已有心灵感应,这时,派老王头送来一封信,说她在鱼村发展了三个党员,建立了党小组,她想把螃蟹港、鱼村、龟山六十里范围内建成一个游击队根据地,伤员治疗养伤的大后方。她说根据上级指示,已启动了与上海顾水明等人的秘密联系,在上海等地购买钢管、医药等军用物资。在她家桃园附近准备修建一两个仓库,把顾家大生航运公司转运来的军用物资秘藏在那里。李侠兵看到这里,觉得柳寄明这个主意好。螃蟹港是个不大引人注意的避风港,不像龙兴寺在敌伪海州司令部都是挂了号的战略要地,在风口浪尖上。他有一个设想,在淮海地区抗日义勇队联合以后,队部可以设在螃蟹港。

接着,李侠兵又收到方霞客的来信,方霞客在信中说,我与汪金凤讨论了你恢复党籍的问题,你与柳寄明结婚问题,希望你不要为婚期设前题条件,特别不要把恢复党籍与婚期联系起来,因为你过去在党内"官"做得比较大,恢复党籍需要党的高级机构审查和批准,而现在处在战争环境中,党的机关不断在移动,那一层层的审批是需要花时间的。因此,你就不要等恢复党籍了,现在就结婚。顺告之,我把我知道的你参与组织的街头飞行集会,狱中的表现以及出狱后在上海参加 8·13 抗击日寇侵略的战斗情况,都写成材料报到华中局的组织部门了,希望他们早日恢复你的党籍。对了,汪金凤叫我带话给你,她在"等待喝你与柳姐的喜酒,你何时请我们赴宴?"李侠兵看完信,心中发热,眼眶湿润,同志们对他多么关心啊,他的党籍牵动了多少朋友的心,他与柳寄明的婚事也使朋友们牵挂,这使他非常感动。

那么,何时能举行婚礼呢?他写了一封信给柳寄明,征求她的意见。令他想不到的是柳寄明回信说得很清楚:"等你恢复党籍后再办,我相信你的党籍会在今年解决的。当然,现在忙于根据地党的建设也是一个重要原因。"他看信后沉吟好了一会,觉得恢复党籍是件大事,人生政治生命的大事,而婚姻也是人生的大事,但却应该是排在其后的。正如匈牙利的诗人裴多菲在他诗中所吟:"生命诚可贵,爱情价更高。若为自由故,二者皆可抛。"这里的"自由"

二字就是政治的代名词，可见对于政治中外精英人物的理念是一致的。

他又欲写信给柳寄明探讨这件事，后来一想不妥，柳寄明既然在信中阐明了她的观点，那是不会变更的。他知道柳寄明的脾气是说一不二的，属于女中豪杰的那种，他之所以爱上她，一个重要的原因就是她的脾气与自己相投嘛。于是，他写了一封信给汪金凤，请她从中周旋，说服柳寄明同意在近期结婚。

一周后，汪金凤在回信中告诉他，为了圆满完成任务，她带了方霞客从龟山渡河去了螃蟹港，在桃园里小屋与寄明长谈。我直接问柳姐："你还不结婚在等什么？"柳姐说："在等李兄把党籍恢复了或者重新入党，我们就结婚。"我听后很不以为然，与方兄对了一下眼神，然后不满地对她瞪眼："这是为什么呀，如果李大哥的党籍恢复不了，那你们就……"她说："党籍是政治生命，每一个共产党员都是看得很重的。方兄，我相信你和我在这个问题上是有同样的观念，是不是？"

刚才，方兄在与我对眼神的时候好像是支持我的，现在，他却说："是呀是呀，党内同志与党外群众结婚是需要组织审批的，很麻烦。不过，李兄为了恢复党籍已尽了最大的努力。这几年来，他为找党组织去过上海，去过山东沂水，去过邳州铁佛寺，后来又冒着生命危险穿越千里黄泛区和无人区，步行至武汉，找到八路军驻武汉办事处，受到长江局党的负责人周恩来、董必武同志的接见，但也未能解决问题。唉，要解决像他这一级干部的党籍问题，谈何容易！"

汪金凤："啊，原来如此。那么李兄就重新入党吧？"

柳寄明又是埋怨又是没奈何地说："哼，他肯呀？他那倔脾气才不肯呢。你劝他重新入党，他又会说：我坐牢时也没叛变没自首没登记，为什么要重新入党？我本来就是党员嘛。"

这时，方霞客也说："江山易改，本性难移，这句话一点不错。

459

李兄的倔脾气就应了这句话。恢复党籍有困难，现在重新入党再说嘛，灵活一点嘛，这样不但结婚没问题，就是任职也好办多了。上回游击队合并重组，如果他是党员担任政委是再合适不过了，他在十年前就担任过红军十五军第六师的政委嘛。他自已是应该知道的，在职务任命上现在是吃亏了。如果说官当小点也无所谓，那么，在能力发挥方面受影响也是令人郁闷的。"

汪金凤眼睛一亮，她说："我们不讨论做官问题，只讨论婚姻问题。现在，我对柳姐对结婚设限、提出先决条件表示理解。为什么呢？每个时代的青年对婚姻都是有条件的。有的关心对方家里土地多少，房屋几间，有的重视对方学历与相貌，还有人品，在上海女方更对男士的金钱、洋房、汽车感兴趣。对婚姻不讲条件的人几乎是没有的，不过，共产党人重视政治，把党籍看得比什么都重要，这是一种特殊的标准。"

方霞客笑道："汪司令发一点感慨，我也发一点感慨。我忽然发现，人的性格往往影响人的一生。从李兄身上我隐隐地看到这一点，从我身上也证明这一点。"

柳寄明想了一想，也从苦闷里解脱出来，说："本来是谈党籍谈婚姻的题目，现在你们却发了感慨，把这个题目引伸开去了。我也发点感慨吧；我们女子从情绪上可分成三种人，一是感性女子，这种女子感情热烈，波动起伏，可撩人又恼人，像宋英英、孙三娘、潘大莲、俞桃花她们身上都有这种特点。二是理性女子，她们表面文静，内心感情深沉，有时给人一种刻板的感觉，不招人喜欢，常常是自惹烦恼。我们可能是这种人……"

汪金凤对这个话题大感兴趣，连忙申明道："你不是，我是！我是书读多了点，变呆板了，搞什么心理研究呢……"

柳寄明抿嘴一笑："汪小妹，你就不要客气了，我把你归在第三种女子里。第三种女子像条鱼，善于调节感情，把握住感情热度，不刻板，很优雅，聪慧而俊逸，是人人羡慕的知性女子。"

汪金凤听了心花怒放，银盘脸笑得像牡丹花一样。但是，她一把抓住柳寄明，不依不饶："柳姐，你这是夸我还是骂我？我哪有你说的知性女子的修养。你才是知性女子呢，含蓄而大方，纯净而坚韧……"

这时，方霞客哈哈大笑道："好嘛，你俩互相吹捧吧，我们的讨论也到此为止了。"

汪金凤在信中继续写道：我把我和方兄对柳姐"劝婚"的过程告诉你，我们"劝婚"虽然失败了，但希望你不要责怪柳姐。同时，还要告诉你的是柳姐、方兄都在向华中局反映你的情况，希望他们早日解决你的党籍问题。通过这次"劝婚"活动，我感到你与柳姐的恋爱是革命型的生死恋，这种令我辈敬羡的恋爱是红色的，壮烈的，伟大的。在此，我祝愿你俩有情人早成眷属。

李侠兵看完汪金凤的来信，对柳寄明的想法表示理解，现在，何时结婚也只能按柳寄明说的办了。同时，他觉得他对柳寄明和汪金凤的了解深了一层。过去，汪金凤在他眼里是一个浮躁的小姐，只会吟风弄月的女生，陷入理想主义的精神恋者。其实，从这封信中可以看出，汪金凤现在已不是过去的那个富家小姐了，她有了重大的变化，已破茧化蝶了，成为一个有思想有血性有爱国心的奇女子。他立即给柳寄明写了一封热情洋溢的长信，告知他读了汪金凤惠书的感受。

令人想不到的是他的这封信引起大家的讨论，于是，一石激起千层浪。从此，他与柳、方、汪三人之间交错通信，开展政治、时代与恋爱、婚姻之间关系的探讨，当然，他们也谈及战争与家庭与人生等诸多社会问题，以及对未来的困惑、期盼和美好的憧憬。

这次讨论是他们几个青年人对生命价值的考量，对爱情真谛的追问。在战火纷飞、硝烟弥漫的年代，讨论和探求青年人特别关切的这类问题，实际上是对朋友的人文关怀，心灵的抚慰，这就使大家倍感珍惜。这次讨论有一个作用是事先谁也没有想到的，就是在思想上对汪金凤产生了积极的影响。后来,当李、柳二人意识到这一点,把通信话题引导到对党对抗战的认识上来,这给汪金凤帮助很大。而聪敏的汪金凤,她把学到的东西又对孙三娘、宋英英、潘大莲等漂女进行宣传,揭开改造漂女队一个极好的序幕,为在淮海地区百草湖反扫荡打好了思想基础。

柳寄明见汪金凤乘着这股东风,改造漂女们的不良习气很顺利,她很高兴。她想,要加紧工作把螃蟹港打造成红色根据地,为抗日战略反攻做准备。就在这时传来一个不幸的消息,说是李侠兵在反扫荡中被鬼子打死了,这是一个惊天的霹雳,她猛地被打昏了。她起初是不相信,接着是号啕大哭,待她清醒过来时,便查消息的来源,原来是马正经听王小狗说的。马正经脱离了王培鲁部跑到龟山,由于他是剃头匠会化妆会做发套,深受漂女们的欢迎,也得到洞仙的重用,但他仍与王小狗有联系,王小狗通过一个把兄弟把这消息捅给他,他信以为真,便报告给队里,队里又报告给柳寄明,柳寄明觉得这是真的了,于是,一个人跑进桃园小屋又是一场号啕大哭,十分动情。她很后悔,早知如此,就应什么也不顾与李侠兵结婚,什么这个条件那个理由的把婚约推延,造成现在的终身遗憾!若是与李侠兵结婚,践了刑场上的誓约,实现红色经典恋爱,那是多好的事情啊。现在,她该怎么办?她擦干了眼泪,想去龟山找汪金凤,陪她去龙兴寺一探究竟。就在她万分痛苦时,汪金凤来了,她告诉她马正经逃了。马正经说他后来得知那个消息是王培鲁故意造谣,让王小狗去传谣,他是上了人家的当了,没脸见人,他投新四军去了。

柳寄明这才破啼为笑,把汪金凤留下来说闺房话。汪金凤说,你这次的大哭是内心深处的一个释放,是你心情的真实反映。柳寄明想,她要把这次误传与她的表现写信告诉李侠兵,或者请他来一趟,她想告诉他,最近少奇同志要路过螃蟹港,这对他恢复党籍是个好消息。

54

　　他们频繁的通信时,也是李侠兵思想斗争最激烈的时刻,爱情,婚姻,党籍,抗日,诸多事缠于一身,使他感到很烦恼。他想,柳寄明是爱他的,她对这个误传如此痛哭说明了一切。这样,他想煎熬了几个月,就是重新入党也可以考虑,正在这时,淮海军区下达龙兴寺接待和护送干部过运盐河的任务。平时,这类任务都是谷志豪等人通知的,今天却是淮海军区专员、军分区保安队政委金敏亲自出马,李侠兵想这不是一般的任务,要护送的必是一个大干部。

　　好在金敏跟他是老战友,在1930年八一暴动时金敏是他的副手,他问道:"金政委,我可以问今晚护送谁吗?"

　　金敏拉他到门外,低声说:"只许你一个知道,是胡佛同志。"

　　"啊,是刘少奇同志!"

　　"嘘!"

　　金敏开始抽烟,说话声仍然不高:"侠兵同志,你和寄明同志关心的问题可以找胡佛同志汇报,他是可以解决的。"

　　李侠兵一听兴奋起来,他想对呀,少奇是新四军政委,华中局也在他领导之下,曾山他们不能解决他恢复党籍问题,他能拍板。这是个难得的机会,一定要向少奇同志好好汇报自己的情况。

　　接着,李侠兵对护送少奇的准备工作进行了布置。陈冠昌负责渡河的竹筏和渡工,刘四负责蔡工渡口的保卫工作,余大杰带一个排去监视时码碉堡日伪敌人,张武生带一个排去监视县城据点的日伪军,防止敌人偷袭,发生意外。他到河东与谷志豪接头,准备迎接刘少奇同志。

　　晚上,龙兴寺广场上空月明星稀,李侠兵和金敏给抗日义勇队员们讲话,强调任务的重要性,要确保过路首长和干部们的安全。接着,抗日义勇队们分头出发,这时,余大杰跑过来,贴在李侠兵的耳边问:"队长,你说今晚有大干部过河,我看不到了怎办?"

这位朴实粗莽的排长十分可爱,李侠兵打趣说:"结巴,要么你我换一换,你来指挥,我去监视时码碉堡里的敌人?"

"那,那怎么可以!"

"那你就快去吧,细心点!"他笑了,在他屁股上拍了一巴掌。

余大杰笑呵呵地带着队伍出发了。一会,广场上几支队伍都开拔了,他们迅速消失在夏天的夜色中。

在夜色笼罩的蔡工河湾里,绿色的苇丛,闪亮的水波,横在岸边的竹筏,这一切都显示蔡工渡口的安静。李侠兵和金敏踏着月光从堤坡上走来,来到竹筏上,问陈冠昌:"人来了没有?"

陈冠昌吩咐渡工撑筏,说:"保卫首长的人员是一个警卫连,长枪短炮,人人的武器是双挎。那警卫连长不让人靠近,肯定是个大干部。"

金敏不响,李侠兵催着撑筏子。

半小时后,他们来到松林里的豆腐坊,被门前岗哨拦住,直至谷志豪出来迎接岗哨才放行。

少奇在吃豆腐花,见他来,说:"金专员,你怎么来了?"

金敏:"鬼子频频扫荡,路上不太平,首长安全让人担心。"

"没事。"少奇招呼他们坐下,"这里的豆腐真好吃,你们不来一碗,这位是?"

金敏赶紧说:"这位是龙兴寺抗日义勇队队长李侠兵同志,他来护送你到大梨园。"

李侠兵走向前,低声说道:"胡佛同志,你如果能在龙兴寺住一两天,我保证你能吃到比这里还要好的豆腐。"

"是吗?听谷站长讲这里的水磨豆腐是用油脚浇浆、盐卤点成,嫩滑爽口,还带有豆香呢。"

金敏赶紧抓住机会,走近说:"胡佛同志,有个事向你汇报。李侠兵同志曾在上海搞地下党工作,洪泽湖边八一起义时他是红军的师政委,后来他被捕入狱释放后与党组织失去联系,脱党多年。但是,他为恢复党籍曾跑到上海、山东、武汉……他想把他的情况向你作个简单的汇报。"

"好呀。"少奇放下饭碗,开始抽烟。

李侠兵说:"我在上海搞地下党工作,在一次诗歌研究会上被捕,英租界巡捕房把我移交给龙华监狱。在监狱里,任敌人怎么拷打,处罚,逼供,我都没有叛变,没有承认自己是共产党员,并在牢里组织党员进行反饥饿斗争,直到1936年双十二西安事变后国共合作,我才作为政治犯被释放出来。出狱后我寻找党,可是,以前与我单线联系的党的负责人再也找不到了,后来,他又牺牲了,致使我至今处于脱党状态,希望组织上关心我,能尽快恢复我的党籍。"

少奇递一支烟给他,他自己也接了一支,说道:"前几天,在螃蟹港听一位女同志说过你的情况,她说华中局组织部有你申诉的材料……好,你的事我知道了。"

金敏和李侠兵交换一下眼色,见他心满意足,便立即向少奇请示:"那么,我们渡河?"

少奇:"这是什么河?"他已动身向门外走去。

"运盐河。"

他们顺利地渡过河,在夜雾里急行。平原上的小路像蜘蛛网一般,阡陌迷茫。在这样的地方夜行,如果没有当地人领着,那就会不知所向。大家不说话,急行五个小时,过了敌人三个碉堡封锁线,在梨树林前遇到流动岗哨喝问口令,李侠兵答"龙兴寺"、对方答"大梨园",接着,他们迅速进行了任务交接。在与金敏分手的时候,李侠兵担心地问:"他是那么忙,我的事他不会忘了吧?"

星光下,金敏望着少奇高大的背影,没有回答。

这个问题一直萦绕在李侠兵的心头,直到两个月后,金敏带着华中局组织部长曾山来,他高兴地摇着李侠兵的手说:"侠兵同志,你的党籍问题解决了。"

曾山也跟他握手："祝贺你,在少奇同志的关心下,对你的材料作了全面慎密的审核,组织部同意恢复你的党籍。你的党龄仍然从你1930年入党时算起。"

李侠兵浑身发热,情绪激动,哽咽地说："我感谢组织,谢谢你。"

"你谢谢少奇吧,他把你申诉的材料可看得详细呢。"

金敏见他激动,故意说："你这儿有没有酒啊?"

"有,有。"

曾山摆摆手,笑道："我们还是等有机会到螃蟹港去喝酒吧,柳寄明同志早在那里翘首以盼啦!"

说来也巧,在几个抗日队伍整编成东淮河大队前,大家集中在螃蟹港进行整训,李侠兵与柳寄明的婚事便在农场里办了,可以说什么仪式也没有,柳寄明哥哥拿出农场的陈年老酒请众人喝,然后由方霞客、汪金凤主持婚礼,金敏宣布他俩结成"革命伴侣",祝他们"永远革命,白头到老。"

然而,正在大家闹新房要他们谈谈恋爱经过时,鬼子伪军来闹场,一场不大不小的战斗后,李侠兵与柳寄明转回龙兴寺来。李嬷妈忽见儿媳站在面前,她上上下下看了一遍,然后见人便说："侠兵媳妇能养小父。"

李侠兵说："妈,你不要到处说我回来了,鬼子会追来的。"

老太太一听噤若寒蝉,她再也不提儿子媳妇,只是做了好吃的偷偷往龙兴寺里送。可是,她见到张武生媳妇桂花忍不住耳语道："你见到侠兵媳妇吗? 一看就晓得会养小父。"

桂花听张武生说过新娘子文化高,有本事,现在,又听李嬷妈如此说,她很是好奇,问道："大奶奶,怎么见得?"

"腰细屁股大。"

"听说,嫂子还是个大官呢,对吧?"

李嬷妈:"那没意思,能给李家养孙子就行,官不官的不重要。"

桂花笑了笑,她想李嬷妈最关心养孙子,而她作为妇救会长应该把新娘子介绍给大家,便故意地问:"大奶奶,嫂子不会是李大哥的拐女人吧?"

李嬷妈瞪眼,抢白道:"桂花,你这叫甚话?瞎说!她娘家请了十几桌客呢。"

桂花故意逗她:"大奶奶,你可没请过客,村里人就会说李大哥带个拐女人回来。怎么着,你能捂住人家的嘴?"李嬷妈一听有道理,便讨教她如何能捂住村人的嘴。桂花说她听张武生说的,他们为了保护李大哥夫妻俩,从螃蟹港一直打到龟山,再打到鱼村,然后再转回龙兴寺,战斗中有几个人受了伤,张武生肚子被鬼子砍了一刀,削去一块皮,余大杰脚骨头打断一节。

李嬷妈有点紧张,立即问:"怎么样,要紧吗?"

"不要紧,武生说他属猪结巴属狗,猪皮狗骨,过几天就会好的。"桂花是有心计的,见到了火候,便劝李嬷妈杀猪宰羊给儿子媳妇办一次婚礼,同时,也是慰问犒劳抗日义勇队。李嬷妈觉得有道理,要桂花来帮忙,明天就办喜酒。可是,当她把这事跟老头商量的时候,李守田说:"眼下鬼子要扫荡,你办喜事得先跟儿子说一声。"

李嬷妈拿眼睛瞪他:"你看看,你看看,说你没用真没用,不跟你商量,你把放在老堆头的羊赶回来,去吧!"

李嬷妈在龙兴寺办了酒席,说是犒劳义勇队,实际上把村里三老四少都请来。李侠兵没有准备,上场时没有挎盒子枪,头戴礼帽穿身一身灰色褂裤。柳寄明可花了心思,她想"软化"自己给人一个小媳妇的印象,所以,她梳个留海,戴上银耳环,手腕套上汪金凤送她的翡翠手镯,在给乡亲们敬酒总是面带微笑,低着头,以至那蓬松的留海遮住眼睛。

办了喜酒,柳寄明当天就回螃蟹港去了,上级指示她在百草湖边加快发展党员,组织自卫武装,巩固根据地,准备反击鬼子来扫荡。而李侠兵已得到情报,鬼子要在淮海地区进行大扫荡,重点是运盐河两岸,敌人为了运输线的通畅,这次扫荡蓄谋已久,上级要求他们坚守家乡,配合独立团打击敌人。现在,他加强情报工作,与方霞客与友军保持联系,在运盐河畔进行布防。

第 六 部

55

　　新四军收编了龟山漂女队,赶走盘踞在鱼村的黎民虎湖匪;这使驻淮阴的日军司令岗田很震惊。他连忙给塚上太郎、王培鲁下达命令,要他们立即对龙兴寺抗日义勇队采取行动。

　　塚上接到命令后,在县城队部召集小野、王培鲁等人开会,研究下一步作战计划。

　　王培鲁穿一身伪军装,戴着大盖帽,他一进门就脱帽露出大背头,脸上装出笑容。他想黎民虎来投奔他,这事必须尽早报告,因此,他带黎民虎来。这时,他进屋就说:"报告太君,百草湖枪船团被新四军打散,黎民虎团长率领残部投奔我部,请太君定夺,收还是不收? 他在外面。"

　　这事小野已报告过他,他未作过问,现在,黎民虎既然已经来了,他是要见的。塚上对中国的帮会多少了解一些,他想王队长跟姓黎的关系肯定不一般,便问:"黎民虎,他跟你的关系……"

　　"把兄弟,可靠的。"

　　"是你的把兄弟那我就放心了,叫他进来!"

　　黎民虎进屋后诚惶诚恐,见人就身鞠躬,他说:"报告太君,我叫黎民虎。"

　　塚上打量他一眼,见他矮而壮实,方脸肥硕,像个渔民,问:"听说你的钢板划子很厉害,钢板划子还在吗?"

　　黎民虎:"报告太君,钢板划子被游击队炸沉了不少,现在还有

469

二十多只。”

塚上来了精神,抹抹板刷仁丹小胡子:"大大的好。我们现在有了钢板划子,今后对龙兴寺义勇队的扫荡可以在水上、陆上同时进行!"

王培鲁替黎民虎吹嘘,咧着大嘴说:"太君,黎的钢板划子大大的厉害,在湖上冲锋陷阵不可阻挡。"

塚上对小野说:"小野君,你回去后与王大队长、黎团长做好准备,我要从陆上、水上进剿龙兴寺义勇队,控制蔡工渡口。"

小野立正:"哈咿。"

黎民虎的钢板划子大多是用木桨划行的,其中有三只装有发动机。在回时码时,黎民虎请小野、王培鲁坐上汽艇,他开机器钢板划子在前面开道,在运盐河上摆开架势,耀武扬威,鬼子和伪军见岸上的行人就开枪射击,嚣张之极。

小野官阶极低,严格地讲他算不上军官,能有此风光当然乐不可支,问王培鲁:"钢板划子真的厉害,打不透吗?"

"打不透。"

小野端起机枪就对钢板划子扫射,只听"噹噹噹"子弹撞击在钢板上的声响,并不见船体受伤。

王培鲁问:"小野君,怎么样?"

"大大的好,今后我要用钢板划子作战。"接着,小野说了他扫荡龙兴寺控制蔡工渡口的计划。一是搞情报,探听龙兴寺的军情。二是去挖墓,夺取文物。这样做可以转移抗日义勇队的视线,以为皇军仍在小打小闹。三是布置水陆两路队伍夹击龙兴寺义勇队,使他们无处逃生,一举而歼灭之。

王、黎二人一听,兴奋极了,直喊小野计谋好,策略高。

鬼子和伪军要进行大扫荡的情报,第二天就送到了龙兴寺。李侠兵召开队里骨干会议,准备反扫荡。他说:"秋庄稼一收,鬼子就要大扫荡。毛泽东同志在《论持久战》里指出,抗日战争已进入持久战阶段，斗争愈来愈残酷，鬼子可能不到冬天就要开展大扫荡，我们要做好充分的准备。"

陈冠昌擦了擦眼镜又戴上，他体质弱，刚过中秋就在对襟衫上套上白羊毛背心。背心是老婆手织的，羊毛是从家里山羊身上剪下来的，制作不精，一根根呲着，虽不美观，但很保暖，他说："反扫荡，我们在坚壁清野和进行游击战方面是有经验的。但是，老经验恐怕不能适应新情况。现在，王培鲁有了黎民虎的钢板划子队伍，扫荡时，他们必然会利用钢板划子从水上拦截我们，在后湖荡截断我们通往百草湖的退路，配合他们的主力从老堆头陆路上的进攻，前后来夹击我们。大家想想我们怎么办，有何破敌之计？"

张武生捅捅吴飞祥："飞祥，你是主意罐子，你说说！"

吴飞祥笑笑说："我们在对付碉堡方面有办法，我相信对付钢板划子嘛也会有妙招。"

李侠兵觉得对付钢板划子是个新课题，老经验是不适用的，这需要大家想办法。他说："俗话说，众人拾柴火焰高。小诸葛，对付黎民虎的钢板划子这个任务，就交给你和武生、刘四、大杰几位，三天内，你们一定要拿出办法来！"

吴飞祥答应得响快："你队长相信我们，好，保证完成任务。"他向张武生等人招手："喂，我们研究去。"

他们四人决定，要对付黎民虎，必须先把钢板划子摸摸清楚，便去了时码。他们掖在河边的芦苇丛里，寻找停在河对岸的钢板划子。在碉堡下面，钢板划子停在河湾里，不过，钢板划子被水柳和苇子挡着，一时也看不清楚，他们便来到堤下喊话。刘四听说昨天伪军踩响了尿壶地雷，便以此为题拿着广播筒喊道："碉堡里的人你们听着，王培鲁和刘太瘦你们听着，把昨晚踩上地雷炸死的人名报上来，我好叫小寡妇来哭青天！"

余大杰和张武生也轮流骂阵，企图对方回应。但是，奇怪的是今天碉堡里没有回骂，他们感到纳闷。这时，李侠兵和陈冠昌来了,见碉堡里没有反应,陈冠昌说:"敌人搞什么鬼,今天不出来对骂?"

忽然,李侠兵听到马达声,说:"准备战斗,说不定敌人用钢板划子强攻,过河来抓人。"

果然,敌人从壕沟里开出三只钢板划子,第一只是机器发动,后面两只是人划的,船只一律前半截装上钢板。李侠兵命令众人分散迎敌,从侧面狙击敌船或让敌人上岸后再伏击。可是,敌人开船冲到岸边并未舍船上岸,只是躲在钢板后面射击,子弹如飞蝗一般,打得前面的芦苇枝折叶落,芦花纷飞。

小河口芦苇塘里有一只罱泥船,船里半船烂泥。吴飞祥想近距离观察钢板划子,他头戴草圈,钻进罱泥船里,只露出头来。敌人汽艇从罱泥船边擦过,到了河中间忽又回过头来开枪,打得罱泥船"嘭嘭"响,掖在柳林里的余大杰瞧得一清二楚,担心吴飞祥被打死在罱泥船里。这时,吴飞祥也听见子弹打进船舱里,他想完了,船必定漏水下沉,便想从船里爬出来,但一伸头便见敌人钢板划子离得很近,不敢暴露。过了一会,敌人回碉堡去了,他前后看看罱泥船未见下沉,便用手去摸,从烂泥里摸出几颗子弹头,再用手指往前捅,原来,船被子弹打穿的洞眼又被烂泥糊塞住了。这一发现令吴飞祥欣喜若狂,他跳进水塘,洗去身上的烂泥,穿上衣裳迅速来到堤后。

余大杰问:"飞,飞祥,你看到了什么?"

吴飞祥笑道:"我可有大发现了,走,找队长去!"

刘四、张武生不肯走。刘四又对河东碉堡骂开了:"狗日的,过了河怎么又缩回去了?再来再来,你们不是有了钢板划子吗,不来就是孬种,缩头乌龟!"

张武生喊道:"王培鲁,刘太瘦,还有那小鬼子小野听着,你们是兔子尾巴,长不了啦,你们是秋后的蚂蚱,蹦跶不了几天啦!……"

余大杰、吴飞祥从战壕里过来，找到李侠兵。余大杰说："你们不要骂了，飞祥有情况要汇报。"

吴飞祥说："队长，你们说奇怪不奇怪，鬼子一梭子弹打进罱泥船里，船没沉，原来。烂泥把弹洞给堵上了。这是我从船里摸到的子弹头。"他把子弹头扔在战壕边沿上。

这引起李侠兵的思考，他说："噢，这是大发现，说不定我们破敌人钢板划子能找到办法了。走，回去做试验。"

他们回到龙兴寺，立即到后荡湖边去试验，李侠兵令人用砖头、土坯、沙袋一次次试验，结果是用土坯堆在船头、贴在船舱里效果最好，子弹打穿舱板河水进舱后泅化了土坯，泥土就把枪眼堵上了，河水再也进不来了。

大家很高兴，李侠兵说："我们在水上反扫荡，就用这个法子对付敌人的钢板划子。"接着，他说："根据情报小野要来偷鸡摸狗，搞挖坟寻宝什么的，试图转移我们注意力。那么，我们就来个八角井盖圆盖子——随方随圆，将计就计，给他迎头痛击。"

接着，陈冠昌作了布置，对鬼子来偷袭，挖墓盗宝，他们要求要有人在朱家祖坟地、刘家墓地日夜守候，给鬼子突然的打击。他问："你们哪个报名，去守朱家坟地、刘家墓地？"

一会，报名有二十人。李侠兵说："我们挑选十人，其他人到船上去。"他把余大杰等十人名字点到后，问众人道："大家有什么意见？"

张武生吹胡子瞪眼说："队长，我有意见，怎么不让我去，倒让结巴他们去？"

李侠兵笑道："这十个人基本都是单身汉，或者家不在龙兴寺的。不让你去是想照顾你老婆孩子热炕头呗！"

众人笑了，余大杰说："照顾你还有因你胆小，那坟地有地鳖子，你敢去跟棺材一起睡？"

张武生一听猛张飞的脾气上来了，环眼圆睁，虬须上翘，喊道：

"队长,结巴这样诮贬人,我非去不可!"

李侠兵想不批准他去会损害他的积极性,便说:"好,大杰挑你上山你就上山,我批准了。"接着,他又笑道,"不过,地鳖子里只能睡三个人,你们轮着岗轮着睡吧。"他们走后,李侠兵又令王启明等人带队巡逻,防备敌人偷袭。

朱家坟地在松林里,松林周围有土石砌的矮墙,虽然颓塌了,石基还在。朱家祖坟有几座砖石砌的大墓,堡垒一般,小坟堆则比比皆是。月亮一会从跑马云里露出来,一会又被遮住了;夜雾在松林里飘荡,林草间一片阴暗;猫头鹰站在老坟头上,瞪着绿宝石一样的圆眼睛,时不时的发出令人发沭的婴儿哭声似的叫声。这里是村里最阴森的地方,就是白天也很少有人敢来。为了打鬼子打汉奸队,抗日义勇队在老坟头、村圩、窑场等处挖了交通壕,在村里做了夹墙地道,在几处坟地砌了地堡,当地人称为地鳖子。地鳖子大多依墓而建,有的利用坟堆在下面造个小屋。在天黑下来时,余大杰、张武生、吴飞祥等人进入朱家坟地。他们看看天还早,就坐在石供桌边抽烟,吴飞祥晓得张武生胆子不小,但是怕鬼,他便怂恿余大杰讲鬼的故事来吓张武生,而余大杰晓得他的心思,要他说。

吴飞祥说:"你们知道吗,朱崇山祖上做过大官,这里是明朝皇上的封地。风水先生说这里南边老堆头是龙头,北边水沟是龙尾巴,中间大水塘是龙腹,东西又有平展展的平原,此地是活脱脱的龙凤呈祥的风水宝地……"

张武生打断他:"我请你来,不是要你讲古,要……"

余大杰赶紧说:"天还早呢,让他讲鬼,这里鬼多。"

吴飞祥眨眨眼,说道:"那是,我爹爹在世时说,他听姑奶奶讲,南边张家媳妇来朱家坟刨草,一草钏子刨出一块棺材木,她带回家烧锅,一点火就从灶膛里跑出一个女鬼来,坡着碧绿的长发,睁着血红的眼睛,裤子裰子直往下脱,一边跳一边唱道:"朱家荡,朱家荡碰上我快上床……"

张武生捂住他的嘴："不准讲,不准讲,怪吓人的……后来,那男子受骗上床,女鬼把他的老二咬了,血淋淋地吃了他两条腿。"

吴飞祥扳开张武生的手："你听过还怕什么!"

张武生心有余悸地说："我胆子虽大,可生来怕鬼。"

吴飞祥笑了,他招他俩靠近,说："本来我没主意,叫武生这一闹倒想出主意来了。"他在他俩耳朵边低声说,在这里"装神弄鬼",与敌人斗法。余大杰一听直喊好,然后说："材料我早准备好了,本来是给你扎风筝用的。"接着,他下到一个地鳖子里,抱出纸张和竹竿。

张武生一看就明白吴飞祥要干什么。他想,敌伪当中小鬼子、王培鲁是不怕鬼的,黎民虎搞过小刀会他是会怕鬼的,可是,小鬼子总不会派黎民虎打头阵吧? 他问道："飞祥,你怎晓得黎民虎会来打头阵?"

吴飞祥说："这不明摆着吗,鬼子出来扫荡总叫王培鲁打头阵,王培鲁又叫刘太瘦打头阵,现在黎民虎投靠他们,这回他们能不叫黎民虎打头阵吗。"

张武生常常把他们几个人作比较,他比结巴灵活点,而刘四又比他活络,吴飞祥就不仅是为人活络,也很聪敏,像这样敌军里的事他一掐算就算出来了,敌伪阵营里黑吃黑,以强欺弱,排兵布阵必然如此。这令他佩服,他说去老堆头查岗,便背上枪走了。

果然不错,这时黎民虎带领一队人从树林里摸上来。张武生见林子里有刀光一闪,喊声"不好",撩起一枪打过去。接着,双方互射,枪声响成一锅粥。张武生是有经验的排长,他为甚要先开枪呢? 就是为了报警。

听到枪声,王启明的巡逻队立刻下到沟里,跟了过来,余大杰在坟地布成散兵线,做了准备。这样,对来偷袭的黎民虎队伍形成夹击之势。黎民虎仗着后面有刘太瘦一个排兵力支援,再后面有王培鲁和鬼子小野压阵，他胆子壮得很，只是往前冲。他那里晓得，抗日义勇队在等着他。就在他快到松树林的时候，他前面有人大声叫："鬼，鬼，鬼……"

那人吓瘫了。黎民虎抬起头一望，他前面的人吓瘫倒地。原来，在松树林边上的雾气里，影影绰绰站着一个巨人，那巨人两眼如炬，吐着舌头，张着大嘴，在向前挪步。他下意识地举枪便打，可是，那巨人仍在前行，他又扫过一梭子弹，那巨人好像仍然没事，继续挪步向前。他也怕了，两腿发抖，命令道："撤，兄弟们撤了！"

众人一窝蜂边逃边喊："鬼来了，逃啊！"

他们没跑几步，被刘太瘦拦往。刘太瘦呲着金牙，蟹壳脸都笑歪了，他说："黎团长，你有所不知，这里的义勇队什么花样都会玩，去年春上在河东也有这么个巨人，吓得兄弟们屁滚尿流，后来，那巨人常在夜里出现，有时竟走到碉堡壕沟外的大门口，你猜那是什么？不是鬼是人，举着纸人的人在地上往前爬，不信，你们向下面开枪试试！"说着，他带头开枪。

黎民虎这才恍然大悟："原来如此，兄弟们朝巨人腿裆下面打！"

余大杰和吴飞祥二人在用竹竿牵动纸糊巨人。在敌人被吓得往后逃跑的时候，余大杰晓得黎民虎过去是小刀会的头目，是相信鬼神的，见他们往下面开枪，子弹在他头顶上"嗖嗖"擦过，他还了两枪，好像撂倒了两个敌人。余大杰一高兴从石基后面站起来，准备上去追击，没料想敌人又返回来，子弹打在他大腿上，他挂彩了。

吴飞祥晓得结巴心粗，傻傻地站在那里点射，他拉他趴下，说："你就没见敌人不打纸人头上的电灯泡，往腿裆里打吗？恐怕是敌人发现我们的诡计了。"

就在敌人往朱家坟地冲时，王启明他们从老堆头猛打猛冲过来。

刘太瘦一见不妙，叫道："兄弟们，义勇队在朱家坟地设下陷阱,诱我们过来,他们在后面企图包我们饺子!"

黎民虎心慌,问道:"刘哥怎么办?"

刘太瘦下到沟里,说:"就地抵抗,等待皇军支援。皇军和王培鲁大队长会来救我们的,我们像根钉子插在这里吸引住他们,你想,到了天亮,皇军和王大队长实行反包围,就能把龙兴寺义勇队消灭了。你想,到那时我们的功劳有多大?"

"是吗?"黎民虎没有信心,表示怀疑。但是,现在他也只有听从刘太瘦的指挥,他想到不了天亮,义勇队准会跑了。

果不其然,黎明时小野和王培鲁攻入朱家坟地,松林里空无一人。在浓雾掩护下,游击队溜得一个不剩,在颓塌的墓地围墙外边,倒有一个纸扎的巨人。黎民虎见了,气得脸都黄了,用脚使劲地踩那纸人,骂道:"我玩小刀会组成枪船团,喝符水念神令,装神弄鬼吓人,今天倒叫义勇队扎个纸人玩了一把,咳,真是他妈的窝囊!"

刘太瘦问:"黎哥,你在说什么?"

黎民虎:"没说甚。刘哥,下面怎么搞?"

"挖,挖坟。"刘太瘦说:"把松林封锁起来,小野队长想从古坟里找到宝贝呢。另一方面,也想给义勇队一个错觉,以为我们并没有大动作,其实,从今天起大扫荡开始了!"

"我们干什么?"

"你派些人去挖坟!"

松林里,汉奸队和枪船团十几个士兵在挖墓。小野和王培鲁站在古墓的石供台前,观看了一会,小野说:"培鲁君,我这一招管用吗,义勇队会上钩吗?"

王培鲁说:"中国人最恨人挖祖坟,义勇队里有朱氏族人或者亲戚,他们肯定会来跟我们拼命的。"

小野将小胡子一抹,得意地奸笑:"用中国成语说我这是一箭双雕,既可引得义勇队来上钩,将其消灭之,又可得到古代文物。

据学者考证，《金瓶梅》是吴承恩写的，书中有许多淮安一带的方言，可以证明那个笑笑生不可能是其他地区的人，那风趣诙谐的风格也是吴氏所特有的。"

王培鲁搞不明白，问："那么，那个笑笑生是冒充的？"

"不，那是吴氏假托的名字，是作家的笔名。"

王培鲁拍马屁说："小野君真是大学问家。"他望了望坟墓那么高大，叫道："喂，快挖，挖出财宝有赏啊！"

黎民虎在跟士兵挖坟，小野叫他过来，然后说道："黎君，你的钢板划子厉害，今后，我要把对蔡工渡口的封锁，以及扫荡时对龙兴寺后面湖荡上的包抄都交给你了，你的要大大的卖力！"

黎民虎一听心花怒放，为了表示忠心，说得唾沫四溅："哈咿，哈咿，小野队长，属下一定大大的效力，把龙兴寺义勇队统统的消灭，封锁住蔡工河口。"

小野："你的打仗，不是李侠兵、陈冠昌、王启明他们的对手。你的忠心，是大大的，不过，中国人会说空话，我要看你的行动。"

"哈咿，是。"

这时，楚五在挖开的墓穴里喊道："大哥，快来看，这下面有个洞呢。"

王培鲁下到墓穴察看，然后又爬上来，对围过来的众人说："这里是游击队挖的土鳖子，啊，就是地堡。"

小野嘴唇一翘，狡猾地一笑道："好，好，这样好。这下我好跟朱崇山老先生交待了，我们并不是在挖他朱氏的祖坟，我们是在找游击队的地堡。"

王培鲁立即接住话茬："是啊，挖坟我心里也发毛，这里又是我师傅家族的坟地，现在好了，游击队帮了忙，哈哈，我可有话跟师傅交待了！不过，挖过以后得填起来，哪个也不准对外说，哪个说了我毙了哪个，奶奶的，都听见了没有？"

士兵们一迭声答道："大队长，听见了。"

王培鲁又问:"你们在这里看见我来了吗?"

众人又齐声说:"没看见。"

王培鲁抹抹大背头,心想这些狗日的调教好了。这时,王小狗跑来报告:"太君,王大队长,八路来了,老八路。"

小野掏出王八盒子,举起来说道:"好哇,皇军正在找八路,来了正好,我们不走了。现在,我宣布:挖墓是我们大扫荡的开始……"

王培鲁冷着驴脸,张大嘴问道:"你们听到没有? 这是小野队长的命令!"

士兵一迭声的答道:"听到了。"

挖墓的铁锹碰着泥里的东西"咯咯"响,接着,士兵们喊道:"队长,发现宝贝了!"他们从墓穴里挖出一只青瓷花瓶,一只绿锈迹斑斑的铜鼎。

王培鲁接过来看了看,赶紧交给小野。小野左看右看,揩去泥土,擦着锈斑说:"这瓷瓶好像是宋代的东西,这铜鼎可古老了……带回去研究研究的。"他一高兴就给大家发烟:"卖力的,奖励的有!"

这时,王小狗又来报告:"报告,刚接到侦探报告,八路在时码、城北、新安多处碉堡外围活动,可能要攻打碉堡。"

小野问:"什么样的部队,力量多大?"

"营团编制,有炮,小钢炮的有。"

小野心想这是八路围魏救赵之计,暂不理睬,赶快挖取宝物。他说:"你们抓紧挖!"

这时,坑里挖坟的士兵报告道:"发现箱子,盒子……"

小野大喜,令王培鲁、黎民虎和刘太瘦下到各个坑里检查。他三人心里急着,怕把据点老巢丢了,心急火燎地要回营,便下到墓穴里匆匆查了一查,说是"没有了。"于是,他们叫士兵把木箱子、瓷瓶、铜器等装上车子,打道回碉堡据点。

在他们经过老堆头时,遭到伏击。王启明的部队在此已等候多时了,他从沟里站起来,喊道:"小鬼子,你想走,不行,兄弟们给我狠狠地打!"

小鬼子仓促应战,小野骑马冲过老堆头,接近朱家圩时又遭到李侠兵、陈冠昌率领的义勇队的阻击。在朱崇山的地盘上遭到阻击,这令小野、王培鲁感到意外。鬼子在王培鲁、刘太瘦伪军的掩护下终于冲到运盐河边,在渡河时又遭到突然的袭击,死伤了好几个,伪军中弹落河者不下二十人。这突如其来的袭击者不是别人,正是朱虎首带领的自卫队、护庄队打的。朱家在得知鬼子挖朱家祖坟后,众人怒发冲冠,由朱老大领着全朱家圩有枪的男人追到河边,打个痛快。在龙兴寺抗日义勇队赶到时,朱崇山从家里出来说:"大侄子,今后我们一起干,非把时码镇、县城里、城北镇的碉堡烧了不可!"

李侠兵第一次听到朱崇山说这样的痛快话,热情地握住他的手说:"朱老,有了你这句话,我们联合起来,把小鬼子赶出东安县!赶回他老家东洋去!"

这次战斗,取得了不小的胜利。

李侠兵想,根据情报鬼子秋末冬初大扫荡开始了,小野和王培鲁来扒坟,不过是对我们警惕性和实力的一种试探。他觉得眼下一方面要加强情报工作,另一方面更重要的是加强武装力量。在地方武装力量方面,他想可分三个层面,第一层面是广大贫苦农民,他们绝大部分已站在抗日第一线,青壮年多数已参加义勇队或其他抗日队伍。第二个层面是知识分子,这是最早觉醒最积极的人群,这层人感应"国家兴亡,匹夫有责"最快,以岳飞为榜样。但这层人分化也最快,投敌者也大有人在。第三个层面是最易被忽视的阶级,就是有财力有武装的地主富户,这群人往往被我们的同志推在抗日门外,其实,与他们结成抗日同盟最为重要,像朱圩的朱崇山,刘码的刘大同,五港的汪述先,如果他们都明确站在抗日军民一边,那反扫荡将必胜无疑。这样一来,我东安根据地就巩固了,淮东就是我们的天下。想到这些,他先找陈冠昌、谷志豪交换意见,陈、谷二人赞同他的意见,认为他的想法具有战略眼光。

于是,义勇队党组召开干部会议,决定由李侠兵带余大杰、刘四去朱圩,与朱崇山商谈联合起来抗日,准备反扫荡。在会议过程中,有好些人不解,朱崇山这个八面相通的乡绅会参加抗日吗?大家猜来猜去,认为一是抗战形势大好,二是鬼子汉奸扒了他家的祖坟,他再不抗日就会留下不孝的骂名,成了这运盐河边的甩子,在他三千弟子面前就再无威信可言。当天,李侠兵就带了余大杰、刘四两员猛将去了,到了朱家,朱崇山非常客气,关照朱老大不准放任何人进圩子,他要与侠兵队长好好叙谈叙谈,请教抗日大计。

朱老大叫来独眼龙,把三十几个自卫队员分成三队把守圩口,严查进出圩子的人。李侠兵进了大厅,见朱崇山和几个儿子都在,便觉得朱老爷子十分重视这次会见。坐下来喝了茶后,李侠兵笑问道:"朱老,现在抗日形势大好,八路军自平型关大捷后,取得一次又一次胜利,新四军在苏北战场上也取得大发展,最近谭口的胜利,对我们是最大的鼓舞。国防军方面,他们在各个战场上与敌伪展开殊死的战斗,也是捷报频传。不过,现在抗战形势虽然大好,但是,鬼子并不甘心失败,秋末到了,他们要大扫荡,我们怎么办?晚辈来是想请教朱老。"

朱崇山放下茶杯,用手指梳理鸭尾巴头,脸色凝重说道:"不瞒你说,你们抗日义勇队把钦工、五港、平安几个鬼子碉堡据点拔掉了,挤走了,我真打心里感谢你们。钦工碉堡戳在家门口,我没过过一天太平日子,现在小鬼子汉奸又来扒朱家祖坟,我们朱姓要报仇! 你李队长来正好,我想请你们帮忙杀鬼子报仇呢。"

李侠兵一听,他想来的正是时候,笑了笑问道:"朱老,您打算如何杀鬼子呢?"

朱崇山抽水烟,咳嗽起来,挥挥手叫朱老大说。朱老大说,鬼子扒了朱家祖坟，朱姓八百户开了会，要与东安五大姓刘姓、孙姓、李姓、薛姓、顾姓联合起来，攻县城杀鬼子，把无恶不作的小鬼子赶出东安。李侠兵听到这里，直说不可不可。他说，小鬼子眼下虽在走下坡路，有失败的迹象，但其兵力还是强大的，我们不可与其硬拼，只能与他们打游击战，积小胜为大胜。如果我们的主力部队八路军、新四军攻打县城，我们可以配合，我们单独去攻打县城万万不可，那等于送死。朱老大问："李兄，老爹急于报仇，那怎么办呢？"

余大杰早就忍不住想说话，这时他说："我看东安五大姓，几万号人去攻县城，显显威，出出心中的闷气也是好的！"，他又觉得这样说不妥，嗨嗨一笑补充说："李队长，你不要怪我多嘴啊！"

李侠兵朝他笑笑，刘四冲他道："拿众人的性命去显威，你就省省吧！"余大杰又朝他嗨嗨地笑，有些后悔了，刘四说："你听队长说。"

李侠兵扫了众人一眼，对朱崇山说："朱老，您看这样好不好？您老威望高，又有三千弟子，由您老把东安五大姓包括愿意抗日者组成一支队伍，我们互相配合，共同抗日如何？"

朱崇山虽然年轻时打过土匪，但自觉担当大任是不行的，他心里一急就开始抽水烟，接着又是不停地咳嗽，几个儿子却不敢说话。这时，独眼龙跑进来报告道："王培鲁带一队人马来，把圩口都堵住了，他要见老爷。老爷，给不给他进来？"

朱老大问王培鲁带多少人，独眼龙说大约有百十号人，还有两挺机关枪。朱崇山说："叫他在圩外等着，我去迎他。"众人都不解，朱崇山说王培鲁来必是得到密报，他是来捉李侠兵的。朱老大紧张，直问怎么办？这时，朱虎尾说要么由他去交涉。朱崇山摇手说，李、王二人各为其主，已成敌国。现在，王培鲁在日本人面前立功心切，谁去说情也不中用，只有由他出面了。他立即叫人去龙兴寺给陈冠昌报信，又叫儿子们集合庄上的护庄武装队百余人，派几十人上炮楼架起机关枪，封住南大门。另外九十多人，排成两排把他们裹在核心，他和儿子们把李侠兵、刘四、余大杰三人夹在中间，走在队伍的前面，前有机枪手开道，后有炮楼上机关枪手的监护，看哪个敢动手。

这样浩浩荡荡的队伍来到南大门口，王培鲁一见这架势，连忙趋身向前说："师傅，您老人家干吗这样？叫他们三个从后门出去不就得了，大家有面子。"

朱崇山想你尽想好事，他们从后门出去让你的伏兵见一个捉一个，你那一套我还不晓得啊。他说："闲话少说，你让不让路？"

王培鲁见余大杰敞着胸，一胸口毛竖着，圆睁着爆花眼，端着机关枪在李侠兵前面开道。他奸笑说："我让路，我让路。"

朱崇山仍然脸色冷峻，说："你让路就好，我们曾经约定，你们不准到我家里捉人，怎么，你现在改了？"他眼睛看着王培鲁身边的几个人，他们也是他们徒弟，他想，王培鲁敢动手，他就令他们杀了他。

王培鲁心里也有数，光棍不吃眼前亏。他想，朱崇山比乔小楼厉害，他不仅势力大，脑子也管用，恐怕他早在他身边埋下桩脚，只要他一点头，他们随时会杀了他。想到此，他喝令伪军让路："妈的，你们眼瞎了，滚一边去！"

伪军一让出道，朱家父子便带领李侠兵三人迈开大步，向前而去。王培鲁眼看着李侠兵三人往老堆头走去，直用脚踩地，把泥土踩出一个坑来。在朱家父子回来时，王培鲁立即令人去追赶李侠兵。朱崇山见了，喝问王培鲁："王大队长，你这是干什么？"

王培鲁撸着大背头，眼里冒火，嘴里不软不顾："师傅，不准到你家里捉人，还不许到外面捉人哪？"

朱崇山回答得很干脆："你也不要叫我师傅了，你把帖子拿回去吧！"

王培鲁还想说什么，这时，从老堆头传来枪声，陈冠昌带人来接李侠兵了。

56

淮海这块土地在军事上十分重要,历来是兵家必争之地。八路军、新四军为了把淮海地区作为抗日战争驰骋的沙场,不断扩大和巩固在这里的根据地。新四军为了安全和指挥方便,把军部从盐城迁到更接近淮海、淮南和江淮平原中心的洪泽湖畔。日军也懂得淮海在军事上的重要,驻海州日军司令田中在最近布置秋末大扫荡时指出,淮河流域北至山东沂蒙南至长江扬州,西至河南中部,东至黄海,这个狭长地带扼住中国南北咽喉,在军事上具有重要的战略地位。淮海有着广袤的平原,人口众多,盛产粮食,战争所需的士兵和粮食这里可以源源不断的供给,同时,这里也是南北交通的要冲,我们是必须要控制的,我们要把国民党部队赶出去,要把八路军、新四军赶出去,把占据着广大农村的游击队、抗日武装消灭掉!他指着墙上的军事地图对与会的驻守各县的大队长、中队长们说:"你们看,在我们管辖区,从连云港、徐州到淮阴有着两条重要的水路通道,东面是通海的运盐河,西面是京杭大运河,我们必须保证这两条河的畅通,把粮食、物资运回国去,把军队送到南方去。因此,我们这次大扫荡与淮阴驻军、扬州驻军采取统一行动。他又指着塚上中队长说:"塚上队长,你们动手早,小野进攻龙兴寺算是大扫荡的序曲吧。"

塚上受宠若惊,立正报告:"哈咿。"

田中示意他坐下,接着说:"小野是以挖墓寻宝揭开淮阴大扫荡的序幕的,值得赞赏。我们各地不妨以抢粮、拉夫等方式小试牛刀,造成八路军的错觉。然后,在大部队到位后再拉开大网捕大鱼,这回秋末大扫荡一直要延续到1943年的春天,我们的目标是既要捞到八路军、新四军几条大鱼,也要把游来游去的游击队捞干净!你们有没有信心?"

全体立正:"哈咿!"

这次鬼子行动诡秘,动作迅速。但是,新四军备战也很及时,已调任独立团团长的方霞客给李侠兵来信,说他们驻在运盐河一带随时可来增援,国防军关团长也派人来联系,说如果龙兴寺被鬼子占领,义勇队可来他的驻地避避风头。而县委书记薛书同送来的情报说随着秋收结束,鬼子最近要抢粮,你们必须做好坚壁清野。李侠兵想,还是从坏处想好,做好收粮藏粮,把制造尿壶炸弹工厂搬到船上,作好随时转移的准备,以应付日伪的大扫荡。

不过,在小野夜袭朱家墓地之后,龙兴寺抗日义勇队有人放松了警惕。这天,大家在窑场把尿壶往船上搬。张武生说:"小鬼子有甚,不过想来抢粮,他们来朱家墓地挖宝,不是被打得屁滚尿流吗?怕它甚吗!"

刘四走过来对他瞪眼道:"红铜钢,你可不要轻敌啊,看来鬼子要大扫荡。我们应该听李队长的,他恢复了党籍,我们就有了党的领导,党的各级组织送来的情报总是比你毛估估强。"余大杰也想教训张武生两句,刚要讲话就被刘四打了回去:"结巴,你就不要讲了,你老婆来了你晓得吗?"

余大杰瞪大眼睛,又转过脸:"我哪来老婆,你说孙三娘吧,她们不是回龟山了吗?"

"回来了,跟宋英英一起回来,她们要参加反扫荡。"

张武生给了结巴一拳,笑了:"结巴,你还不快去,脚打屁股快跑!"

余大杰立即走出窑场,直往龙兴寺奔去。他在攻打鱼村黎民虎湖匪时与孙三娘又结下新的情谊,在程秀成牺牲后,汪金凤来到龙兴寺又把三娘交给他,要他带着三娘去袭击鬼子雪愤,他对孙三娘又重新燃起了恋情。

这回,孙三娘、宋英英受汪金凤指示,来龙兴寺是为了招募女游击队员,拉一些姑娘上龟山,办好后方医院。宋英英来此,同时带有另一个任务,就是想搞清夏羡贤是否投降鬼子,然后再决定行动。她们这次来还带了潘大莲和俞桃花两员大将。这两人出身贫苦,一个是豆腐西施的女儿,一个是被人贩子卖给河南盐商的歌妓。此刻,在龙兴寺队部里,孙三娘正在向李、陈两位队长介绍她的这两个姐妹,这时侯余大杰兴冲冲地推开门闯了进来,一见孙三娘睁大眼睛,喘大气,傻笑着。

众人一愣,李侠兵很快反应过来,笑道:"大杰,你来正好,我和老陈有急事要去处理,她们是来支援我们的,你来接待她们。以后,她们在村里招收女兵,你要支持啊。"李侠兵给陈冠昌打个眼色,拽着他往外走,回头说:"大杰,你把孙三娘队长安排在我家住,我妈可喜欢她呢。"

平时,余大杰的脑筋反应不能算快,这回反应倒是挺快捷,他明白队长的意思,想让李嬷妈再把他和孙三娘撮合在一起,他爽快地答应道:"好嘞。"然后,他把宋英英、潘大莲安排住在张武生家,俞桃花住在王振亚家,这两家的女主人桂花、侯青莲都是村妇联的干部,她们发动妇女方便。桂花和侯青莲见到传说中的龟山漂女高兴极了,一会儿工夫,她们就热络得亲姐妹似的。

结巴安排好宋英英、潘大莲与俞桃花,带着孙三娘往李家走。孙三娘跟在结巴身后,心"嘭嘭"地跳起来,忆起前年在李家与结巴成亲的事,她有些尴尬,同时,心里涌起苦涩和一丝丝的甜蜜。她爽直地说道:"余大哥,你说我们是不是前世有约,今世有缘啊?"

余大杰没料想她会这么直掏心窝,又惊又喜地说:"是啊,是啊,我们就……"

孙三娘说:"不行。你跟李嬷妈说,让李队长在全队人员的会上宣布我俩的婚事,然后我们才可同房。"

余大杰大喜,心想这有何难。他激动得满脸通红,手脚无措,说:"好,好,好啊!"

到了李家,李嬷妈一见结巴领着三娘来,喜上眉梢,合不拢嘴说:"哎呀,你俩从哪来的?"

孙三娘说:"姆妈,从队部来的。"接着,她说了来龙兴寺的任务,要住些天才能回龟山。"姆妈,又来给你添麻烦了。"

李嬷妈打量他俩一会,把话说得直接了当:"上回的事,咳,不提了!……今晚,你们俩就住西屋吧。待你大爷回来,我叫他把西屋收拾收拾。"

孙三娘脸一红:"不要不要,那能有劳大爷呢,我们自己收拾。"她用眼睛示意,要结巴说话。

余大杰会意,说道:"姆妈,上回多承您成全,这回还要请您……"

李嬷妈:"你要我张罗请客还是怎么的?"

"请客就不用了,我们想请你给大哥说一声,让他在抗日义勇队员大会上宣布一下我们结婚了。"

李嬷妈答得蹦儿脆:"好的,我等他回来就说。"

可是,李侠兵临时有事,当天没有回家。孙三娘问结巴:"余大哥,你平时住哪?"

"我平时住处有三处。一是龙兴寺,现在基本不去往了,二是在窑场,三是朱家墓地,那里有几处地窖,近日被鬼子刨了两个,还有两个。"

孙三娘一听,赞道:"你敢在坟地睡,有种!"

"没啥,那是为了防备鬼子偷袭龙兴寺,我们好从背后打他们。"

孙三娘觉得,龙兴寺抗日义勇队的战术比她们龟山好,比她们高明。龙兴寺为了防备日伪袭击,他们在村里造了夹墙、地道,在草沟、湖荡组织船队,在老堆头、窑场与坟地挖了地窖、抗日沟,并派人驻守,这种保卫村子的布防可以说做到万无一失。同时,她很欣赏抗日义勇队困扰敌人的战术,夜里到碉堡外面或敲锣打鼓,或放鞭放炮仗,有时对碉堡上岗哨放一阵冷枪,喊一阵话,搞得敌人无法睡觉,疲劳不堪。她也曾骑马夜巡运盐河,观看过民众搅扰敌伪好梦的场景,那次她一高兴举枪打落钦工碉堡上的日寇大旗,至今想起来还有女侠浪漫的感觉呢。

想到这里,她望望天,瓦蓝瓦蓝的天空里明月高挂,晴朗皎洁,提议道:"大杰哥,我们去运盐河给龙兴寺值夜班如何?"

"中,"结巴有些激动,便说:"我们骑马去。"

晚饭后,结巴从马厩里牵出两匹马,李嬷妈问:"你们夜里回不回来,我好叫老头子留门?"

结巴得意,显摆道:"我们夜里不回来了,住朱家墓地黑松林里。"

孙三娘立即纠正说:"大妈,今夜我们不住,在运盐河边夜游,给龙兴寺看大门。"说着她骑上马背上枪。

余大杰赶紧跟上,马蹄声碎,他俩踏着月光而去。

运盐河在月光下泛着白色,两岸芦苇像两道黑线在平原上延伸。运盐河在蔡工渡口打个弯儿北去,留下一大片湿地,孙三娘和余大杰骑马并辔行走在湿地草木间,常常惊起水鸟"扑楞楞"地腾空而飞。天上时而云遮月,地上时而秋虫鸣,这种诗情画意余大杰感觉到了,但他说不明白,只是美滋滋地骑马而行。

过了一会,他忽然问道:"三娘,你怎会想骑马来夜游的?"

三娘说:"在龟山,见过汪金凤跟方霞客在湖边散步,吟诗唱歌,真有味儿。不过,他们吟的诗我一句也听不懂。"

"是的,人有时对不大懂的东西感兴趣,我这刻儿就是这样的。"

"你心里想什么呢?"

"跟你在一起真有味。"

三娘也有同感,笑道:"那么,在运盐河边走一会儿,我同你到朱家墓地地窖子里住,今夜就不回龙兴寺了。"

余大杰兴奋极了:"那,那我们现在就去朱家墓地。"

孙三娘："那不行,我要到前面给时码碉堡放两枪。"

"好。"

余大杰拍马前行,孙三娘紧紧跟上。

他俩来到时码断头堤时,棲在树上的乌鸦"嘎"地一声叫,在月光下飞走了。隔河望去,时码碉堡像一座小山头似的耸立在河东的大堤上,周围一片漆黑,碉堡顶上挂着一盏风雨灯,从那里好像传来嘈杂的说话声。孙三娘正想举枪打灭那盏风雨灯,忽然,与运盐河相通的壕沟里出现一串灯光,有几只小划子向西岸划来。余大杰低声说:"不要开枪,有伪军巡逻,我们走吧!"

孙三娘于心不甘:"不打两枪,那就白来了。"

"你在这里打起来,李队长他们必来支援,那他们就不得休息了。他们为备战反扫荡好多天没有休息过,没睡过一个舒心觉呢。"

"啊,那我们走吧。"

他俩往回走,到了老堆头便隐蔽在丛林里,看有没有敌人跟踪,见没有动静,便下堤进入朱家墓地。松林里很静,余大杰把马拴在古坟后面的松树上,他说:"我先下地窖把灯点亮,你再下来。"

这时,三娘说:"大杰,你听,好像老堆头那里有人声,人数不少呢!"

余大杰侧耳听了一会,又见吸烟的火光一闪一闪,说:"肯定是敌人来了,刚才敌人不是到运盐河里巡逻,而是夜袭来了。"说着,他关掩上地窖门,又去解下拴马绳。

三娘骂道:"你我好事就被鬼子搅了,我这人命苦,一有好事就有人捣乱。"说着,她对老堆头"乒乒乓乓"开枪,大杰也朝天开枪报警。

一会,老堆头扫过来一梭子弹。他俩给予还击,对方又是"嘡嘡嘡"机枪扫射,又是"嗲嗲嗲"发射掷弹筒。

余大杰笑了:"好了,报了信了,我们赶快回村。"

他们回到龙兴寺广场,见抗日义勇队在集合。余大杰对李侠兵说:"鬼子夜袭来了。"

李侠兵:"不是夜袭,这是大扫荡。"接着,李侠兵对集合好的队伍说:"我们要按照上级指示的战术打。我们龙兴寺抗日义勇队分成八个小组,三个小队,各自分散行动,互相配合,跟敌人周旋。敌人搞包饺子,我们尽量跳出去;敌人搞千层饼,我们就在夹层里钻;敌人搞长蛇阵,我们就把他们斩成几段。不过,敌人力量大,我们力量小,因此,我们打了就走,得了便宜就撤,有时不得便宜也撤。一句话,我们坚持游击战,跟敌人绕圈子,保卫家乡。配合八路军、新四军打击日伪敌人,取得反扫荡的胜利。"

陈冠昌问众人:"同志们,李队长讲的游击战我们东安人叫什么战术?"

众人回答:"麻雀战。"

"对,敌人强大,我们弱小,我们是小麻雀。正如歌子唱的'小麻雀本领大,又会飞又会跳',我们现在就是要飞要跳,各小组各小队注意,现在开始行动!"

孙三娘问:"陈队长,我参加哪个队行动?"

陈冠昌:"哎呀,你刚来,这些小组、小队都是原来编好的。"他与李侠兵商量几句,然后说:"孙三娘同志,你对水上船战很有经验,我们水上小队由大杰同志负责,你能不能去帮助他?"

三娘点头,李侠兵宣布道:"我临战点将,任命孙三娘同志、宋英英同志为龙兴寺反扫荡水上划子队正副队长,余大杰同志为指导员。"

众人拍手叫好。张武生笑道:"结巴兄弟,你可真有福气,鬼子一扫荡就把你俩扫到一起了。"

李侠兵脸色严峻,对着广场上黑鸦鸦的队伍说道:"同志们,让我们高呼口号:坚持战斗,保卫家乡! 坚持战斗,反扫荡必胜!"他喊一句众人跟着喊一句,然后他发令:"各小组各小队,出发!"

上级通知说这次鬼子大扫荡,时间长范围大,在淮海地区方圆几百公里土地上,鬼子汉奸队全部出动,扫荡时间从1942年秋末开始可能要延续到明年春天。我们布署战斗的要点是保存力量,伺机歼灭敌人;打得过就打,打不过就走;在家乡游击一般不要游得太远。李侠兵和陈冠昌根据上级的指示精神,制定了他们的反扫荡作战方案:实施满天飞的麻雀战。在敌人撒大网、包饺子、长蛇阵等战术中求生存,积小胜为大胜,取得保卫家乡的胜利。据此,他们把反扫荡队伍分成三、五个人一组,组成八个小组,其余的人组成三个小队,每个小队二十人至三十人。一小队是王启明小队,二小队由张武生、王振亚为正副队长,三小队为水上划子队由余大杰为指导员,孙三娘、宋英英为正副队长。

　　李侠兵随王启明小队活动,陈冠昌随张武生小队活动,二人同时指导一、二小队的工作。在他俩心里,在这次反扫荡中打大胜仗的可能是水上划子队,因为三十多条划子,有一半划子的前舱装上了土坯,可以防止攻击,队员对草沟、苇荡、湖沼环境熟,在那些地方伏击、围歼敌人如鱼得水,根据以往的战斗经验,李、陈二人对水上划子队取得大胜寄予厚望。

　　因此,在各小组各小队分散活动时,李侠兵又跟孙三娘、宋英英关照了不少话,要划子队分成十个小组,在伏击战中打了就撤,在围歼中要以三倍的力量打击敌人,以多胜少,务必全歼。要依靠渔民和熟悉环境的队员,引鬼子、汉奸的钢板划子船只在芦荡、草沟、水沟里兜圈子,把他们引到绝路上打,这是最重要的,打水仗要学习《水浒传》里的阮氏兄弟,切记,切记。他和陈冠昌带人在岸边支援。

　　结巴拍胸脯,粗声粗气地说:"李队长,你放心,有我呢。"

　　李侠兵严肃地指出:"我最不放心的就是你,太性急。你要相信孙三娘、宋英英两位同志,她们在龟山打水仗多年,经验丰富。不过,三娘同志对这里水路不太熟,你要多找几个渔民队员在她身边指路。"

余大杰想想李队长说的是,抹着腮边的大胡子,低头答应道:"是。"

这时,王启明带着队伍走过窑场进了芦苇地,他向李侠兵招手,李侠兵骑马赶了过去。就在这时,一队伪军追了过来,他们好像见到在黑暗中前行的大白马,枪声愈来愈密集,王启明为了李侠兵的安全要他下马,他的犟劲上来,那肯下马。

王启明说:"李队长,你在我小队里就得听我的,下马!"李侠兵无奈,只得下马。王启明笑了:"这就对了。"接着,他叫过一个士兵来,令他把马藏到湖荡老乡家里去。

队伍在草地里转了一圈,迅速来到湖沼地柳林里,王启明令全队队员休息,等侦察员来报告敌人动向再行动。战士们原地坐下,有的睡觉,有的吃饼,还有人在讲故事。

天渐渐地亮了,雾气在柳林间弥漫。远处传来枪声,一会又停息了。这时,一个骑脚踏车的侦察员匆匆而来,惯下脚踏车说:"鬼子伪军约有三、四百人,是大扫荡无疑了。他们各个小队沿路搜查,大队人马往蔡工、五港与龙兴寺方向开去。当官的骑马,队伍里有马拉的小钢炮。"

李侠兵分析说:"驻县城的鬼子是一个中队,看来全部出动了,那么,塚上太郎肯定也来了。他们往蔡工、五港是寻找新四军独立团,还有国防军关团长的团部也设在五港附近,看来鬼子大部队是想找我军主力决战啊。"

王启明说:"是啊,你的分析是对的。不过,日伪这次大扫荡对付我们的游击队的兵力也不会少。"

李侠兵:"对,鬼子恨死我们龙兴寺抗日义勇队了。不过,龙兴寺抗日义勇队现在已是东淮河大队的一部分了,我们的队伍在扩大,队伍的名称也不断在变更,弄得鬼子也摸不清头脑,他们只是把仇恨全部记在龙兴寺抗日义勇队的身上。因此,来这里扫荡的敌人不会少,我们现在只看到陆上的,还不知水上的情况。"

这时,芦荡水泊里传来枪声,一听就知道是鬼子歪把子机枪在扫射。李侠兵说:"水上战斗开始了。"

王启明问:"李队长,我们现在能干什么?"

李侠兵:"进村子做饭,然后去斩敌人大队的尾巴,叫他们不能舒舒服服去蔡工。"

秋末,运盐河大堤上的树林黄了,叶子落了,一行行树木光秃秃的。鬼子、伪军队伍在堤上腾起的尘土,遮得阳光昏暗。伪军在前,日军在后,尾上又是一队伪军,如一条黄色的大蜈蚣在路上爬行。日本鬼子的队伍在唱着军歌,刺刀在肩上闪亮,趾高气扬,猖狂之极。

埋伏在树林里的义勇队员们监视着敌人,一个多小时后敌人的大队人马终于走过去了,眼前只剩下伪军的尾巴。有几个崴了脚的伪军,两个背着锅的伙夫,一个班长走在最后头,他大概是受命保护拉在队伍后面的人。这时,王启明请示李侠兵:"队长,我们上不上?"

李侠兵征求刘四的意见:"兄弟,你说呢?"

刘四指着通往大路上的草沟说:"我去!"

李侠兵:"好,你们去三个人够了吧?"见刘四点头,他下令道:"去吧,动作要干净利索。"

从树林到大路桥下约有三百米,有一条草沟相通,草沟里茅草、芦苇丛生。刘四等三人下到草沟,在芦草丛里前进,这边队员散成一条兵线,架好两挺机关枪作后援。这时,只见刘四的脑瓜在苇草里晃动,五分钟后,刘四几个人进入桥下,向这边挥手示意。

王启明观察,那七个伪军离前面队伍约有一百五十米,后面并无人员,那个走在最后面的班长有些紧张,边走边向草沟里张望。在伪军们走上桥时,李侠兵和王启明给刘四打手势,摇手中的白毛巾。刘四一见,命令两个队员上桥前去拦截,他到桥后去袭击敌人。他刚上桥就被那班长发现并向他开枪,刘四动作快,举枪就撂倒了他,喝道:"不准动! 八路优待俘虏!"

两个背锅的伙伕立即跪下,另外三人边跑边喊:"这里有八路,这里有八路!"

子弹比他们跑得更快,那三人都被打死,队员去收缴了他们身上的枪械子弹。刘四喊道:"快下沟,撤了!"

他们押着两个伙伕下沟往树林里撤退,前面敌人已经发现后队被截,但并没有追来,只是扫射了一阵机关枪,开了两炮。就在这时,后面来了敌人的马队,见桥下沟深,前面林密,他们也没下路,站在桥上望了望就追赶前面队伍去了。

李侠兵见两个伙伕都在五十岁左右,胡子拉碴,给他们交待了我军的政策后,问:"你们二人愿意留下来我们欢迎,不愿留下来要求回家我们发路费,你们考虑一下?"

两个伙伕说:"我们都是穷苦人,我们愿意留下来烧饭。"

大家鼓掌表示欢迎,王启明帮他们摘去帽徽。

这时,余大杰忽然划小船来了,笑嘻嘻的一脸喜气,他报告水上大捷,敌人的钢板划子被干掉了一半,汽艇也遭到尿壶炸弹的袭击。有人说黎民虎受了重伤,命令枪船队撤退,孙三娘带人在打扫战场,我就来报喜了。李侠兵当然高兴,但战斗这么顺利他感到有点意外:"敌人这么不经打?"

余大杰说:"看来黎民虎也太轻视我们了,他没想到我们的土坯划子那么经打,不比他钢板划子差。同时,他不熟这里的水路,到了芦荡水泊听我们玩。"

"打死鬼子没有?"

"至少打死鬼子十多个。"

"好极了,这是大胜利!"李侠兵十分兴奋,说道:"黎民虎即使逃回去,小野也饶不了他!"

57

中午,交通员送来军分区指挥部的指示,要求抗日义勇队集中兵力去蔡工支援新四军独立团第三营打伏击,然后去硕湖荡接应淮海区的后方机关人员转移。李侠兵打开地图,对照军分区的指示,发现敌人在这百里之内摆开三个战场,南边是刘老庄,东边是蔡工、五港与龙兴寺,北边是硕湖荡,这三处相距约七十华里,是我军的根据地,尤其硕湖荡是淮海区的"小延安",后方医院、文化团体、抗大分校经常设在那里。鬼子扫荡肯定把那里作为重点,新四军和地方武装对突然涌来的鬼子伪军一时恐难应付,后方人员撤退往往也失去方向。他想,他们到蔡工后与独立团第三营伏击鬼子后,要迅速去硕湖荡帮助后方医院、文化团体转移。

他把这个想法与陈冠昌等人研究,得到大家的赞同。他说:"那么,根据军分区适当集中力量的指示,我们龙兴寺抗日义勇队除留下两个小组看家外,其余的队员全部集中,同时,通知金区长的盐西区小队,谷志豪的五港交通站武装队,朱家圩朱老大的护庄自卫队,请他们都来,组成一支队伍去蔡工。"

到了下午一时许,各队人马全部跑步进入树林,经过协商,李侠兵宣布队伍的组成:大队由李侠兵任队长,陈冠昌、谷志豪、金区长、朱虎首任副队长,吴飞祥任情报组长。大队由四个分队组成:第一队队长王启明,副队长张武生,第二队队长余大杰,副队长孙三娘、宋英英,第三队队长嵇保友,副队长卜二华,第四队队长王振亚,副队长黄小三。每队四十余人,全大队共一百八十余人,他们吃了午饭,做了动员,各队分批向蔡工作战地点进发。

队伍跑步前进,到了离运盐河畔一里来路时,他们听到机枪声和炮声,李侠兵被新四军张连长请到指挥所。张连长说:"我们连奉独立团团长方霞客之命来北蔡庄打伏击,任务是:把鬼子抢去的军粮夺回来,被鬼子俘虏的医务队、宣传队人员如果也在里面,一定要解救出来。你们有多少人？"

"一百八十多人，五挺机枪。"

张连长："太好了，太及时了。我们的战士一天没吃饭，你们到东刘庄、南刘庄布防，与我们所在的北蔡庄形成三角之势。鬼子很快就会从运盐河过来，等靠近了打！"

"好，我令队伍进入阵地。"

李侠兵命令一队进入东刘庄，二队、三队进入南刘庄，四队留下作预备队。李侠兵把指挥部设在张连长的隔壁，以便即时掌握前沿阵地的状况。他从望远镜里望见一队、二队都进入了阵地，回过头来对吴飞祥、刘四说："你俩各去负责一个队战况，我光靠望远镜指挥不行。"

陈冠昌说："你们快去快回！"

鬼子中队长塚上率领小野、鸠山、菅横人等各小队，在刘老庄地区围剿新四军和淮海区机关，一战而胜。后来，塚上发现新四军不是败了，而是战略转移。他便带领部队在运盐河边的一条土路上，作成一条长蛇阵形的兵线，企图阻止我淮海区后方机关转移，这样，我新四军就与他打了一个恶仗，我军虽然牺牲很大，丢了十一辆大车的粮食、服装，也走散了一部分医疗队、宣传队的人员，但是，主力部队和后方机关人员基本安全转移，去了北面的硕湖荡。塚上得知这个情况，连县城也不回了，想经过蔡工渡口直接去硕湖荡，寻找我军作战。

塚上骑着东洋高头大马，趾高气扬，指挥队伍东进去蔡工。日伪军的分布总是老样子，伪军在前，由刘太瘦当尖兵，塚上和王培鲁骑马在后，然后是日军在中间，最后由伪军一个连殿尾。

土路扬尘，一条像蝗虫的队伍在秋末昏黄的阳光下蠕动。

王启明和张武生在战壕里观察东进的敌人。张武生性急，催道："王队长，咱们打吧？"

王启明大大小小打过几十仗，他沉着冷静，为人干练，说："让鬼子再近一点,只要新四军一开火咱们就开火!"

一会,新四军开火,鬼子还击。王启明喊道:"兄弟们,打!"

双方火力交接,鬼子开始开炮。在强大的炮火支持下,鬼子、伪军从公路两侧向村庄进攻,而东刘庄、南刘庄与北蔡庄三角火力交叉射击,杀伤力极强,日伪军数次进攻均被击退,留下一具具尸体。这是塚上没有想到的,为了夺路北进,塚上命令炮轰这三个村庄,不到半小时,东刘庄、南刘庄、北蔡庄沉入一片火海中,房屋倒塌,火光冲天。由于战前动员老百姓离家躲藏,在炮火中死伤的都是军人。

在强大的炮轰下,日伪再次进攻,并有部分鬼子和伪军攻进村庄。鬼子一进庄就点火,茅草房被烧起来。在草房里的我军战士被烟熏得逃了出来,牺牲在鬼子刺刀下,也有的战士跳到水缸里灭掉身上的火,在断垣残壁下射杀鬼子,与敌人展开肉搏战。

战斗打得异常激烈,到了黄昏时分,我军伤亡过半,鬼子死了一百多人,伪军死了二百多人,溃散逃亡者不下三百人。但是,我军意在救下被俘的医疗队员与宣传队员,夺回十几车的粮食物资,同时,为了硕湖荡后方机关的安全,决不会退让一步。鬼子仍想夺路前进,拼命进攻,这样继续打下去是不可避免的。

李侠兵和陈冠昌、谷志豪、朱老大等人研究后,决定用政治攻势来削弱敌人的力量。他请朱老大找来几个人,要他们去给王培鲁和刘太瘦等人传话,本着"中国人不打中国人"的精神,我们可以在夜里让出一条通道让伪军东去,条件是留下他们押送的物资和新四军被俘人员。

王培鲁与来人接谈后,派项文西来谈判。李侠兵问:"文西兄,你是瞒着小野来的?"

项文西说:"不瞒着小野谁敢来啊?李兄,几年来鬼子没死伤过这么多,今天他们死了百把个了吧。王培鲁想请你们让开一条路,让他们伪军回碉堡去,你们干不干?"

李侠兵转头征求陈冠昌等人意见："你们说呢？"

"王培鲁提的什么条件？"

项文西说："如果你们让出一条路给他回时码碉堡，他把俘虏的新四军医疗队、文工队人员放了，把押送的车上物资也留下来。"李侠兵觉得可以接受，他和陈冠昌等人讨论了一会，然后说："文西兄，王培鲁必须答应：一、释放被俘人员，留下抢来的粮食物资。二、他们先退出阵地……"

他的话还没说完，这时孙三娘、宋英英冲了进来。宋英英听人说敌方有人来谈判，她俩便赶过来的，三娘没进屋站在院子里，宋英英一进屋就说："你们必须把夏羡贤送回来，否则，我们女子抗日游击队决不与你们谈判！"

项文西见宋英英如此冲动，他笑了笑，心想夏羡贤已投降了日本人，当了汉奸，你知道吗？他帮助塚上胁迫宋先生出任伪县长，被宋先生骂得狗血喷头，你知道吗？你要是知道夏某人现在的汉奸嘴脸，也就不会这么冲动了吧。他说："我想你是宋英英吧，我可告诉你，夏某人现在是日本人的忠实走狗，可耻的汉奸，你要他回来干什么？"

宋英英一听，如闻霹雳，她那里会相信项文西的话，她气鼓鼓地说道："你胡说，你胡说！他不是汉奸，你才是汉奸呢！"

项文西拿眼看着李侠兵、陈冠昌等人，意思是这怎办？李侠兵招手，叫站在门外的孙三娘把宋英英带到隔壁去。然后，他与大家商量，大家都主张让夏羡贤与宋英英对话一次，宋英英才会看清昔日情人的面目，然后再作处理。于是，李侠兵征求项文西的意见，项文西说回去试试看。这样，李侠兵便派刘四几个人，护送项文西从渠堤下出去。

半个小时后，刘太瘦从小渠堤下伸出头来，喊道："你们听着，请宋英英漂女与夏先生对话！"

刘四喊道："你叫夏羡贤站出来！"

夏羡贤从渠堤下冒一下头："我是夏羡贤，英英，你说话？"

夏羡贤只冒一下头，宋英英已看得真切，他还是白白净净的小生模样，只是稍微胖了点，她立即问："你投降了日本人了没有？快说！"

"我没投降，我跟他们合作建立大东亚共荣。英英，你过来吧，我们一起干，宋先生也在县城，我们一家人在一起多好啊！"

孙三娘已在瞄准，说："二妹，他是汉奸了。你引得他露头，我送他上西天！"

宋英英这时在想，能不能把夏羡贤争取过来？他俩毕竟夫妻一场，感情颇深，想当年相会在沙汀香草之地，念诗对对子，情投意合。后来，在两人相约黄昏后，不幸被捉，上了双人漂，同生共死……想到这些，她热泪盈眶，喊道："夏羡贤，我晓得你是被逼的，你心里并不想当汉奸是不是？"她想，夏兄见到她应该是不顾生死跑过来的，现在，她在召唤他，他会听她的。

然而，事实完全出乎她的意料，夏羡贤完全变了，他冷冷地说："什么汉奸不汉奸的？我要好的生活，我要漂亮的女人，这里都能满足我。要么，你过来，不然的话皇军会把你捉过来交给我的，你过来迟了，就当不上大太太了！"

孙三娘一听火往上冒，说道："二妹，你听到了吧，叫他站出来，快点！"

听到夏羡贤这样的喊活，宋英英产生一种羞耻感，一种悔恨之情也油然而生。她忍住满腔怒火，拭去眼泪，喊道："夏羡贤，你站出来让我再看一眼，其他事好说！"

夏羡贤是个软蛋，他那里敢从渠堤下站起来。这时，刘太瘦一把将他推上堤顶，说："怕什么，这么远她们打不着你的。"

他那里晓得有神枪手孙三娘在，说时迟，那时快，就在这时三娘扣动扳机一枪中的。但是，夏羡贤并没有立即倒下，宋英英又补了一枪，他才栽下渠堤去。

这时,陈冠昌赶来,说是王培鲁和刘太瘦又请项文西先生过来了,希望她俩一起去听听。宋英英并不想离开,她软弱无力地坐在沟里,两眼发呆,孙三娘劝她一阵,然后,硬是把她拽走了。

　　指挥所里,项文西说谈判很顺利,王培鲁同意抗日义勇队提出的条件,具体行动由刘太瘦来执行。刘太瘦说,他在夜里会以佯攻的形式东去,脱离战场。大家心里有数,关键时候让一码。他本人在塚上身边无法脱身,但是,在你们来解救被俘人员时,他会令自已兄弟留个口子让被俘人员逃跑。

　　陈冠昌听了后说:"王培鲁刘太瘦这些家伙不可靠,说不定留个口子是陷阱。"

　　李侠兵想了想说:"我也这么想,不过,到时我们可以将计就计。"

　　夜里,冷枪不断,但没真正的进攻。夜里我军最大的收获放走了刘太瘦一个连队,零星的伪军也逃离了不少,敌人少了近四百人,战斗力受到很大的削弱,以致我军天麻麻亮时发动进攻时,敌人阵地多处没人防守。但是,在李侠兵和陈冠昌亲自带队进攻一个大院子时,遭到伪军强烈的抵抗。李侠兵说:"老陈,正如你所讲,王培鲁在设陷阱。"于是,他们派一个小队把大院的前院与后院切断,逼迫前院的敌人弃院逃跑,那看守后院的伪军见大势已去,不是投降就是被击毙,关在后院堂屋里的医疗队员和宣传队员共二十六人,其中有一位指导员和二位副队长,全部获得解救。

　　众人欢欣鼓舞,赶紧撤退。就在这时,一队鬼子追过来,为首的正是塚上太郎,他提着指挥刀东指西指,像疯狗饿狼一般扑过来,我军立即遭到杀伤。一颗子弹飞来,余大杰的右眼球被打了出来,鲜血直流。他一把将挂在嘴边的眼球塞回眼眶里,撕下袖头扎住。李侠兵见其这种大无畏的勇敢精神,赞道:"大杰是真男儿,好样的!"

　　余大杰说:"我听你说三国里的夏侯渊将军,他的眼珠子被人射出来时他一口吞进肚里。我是共产党人，能不如他吗！"

李侠兵下令："你去休息，三娘，你拉他下去！"

大杰不听，他冲过去跟鬼子拼刺刀去了。三娘在后面用点射打倒冲上来的敌兵，保护大杰在刺杀鬼子。宋英英掩在树后射击，这时，她忽见刘太瘦杀过来，喊道："姓刘的，你还没死啊？"

刘太瘦见是宋英英，他仗着人多，笑嘻嘻地说："没把你弄到手，我刘大爷怎能死呢？你快过来，我保护你！"

仇人相见分外眼红，宋英英咬牙切齿，一梭子弹射去，刘太瘦晃了两晃，倒地身亡。

沟坂里，孙三娘见了，竖起手指说道："这倒是意外的收获，好极了！"

宋英英弹眼发现塚上在大树下挥刀指挥，距离较远，她急忙叫过孙三娘："大姐，快，打掉他！"

孙三娘伸头一望见是军官，也不瞄准甩枪就打，塚上应声倒靠在树干上，还把东洋刀指着前方。宋英英道："大姐，我俩一起开枪打断他的双腿，叫他跪着死！"说着，她俩同时开枪，打折了塚上的两腿，他跪了下来，然后又倒地气绝。

塚上一死，鬼子阵营大乱。然而，鬼子是受过法西斯训练的，单兵作战能力很强，这时，一个站在小野身边的鬼子一枪击中王启明。这时，王启明已经受了两处伤，他坚持不下火线，正在护送医疗队沿着河滩撤离战场，不幸被鬼子射中腹部，但他坚持站住，用手捂着外流的肠子，射杀两个企图冲上来的鬼子。他跑到坟后，用手把肠子按回肚里，再用布带扎紧肚子，这时，忽见一个鬼子端着机枪在向医疗担架队扫射，他用最后一点力气举枪射击，把鬼子那个机枪手打死了。没有机枪扫射，医疗担架队迅速穿过河滩，下到沟里转移出去了。

这时，王启明也牺牲了。但他没有倒下，靠在坟边的一棵松树上，手按在腹部，流尽最后一滴血。在这次反扫荡的战斗中，牺牲的三十多名烈士里王启明是级别最高的干部,当时他已被任命为东淮河大队的营长。

战斗进行到晌午,在横扫残敌的过程里,李侠兵见到了方霞客,他带一个连的部队来解救被俘人员。他来到运盐河边,见到被俘人员已全部获救,激动得不能自己,与李侠兵热烈拥抱。他告诉李侠兵,由于他们在蔡工一线阻击敌人,淮海区党政机关和军区医院赢得了时间,已安全转移出硕湖荡,他们可能去螃蟹港和龟山一带与敌人周旋,这里的部队就不必再去硕湖荡了。接着,关团长骑马到来,他说这里激战时,他的部队在北面牵制海州日军,现在,这里在打扫战场,他想来会会老朋友。

李侠兵见到老朋友来,当然高兴,但是,此刻正面对烈士们的遗体,他心情沉重地说:"我们要开烈士追悼会,你们都要来啊!"

这是一场惨烈的战斗,运盐河边,沙滩上,沟头堤上,到处是硝烟弥漫,尸体纵横,令人惨不忍睹。新四军和抗日义勇队开始打扫战场,人们将烈士的遗体抬上马车,众人脱帽,向烈士们的遗体致敬。

58

运盐河边,一所小学校的操场上,聚集了近千人,龙兴寺抗日义勇队员,五港武装交通站的队员,朱家圩的自卫队员,还有附近的民众都来了。淮海军区和东安县委经过隆重的筹备,为王启明营长送行,为烈士们送行。

在方霞客、关团长讲话后,李侠兵准备朗诵岳飞的《满江红》词。一瞬间,悲壮之情涌于胸膛,张胜男在上海的牺牲,他在狱中所受的酷刑,柳寄明视死如归地走向刑场,以及他们在运盐河边与日寇的殊死战斗,种种情景一一在他眼前浮现。他不能自己,慷慨激昂,十分悲怆地开始朗诵,当他朗诵到"抬望眼,仰天长啸,壮怀激烈",操场上黑压压的人群都屏住呼吸,鸦雀无声;当他朗诵到

"壮士饥餐胡虏肉,笑谈渴饮匈奴血",人们都昂起头,眼里喷火,群情激愤,愤怒之情溢于言表,有人朝天放枪,有人高呼口号:

"打倒日本帝国主义!"

"把日本鬼子赶出中国去!"

"血债要用血来还!"

"我们要为烈士们报仇!"

待大家情绪平静下来后,李侠兵和军区首长又讲了一些话,阐明抗战即将从相持阶段向反攻阶段转变,胜利必将是英勇的不怕牺牲的中国人民的。然后,李侠兵对军区首长和来宾们提议道:"我们各写一句话,刻在烈士纪念碑上中不中?"

众人赞成。

关团长写道:"竖有烈士碑的地方,是英雄的故乡;把战士的遗体留在异国他乡的国家,应该反省。"

方霞客写道:"啊,有烈士的民族是有血性的民族。"

李侠兵写道:"记住烈士的名字,不要让他们成为传说。"

然而,烈士陵园后来虽然没有成为传说,但他们所题刻的石碑却成为传说了,因为烈士陵园几经迁址,题字刻碑者愈来愈多,而李侠兵、方霞客、关团长他们题刻的那三块石碑却不知所终了,成了当地樵夫渔叟口中的传说了。

方言注释:1.舅奶奶(外婆),2.海了,海得了(溜了,跑了,消失了),3.若的(语气词),4.拐女人(情妇),5.做伤务(做生活),6.啦呱(闲谈),7.草钏子(铁搭),8.钢针林(荆棘),9.鸡毛碌啄(烦躁),10.肉头(吝啬),11.棒彩子(玉米粗粉),12.活线手(神枪手)。

刘立中写于2009年5月至2010年6月6日上海"咬萤斋",2010年7月26日开始至11月16日第一次修改整理,2010—2011年3月底第三次修改。

图书在版编目(CIP)数据

江南江北之满江红 / 刘立中著. —上海：上海三联书店,2011.6
ISBN 978 - 7 - 5426 - 3597 - 6

Ⅰ. ① 江… Ⅱ. ① 刘… Ⅲ. ① 长篇小说 - 中国 - 当代 Ⅳ. ①I247.5

中国版本图书馆 CIP 数据核字(2011)第 107416 号

江南江北之满江红

著　　者 / 刘立中

责任编辑 / 冯　征
装帧设计 / 俞　奇
监　　制 / 张健康　任中伟
责任校对 / 张大伟

出版发行 / 上海三联书店
　　　　　(200031)中国上海市乌鲁木齐南路 396 弄 10 号
印　　刷 / 上海惠顿实业公司

版　　次 / 2011 年 6 月第 1 版
印　　次 / 2011 年 6 月第 1 次印刷
开　　本 / 890×1240　1/32
字　　数 / 450 千字
印　　张 / 15.875
书　　号 / ISBN 978 - 7 - 5426 - 3597 - 6/I · 529
定　　价 / 45.00 元